Paul Eddy

GRACE FLINT
DER 2. VERRAT

THRILLER

Aus dem Englischen
von Ulrike Wasel und
Klaus Timmermann

Fischer Taschenbuch Verlag

Veröffentlicht im Fischer Taschenbuch Verlag,
einem Unternehmen der S. Fischer Verlag GmbH,
Frankfurt am Main, Juni 2008

Die Originalausgabe erschien unter dem Titel
›Mandrake‹
bei Headline, London.

Die deutschsprachige Ausgabe erschien 2003 und 2004
unter dem Titel ›Grace Flints Rache‹.

Satz: Pinkuin Satz und Datentechnik, Berlin
Druck und Bindung: Nørhaven Paperback A/S, Viborg
Printed in Denmark
ISBN 978-3-596-17945-9

Für Sara, auf ewig

NEW YORK CITY

1

Grace Flint sitzt in einem gesicherten Beobachtungsposten der amerikanischen Zollbehörde fest und starrt hilflos auf einen Monitor, während sie selbst von zu vielen Menschen angestarrt wird, die rasch das Vertrauen in die Operation Pentecost verlieren. Und das zu Recht.

»Haben Sie sich gegen alle Eventualitäten abgesichert?«, hat Cutter gefragt, als er auf der Fahrt nach LaGuardia von seinem Wagen aus angerufen hat. »Alles so, wie es sein sollte?«

Nun, ja und nein, Mr. Cutter, denn das, was nicht sein sollte und dafür verantwortlich ist, dass ihr die Bluse am Rücken klebt, ist der immer offensichtlichere Beweis dafür, dass sie das Unvorhersehbare nicht vorhergesehen hat.

Der Wetterbericht hatte zwar Aprilschauer und unberechenbare Böen angekündigt, aber mit keinem Wort den heftigen Sturm erwähnt, der, über die Upper Bay kommend, einen grauen Nebel vorausgeschickt hat, der jetzt Staten Island einhüllt.

Über den Yachthafen des East River peitschen Gischtflocken, und der Platz vor dem Freizeitzentrum SeaWorld ist wie ausgestorben. Auf dem Monitor keine Spur von dem Gedränge, das sonst immer zur Mittagszeit hier herrscht und eigentlich dem Sicherungsteam Deckung geben sollte. Von dem übrigens keine Spur zu sehen ist.

»Crawdaddy, melde dich«, sagt Flint in das Mikro ihres Headset. »Wo seid ihr?«

»Drinnen«, dröhnt die Stimme von Crawdaddy, dessen richtiger Name Crawford ist, aus den Hi-Fi-Lautsprechern im Einsatzraum. »Wir können nicht mehr raus. Die würden uns sofort sichten.«

»Könnt ihr sie sehen?«

»Nicht mehr. Sie sind auf dem Boot.« Crawford stockt und fügt dann hinzu: »Glauben wir.«

Hinter Flint sagt eine Stimme, leise wie ein Seufzen, »Gott«.

»*Glaubt* ihr?«, fragt Flint ins Mikro.

Jarrett Crawford entschuldigt sich nicht für seine Unsicherheit. »Wir haben Sichtkontakt verloren, als das Unwetter losging und alle wild durcheinander rannten. Aber, Grace, wo sollen sie denn sonst sein?«

»Blas die Sache ab«, sagt die Stimme hinter ihr, die Stimme von Nathan Stark, Joint Assistant Director (Operations), früher beim FBI und jetzt in der Hierarchie der Financial Strike Force auf gleicher Stufe wie Flint.

Aber Flint gerät nicht in Panik. Sie weiß genau, dass die meisten Undercover-Operationen hart am Rande der Katastrophe ablaufen, dass die nagende, jammernde Stimme, die sie in ihrem Kopf hört, in solchen Augenblicken stets mit von der Partie ist, ganz selbstverständlich. Wie Aldus Cutter immer wieder sagt, es gibt keinen perfekten Plan. Undercover stehst du immer dicht am Abgrund, rechnest damit, dass die Zielperson einen sechsten Sinn entwickelt oder einer deiner Kollegen Mist baut oder die Technik versagt. Und Cutter schärft seinen Leuten stets ein: »Ihr braucht einen Plan B.«

Flint konzentriert sich auf den zweiten Monitor direkt vor sich und sagt: »Lily, hörst du mich?«

Auf der überdachten Brücke zwischen SeaWorld und dem »World's Greatest Emporium« (nur keine falsche Bescheidenheit) hebt die Frau, die sich als Lily Apana ausgibt, die rechte Hand und berührt ihr Haar – das mit Flint vereinbarte Zeichen, dass der FeatherLite-Empfänger, den Apana trägt, einwandfrei funktioniert. Ihr richtiger Name ist Ruth – Ruth Apple –, aber das hat Flint aus dem kollektiven Gedächtnis der Financial Strike Force gestrichen. Zum gegenwärtigen Zeitpunkt ist sie für alle und immer nur Lily.

»Lily, du wirst ganz allein da draußen sein«, sagt Flint. »Im Umkreis von zweihundert Metern hast du keine Verstärkung. Ich muss wissen, dass das so für dich in Ordnung ist.«

Lily Apana kann nicht antworten, da Flint ihr untersagt hat, ein Mikro oder einen Sender am Körper versteckt zu tragen. Ein gut verborgener Empfänger ist in Flints Augen ein akzeptables Risiko. Aber Flint weiß, dass jedes Sendersignal ermittelt und jedes noch so kleine Mikro gefunden werden kann, wie die Narbe unter ihrer linken Brust beweist. Noch heute, fünf Jahre später, hat sie Albträume in Technicolor von jenen Augenblicken, als ein Vieh namens Clayton Buller ein in ihrem BH verstecktes Mikro entdeckte und es ihr mit der Ferse seiner handgefertigten italienischen Schuhe tief in die Bauchdecke trat. Bevor er sich an ihrem Gesicht ausließ.

»Wenn nicht«, fährt Flint fort, »schau in deine Tasche, als hättest du was vergessen, mach kehrt und komm zurück. Verstanden?«

Erneut bestätigt Apana, dass sie Flint verstanden hat, indem sie sich ins Haar fasst, verlangsamt jedoch nicht ihren flotten Schritt. Mit den flachen Schuhen und dem maßgeschneiderten Kostüm, grün wie das Tuch eines Billardtisches, sieht sie genau so aus, wie sie aussehen soll: eine aufstrebende Bankerin mit leichter Verspätung auf dem Weg zu einem Termin.

Noch immer angespannt, sagt Flint: »Das hier ist nicht unsere einzige Chance, Lily«, obgleich sie befürchtet, dass es genau das ist. Leichthin, ohne auch nur eine Sekunde zu zögern, gibt sie sich weiter unbesorgt: »Wir können uns einen überzeugenden Vorwand überlegen. Ich meine, wer geht bei einem solchen Sauwetter schon vor die Tür, wenn er halbwegs bei Trost ist? Stimmt's?«

Kaum merklich schüttelt Apana den Kopf. Sie nähert sich dem Ende der Brücke zum World Emporium, hat gleich den Rubikon erreicht, den Punkt, an dem es kein Zurück mehr gibt.

»Achtung«, sagt Crawford über die Lautsprecher. »Bewegung auf dem Boot. Da kommt jemand an Deck.«

Zu Rocco Morales, den die Zollbehörde zur Unterstützung abgestellt hat und der jetzt neben ihr am Schaltpult sitzt, sagt Flint: »Ich will ein Bild haben.«

Aber Morales schüttelt den Kopf – nicht zu machen. »Sämtliche Kameras auf *dieser* Seite des Gebäudes sind unbeweglich«, erklärt er. Flint verzieht das Gesicht, und er fühlt sich verpflichtet, ihr irgendetwas anzubieten. »Weißt du was, gib mir ein paar Minuten Zeit. Vielleicht krieg ich eine Handkamera aufs Dach.«

»Lily, langsamer«, befiehlt Flint. »Es gibt ein Problem.«

Apana verändert nicht sofort ihr Tempo, sondern bleibt erst stehen, nachdem sie durch die Drehtür ist, die von der Brücke zur Zwischengalerie des World Emporium führt, und kramt in ihrer Schultertasche, bis sie einen Spiegel gefunden hat. Nach einem Blick auf ihre Uhr meint sie offenbar, dass sie noch Zeit hat, ihr Äußeres auf Hochglanz zu bringen.

»Clever«, murmelt Flint vor sich hin. Zu Crawford sagt sie: »Wer ist der Typ?«

»Sieht aus wie Hustler«, erwidert Crawford. Er benutzt den Codenamen, den die Strike Force Karl Gröber gegeben hat, ihrer zurzeit wichtigsten Zielperson. »Lässt sich nicht mit Sicherheit sagen, wegen der Regenkleidung, aber ich würde wetten, er ist es.«

»Was macht er?«

»Sieht sich um. Wahrscheinlich hält er nach Lily Ausschau.«

Am Rande ihres Gesichtsfeldes sieht Flint, wie Nathan Stark die Augenbrauen hochzieht, während er sich auf den Stuhl neben ihr setzt, und innerlich stöhnt sie auf. »Crawdaddy, so nicht«, sagt sie zu Crawford. »Keine Vermutungen. Sag mir einfach, was du siehst.«

»In fünf Minuten haben wir ein Bild«, sagt Rocco Morales und legt den Hörer auf.

Zu lange, weiß Flint, denn Lily Apana ist in weniger als einer Minute mit Karl Gröber alias Hustler verabredet, und sie wird sich nicht noch länger glaubhaft Sorgen um ihr Äußeres machen können, wo so viel auf dem Spiel steht und sie aller Wahrscheinlichkeit nach von feindseligen, argwöhnischen Augen genauestens beobachtet wird.

Flint schwenkt ihren Stuhl herum und sieht Felix Hartmann genau dort, wo er sein soll, mit verschränkten Armen an der Wand lehnen. »Felix, hast du die Handynummer?«

Er nickt. »Soll ich anrufen?«

»Gleich, wenn sie unten im Atrium ist. Ruf aus der Zelle an.«

Hartmann nickt wieder, stößt sich von der Wand ab und geht dann mit federnden Schritten zu der schalldichten Glaskabine in einer Ecke des Raumes.

»Grace, du musst die Sache abblasen«, sagt Nathan Stark, wie Flint erwartet hat.

Sie erwidert nichts und schaltet ihr Mikro ein. »Lily, wir müssen Zeit schinden. Wenn du unten bist, kriegst du einen Anruf von Felix. Ab sofort ist er dein Freund. Sag ihm, du hast keine Zeit zum Telefonieren, du hast einen wichtigen Termin und bist spät dran, und ich möchte, dass du das schön laut sagst, damit alle um dich herum es hören können. Alles klar so weit?«

Apana bejaht mit einem weiteren Griff ins Haar und steckt den Spiegel wieder in die Tasche.

»Aber Felix lässt sich nicht abwimmeln«, sagt Flint weiter, wobei sie ihn anblickt, um sich zu vergewissern, dass er mithört. »Deine Mutter ist hingefallen, hatte einen Autounfall, egal, jedenfalls ist ihr was passiert. Sie ist im Krankenhaus. Sie braucht dich, möchte, dass du so schnell wie möglich kommst.

Und ich will, dass du dich richtig aufregst. Du weißt nicht, was du machen sollst. Deine Mutter braucht dich, aber du hast einen Termin, den du nicht platzen lassen kannst. Felix wird sagen: Kein Termin ist wichtiger als deine Mutter, die dich sehen will, und so weiter. Geh jetzt los.«

Auf dem Monitor sieht Flint, wie Apana die Treppe hinuntergeht.

»Also fleh ihn an: ›Felix, fahr du ins Krankenhaus, halt ihr die Hand, bis ich da bin. Ich komme in einer Stunde. Felix, Liebster, bitte sei doch so lieb.‹ Du weißt schon, aber zieh die Sache in die Länge. Und alle, die es mitkriegen, müssen wissen, dass er dir ein schlechtes Gewissen macht, aber du bist entschlossen, deinen Termin zu halten. Ich sage ihm dann, wenn es reicht.«

Apana verlässt das Bild und Flints Gesichtsfeld, bis Rocco Morales auf eine andere Kamera umschaltet, die in einem von Menschen wimmelnden Atrium angebracht ist, das Wintergarten heißt. Sechzehn Fächerpalmen stehen in asymmetrischen Reihen wie Säulen in einem Tempel.

»Hustler telefoniert«, meldet Crawford, und Flint bedenkt Rocco Morales mit einem Blick, der sagt, ich brauche dringend das Bild. Er antwortet mit einem hilflosen Achselzucken, ich tue, was ich kann.

Stark rückt seinen Stuhl näher an den von Flint und beugt sich zu ihr hinüber, bis sie seinen Atem am Hals spürt. Er leidet an chronischem Mundgeruch, was er mit einem Mundwasser überdeckt, dessen Geruch sie an Quitten erinnert. »Grace, hör mir zu. Die werden das Wetter als Vorwand nehmen, um Lily aufs Boot zu locken. Wir können sie nicht hören, und wenn sie auf dem Boot ist, können wir sie auch nicht mehr sehen. Die können verdammt noch mal machen, was sie wollen, und wir kriegen es nicht mit. Du musst die Sache abblasen.«

»Nathan, lass mich in Ruhe.« Sie dreht sich um, streckt die Hand aus und stößt ihn mit einer Kraft weg, die ihn verblüfft.

»Lily«, sagt sie ins Mikrofon, »wenn du rauskommst, soll Hustler zu dir kommen. Bleib von dem Boot weg, egal, was er sagt oder macht. Hast du verstanden? Felix ruft dich jetzt an, und ich möchte, dass du als Erstes sagst: ›Ja, ich verstehe.‹ Oder ich breche die Operation ab. Ist das klar? Lily, was auch passiert, du gehst nicht auf das Boot.«

Flint nickt Felix Hartmann zu, der jetzt in der Kabine am Telefon wartet, und sagt zu Morales: »Leg ihn auf die Lautsprecher.«

Während Hartmann die Nummer wählt, drückt Flint den Schalter, der dafür sorgt, dass alle zwölf Mitarbeiter der Strike Force, die das Sicherungsteam bilden, ihre nächste Nachricht hören, Lily Apana allerdings nicht. »Gentlemen, bitte alle die Ohren spitzen. Damit eins klar ist: Ich bin gerade dabei, eine FBI-Agentin einer großen Gefahr auszusetzen. Sie ist eine von uns – eine von euch. Sie braucht eure uneingeschränkte Aufmerksamkeit.«

»Grace«, sagt Stark und steht auf, »Lily ist für die Sache zu unerfahren. Du könntest das, sie nicht.«

»Hallo?«, sagt Apana, deren Stimme jetzt über den Lautsprecher kommt.

»Lily, ich bin's, Felix.«

Hartmann und Flint beobachten einander durch die Scheibe, warten die Pause ab.

»Ja, ich verstehe«, erwidert Lily.

Stark will offenbar wieder auf Flint einreden, doch sie kommt ihm zuvor: »Nathan, du hast hier nicht die Verantwortung.«

»Felix, ich hab jetzt keine Zeit. Ich muss zu einem Termin.«

»Lily, deine Mutter hatte einen Unfall.«

»Was?«

»Ich war zu Hause, als der Anruf kam. Sie ist angefahren worden …«

»Ist sie schwer verletzt?«, fragt Apana mit lauter werdender Stimme.

»Reg dich nicht auf. Ich bin jetzt im Krankenhaus, und der Arzt sagt, sie ist nicht in Lebensgefahr.«

»O Gott! Sie ist in *Lebensgefahr*?«

»Lily, sie ist *nicht* in Lebensgefahr. Aber sie braucht dich. Du musst herkommen.«

Während Hartmann Flints improvisiertes Drehbuch mit eigenen Ideen ausschmückt und Apana das Wichtigste von dem, was er sagt, wiederholt, damit die Umstehenden es mitkriegen, schüttelt Stark den Kopf. »Ich rufe Cutter an«, verkündet er mit der Stimme eines Leichenbestatters.

»Von mir aus«, sagt Flint, als wäre es ihr egal, und wendet sich wieder Morales zu, um ihre Bitte zu erneuern.

»Die Kamera ist in Position«, sagt er. »Ich hol das Bild rein.«

Auf dem ersten Monitor ist das Bild so verschwommen wie Staten Island. Ein Tag zu spät, ein Dollar zu wenig, wie Cutter bestimmt sagen würde.

»Ich brauche es jetzt, Rocco«, sagt sie eindringlich. Je schneller, desto besser, denkt sie.

Ein Teil von ihr nimmt Stark wahr, der ein Stückchen entfernt leise telefoniert, doch sie blendet es aus und konzentriert sich auf das Gespräch zwischen Hartmann und Apana, nicht bloß auf den Inhalt, sondern auch auf den Ton. Sie muss davon ausgehen, dass sich ein paar von Hustlers Leuten unter die Menschenmenge im Atrium gemischt haben und nach Apana suchen, besonders nach irgendwelchen Anzeichen einer Falle Ausschau halten. Wenn sie was von ihrem Metier verstehen, wovon Flint ausgeht, haben sie Lily bestimmt schon entdeckt und Hustler gemeldet, dass sie mit einem Handy telefoniert. Außerdem weiß Flint, dass Handytelefonate leicht abzuhören sind, und sie muss ebenfalls davon ausgehen, dass Hustler die erforderliche Ausrüstung auf seinem Boot und die Frequenz mittlerweile gefunden hat. Somit ist für sie klar, dass Hustler – oder einer seiner Apostel, wie Cutter sie nennt – jedes Wort mithört.

»Lily, das darf doch wohl nicht wahr sein«, sagt Hartmann, der jetzt die Stelle von Flints improvisiertem Dialog erreicht hat, an der Apana sich weigert, sofort ins Krankenhaus zu kommen. »Deine Mutter hatte einen Unfall, und sie braucht dich!«

Hartmann ist Deutscher, abgestellt vom Bundesnachrichtendienst, und so ausgezeichnet er auch Englisch spricht, er ist nun mal kein Muttersprachler. In Flints nervösen Ohren klingt seine Empörung zu gezwungen, zu schneidend.

»Felix, bitte«, sagt Apana. »Der Termin ist wichtig für mich. Auf eine Stunde kommt's doch wirklich nicht an.«

»Und was sag ich deiner Mutter?«

»Sag ihr, mein Handy ist abgeschaltet. Sag ihr, ich stecke im Stau. Sag ihr, was du willst, Felix. Halt ihr die Hand, bis ich da bin. *Bitte.*«

Hartmann, dem nichts mehr einfällt, stockt und gestikuliert Flint durch die Scheibe: Was nun?

In der Kabine kann er nicht hören, was sie sagt, also gibt sie ihm sein Stichwort, indem sie mit den Lippen formt: Welches Krankenhaus? Frag sie!

Hartmann reagiert sofort. »Bis du da bist, Lily? Du weißt ja nicht mal, in welchem Krankenhaus ich bin.«

»Also schön, Felix«, sagt Apana gepresst, als könnte sie sich kaum noch beherrschen. »Wo bist du? In welchem Krankenhaus?«

»Darum geht's nicht«, sagt Hartmann, um noch ein paar kostbare Sekunden zu gewinnen. »Wieso fragst du das erst jetzt?«

»Verdammt, Felix, ich hab jetzt wirklich keine Zeit für so was. Wenn du dich mit mir streiten willst, dann musst du dich noch etwas gedulden. Jetzt sag mir endlich, wo ...«

»Lily«, fällt Hartmann ihr ins Wort. »Wie du damit umgehst, das fasse ich einfach nicht!«

Auf dem Monitor geht Apana in einem kleinen Kreis, das Telefon an ein Ohr gedrückt, scheinbar frustriert mit der freien Hand wedelnd.

In das andere Ohr flüstert Flint über den Feather-Lite-Empfänger: »Sehr gut«, und gleichzeitig zeigt sie Hartmann den hochgestreckten Daumen und fordert ihn dann mit einer rollenden Handbewegung auf: Weiter.

Aber wie lange noch, wo auf dem Bildschirm noch immer alles verschwommen ist, sosehr Rocco Morales auch an der Einstellung herumfummelt? Und Nathan Stark kommt jetzt auf sie zu, das knochige Gesicht ausdruckslos, und hält ihr den Hörer hin. »Cutter will dich sprechen«, sagt er mit neutraler Stimme, die gleichfalls nichts verrät.

Flints Magen verkrampft sich, als sie den Hörer entgegennimmt, aber sie lässt sich nichts anmerken, als sie in die Muschel spricht. »Ja, Sir?«

»Also, Nathan meint, die Sache ist gescheitert«, sagt er ohne Umschweife, wie es für ihn typisch ist. »Sie haben keine Verstärkung vor Ort und keinen Plan B.«

»Das sehe ich nicht so, Mr. Cutter.«

»Na prima«, sagt Cutter. »Schön zu hören. Und wie sieht Ihr Plan B aus? Wären Sie so nett, mich einzuweihen, Flint?« In solchen Augenblicken nimmt Cutters Stimme unweigerlich einen gedehnten texanischen Tonfall an.

Stark beobachtet sie, und sie dreht ihm den Rücken zu. Sie schließt die Augen, und es gelingt ihr, den lauter werdenden Streit auszublenden, der über die Lautsprecher kommt.

»Das Sicherungsteam ist nicht so nah dran, wie ich es gern hätte, aber es ist vor Ort. Die Leute können in dreißig Sekunden bei ihr sein, falls nötig. Ich habe Apana schon eingeschärft, keinesfalls in die Nähe des Bootes zu gehen, und ich werde ihr noch sagen, dass sie sich, falls Hustler irgendwas versucht, auf den Boden schmeißen und sich die Lunge aus dem Hals schreien soll.«

»Haben Sie einen Scharfschützen in Stellung?«

»Nein«, erwidert sie und sagt ihm damit etwas, was er bereits weiß. »Das kam nicht in Frage, weil sich da draußen gut zweitausend Leute tummeln, und Sie wollten nicht das Risiko eingehen, dass jemand verletzt wird – wissen Sie noch? Jedenfalls ist es jetzt zu spät.«

Cutter brummt: »Stimmt.« Dann hält er inne, und im Hintergrund hört Flint Flughafenterminal-Geräusche. Stark hat Cutter bestimmt erreicht, als er eben aus der Maschine gestiegen ist. »Dann hat Hustler also alle Zeit der Welt, um mit Lily zu machen, was er will?«

»Und um sich Gedanken um seine Zukunft zu machen, Mr. Cutter. Wenn er irgendwas versucht, sieht er zwölf bewaffnete Männer auf sich zukommen, die ihn auffordern, die Hände hochzunehmen. Das müsste seine Aufmerksamkeit ordentlich fesseln.«

»Hat sie eine Waffe?«

»Natürlich nicht«, faucht Flint und bedauert im selben Augenblick ihren scharfen Tonfall. Sie holt Luft und sagt etwas ruhiger, wie sie hofft: »Sie spielt eine Bankerin, Mr. Cutter.«

»Und Lily ist in hochhackigen Schuhen gerade mal knapp über eins fünfzig groß und bringt in patschnassen Klamotten fünfzig Kilo auf die Waage. Was soll ihn daran hindern, sie einfach zu schnappen und auf das Boot zu bringen?«

»Ich glaube nicht, dass er das macht, Sir, es sei denn, er hegt Selbstmordabsichten.«

»Haben Sie Geduld mit mir, Flint. Hat er seine Apostel an Bord?«

»Ja.«

»Bewaffnet?«

»Sehr wahrscheinlich.«

»Also, er kann Lily als Schutzschild nehmen, wenn er will,

und er hat Feuerschutz, falls er ihn braucht. Gehen wir mal vom Schlimmsten aus. Sagen wir, es gelingt ihm, sie auf das verdammte Boot zu bringen, und sie machen sich aus dem Staub? Wie sieht Ihr Plan B aus?«

Darauf ist Flint vorbereitet. »Die kommen keine halbe Meile weit«, sagt sie mit fester Stimme. »Ich habe zwei schnelle Polizeiboote auf beiden Seiten des Yachthafens, und wenn die ihn nicht aufhalten können, wartet stromabwärts eine Barkasse von der Küstenwache, mit einer Kanone an Bord, Mr. Cutter. Wenn Hustler sich mit denen anlegen will …«

Weiter kommt sie nicht, denn Cutter unterbricht sie. »Glauben Sie, Lily ist immun gegen Kanonenfeuer?«

Flint hört sich selbst seufzen. »Mr. Cutter, Sir, ein gewisses Risiko besteht immer. Ich habe ihr angeboten, die Aktion abzubrechen, aber davon will sie nichts wissen. Sie weiß, was auf dem Spiel steht.«

»Wirklich? Sind Sie sich da ganz sicher?« Cutter lässt die Frage in der Luft schweben, und dann sagt er: »Wir möchten doch nicht schon wieder eine von uns beerdigen, nicht wahr, Flint?«

Cutter hat einen Tiefschlag gelandet, denn er spielt auf Kevin Hechter an, einen ehemaligen Special Agent des US-Finanzministeriums. Hechter war an Bord eines Learjet gewesen, der von einer Semtex-Bombe in der Luft zerrissen wurde. Flint, die eigentlich auch in der Maschine hätte sitzen sollen und sich irrationalerweise eine Mitschuld an der Katastrophe gibt, hatte Hechter offiziell an dem Ehering an seiner abgetrennten Hand identifiziert. Die Hand war alles, was sie von Hechter gefunden hatten, alles, was bestattet werden konnte.

»Nein«, sagt Flint leise.

»Nathan meint, Sie sollten die Sache abblasen, einen zweiten Anlauf starten.«

»Es wird keinen zweiten Anlauf geben, Mr. Cutter. Hustler ist zu gerissen. Wenn wir diese Chance verpassen, kommen wir nicht mehr an ihn ran.«

Wieder entsteht eine Pause, während Cutter überlegt. Flint öffnet die Augen und blickt auf die Kabine, in der Hartmann ihr wieder etwas signalisiert. Ihm fällt nichts mehr ein.

»Grace«, sagt Cutter ruhig, »glauben Sie, Lily kann die Sache durchziehen?«

»Ja, Sir, natürlich. Sonst wäre sie jetzt nicht da draußen.«

»Dann glaube ich es auch«, sagt Cutter. »Sie haben nach wie vor das Kommando.«

Auf dem Monitor ist kein Bild, und es bleibt keine Zeit mehr. Flint schluckt schwer und gibt Hartmann das Zeichen, auf das er wartet.

»Na schön, Lily«, hört sie ihn über die Lautsprecher in resigniertem Tonfall sagen. »Dann geh von mir aus zu deinem ach so wichtigen Termin ...«

2

Später, nachdem Ruth Apple bereits auf einem einsamen Friedhof in Boca Raton beigesetzt worden ist, werden zwei Anwälte des Justizministeriums – zwei wortkarge Männer namens Murtagh und Mosley – von Washington nach New York fliegen, um Aldus Cutters Behauptung anzufechten, dass jeder Krieg Risiken mit sich bringt und man dann und wann verliert, weil Risiken das nun mal so an sich haben.

In seinem Büro hinter der verdreckten roten Fassade des Marscheider-Gebäudes mit Blick auf die UN Plaza werden sie Cutter mit seinem Scheitern konfrontieren. Sie werden auf dem Wörtchen »dann« herumreiten, das sie der Tonbandabschrift entnommen und auch in der Aufnahme selbst gehört haben, jene Stelle, als Cutter sagt: »*Dann* glaube ich es auch.«

Mit Hilfe ihrer schlauen Fragen werden die Anwälte Cutter die Schuld dafür geben, dass die Operation Pentecost katastrophal endete, weil er sich, wie seine Worte belegen, auf Flints Urteil und nicht auf sein eigenes verlassen hat. Und das, obwohl Assistant Director Nathan Stark so weitsichtig war, ihn wiederholt zu warnen.

»Kapieren Sie das doch endlich«, wird Cutter sagen, als er von ihren Andeutungen die Nase gestrichen voll hat. »Pentecost war Flints Operation, sie allein hatte die Leitung. Sie hat das Risiko eingeschätzt, und sie fand, dass es nicht zu hoch war, und ich war ganz ihrer Meinung. Bin es übrigens immer noch. Keiner von uns, einschließlich Stark, konnte von diesem verdammten Bradley wissen.«

»Aber er war auf dem Dach?«, wird Murtagh einwenden, während Mosley das Überwachungsband zu der Stelle vorspult, die den Beweis liefert.

»Wo das Rettungsboot unter seiner Plane hätte sein sollen«, wird Cutters eindringliche Erwiderung lauten. »Das ist auf dem Band nicht zu sehen« – und er wird Mosley mit einem Wink signalisieren, dass er gar nicht erst hinzuschauen braucht – »weil die Bilder erst auf dem Monitor waren, als es schon zu spät war. Aber zwölf Augenpaare haben es gesehen, dreizehn, wenn man Flints mitzählt. Die Scheißkerle haben uns reingelegt.« Cutter wird lächeln. »Manchmal schaffen sie das.«

Während Murtagh und Mosley diese Wahrheit akzeptieren und sie auf ihren Blocks notieren, wird Cutter fortfahren: »Meine berufliche Verantwortung ...«

Die Anwälte zucken zusammen, denn sie kommen von einer Abteilung des Justizministeriums, die als Wächterin über das Berufsethos fungieren soll und im Falle eines Fehlschlags für die Schuldzuweisungen zuständig ist. In diesem Falle besonders, da die Eltern von Ruth Apple die Regierung wegen grober Fahrlässigkeit, die ihrer Ansicht nach zu der Ermordung ihrer Tochter geführt hat, auf drei Millionen Dollar Schadenersatz verklagen wollen.

»Meine berufliche Verantwortung«, wird Cutter wiederholen, »besteht darin, meine Operationsleiter im Nachhinein nicht zu kritisieren. Ich vergewissere mich, dass sie kompetent sind, ich überprüfe ihre Operationen, ich sorge dafür, dass sie alles bekommen, was sie brauchen, und dann lasse ich sie die Sache durchziehen. Pentecost war eine Operation wie aus dem Lehrbuch, und sie ist einwandfrei gelaufen, bis ganz zum Schluss.«

»Ah«, wird Mosley sagen und sich mit dem Ende seines Stiftes auf die Lippen klopfen, »aber Sie hatten zwei leitende Beamte vor Ort. Zwei Verantwortliche, die unterschiedlicher Meinung waren. Zugegeben, Sie sagen, Flint hatte rein formal die Leitung inne, aber warum haben Sie die Warnungen von Agent Stark in den Wind geschlagen?«

»An einer solchen Leitung gibt es nichts rein Formales«, wird Cutter barsch erwidern. »Nicht in meinem Team.«

Mosley wird auf diese Zurechtweisung nicht reagieren, also wird Cutter fortfahren: »Möchten Sie einen besseren Grund? Na schön, den sollen Sie haben. Bei einer solchen Operation setze ich lieber auf Flint als auf Stark. Nathan ist ein guter Mann, aber als Leiter einer Undercover-Operation kann er Flint nicht das Wasser reichen. Wissen Sie warum?«

Mosley wird die Antwort Murtagh überlassen: »Erklären Sie's uns.«

»Weil sie schon so oft selbst undercover gearbeitet hat, dass ich es nicht mehr zählen kann. Nathans Erfahrungen an vorderster Front beschränken sich darauf, dass er höchstens mal eine Wanze im Haus eines Verdächtigen versteckt hat, als er noch beim FBI war.«

Als er sieht, wie sie regelrecht zu Salzsäulen erstarren und eine finstere Miene aufsetzen, wird er rundheraus fragen: »Was ist? Denken Sie, er hatte keinen richterlichen Beschluss?« Dann wird er ihnen kaum mehr als den Hauch eines Lächelns schenken und fortfahren: »Ohne richterlichen Beschluss geht Nathan nicht mal pinkeln.«

Dann, wieder ernst, wird Cutter sagen: »Stark hat nicht diesen sechsten Sinn, den Flint hat. Weil er keine Erfahrung in diesen Dingen besitzt, hat er im Gegensatz zu ihr auch keinen Instinkt dafür, wie weit er eine Situation ausreizen kann. Jede verdeckte Operation, die wir durchführen – und das sind die meisten –, ist auf einer Täuschung aufgebaut, die nach hinten losgehen kann. Wissen Sie, was wir machen? Wir bauen Kartenhäuser auf Treibsand. Und zu wissen, wann sie kurz vor dem Einsturz sind, lernt man nicht in Quantico.«

»Flint ist auch nicht unfehlbar«, wird Murtagh sagen.

»Aber fast.«

»Und könnte man sie aufgrund ihrer Akte«, wird Murtagh über Cutters Einspruch hinweg fragen, »als unbesonnen bezeichnen? Gar als fahrlässig?«

Cutters blassblauen Augen wird man die Verachtung, die er für Murtagh empfindet, nicht ansehen. »Das könnte man durchaus. Sie haben die Akte gelesen, und Sie denken, Flint hat so was wie einen Todeswunsch. Nun, Sie sind nicht die Ersten, die zu diesem Schluss gekommen sind – und Sie sind völlig auf dem Holzweg. Sie hat Mumm, das stimmt, und sie ist clever. Sie weiß genau, wie weit sie gehen kann und wann sie einen Rückzieher machen muss. Und genau deshalb ist sie so verdammt gut.«

»Ah«, wird Mosley wieder sagen, eine sprachliche Marotte, die Cutter auf die Nerven geht, »aber die Leitung einer Undercover-Operation ist doch bestimmt nicht zu vergleichen mit der Leitung einer anderen Operation, oder? Eine Operation, die nicht fahrlässig ist, wenn Flint sie durchführt, könnte doch sehr wohl fahrlässig für jemanden sein, der über nicht so viel

Geschick verfügt. Oder nicht so viel Erfahrung. Ist das nicht genau unser Thema hier?«

Mosley wird innehalten, während Murtagh in der Abschrift des Tonbandes nach dem Beleg sucht. Fündig geworden, wird Murtagh sich räuspern und sagen: »Stark sagt wörtlich zu Flint, Zitat: ›Lily ist für die Sache zu unerfahren. Du könntest das, sie nicht.‹ Zitat Ende.«

»Hatte er Recht?«, wird Mosley hinzufügen.

Cutter, der sich über seinen Schreibtisch gebeugt hat, um den Abstand zu den beiden Beamten zu verringern, wird sagen: »Ich möchte Ihnen etwas über Ruth Apple erzählen. Als Flint auf sie aufmerksam wurde, war sie verdeckte Ermittlerin bei der Drogenfahndung, und das wird man nur, wenn man verdammt gut ist, denn wenn man nicht gut ist, bleibt man nicht lange am Leben. Sie war in Miami im Einsatz, man hatte sie in das Kartell von Raul Gonzalez geschmuggelt, und den Job hat sie fast ein Jahr lang gemacht; sie hat die Sache überlebt und schließlich im Prozess ausgesagt. Trotzdem hat Flint sie, als sie zur Strike Force gekommen ist, unter ihre Fittiche genommen; sie hat ihr den letzten Schliff gegeben und sie gestimmt wie eine Geige. Sie hat aus ihr Lily Apana und eine der besten Undercover-Agentinnen gemacht, die wir je hatten, und die Legende, die Ruth für Pentecost bekommen hat, die hat Flint sich ausgedacht, und die war garantiert wasserdicht. Was Nathan gesagt hat, ist blanker Unfug. Ruth war sehr erfahren und gut vorbereitet.«

»Aber im Lichte dessen, was passiert ist, nicht gut genug«, wird Mosley ernst sagen. »Leider.«

In Polizeikreisen ist Aldus Cutter berüchtigt für seine Überempfindlichkeit gegenüber dem, was er »Montagmorgen-Besserwisserei« nennt, doch diesmal wird er nicht in die Luft gehen. Er wird sich in seinem Sessel zurücklehnen, die Hände hinter dem Kopf verschränken, Murtagh und Mosley mit einem Blick betrachten, den sie fälschlicherweise als wohlwollend deuten, und sagen: »Ich will euch mal was verraten. Erfahrung nützt einem verdammt wenig, wenn die Zielperson einem eine geladene Magnum in den Mund rammt.«

3

Es ist der Morgen nach dem Mord an Ruth Apple. Grace Flint sitzt zusammengesunken auf der unbequemen Couch in Aldus Cutters Büro und sieht sich selbst auf einem Flachbildschirm, der wie ein Gemälde an einer Wand hängt.

Auf dem Schirm ist ihr Gesicht lebhaft, die Augen strahlen, der Mund bewegt sich heftig, während sie Dinge sagt, die wir nicht hören können. Im richtigen Leben sind ihre Augen glanzlos vor Übermüdung, das Gesicht ist weiß und starr wie eine Maske. Sie hat getrocknete Blutspritzer – Ruths Blut – auf ihrer Kleidung.

Cutter sitzt an einem kleinen Konferenztisch, links von ihm Jarrett Crawford, Rocco Morales zu seiner Rechten. Ein Stuhl am Tisch ist für Felix Hartmann vorgesehen, der jedoch lieber am Fenster steht und hinunter auf die UN Plaza auf der gegenüberliegenden Seite der First Avenue blickt, wo Menschen so winzig wie Puppen durch den prasselnden Regen hasten.

Ein Telefon summt, und Cutter nimmt den Hörer ab. »Ich habe gesagt, keine Anrufe.« Dennoch lauscht er auf das, was ihm gesagt wird, und gibt dann nach. »Also schön, stellen Sie durch.« Er legt eine Hand auf die Sprechmuschel und sagt zu Rocco Morales: »Halten Sie das Video an, ja? Der Hubschrauber ist gefunden worden.«

Das Video bleibt bei einem Bild stehen, das Flint zeigt, wie sie nach oben in die Kamera blickt, und Morales vergrößert es aus Langeweile, bis es den ganzen Bildschirm füllt. Ihre Augen brennen jetzt, die Nasenflügel beben, die Lippen sind geöffnet. Es sieht aus, als würde sie jeden Moment losschreien.

Cutter sagt ins Telefon: »Nathan, schießen Sie los«, und er fängt an, sich Notizen zu machen. Seine linke Hand huscht über die unlinierte Seite des Schreibblocks. Flint, die sich merkwürdig abseits vom Geschehen in diesem Raum fühlt, bemerkt, dass Cutter noch immer seinen Ehering trägt. Was sie erstaunt, denn in der Strike Force ist allgemein bekannt, dass Mrs. Cutter einen erbitterten Scheidungskrieg führt.

Flint erhebt sich steifbeinig von der Couch und sieht, dass ihr Rock völlig ruiniert ist. Sie streicht mit den Händen an den Oberschenkeln hinab, als könnte sie die Knitterfalten dadurch ausbügeln, und bekommt plötzlich einen Krampf im linken Bein. Vor Schmerz keucht sie auf, und Crawford steht rasch auf und kommt zu ihr.

»Alles in Ordnung?«, fragt er.

Sie lächelt und lügt. »Ja, danke.«

»Also, wenn ich ganz ehrlich sein darf, du siehst beschissen aus. Du solltest das da behandeln lassen, Grace.«

Er meint ihr linkes Bein, Oberschenkel, Kniescheibe, Schienbein sowie die dazugehörigen Bänder und Sehnen. In der Notaufnahme des Saint Vincent's Hospital – wo Ruth Apple für tot erklärt wurde, Todesursache: kumulatives Trauma aufgrund schwerster innerer Verletzungen – hatten sie Flint nachträglich angeboten, das Bein zu röntgen. Sie hatte abgelehnt, aber immerhin einem jungen Assistenzarzt mit ernstem Gesicht erlaubt, ihr den Hals und das Schlüsselbein abzutasten, wo sich bereits ein deutlicher Bluterguss ausbreitete, ein Cocktail aus Lila, Rot und Blau. Er hatte zögerlich eingeräumt, dass nichts gebrochen war, soweit er das sagen konnte.

Flint berührt Crawford am Arm, um ihn zu beruhigen, doch er lässt sich nichts vormachen.

»Wieso bestrafst du dich selbst?«, fragt er mit leiser Stimme. »Meinst du, das hilft?« Sie schüttelt den Kopf, als wollte sie sagen, nein, es hilft nicht.

»Es ist nicht deine Schuld, Grace«, sagt Crawford beschwörend. »Wenn überhaupt jemand Schuld hat, dann bin ich das.« Sie bedenkt ihn mit einem Blick, der sagt, das ist lächerlich, aber er fährt unbeirrt fort. »Ich war der Scharfschütze, der am nächsten bei ihr war, oder etwa nicht? Ich hätte dem Arschloch eine Kugel verpassen müssen, als ich die Gelegenheit dazu hatte, und ich hatte die Gelegenheit, oder? Du weißt das.«

Wieder schüttelt Flint den Kopf. Sie will ihm sagen, dass er aufhören soll, aber sie findet die Worte nicht.

Und Crawford wird sowieso allmählich wütend – auf sich und auf sie –, sein irisches Temperament geht mit ihm durch. »Es ist jetzt vierundzwanzig Stunden her, und ich habe das alles hundertmal wieder durchlebt. Ich hatte eindeutig die Möglichkeit zum Kopfschuss, und ich hätte ihn nicht verfehlt, aber ich hab's nicht getan. Ich habe die Sache versaut, nicht du, also hör auf mit dem Scheiß.«

»Crawdaddy«, sagt sie, »es war nicht deine Verantwortung.«

»Schwachsinn«, entfährt es ihm. »Meinst du, ich hab auf deine Erlaubnis gewartet?«

Cutter unterbricht sein Telefonat und sagt: »He, Leute, etwas leiser bitte.«

Crawford hebt entschuldigend eine Hand. »Weißt du was, Grace?«, fährt er fast flüsternd fort, fasst sie am Arm und dreht sie und sich von Cutter weg, »du hast eine Seite an dir, aus der ich nicht schlau werde. Du bist so ungefähr der cleverste Mensch, mit dem ich je zusammengearbeitet habe, obwohl du Engländerin bist, also erklär mir mal Folgendes: Wie kommt es, dass du jedes Mal, wenn was schief geht, die Schuld bei dir suchst? Badest du gern in Selbstmitleid oder bist du auf einem Egotrip? Ich meine, sag mal, Grace, wieso hältst du dich für so gottverdammt wichtig?«

Sachte zieht Flint ihren Arm zurück. Sie denkt, Ruth war meine Freundin, sagt es aber nicht.

»Hustler ist verschwunden«, verkündet Cutter mit müder Gewissheit, als er den Hörer auflegt. »Längst abgehauen.«

Auf Cutters Anweisung hin hat Rocco Morales das Band weiterlaufen lassen, und Flint hat sich an den Tisch gesetzt. Felix Hartmann blickt noch immer zum Fenster hinaus, als wollte er mit dem, was auf dem Bildschirm zu sehen ist, nichts zu tun haben.

Daher entgeht ihm seine Statistenrolle in der Wiederholung des Dramas, der Augenblick, als er ins Bild kommt, sich über Flints Schulter beugt, eine Hand auf das Schaltpult gestützt. Wir können sehen, wie sein Mund sich bewegt, und Cutter fragt Morales: »Gibt's dazu auch den Ton?«

»Der ist nicht synchron. So viel Zeit hatte ich nicht.«

»Egal«, sagt Cutter, und Morales stellt wieder auf Standbild. Er wuchtet ein sperriges Tonbandgerät auf den Tisch, stöpselt einen Kopfhörer ein und sagt: »Ich such rasch die Stelle.«

Das Laufwerk des Gerätes ächzt jedes Mal leise, wenn er vor- oder zurückspulen lässt, um die Stelle zu finden.

Mit ausdrucksloser Stimme sagt Flint unaufgefordert: »Felix hat mich gefragt, ob ich mir ganz sicher bin. Dass ich die Sache durchziehen will.«

Cutter nickt, als habe er das erwartet. »Und Sie haben ja gesagt?«

»Nein, eigentlich nicht, aber es sei zu spät, jetzt noch abzubrechen.«

»Wieso haben Sie Ihre Meinung geändert?«

Flint zögert, weil sie die Antwort nicht weiß. »Wir hatten

noch immer kein Bild von dem Boot, und das hat mich nervös gemacht.« Cutter wartet auf mehr, und sie sagt: »Ich hatte so ein mulmiges Gefühl. Dass sie irgendwas im Schilde führen.«

»Damit lagen Sie ja goldrichtig«, sagt Cutter, und er hätte sie genauso gut ohrfeigen können.

»Und wie«, ist alles, was sie erwidert.

Morales durchbricht die dumpfe Stille. »Alles klar«, sagt er, nimmt den Kopfhörer ab und dreht den Lautsprecher auf. »Mehr oder weniger.«

Das Bild an der Wand wird lebendig, und Flint sieht, wie sie das Gesicht Hartmann zudreht, und sie hört sich sagen – die Worte nicht ganz lippensynchron –: »Verdammt! Es ist eine Falle!«

Was sie jetzt denkt, ist: Wieso wussten die Bescheid?

Noch immer kein Bild auf dem Monitor. Crawfords Stimme dröhnt alarmiert aus den Lautsprechern: »Er hat eine Waffe gezogen!«

Flint springt vom Stuhl, als würde er brennen, und Felix Hartmann weicht zurück.

»Nathan, übernimm hier«, schreit sie, und kaum hat sie es ausgesprochen, da kommt Stark auch schon ins Bild.

»Verdammt, er hat ihr eine Knarre in den Mund geschoben«, meldet Crawford.

»Schaltet ihn aus«, sagt Stark.

»Er zerrt sie zum Boot.«

»Los!«, befiehlt Stark. »Alle. Schaltet ihn aus!« Er dreht den Kopf und sagt, anscheinend zu Morales: »Holen Sie mir das Bild rein, sofort!«

Aus dem Off sind Geräusche zu hören, die auf Hektik im Einsatzraum hindeuten, Geräusche, die wir erst deuten können, als wir das unmissverständliche Knallen einer Tür hören. Aus den Lautsprechern schreit Crawford: »Federal Agent! Aus dem Weg!« Er klingt atemlos, als würde er rennen, und auf dem Monitor an Cutters Wand erfolgt ein jäher Schnitt, vom Einsatzraum zu der Szene im Atrium.

Die Menschen stieben auseinander wie ein Schwarm aufgeschreckter Tauben, als ein Dutzend Männer mit gezückten Pistolen an den Ausgängen zur Plaza zusammenlaufen. Crawford hat es von seinem Aussichtspunkt auf dem Mezzanin am weitesten, und wir sehen, wie er sich auf der Rolltreppe zwischen den Menschen hindurch einen Weg nach unten bahnt. Morales hat sein fahles Gesicht in Großformat herangeholt, und wir können ihm sein neues Mantra mühelos von den Lippen ablesen: »Macht Platz, verdammt noch mal!« Wir hören es auch leicht verzögert aus den Lautsprechern, wie einen Gewehrschuss aus der Ferne.

Dann wieder ein jäher Bildschnitt, und wir sind auf der Brücke zwischen den beiden Gebäuden und sehen Flint aus der Lobby von Sea World auftauchen und an verstörten Wachmännern vorbeihetzen. Sie bleibt kurz stehen, um sich die Schuhe auszuziehen, und rennt dann wie der Wind über die Brücke, hinter ihr Hartmann, der sie einzuholen versucht.

Zu den Bildern von der Brücke gibt es keinen Ton. Stattdessen hören wir die Geräusche, die von Crawfords Mikro übermittelt werden: Schüsse, zerberstendes Glas, entfernte Schreie.

»Sie schießen vom Boot aus«, teilt Crawford uns mit, und Starks tonlose Stimme sagt: »Verdammt, Morales, machen Sie schon!«

Gleich darauf erwidert Morales: »Ich hab's. Jetzt.«

Der Bildschirm an Cutters Wand wird weiß, bevor er uns einen kurzen Blick auf die Plaza gewährt, und dann flackert er, wir sehen nichts als schwarze, vertikale Streifen, und es ertönt ein lauter dumpfer Schlag aus dem Lautsprecher, als ob jemand – vermutlich Stark – mit der Faust auf eine harte Oberfläche dicht neben dem Mikro geschlagen hätte. Sirenengeheul kommt näher, eine zweite Salve von Schüssen ertönt und dann eine dritte, lauter und länger, bis Crawford ruft: »Feuer einstellen!«

»Hustler benutzt sie als Schild«, erklärt er hastig, »und sie sind jetzt zu nah am Boot. Ich hätte ihn ausschalten können und hab's nicht getan.«

»River One, hier spricht Pentecost«, sagt Starks Stimme. »Achtung. Code Red. Sie haben eine Geisel, eine von uns. Bitte bestätigen.«

Die vertikalen Streifen auf dem Bildschirm lösen sich langsam auf, werden jetzt dünner, wie die Stäbe eines Käfigs. Dazwischen sehen wir die regennasse Plaza, auf der sich nichts bewegt. Atmosphärisches Rauschen ist zu hören und dann: »Roger, Pentecost, hier spricht River One. Meldung empfangen. Bitte sprechen.«

»In Position bereithalten«, sagt Stark.

»Verstanden, unsere Einheiten bleiben in Position.«

Jetzt teilt Morales den Bildschirm in Segmente auf und liefert uns ein Kaleidoskop von Ausschnitten der gescheiterten Operation. Auf der linken Seite ist eine Nahaufnahme von Stark zu sehen, wie er auf den Monitor starrt, ins Mikro spricht. Auf dem Segment daneben sehen wir das Ende der Brücke und den Eingang des World Emporium in dem Moment, als Flint, ohne das Tempo zu verlangsamen, auf die Drehtür zuspringt. Eine Sekunde später, so scheint es zumindest, stürzt sie in das dritte Segment, das das Mezzanin zeigt, und schon ist sie im nächsten und stürmt die Treppe hinunter ins Atrium. Hartmann folgt ihr von Segment zu Segment, hat sie noch immer nicht eingeholt.

»Er hat Lily auf dem Boot«, erfahren wir von Crawford, und wieder fallen Schüsse. »Er bringt sie aufs obere Deck.«

Flint ist ein gutes Stück weiter. Sie durchquert das Atrium wie eine Hürdenläuferin, springt über lebende Körper, die auf dem Boden liegen, steuert auf den Ausgang und das letzte Segment zu, das jetzt ein klares Bild von der Plaza zeigt und in der Ferne – zu weit weg, um Genaueres zu erkennen – die im Yachthafen vertäuten Charterboote erahnen lässt.

Ein lauter Knall aus dem Lautsprecher und das Zischen eines Querschlägers, Crawford stöhnt und knurrt: »Herrgott.« Fragt dann mit Verwirrung in der Stimme: »Was macht der denn da?«

»Sag's mir«, sagt Stark. »Ich bin noch immer blind.« Genau wie wir.

»Da ist irgendwas auf dem Dach«, lässt Crawford uns wissen. »Ich kann's nicht genau erkennen. Sieht aus wie …« Er bricht ab, als könne er seinen Augen nicht trauen, als würde er darauf warten, dass der Kameramann schärfer stellt, damit wir uns selbst vergewissern und seine erschreckende Schlussfolgerung bestätigen können.

Und gehorsam flackert das Bild auf dem Monitor und wird größer, und wir haben das Gefühl, in einen Strudel gesogen zu werden, denn wir rasen mit irrwitziger Geschwindigkeit über die Plaza auf das Hafenbecken zu. Die Deckaufbauten eines Bootes kommen ins Bild und lösen sich gleich wieder in einen bedeutungslosen lila Brei auf, der an die Aureole der Sonne erinnert. Der Kameramann hat offenbar das Bild zu stark vergrößert, doch er korrigiert es rasch. Ein heftiges Zittern, und schon werden wir zurückkatapultiert, bis das Bild ruhiger und schärfer wird, und wie auf Kommando sagt Crawford: »… wie ein Spielzeughubschrauber.«

Und wirklich. Auf dem Dach der Laufbrücke einer stattlichen Motoryacht steht etwas, das aussieht wie ein überdimensionales Spielzeug: die getreue Nachbildung eines Hubschraubers, wie ihn das verwöhnte Kind nachsichtiger Eltern geschenkt bekommen könnte, um ihn per Fernsteuerung über den Central Park fliegen zu lassen.

Aber Stark kennt sich aus. »Das ist ein Bradley 5LD«, sagt

er knapp. »Und es ist kein Spielzeug. Habt ihr verstanden, River One?«

Das Bild auf Cutters Monitor schimmert milchig, und es ist nicht leicht, die beiden kauernden Gestalten auszumachen, die mit der Plexiglasüberdachung des Bradley zu verschmelzen scheinen.

»Verstanden, Pentecost. Sollen wir ...?«

Den Rest der Funkmeldung vom Polizeiboot verstehen wir nicht, da sie übertönt wird von einem Aufschrei, dem Geknatter anhaltender Gewehrsalven und dem ohrenbetäubend lauten Befehl von Crawford: »Runter!«

Flint ist offenbar aufgetaucht, denn Crawford sagt als Nächstes: »Um Gottes willen, Grace! Willst du dich umbringen lassen? Was machst du hier?«

Keuchen, nach Luft schnappen, den Mund ganz dicht an dem Mikrofon, das an Crawfords Hemd befestigt ist. Wir stellen uns vor, wie sie neben ihm auf dem Boden liegt, ihn an der Krawatte näher zu sich heranzieht. »Nathan«, stößt sie atemlos hervor, »Hustler hat Flügel.«

»Er weiß schon Bescheid«, sagt Crawford zu ihr.

»Luftunterstützung ist unterwegs«, sagt Stark, und Crawford wiederholt es.

»Zu spät«, sagt Flint – und wir können sehen, was sie meint.

Die Rotorblätter des Bradley drehen sich, schneller und schneller, bis sie ein schwarzer, verschwommener Wirbel sind. Der Schwanz hebt sich, und die kleine Maschine lehnt sich nach vorn in den Wind. Unsicher steigt sie hoch in die Luft, das Heck der Yacht stößt Rauch aus, wir hören gedämpft die starken Motoren dröhnen. Dann knallt es zweimal laut, und vom Deck des Bootes kommen zwei glühende Projektile, die wie Leuchtkugeln aussehen, im Bogen auf uns zu geschossen. Sie fallen ein gutes Stück vor unserer Position auf die Plaza.

»Rauchbomben«, hören wir Flint rufen. »Die wollen uns die Sicht nehmen!«

Und das gelingt ihnen sehr schnell. Aus den Projektilen quellen schmutzige weiße Wolken, die sich wie ein Vorhang und dicht wie Watte erheben. Als Letztes, bevor der Rauch zu dicht wird, sehen wir, wie die Yacht ablegt, während der Bradley über ihr schwebt.

»Sie hauen ab«, sagt Crawford überflüssigerweise.

Die Kamera fährt zurück, um unsere Perspektive zu erweitern, bis wir die gesamte Plaza sehen können. Unter uns kauern Personen an einer Wand, eine von ihnen läuft plötzlich los, auf den Rauch zu.

»River-Einheiten, eingreifen«, ruft Stark.

»Roger. River One und Two unterwegs.«

Wieder fährt die Kamera zurück und schwenkt nach links, und wir sehen das blitzende Blaulicht auf einem Polizeiboot, das vom nahen Ufer des East River ablegt.

Dann werden wir zur Plaza zurückgerissen, wo der Rauch sich durch den Wind lichtet und der Bradley inzwischen höher ist als unsere Kameraposition. Wir starren auf seinen schwarzen Bauch, als etwas – jemand – aus dem Cockpit geschleudert wird. Lily Apana fällt, fällt wie ein Stein.

Crawford heult auf wie ein verwundetes Tier, wieder macht die Kamera einen Schwenk, und wir sehen Flint über die Plaza sprinten, gut dreißig Meter, doch sie verschätzt sich mit der Aufschlagstelle. Sie läuft zu weit und muss kehrtmachen, und sie müht sich ab, den Kopf nach oben, die Arme ausgestreckt, wie eine Verteidigerin beim Football, die einen Pass abfangen will.

Wir vermuten, sie will Apanas Sturz auffangen oder zumindest bremsen, doch es ist ein vergebliches Unterfangen, aus schierer Verzweiflung geboren. Von der Geschwindigkeit, die der kleine Körper erreicht hat, wird Flint zu Boden geworfen, und fast im selben Augenblick knallt Lily Apana auf die gnadenlosen Pflastersteine der Plaza des World Emporium.

Der entfernte Knall des Aufpralls, den Crawfords Mikro einfängt, ist nicht mit dem Bild synchron. Es vergeht gut eine Sekunde, ehe wir dieses schreckliche Geräusch hören müssen.

4

Felix Hartmann ist unterwegs zu dem kleinen Flugplatz in Suffolk County, wo der Bradley verlassen hinter Absperrband der Polizei steht. Jarrett Crawford befindet sich im Polizeipräsidium und beobachtet das vergebliche Verhör von drei von Hustlers Leuten, die sich auf Empfehlung ihrer teuren Anwälte in Schweigen hüllen. Rocco Morales sitzt im Keller des Marscheider-Gebäudes an seiner Anlage und versucht für die unvermeidliche Untersuchung den Ton zu verbessern.

Flint hat nichts zu tun. Sie liegt in Cutters Büro auf der Couch und betrachtet ihn aus halb geschlossenen Augen an seinem Schreibtisch. Sie möchte gern glauben, dass sie das Geräusch von Ruths Tod, das ihr Gedächtnis immer wieder abspielt, aus dem Kopf verbannen kann, wenn sie sich nur angestrengt auf das konzentriert, was er ins Telefon sagt. Doch es funktioniert nicht. Sie kann zwar das Bild verändern, das sie vor ihrem geistigen Auge sieht, das, was passiert ist, abwandeln, aber der Widerhall bleibt gleich.

Was sie immer wieder hört, über Cutters nichts sagende Worte hinweg und durch sie hindurch, ist das grässliche Geräusch, als ein verängstigter Spatz gegen die Scheibe ihres Kinderzimmers prallte; das Splittern von Knochen, das Reißen von Fleisch, der plötzliche Atemausstoß. Sie hatte ihn ins Zimmer gelockt, um nicht allein zu sein, und das Fenster geschlossen, was den Vogel in Panik versetzte. Ihre Schuld. Der Spatz hatte nicht geschrien, als er flatterte und starb, und Ruth auch nicht.

Cutter legt den Hörer auf, blickt sie an und sagt: »Grace, gehen Sie nach Hause.«

Es dauert einen Augenblick, bis seine Worte bei ihr ankommen. »Ja«, sagt sie zögerlich. Sie schaut auf die Blutflecken auf ihrer Bluse, als sähe sie sie zum ersten Mal. »Ja«, sagt sie wieder. »Ich muss mich umziehen.«

Cutter schüttelt seinen bulligen Kopf. Er meint nicht ihre Wohnung. »Fahren Sie nach Hause zu Ihrem Mann, Grace.«

Sie blickt ihn verwirrt an, als spräche er eine Sprache, die sie nicht versteht.

»Ich möchte Sie von hier weghaben, raus aus der Stadt.«

»Bitte?« Sie versucht, den Nebel abzuschütteln.

»Nur für ein paar Tage«, fährt Cutter fort. »Bis sich die Lage wieder beruhigt hat. Hier werden ganz schön die Fetzen fliegen, und ich möchte verhindern, dass Sie zu viel davon abbekommen.« Er hält inne. »Kommen Sie zu Ruths Beerdigung wieder, wenn es angemessen scheint.«

Flints traurige Augen sind haselnussbraun, werden aber jetzt dunkler, eine Farbe sehr viel weiter unten auf der Skala. Die Apathie, die sie den ganzen Morgen getragen hat wie einen Umhang, ist plötzlich verschwunden. Sie schwingt die Füße auf den Boden und setzt sich aufrecht hin. »Wie bitte?«, sagt sie, in einem nicht mehr unbestimmten Tonfall.

Cutter bedenkt sie mit einem scharfen Blick. »Fangen Sie jetzt nicht damit an, Grace. Das ist wirklich nicht der richtige Zeitpunkt.«

Sie steht abrupt auf und geht auf Cutters Schreibtisch zu, ohne auf seine Warnung und den Schmerz in ihrem Bein zu achten. »Bin ich vom Dienst suspendiert, Mr. Cutter?«

»Nein«, sagt Cutter.

Doch dann kommt sie ihm sehr nahe, streckt das Kinn vor. Flint weiß, dass das angesichts von Cutters aufbrausendem Temperament unvorsichtig ist, doch nun sprudelt die Wut, die sie seit vierundzwanzig Stunden unterdrückt, aus ihr heraus wie Blut aus einer durchtrennten Arterie. Und wenn sie wütend ist, kann sie fahrlässig werden.

»Zurück«, sagt Cutter vergeblich.

»Verstehe«, entgegnet sie. »Dann bin ich also gefeuert, was?«

»Klar«, sagt er, erhebt sich langsam aus seinem Sessel, sodass er dicht vor ihr steht, und starrt sie ebenso wütend an. »Klar sind Sie suspendiert. Wenn Sie das wollen.«

»Sie denken, es ist meine Schuld?«, will sie von ihm wissen.

»Ich denke, Sie haben die Sache nicht im Griff gehabt, Flint, so wie Sie sich selbst jetzt nicht im Griff haben.«

»Soll heißen?«

»Soll heißen, Sie haben das Schaltpult verlassen. Soll heißen, Sie hatten zwölf Kollegen da draußen, denen Sie Anweisungen geben sollten, und Sie sind losgerannt wie eine dumme Göre …«

»Nathan saß am Schaltpult«, fiel sie ihm ins Wort.

»Aber er hatte nicht die Leitung der Operation.«

»Wir konnten nichts sehen. Wir hatten kein Bild.«

»Sie hatten Crawfords Augen.«

»Das hat nicht gereicht, Mr. Cutter. Ich musste es mit eigenen Augen sehen.«

»Morales war dabei, Ihnen das Bild zu besorgen.«

»Nicht schnell genug.«

»Er hat Ihnen aber das Bild besorgt.«

»Nicht schnell genug!«

Sie schreit die letzte Entgegnung, und ein paar Speicheltröpfchen landen in Cutters Gesicht, sodass er zusammenzuckt. Er hebt die Hand, und ganz kurz denkt sie, er will sie schlagen, doch er wischt sich die Wange ab.

»Tut mir Leid«, stammelt sie und dann: »Verdammt, Sie waren nicht dabei, Mr. Cutter. Sie waren in Washington …« Ihre Stimme versiegt, als sie den Faden verliert. Cutter wartet.

Plötzlich ermattet, als hätte sie absolut keine Energie mehr, fragt sie: »Wieso wussten die Bescheid? Wieso wussten die, dass Ruth eine Falle war?« Sie kann sich nicht erinnern, je in ihrem Leben so müde gewesen zu sein.

Cutter legt eine Hand auf ihren Arm, bietet ihr einen Waffenstillstand an. »Darum kümmert sich Nathan.«

Sie versteift sich augenblicklich und will protestieren, doch er bringt sie mit einem Druck der Hand zum Schweigen und sagt: »In so was ist er gut, besser als Sie. Er wird ein ganzes Rudel Terrier zusammenstellen und Pentecost auseinander nehmen, bis er die undichte Stelle findet, wenn es denn eine gibt.« Sein Gesicht wird weicher. »Sie haben nicht seine Geduld, Grace. Das ist nicht Ihr Stil.«

»Hustler gehört mir«, sagt Flint trotzig.

»Nicht mehr.«

Wieder will sie aufbegehren, und Cutter legt den Kopf schief. »Überlegen Sie doch mal. Es geht jetzt um Mord, und Sie können Gift drauf nehmen, dass das FBI die Ermittlungen führen will, schließlich war Ruth streng genommen noch eine FBI-Agentin. Übrigens«, er deutet mit einem Nicken auf das Telefon auf seinem Schreibtisch, »ich habe eben mit Bob Palmer vom Justizministerium gesprochen, und er sieht die Sache genauso: Karl Gröber hat eine FBI-Agentin ermordet.«

Ihre eigenen Worte kommen zu Flint zurückgetrieben. »Gentlemen, bitte alle die Ohren spitzen. Damit eins klar ist: Ich bin gerade dabei, eine FBI-Agentin einer großen Gefahr auszusetzen …« Tja, das hatte sie wirklich getan. Plötzlich fühlt sie sich schwach und schließt die Augen. In der linken Schläfe spürt sie einen heftigen, stechenden Schmerz.

»Alles in Ordnung?«, hört sie Cutter sagen. »Kriegen Sie wieder Ihre Migräne?«

Nicht zum ersten Mal denkt sie: Sie kennen mich zu gut. Sie öffnet die Augen und schüttelt den Kopf. »Ich bin nur müde.«

Cutter berührt sie sanft an der unverletzten Schulter. »Dann fahren Sie nach Hause, Grace. Nach Hause zu Ben.«

Ben ist nicht da, aber es scheint ihr sinnlos, Cutter das zu sagen.

MILLER'S REACH
CONNECTICUT

5

Laut Cutters Vorschriften dürfen die Geheimakten der Financial Strike Force weder fotokopiert werden noch das Marscheider-Gebäude verlassen. Möchte ein Mitarbeiter sie für einen bestimmten Zweck einsehen, so geschieht das im Archiv unter den wachsamen Augen der Kameras und einer Respekt einflößenden Frau namens Kitty Lopez. Doch selbst Cutters Vorschriften kennen Ausnahmen, und Flint und Kitty Lopez haben eine Abmachung getroffen.

In einer zweihundert Jahre alten Scheune hält Flint den Strahl ihrer kleinen Taschenlampe auf den Boden gerichtet, während sie abwartet, bis die Fledermäuse sich wieder beruhigt haben. Ben hat sie davon überzeugt, dass es ein Mythos ist – »reine Verleumdung«, wie er sagt –, dass Fledermäuse blind sind. Werden sie im Winterschlaf gestört, geraten sie in Panik und täuschen einen Angriff vor, indem sie wie ein Wirbelwind direkt auf das Licht zufliegen. Die Fledermäuse, die sich in Bens und Grace' Scheune eingenistet haben, sind so genannte Kleine Braune Fledermäuse, nicht größer als Feldmäuse, aber es sind bestimmt Abertausende, die in dem verlassenen Gebäude wohnen. Der Gestank ihres Kots, der dick den Boden bedeckt, ist kaum zu ertragen.

Wie Ben es ihr beigebracht hat, spricht Flint mit beruhigender Stimme in die Dunkelheit hinein. Und als das Geflatter schließlich aufgehört hat, wagt sie sich auf die Leiter, die zu einer Plattform unter den Dachsparren führt, wo sie eine beinahe vollständige Kopie der Pentecost-Akte versteckt hat. Die vierte Sprosse fehlt, und die siebte ist angesägt, damit sie unter dem Gewicht eines Menschen bricht; zwei Fallen – Abschreckungsmaßnahmen –, die Flint vorbereitet hat und denen sie jetzt ausweichen muss. Da sie beide Hände braucht, knipst sie widerwillig die Taschenlampe aus und schiebt sie in die Gesäßtasche ihrer Jeans.

In den vier Monaten, seit sie die Pentecost-Akte mit nach Hause gebracht hat, ist sie diese Leiter ein Dutzend Mal im Stockdunkeln hochgestiegen, doch es wird nicht leichter, und der pulsierende Schmerz in ihrem linken Bein schärft ihre Sinne. Ben konnte zur Verteidigung von Fledermäusen sagen, was er wollte – und ihr Vater es auf noch so lustige, neckende Art bestätigen –, sie hat nach wie vor Angst vor der mythischen Macht dieser Tiere. Wenn sie darauf achtet, spürt sie die Biester in den Haaren.

Oben auf der Plattform geht sie in die Hocke und schaltet dankbar die Taschenlampe an. Den Strahl mit einer hohlen Hand geschützt, tastet sie mit der anderen in dem schwachen Licht nach dem losen Brett, das ihre Nische verbirgt. Sie schiebt es zur Seite, greift hinein, und ihre Finger finden die Ölhaut, mit der die kostbare Akte umwickelt ist. Die gut achthundert Seiten sind entsprechend schwer, und in Erwartung der Anstrengung spannt sie die Muskeln im Handgelenk an. Dicht vor ihrem Gesicht hängen schlafende Körper, die sie nicht unbedingt wecken will.

Los, mach schon!, sagt sie sich, und ganz langsam holt sie das Paket hervor und schiebt es in einen Nylonrucksack, der ihr über die schmerzfreie Schulter hängt. Sie löscht die Taschenlampe und kriecht im Finstern auf den Knien rückwärts, bis ihre Zehen die oberste Sprosse der Leiter finden.

Der Abstieg ist besonders gefährlich, da man sich mit den Sprossen leicht verzählt, und die Aussicht, bald aus der Scheune rauszukommen, kann zu waghalsiger Hast verleiten.

Flint zwingt sich, ganz langsam eine Stufe nach der anderen zu nehmen, sich auf das Zählen zu konzentrieren und das Gewicht möglichst auf das linke Bein zu verlagern. Es geht einigermaßen gut, doch plötzlich melden sich unerträgliche Schmerzen in der verletzten Schulter, und Flint muss sich auf die Lippe beißen, um nicht aufzuschreien.

Wie eine dumme Göre, wie Cutter sagen würde, und die plötzliche Erinnerung an seine grundlosen Kränkungen löst eine Wut in ihr aus, die ihr umso berechtigter erscheint, weil sein Urteil so ungerecht ist. »Hustler gehört nicht mehr Ihnen. Hustler gehört Nathan. Nathan wird die undichte Stelle finden. In so was ist er gut. Besser als Sie.«

Als sie mit dem geschwächten Bein überprüft, ob die nächste Sprosse die angesägte siebte ist, sagt Flint lauter, als sie will: »Du kannst mich mal, Aldus Cutter.« Irgendwo ganz dicht bei ihr bewegt sich etwas Lebendiges.

Als Flint das Scheunentor aufdrückt und sich in das Sonnenlicht schiebt, durchströmt sie eine berauschende Erleichterung. Sie wartet, bis ihre Augen sich an die Helligkeit gewöhnt haben und ihr Schwindelgefühl sich legt, dann geht sie auf das Haus zu, an einem Teich vorbei, der an diesem strahlenden Aprilmorgen aussieht wie ein polierter Spiegel.

Er ist nicht immer so friedlich. Vor zwei Wochen, als sie das letzte Mal hier war, hatte sie nach dem Mittagessen, als Ben vor dem Kamin schlief, zufällig aus dem Fenster geschaut und gesehen, dass eine Seite des Teiches in Bewegung war, beinahe zu kochen schien, weil sich irgendetwas verzweifelt darin bewegte. Sie eilte nach draußen und sah, dass ein Hirsch um sein Leben schwamm und drei Kojoten am Ufer umhersprangen und nach ihm schnappten. Beim Anblick des Störenfrieds brachen sie ihre Jagd ab, doch gleich darauf fassten sie neuen Mut und pirschten sich näher an Flint heran. Sie versuchten, sie zu umzingeln, doch sie trat den Rückzug an.

Erst als sie weit genug entfernt war, drehte sie sich um und rannte zum Haus.

Als sie ins Wohnzimmer gestürmt kam und nach ihrer Pistole suchte, wurde Ben wach, und sie erklärte ihm rasch, was los war. Er war noch ganz verschlafen, gähnte und brummte irgendetwas wie, man müsse der Natur ihren Lauf lassen.

»Schwachsinn«, erwiderte sie, ganz Tierarzttochter.

Doch es war nicht nötig, die Kojoten zu erschießen. Als sie zurück zum Teich kam, stand der größte Irische Wolfshund, den sie je gesehen hatte, wie ein Wächter mit dem Rücken zum Wasser und sah den Kojoten nach, die sich in den Wald davonstahlen. Der Hirsch war frei und wieder auf dem Weg in die Sicherheit am anderen Ufer.

»Und, hat dein Hund auch einen Namen?«, fragte Ben schmunzelnd, nachdem er sich amüsiert ihre atemlos erzählte Geschichte von der Rettung des Hirsches angehört hatte.

Sie sagte, das wisse sie nicht – und sie weiß es noch immer nicht, aber der Hund ist da, so groß wie ein Pony, und er steht auf ihrer Veranda und beobachtet sie, wie sie von der Scheune herangehumpelt kommt.

Sie geht ins Haus, packt die Pentecost-Akte aus und legt sie auf den Glastisch unter dem Panoramafenster, das eine ganze Wand ihres Arbeitszimmers einnimmt. Von hier aus kann sie fast die gesamten zwei Hektar überblicken, die ihr und Ben gehören, ein Hochzeitsgeschenk, erstanden mit dem Geld ihres Vaters.

Eigentlich mit dem Geld ihrer Mutter, das Dr. John Flint von seiner Frau Mad geerbt hatte, nachdem sie spurlos verschwunden war. Grace war damals keine sechs Jahre alt, und das Thema ist für Vater und Tochter noch immer zu belastend, um darüber zu sprechen. Als Mahnmal dient allein das Foto ihrer Mutter, das Grace in einem Silberrahmen auf den Tisch gestellt hat, wo es zum Fenster gedreht mit ihr den schönen Blick über Miller's Reach teilt.

Flint ist noch zu unruhig, um sich in Ruhe an die Arbeit zu machen, und sie geht in die Küche, um Teewasser aufzusetzen. Dann geht sie nach oben, holt die Handtücher aus dem Bad, zieht die Bettwäsche ab und steckt alles in die Waschmaschine. Eigentlich hätte Ben das vor seiner Abreise erledigen sollen, doch er hat wohl keine Zeit gehabt oder es vergessen, was wahrscheinlicher ist, weil ihm das öfter passiert. Er hat ihr auch nicht wie sonst einen seiner lustigen Abschiedszettel, die er immer mit einer Zeichnung von irgendeinem exotischen Vogel schmückt, hinterlassen, was ihm sonst nie passiert. Sie hat überall nachgesehen, als sie am Abend zuvor aus New York gekommen ist, und es hat sie beunruhigt, keine Nachricht von ihm zu finden.

Als der Tee fertig ist, geht sie zurück in ihr Zimmer und nimmt zwei Kekse für den Hund mit. Angesichts seines Zustandes ist er eindeutig kein streunender Hund. Sie vermutet, dass er einem der Nachbarn gehört, die sie noch nicht kennt, und sie geht davon aus, dass sie an seinem Halsband einen Namen und vielleicht eine Telefonnummer findet. Sie öffnet die Verandatüren und ruft ihn, und als der Hund keine Furcht bei ihr wittert, kommt er. Er sitzt zu ihren Füßen und lässt sich das drahtige, raue Fell unter dem Maul kraulen, dessen Zähne den Eindruck machen, als könnten sie Steine zermalmen, und dann nimmt er behutsam die Kekse aus ihrer Hand entgegen. Auf dem Schildchen am Halsband steht nur ein Name: Sirius – nach dem Hundsstern, dem hellsten Stern am Himmel.

»Hast du denn kein Zuhause, wo du hingehörst, du Bestie?«, sagt sie liebevoll, doch Sirius macht keine Anstalten zu gehen. Er legt sich auf die Veranda, während sie sich an den Tisch setzt und die Pentecost-Akte heranzieht, in dem Bewusstsein, dass sie unerwünschte Geister heraufbeschwören wird. Und sie gesteht sich ein, dass ihr Sirius' stille Gesellschaft alles andere als unangenehm ist.

6

Auf dem Deckblatt, unter dem Logo der Financial Strike Force, prangt in roten Lettern die Warnung TOP SECRET, und darunter steht das einzelne Wort PENTECOST.

»Na schön, ich frage«, hatte Flint müde gesagt, während Cutter grinsend auf die Frage wartete. »Wieso gerade ›Pentecost‹, was hat Pfingsten damit zu tun?«

»Und als der Tag der Pfingsten gekommen war«, intonierte Cutter mit der tiefen, salbungsvollen Stimme eines Predigers, die Aufschläge seines Bademantels gerafft wie ein Bischof sein Pallium. »Und der Heilige Geist«, fuhr er fort und verdrehte die Augen, »stieg vom Himmel herab mit einem Brausen wie von einem gewaltigen Winde, das das ganze Haus erfüllte, wo die Apostel saßen. Und es erschienen ihnen Flammen, Flammen wie Zungen von Feuer, und sie setzten sich auf jeden Einzelnen von ihnen …« Er hatte abgebrochen und über ihre verblüffte Miene gelacht. »Sie sind die Flamme. Was meinen Sie?«

»Wie bitte?«

»Ich seh das so«, sagte Cutter und schob eine dicke Gesäßbacke auf die Ecke der Küchentheke, »etwa nächstes Jahr zu Pfingsten, wenn Sie Ihre Sache gut machen, werden Sie wie der Zorn Gottes über Gröber und seine Apostel kommen. Verstanden?«

Flint hatte aufgestöhnt.

»Es gibt noch einen Nachtrag«, sagte Cutter, der sich jetzt noch köstlicher amüsierte. »Tja, mag sein, dass Sie das nicht wissen, aber im jüdischen Glauben wird Pfingsten Schawuot genannt, und während des Gottesdienstes zu Schawuot liest man aus – raten Sie mal?«

»Keine Ahnung.«

»Aus dem Buch Ruth! Wie gefällt Ihnen das?« Er hatte mit der Hand auf die Theke geschlagen. »Ich hätte ja Operation Schawuot nicht schlecht gefunden«, fuhr er fort, »aber dann hab ich mir gedacht, dass Nathan wahrscheinlich mit der Schreibweise Probleme hätte. Überhaupt …«

»Aldus«, hatte Flint ihn unterbrochen, »haben Sie die ganze Nacht kein Auge zugetan und sich diesen Mist ausgedacht?«

Im Marscheider-Gebäude, oder auch sonst wo, hätte sie ihn niemals Aldus genannt, doch sie waren in der Küche seiner Wohnung auf der East 63rd Street, weil Cutter nach einer Notoperation wegen eines eingeklemmten Bruchs widerwillig krankgeschrieben war. Von Mrs. Cutter fehlte jede Spur, und Flint hatte lieber nicht gefragt.

Unvermittelt geschäftsmäßig hatte Cutter sich erkundigt: »Haben Sie schon eine Legende für sie?«

»Ja«, hatte sie erwidert und ihm von dem komplizierten Lügennetz erzählt, das sie und Ruth Apple gesponnen hatten.

»Gefällt mir«, hatte er gesagt. »Hat Ruth einen Namen?«

»Lily«, hatte sie geantwortet. »Lily Apana.«

Cutter hatte zustimmend genickt. Und so wurde Ruth Apple, Special Agent der Financial Strike Force, Lily Apana, eine ehrgeizige, aber bestechliche Bankerin, die in den letzten acht Monaten ihres Lebens von niemandem mehr Ruth genannt worden war. Bei ihren seltenen Besuchen im Marscheider-Gebäude, in das sie sich durch die Kellertür schlich, bei den häufigeren, heimlichen Treffen mit Flint in ihrer neuen Wohnung, um darüber zu sprechen, wie die Sache voranging, in der New Yorker Delta Bank, wo sie emsig daran arbeitete, dass Karl Gröbers Organisation zwei Milliarden Dollar waschen konnte, in jedem Dokument, das fälschlicherweise Lily Apanas Existenz bezeugte, war sie niemals Ruth, immer nur Lily. Es war Flints Ziel, und schließlich gelang es ihr auch, dass sogar Ruth für sich selbst Lily wurde, der einzige Name, auf den sie instinktiv reagierte.

Für ihre Eltern in Boca Raton, ihre früheren Kollegen bei der Drogenfahndung in Miami, ihre wenigen Freundinnen und Freunde und ihren ehemaligen Geliebten blieb sie natürlich Ruth Apple, doch in Abwesenheit. Denn ihrer Legende zufolge war Ruth für ein Jahr in Pakistan im Einsatz, von wo gelegentlich beruhigende Postkarten in ihrer Handschrift abgeschickt wurden. Und, ja, Ruth Apple war tatsächlich die offizielle Verbindungsoffizierin der FSF in Islamabad. Doch jeder, der sie dort in ihrem Büro telefonisch zu erreichen versuchte, wurde mit einer Entschuldigung von ihrem Anrufbeantworter abgespeist: Special Agent Apple sei für einige Tage verreist, was so viel hieß wie im Einsatz, um die pakistanische Polizei bei den zeitaufwendigen Ermittlungen in den mit dem illegalen Rauschgifthandel zusammenhängenden Finanzfragen zu beraten.

Und wenn irgendjemand von denen, die sie als Ruth Apple kannten – selbst ihr Freund oder ihre Mutter –, nach New York gekommen und ihr zufällig auf der Straße über den Weg gelaufen wäre (ein Albtraum für jeden Undercover-Agenten), er hätte sie nicht so ohne weiteres erkannt. Unter Flints Anleitung war Lily Apana rund sieben Kilo leichter als Ruth Apple geworden, ihr Haar war nicht mehr blond und kurz geschoren, sondern rabenschwarz und fiel ihr in den Nacken. Dank farbiger Kontaktlinsen waren ihre Augen jetzt dunkelbraun statt blau, und Kosmetik hatte ihr einen blasseren Teint verschafft. Über der Oberlippe – eine hübsche Idee – verlief eine dünne Narbe, offenbar ein Überbleibsel von einem Unfall als Kind, den Ruth nicht gehabt hatte. Durch intensives Üben und enge Schuhe gewöhnte Lily sich einen Gang mit kürzeren Schritten an, als Ruth sie machte, was den asiatischen Hauch an ihr noch verstärkte. Lily Apana war auf Hawaii geboren – wenn man dem standesamtlichen Eintrag glaubte – und in der fünften Generation Nachfahrin asiatischer Einwanderer, die noch auf den Zuckerplantagen gearbeitet hatten. Mit Hilfe eines Stimmtrainers, den Flint extra aus Hollywood kommen ließ, hatte Lily einen Akzent gelernt, der der Lüge förderlich war.

Doch trotz allem, trotz der lückenlosen Absicherung, war die Legende von Lily Apana undicht geworden. Irgendwann in den letzten acht Monaten hatte Karl Gröber nicht nur herausgefunden, dass Lily eine ausgeklügelte Erfindung war, sondern sogar ihren richtigen Namen erfahren. Der Beweis dafür befand sich in dem Umschlag, den man Lily in den BH gestopft hatte und der gefunden worden war, als man ihren Leichnam vor der Obduktion auszog. Der Umschlag, der säuberlich an »Flint« adressiert war, enthielt ein einziges Blatt: eine herausgerissene Bibelseite.

Die erste Seite aus dem Buch Ruth.

In ihrem Arbeitszimmer, bewacht von Sirius und dem Geist ihrer verschwundenen Mutter, klappt Flint die Akte auf und liest die ersten beiden Zeilen des Anfangsberichts, den sie selbst geschrieben hat.

> *Verdächtige Bankaktivitäten*
> Möglich, dass Scheinfirmen in Delaware Geldwäsche für deutsche Staatsbürger betreiben.

Dann folgt die Erklärung, dass es sich um die »Zusammenfassung eines Gesprächs mit V-Mann #00217« handelt, versehen mit Datum und den Namen der Verfasserinnen: »JAD/O Flint & SA Apple«.

Damals war sie noch Ruth, denn die Operation Pentecost und Lily Apana hatten noch nicht das Licht der Welt erblickt.

»Besagter V-Mann, der die FSF in früheren Fällen schon mehrmals mit Informationen beliefert hat (siehe dazu insbesondere ZR00-BONY, Seite 27–31, sowie ZR00-CITYB, Anhang II)«, beginnt der Bericht in der üblichen trockenen

Berichtssprache, »hat Joint Assistant Director (Operations) Flint am 26. 04. 00 telefonisch kontaktiert und um ein dringendes Treffen gebeten. Auf seinen Wunsch hin fand das Treffen in der folgenden Nacht um 01.00 Uhr auf dem Parkplatz neben dem River Café in der Water Street in Brooklyn statt. Wie vorgeschrieben ging JAD/O Flint nicht allein zu dem Treffen, sondern in Begleitung von Special Agent Apple, was den Informanten zunächst beunruhigte.«

Beunruhigte? Im Nachhinein hält Flint das für reine Untertreibung.

»Was soll das denn? Wer zum Teufel ist das?« Vincent Regal schreit Flint an und kommt mit fuchtelnden Armen und flatterndem schwarzem Mantel über den eiskalten Parkplatz auf sie zugehastet wie eine übergeschnappte Krähe. »Ich hab doch gesagt, Sie sollen allein kommen!«

»Vincent, beruhigen Sie sich.«

»Euretwegen werd ich noch umgelegt.«

»Vincent, beruhigen Sie sich!«

»Warum macht er das?«, hatte Ruth gefragt, als sie über die Brooklyn Bridge fuhren, während Flint immer ein wachsames Auge auf den Rückspiegel richtete.

»Warum die das überhaupt machen?«, erwiderte sie. »Um eine Rechnung zu begleichen? Weil es ihnen ein Gefühl von Macht gibt? Um sich abzusichern, für den Fall, dass es mal hart auf hart kommt?« Sie hatte kurz darüber nachgedacht und dann gesagt: »Ich denke, aus letzterem Grund. Denn für unseren Vincent wird es irgendwann bestimmt hart auf hart kommen.«

Vincent Regal, auf dem Beifahrersitz von Flints Wagen, dreht den Kopf auf dem dicken, kurzen Hals, um Ruth mit seinen wässrigen Augen anzustieren.

»Wie viel weiß sie?«

»Sie weiß nichts, Vincent.«

»Warum ist sie dann hier?«

»So lauten die Vorschriften, Vincent. Ich darf mich nicht allein mit Ihnen treffen.«

»Ihr Idioten, ihr seid wirklich unglaublich.«

Sie hatte das schon einmal gehört, und jetzt reichte es ihr. Sie beugte sich über seinen Schoß und öffnete die Beifahrertür.

»Raus, Vincent!«

»Was soll denn das heißen?«

»Entweder Sie reißen sich am Riemen, oder Sie steigen aus dem Wagen. Wenn Sie nicht mit mir reden wollen – von mir aus. Ich habe Wichtigeres zu tun als mir Ihre Unverschämtheiten anzuhören.«

»Der Informant ließ sich schließlich besänftigen«, heißt es ohne nähere Erläuterung in der Akte, »und lieferte Informationen über eine große Zahl von in Delaware angesiedelten Scheinfirmen, die von WeTry Business Solutions, Incorporated (WETBS), für deutsche Staatsbürger und Unternehmen gegründet worden sind. Der Informant verfügt hinsichtlich dieser Firmen in Delaware über direkte Kenntnisse und gab des Weiteren seiner Überzeugung Ausdruck, dass sie für systematische Geldwäscheaktionen über US-Banken verwendet werden.«

»Waschen, Trocknen und Bügeln, alles inklusive«, hatte Vincent neckisch gesagt.

»Soll heißen?«

»Man gründet eine Firma, eröffnet ein Konto, macht zwei, drei Überweisungen. Dann der große Coup – das Geld kommt rein und geht wieder raus, alles schön gewaschen – und schon hat man seine Schäflein im Trocknen.«

Er hatte wieder den Kopf gedreht, diesmal um Ruth anzugrinsen. »Und gebügelt seid ihr, wenn ihr merkt, dass es keine Spur gibt – zumindest nichts, was euch weiterbringt.«

Eine schwarze Haarsträhne klebte ihm an der schweißnassen Stirn. Trotz der Kälte draußen hatte Flint ihr Fenster einen Spalt geöffnet, um etwas frische Luft zu bekommen.

»Von wie vielen Firmen sprechen wir, Vincent?«

»Sechzehnhundert, so um den Dreh.«

»Und wieso Delaware?«

In dem Moment, als Flint die Frage stellte, war ein dunkelblauer Buick, der schon bessere Zeiten gesehen hatte, auf den Parkplatz gebogen, an ihnen vorbeigefahren und am Flussufer neben Vincents glänzendem Mercedes stehen geblieben. Zwei Männer saßen darin und keiner stieg aus. Im Spiegel hatte Flint gesehen, wie Ruth in ihre Handtasche griff, wo sie ihre Pistole hatte. Flints Waffe lag leicht zu erreichen unter dem Fahrersitz.

Der Buick hatte Vincent wieder nervös und aggressiv gemacht. »Verdammt, habt ihr Deppen denn von gar nichts eine Ahnung?«

»Erzählen Sie mir einfach, was Sie wissen, Vincent.«

Er hatte einen gelangweilten Tonfall vorgetäuscht, um seine Angst zu überdecken. »Weil in Delaware kein Mensch irgendwelche blöden Fragen stellt. Wer sind die Gesellschafter? Scheißegal. Was sind es für Landsleute? Wen interessiert's? Wo ist der Hauptsitz der Firma? Scheißt der Hund drauf. Der Kunde braucht nichts weiter als eine gemeldete Adresse in Delaware, die ich für fünfzig Mäuse im Monat mieten kann. Was macht die Firma? Ja, das ist eine gute Frage. Wissen Sie, was wir auf das Anmeldeformular geschrieben haben?«

Er wollte es gerade auswendig herunterrasseln, als er hörte, wie Ruth leise in ihr Handy sprach und das Kennzeichen des Buick durchgab.

»He! Was soll denn das? Glauben Sie, die interessieren sich für uns?« Er hatte die Hand schon am Türgriff, bereit, sich aus dem Staub zu machen.

Flint hatte ihn am Arm gepackt. »Das finden wir gerade raus. Bleiben Sie, wo Sie sind.«

»Herrgott!«

Ruth sprach nicht mehr, hielt das Telefon aber noch am Ohr, um auf das Ergebnis der Kennzeichenüberprüfung zu warten.

»Was habt ihr auf das Anmeldeformular geschrieben, Vincent? Sagen Sie mir den genauen Wortlaut.«

Er leierte es mit monotoner Stimme herunter. »Zweck des Unternehmens ist die Abwicklung von Geschäften unter Beachtung und Einhaltung der im Staate Delaware geltenden Gesetze.«

Flint blickte in den Rückspiegel und sah, wie Ruth lautlos die Worte »als gestohlen gemeldet« formte.

»Dieser verdammte Saddam Hussein zum Beispiel.«

Flint wusste, dass ihr wieder eine von Vincents Predigten bevorstand.

»Oder dieser Bin Laden. Die Araber könnten in Delaware tausend Firmen aufmachen und sich nukleares Material kaufen, Bomben, was weiß ich noch alles, und Delaware würde es nicht mal merken, sich 'nen Scheiß drum scheren.«

Die Augen weiter auf den Buick gerichtet, hatte Flint gefragt: »Wie hoch ist der derzeitige Tarif?«

»Vier fünfzig pro Stück. Fünf Prozent Rabatt, wenn man zehn auf einmal kauft.«

»Das ist alles?«

»Ein Bankkonto kostet nochmal fünfzig.«

»Was ist mit der verkehrsüblichen Sorgfalt?«

»Soll das ein Witz sein?«

Und dann hatte Vincent plötzlich gelacht, ein lang gezogenes Kichern mit schriller Falsettstimme, das sie noch immer in den Ohren hat – und als sie es jetzt wieder hört, kann sie förmlich seinen Schweiß riechen, die dichten, schwarzen Haare auf dem Rücken der Hand sehen, die er zu spät vor den Mund gelegt hatte.

»Sie wollen mich verscheißern, nicht?«

»Erzählen Sie mir einfach, was Sie wissen, Vincent.«

Was er laut der Akte wusste, war, dass einige amerikanische Banken sich nicht strikt an die vom Finanzministerium erlassene Vorschrift halten, ihre Kunden gründlich zu durchleuchten, eine der wichtigsten Vorbeugemaßnahmen gegen Geldwäsche.

»Der Informant gab an, dass bei Banken in den Staaten New York und Kalifornien routinemäßig Konten eröffnet werden, nachdem der Vorsitzende von WETBS angegeben hat, er habe die Gesellschafter mit der verkehrsüblichen Sorgfalt überprüfen lassen, was aber nie der Fall war«, so der Bericht.

»Und überprüft ihr sie, Vincent?«

»Na, aber klar doch. Als Erstes schicken sie uns einen Scheck über unsere vierhundertfünfzig Mäuse – und wir warten, ob er gedeckt ist.«

»Das ist alles?«

Wieder ein Kichern von Vincent, doch diesmal nur kurz. »Das ist alles. Mehr brauchen wir nicht zu wissen.«

Flint blättert um.

»Der Informant gab an, dass gewisse Banken, mit denen WETBS Geschäftsverbindungen unterhält, darauf bestehen, dass die Kunden binnen dreißig Tagen nach Kontoeröffnung in der Bank vorstellig werden und sich – unter Vorlage eines Passes oder einer Kreditkarte – persönlich ausweisen. Doch während dieser Dreißig-Tage-Frist sind die Konten bereits voll funktionsfähig, sodass Überweisungen möglich sind.«

»Wenn die Kunden sich nicht blicken lassen – und die meisten tun das nicht –, wird das Konto geschlossen. Wen juckt's. Wissen Sie, wie viel Geld man in dreißig Tagen bewegen kann?«

»Sagen Sie's mir, Vincent.«

Er hatte ihr einen verschlagenen Blick zugeworfen. »Na, ich will es mal so sagen. Verdammt viel mehr, als Sie für Ihre Flitterwochen brauchen.«

Sie musste eine Reaktion gezeigt haben, denn er hatte sich ihr zugewandt und sie angesehen, jetzt mit einem Grinsen im Gesicht, als wollte er fragen, na, was sagste nun? Er hatte sogar die Frechheit besessen, ihr zuzuzwinkern und sie am Arm zu berühren. »Gratuliere! Ben Gates ist der Glückliche, nicht? Gut aussehender Bursche.«

»Bleiben wir beim Thema, Vincent, ja?« Ihre Stimme hatte einen schneidenden Unterton, und er hob kapitulierend die Hände.

»He, nichts für ungut. Ich weiß einfach gern, mit wem ich es zu tun hab.«

Vincent Regal war nach ihrem Dafürhalten ein widerlicher Mensch, das reinste Ekelpaket, und das Einzige, was ihn halbwegs erträglich machte, war die Tatsache, dass er ihr gelegentlich Informationen lieferte. Bei der Erkenntnis, dass er etwas über ihr Privatleben wusste – ja, überhaupt etwas über ihr Privatleben hatte herausfinden können –, wurde ihr beinahe übel. Urplötzlich fror sie und fühlte sich schmutzig, als hätte sie ihn im Schlafzimmer beim Durchwühlen ihrer Unterwäsche erwischt.

Selbst jetzt noch wird ihr bei der Erinnerung komisch zumute, und sie steht vom Tisch auf. Draußen auf der Veranda erhebt sich Sirius ebenfalls und blickt sie neugierig an.

»Ich hol dir etwas Wasser«, sagt sie zerstreut und geht in die Küche, in Gedanken noch immer mit Fragen beschäftigt, auf die sie keine Antwort hat: Wie hatte er es wissen können? Wen hatte er gekannt? Denn sie hatte nur ganz wenigen Leuten von ihrer bevorstehenden Heirat mit Ben Gates erzählt, und von denen hätte wohl keiner so einem Typen wie Vincent Regal irgendetwas Persönliches von ihr mitgeteilt.

Einen Augenblick lang war sie versucht gewesen – stark versucht –, es auf der Stelle aus ihm herauszuholen, ihn aus dem Wagen zu ziehen und ihn falls nötig gegen die Wand zu drücken, und nur ihre Ausbildung hatte sie davon abgehalten. Zeige einem Informanten unter keinen Umständen, dass er dich nervös gemacht hat, hatten die Ausbilder in Hendon immer wieder gesagt. Was er dir auch erzählt, es überrascht dich nicht, weil du allmächtig bist, allwissend – so soll es zumindest aussehen.

Und dann war der Moment vorüber, weil Ruth gehustet hatte, und Flint hatte im Rückspiegel einen Streifenwagen der New Yorker Polizei auf den Parkplatz brausen sehen, dicht gefolgt von zwei Fahrzeugen mit Zivilbeamten.

Der Konvoi war an Flints Wagen vorbeigefahren, als wäre er gar nicht vorhanden, und hatte den Buick in die Zange genommen, die Zivilwagen rechts und links, der Streifenwagen dahinter, jetzt mit rotierendem Blaulicht. Die Bremslichter leuchteten noch, da sprangen auch schon sechs Männer aus den Fahrzeugen, Schusswaffen auf den Buick gerichtet, und brüllten Anweisungen, deren Befolgung oder Nichtbefolgung über Leben und Tod entschied.

Flint hatte gesehen, wie die Insassen des Buick schnell die Hände auf den Kopf legten. Ein uniformierter Sergeant mit einer Pumpgun hatte kurz in ihre Richtung geblickt und ihr kaum merklich zugenickt.

»Was zum Teufel soll der Scheiß?«

»Wir machen eine kleine Spritztour, Vincent. Setzen unser Pläuschchen fort.«

»Und mein Wagen?«

»Ihr Wagen? Haben Sie Angst, die Polizei klaut ihn?«

In der Küche angekommen, muss sie überlegen, was sie hier will. Sie nimmt eine Obstschüssel und füllt sie an der Spüle mit Wasser, beäugt von einem Turmfalken – einer aus Bens Sammlung von holzgeschnitzten Vögeln, die überall im Haus herumhocken. Sie denkt an Ben und versucht sich vorzustellen, was er gerade tut, sieht dann auf ihre Uhr und rechnet den

Zeitunterschied zwischen Connecticut und Ostafrika aus. Bei ihm ist es sieben Stunden später, und sie vermutet, dass es im Busch schon dunkel ist.

Sie hat die Schüssel zu voll gemacht und trägt sie jetzt vorsichtig in ihr Zimmer, mit beiden Händen, damit nichts überschwappt. Der Hund wartet nicht an der Verandatür auf sie. Sie geht hinaus und ruft seinen Namen, während sie den Blick suchend über das Grundstück schweifen lässt, aber Sirius ist genauso unvermittelt verschwunden, wie er gekommen ist.

7

Jetzt ist auch die Sonne verschwunden und hat die Verheißung des Tages mit sich genommen. Flint hört den traurigen Schrei eines Raben, und über dem Teich steigt Dunst auf, trübt die Wasseroberfläche passend zu ihrer Stimmung. Es geht auf fünf Uhr am Nachmittag zu, und obwohl sie fleißig an der Pentecost-Akte gearbeitet hat, ist sie noch nicht weit gekommen, denn irgendwie hat sie das sichere Gefühl, dass sie auf den ersten achtzig Seiten etwas übersehen hat, irgendetwas, das den Schlüssel zur Wahrheit in sich birgt.

Es hat sich irgendwo in ihr fotografisches Gedächtnis eingebrannt, davon ist sie überzeugt, aber sie hat seine Bedeutung nicht rechtzeitig erkannt, wie eine verpasste Abzweigung auf einer Landstraße. Und sosehr sie auch zurückgeblättert hat, alles noch einmal durchgegangen ist, sie hat die Stelle nicht wieder gefunden. Sie weiß, dass das Ganze vorläufig nichts bringt.

Sie schiebt die Akte weg, geht mit der vagen Absicht in die

Küche, irgendetwas Essbares zu suchen, aber im Kühlschrank ist nichts, was ihr zusagt. Sie würde zum Supermarkt in Essex fahren, um einen Großeinkauf zu machen, wenn es nicht zehn Meilen hin und zurück wären. Sie wird einkaufen müssen, bevor Ben zurückkommt, aber das wird erst in vier Tagen sein, also beschließt sie, die Fahrt noch etwas aufzuschieben, ihre schmerzende Schulter und ihr steifes Bein zu schonen.

Aus dem Schrank nimmt sie eine kleine Dose Heinz-Tomatensuppe, wovon ihr Vater ihr immer ganze Ladungen aus England schickt, eine gezuckerte Brühe, nach der sie regelrecht süchtig ist, wie Ben sagt. Sie wärmt die Suppe in einem Topf auf und gießt sie in einen Becher, den sie mit nach oben ins Badezimmer nimmt, um die Suppe zu trinken, während sie sich ein Bad einlaufen lässt. Die Wanne ist ein großer Whirlpool, den sie und Ben haben einbauen lassen, damit sie zusammen baden können – obwohl ihnen das Baden meistens nur zum Vorspiel gerät.

Sie lächelt bei dem Gedanken daran und verdrängt dann die Sehnsucht, die sich stechend bemerkbar macht. Sie geht wieder in die Küche, holt ein Glas und nimmt eine halb volle Flasche Weißwein aus dem Kühlschrank. Ben würde es missbilligen, dass sie schon am Nachmittag trinkt, aber da Ben nun mal nicht da ist, kann er sich auch nicht daran stören.

Zurück im Badezimmer, gießt sie sich ein Glas Wein ein und gibt einen großzügigen Schuss Badeöl in die Wanne. Dann geht sie ins Schlafzimmer und zieht sich aus. Vor dem Spiegel begutachtet sie die Prellung, die vom Hals über die ganze Breite der linken Schulter verläuft, und sieht erleichtert die ersten Spuren gelber Verfärbung, ein Zeichen, dass die Verletzung ausheilt. Zumindest äußerlich ist ihr Oberschenkel unversehrt, denn es ist keine Schwellung zu sehen.

Sie legt Musik auf und geht dann noch einmal nach unten, um die Pentecost-Akte zu holen. Sie will zwar nicht weiter darin lesen – nicht jetzt –, aber sie möchte sie bei sich haben, während sie das Bad nimmt, um das Versprechen, das sie Kitty Lopez gegeben hat, so gut es geht zu halten: die Akte niemals aus den Augen zu lassen, wenn sie nicht versteckt ist.

Nachts kann Flint durch die Bäume hindurch das schwache Licht des nächstgelegenen Nachbarhauses sehen, aber nicht das Haus selbst. Miller's Reach ist fremden Blicken praktisch verborgen, was auch einen Teil seines Reizes für sie ausmacht. In mancher Hinsicht erinnert es sie an das gregorianische Farmhaus in Mittelengland, wo sie – nach dem Verschwinden ihrer Mutter – in selbst auferlegter Einsamkeit aufwuchs, sich nach der Schule in ihrem Zimmer unter dem Dach einschloss, um auf die tröstliche Dunkelheit zu warten. Zum großen Kummer ihres Vaters war sie ein freudloses kleines Mädchen, eine Einzelgängerin, die keine Freundinnen hatte und scheinbar auch keine brauchte. Vieles davon trifft noch heute zu. Dunkelheit besänftigt sie nach wie vor, und abgesehen von Ben hat sie nur selten das Bedürfnis nach menschlicher Gesellschaft.

Eingehüllt in Bens Flanellbademantel, der schwach nach ihm riecht, sitzt sie im Wohnzimmer auf dem Fußboden, den Rücken gegen einen Sessel gelehnt, und hält sich am Glas mit dem letzten Schluck Wein fest. Im Kamin brennt ein Feuer, aber ansonsten ist das Haus dunkel und still. Zumindest vorläufig hat sie Ruths Geist und die Erinnerung an ihren Tod verbannt, und ihre Psyche konzentriert sich auf die Erkenntnis, die sich ihr noch entzieht. Cutter nennt das ihr Scharfschützenauge, Flints Fähigkeit, das Fadenkreuz ihres Verstandes unverwandt auf einen Zielgedanken zu richten.

Eine ganze Weile sitzt sie reglos da und starrt ins Feuer, zwingt sich, vor ihrem inneren Auge das flüchtige Bild heraufzubeschwören, das sie in der Pentecost-Akte gesehen hat, bevor die Erinnerung getilgt oder von neuen Informationen verdeckt wurde. Das Feuer erlischt allmählich, als sie schließlich aufsteht und langsam mit der Akte in ihr Arbeitszimmer geht, jetzt durchdrungen von einer unbestimmten Angst.

Auf ihrem Tisch steht eine Halogenlampe, die die Glasplatte mit einem strahlenden Licht überflutet, und als ihre Augen sich an die Helligkeit gewöhnt haben, sieht sie sogleich, was sie in dem spärlichen Tageslicht nur vage wahrgenommen hatte. Auf der ersten Seite der Zusammenfassung ihres Gesprächs mit Vincent Regal, rechts oben in der Ecke, ist ein schwacher blauer Fleck, nicht größer als der Fingernagel eines Säuglings.

Sie nimmt ein Vergrößerungsglas zur Hand und sieht, dass der Fleck die Form eines Rosenblütenblattes hat. Sie sieht auch, dass sich ein fast identisches Blütenblatt in der Ecke auf der nächsten Seite ihres Berichts befindet, und auf der nächsten und übernächsten. Rasch blättert sie die gesamte Akte durch, und ihre Befürchtung bestätigt sich: Jede Seite, die sie sich anschaut, trägt das gleiche verräterische Mal.

Panik steigt in ihr auf, und sie zwingt sich, tief Luft zu holen. Schwieriger ist es, das Durcheinander aus Schreien und Vorwürfen zu unterdrücken, das ihr durch den Kopf tobt, und sich auf das zu konzentrieren, was jetzt getan werden muss.

Es ist fast zwei Uhr morgens, als sie zum Telefonhörer greift und den Dienst habenden Beamten der Nachtschicht im Marscheider-Gebäude anruft, ihn um Kitty Lopez' Privatnummer bittet, die nicht im Telefonbuch steht.

Nein, erwidert der Mann zu Recht. Eine weitere Vorschrift von Cutter lautet, dass die FSF telefonisch keinerlei Informationen über Mitarbeiter und Mitarbeiterinnen herausgibt, auch nicht, wenn eine Anruferin *behauptet*, sie sei Joint Assistant Director (Operations).

»Dann rufen Sie sie an und sagen Sie ihr, sie soll mich anrufen«, sagt Flint, die Ruhe bewahrend.

»Jetzt? Mitten in der Nacht?«

»Sagen Sie ihr, ich habe Rosenblütenblätter gefunden. Bitte. Sofort.«

Die Dunkelheit ist nicht mehr beruhigend. Während sie auf Lopez' Anruf wartet, geht Flint durchs Haus und schaltet jede Lampe an. Sie setzt einen starken Kaffee auf und macht wieder Feuer im Kamin. Sie ist gerade dabei, sich anzuziehen, hat sich für ein schickes Kostüm entschieden, als das Telefon klingelt.

Kitty Lopez verschwendet keine Zeit mit Vorwürfen. »Diese Blütenblätter, welche Farbe haben die?«

»Blau«, erwidert Flint.

Lopez zögert einen Augenblick, während sie überlegt, wie groß das Risiko ist, über eine nicht abgesicherte Leitung zu telefonieren. Dann: »Könnte es nicht sogar ein Kobaltblau sein?«

Kobaltchlorid, ein durchsichtiger Farbstoff, der auf starkes Licht reagiert, der blau wird, wenn die Seiten, die unsichtbar mit ihm markiert sind, zum Beispiel durch einen Fotokopierer laufen.

»Ja«, sagt Flint.

»Dann ist es das, wofür du es vermutlich hältst.«

»Klartext, Kitty?«

»Klartext«, erwidert Lopez, bevor sie auflegt, »man hat uns aufs Kreuz gelegt.«

Flint kennt Aldus Cutters Privatnummer auswendig. Sie wählt sie am Apparat im Schlafzimmer und lauscht auf das Freizeichen, während sie sich weiter anzieht. Cutter meldet sich nicht – auch nicht auf seinem Handy.

Wieder ruft sie im Marscheider-Gebäude an, und wieder muss sie sich mit dem Mann von der Nachtschicht herumschlagen, bis sie geschlagene zwanzig Minuten später endlich einen verstimmten Cutter in der Leitung hat.

»Ich muss Sie sehen«, sagt sie.

»Wissen Sie, wie spät es ist?«

»Ich hab die undichte Stelle gefunden.«

Sie wartet sein Schweigen ab, stellt sich vor, wie er sich den Schlaf aus den Augen reibt.

»Ich bin in Florida.«

»Oh?«

»Ich war bei Ruths Eltern.«

»Na schön, dann nehme ich die nächste Maschine nach Lauderdale.«

»Nein«, sagt Cutter. »Miami.«

»Bitte?«

»Ich bin nicht mehr in Boca Raton. Die Begegnung mit ihren Eltern ist nicht gut gelaufen.«

Als er es nicht näher erläutert, sagt Flint: »Gut, Miami. Ich rufe Sie auf Ihrem Handy an, sobald ich da bin.«

»Tun Sie das«, sagt Cutter und fügt dann hinzu: »Grace, ich hoffe für Sie, Sie haben einen guten Grund.«

Nein, denkt sie, als er aufgelegt hat und sie die Pentecost-Akte und ein paar Sachen in eine Reisetasche steckt. Ich muss Sie enttäuschen, Mr. Cutter, gut ist der Grund nun wirklich nicht.

Es ist kurz nach vier Uhr morgens, als Flint das Haus abschließt und sich auf den Weg macht. Sie hinterlässt keine Nachricht für Ben.

GATWICK AIRPORT
LONDON

8

Als sie Mandrake in der Kunst unterwiesen, seine falsche Identität zu bewahren, warnten sie ihn, dass er, solange sie auch hielt und so bequem sie auch wurde, Augenblicke erleben würde, in denen er von nagenden Zweifeln beschlichen würde, von Selbstzweifeln, dem mulmigen Gefühl, dass seine Tarnung auffliegen würde. Aufgrund ihrer langen Erfahrung prophezeiten sie ihm, dass diese Augenblicke des Zweifels ihn sehr wahrscheinlich dann ereilen würden, wenn er in der Schlange an einer Passkontrolle stand, um seinen selbstverständlich falschen Pass vorzulegen.

»Und das ist die schlimmste Zeit, Mandrake«, sagten sie – obwohl sein Name Tully sein sollte –, »denn die Leute, die die Grenzen bewachen, zumindest die Besten von ihnen, fangen die Signale auf, die du aussendest, und steuern auf dich zu wie eine präzisionsgelenkte Rakete auf ihr Ziel … Sie haben Profile, Mandrake. Dank ihrer langen Erfahrung wissen sie, wie jemand mit einem schlechten Gewissen dasteht, wie er nervös herumzappelt, wie er geht, wie er riecht. Sie können in deinen Augen Dinge sehen, von denen du nicht mal weißt, dass es sie gibt, und sie haben Kameras, die ihnen dabei helfen. Stell dir vor, du bist an fünfter Stelle in der Schlange an der Passkontrolle am Flughafen und in einem Hinterzimmer sitzen Leute, die dein Gesicht auf einem Monitor beobachten, deine Nervosität sehen, deine Unsicherheit. Weißt du, was passiert, wenn du nervös bist, Mandrake? Du blinzelst öfter. Du versuchst, dein Gesicht ruhig zu halten wie eine Maske, aber deine Augenlider flattern wie die Flügel eines Schmetterlings, und das ist nur eines der verräterischen Zeichen. Deine Schweißdrüsen arbeiten auf Hochtouren – egal bei welcher Temperatur. Du kannst in Sibirien sein, und es kann so kalt sein, dass dir der Atem gefriert, trotzdem sendet deine rechte Gehirnhälfte Angstsignale aus, die Rezeptoren in deiner Haut drehen durch, dann legen deine Schweißdrüsen los, und im Nu hast du im Gesicht einen verräterisch fettigen Glanz. Sie sehen es, Mandrake, früher oder später, eines Tages; sie sehen es in deinem Gesicht, die Leute im Hinterzimmer. Und wenn du nicht gut bist – wenn du dich nicht genau an das erinnerst, was wir dir beibringen«, sagten sie, »dann bist du geliefert.«

Rayland Tully steht in der Schlange an der Passkontrolle im Südterminal des Flughafens Gatwick, die Augen auf den breiten, ebenholzfarbenen Hals der Frau vor sich gerichtet. Sie ist auffällig groß, fast so groß wie er, und die Pyramide aus Haarflechten, die sich auf ihrem Kopf türmt, verbirgt vermutlich sein Gesicht vor den meisten Überwachungskameras.

Für den Fall, dass er trotzdem beobachtet wird, kaut Tully langsam Kaugummi, um das unwillkürliche Zucken der Muskeln seines Mundes – ein weiteres verräterisches Zeichen, vor dem er gewarnt wurde – zu überspielen, und konzentriert sich auf die Musik, die er in seinem Kopf spielt. Um die Unruhe in seinem Gehörkortex zu lindern, hat er sich für den langsamen Satz aus Bachs Sonate in g-Moll entschieden, die erlesene Harmonie von Flöte, Cello und Harfe.

Die Schlange schiebt sich vor, und er ist jetzt an zweiter Stelle. An den meisten Flughäfen, die Tully kennt, kann man sich aussuchen, in welche Schlange man sich stellen möchte, und damit die Person bestimmen, die bei einem den Pass kontrolliert und, falls sie misstrauisch wird, unangenehme Fragen stellt. Tully ist klug genug, keinen von den jungen Beamten auszusuchen, bei denen man auf den Gedanken kommen könnte, sie würden auf dein gutes Aussehen oder deine charmante, lockere Art hereinfallen. Tullys Erfahrung nach sind die Jungen die Schlimmsten, weil sie noch immer glauben, etwas bewirken zu können, und am allerschlimmsten sind junge Frauen, weil sie noch dazu etwas beweisen müssen. Wenn er die Wahl hat, entscheidet Tully sich stets für einen älteren Mann, sagt »Sir« zu ihm. Und verhält sich betont respektvoll. Aber in Gatwick hat man keine Wahl – es gibt nur eine einzige, lange Schlange, in die man sich einreihen kann.

»Der Nächste«, sagt eine mechanische Stimme, und die Frau mit der Ebenholzhaut und dem aufgetürmten Haar schreitet ihrem Schicksal entgegen. Dann, ehe er Zeit hat, die Lage neu einzuschätzen, heißt es wieder »Der Nächste«, und Tully ist an der Reihe – und jetzt weiß er, dass es nicht sein Glückstag ist.

Eine Frau, Mitte zwanzig, mit blässlicher Haut und einem verkniffenen, strengen Mund, dessen Winkel wie bei einem auf den Kopf gestellten V nach unten gezogen sind.

Sie antwortet nicht, als Tully in neutralem Ton »Hi« sagt und ihr seine Dokumente reicht, seinen Pass, seine im Flugzeug ausgefüllte Karte für den Zoll, sein Rückflugticket. Sie öffnet den Pass, blickt von dem Foto zu seinem Gesicht und blättert dann die Seiten durch, wobei sie sich alle Einträge und Ausreisestempel genau ansieht, als könnten sie ihr irgendetwas Wichtiges über den Mann verraten, der behauptet, Rayland Tully zu sein.

»Und wo kommen wir her?«, fragt sie überflüssigerweise, da die Antwort auf seiner Zollkarte steht. Ihre Stimme ist angenehmer, als er erwartet hatte, ein sanfter Alt, eine halbe Oktave unter dem mittleren C.

»Boston«, erwidert er gelassen. »Über New York.«

»Und was ist der Zweck Ihres Besuches?«

»Ein paar Geschäfte«, sagt er, »aber in der Hauptsache Vergnügen.« Er widersteht dem Drang zu lächeln. »In der Hauptsache habe ich Urlaub.«

Spiel nicht den Cleveren, Mandrake. Werde nicht zu ausführlich und gib keine Informationen, nach denen nicht gefragt wurde – denn das machen Leute, die ein schlechtes Gewissen haben. Antworte nur auf die Fragen.

Sie blickt ihn noch immer nicht an, blättert weiter unerbittlich die Seiten des Passes durch. »Und was sind das für Geschäfte?«

»Werbung«, lügt er, und tatsächlich hat er Visitenkarten, die Rayland Tully als Partner der Werbeagentur Baikoff, Ducas & Tully, Lexington Avenue, New York, ausweisen. Eine Nachforschung würde ergeben, dass Tully tatsächlich Partner der Firma ist, obwohl er nie deren Räumlichkeiten betreten, nie Baikoff und Ducas getroffen, geschweige denn mit ihnen gesprochen hat.

»Und wann waren Sie das letzte Mal in Großbritannien?«

Das ist eine Fangfrage, denn sie kennt bereits die Daten seiner Ankunft und Abreise, die den Stempeln in seinem Pass zu entnehmen sind.

Präg dir alles ein, Mandrake. Du musst genau wissen, wann du angeblich wo gewesen bist.

»Letzten September«, sagt Tully. Falls sie die genauen Daten hören will – und die gesamte Route der gänzlich erfundenen Reise –, er hat alles parat, aber von sich aus sagt er nichts.

Es ist nicht zu übersehen, dass ihr irgendetwas komisch vorkommt. Sie überprüft sein Ticket, dann die Karte für den Zoll, dann wieder den Pass. Tully steht völlig reglos da, hat die Hände nicht in den Taschen, mustert ihr Gesicht. Um sich abzulenken, mustert er sie genauer. Sie ist nicht unattraktiv, findet er. Schönes Haar, hübsche Augen, Stupsnase. Und das, was er von ihrem Körper sehen kann, scheint geschmeidig und wohlgeformt zu sein, ein Körper, der sich biegen lässt. Unter anderen Umständen, so denkt er, würde er mit ihr flirten, nur um herauszufinden, wie weit er kommen würde.

Hinter ihm, an einem der anderen Schalter, entsteht Unruhe, so auffällig, dass er es nicht glaubwürdig ignorieren kann. Tully dreht sich um und sieht die Frau mit der Ebenholzhaut Papiere aus einer großen Tasche ziehen. Ihre protestierende Stimme wird lauter, steigert sich zu einem Heulen. Er wendet sich wieder seinem Schalter zu und riskiert ein Achselzucken und ein verständnisvolles Lächeln. Manche Leute!, möchte er vermitteln.

»Warten Sie da vorn«, sagt sie und deutet mit dem Kinn nach links.

Die machen nur ihre Arbeit, sagt er sich, und so siehst du das. Du hast Verständnis; du bist sogar dankbar. Du möchtest, dass sie gründlich sind – Terroristen und Drogenhändler und Kinderschänder aus dem Land halten. Aber es wäre auch nicht natürlich, wenn du nicht ein kleines bisschen Ungeduld zeigen würdest – Tully schaut auf seine Uhr, bevor er nickt und zur Seite tritt –, doch du bist auf ihrer Seite. Du musst das so sehen: Wenn sie dich ein paar Minuten warten lassen, um dich durch den Computer laufen zu lassen, ist das kein Problem. Nicht wahr?

Sie muss einen versteckten Knopf gedrückt haben, oder sie haben aus dem Hinterzimmer zugesehen.

Versteinerte Miene, Stiernacken, stämmig in einem anthrazitfarbenen Anzug von der Stange und braunen Schuhen – dem Mann, der nun an den Schalter tritt, könnte das Wort »Bulle« auch auf die Stirn geschrieben stehen; Staatsschutz, beschließt Tully. Keine Intelligenzbestie, nicht, wenn er beim Staatsschutz ist, aber dennoch gefährlich.

Tully sieht zu, wie seine Dokumente zur genaueren Prüfung weggenommen werden, wobei sein Gesicht nicht den Hauch einer Regung zeigt. Die Wahrheit ist, er ist absolut wasserdicht. Sie können seinen Pass im Computer bis zur Ausstellung zurückverfolgen, und er wird standhalten – bestätigt durch die Daten im US-Passamt.

Doch sollte der Staatsschutz eingehender nachforschen, könnten seine »Freunde« nervös werden, weil er Aufmerksamkeit erregt hat, und für diese »Freunde«, das weiß Tully genau, stellt er das schwächste Glied dar. Er macht sich nichts vor, jetzt, da er seine Aufgabe erledigt hat, ist er sowohl überflüssig als auch eine potenzielle Gefahr.

In den nächsten fünfzehn Minuten – bis ihm ohne große Herzlichkeit erlaubt wird, das Vereinigte Königreich zu betreten – bemüht Tully sich, nicht über die beunruhigende Tatsache nachzudenken, dass er von seinen Freunden am meisten zu befürchten hat.

»Probleme gehabt?« Ridout stellt die Frage, während er in der Tür des Gatwick Express lehnt und zusieht, wie Mandrake auf dem Bahnsteig eine schnelle, verbotene Zigarette raucht. »Es hat ziemlich lange gedauert, bis Sie rausgekommen sind.«

Mandrake antwortet mit Bedacht: »Nichts Ernstes.«

»Aber sie haben Sie überprüft, nicht?« Ridout lächelt verständnisvoll. »Ihnen auf den Zahn gefühlt?«

Angesichts des Informationsnetzes seiner Freunde weiß er, dass es nichts bringt zu lügen. »Ich bin an eine Zicke geraten. Sie war schlecht drauf.« Er zieht an der Zigarette. »Vielleicht hatte sie sich gerade mit ihrem Freund zerstritten.«

»Das sind die Schlimmsten«, sagt Ridout.

Entlang des Zuges schlagen Türen zu. Noch eine Minute bis zur Abfahrt.

»Tja«, fährt Ridout fort, »dann hat unser Freund Tully wohl das Ende seiner Nutzungsdauer erreicht, meinen Sie nicht auch?«

»Ich kümmere mich drum«, sagt Mandrake.

Ridout tritt auf den Bahnsteig. »Das überlassen Sie besser mir«, sagt er und streckt eine Hand aus.

Mandrake wirft die Zigarettenkippe weg, greift in seine Tasche und händigt ihm seinen Rayland-Tully-Pass aus, den einzigen Pass, den er hat.

»Wir besorgen Ihnen natürlich was Neues.« Wieder ein Lächeln von Ridout, so leer wie das erste. »Kann ein, zwei Tage dauern. Sie hören von uns.«

Als der Mann, der nicht mehr Rayland Tully ist – der keine Identität mehr hat –, in den Zug steigt, packt Ridout seinen Arm. »Und Ben Gates«, sagt er, »weilt nicht mehr unter uns, nehme ich an? Hat das Zeitliche gesegnet?«

»Schnee von gestern«, lautet die Antwort.

»Ganz sicher?«

Als er ein bejahendes Nicken erhält, lässt Ridout den Arm los.

COCONUT GROVE
FLORIDA

9

Bevor man ihn bedrängte, als Chef der neu gegründeten Financial Strike Force in New York den bis dato stärksten, konzentriertesten und mit dem größten Budget ausgestatteten Angriff gegen das internationale Geldwäschekartell zu starten, war Aldus Cutter Leiter eines FBI-Sonderdezernats in Miami und wohnte auf der Poinciana Avenue in einem geräumigen Holzhaus mit Swimmingpool im großen Garten, der dicht mit tropischer Vegetation bestanden war. Er zögerte zunächst, das Angebot anzunehmen, denn die Aussicht, sein kleines Paradies verlassen zu müssen, behagte ihm genauso wenig wie die übertriebenen Versprechungen, die man ihm gemacht hatte. Doch schließlich gab er nach, als ihm nicht nur ein großzügiges Salär, sondern auch noch eine mietfreie Wohnung in Manhattan geboten wurde, was ihm ermöglichte, sein Haus in Coconut Grove zu behalten.

»Du kannst also so viel Zeit hier verbringen, wie du möchtest«, hatte er dankbar zu Mrs. Cutter gesagt, die alles, was nördlich von Virginia lag, mit der Abneigung einer echten Südstaatlerin betrachtete.

Sie hatte ihn beim Wort genommen. Nachdem sie ihm, ganz pflichtbewusste Ehefrau, die Wohnung eingerichtet hatte, ward sie nie wieder in New York gesehen. In der ersten Zeit war Cutter regelmäßig übers Wochenende nach Florida geflogen, doch der Stress bei der Strike Force und die zunehmende Kälte, die er bei Mrs. Cutter spürte, hatten es ihm vergrault, nach Hause zu kommen. Er hatte zwar das Haus vermisst, sich aber mit dem Gedanken getröstet, dass seine Versetzung in den Ruhestand in nicht mehr allzu weiter Ferne lag und dass er dann reichlich Zeit haben würde, alles zu reparieren, was zu Hause im Argen lag. Falls nötig, so hatte er gedacht, auch seine Ehe.

Vorbei.

Flint, die sich an einem Umzugslaster in der Einfahrt vorbeigezwängt und das Haus durch die weit aufstehende Tür betreten hat, findet Cutter in dem auf zwei Ebenen verteilten Wohnzimmer umzingelt von Umzugskartons und Bergen von Blisterfolie. Die meisten Möbel sind verschwunden. Mit gerötetem Gesicht und nackt bis auf ein Paar weite Shorts, nahezu unbehaart und schweißglänzend, öffnet er gerade eine Dose Bier. Über seine Schulter hinweg sieht Flint, dass schon etliche leere Dosen im Swimmingpool dümpeln, und es ist noch nicht einmal Mittag.

»Arbeit macht durstig, was?«, fragt sie in bemüht heiterem Ton.

»Bitte nicht«, sagt Cutter scharf, als wäre sie eine nörgelnde Ehefrau. »Möchten Sie auch eins?«

»Ein was?«

»Ein Bier, verdammt noch mal«, sagt Cutter und wedelt mit der Dose.

Sie möchte kein Bier, doch Cutters streitlustiger Unterton signalisiert Flint, das Angebot lieber anzunehmen. »Klar«, sagt sie. »Gern.«

Cutter wedelt mit der freien Hand Richtung Küche. »Im Kühlschrank. Falls noch einer da ist.«

Der Grund für seine Gereiztheit liegt auf der Küchentheke, eine Inventarliste des Hauses auf der Poinciana Avenue, gedruckt auf Briefpapier einer Anwaltskanzlei in Miami, mit der Überschrift »Cutter gegen Cutter«. Aus Gewohnheit – oder weil sie nicht widerstehen kann – dreht Flint das Blatt um und stellt mit einem Blick fest, dass die Aufteilung des ehelichen Besitzes alles andere als gerecht ist. Mrs. Cutter erhält offenbar das meiste, inklusive Kühlschrank.

»Wissen Sie, was mich wirklich ärgert?«, ruft Cutter ihr aus dem Wohnzimmer zu. »Dass Sie so blöd sind zu denken, dass *ich* blöd bin.«

Da sie nicht weiß, was in seinen Gehirnwindungen vor sich geht, erwidert sie nichts. Doch in Erwartung des Augenblicks der Wahrheit spürt sie, dass ihr Gesicht rot anläuft.

»Ich meine, wie viel Zeit haben Sie eigentlich damit verschwendet, sich zu überlegen, was für einen Schwachsinn Sie mir auftischen können?« Eine Pause entsteht, bevor Cutter fortfährt: »Wegen der Akte.« Wieder eine Pause und dann: »Ist der Kühlschrank noch da?«

»Ja, Sir«, bringt sie über die Lippen.

»Also, hören Sie auf, Briefe zu lesen, die Sie nichts angehen, und nehmen Sie sich ein Bier. Und dann kommen Sie her. Ich brauche ein paar Antworten, Flint.«

Ich auch, denkt sie, und sie atmet tief durch. Also schön, Mr. Cutter, kommen wir zur Sache, einverstanden? Sie nimmt zwei Dosen Bier aus dem Kühlschrank, knallt die Tür zu und marschiert mit erhobenem Kinn ins Wohnzimmer.

»Auch Ihnen einen guten Morgen, Mr. Cutter, und – danke der Nachfrage – der Flug war angenehm, und – da Sie schon fragen – ich wollte Sie belügen.« Die Verschlüsse an beiden Dosen zischen erfrischend, als sie sie öffnet. »Wegen der Akte.«

»Wie Sie drangekommen sind?«

»Richtig.«

»Zum Beispiel, Kitty hätte Ihnen keine Kopie der Akte gegeben, hätte keine Ahnung gehabt?«

»Wieder richtig«, sagt sie, nimmt einen Schluck aus einer der Dosen und hält Cutter die andere hin.

»Haben Sie sich eine Geschichte zurechtgelegt?«, fragt Cutter und nimmt das Bier.

»So gut wie.«

»Herrje, Flint, ich habe Kitty *gesagt*, sie soll Ihnen eine Kopie von der Akte geben. Ich habe ihr auch gesagt, sie soll sie markieren, damit wir wissen, ob irgendwer eine Kopie von der Kopie gemacht hat.«

»Das habe ich mir inzwischen gedacht, Mr. Cutter. Die Frage ist, wem haben Sie sonst noch erzählt, dass ich sie habe?«

Flint sitzt im Schatten am Pool und schaut mürrisch zu, wie Cutter mit einem kleinen .38er Revolver, den er normalerweise in einem Halfter über dem Fußknöchel trägt, auf die im Wasser schwimmenden Bierdosen schießt. Jeden Augenblick rechnet sie damit, die Sirenen von Polizeiwagen zu hören, die jemand wegen der Schüsse alarmiert hat, doch angesichts von Cutters finsterer Stimmung könnte es durchaus sein, dass es nicht die ersten Schüsse sind, die heute auf der Poinciana Avenue gefallen sind. Die beiden unablässig miteinander streitenden Latinos, die sich im Haus abmühen, den Kühlschrank auf einen Rollwagen zu bugsieren, scheinen jedenfalls nicht im Geringsten beunruhigt.

Inzwischen hat Cutter erzählt, dass Kitty Lopez ihn in der Nacht angerufen und ihm von den kobaltblauen Spuren auf Flints Kopie von der Pentecost-Akte erzählt hat, und zwar bevor Flint ihn erreicht hatte, mit ihrer ausweichenden Erklärung: »Ich hab die undichte Stelle gefunden.«

»Das hätten Sie mir auch gleich sagen können!«, war es ihr entfahren, und dann war sie seinem spöttischen, starren Blick ausgewichen.

Mittlerweile hat er sie auch davon überzeugt, dass niemand in der Strike Force – niemand außer ihm und Kitty Lopez – wusste oder wissen konnte, dass sie zu Hause auf Miller's Reach eine Kopie der Akte versteckt hatte, und damit waren sie der einzigen möglichen Erklärung ganz nahe. Cutter hat innegehalten, die Frage, die er stellen muss, noch nicht ausgesprochen, die Frage, die Flint sich selbst in den letzten zehn Stunden immer wieder gestellt hat, um stets zu der gleichen und einzigen Antwort zu gelangen.

Wer wusste es noch oder könnte es gewusst haben?

Ben.

Cutter, der den Augenblick noch immer hinauszögert, fragt: »Möchten Sie ein bisschen schwimmen?«, und als er den Blick sieht, mit dem sie ihn bedenkt, gibt er sich die Antwort rasch selbst. »Nein«, sagt er, »wohl eher nicht.«

Denn Cutter weiß genau, dass Flint eine Abneigung gegen Swimmingpools hat. Keine zwei Meilen von hier lag sie einmal im Verlauf einer Undercover-Operation fast nackt an einem Pool im Buccaneer Hotel, mit Argusaugen von einem russischen Gorilla namens Vladimir bewacht, der den Befehl hatte, sie umzubringen, falls die Dinge nicht so liefen wie geplant. Nun, die Dinge liefen nicht so, wie Vladimir es gern gehabt hätte, und er hätte Flint umgebracht, daran zweifelt sie nicht, wenn er keinen Flüchtigkeitsfehler gemacht hätte: Er hatte sie zu sich gerufen, ihr zwischen die Beine gegriffen und in die Brüste gebissen und damit den Männern des SEK die Chance zum Angriff geliefert.

Aber damit war die Sache längst nicht ausgestanden, zumindest nicht für Flint, denn das Schlimmste sollte erst noch kommen. Die letzten beschämenden Augenblicke in Vladimirs Leben – das heißt, beschämend für Flint – wurden von einer Überwachungskamera aufgenommen, und gut ein Jahr später stahl irgendein Widerling das Video aus der Asservatenkammer und stellte die Aufnahme ins Internet, auf eine Pornowebsite mit dem Namen »Action Girls«. Als Flint dahinter kam und ausflippte, hatte Cutter Himmel und Hölle in Bewegung gesetzt, um die Website schließen zu lassen, doch es war zu spät gewesen, denn der Videoclip hatte sich bereits im Netz wie eine ansteckende Krankheit ausgebreitet. Er war noch immer zu finden, mit etwas Geduld und einer halbwegs tauglichen Suchmaschine.

»Blöde Frage«, sagt Cutter und schenkt ihr ein reumütiges Lächeln.

»Haben Sie nicht zufällig noch so eine?«

»Zum Beispiel?«

»Zum Beispiel …« Sie schluckt schwer und sagt dann: »Wusste Ben von der Akte?«

Cutter späht am Lauf seines Revolvers entlang, während er sorgfältig auf eine der letzten Dosen zielt. »Nein«, sagt er, »denn falls doch, hätten Sie's mir längst erzählt.« Er drückt ab und knurrt zufrieden, als die Dose in die Luft springt. »Stimmt's?«

»Wie wär's mit: Könnte Ben davon gewusst haben?«

»Die Frage ist nicht ganz so blöd«, sagt Cutter und wendet sich ihr wieder zu. »Die hat Hand und Fuß. Haben Sie ihn schon gefragt?«

»Er ist auf Exkursion – Ostafrika«, erwidert sie, und Cutter nickt.

»Vögel beobachten?«

»Ja. Montagabend kommt er zurück.«

Wieder nickt Cutter, und dann wendet er seine Aufmerksamkeit erneut dem Swimmingpool zu. Da ist noch eine Dose, die kein Loch hat.

»Tja, dann fragen Sie ihn, wenn er wieder da ist«, sagt Cutter – keine Frage, eine Feststellung. »Montagabend.«

Später, als sie allein ist, als sie in dem Zimmer im Buccaneer Hotel ist, das sie für eine Nacht genommen hat, weil sie zu erschöpft für die Rückreise nach Connecticut war, stellt Flint sich eine Frage: Warum hat sie kein Wort zu Bens Verteidigung gesagt – Cutters unverhohlenen Verdacht gegen ihren Mann nicht entkräftet?

Während sie im Halbdunkel auf dem Bett liegt, das Telefon ausgestöpselt, holt sie das in Gedanken nach.

Ben? Sie glauben, Ben hat die Pentecost-Akte kopiert? Ach, hören Sie doch auf, Mr. Cutter, das ist doch lächerlich! Hätte Ben wissen können, dass ich etwas in der Scheune versteckt habe? Ja, ich glaube schon – wahrscheinlich hat er es gewusst –, aber es hätte ihn überhaupt nicht gekümmert. Glauben Sie mir, Mr. Cutter, kein Mensch interessiert sich weniger dafür, womit ich meine Brötchen verdiene, als Ben Gates. Er lebt auf einem anderen Planeten – was ich an ihm mag, unter anderem, denn ich mag vieles an ihm, Mr. Cutter. Ich brauche nur das Wort Geldwäsche auszusprechen und schon werden seine Augen glasig. Alles, was ihn interessiert – außer mir, hoffe ich –, alles, woran er denkt, sind Seetaucher, Haubentaucher, Stärlinge und Kardinalvögel und Rötelgrundammer und Goldspechte – vor allem Goldspechte. Oh, sprechen Sie ihn bloß nicht auf das Thema Goldspechte an, Mr. Cutter, sonst können Sie sich auf einen langen Vortrag gefasst machen.

Vögel, Mr. Cutter, das ist Bens Leidenschaft. Na schön, er hört auch gern Bach, und er findet Raupen und Muscheln und seltene Steine faszinierend – ach ja, und Siamesische Kampffische und Eisbären –, aber Vögel sind sein Lebensinhalt. Außerdem segeln und fliegen – klapprige alte Flugzeuge, die mit Stricken zusammengebunden sind. Wissen Sie, Mr. Cutter, dass Vogelbeobachter Listen führen, in die sie alle Vögel eintragen, die sie sehen? Ben hat mit seiner angefangen, als er sieben war – in New York, so unglaublich das auch klingt. Er ist im Central Park herumgestromert, mit dem Urenkel von Teddy Roosevelt und dem Opernglas seiner Mutter, und da hat er seine erste Kohlmeise gesehen, oder war es eine Chickadee-Meise? – egal.

Mr. Cutter, Sir, für diesen Mann ist es ein persönlicher Affront, dass er den Dodó nicht mehr lebend gesehen hat! Unsere Flitterwochen wollte Ben unbedingt auf Mauritius verbringen, weil der Dodó nur dort ansässig war. »Vergiss es«, habe ich zu ihm gesagt, denn ich hatte bereits Australien ins Auge gefasst, das Great Barrier Reef und vor allem eine Insel namens Hayman, wo es praktisch nur ein einziges Hotel gibt, und eine Kapelle, wo man seine Ehe segnen lassen kann – was wir getan haben. Wunderbares Fleckchen Erde. Jedenfalls, wir sind um die halbe Welt gereist, um unser Ehegelübde zusätzlich zu festigen und uns ein wenig verwöhnen zu lassen, und wissen Sie, was wir machen? Wir gehen Vögel beobachten, Mr. Cutter. Auf Hayman gibt es fünfundachtzig Vogelarten, und ich schwöre Ihnen, wir haben sie alle gesehen. Und einmal – wohlgemerkt, wir sind in den Flitterwochen – weckt Ben mich um vier Uhr morgens, damit wir die Flughunde sehen können – Fledermäuse, so groß wie Pelikane –, wie sie von einer wilden Nacht zurückkommen.

Auf der Rückreise haben wir meinen Vater in England besucht und sind dann nach Frankreich, weil wir beide französische Vorfahren haben, nicht, dass ihn das besonders interessiert. Jedenfalls wollte ich Ben La Rochelle zeigen, wo meine Mutter herstammt. Wissen Sie was, Mr. Cutter? Wir waren gerade mal einen halben Tag in La Rochelle, weil Ben eine biologische Station in der Camargue besuchen wollte – also praktisch am Ende der Welt –, und dort sind wir dann geschlagene fünf Tage geblieben. An einem Abend war Ben unterwegs, um nach einem Uhu Ausschau zu halten, und ich hab heimlich einen Blick in sein Tagebuch geworfen.

Ich weiß, ich weiß, aber wir sind noch immer in den Flitterwochen, wissen Sie, und ich hab gedacht, vielleicht hat er ja was über mich geschrieben, denn an dem Nachmittag ... Na, egal, warum, ich hab's jedenfalls getan. Wissen Sie, was drinstand?

»Wach geworden vom Ruf des Wiedehopfs. Am Nachmittag« – er meint den frühen Nachmittag, bevor ich endlich seine Aufmerksamkeit bekam – »Flamingos gesehen, die von den Zinnen von Aigues-Mortes aufflogen. Bei Sonnenuntergang Weihen gesehen.«

Verstehen Sie, worauf ich hinauswill, Mr. Cutter? Ben Gates ist nicht von dieser Welt. Er macht sich nichts aus Essen oder Kleidung oder Autos oder Geld – er kann nicht mal einen Scheck richtig ausstellen. Er interessiert sich für mich, für Vögel, Segelboote, das Fliegen und Bach, und nicht unbedingt immer in dieser Reihenfolge.

Also, ich frage Sie, Mr. Cutter, hört sich das nach einem Mann an, der jede verdammte Seite der Pentecost-Akte fotokopieren würde?

Zufrieden mit ihrem Plädoyer schließt die Verteidigung die Beweisführung ab, und Flint spürt, dass sie langsam einschlummert. Sie zieht sich erst gar nicht aus.

10

Flints Albtraum ist episodenhaft, ein fragmentarisches Durcheinander aus tatsächlichen Ereignissen und ihren schlimmsten Fantasien.

Sie liegt im Treppenhaus eines Parkhauses in Belgravia, und Clayton Buller tritt auf ihr Gesicht ein und beschimpft sie als Miststück – doch die Stimme, die sie hört, ist die ihres ersten Mannes Jamie, der plötzlich in einer ganz anderen Szene von einem Tisch aufsteht, seine Serviette hinwirft und sie mit einem Blick bedenkt, in dem zu lesen ist, dass er wünschte, sie wäre tot.

»Miststück, Miststück, Miststück« – doch jetzt ist es die Stimme von Ben Gates, ihrem zweiten Mann, und es ist plötzlich Ben, verflucht noch mal, der sanfteste Mann, den sie je gekannt hat, der ihr mit dem Schuhabsatz die Zähne zerschmettert.

Jetzt liegt sie auf dem Rücken und sieht, wie Ruth Apple aus einem bleiernen Himmel auf sie zufällt, ohne einen Laut von sich zu geben.

Ihr Vater sagt: »Ich liebe dich über alles, Gracie«, als er sich ihr zuwendet, in seinem blutbefleckten Operationskittel, mit einem Hammer in der Hand.

Flint steht am Grab ihrer Mutter und schaut zu, wie ein kleiner Bagger Erde in das offene Loch füllt, und sie hört nur das anhaltende Klopfen von feuchtem Lehm, der auf den Deckel eines leeren Sarges fällt.

Sie schreckt aus dem Schlaf, hört die Tür zersplittern und rollt sich vom Bett, um dahinter Deckung zu suchen; sie duckt sich und tastet unter dem Kopfkissen nach ihrer Pistole.

Jarrett Crawford streckt den Kopf zur Tür herein und sagt: »Mensch, Grace, du könntest uns allen das Leben leichter machen, wenn du einfach mal ans Telefon gehen würdest.«

Hinter ihm in der Diele kann sie zwei Cops in Uniform erkennen, von denen einer etwas in der Hand hat, das aussieht wie ein Vorschlaghammer.

»Cutter macht sich deinetwegen vor Angst in die Hose«, sagt Crawford weiter. »Weißt du, wie lange wir schon versuchen, dich zu erreichen?«

Auf den Knien neben dem Bett, unsicher, ob sie vielleicht noch träumt, sieht sie Crawford durch das Dämmerlicht näher kommen. Er nimmt den Hörer des Telefons, lauscht vergeblich auf den Wählton, zieht an der Leitung, bis er feststellt, dass sie nicht eingestöpselt ist, und knurrt: »Hab ich mir doch gedacht.«

Sie erhebt sich steifbeinig, während Crawford zum Fenster geht und die Vorhänge aufzieht, und das plötzlich hereinflutende Licht lässt sie zusammenfahren. Sie schließt die Augen und hält sie geschlossen, bis Crawford sagt: »Muss ja 'ne tolle Party gewesen sein.«

Sie sieht, dass er die Reste auf einem Tablett vom Zimmerservice durchgeht: ein halb vertilgtes Club-Sandwich, ein paar kalte Pommes, eine unangetastete Kanne abgestandener Kaffee, eine leere, umgekippte Weinflasche. Es liegen auch drei Minifläschchen Red Label da, und Flint erinnert sich undeutlich, dass sie mit dem letzten Fläschchen Whisky ein paar Tylenol Extra Stark heruntergespült hat – ein Präventivschlag gegen die Migräne, die sie gestern Abend vorausgeahnt hatte. Das wird wohl die Erklärung sein, warum ihr der Schädel brummt und ihre Zunge sich geschwollen anfühlt, zu groß für den Mund.

»Wie spät ist es?«, fragt sie mit belegter Stimme.

»Welcher Tag ist heute?«, entgegnet Crawford. »Was meinst du?«

Sie muss darüber nachdenken. »Freitag«, entscheidet sie schließlich.

»Grace, es ist Samstag, und zwar kurz vor Mittag. Du warst sage und schreibe sechsunddreißig Stunden weggetreten.«

Ach du Schande!

Crawford hat die Schachtel gefunden, in der sie das Tylenol und Inderal aufbewahrt, und nimmt den Inhalt in Augenschein. »Sieh an, Alkohol und Tabletten«, sagt er, »das reicht!« Er schließt den Deckel und wirft die Schachtel aufs Bett. »Wirklich sehr schlau, Grace, wirklich schlau.«

Flint will erwidern, dass ihn das nichts angeht – »Das geht dich einen Scheißdreck an, Crawdaddy« –, aber sie ist sich nicht ganz sicher, ob sie die Worte zustande bringt. Sie wendet den Kopf ab, und jetzt sieht sie, dass einer von den Cops in den Raum gekommen ist und dasteht, die kräftigen, nackten Arme unter dem silbernen Polizeiabzeichen und dem Namensschildchen mit der Aufschrift Garcia vor der Brust verschränkt, und sie anschaut, als wäre sie der letzte Dreck. Sie kann sich vorstellen, wie sie in ihren zerknitterten Sachen, mit den wilden Augen und den zerzausten Haaren auf ihn wirkt. Wütend nickt sie in seine Richtung.

Crawford versteht, was sie meint, und sagt: »He, Kollege, vielen Dank, aber ich komm jetzt allein klar.« Doch Garcia lässt sich nicht so ohne weiteres abwimmeln. »Was soll ich in den Bericht schreiben?«, fragt er mürrisch.

»Falscher Alarm«, schlägt Crawford vor.

»Und was ist damit?« Garcia meint die Tür, die schief in den Angeln hängt.

»Darum kümmern wir uns schon.« Als Garcia sich noch immer nicht von der Stelle rührt, geht Crawford zu ihm und streckt ihm die Hand hin: »Hören Sie, wir sind euch was schuldig.« Jetzt fasst er Garcia an der Schulter, dreht ihn herum und bugsiert ihn sachte zur Tür. »Ihr habt uns sehr geholfen, und das wird euer Chef auch erfahren. Darauf könnt ihr euch verlassen.«

Garcia scheint besänftigt, doch draußen im Flur hört Flint ihn rufen: »Lady, Sie haben ein ernstes Problem, wissen Sie das?«

Flint fühlt sich schon fast wieder wie ein Mensch, als sie unter der heißen Dusche steht und spürt, wie ihr die Steifheit aus den Gliedern weicht. Das Zimmermädchen hat ihr Kostüm zum Bügeln abgeholt und zwei Handwerker haben die Tür repariert. Kaffee und etwas zu essen sind unterwegs. Crawford telefoniert mit Cutter – der offenbar wieder in New York ist – und informiert ihn über den Stand der Dinge.

Sie ist überzeugt, dass Crawdaddy verschwiegen sein wird. Sie war erschöpft, Mr. Cutter, musste sich einfach mal richtig ausschlafen. Hat das Bitte-nicht-stören-Schild rausgehängt, die Tür verriegelt und das Telefon ausgestöpselt. So etwa in der Art. Nicht nötig, dass er den Alkohol und die Tabletten erwähnt.

Als der Nebel in ihrem Kopf sich gelichtet hat, steigt sie aus der Dusche und zieht sich einen von den weichen Baumwollbademänteln des Buccaneer Hotels über. Sie frottiert sich die Haare und bürstet sie aus der Stirn nach hinten, und dann mustert sie ihr Gesicht im Spiegel. Ihre Augen sind leicht gerötet, aber im Großen und Ganzen sieht sie besser aus, als sie gedacht hat, besser, als sie es verdient.

Crawford sitzt auf der Bettkante, noch immer am Telefon, als sie ins Zimmer kommt.

»Ja, alles klar«, hört sie ihn sagen. »Um fünfzehn Uhr geht ein Flug von hier nach Houston.« Dann schweigt er und kritzelt etwas auf einen Hotelblock, der unsicher auf seinem Knie liegt. Er blickt kurz zu Flint auf, als sie sich vorbeizwängt, reagiert aber nicht auf ihr fragendes Lächeln.

Der Kaffee kommt zusammen mit einem Körbchen warmer Croissants, und Flint belohnt den Kellner mit einem großzügigen Trinkgeld.

Crawford sagt ins Telefon: »Noch nicht, aber ich mach's, sobald wir fertig sind.«

Sie gießt eine Tasse Kaffee ein und bringt sie zu Crawford, doch der schüttelt den Kopf. Er kritzelt weiter, und er erwischt Flint, wie sie einen verstohlenen Blick auf den Block wirft. Sie schaut weg, sieht ein, dass es vergeblich ist. Selbst wenn sie es nicht verkehrt herum lesen müsste, denkt sie, wäre seine Schrift nicht zu entziffern.

Untätig schlendert sie auf den Balkon, der auf den South Bayshore Drive und das Dinner Key geht. Es sind fast dreißig Grad, und die Brise vom Meer reicht kaum aus, um die Palmen leicht zu bewegen. Flint muss daran denken, dass sie und Ben an einem ganz ähnlichen Tag wie heute und auch gar nicht weit von hier ihre erste Verabredung hatten: ein Mittagessen, das den ganzen Nachmittag hindurch bis in den Abend gedauert hatte.

Als der Kellner plötzlich eine brennende Kerze auf den Tisch stellte, hatte Ben gesagt: »Auch wenn es dreist ist, aber hättest du Lust, mit mir zu Abend zu essen?«

»Ja«, hatte sie lachend erwidert, »aber wenn du auch noch ein Frühstück einplanst, muss ich dich enttäuschen.«

Das sollte ein Witz sein, aber er hatte es nicht so aufgefasst. »Nein, nein, nein«, hatte er protestiert. »Nicht hier. Für unser erstes gemeinsames Frühstück habe ich etwas ganz anderes im Sinn.«

»Ach ja?«

»In Maine, gut drei Stunden Fahrt von meinem Büro, habe ich ein kleines Cottage … Na ja, es gehört eigentlich meinen Eltern, aber seit Ma krank ist …« Er hatte abgebrochen, und Flint hatte sein Gesicht beobachtet, während er um Fassung rang. Im Laufe des Nachmittags hatte sie erfahren, dass Bens Mutter an der Niemann-Pick-Krankheit litt und praktisch in ihre eigene, unergründliche Welt verschwunden war. »Dad ist das Cottage zu einsam gelegen, falls Ma irgendwas passieren sollte, und ein wärmeres Klima ist für sie ohnehin besser. Also nutzen Lizzie und ich es gemeinsam, aber überwiegend ich, da sie eine lange Anreise hat und nur selten kommt.«

Lizzie war Bens vier Jahre ältere Schwester, Kinderärztin mit drei Töchtern – ziemlich wilden Töchtern, dem Foto nach zu urteilen, das er ihr gezeigt hatte – und einer gut gehenden Praxis im kalifornischen San Mateo.

»Jedenfalls, das Cottage steht auf einem Bergkamm – einem so genannten Esker, der sich nach dem Rückzug der Gletscher gebildet hat –, und man blickt auf eine Bucht mit dem schönsten Strand, den du je gesehen hast. Ich war schon als Kind dort, und seitdem hat sich da fast nichts verändert. Es ist nicht leicht zugänglich, und du hast das Gefühl, der einzige Mensch im Umkreis von Meilen zu sein – was du auch bist.« Er grinste und fügte hinzu: »Nicht ganz, ich werd ja wohl hoffentlich auch da sein.«

»Und ich nehme an, es gibt Vögel«, hatte Flint gesagt, denn sie hatte bereits mitbekommen, dass Ben Gates ein Vogelnarr war.

»O ja«, hatte er erwidert, und seine walnussbraunen Augen spiegelten das Kerzenlicht. »Silbermöwen und Kormorane und Seeschwalben und Reiher« – und die Liste nahm kein Ende, durchsetzt mit eindrucksvollen Nachahmungen von Vogelrufen und Flugweisen. Er wollte gerade auf andere Tiergattungen zu sprechen kommen, als sie ihn unterbrach.

»Das Cottage«, hatte sie skeptisch eingeworfen, »hat doch wohl Strom und fließendes Wasser, oder?«

»Um Gottes willen, nein!« Einen Augenblick lang hatte er wirklich beunruhigt dreingeblickt. »Es würde ein Vermögen kosten, eine Stromleitung dahin zu verlegen, und überhaupt, mit Strom und Wasser wäre es nicht mehr dasselbe. Das würde Dad niemals erlauben.«

Dad, auch das wusste Flint inzwischen, war Joseph Gates, Professor für Kunstgeschichte an der McGill University in Montreal.

»Wie macht ihr das dann?«, hatte Flint gefragt, »du weißt schon: Heizung? Licht? Wasser?«

»Regenwasser«, hatte Ben fröhlich erwidert. »Es wird auf dem Dach in einer Zisterne gesammelt, und glaub mir, da oben kann man sich über Regenmangel nicht beklagen. Und es gibt Öllampen und Holzöfen, und da wir mitten in einem Kiefernwald sind, gibt es Brennholz in Hülle und Fülle.« Zum ersten Mal hatte er ihre Hand genommen. »Glaub mir, es ist zauberhaft.«

»Tja«, hatte Flint gesagt, »nicht gerade das, was ich als unwiderstehlich bezeichnen würde.« Aber sie irrte sich. Denn genau das war es schließlich doch.

Crawford kommt zu ihr auf den Balkon, ein Croissant kauend, Blätterteig in seinem Walrossbart. »Wie fühlst du dich?«

Er hat wieder seine strafende Miene aufgesetzt, und plötzlich ist sie seine Missbilligung, seine Spielchen leid. Sie will wissen, warum er gekommen ist. Statt seine Frage zu beantworten, stellt sie ihm selbst eine: »Also schön, Jerry, was ist los?«

Er deutet mit einer Geste ins Zimmer, doch sie sagt schneidend: »Lass den Quatsch! Du bist nicht extra hergeflogen, um meine Tür von zwei Gorillas in Uniform einschlagen zu lassen. Die hättest du auch telefonisch alarmieren können, weißt du. Also«, sagt sie, jetzt mit energischer Stimme, »warum bist du hier?«

Er druckst noch herum, als sie das Zimmermädchen rufen hören, das ihr Kostüm zurückbringt. Es sieht aus wie neu, und Flint lässt ein weiteres dickes Trinkgeld springen.

»Zieh dich doch bitte an«, sagt Crawford, als sie zurück auf den Balkon kommt. »Unsere Maschine wartet nicht.«

»Erst wenn wir hier fertig sind, Jerry, und wir gehen nicht hier weg, ehe ich eine plausible Antwort bekommen habe. Noch einmal: Was ist los?«

Er schindet wieder Zeit, holt ein Taschentuch heraus und wischt sich den Mund ab. Dann: »Grace, ich muss dich was fragen.«

»Gern«, sagt sie, obwohl sie es nicht meint.

»Du hast doch gesagt, Ben ist in Afrika, nicht? Auf einer Exkursion, um Vögel zu beobachten?«

»Tansania, ja. Um Vögel zu beobachten, richtig. Na und?«

»Er ist vor zwei Wochen abgeflogen? Von Boston aus?«

»Stimmt. Über Amsterdam und Nairobi.«

»Und er kommt Montag zurück?«

»Montag. Wieder richtig.« Sie spürt ein nervöses Prickeln auf der Haut und sagt dann barsch: »Nun mach schon, Jerry! Worauf willst du hinaus?«

Er bedenkt sie mit einem Blick, der besagt, das fällt mir jetzt nicht leicht, und sagt: »Wir haben die Passagierlisten aller

Fluglinien überprüft, Grace – Cutters Anweisung. In den letzten einundzwanzig Tagen ist kein Passagier mit dem Namen Ben Gates oder einem ähnlichen Namen von Boston aus in irgendein afrikanisches Land geflogen, und es hat auch niemand mit dem Namen einen Rückflug gebucht.«

Sie starrt ihn an, hört seine Worte ganz genau, müht sich aber verzweifelt ab, die Bedeutung zu erfassen.

»Und nicht nur Boston, Grace«, fährt Crawford fort. »Wir haben sämtliche Passagierlisten aller internationalen Flüge von jedem Flughafen im Nordosten überprüft, und Ben steht auf keiner. Entweder er ist unter einem anderen Namen und mit einem anderen Pass geflogen oder gar nicht.«

Unter einem anderen Namen! Ihr Instinkt will sagen, das ist doch lächerlich! Stattdessen sagt sie: »Oder irgendwer hat mal wieder Mist gebaut.«

»Nein, niemand hat Mist gebaut«, sagt Crawford, aber sie hört ihm nicht mehr zu. Sie eilt zurück ins Zimmer, öffnet ihren Bademantel, nimmt das Kostüm vom Bett, geht ins Bad und fängt an sich anzuziehen, ohne die Tür zu schließen. Crawford beobachtet sie vom Balkon aus.

»Das ist ausgemachter Schwachsinn«, ruft sie ihm wütend zu. »Du weißt selbst, was Passagierlisten von Fluggesellschaften wert sind. Wenn es mal einen Absturz gibt, brauchen die Tage, um herauszufinden, wen sie alles getötet haben.«

»Vielleicht rufst du mal bei Ben im Büro an?«, schlägt Crawford vor. »Fragst nach, ob er seine Pläne geändert hat.«

Sie kommt aus dem Bad und ist noch dabei, ihre Bluse zuzuknöpfen. »Genau das werde ich auch machen. Wo ist meine Tasche?«

»Da, auf dem Stuhl«, sagt Crawford und zeigt darauf. »Er arbeitet bei der Maine Audubon Society in Portland, nicht?«

»Falmouth«, sagt Flint, die jetzt in ihrer Reisetasche wühlt, um ihr Adressbüchlein zu finden. »Jacke wie Hose.«

Sie hat Crawford noch den Rücken zugedreht, sucht noch

immer nach dem Büchlein, als sie ihn sagen hört: »Grace, ich hab schon da angerufen. Die haben noch nie von einem Ben Gates gehört.«

DAS MARSCHEIDER-GEBÄUDE

11

Im Konferenzraum in der fünften Etage der FSF-Zentrale warten die Terrier auf Nathan Stark, um ihm zu berichten, wie weit sie beim Graben nach den Knochen der Operation Pentecost gekommen sind. Ein junger Analyst namens Justin Hamilton, dem langweilig wird, wagt sich vorsätzlich auf gefährliches Gebiet.

Gefährlich insofern, als Stark ausdrücklich verboten hat, über Grace Flints Beziehung zu ihrem Mann sinnlose Spekulationen anzustellen, wie er es nennt, und Hamilton genau weiß, dass er ihn auf die Palme bringen wird.

»Bin ich denn der Einzige«, sagt er lakonisch in das Schweigen hinein, »der das seltsam findet? Dass sie ihren Mann nie im Büro angerufen hat?«

»Soll heißen?«

Die Frage kommt von Kate Barrymore – Teamleiterin der Terrier –, die in Aldus Cutters Augen der hellste der jungen, hellen Köpfe ist, die er von der Columbia University für die Financial Strike Force angeworben hat. Bis Ruth Apple zu Lily Apana wurde und in ihrer Unterwelt verschwand, hatten Kate und Ruth zusammengewohnt.

»Soll heißen«, sagt Hamilton, »sie waren noch kein ganzes Jahr verheiratet, richtig? Sie waren scharf aufeinander, richtig? Verliebt«, fügt er mit süßlichem Unterton hinzu, um den sexuellen Beiklang hervorzuheben. »Sie ist hier, und er ist in Maine, und sie sehen sich an jedem dritten Wochenende, wenn sie

Glück haben – und sie ruft ihn nie im Büro an!« Fünf weitere Analysten sitzen mit am Tisch, und er hebt die Hände in gespielter Kapitulation. »Haltet mich von mir aus für altmodisch, aber ich finde das verdammt eigenartig.«

»Deine Frau ruft dich natürlich dauernd an«, sagt Barrymore gelassen. »Jetzt weiß ich, was du den lieben langen Tag an deinem Schreibtisch treibst. Telefonsex, was?«

Hamilton stößt ein theatralisches Seufzen aus. »Nein, Kate, weil ich keine Frau habe – und das war unter der Gürtellinie.«

Kate Barrymore nickt kurz entschuldigend und stellt dann Hamiltons Logik weiter auf die Probe. »Woher weißt du, dass sie ihn nie im Büro angerufen hat?«

»Weil sie es nicht getan haben kann.«

»Weiter.«

»Wir sind hier, um die Schwachstelle zu finden, ja? Und genau hier, in diesem Augenblick, ist der Hauptkandidat – nein, der einzige Kandidat – der Gatte unserer geschätzten Grace Flint, ihres Zeichens Deputy Director; ein Gatte, der, wie sich herausstellt, gar nicht bei der Maine Audubon Society arbeitet – was unsere geschätzte stellvertretende Chefin nach eigener Aussage geglaubt hat, bis Jerry Crawford sie heute Morgen so grausam von dem Irrtum befreit hat. Und wie hat der gnadenlose Crawdaddy das herausgefunden?« Er provoziert Barrymore mit einem zornigen Blick. »Durch einen einzigen Telefonanruf, Kate.«

Hamilton ahmt mit abgespreiztem kleinen Finger und Daumen einen Telefonhörer nach, den er sich ans Ohr hält.

»›Hallo‹«, sagt er, Crawfords volltönende Stimme ganz passabel imitierend, »›ich möchte bitte Ben Gates sprechen.‹ – ›Wen?‹ – ›Ben Gates.‹ – ›Nie gehört.‹ – Ein einziger Anruf, Kate. Mehr war nicht nötig. Da liegt es wohl nahe, dass sie ihn nie im Büro angerufen hat, sonst hätte sie das nämlich herausgefunden. Oder sie hat ihn doch angerufen.« Plötzlich ist der scherzhafte Unterton aus Hamiltons Stimme verschwunden. »Ich glaube, wir können der Frage nicht länger ausweichen.«

»Und die Frage wäre?«

»Die Frage, Kate, lautet: Ist unsere geschätzte stellvertretende Chefin einfach nur dumm oder naiv – oder ist sie eine Komplizin?«

Eine Etage tiefer, in Cutters Büro, legt Nathan Stark die nackten Fakten dar, die die FSF über Grace Flints Ehemann herausgefunden hat.

»Er hat eine Sozialversicherungsnummer auf der Grundlage einer Geburtsurkunde und eines in Connecticut ausgestellten Führerscheins.« Stark hält inne und fügt dann hinzu: »Auf den Führerschein komme ich gleich noch zu sprechen.«

Cutter rutscht unruhig in seinem Sessel hin und her, wachsam wie eine Katze. Aus Starks Blickwinkel wird er von dem Fenster eingerahmt, das einen Himmel sehen lässt, der seit einem Gewitter am Montag noch immer wie ein bedrohliches Omen mit grauen Wolken verhangen ist.

»Benjamin Gates«, zitiert Stark von einer Kopie der Geburtsurkunde, »geboren am 11. Mai 1967 in Laval, Quebec. Vater, Joseph, Mutter, Françoise Louise, geborene Lamoureux.«

»Mit ihnen gesprochen?«, fragt Cutter.

»Noch nicht. Nach dem, was Flint Crawford erzählt hat, hat Mrs. Gates Alzheimer oder so was in der Art, und der alte Gates hat sich wegen der Krankheit seiner Frau vorzeitig in den Ruhestand versetzen lassen. Er war Professor an der McGill University.«

Cutter nickt. »Ja, ich habe ihn auf der Hochzeit kennen gelernt. Eleganter Bursche. Jetzt fällt's mir auch wieder ein, er hat erwähnt, dass seine Frau krank ist.«

Stark nickt müde. Er hat das Gebäude seit achtundvierzig Stunden nicht verlassen und hält sich nur noch mit kurzen

Nickerchen und Sandwiches von einem Lebensmittelladen in der Nähe auf den Beinen. Das Gleiche gilt für seine ungeduldigen Terrier, aber die sind halb so alt wie er, und seinem hageren Gesicht ist die Anstrengung anzusehen. »Jedenfalls«, nimmt er den Faden wieder auf, »hat Flint Crawford erzählt, dass die beiden vor rund zehn Monaten nach Frankreich gezogen sind, nachdem die Uni ihn anständigerweise emeritiert hat. Das Klima soll Mrs. Gates besser bekommen.«

Cutter zieht eine Augenbraue hoch und sagt: »Klingt das für Sie plausibel?«

»Nein«, gibt Stark zu, »aber bisher stimmt alles. Die von der Uni sind nach meinem Empfinden nicht gerade kooperativ, aber sie haben bestätigt, dass Gates soweit sie wissen in Frankreich ist, anscheinend irgendwo in der Nähe von Nizza, und wenn er beim Konsulat gemeldet ist, müssten wir noch heute eine Adresse oder eine Telefonnummer bekommen.«

Immer wenn sich in Cutters Kopf die Gedanken überschlagen, sitzt er ganz still, so wie jetzt. »Dann hat Flint ihre Schwiegereltern also seit fast einem Jahr nicht mehr gesehen?«

»Sie hat Crawford erzählt, dass sie der Mutter überhaupt noch nie begegnet ist. Auch nie mit ihr gesprochen hat. Sie hat ihr einmal geschrieben, nach der Hochzeit, und als Antwort ein Kärtchen mit den besten Wünschen bekommen. Sonst nichts. Den Vater hat sie am Tag vor der Hochzeit kennen gelernt und ihn dann noch einmal bei einem Essen in der Stadt gesehen. Sie sagt, sie hätte ein paar Mal mit ihm telefoniert – mehr nicht.«

»Manche Leute sind einfach Glückspilze«, sagt Cutter trocken, doch Stark scheint ihn nicht zu hören.

»Sie hat Crawford gesagt«, fährt er fort, »dass Ben zwei-, dreimal vorgeschlagen hat, seine Eltern in Frankreich zu besuchen, aber jedes Mal ist Pentecost dazwischengekommen.«

»Wundert mich nicht«, sagt Cutter, beugt sich zur untersten Schublade seines Schreibtisches hinunter, zieht sie auf und wühlt darin herum. »Fahren Sie fort«, sagt er. »Was ist mit dem Führerschein?«

»Er brauchte zwei Identitätsnachweise, um ihn ausgestellt zu bekommen. Er hätte seinen kanadischen Pass vorlegen können, doch er hat sich für seine Geburtsurkunde entschieden – mit Stempel und allem Drum und Dran. Als zweiten Nachweis hat er einen Pilotenschein präsentiert, was in Connecticut völlig ausreicht. Es gibt also«, folgert Stark, »keinen Nachweis über seinen Pass.«

»Was ist mit der Einwanderungsbehörde?«, fragt Cutter, der noch immer in der Schublade herumkramt. »Er wird doch ein Visum gebraucht haben, oder?«

»Nein«, erwidert Stark finster. »Als Kanadier und wenn er berufliche Qualifikationen hat – oder gefälscht hat –, garantiert ihm der NAFTA-Vertrag die Einreise. Kein schriftlicher Antrag, keine vorherige Genehmigung. Er taucht einfach an der Grenze auf, zeigt einen Beleg seiner Staatsbürgerschaft – wieder die Geburtsurkunde – und einen Brief, in dem ihm ein Job in den Staaten angeboten wird, blättert fünfzig Mäuse hin, und drin ist er. Dann kriegt er ein I-94-Formular mit dem Stempel ›mehrfache Einreise‹ und muss seinen verdammten Pass nie wieder vorzeigen. Das I-94-Formular ist angeblich nur für ein Jahr gültig, aber laut NAFTA kann er es verlängern, sooft er will, mehr oder weniger.«

Die Schublade enthält offenbar nicht das, wonach Cutter sucht, denn er steht von seinem Schreibtisch auf und geht zu einer reich verzierten Kommode, die in dem nüchternen Büro fehl am Platze wirkt. »NAFTA sei gesegnet«, sagt er ironisch. »Ein Freibrief für jeden mit gefälschten Papieren, was?« Er zieht die oberste Schublade der Kommode auf. »Sind die Kanadier schon eingeschaltet?«

»Ja«, sagt Stark offenkundig wenig begeistert. »Ich hab sie gebeten, im Passamt eine Überprüfung durchzuführen, aber sie sagen, es dauert fünf Tage – mindestens.«

Cutter sagt »Scheiße« und zieht die zweite Schublade auf.

»Die meisten anderen Daten liegen bei den einzelnen Provinzen, und es gibt kein Zentralregister oder einen Datenabgleich, daher könnte es eine Ewigkeit dauern, ihn zu erwischen, falls er seine Identität wechselt und seine Sache halbwegs gut macht. Der CSIS«, fährt Stark fort und meint den kanadischen Geheimdienst, »hat inoffiziellen Zugriff auf die meisten Datenbanken der Provinzen und macht für uns – natürlich heimlich, still und leise – einen Check. Aber ich verspreche mir nicht viel davon.« Er zuckt resigniert die Achseln.

»Was wir brauchen«, sagt Cutter, wendet sich von der Kommode ab und setzt ein Grinsen auf, »ist eine kleine Starthilfe.« Er hat gefunden, wonach er gesucht hat, und zeigt es Stark. »Was meinen Sie?«

Cutters Starthilfe ist ein Farbfoto, Format 18 x 24, vier Personen, die dicht beieinander in die Kamera lächeln. Flint und Ben Gates stehen in der Mitte, sie strahlend in einem cremeweißen Kleid mit nackten Schultern, er stolz in weißem Hemd und Cutaway mit einer grauen Krawatte, die von einer Diamantnadel gehalten wird.

Stark ist von der Couch aufgestanden und näher gekommen, um sich das Foto genauer anzusehen. Er zeigt auf einen strahlenden, schlaksigen Mann neben Ben und fragt: »Ist er das?«

»Nein«, sagt Cutter, »das ist Flints Daddy. Der da« – er zeigt jetzt auf einen distinguiert aussehenden, viel kleineren Mann, der neben Flint steht, ihr Arm auf seinen breiten Schultern – »ist Joe Gates. Aber, Nate, ich wette zwanzig Dollar, dass er es nicht ist.« Cutter reicht Stark das Foto. »Ich wette zwanzig Dollar, dass uns die Leute vom CSIS, wenn Sie denen das Foto schicken und die es den Leuten an der McGill-Uni zeigen, mitteilen werden, dass der Typ hier Gott weiß wer ist, aber nicht der ehrenwerte, emeritierte Professor für Kunstgeschichte – oder irgendeine andere Form von Geschichte. Und« – Cutter läuft zu Hochform auf – »ich wette noch einmal zwanzig Dollar, dass Ihnen der richtige Joe Gates, sobald Sie ihn in Südfrankreich auftun und nach seinem Sohn fragen, sagen wird, dass Ben als Kind gestorben ist.«

»Ich wette nicht dagegen«, sagt Stark.

»Und natürlich nicht in Quebec gestorben«, sagt Cutter weiter. »In irgendeiner anderen Provinz oder vielleicht sogar hier in den Staaten; überall, wo nicht die Gefahr bestand, dass ein Standesbeamter auf die Geburtsurkunde den Stempel ›gestorben‹ drücken konnte. Oder vielleicht hat er die Urkunde einfach gefälscht. Wissen Sie, dass es da draußen Bücher gibt, in denen steht, wie man so was macht?«

Stark nickt, als wollte er sagen, dass er das nur allzu gut weiß.

»Also schön, schicken wir das hier ab«, sagt Cutter und reicht Stark das Foto. »In der Zwischenzeit, ich kenne da in Paris einen Cop – zufällig ein guter Freund von Flint –, den ruf ich an.« Cutter sieht auf seine Uhr und rechnet den Zeitunterschied aus. »Und frage, ob er nicht Joe Gates für uns suchen kann.«

Stark ist schon auf halbem Weg zur Tür, als er stehen bleibt, sich umdreht und fragt, als wäre es ihm gerade erst eingefallen: »Was machen Sie mit Flint?«

Cutter, der wieder an seinem Schreibtisch sitzt und gerade den Telefonhörer abnimmt, erwidert: »Warten wir ab, was die in Portland rausfinden. Aber da sie erst gegen Mitternacht zurück sind, wie Sie sagen, wissen wir frühestens morgen Genaueres.«

»Sie müssen sie suspendieren, nicht?«, fragt Stark. »Oder sie beurlauben?«

»Sie ist beurlaubt. Schon seit Dienstag.« Cutter bemerkt den impliziten Widerspruch und berichtigt sich. »Das heißt, sie wäre beurlaubt, wenn die verdammte Akte nicht wäre.« Er hält erneut inne, bevor er hinzufügt: »Ja, wahrscheinlich haben Sie Recht. Auf jeden Fall will ich sie aus der Sache raushalten.«

»Natürlich«, sagt Stark. »Und sie sollte auch nicht hier sein. In ihrem Interesse ebenso wie in unserem Interesse.«

»Nicht hier und nicht in New York, bis wir Bescheid wissen.«

»Es wird ganz schön viel Wirbel geben«, sagt Stark.

»Den gibt es schon«, teilt Cutter ihm mit, »und dabei ist das mit der Akte nicht mal bekannt – noch nicht. Das Justizministerium hat angerufen, und am Montag kommen zwei Schlauberger, die hier nach dem Rechten schauen sollen.«

»Werden Sie's denen auf die Nase binden?«

»Noch nicht. Erst wenn wir Antworten haben.« Cutter drückt eine Kurzwahltaste an seinem Telefon. »Sonst ziehen die wieder vorschnell unausgegorene Schlüsse, und im Nu liegen wir mit denen im Clinch.«

Nervöses Schweigen entsteht, bis Stark sagt: »Aldus, sind Sie sich ganz sicher, dass Flint nicht vielleicht …«, dann aber abbricht, als würde er die undenkbare Frage nicht über die Lippen bringen.

»Dreck am Stecken hat«, sagt Cutter für ihn. »Ja, ganz sicher. Es gibt allerhand, dessen ich mir nicht sicher bin, aber wenn sich herausstellt, dass Gates der Oberfiesling ist, für den wir ihn halten, dann hatte Flint keine Ahnung, das garantiere ich Ihnen.«

»Merkwürdige Sache«, sinniert Stark. »Mit jemandem verheiratet sein und keine Ahnung zu haben, mit wem man es eigentlich zu tun hat.«

»So was kommt vor«, sagt Cutter. Weitere persönliche Einsichten zu diesem Thema bleiben unausgesprochen, als gut dreitausend Meilen entfernt jemand einen Telefonhörer abnimmt und Cutter in seinen selbst kreierten verschrobenen Sprachmischmasch verfällt. »Gilles! *¡Hola!* Ich bin's, Aldus, Aldus Cutter. *Comment ça va,* alter Freund, *comment ça va*?«

PORTLAND
MAINE

12

Crawford meinte, sie sollten nett zu dem Mann sein, bis zu einer halbwegs christlichen Uhrzeit warten. Wenn sie nämlich wieder an seine Tür hämmerten, bevor Gott es Tag werden ließ, würde das einen dringenden Verdacht implizieren, der nicht durch die Fakten gerechtfertigt war. Sicher, hatte Crawford eingeräumt, Tyler hatte ihre Fragen nicht zufrieden stellend beantwortet, aber es war ein Uhr morgens gewesen, sie hatten ihn aus dem Bett geholt, und Flint war … nun ja, ein wenig grob gewesen.

»Crawdaddy, hau dich aufs Ohr«, hatte Flint gesagt. »Wir treffen uns morgen früh um sieben unten im Coffee Shop.«

»Halb acht«, war Crawfords Gegenvorschlag gewesen, und Flint hatte zustimmend gelächelt, gelogen, ohne mit der Wimper zu zucken.

Sie fährt allein zurück zu dem Haus von Thomas Tyler und lässt den Mietwagen an der Straßenecke stehen, trotzig direkt vor einem Hydranten, was Ärger heraufbeschwören muss, aber in der Stimmung ist sie nun einmal.

Es ist so kalt, dass sie ihren Atem im Licht der Lampe über der Haustür wie Zigarettenrauch aufsteigen sieht. In ihren Parka gehüllt, lehnt sie sich mit der unversehrten Schulter gegen die Klingel und hört es irgendwo im Haus losschrillen.

Während sie wartet, dass das Unvermeidliche geschieht, putscht sie sich innerlich hoch, indem sie sich noch einmal in

Erinnerung ruft, warum sie wütend ist auf die sorglosen Bewohner dieses weißen, holzverkleideten Hauses auf dieser gepflegten Straße in diesem sicheren, schmucken Städtchen, das eine Million Meilen weit von der blutbespritzten Plaza des World Emporium entfernt zu sein scheint; ein schmuckes Städtchen, das sie schon allein deshalb hasst, weil es mit Gefühlen verbunden ist, die sie zu überwältigen drohen. Vorläufig weigert sie sich, über ihren Mann nachzudenken. Sie konzentriert sich lieber auf ihr direktes Ziel.

Sie haben mich belogen, Thomas Tyler, denkt sie, ich weiß nämlich, dass Sie mit drinstecken, dass Sie Teil von Bens Legende sind.

»Meine Liebe«, hatte er keine vier Stunden zuvor zu ihr gesagt, in einem Akzent, der irgendwo zwischen dem von England und New England lag und genauso schwer zu bestimmen war wie der Mittelpunkt des Atlantiks, »ich würde Ihnen nur allzu gerne helfen, aber ich kann es wirklich nicht. Ich kenne keinen Mr. Gates.«

Ach ja? Dann erklären Sie mir bitte mal Folgendes, Mr. Tyler, Sir: Ich hatte mich einmal bei Bens Durchwahl verwählt – die letzten beiden Ziffern vertauscht – und war trotzdem bei der Audubon Society, und zwar bei Ihnen gelandet. Und als ich mich als die Frau von Ben Gates vorstellte, haben Sie gesagt, Sie würden dafür sorgen, dass er mich zurückruft – und das hat er dann auch, keine fünf Minuten später. Wie kommt es, dass der Mann, den Sie gar nicht kennen, die Nachricht bekommen hat, Mr. Thomas Tyler, Sie Arschloch?

Die Haustür ist nicht massiv, und sie weiß von ihrem ersten Besuch, dass sie nur ein einfaches Schloss hat. Trotz ihres lahmen Beines und ihrer schmerzenden Schulter ist sie sicher, dass sie sie, falls nötig, aufbrechen kann. Und das wird sie auch, wenn es sein muss.

Ein Licht ist angegangen und schimmert schwach durch die Glasscheiben in der oberen Hälfte der Tür. Es ist Milchglas, und es gibt keinen Spion, also wird Tyler die Tür öffnen müssen, um zu sehen, wer da kurz nach fünf Uhr morgens an einem Sonntag Sturm läutet. Oder er muss die Polizei rufen. Jetzt fällt mehr Licht durch das Glas, und als sie seine Silhouette näher kommen sieht, nimmt sie die Schulter von der Klingel und stellt sich auf das Wortgefecht ein.

»Wer ist da? Wer ist denn da?«, sagt eine leise, aber alarmierte Stimme.

»Agent Flint, Mr. Tyler, ich war vor ein paar Stunden hier. Ich muss noch mal mit Ihnen sprechen.«

Er zögert und meint dann: »Ich habe Ihnen doch gesagt, dass ich nichts weiß, und ich habe Ihnen nichts mehr zu sagen. Bitte gehen Sie.«

»Bitte machen Sie auf, Sir.«

»Gehen Sie!«

Sie streckt die rechte Hand aus und drückt den Klingelknopf: einmal, zweimal, ein drittes Mal, hundertmal, wenn es sein muss. Die Tür wird aufgerissen, und Tyler steht im Bademantel da, sein bärtiges Gesicht ein Bild der Empörung. Unversehens fällt ihr eine gewisse Ähnlichkeit mit ihrem Vater auf: oberhalb des Bartes die etwas eckigen Wangenknochen, die breite Stirn, die tiefen Krähenfüße um die Augen.

»Sind Sie verrückt?«

Diesmal nicht mehr leise, sondern sehr laut, und aus dem Innern des Hauses ruft die verängstigte Stimme eines Kindes: »Dad?«

Tyler macht einen Schritt zurück und wendet sich ab, sodass er nicht bemerkt, dass Flint die letzte Stufe hochkommt und sich in den Türrahmen stellt.

»Alles in Ordnung, Sally«, ruft er dem unsichtbaren Kind die Treppe hoch zu. »Geh wieder ins Bett.«

»Thomas?« Diesmal die Stimme einer Frau, die sich nicht so ohne weiteres abwimmeln lässt. Sie ruft wieder: »Thomas? Was ist denn da los?«

»Nichts. Nichts Wichtiges. Bitte« – in seiner Stimme schwingt Panik mit – »bring die Kinder wieder ins Bett.«

Jetzt wendet er sich erneut Flint zu und sieht, dass sie ihm erheblich näher gekommen ist, als er gedacht hatte, und dass sie einen Fuß gegen die Tür gestellt hat und auf seine Füße blickt, die nackt sind, und vielleicht denkt er, sie wird auf sie treten, wenn er die Tür schließen will. Er macht noch einen Schritt zurück.

»Nein, Sir, Sie irren sich. Es ist wichtig«, sagt Flint leise.

»Wissen Sie, wie spät es ist?« Die unvermeidliche Frage von nahezu jedem Täter oder widerwilligen Zeugen, den sie zu dieser unchristlichen Zeit geweckt hat.

Sie blickt auf ihr linkes Handgelenk. »Elf Minuten nach fünf, aber« – sie runzelt die Stirn – »es ist eine billige Uhr, könnte sein, dass sie ein paar Minuten falsch geht.«

Sie reizt ihn, will ihn aus der Reserve locken, aber sie sieht, dass er kein durchschnittlicher Krimineller ist, dass er trotz ihrer Provokationen die Fassung bewahrt, gegen seinen Impuls ankämpft und seine Wut unter Kontrolle hält.

»Möchten Sie mit nach draußen kommen, Sir?«, sagt sie abrupt mit ihrer strengsten Polizistenstimme. »Damit wir Ihre Familie nicht länger stören?«

Nichts da. Er schiebt die Hände in die Taschen seines Bademantels; sie kann förmlich sehen, wie die Nervosität aus seinen Augen weicht.

»Vielleicht ziehen Sie sich besser was an die Füße«, rät sie. »Es ist kalt hier draußen.«

Er sieht sie mit einem Ausdruck an, der schwer zu deuten ist, weil sie wegen des Bartes seinen Mund nicht richtig sehen kann, aber Flint meint, den ersten Anflug eines Lächelns zu erkennen.

Du hast ja keine Ahnung, wie gefährlich du mit dem Feuer spielst, Thomas Tyler, denkt sie, sagt aber: »Ich warte, Sir.«

»Sagen Sie schon, was Sie zu sagen haben.«

»Sind Sie sicher, dass Sie nichts dagegen haben, wenn Ihre Familie mithört ...« Sie bricht ab, weil sein Gesichtsausdruck jetzt unnahbar wird. »Wie Sie wollen«, beginnt sie erneut. »Als ich gestern Abend hier war –«

»Heute Morgen«, berichtigt er sie.

»Da haben Sie mir und Special Agent Crawford gesagt, Sie hätten den Namen Ben Gates noch nie gehört, würden ihn nicht kennen.« Sie hält inne und wartet, dass er die Lüge wiederholt, aber er antwortet nicht. »Nun, mir liegen Informationen vor – sehr zuverlässige Informationen –, dass das nicht der Wahrheit entspricht.« Wieder hält sie inne, wieder hartnäckiges Schweigen. »Wenn Sie jetzt nicht mit mir reden, Sir, stehen Sie das nächste Mal, wenn Sie nach Ben Gates gefragt werden, unter Eid.«

Oder du schmeckst den Lauf meiner Kanone, denkt sie, denn das haben deine Freunde mit Ruth gemacht, ihr den Lauf einer Pistole in den Mund gesteckt, bevor sie sie aus einem Hubschrauber geworfen haben.

»Weil ich nämlich gleich Montagmorgen«, fährt sie fort, ohne ihre dunkleren Gedanken preiszugeben, »die US-Staatsanwaltschaft in Portland veranlassen werde, eine Anklagejury zusammenzustellen und Sie vorzuladen, damit Sie zu folgenden Vorwürfen Stellung nehmen: Geldwäsche im großen Stil, betrügerische Nutzung der Telekommunikationsnetze, Steuerhinterziehung und – ach ja«, als wäre ihr der Gedanke eben erst gekommen, »Mord an einer FBI-Agentin.«

Jetzt ist sie sich sicher, dass er lächelt, ohne jeden Zweifel.

»Und während Sie sich auf Ihr Aussageverweigerungsrecht berufen wie ein dahergelaufener Ganove, beschlagnahme ich in Ihrem Büro jede Akte, die ich finde.« Sie muss sich beeilen, denn der Schmerz in ihrem Bein ist kaum noch zu ertragen, und früher oder später wird sie den Fuß aus dem Türrahmen nehmen müssen.

»Und dann komme ich wieder hierher, diesmal mit einem

Gerichtsbeschluss zur Beschlagnahmung Ihrer Telefonrechnungen, Ihrer Kontoauszüge ... für Ihre Kontoauszüge werde ich mich besonders interessieren«, fährt sie fort, »meine Behörde ist nämlich befugt, Vermögenswerte zu beschlagnahmen, und wenn ich auch nur einen einzigen Dollar finde, den Sie nicht nachweisen können, beschlagnahme ich Ihr gesamtes Kapital, Mr. Tyler.«

Es nützt nichts. Ihr linkes Knie fühlt sich an, als hätte jemand den Meniskus zerfetzt, und sie muss den Fuß entlasten. So lässig wie möglich verändert sie ihre Position.

»Sind Sie jetzt fertig?«, fragt er mit der Nonchalance eines gelangweilten Kellners, der den Tisch abräumen will.

»Nein«, sagt sie, »ich hab gerade erst angefangen.«

»Tja, aber ich bin fertig.« Jetzt klingt seine Stimme entschlossen. Er nimmt die Hände aus den Taschen wie ein Mann, der sich entschieden hat, doch zu kämpfen, und packt die Tür mit festem Griff. »Ihre Vorwürfe sind die reinsten Hirngespinste und Ihre Drohungen genauso hanebüchen. Wenn Sie mir noch etwas zu sagen haben« – er schließt langsam die Tür – »dann bitte über meinen Anwalt.«

»Noch eins«, sagt sie rasch, was ihn innehalten lässt. »Haben Sie überhaupt eine Vorstellung davon, wie es ist, im Mittelpunkt einer bundespolizeilichen Morduntersuchung zu stehen?«

»Gute Nacht, Agent Flint – viel ist ja nicht mehr davon übrig.«

Tylers Haus steht etwas abseits der Straße auf einem grasbewachsenen Grundstück ohne Zaun mit vereinzelten immergrünen Sträuchern; kein Hindernis für Flint, als sie vorsichtig zu der Holzveranda schleicht, die um einen kostspieligen Anbau herum verläuft.

Hier hat Tyler sein neues Arbeitszimmer, das er mit teurem Technikspielzeug ausgestattet hat, ein Hinweis mehr, dass Tyler Dreck am Stecken hat.

»Unterschätzen Sie niemals die Unverfrorenheit der Gierigen«, sagt sie den Auszubildenden stets, wenn sie mal wieder an der FBI-Akademie in Quantico einen Vortrag halten muss. Dann unterhält sie sie mit der Geschichte von dem Banker in San Francisco, der irgendwann ins Geldwäschegeschäft einstieg und in nur vierzehn Wochen – als müsse er verlorene Zeit aufholen – vier Millionen Dollar für ein Mercedes-Cabrio, einen Diamantring, eine Rolex, eine Eigentumswohnung in South Miami Beach und eine dazugehörige Motoryacht ausgab, ohne dass irgendwer etwas merkte. »Das heißt«, sagt Flint ihren lernwilligen Zuhörern, »eigentlich haben es alle gemerkt, aber niemand hat die Polizei verständigt. Seine Tarngeschichte war die, dass er Glück am Neuen Markt gehabt hatte, und daraufhin ließen sich Unmengen von Interessenten von ihm beraten, welche Aktien sie kaufen sollten.« An dieser Stelle lächelt sie meist. »Leider war unser Banker nicht der Klügsten einer – blöd genug, um seinen eigenen Unsinn zu glauben. Seine Tipps waren schlecht, und eines Tages hat sich eine junge Frau, eine Sekretärin in seiner Bank, gedacht: Er hat ein tolles Auto und eine tolle Wohnung, und ich hab jetzt 150 000 Dollar Schulden abzuzahlen. Dann haben wir den Anruf gekriegt.«

Flint will damit deutlich machen, dass Habsucht und Fahrlässigkeit Hand in Hand gehen und dass nur selten jemand der Versuchung widerstehen kann, mit vollen Händen auszugeben, wofür er seine Seele verkauft hat. »Die belohnen sich für ihre eigene Frechheit«, sagt sie. »Wenn Sie eine verdächtige Bank oder dergleichen unter die Lupe nehmen, um herauszufinden, wer schmutzige Sachen macht und wer nicht, überprüfen Sie stets als Erstes die Finanzen der Mitarbeiter und suchen Sie nach auffälligen Veränderungen im Kaufverhalten. In neun von zehn Fällen entlarven sich die Täter dadurch selbst.«

Wie Thomas Tyler, der sein Haus um einen stattlichen Anbau erweitert hat, einen funkelnagelneuen Computer besitzt und eine Hi-Fi-Anlage, die ein Monatsgehalt gekostet haben muss, und aufgeschlagen auf seinem Schreibtisch liegt ein verführerischer Prospekt über den neuen Isuzu mit Allradantrieb, den er sich kaufen will. Sie hatte den Drang unterdrücken müssen, ihn zu fragen: »Ihre Tante ist wohl gestorben, was, Sir? Hat Ihnen ein hübsches Sümmchen vermacht?«

Jetzt kriecht sie auf dem Bauch über den gefrorenen Boden, weigert sich, die Schmerzen in Bein und Schulter wahrzunehmen, und hält sich fern von dem Rechteck aus Licht, das durch die Glasschiebetüren von Tylers Anbau fällt. Wenn sie aufblickt, sieht sie ihn im Zimmer auf und ab gehen, sich mit einer Hand durchs Haar fahren, während er in ein schnurloses Telefon spricht. Sie kann nicht hören, was er sagt – noch nicht –, aber jede seiner Gesten verrät seine Unruhe und das Ausmaß seiner Lügen.

»Gates?«, hatte er gefragt, als sie vier Stunden zuvor mit Crawford bei ihm aufgetaucht war; da war er noch freundlich und nicht über Gebühr verärgert gewesen, dass man ihn um ein Uhr morgens aus dem Bett geklingelt hatte. »Sagt mir leider gar nichts, aber kein Wunder bei den vielen Leuten, mit denen ich zu tun habe. Kann es vielleicht sein, dass er für die Audubon Society auf nationaler Ebene arbeitet? Die hat nämlich nicht direkt etwas mit uns zu tun. Ich könnte mal in unserem Telefonverzeichnis nachsehen.«

»Nein, Sir«, hatte Flint gesagt. »Es handelt sich eindeutig um die Audubon Society in Maine. Das steht auch auf seinen Visitenkarten, und er hat eine Telefonnummer, die fast identisch ist mit Ihrer.«

»Im Ernst? Wirklich merkwürdig.«

Er war gut, das musste Flint ihm lassen. Bis dahin hatte er nicht die Spur von Nervosität gezeigt und auch noch seine Frau, die auf der Treppe stand, mit einem kleinen Scherz beruhigt. »Die beiden sind von der Polizei, Darling, ich soll ihnen helfen, einen bösen Buben zu fangen.«

Dann hatte er zu Flint gesagt: »Haben Sie vielleicht ein Foto?«

Und ob ich ein Foto habe, Mr. Tyler, Sir. In meiner Brieftasche habe ich tatsächlich ein Foto von meinem Mann, ein ganz hübsches Foto, das ich auf unserer Hochzeitsreise gemacht habe und auf dem seine gefühlvollen Augen und sein sympathisches Lächeln gut herauskommen. Aber wenn du glaubst, dass ich dir das sage …

»Nein, Sir«, hatte sie gesagt. »Jedenfalls nicht dabei.«

»Schade. Na, dann kommen Sie doch bitte mit durch in mein Arbeitszimmer.« Tyler gab ihr mit einer Ladies-first-Geste den Vortritt. »Mal sehen, ob ich Ihren Mr. Gates auf meinem Computer finde.«

Mein Mr. Gates! Woher weißt du, dass er mein Mr. Gates ist? Ist das nur so dahergesagt, Mr. Tyler – oder hast du dich verplappert?

Sie hatte Crawford einen Blick zugeworfen, doch er hatte so getan, als hätte er nichts bemerkt.

»So, dann wollen wir mal sehen«, hatte Tyler gesagt, während er stolz seinen neuen Computer hochfuhr, »ich kenne da einen Trick, wie man die ganze Datenbank durchsuchen kann.«

Flint hat jetzt die drei Stufen erreicht, die auf die Veranda führen, geht in die Hocke und reibt sich Erde ins Gesicht, um ihre weiße Haut abzudecken. Ganz langsam hebt sie den Kopf, bis sie so eben über den Verandaboden schauen kann, und sieht Tyler keine zwei Meter von sich entfernt reglos an der Glastür stehen. Er hat noch immer das Telefon am Ohr und lauscht auf das, was jemand sagt, oder wartet darauf, verbunden zu werden.

Heraus mit der Sprache, fordert sie ihn telepathisch auf, doch sein Mund bewegt sich nicht.

»Heraus mit der Sprache, Mr. Tyler«, hatte sie gesagt, als er mit seiner Farce fertig war, im Computer nach einem Namen zu suchen, der nicht da war.

»Wie bitte?«

»Hören Sie, Sir. Er hat sich nicht bloß ein paar Visitenkarten drucken lassen. Es besteht für uns kein Zweifel daran, dass Mr. Gates über die Interna Ihrer Institution detaillierte Kenntnisse hat, auch über Sie persönlich.«

»Detaillierte Kenntnisse?«, hatte Tyler unsicher wiederholt.

»Findest du nicht auch?«, hatte Flint zu Crawford gesagt.

»Enzyklopädische Kenntnisse«, hatte Crawford erwidert.

»Dank den Schilderungen von Mr. Gates weiß ich zum Beispiel, dass Mary morgens immer die Erste im Büro ist und den Kaffee macht, aber manchmal vergisst sie, dass Sie morgens keinen koffeinfreien Kaffee trinken. Und einmal haben Sie sie angeschnauzt, und sie hat gesagt, sie sei schließlich nicht zum Kaffeekochen da und Sie und alle im Büro könnten sich ihren verdammten Kaffee in Zukunft selbst machen. Und als vier Tage lang keiner Kaffee gekocht hat, hatten Sie fast einen Streik am Hals. Wissen Sie noch, Mr. Tyler?«

»Ich verstehe nicht«, hatte Tyler gesagt.

»Sie mögen Tofu zum Lunch und eine in Scheiben geschnittene Tomate, nicht wahr, Mr. Tyler, und Sie haben einen John Soundso gefeuert, weil er ein Alkoholproblem hatte, und Fran, Ihre Frau, ist zur Zeit sauer auf Sie, weil Sie nicht wollen, dass Ihre Jüngste – das müsste Sally sein – mit der Schule zum Skifahren fährt, weil ihre Noten zu wünschen übrig lassen …«

»Hören Sie auf!«

Flint hatte seinen Arm gepackt, als wollte sie ihn stützen. »Wieso weiß Mr. Gates so viel über Sie, Sir?«, fragte sie sanft.

»Wieso weiß dieser Mann, den Sie nicht kennen, von dem Sie nie gehört haben, das alles?«

Tyler hatte den Kopf geschüttelt, als hätte er einen Fausthieb abbekommen.

Später, auf der Fahrt zum Hotel, hatte Crawford zu bedenken gegeben, dass Tylers Reaktion auf ihre Attacke durchaus nachvollziehbar war. »Herrje, Grace, wenn du mir plötzlich mit so persönlichen Sachen kämst, dann wäre ich genauso von den Socken.«

Doch sie war hart geblieben. »Nein, Crawdaddy«, hatte sie gesagt. »Das war ein verängstigter Krimineller, vor dem sich plötzlich ein Abgrund auftut.«

Jetzt starrt Tyler durch die Scheibe in das Halbdunkel, ein Stück über ihren Kopf hinweg. Jetzt öffnet er die Tür und tritt auf die Veranda, so nah, dass sie ihn berühren könnte – oder er sie.

»Na los«, sagt er anscheinend zu sich selbst.

13

Als Jarrett Crawford frisch gebackener Detective bei der Polizei von Washington, D. C., war und seinen ersten Einsatz als verdeckter Ermittler hatte, ging er einmal zum verabredeten Zeitpunkt zu einem Treffen mit seinem Informanten und lief schnurstracks in den Hinterhalt eines Crack-Dealers. Fünf Kugeln aus einer .38er wurden auf ihn abgefeuert, von denen zwei ihn im Gesäß trafen. Und als ob das noch nicht peinlich genug gewesen wäre, musste er sich anschließend von seinem Lieutenant sagen lassen: »Verdammt noch mal, wie oft soll ich dir das noch sagen? Geh immer früher als verabredet zu einem Treffen.«

Da Crawford den Rat beherzigte, fing er sich den Spitznamen »Frühaufsteher« ein.

Als Crawford wie gewohnt zwanzig Minuten früher als verabredet im Restaurant Friendly's im Howard Johnson Hotel erscheint, ist Flint schon da. Auf den ersten Blick wirkt sie ausgeruht und frisch, doch die Schnellreinigung des Hotels steht so früh am Morgen noch nicht zur Verfügung, und als Crawford zu ihr an den Tisch kommt und sieht, wie verdreckt ihre Kleidung ist, kann er sich denken, was passiert ist.

»Scheiße, du bist noch mal hin, nicht?«, fragt er. Als sie ihm daraufhin lediglich mit den Augen bedeutet, Platz zu nehmen, stützt Crawford sich auf den Tisch und sagt: »Grace, legst du es drauf an, dir eine Anzeige wegen Belästigung unbescholtener Bürger einzuhandeln? Du bist nämlich auf dem besten Weg dahin.«

Da Flint nicht reagiert, setzt Crawford sich auf den leeren Stuhl ihr gegenüber und fährt mit seiner Strafpredigt fort. »Weißt du, wie du aussiehst?«, fragt er. »Du siehst aus, als hätte man dich durch den Dreck geschleift. Lass mich raten: Du bist um Tylers Haus herumgeschlichen ohne seine Erlaubnis – ohne richterlichen Beschluss, was man unbefugtes Betreten nennt, falls du das nicht weißt –, und wir reden hier von einem Typen, der ein angesehener Bürger ist, nicht irgendein hergelaufener Krimineller, den du nach Lust und Laune schikanieren kannst. Und wozu, Grace? Was hast du damit erreicht?«

»Nah dran«, sagt Flint endlich.

»Was?«

»Ich wurde nicht geschleift, ich bin gekrochen, und man hat

mich voll gepisst, und wenn du fertig bist mit deinen frommen Sprüchen, hol dir einen Kaffee – und dann musst du für mich einen Anruf machen.«

Das Wort »fromm« gefällt ihm zwar nicht, aber trotz ihrer ruhigen Stimme hat sie ein warnendes Glimmen in den Augen, das ihm sagt, dass sie kurz vor dem Siedepunkt ist. Also gießt er sich klugerweise einen Kaffee aus der Warmhaltekanne ein und wartet, dass sie ihm sagt, warum.

»Weil er einen Anruf gemacht hat, Jerry.«

Sie greift in ihre Umhängetasche und holt ein Notizbuch heraus.

»Bürger Tyler«, sagt sie, »deine anständige Stütze der Gesellschaft. Um ungefähr fünf Uhr zwanzig heute Morgen nachdem ich ihn auf die Palme gebracht hatte. Etwa zwei Minuten nachdem er hinter mir die Tür zugemacht hatte, habe ich übers Handy bei ihm angerufen, und es war besetzt. Und deshalb, zugegeben, habe ich sein Grundstück unbefugt betreten, um das Gespräch zu belauschen, und ich habe tatsächlich etwas von seinem Teil des Telefonats mitgehört. Willst du wissen, was er gesagt hat?«

Die Frage ist rhetorisch, denn Flint hat die erste Seite des Notizbuches aufgeschlagen, und sie schiebt es umgedreht über den Tisch zu Crawford, damit er lesen kann, was sie aufgeschrieben hat, sobald sie wieder in dem Mietwagen war: ihre fast wortgetreue Erinnerung an Tylers geflüsterte Worte.

»Sie haben mir garantiert, dass das nicht passieren kann. Sie haben mir Ihr Wort gegeben … Verdammt, sie weiß Bescheid … Woher ich das weiß? Sie war zweimal hier, und sie glaubt mir kein einziges Wort, und jetzt faselt sie was von einer Anklagejury und Vorladungen und Gott weiß was noch alles, und ich sage Ihnen eines … Nein, jetzt hören Sie mir zu. Ich sage Ihnen, wenn sie noch einmal herkommt – und das wird sie, wenn Sie sie nicht daran hindern –, dann sage ich ihr die Wahrheit, und Sie können … Ich will Ihnen nicht drohen. Ich will Ihnen lediglich mitteilen, dass Sie mich in eine unzumutbare Situation gebracht haben, und wenn Sie nichts dagegen … Sie haben mir Ihr Wort gegeben …«

»Sie haben mir Ihr Wort gegeben …«

Er hatte am Rand der Veranda gestanden, knapp einen Meter von Flint entfernt, und er hätte nur nach rechts unten blicken müssen, um sie zu sehen. Um dem zuvorzukommen, hatte sie schon mit dem Gedanken gespielt, aus ihrem Versteck zu springen, die Pistole auf seinen Kopf gerichtet, und ihm das Telefon aus der Hand zu reißen, in der Hoffnung, die Stimme am anderen Ende der Leitung zu hören – und es wäre ihr egal gewesen, wenn Tyler vor Schreck einen Herzinfarkt bekommen hätte.

Doch dann war er weiter bis ans Ende des Anbaus gegangen, wo die Veranda über eine steile Böschung hinausragte, und Flint, die ihm folgte, um in Hörweite zu bleiben, musste sich mit beiden Händen an den Stützbalken festklammern, damit sie nicht abrutschte. Sie war direkt unter ihm, als er seinen Gesprächspartner, der ihn anscheinend beruhigen wollte, unterbrach.

»Das ist ja alles schön und gut«, hatte er gesagt, »aber sie hat mir deutlich zu verstehen gegeben – überaus deutlich –, dass sie mir das Leben äußerst schwer machen kann, und ehrlich gesagt … Lassen Sie mich bitte ausreden …! Und ehrlich gesagt, wenn sie nur die Hälfte ihrer Drohungen wahr macht … Also, Sie können jetzt sagen, was Sie wollen, aber dazu bin ich nicht mehr bereit. Ich lasse mich nicht wie einen Kriminellen behandeln. Ich habe mich nur auf die Sache eingelassen, weil Sie mir versichert haben, dass es eine Frage der …«

Er war erneut unterbrochen worden, und diesmal war er in Schweigen verfallen. Flint hätte ihn am liebsten angeschrien, nicht nur, weil die Schmerzen in ihrer Schulter durch das anstrengende Festhalten an dem Balken schier unerträglich wurden. Durch die Ritzen zwischen den Planken hatte sie seine Fußsohlen sehen können und sich bereits ausgemalt, wie sie ein Feuerzeug darunter hielt, bis er ihr antwortete: eine Frage der – was, Mr. Tyler?

»Das weiß ich nicht«, hatte er gesagt, aber ins Telefon. »Ach, warten Sie, sie hat mir ihre Karte gegeben …« Er hatte sie offenbar in der Tasche seines Bademantels gefunden. »Ich hab sie. Sie hat eine Nummer auf die Rückseite geschrieben, könnte ihr Hotel sein.« Dann hatte er Ziffer für Ziffer die Nummer des Howard Johnson Hotel durchgegeben.

»Ja, gut, das will ich hoffen«, hatte er nach einer weiteren Pause gesagt, jetzt weniger aufgebracht, seine Wut gemildert durch die Beruhigung, die ihm anscheinend verabreicht worden war. »Schön. Dann muss ich Sie ja nicht mehr behelligen, hoffentlich … Ihnen auch … Wiederhören.«

Er war geblieben, wo er war, und sie auch, den Blick auf das herandämmernde Morgenlicht gerichtet. Sie hatte ihn seufzen hören und dann ein Geräusch wie tröpfelndes Wasser, bevor sie die warme Flüssigkeit auf der Haut spürte.

Nachdem er sich erleichtert hatte und zurück ins Haus gegangen war, hatte sie den Balken losgelassen und war die Böschung heruntergerutscht wie ein Abfallsack in einen Müllschlucker.

Als Crawford nach Washington, D. C., gezogen war, wohnte er zunächst im Haus seiner älteren Schwester auf der M Street, und weil es preiswerter war, teilte er sich ein Zimmer mit einem Freund namens Jimmy Bamford. Die beiden waren in Pittsburgh im selben Viertel aufgewachsen, hatten dieselbe Highschool und dann gemeinsam die Pitt University besucht, von der sie mit einem mäßigen Abschluss und ohne besondere Zukunftsaussichten abgegangen waren. Sie schlugen sich mit Gelegenheitsjobs durch, bis Alicia ihrem Bruder Jerry vorschlug, er solle doch Polizist werden, denn sie selbst war mit dem Leiter der Polizei-Hundestaffel verheiratet, der genügend Einfluss im Department hatte, um seinen jungen Schwager durch das Auswahlverfahren zu boxen. Also war Crawford dank seiner Schwester nach Washington und in Alicias Haus gezogen und hatte Jimmy Bamford gleich mitgebracht, der sich ebenfalls bei der Polizei bewarb und sich der gleichen Protektion erfreute. Sie gingen zusammen auf die Polizeiakademie, machten zusammen ihren Abschluss, gingen zusammen auf Streife und wurden am selben Tag Detectives und schließlich Partner. Sie gingen sogar zusammen mit ihren Freundinnen aus, und ihre Ehefrauen sind Schwestern.

»Ruf den Wizard an«, sagt Flint und meint Jimmy Bamford, der zwar eine ganz andere Laufbahn eingeschlagen hat als Crawford, aber nach wie vor sein bester Freund ist.

Crawford hält seine Kaffeetasse mit beiden Händen, als wollte er sich wärmen. »Wieso?«, fragt er vorsichtig.

»Weil wir wissen müssen, wen Tyler angerufen hat.« Crawford erwidert nichts, und Flint fährt fort: »Eine Fangschaltung wird nichts bringen, weil er wahrscheinlich nicht wieder anruft, und auf Tylers Telefonrechnung können wir nicht warten.« Da sie weiß, dass sie das ungeschriebene Gesetz übertritt, niemals die Existenz des Wizard zu erwähnen, geschweige denn die Tatsache, dass er Zugang zu sensibler Technologie hat, lächelt sie, um ihren Verstoß zu mildern. »Ruf ihn für mich an, Crawdaddy. Bitte.«

Er schüttelt den Kopf. »Das darfst du mich nicht bitten, Grace. Und das weißt du.«

»Ich bitte dich aber, Crawdaddy. Ich hab keine andere Wahl.«

Crawford hat ein jungenhaftes Gesicht, doch jetzt zeigen sich Sorgenfalten auf seiner Stirn, die ihn in Flints Augen plötzlich älter machen. »Wieso«, sagt er, um Zeit zu schinden, »bin ich für dich ›Crawdaddy‹, wenn du was von mir willst, und ›Jerry‹, wenn du sauer auf mich bist?«

»Nein, wenn ich sauer auf dich bin, bist du Jarrett, *Jarrett.*«

Er blickt weg, als hätte er das nicht gehört.

Flint berührt seine Hand. »Crawdaddy, begreif doch: Die wissen, wo wir sind.«

Crawford versteht, worauf sie hinauswill, und rutscht unruhig auf seinem Stuhl hin und her, weil ihm plötzlich bei dem Gedanken unbehaglich wird, dass er mit dem Rücken zum Eingang sitzt, doch er widersteht dem Impuls, sich umzudrehen. »Die?«, fragt er, als wäre das wichtig.

»Die, er, sie, es – wen auch immer Tyler angerufen hat.« Sie spricht noch immer ruhig, lächelt noch immer, doch ihre Augen glänzen unnatürlich. »Soll ich die NSA anrufen, Jarrett? Ich mach das, da kenn ich nichts.«

Crawford schnaubt. »Red keinen Mist«, sagt er und starrt sie wütend an, will wissen, ob sie blufft. »Du willst ihn auffliegen lassen? Dann mach doch.«

Sie tut es absichtlich – bewegt die Augen ruhelos, lässt sie zwischen seinem Gesicht und dem Eingang hin- und hertanzen, um ihre Warnung zu unterstreichen.

»Lass das bitte sein«, fordert er sie auf, doch jetzt dreht er seinen Stuhl so, dass auch er die Tür beobachten kann. »Manchmal könnte ich dich ...«, setzt er an.

Eine Kellnerin bringt einen Teller mit Spiegeleiern, über die Flint sich hermacht, als hätte sie nur Essen im Kopf. Crawford bestellt nichts. Einige Minuten lang – bis Flint aufgegessen hat – schweigt er, pflegt seinen Groll.

»Das war nicht dein Ernst, oder?«, fragt er schließlich. »Dass du die NSA anrufen willst?«

»Ja und nein«, sagt sie. »Jerry, ich würde niemals einen Informanten auffliegen lassen. Aber wenn du ihn nicht anrufst, werde ich ihn finden, so unauffällig ich kann, und wenn es sein muss, auf allen vieren zu ihm kriechen und ...« Sie schiebt den Teller weg. »Crawdaddy«, beginnt sie erneut, »wir sollen unsere Arbeit niemals persönlich nehmen, aber ich habe das Gefühl, dass ich von Anfang an beschissen worden bin, sodass Tylers Pisse schon fast eine Verbesserung war. Und das nehme ich nun mal persönlich und … Achtung«, sagt sie plötzlich und nickt Richtung Tür.

Zwei Männer betreten das Restaurant, und Flint registriert jede Einzelheit an ihnen mit fotografischer Genauigkeit: weiß, durchschnittlich groß, gut genährt, gepflegtes Haar, Anfang bis Mitte dreißig – nichts Auffälliges. Beide tragen Anzughosen, aber kein Jackett, was darauf hindeutet, dass sie im Hotel wohnen und keine Waffen haben, die sie verbergen möchten. Oder, denkt Flint, sie möchten gerade diesen falschen Eindruck erwecken. Sie lässt sie nicht aus den Augen, bis sie sich für einen Tisch in einer entfernten Ecke entschieden haben.

Doch kaum haben sie Platz genommen, als zwei weitere weiße Männer hereinkommen, dann eine Gruppe von drei Männern und schließlich eine Frau – über vierzig, gut 1,72 ohne Schuhe, kurzes, schwarzes Haar mit nur wenigen grauen Strähnen, leichtes, gekonnt aufgetragenes Make-up, das einen kleinen Schönheitsfehler, vielleicht ein Muttermal, an der linken Schläfe kaschiert, Augen, deren Farbe irgendwo zwischen Grün und Türkis liegt, kleine Brüste, schöne Beine, wenn auch etwas dick an den Knöcheln, kein Schmuck, kein Ehering. Sie nimmt einen Tisch in der Nähe, schaut aber nicht zu ihnen hinüber und kommt Flint irgendwie bekannt vor. Dann kommt noch eine Familie herein, dann eine ganze Flugzeugcrew in Uniform, und bald ist es unmöglich, sie alle im Auge zu behalten. Crawford steht auf, als wäre ihm eingefallen, wo sie hinmüssen, und sagt: »Komm, wir hauen hier ab.«

»Was würdest du denn machen, Jerry?«, erwidert Flint, die sitzen bleibt. »Wenn du an meiner Stelle wärst?«

Crawford beugt sich wortlos über den Tisch und kritzelt seine Unterschrift auf die Rechnung.

»Du würdest mich doch auch darum bitten – du würdest mich bitten, ihn anzurufen?«

Die Frau studiert auffällig die Frühstückskarte, aber Flint beobachtet ihre Augen, und die bewegen sich nicht. Sie konzentriert sich zu sehr auf das, was gesagt wird, und das Wernicke-Areal des Kortex, das die Sprachwahrnehmung steuert, überflutet die anderen sensorischen Wahrnehmungen – es sei denn, man ist sehr gut. Also kein Profi, keine ausgebildete Zuhörerin, dennoch nicht ungeschickt.

»Kommst du?«, fragt Crawford, nach wie vor Flints Fragen missachtend.

Sie steht auf, als wollte sie mitkommen, und sagt dann: »Geh schon mal vor. Ich komme gleich nach.«

Crawford dreht sich um und steuert auf die Tür zu, und Flint folgt ihm ein Stück, schwenkt dann auf die allein sitzende Frau zu, setzt sich ihr gegenüber, greift über den Tisch und reißt ihr die Speisekarte weg, sodass ihr erschrecktes Gesicht zum Vorschein kommt.

»Ich kenne Sie«, sagt Flint mit Überzeugung.

»Tut mir Leid, ich spreche kein Englisch«, sagt die Frau auf Deutsch.

»Ich weiß im Moment nicht, wo ich Sie hintun soll, aber ich habe Ihr Gesicht schon mal gesehen, und es fällt mir bestimmt wieder ein.«

Die Frau schüttelt den Kopf und schenkt Flint ein zögerliches, entschuldigendes Lächeln. »Ich verstehe Sie wirklich nicht.«

»Nicht in natura«, fährt Flint fort, »aber ich habe Sie auf einem Foto gesehen. Vielleicht auf einer Fahndungsliste von uns – wo die Leute drauf sind, die wir suchen.« Sie tut so, als würde sie eine zweite Möglichkeit in Betracht ziehen. »Oder vielleicht war es ein Steckbrief von Interpol«, sagt sie, während sie in ihre Tasche greift und ihren FSF-Ausweis hervorholt. »Ja, das könnte sein«, stellt sie fest und öffnet die Brieftasche, um eine imposante, von Cutter selbst entworfene Marke zu präsentieren. »Ihren Ausweis bitte.«

Das Lächeln der Frau ist verschwunden, und sie dreht den Kopf von einer Seite zur anderen, als suche sie Hilfe. »Ich verstehe Sie nicht«, wiederholt sie.

»Ihren Ausweis«, sagt Flint auf Deutsch. »Zeigen Sie mir Ihren Pass.«

Jetzt greift die Frau in ihre Handtasche, um den Pass zu suchen – aber vielleicht sucht sie gar nicht nach ihrem Pass. Flint ruft: »Nein!«, langt über den Tisch und reißt die Tasche an sich. Die Frau schreit auf, und alle im Restaurant verstummen. Eine Kellnerin kommt auf den Tisch zugelaufen und bleibt abrupt stehen, als Flint mit großer Eindringlichkeit zischt: »Halten Sie sich da raus!«

»Hilfe! Bitte helfen Sie mir!«, ruft die Frau, die aufgesprungen ist. Aber niemand versucht, Flint aufzuhalten, als sie den Inhalt der Handtasche auf den Tisch schüttet und vergeblich nach der Pistole oder dem Messer oder der Dose Reizgas sucht.

Auch kein Pass, aber Flint findet einen deutschen Personalausweis mit einem Foto, das einigermaßen Ähnlichkeit mit der Frau hat, die jetzt versucht, den Ausweis aus Flints hartnäckigem Griff zu zerren. Gisela Lender, 43 Jahre und wohnhaft in Berlin – zumindest laut Ausweis –, erhält einen Schubs, der sie zurück auf ihren Stuhl befördert.

Ein paar Männer sind jetzt aufgesprungen und wägen ab, ob sie sich ritterlich zeigen und einmischen sollen oder ob das Risiko zu groß ist – doch keiner von ihnen hält Flint auf, die jetzt das Restaurant verlässt, den Personalausweis noch immer in der Hand. Sie marschiert durch die Lobby zur Rezeption, zeigt dort ihre Marke und fragt, ob eine Gisela Lender – die Frau hier auf dem Foto – Gast im Hotel ist und, wenn ja, wann sie angekommen ist.

Vor fünf Tagen, lautet die Antwort – lange bevor auch nur

daran zu denken war, dass Flint nach Maine kommen würde. Sie hat das Gefühl, als würde sie in sich zusammensinken wie ein zerstochener Reifen.

Sie gibt den Ausweis von Gisela Lender an der Rezeption ab, mit der halb wahren Erklärung, sie habe ihn »im Restaurant gefunden«, fährt dann mit dem Lift in den dritten Stock und geht in ihr Zimmer. Ohne sich ernsthaft Sorgen über die möglichen Folgen ihres Irrtums zu machen, überlegt sie, was Crawford wohl sagen wird, wenn er erfährt, was sie sich geleistet hat: »Aha, unbefugtes Betreten und Belästigung haben dir wohl nicht gereicht, jetzt hast du dir auch noch tätlichen Angriff eingehandelt. Prima, Grace, wirklich prima.«

Das kann man wohl sagen, denkt sie.

14

Flint, die in ihrem Zimmer im Howard Johnson darauf wartet, dass ihre Sachen aus der Reinigung zurückkommen, wählt zum vierten Mal erfolglos Crawfords Handynummer. Er ist nicht in seinem Zimmer oder geht nicht an die Tür, und sie hat einen Funken Hoffnung, dass er es sich doch noch anders überlegt hat, dass er sich ein sicheres Telefon gesucht hat, um den Wizard in Crypto City anzurufen, wo man Tylers Gespräch, das wie alle anderen routinemäßig von der NSA aufgezeichnet wurde, vielleicht doch noch nicht gelöscht hat.

Da sie sonst nichts zu tun hat, geht sie ins Badezimmer, um sich die Zähne zu putzen und frisches Make-up aufzutragen. Wie Gisela Lender bevorzugt sie die minimalistische Variante:

ein wenig Grundierung, ein Hauch Gloss auf die Lippen. Das Spiegelbild, das sie sieht, ist nahezu makellos – dank der plastischen Chirurgen, die den grausigen Schaden reparierten, den Clayton Bullers Schuhabsatz ihr zugefügt hatte. Es ist darüber hinaus ein trügerisches Bild, spiegelt es doch in keinster Weise wider, was sie empfindet.

Also schön, sagt sie zu der bohrenden Stimme in ihrem Kopf, die Gehör verlangt. Sprich es aus.

»Du hast eine Lüge geheiratet«, sagt sie zum Spiegel.

Das weißt du doch noch gar nicht!

Alles, was er dir gesagt hat, war gelogen.

Das weißt du doch noch gar nicht!

Er hat dir Lügen über seinen Job und seine Arbeitgeber erzählt, richtig?

Ja.

Dann war demnach alles gelogen – wenn ihr zusammen wart, wenn er dir erzählt hat, was er gemacht hat, wo er gewesen ist – all die Exkursionen, die Forschungsreisen nach Afrika.

Ja.

War denn überhaupt irgendwas wahr, Grace? Irgendwas, was er gesagt hat? Überhaupt irgendwas?

Im rechten Augenwinkel bildet sich eine Träne, und sie wischt sie wütend mit dem Handrücken weg. »Vielleicht«, sagt sie zu dem Spiegel.

Wenn er dich berührt hat, Grace, wenn er dich umarmt hat, wenn er dich gebumst hat, Grace, woher willst du wissen, dass irgendwas von dem, was er dabei gesagt hat, die Wahrheit war?

Sie blickt forschend in das Spiegelbild der Maske ihres Gesichts, doch sie findet dort keine Antwort, die sie hören möchte.

Wieder ganz geschäftsmäßig, ruft Flint Rocco Morales an, und obwohl es nicht einmal neun Uhr am Sonntagmorgen ist, erreicht sie ihn an seinem Schreibtisch im Keller des Marscheider-Gebäudes und sagt ihm, dass sie die Adresse zu einer nicht im Telefonbuch stehenden und mittlerweile abgemeldeten Nummer in Portland braucht.

Für Morales ist das ein Kinderspiel, denn seine Schwester Rosetta ist »Informationsspezialistin«, wie sie sich gerne nennt. Sie hat sich in Minnesota selbständig gemacht und spürt Schuldner, unterhaltssäumige Väter, ausgerissene Frauen und alle möglichen anderen flüchtigen Personen auf (von denen einige von der FSF gesucht werden), indem sie unzählige Datenbanken im Internet nach Spuren durchkämmt, die die Gesuchten hinterlassen, ohne es selbst zu wissen. Rosetta gibt eine Geld-zurück-Garantie, dass sie jede geheime Telefonnummer in den Vereinigten Staaten beschaffen kann sowie den Namen und die aktuelle Adresse von jedem, der in den Staaten ein Telefon angemeldet hat – Festnetz oder Handy, Telefonbucheintrag oder nicht –, auch dann, wenn es innerhalb der letzten drei Monate abgemeldet wurde. Aber sie ist nicht billig.

»Wir haben Sonntag«, sagt Rosettas Bruder, »das kostet dich einiges.«

»Sogar noch mehr, als du denkst«, sagt Flint. »Rocco, ich brauche die Adresse jetzt – nicht in drei Tagen oder wie lange deine Schwester normalerweise braucht. Heute. Möglichst heute Morgen. Es ist mir egal, was es kostet.«

Während des nachfolgenden Schweigens stellt sie sich vor, wie Rocco im Kopf kalkuliert.

»Sie muss auf die Schnelle ein ganzes Team mobilisieren«, sagt er schließlich.

»Von mir aus auch zwei Teams, wenn sie die braucht.«

»Donnerwetter! Ist Cutter damit einverstanden?«, fragt Morales.

Wahrscheinlich nicht, denkt Flint, aber sie sagt: »Ich regle das schon mit ihm.«

Sie legt auf und versucht erneut, Crawford auf seinem Handy zu erreichen, dann in seinem Zimmer. Als sie wieder keinen

Erfolg hat, ruft sie die Reinigung an, wo ihre Sachen bleiben. Ihr bleibt nichts anderes übrig, als darauf zu warten, dass Rosetta ihr Kunststück vollbringt, und der Raum wird immer klaustrophobischer. Sie braucht Luft, beschließt sie, und irgendeine Ablenkung – egal was, Hauptsache ihr gehen nicht ständig Fragen wegen Ben durch den Kopf, die sie nicht beantworten möchte.

Knapp zehn Minuten später werden ihre Sachen gebracht, und jetzt hat sie etwas, was sie ablenkt. Die Reinigung hat getan, was sie konnte, aber sie kann auch keine Toten zum Leben erwecken: Der Kostümrock ist noch voller Flecken, und der gestopfte Riss am Jackenärmel ist nicht gerade unsichtbar. Sie ruft die Rezeption an und erkundigt sich, wo man an einem Sonntagmorgen in Maine etwas zum Anziehen kaufen kann, und erfährt, dass es fünfundzwanzig Meilen nördlich von Portland ein Städtchen namens Freeport gibt, das praktisch ein einziges riesiges Einkaufszentrum ist. Perfekt, denkt sie.

Sie ist fertig angezogen und schreibt gerade eine Nachricht für Crawford, die sie an der Rezeption hinterlegen will, als das Telefon klingelt. Da sie Crawford oder vielleicht schon Morales erwartet, nimmt sie den Hörer ab und sagt: »Flint.« Daraufhin hört sie einen anhaltenden Augenblick lang nichts, dann den Wählton, als die Verbindung unterbrochen wird. Sofort drückt sie die Null-Taste, wartet ungeduldig, dass die Hotelzentrale sich meldet, und fragt: »Haben Sie eben einen Anruf auf mein Zimmer durchgestellt?«

»Nein, Ma'am.«

»Das heißt, wenn mich gerade jemand auf diesem Apparat angerufen hat, dann muss der Anruf hotelintern gewesen sein?«

»Ja, Ma'am.«

Ihre Warnung an Crawford kommt ihr in den Sinn: Die wissen, wo wir sind!

Sie schreibt die Nachricht für Crawford nicht zu Ende. Ein

Blick in ihre Umhängetasche bestätigt ihr, dass sie ihre Waffe dabeihat, dann öffnet sie leise die Tür und späht vorsichtig in beide Richtungen. Der Korridor ist leer, und sie geht mit forschem Schritt am Aufzug vorbei und folgt den Notausgangschildern zum Treppenhaus.

Nachdem sie sich vergewissert hat, dass auch im Treppenhaus niemand ist, eilt sie, ohne Rücksicht auf den stechenden Schmerz in ihrem Knie, zwei Stufen auf einmal nehmend ins Erdgeschoss, gelangt durch eine Hintertür auf den Parkplatz, humpelt seitlich am Hotel entlang nach vorn zum Haupteingang und in die Lobby, wo sie sich – keine zwei Minuten nachdem das Telefon geklingelt hat – hinter einen Ständer mit Informationsbroschüren stellt und lebhaftes Interesse an den Touristenattraktionen von Maine heuchelt. In Wirklichkeit beobachtet sie die Lämpchen über den Lifttüren, die ihr verraten, dass eine der Kabinen gerade im dritten Stock angekommen ist.

Während sie wartet, zieht sie die kleine Automatik aus der Tasche und schiebt sie sich hinten in den Bund ihres ruinierten Rockes, wo sich die Jacke, so hofft sie, nicht ausbeult.

Kurz darauf – vielleicht zu früh, denkt Flint, denn die Zeit konnte kaum ausgereicht haben, um festzustellen, dass sie nicht in ihrem Zimmer ist – sieht sie an den Lämpchen, dass die Kabine nach unten fährt. Der Aufzug hält im zweiten Stock, fährt dann durch bis in die Lobby, wo er eine fettleibige, unnatürlich blonde Frau im mittleren Alter mit drei mürrisch dreinblickenden, ebenfalls übergewichtigen Kindern ausspuckt – und das ist alles. Glaubt Flint, bis die Frau zu dem größten ihrer Sprösslinge sagt: »Darren, wo sind denn deine Manieren geblieben? Halt der Dame bitte die Tür auf.«

Und während Darren mit seiner Körpermasse verhindert, dass sich die Türen schließen, und in den Aufzug greift, um einen großen Koffer mit einer Leichtigkeit herauszuhieven, die den Gedanken nahe legt, dass der Koffer doch nicht so schwer ist, wie er aussieht, hört Flint die Stimme einer Frau, die sie noch nicht sehen kann, auf Englisch sagen: »Vielen Dank, junger Mann, das ist überaus freundlich.«

Es ist dieselbe Stimme, die keine zwei Stunden zuvor im Friendly's Restaurant auf Deutsch behauptete, kein Englisch zu können, und Flint hätte nicht übel Lust, sich Gisela Lender noch einmal vorzuknöpfen. He, könnte sie sagen, Sie lernen aber schnell.

Stattdessen macht Flint einen Schritt zurück und geht in die Hocke, scheinbar um sich die Broschüren ganz unten im Ständer anzusehen, und beobachtet, wie Gisela Lenders Beine aus dem Lift auftauchen.

»Wirklich überaus freundlich«, sagt sie wieder, und plötzlich weiß Flint ganz sicher, dass sie Gisela Lender heute nicht zum ersten Mal gesehen hat. Irgendetwas an dem Koffer hat in Flints episodischem Gedächtnis eine Reaktion ausgelöst, und jetzt geht sie rasend schnell das Verzeichnis ihrer gespeicherten Erinnerungen durch, um die Verbindung herzustellen.

Darren hat sich wohl angeboten, den Koffer noch weiter zu tragen, denn Gisela Lender sagt freundlich: »Danke, junger Mann, aber das ist nicht nötig. Mein Wagen steht direkt vor der Tür.«

Dann geht sie durch die Lobby Richtung Ausgang, ihren rollbaren Koffer hinter sich herziehend, und plötzlich ist die Verbindung da – und im Geiste ist Flint wieder in London, an einem schrecklich schwülen Tag letzten August, in einem stickigen Büro über einem EDV-Laden auf der Tottenham Court Road. Eigentlich will sie gar nicht dort sein und sich das öde Überwachungsvideo anschauen, das am Vortag in der Abflugslounge von Terminal zwei am Flughafen Heathrow aufgenommen worden war.

Die Operation Pentecost trat auf der Stelle, und Flint war ins heimatliche England geflogen, um ihren früheren Kollegen vom Sonderdezernat für Kapitalverbrechen, das mit der FSF zusammenarbeitete, Feuer unterm Hintern zu machen, weil sie nicht richtig in die Gänge kamen.

»Da, die da jetzt durch die Sicherheitskontrolle kommt«, hatte Detective Inspector Pat Bakewell gesagt, eine derart missgelaunte Frau, dass sie Flint im Laufe eines halben Tages sämtliche Energie geraubt hatte. »Die Tussi rechts.«

Flint, die noch immer hinter dem Ständer hockt, schließt die Augen und versucht, sich an die Einzelheiten eines flackernden Monitorbildes zu erinnern.

»Der Pass ist auf den Namen Moltke ausgestellt, Friederike Moltke«, hatte Bakewell weiter gesagt, »was ja nichts heißt. Na ja, muss ja wohl gefälscht sein, oder? Bei ihrem Gewerbe.«

Moltke war eine Kurierin, die für Karl Gröbers Organisation gewaschenes Geld beförderte – so vermutete das Sonderdezernat jedenfalls.

»Das ist jetzt das achte Mal, dass sie in den letzten zwei Monaten von Großbritannien ins Ausland fliegt«, hatte Bakewell gesagt. »Regelmäßig wie ein Uhrwerk, und immer hat sie diesen Koffer auf Rädern dabei« – und Flint hat wieder das Bild einer Frau vor Augen, die sich von der fest installierten Kamera entfernt und einen rollbaren Koffer hinter sich herzieht.

»Ich hab sie zweimal durchsuchen lassen, aber es wurde natürlich nichts gefunden«, sagte Bakewell – und auf dem Bildschirm hatte die Frau den Kopf gedreht und über die Schulter geblickt. Die Kamera hatte ihr Gesicht eingefangen, Bakewell das Band angehalten, und Flint sieht sie jetzt vor sich: andere Frisur und andere Haarfarbe, aber dieselben weit auseinander stehenden Augen, dieselbe Adlernase, dasselbe überschminkte Mal an der linken Schläfe: Gisela Lender.

Trotz des strahlenden, trügerischen Sonnenlichts sieht Flint auf der Anzeige am Armaturenbrett ihres Mietwagens, dass die Außentemperatur nur zwei Grad Celsius beträgt, und auf der

Straße liegt noch immer Raureif. Sie fährt einen Zickzackkurs durch und um die Innenstadt von Portland, wobei sie darauf achtet, dass stets mindestens zwei Fahrzeuge zwischen ihr und dem bronzefarbenen Ford Escape vor ihr sind, weil sie davon ausgeht, dass Frau Lender feststellen will, ob sie verfolgt wird. Jedenfalls ist das sehr viel wahrscheinlicher als die Annahme, sie habe sich einfach nur verfahren.

Flint hat Morales übers Handy angerufen, und er hat das Kennzeichen gecheckt und herausgefunden, dass der Ford ein Mietwagen von Hertz ist, wie der von Flint, und nach Auskunft von Hertz soll der Wagen heute Abend spätestens um sechs Uhr am Bostoner Flughafen Logan abgegeben werden. Doch Gisela Lender zeigt bisher keinerlei Neigung, auch nur einem der zahllosen Schilder zu folgen, die zur Interstate und in den Süden von Massachusetts weisen, an denen sie in der letzten halben Stunde vorbeigekommen sind. Demnach, so nimmt Flint an, steht die Fahrt nach Boston nicht unbedingt ganz oben auf Gisela Lenders Dringlichkeitsliste.

So gut sie kann, verfolgt Flint die willkürliche Route auf dem Stadtplan, den sie aufgeklappt auf dem Schoß liegen hat. Zum zweiten Mal sind sie jetzt auf der Market Street und fahren nach Osten auf die altersschwachen Kaianlagen zu, die wie die Finger einer Hand in den Hafen von Portland hineinragen. Beim ersten Mal hatte der Ford kurz vor den Kais angehalten und war dann nach links auf die Commercial Street gebogen, um dann auf die US-1A zu stoßen, die Schnellstraße, die um Portland herumführt, und es sieht so aus, als würde er das wieder tun. Flint lässt sich ein Stück zurückfallen und ihren Wagen im Leerlauf rollen, bis Gisela Lender an der Kreuzung losfährt.

Flint wartet hinter zwei Autos darauf, endlich abbiegen zu können, und drückt auf die Hupe, weil der erste Wagen herumtrödelt. Jetzt steht sie an der Kreuzung, und als die Commercial Street frei ist, biegt sie ab – und sieht im selben Augenblick, dass der Ford keine zwanzig Meter entfernt am Straßenrand steht. Während sie schnell auf ihn zufährt, weiß sie, dass Gisela Lender sie im Seitenspiegel beobachtet.

Flint bleibt keine andere Wahl … als zu beschleunigen und – die Augen stur geradeaus, ohne einen Blick auf Gisela Lender – an dem Ford vorbeizufahren und der Commercial Street in Richtung Schnellstraße zu folgen, ein Auge auf den Rückspiegel gerichtet.

Sie ist schon fünfhundert Meter an dem Wagen vorbei und auf der Auffahrt zur US-1A, sodass es kein Zurück mehr gibt, als das Unvermeidliche geschieht. Der Ford fädelt sich in den fließenden Verkehr ein und wendet urplötzlich, und Flint hört nur noch schwaches empörtes Hupen, bevor ihre Jagdbeute verschwunden ist.

Zorn kann Flint rücksichtslos machen, und sie hält nach einem Platz Ausschau, wo sie anhalten und telefonieren kann. Sie will den Ford als ihren ausgeben und ihn bei der Polizei als gestohlen melden, behaupten, im Wagen wäre ein Baby oder eine andere kostbare Fracht – egal, Hauptsache, es wird eine Großfahndung eingeleitet. Und die Konsequenzen sind ihr ehrlich gesagt egal.

Sie fährt auf den Seitenstreifen, noch immer fest zu dem irrwitzigen Plan entschlossen, als ihr Handy klingelt. Hastig kramt sie es hervor, und was Jarrett Crawford ihr zu sagen hat, rettet sie vor sich selbst.

»Wo bist du?«, fragt er, ohne seinen Namen zu nennen.

»Ich kurve durch Portland, immer im Kreis.«

»Ich muss dir was sagen.«

»Schieß los.«

»Nicht am Telefon und nicht im Hotel.«

Sein Tonfall hat etwas so Düsteres an sich, dass ihr fröstelt.

»Wo?«

»Weißt du noch, die Sache mit Scratchwood und Peter?«

Es dauert einen Moment, bis der Groschen fällt. »Ja.«

»Genau so. Fahr nach Süden. Ich bin in einer Stunde da.«
»Alles klar.«
»Und, Grace, schalt dein Handy ab. Sofort.«
»Wieso?«
»Weil das wie ein Leuchtfeuer ist.«
»Was?«
»Grace, glaub mir. Es ist, wie du gesagt hast: Solange dein Handy an ist, wissen die, wo du bist.«
»In Ordnung.«
»Nein. Nicht in Ordnung«, sagt Crawford.

15

Die Machtbefugnis der Financial Strike Force wurde von den siebzehn Ländern, die bei ihrer Gründung Pate standen, mühsam ausgehandelt und ermöglicht ihr die Durchsetzung drakonischer Maßnahmen. Aufgrund eines »begründeten Verdachts« kann die FSF in jedem der Mitgliedsstaaten die Beschlagnahmung von Vermögenswerten verlangen, wenn sie ihrer Überzeugung nach ausschließlich oder teilweise aus Geldwäscheaktivitäten stammen. Auf Anweisung von Aldus Cutter – oder in seiner Abwesenheit von Nathan Stark oder Grace Flint (das heißt, wenn sie nicht gerade in Ungnade gefallen ist) – sind die Behörden der Vereinigten Staaten, Kanadas und der Mitgliedsstaaten der Europäischen Union befugt, Bankkonten einzufrieren und Privathäuser oder Yachten – einfach alles von Wert – zu beschlagnahmen; die Rückgabe erfolgt erst, wenn nachgewiesen werden kann, dass die Verdachtsmomente der Strike Force unbegründet sind. Selbst Nichtmitgliedsstaaten haben sich verschiedentlich dem Willen der FSF gefügt.

Zur Förderung dieser ungewöhnlichen Zusammenarbeit sehen die Richtlinien der FSF wirkungsvolle Anreize vor. Ein Drittel der beschlagnahmten Vermögenswerte fließt in den Etat der Strike Force – sodass sie sich nicht bloß selbst finanziert, sondern sogar, wie Cutter stolz sagt, »ein gottverdammtes Profitcenter« ist –, doch der Rest wird verteilt: Zwanzig Prozent gehen in einen Schmiergeldfonds für Informanten; dreißig Prozent gehen an Strafverfolgungsbehörden, die bei der jeweiligen Beschlagnahmung mitwirken, und der Rest fließt in die Kassen der beteiligten Staaten. Angesichts solcher Verlockungen ist es noch nie vorgekommen, dass einem Gesuch der FSF auf Konfiszierung nicht entsprochen wurde.

Dennoch hat dieses Geschäft, wie Cutter gern betont, auch eine Kehrseite. Denn jede Strafverfolgungsbehörde mit Geldproblemen – also alle – ist versucht, wichtige Informationen so lange zurückzuhalten, bis es sich richtig lohnt, sie preiszugeben, nämlich dann, wenn sie ihr ein größeres Stück vom Kuchen garantieren. Oder, und das kommt für Cutters Geschmack viel zu häufig vor, Polizeibehörden handeln vorschnell und beschlagnahmen Vermögenswerte, die nur einen Bruchteil dessen wert sind, was möglicherweise zu holen wäre, aber noch nicht aufgespürt wurde; in Cutters Worten »noch nicht reif zur Ernte«.

Durch Erfahrung klug geworden, neigt auch die FSF dazu, Informationen zurückzuhalten, mitunter bis zur allerletzten Sekunde – und in diesem Zusammenhang flog Flint letzten Dezember nach England, angeblich um ihren Vater über Weihnachten zu besuchen. Für alle, die es seltsam fanden, dass sie die Feiertage nicht mit ihrem Mann verbrachte, hatte sie eine ehrliche Erklärung, zumindest eine, die sie selbst für ehrlich hielt.

»Ben ist mal wieder auf einer Forschungsexkursion«, sagte sie zu Kitty Lopez, die wie fast jeder im Marscheider-Gebäude nicht über den eigentlichen Grund für Flints Reise informiert war. »An die eisigen Ufer der Hudson Bay.« Sie ahmte recht passabel Bens Stimme nach und wiederholte, was er ihr mitgeteilt hatte. »Die Eisbärhauptstadt der Welt!«

»Wir informieren nur die, die informiert werden müssen«, hatte Cutter gesagt, »und das ist außerhalb dieser vier Wände niemand. Ist das klar?«

Und Jarrett Crawford und Felix Hartmann hatten bejaht und Flint zugenickt und waren jeder seines Weges gegangen: Hartmann nach Deutschland, wie er sagte, um seine Eltern zu besuchen; Crawford nach Washington, nach eigenen Angaben zu seiner Schwester Alicia, bei der jedes Jahr die Weihnachtsfeier der großen Crawford-Familie stattfand. Rocco Morales wurde beauftragt, für die Ausrüstung zu sorgen, die sie für ihre Mission benötigen würden, doch selbst er wurde nicht eingeweiht, worum es ging.

Zwei Tage später hatte Flint einen Nachtflug nach England genommen – nach Manchester statt nach London, um das Risiko zu minimieren, dass sie jemandem von ihren früheren Kollegen über den Weg lief – und war mit einem Mietwagen die hundertdreißig Meilen in das kleine Dorf Mid Compton in Oxfordshire gefahren, wo das Farmhaus stand, in dem sie aufgewachsen war.

Ihr Vater hatte gerade seine Patienten in der zur Tierarztpraxis umfunktionierten Scheune versorgt, und sein Freudenschrei, als sie hereinkam, versetzte die Tiere in lautstarke Aufregung.

»Herrlich, einfach herrlich«, hatte er gesagt, seine Arme um sie geschlungen und sie hochgehoben. Dann nahm er sie mit ins Haus und zeigte ihr, welche aufwendigen Vorbereitungen er für ihren Besuch getroffen hatte: ein riesiger, festlich geschmückter Tannenbaum im Wohnzimmer; der Kühlschrank voll mit Köstlichkeiten von Fortnum & Mason in London; ihr altes Zimmer frisch renoviert und das Bett neu bezogen.

Trotz ihres schlechten Gewissens hatte sie sich am ersten Tag von ihm verwöhnen lassen, bevor sie mit der Sprache herausrückte. »Tust du mir einen Gefallen?«, hatte sie gefragt, als sie in der fahlen Nachmittagssonne einen Spaziergang machten.

»Jeden, Schätzchen.«

»Hättest du was dagegen, wenn zwei Freunde für ein paar Tage herkämen? Über Weihnachten?«

»Freunde?« Er war stehen geblieben und hatte sie spöttisch angesehen.

»Na ja, genau genommen Kollegen aus der Strike Force, aber es sind auch Freunde von mir.«

Etwas huschte über sein Gesicht – Enttäuschung, dachte sie, oder Sorge –, doch es wurde rasch von einem Lächeln verdrängt. »Natürlich hab ich nichts dagegen«, sagte er, als wäre allein schon der Gedanke lächerlich. »Je mehr wir sind, desto fröhlicher wird's, meinst du nicht auch?«

»Danke«, sagte sie und gab ihm einen Kuss auf die Wange.

Und dann hatte sie sich bei ihm eingehakt, und sie waren weiter die grasbewachsene Anhöhe hinuntergegangen, auf der das Haus stand, und nach einer Weile hatte er vorsichtig gefragt: »Und Ben geht's gut, Gracie?«

»Ben geht's sehr gut, Dad.«

»Und sonst? Alles bestens?« Womit er die Ehe seiner Tochter meinte, was er allerdings nie aussprach.

»Perfekt.«

Was damals mehr oder weniger stimmte. Dachte sie.

Während sie jetzt unterwegs zu dem Treffen mit Crawford ist – mal ganz gemächlich auf der rechten Spur, mal mit durchgetretenem Gaspedal –, muss sie an jenen Nachmittag denken und fühlt sich durch und durch taub.

Und während sie weiter Richtung Süden fährt, dabei häufig im Rückspiegel überprüft, ob sie verfolgt wird, und vorn nach irgendeinem Zeichen von Crawford Ausschau hält, erlaubt sie ihren Gedanken, Zuflucht bei vergangenen Erlebnissen und Gefühlen zu suchen.

16

Crawford und Hartmann waren am Tag vor Weihnachten in Mid Compton eingetroffen, von London kommend, in einem merkwürdigen Konvoi aus zwei Autos: Hartmann in einem dicken BMW mit deutschem Kennzeichen, Crawford in einem zitronengelben Mazda-Sportwagen, der aussah, als wäre er fast zu klein für ihn. Auf Flints Tipp hin hatten sie für John Flint eine Flasche Maltwhisky mitgebracht, seine Lieblingsmarke, und er hatte sie recht herzlich begrüßt. Die beiden dagegen hatten in Gegenwart des Arztes äußerst verkrampft gewirkt, übertrieben höflich und übermäßig darauf bedacht zu gefallen, sodass Grace ahnte, dass ihrem Vater über kurz oder lang der Geduldsfaden reißen würde.

»Jetzt reicht's aber, ihr beiden«, hatte er am ersten Abend beim Essen in der Küche gesagt, »ich heiße nicht ›Sir‹, sondern John – und ich bin auch kein Vollidiot, denn ich bin sicher, dass Grace mir früher oder später erzählen wird, warum ihr wirklich hier seid, und wie ich mich kenne, werde ich sie tun und machen lassen, was sie will, und wenn nicht, dann tut sie's sowieso … Also, bitte, seid ganz locker, ja? Wir haben Weihnachten! Und dabei fällt mir ein, wenn jemand weiß, wie man die Gans hier zubereitet«, und er hatte dem fetten Vogel auf der Arbeitsplatte mit einem Messer in die Rippen gestoßen, »dann möge er sich jetzt bitte zu Wort melden.«

Hartmann sagte, er könne ganz gut kochen, und erklärte sich freiwillig bereit, den Festschmaus zuzubereiten (was Flint nur recht war, denn sie war genauso wenig wie ihr Vater imstande, etwas Anständiges auf den Tisch zu bringen; zu Hause in Miller's Reach kümmerte Ben sich meist ums Essen). Und Crawford – eine weitere Überraschung für Flint – entpuppte sich als ausgemachter Tierfreund, der noch dazu ein wenig von Tiermedizin verstand. Als nach dem Essen ein Nachbar anrief, weil seine beste Stute anscheinend eine schwere Kolik hatte und sich im Stall auf dem Boden wälzte, begleitete Crawford Dr. Flint, um ihm gegebenenfalls zu assistieren.

Um die Zeit totzuschlagen, solange ihr Vater und Crawford unterwegs waren, und weil Hartmann sie aus der Küche verbannt hatte, machte Flint zwei Betten im Gästezimmer, deckte für den nächsten Tag den Tisch und rief dann zu Hause an, um den Anrufbeantworter abzuhören; Bens Stimme erklang:

»Hi, Seetaucher, ich bin's. Heute bist du leider keine Nachtigall. Du bist ein Seetaucher, weil ich ein Seetaucher bin, weil ein Seetaucher die Beine so nah am Hintern hat, dass er nicht laufen kann, und wenn er in der Mauser ist, kann er nicht fliegen – und genau so fühle ich mich gerade. Ich habe keine Ahnung, was ich hier mache und warum ich nicht bei dir bin, und ich würde alles dafür geben, dich jetzt in den Armen halten zu können. Ich liebe dich, Mrs. Seetaucher. Fröhliche Weihnachten.«

Es war bereits zehn Uhr durch, als Crawford und ihr Vater zurückkamen, und es verging eine weitere Stunde, bevor sie meinte, dezent andeuten zu dürfen, dass Crawford und Hartmann doch hundemüde sein müssten, und noch eine Viertelstunde, bis die beiden den Wink verstanden und gute Nacht sagten.

»Nette Burschen«, sagte ihr Vater, als er und Grace endlich allein waren und vor dem Kamin auf der Couch saßen, beide ein Glas Whisky in der Hand, das sie ihnen eingeschenkt hatte. »Arbeitest du oft mit ihnen zusammen?«

»Könnte man sagen«, erwiderte sie ausweichend, weil sie wusste, worauf das hinauslaufen würde, nämlich genau dahin, wo sie hinwollte.

»Ich nehme an, ihr führt gerade so was wie eine Operation durch?«

»Wir schließen auch nicht über die Feiertage«, sagte sie scherzhaft.

»Eine Undercover-Operation?«

»Wie immer.«

»Hier in Großbritannien, meine ich?«

»In gewisser Weise.« Er hatte ein Gesicht gezogen, das sie zum Lächeln brachte. »Schon gut«, sagte er griesgrämig, »sag's mir nicht.«

»Na schön.«

»Sag's mir nicht, und ich sag dir nicht, was ich dir eigentlich zu Weihnachten schenken wollte – wobei eigentlich das Wort ist, worauf es ankommt.«

»Das ist Erpressung – oder heißt es Bestechung? Egal, jedenfalls kannst du das mit einer Polizistin nicht machen.«

»Ach nein? Tja, da kennst du mich aber schlecht.« Und er hatte einen Schluck von seinem Whisky genommen und die Lippen ganz fest zusammengepresst, als hätte er nichts mehr zu sagen.

»Ist es – *wäre* es«, sagte sie nach einer angemessenen Pause, »ein tolles Geschenk gewesen?«

»Ein wunderbares!«

»Teuer?«

»Sündhaft teuer!«

»Ich meine, ein Geschenk, für das jede Tochter ihre Seele verkaufen würde?«

»Mit Sicherheit!«

Sie hatte so getan, als würde sie mit ihrem Gewissen kämpfen. Dann meinte sie: »Also gut.«

»Vor etwa zwei Wochen«, begann Flint vorsichtig mit monotoner Stimme, »ist eine Frau von London nach New York geflogen – eine Britin, die in Birmingham ein kleines Detektivbüro hat – und wurde bei der Einreise am Kennedy Airport durchsucht. Es gab keinen besonderen Grund dafür, vielleicht hatte der Beamte einen siebten Sinn oder einfach nur einen schlechten Tag. Jedenfalls, sie wurde gründlich gefilzt, und schließlich fand man hinter der Verkleidung ihrer Aktentasche ein paar Dokumente, die mit einer Untersuchung zu tun hatten, die ich seit fast einem Jahr leite: vor allem Computerausdrucke von Gesuchen, die wir an die Londoner Polizei gerichtet haben, das heißt, Anfragen um Informationen und Beschattungen von Verdächtigen, denn der Fall hat eine Verbindung nach London. Die Frau behauptete, von den Dokumenten nichts zu wissen, doch nachdem man sie in Hand- und Beinschellen in eine Arrestzelle geschafft hatte, überlegte sie es sich ziemlich schnell anders. Wir haben sie noch vierundzwanzig Stunden schwitzen lassen und dann zum Verhör geholt. Da flehte sie schon förmlich darum zu reden.«

Es war zwar nicht das erste Mal, dass Flint ihrem Vater von ihrer fremden Welt erzählte, doch sie konnte seinem Gesicht ansehen, dass er noch immer nicht besser damit klarkam.

»Sie hat natürlich nicht die ganze Wahrheit erzählt, das tun sie nie – nicht gleich zu Anfang. Immerhin hat sie zugegeben, dass es das vierte Mal war, dass sie für einen Kunden, den sie nur als ›Peter‹ kannte, Dokumente nach New York brachte. Sie war ihm nie persönlich begegnet, sagte sie. Er hatte sich über ihre Website mit ihr in Verbindung gesetzt und ihr angeboten, sie gelegentlich als ›persönlichen Kurier‹ zu engagieren, und sie hatte angenommen.

Es lief stets nach dem gleichen Muster ab: Peter teilte ihr per E-Mail mit, sie sollte zu einer bestimmten Zeit – immer nachts – über eine bestimmte Autobahn fahren, bis sie auf der Standspur einen Wagen mit eingeschalteter Warnblinkanlage sehen würde. Dann musste sie auf die nächste Raststätte fahren, die immer kurz danach kam, den Wagen parken, ohne ihn abzuschließen, aufs Klo gehen, zurückkommen und nach Hause fahren – und voilà, in ihrem Kofferraum lag eine leere Aktentasche, jedenfalls eine, die leer zu sein schien. Dann flog sie sobald sie konnte – aber immer innerhalb von drei Tagen, darauf hatte Peter bestanden – nach New York, stieg im Hilton auf der Sixth Avenue ab, rief eine Voice-Mail-Nummer an, die Peter ihr gegeben hatte, und gab ihre Zimmernummer durch.

Innerhalb einer Stunde, höchstens zwei, klingelte ihr Telefon einmal, und das war für sie das Signal, die Tür zu entriegeln und im Badezimmer zu verschwinden. Sie blieb zehn Minuten drin, und wenn sie wieder herauskam, war die Aktentasche weg. Das Ganze war vielleicht ein bisschen umständlich, aber absolut sicher. Schön steril, ohne persönlichen Kontakt.«

»Aber warum, um alles in der Welt, hat sie das überhaupt gemacht?«, fragte ihr Vater, und sie hatte sich selbst unwillkürlich auflachen hören.

»Habgier«, sagte sie. »Pure Habgier. Statt der Aktentasche lag nämlich dann ein Umschlag mit zehntausend Dollar auf dem Bett – in bar, lauter Zwanzigdollarscheine. Selbst nach Abzug ihrer Spesen kein schlechter Verdienst für drei Tage Arbeit.«

John Flint hatte den Kopf geschüttelt, als würde er nicht verstehen. »Hätte dieser Peter die Dokumente nicht einfach per Post verschicken können?«

»Ja klar, oder mit FedEx, aber das ist nicht Hustlers Stil.«

»Hustler?«

»Unser Hauptziel, der Verbrecher, der die Geldwäscheorganisation leitet, die wir zerschlagen wollen. Er ist Ostdeutscher, hat zu DDR-Zeiten für die Stasi gearbeitet, mit wichtigen Beziehungen nach Moskau, und jetzt wäscht er Geld für so gut wie jedes dreckige Geschäft, das im Osten seit dem Mauerfall betrieben wird – und ich rede hier von Hunderten von Millionen Dollar. Er ist gut, weil er äußerst vorsichtig ist, und seine größte Angst ist die, dass Leute wie ich eingeschleust werden, wovor er sich mit allen Mitteln zu schützen versucht – weil wir ihn nur so schnappen könnten. Und wenn man etwas mit der Post verschickt, weiß man nicht, ob es geöffnet worden ist – jedenfalls nicht, wenn wir Sachen öffnen –, und der Zoll macht bei FedEx-Sendungen Stichproben. So minimal die Chancen auch sind, dass wir auf diese Weise etwas in die Hände bekommen, es wäre immerhin möglich – und er würde es nicht wissen. Darum geht es ihm, Dad, verstehst du. Bei einem eigenen Kurier behält er die Kontrolle und würde sofort erfahren, wenn etwas schief geht – wenn die Kurierin zum Beispiel hopsgenommen oder die Aktentasche gestohlen würde –, und er könnte Schadensbegrenzung betreiben, zum Beispiel Peter alarmieren, damit er für ihn die Spuren verwischt.

Und genau so hätte es laufen müssen. Die Frau, sie heißt übrigens Nina, hätte den Mund halten oder ihre Tarngeschichte zum Besten geben sollen, dass sie die Aktentasche in einem Zug gefunden hatte und sie behalten wollte. Dann wäre sie schlimmstenfalls abgeschoben worden, und Hustler hätte es erfahren. Sie wäre um fünfzigtausend Dollar reicher gewesen, denn die Summe hatte er ihr versprochen, falls je etwas schief gehen würde – und Hustler hält seine Versprechen, immer.

Hustler hatte allerdings nicht einkalkuliert, wie Nina darauf reagieren würde, vierundzwanzig Stunden in einer Zelle der Einwanderungsbehörde zu verbringen, zusammen mit einem Gesindel, wie du es hoffentlich nie kennen lernen wirst.«

John Flint hatte das Gesicht verzogen und gefragt: »Was haben diese Leute denn mit ihr gemacht?«

»Weiß ich nicht, aber als ich ihr gedroht habe, ich würde sie schnurstracks zurück zur Einwanderungsbehörde schicken, wenn sie mich weiter belügt, da ist sie zusammengebrochen und hat geflennt wie ein Kind.« Flint hatte dem besorgten Blick ihres Vaters standgehalten. »Hustler hat Menschenleben auf dem Gewissen, Dad. Unschuldige Menschen – jedenfalls einige davon. Leute wie Nina müssen begreifen, dass es schlimme Konsequenzen hat, wenn sie auf seiner Seite bei dem Spiel mitmachen und die Sache schief geht.«

»Du hast bestimmt Recht«, hatte ihr Vater gesagt und dann schweigend ins Feuer gestarrt.

»Sie ist jedenfalls zusammengebrochen, und wir haben sie einem Lügendetektortest unterzogen. Sie hat ihn bestanden, mehr oder weniger, und ich habe beschlossen, die Lieferung wie geplant durchzuziehen – nur dass ich mich statt Nina in dem Badezimmer im Hilton versteckt habe. Die Überwachungskameras haben ein paar richtig gute Fotos von Hustlers Laufburschen geschossen, und wenn es so weit ist, drehen wir ihn um.«

»Ihr dreht ihn um?«

»Machen aus ihm einen Informanten, der für uns arbeitet. Tut mir Leid.« Sie hatte ihren Vater an der Schulter berührt. »Unser Slang muss sich ja für dich anhören wie eine Fremdsprache.«

»Versteht Ben dich überhaupt noch?«

»Ben möchte nicht, dass ich über die Arbeit spreche«, sagte sie und zog die Nase kraus.

»Das kann ich gut verstehen«, sagte ihr Vater und erntete ein Lächeln.

»Also, wir müssen jetzt nur noch Peter aufspüren und herausfinden, ob wir ihn umdrehen können, und deshalb sind Crawford und Hartmann hier – und es tut mir Leid, dass ich dir die beiden aufhalse.« Sie grinste. »Also, was krieg ich für ein Geschenk?«

»Oh nein, so haben wir nicht gewettet«, sagte ihr Vater kopfschüttelnd. »Du hast mir noch nicht die ganze Geschichte erzählt. Alles oder nichts, Gracie.«

»Ich hätte dir gar nichts erzählen sollen! Cutter würde mir sowieso den Kopf abreißen, wenn er das wüsste.«

»Und warum hast du mir überhaupt was erzählt?«

»Weil ich keine andere Wahl hatte; wir brauchten eine sichere Bleibe, und was anderes ist mir nicht eingefallen. Und du solltest Bescheid wissen, nur für den Fall ...« Sie hatte innegehalten, als suchte sie krampfhaft nach Worten.

»Für welchen Fall?«

»Peter – oder, falls er nur ein Laufbursche ist, Peters Auftraggeber – arbeitet für das Sonderdezernat für Kapitalverbrechen. Das ist die einzige Erklärung, weil nur ganz wenige Mitarbeiter Zugang zu dem Computer haben, von dem das Material stammt, und man kommt nur mit Passwort und Fingerabdruckerkennung rein. Man kann sich nicht einfach einhacken. Bevor man sein Passwort überhaupt eingeben kann, muss man die Hand auf ein Lesegerät legen, das den Abdruck scannt, und wenn die Linien und Rillen nicht hundertprozentig mit dem übereinstimmen, was der Computer gespeichert hat, geht ein Alarm los.

Das heißt, irgendein leitender Mitarbeiter des Sonderdezernats ist nicht sauber, und solange wir nicht wissen wer, ist jeder verdächtig, der dort etwas zu sagen hat, und das heißt, wir können nicht riskieren, sie zu bitten, Peter umzudrehen. Und Cutter traut niemandem im Yard – besser gesagt, er weiß nicht, wem er trauen soll –, und ich kann's ihm nicht verdenken, also müssen wir's selbst machen.«

»Was machen?«

»Ich werde die nächste Sendung abholen. Statt Nina.« Sie hatte den alarmierten Ausdruck gesehen, der plötzlich in den Augen ihres Vaters stand, und rasch weitergesprochen. »Der Sportwagen, mit dem Jerry hergekommen ist, gehört ihr, und den werde ich fahren. Und soweit wir wissen, soweit *sie* weiß, hat Peter Nina nie aus der Nähe gesehen, und sie und ich sind etwa gleich alt und gleich groß. Ich kann mein Haar so zurechtmachen wie ihres, mit ein paar Sachen mehr am Körper wirke ich fülliger, und dann gehe ich bestimmt als Nina durch, aus einiger Entfernung – und ich hab auf jeden Fall vor, einigen Abstand zu wahren. Jerry und Felix werden vor mir am Treffpunkt sein, und während ich aufs Klo gehe und Peter die Aktentasche in mein Auto legt, werden sie einen Sender an seinem Wagen befestigen. Und dann folgen wir ihm einfach und finden heraus, wer er ist. Zumindest ist das unser Plan.«

»Du hast mir noch nicht gesagt, für welchen Fall ich Bescheid wissen soll, Grace?«

Für den Fall, sagte sie zu sich selbst, dass wir reingelegt werden, liebster Daddy. Für den Fall, dass Peter Bescheid weiß. Für den Fall, dass Hustler ihm gesagt hat, dass nicht Nina zu dem Treffpunkt kommen wird.

»Nur vorsichtshalber«, sagte sie. »Wenn was schief läuft und wir ihn auf dem Parkplatz außer Gefecht setzen müssen … Na ja, das könnte Ärger geben, weil wir in Großbritannien streng genommen nicht zuständig sind. Ich wollte nicht, dass du es in der Zeitung liest, wenn wir drei vielleicht in einen diplomatischen Streit geraten, wo du doch gedacht hast, wir hätten einen Tagesausflug nach Stratford-upon-Avon gemacht – oder was für eine Geschichte ich dir als Tarnung auch aufgetischt hätte. Ich wollte dich nicht ausnutzen *und* dir was vorlügen.«

»Ihn außer Gefecht setzen?«

»Ihn festnehmen, ihn überwältigen – und dann rufen wir die Polizei.«

»Werdet ihr bewaffnet sein?«

»Nein, das würde ein Riesentheater geben. Wir haben unsere Waffen in New York gelassen.«

»Wird er bewaffnet sein?«

»Das glaube ich nicht. Du weißt doch, dass englische Polizisten normalerweise keine Waffen tragen.«

»Auch nicht deine Freunde im Sonderdezernat?«

»Nur ein paar – und sie sind nicht meine Freunde –, und das auch nur manchmal.«

John Flint war langsam von der Couch aufgestanden und blickte auf seine Tochter hinab.

»Weißt du, wann es losgeht?«

»In drei Tagen. Nina hat wieder eine E-Mail bekommen. Sie hat sie natürlich nicht gelesen, weil sie derzeit keinerlei Kontakte zur Außenwelt hat. Nein, Dad«, fügte sie rasch hinzu, »nicht die Einwanderungsbehörde. Sie ist schön gemütlich bei uns in Schutzhaft – und das ist im Vergleich so gut wie das Ritz.«

»Grace, kann ich dich was fragen?«

»Wie du sagen würdest: alles.«

»Diese Frau, diese Nina, wenn sie dir nicht die Wahrheit gesagt hätte, hättest du sie dann wieder zurück in die Zelle und zu diesen schrecklichen Leuten geschickt?«

»Wahrscheinlich«, sagte sie.

In null Komma nichts, dachte sie.

Laut Peters E-Mail sollte Nina bei Rugby auf die Autobahn M1 fahren und dann weiter in südlicher Richtung, und die Hochstaplerin Flint war in dem Mazda schon fast in den Außenbezirken von London, als sie vor sich auf der Standspur zwei orangefarbene Lichter blinken sah.

»Okay«, hatte sie in das nadeldünne, drahtlose Mikrofon gesagt, das sie sich in den Träger ihres BHs eingenäht hatte, »noch zwei Meilen bis zum Rastplatz Scratchwood. Überholt mich.«

Dann hatte sie etwas Gas weggenommen, bis sie nicht mehr als 50 Meilen die Stunde fuhr, als sie an dem unauffälligen

Ford auf der Standspur vorbeikam, und schließlich ihren Wagen noch ein wenig mehr verlangsamt und gewartet, dass Hartmanns BMW sie überholte – und er hatte es nicht getan.

»Ich wiederhole, noch knapp eine Meile bis Scratchwood, und ich habe Gesellschaft«, hatte sie mit Blick in den Rückspiegel gesagt, wo sie sah, wie die Scheinwerfer des Ford heller wurden, je näher er kam. »Überholt mich – ich wiederhole, überholt mich, jetzt.«

Nada, rien, nichts – und vielen Dank, Rocco, und mögest du verrotten.

Den Sender des Mikros hatte Rocco Morales in ihrem rechten Stiefel am Schienbein befestigt, zwei frische Batterien hatte sie selbst eingelegt, und den Schalter hatte Rocco Morales sicherheitshalber mit Klebeband auf »ein« arretiert, damit er sich nicht verstellen konnte. Sie hatte nach unten gegriffen und mit der Hand fest darauf geschlagen, aber umsonst.

Sie konnte ja nicht wissen, dass der Empfänger in Hartmanns Wagen defekt war, dass er und Crawford von den Durchsagen ihrer Kollegin nur sinnloses Rauschen gehört hatten, dass sie gemütlich weitergefahren waren, vorbei am Rastplatz Scratchwood, ohne auch nur einen Blick in die Richtung zu werfen, ohne zu wissen, dass sie bereits nach einem Parkplatz suchte, der Ford keine hundert Meter hinter ihr, und nur einen einzigen nutzlosen Gedanken hatte: Was jetzt?

Sie hatten rasch gemerkt, dass etwas nicht stimmte, als sie sich dem Ende der M1 näherten und von dem Mazda keine Spur zu sehen war – auch kein Schild, wo sie in die entgegengesetzte Richtung auf die Autobahn auffahren könnten. Hartmann hatte den BMW über einen nicht enden wollenden Umweg gesteuert, teils mit quietschenden Reifen und durch dichten Verkehr.

Schließlich waren sie wieder auf die Autobahn gelangt und mit über zweihundert Stundenkilometern nach Norden gebraust. Im Nu waren sie auf der Höhe von Scratchwood, und Crawford hatte gebrüllt, dass Hartmann auf der Standspur halten sollte. Sie waren aus dem Wagen gesprungen, hatten halsbrecherisch die drei Fahrspuren überquert, zwischen bedrohlich großen Lastern und pfeilschnell heranrasenden Pkw hindurch, hatten sich über die Leitplanken des Mittelstreifens geschwungen und den gleichen selbstmörderischen Parcours auf der Gegenfahrbahn durchlaufen, um schließlich unversehrt die andere Seite zu erreichen. Auf allen vieren waren sie die steile Grasböschung hochgeklettert, von deren Kuppe aus sie über den weitläufigen Parkplatz blicken konnten, und hatten den Mazda etwas abseits von den anderen Autos im gelben Licht der Parkplatzbeleuchtung stehen sehen.

Mit seinen großen, raumgreifenden Schritten war Hartmann als Erster da gewesen und hatte zunächst gedacht, der Wagen wäre leer. Dann hatte er Flint zusammengekauert auf dem Beifahrersitz gesehen, das Kinn auf der Brust, der Kopf nur so eben über das Armaturenbrett zu sehen. Er hatte die Tür aufgerissen und auf Deutsch geflucht, und sie hatte den Kopf gehoben und ihn verständnislos angeschaut, ein Faden Blut sickerte aus der Nase zur Oberlippe und sah aus wie ein Tintenfleck, schwarz in dem gelben Licht.

Jetzt war auch Crawford da, registrierte die Einzelheiten wie an einem Tatort und öffnete die Tür an der Fahrerseite, um nach ihrem Telefon zu suchen.

Er wollte eben die Notrufnummer wählen, als sie leicht undeutlich fragte: »Was machst du denn?«

»Ich ruf einen Krankenwagen.«

»Nein«, hatte sie gesagt, schwach, aber mit Bestimmtheit. »Bring mich hier weg. Nach Hause.«

Und das hatte er getan, obwohl sein Instinkt ihn davon abhalten wollte, und Hartmann hatte allein den gefährlichen Rückweg über die Autobahn bewältigen müssen, um den BMW zu holen. Auf der Rückfahrt quer nach Mid Compton war Flint immer wieder bewusstlos geworden und hatte von dem, was passiert war, nur Unverständliches erzählt.

Auf der nüchternen Unfallstation des Horton General Hospital, wohin John Flint seine Tochter gegen ihre Proteste gebracht hatte – nachdem er ihr den Puls gefühlt und ihre geweiteten Pupillen gesehen hatte –, saß Crawford stumm und verlegen auf einem Plastikstuhl.

Er wusste, dass Dr. Flint ihm und Hartmann die Schuld für das gab, was passiert war, genauso wie sie selbst sich die Schuld dafür gaben. Er hatte mit ansehen müssen, wie der Tierarzt seine Tochter in eine Decke wickelte und sie sachte auf die Rückbank seines Land Rover legte, und war ihm unaufgefordert über die kleinen, gewundenen Straßen von Oxfordshire zum Krankenhaus gefolgt. Als er dann gesehen hatte, wie bleich das hagere Gesicht von John Flint gewesen war, als er neben der Trage hereilte, mit der man Grace zum Röntgen brachte, hatte Crawford sich richtig mies gefühlt, weil sie sie nicht hatten beschützen können.

Das war fast eine Stunde her, und Dr. Flint war noch immer nicht wieder da. Um sich irgendwie zu beschäftigen, hatte Crawford von einem Münztelefon bei Flint zu Hause angerufen, doch es meldete sich niemand, kein Hartmann. Dann war er nach draußen gegangen, um frische Luft zu schnappen, und als er den Mazda auf dem Parkplatz stehen sah, fiel ihm ein, dass er gar nicht im Kofferraum nachgesehen hatte, und er holte das jetzt nach – aber der Kofferraum war leer, keine Aktentasche.

Somit wusste er jetzt, dass es keine Übergabe gegeben hatte und die Chancen gleich null waren, Peter umzudrehen, und dass die ganze Operation gescheitert war. Crawford konnte sich bildhaft vorstellen, wie Cutter reagieren würde. Er war noch dabei, sich die Szene vorzustellen, während er in den kleinen leeren Kofferraum des Mazda blickte, als er hörte, wie Dr. Flint seinen Namen über den Parkplatz rief wie ein Schimpfwort.

»Crawford! Wo zum Teufel haben Sie denn gesteckt?«, fragte Flint und stürmte auf Crawford zu, als wollte er sich mit ihm prügeln.

»Wie bitte?«, sagte Crawford und wich zurück.

»Warum waren Sie nicht da, verdammt? Auf dem Rastplatz Scratchwood? Wo Sie eigentlich hätten sein sollen?«

Die Blässe war aus Flints Gesicht gewichen. Jetzt war es rot angelaufen, und die Adern standen an der Schläfe hervor.

»Sir, bitte« – Crawford hielt die Hände hoch, als wollte er kapitulieren – »sagen Sie mir, wie es ihr geht.«

»Sie lebt – aber das verdankt sie weiß Gott nicht Ihnen und Ihrem verdammten Freund.«

»Bitte, Dr. Flint.«

»Sie hat eine Gehirnerschütterung, eine *schwere* Gehirnerschütterung.«

»Und die Röntgenaufnahmen?«

»Alles in Ordnung«, gestand Flint. »Aber sie muss zur Beobachtung dableiben. Sie sind noch nicht aus dem Schneider, Crawford.«

»Sir, was hat sie Ihnen erzählt? Ich muss …«

»Ich fass es nicht«, fiel Flint ihm ins Wort und trat heftig gegen einen Hinterreifen des Mazda, um seiner Wut Luft zu machen. »Meine Tochter fällt von einem Garagendach auf Beton …«

»Was?«

»Sie ist gefallen! Weil Sie nicht da waren, wie es Ihre Pflicht gewesen wäre. Als Sie nicht aufgetaucht sind, hat sie so getan, als würde sie zum Klo gehen, ist dann aber zurück, um einen Blick auf diesen Typen Peter zu werfen. Dafür musste sie auf das Dach von einem Unterstand klettern, nicht weit von der Stelle, wo sie geparkt hatte, und sie ist abgerutscht und gefallen. Und dann tauchen Sie irgendwann in aller Seelenruhe auf und …«

»Sir, bitte. Hat sie Peter gesehen?«

»Keine Ahnung. Ich hab sie nicht gefragt, weil es mir egal ist. Was mich dagegen brennend interessiert, ist Folgendes: Warum in Gottes Namen haben Sie nicht den Krankenwagen gerufen oder sie direkt ins Krankenhaus gebracht?«

»Weil sie das nicht wollte, Dr. Flint, und sie meine Vorgesetzte ist. Und ob Sie's glauben oder nicht, im Allgemeinen tue ich, was man mir sagt.«

»Herrgott, Mann!«

»Ich weiß, und Sie haben Recht. Wir haben Mist gebaut.«

»Das können Sie laut sagen.«

»Dr. Flint, ich muss mit Grace sprechen. Ich muss wissen, ob sie Peter gesehen hat. Es dauert nur zwei Minuten.«

»Nur über meine Leiche«, sagte Flint.

17

Auf der Standspur des Teils der Interstate 95, der auch der Maine Turnpike ist, genau eine Meile vor der Abfahrt nach Ogunquit, sitzt Jarrett Crawford auf dem Beifahrersitz eines Fahrzeuges, das niemand für einen Polizeiwagen halten würde, und überwacht Grace Flints Fahrt in Richtung Süden. Er hat Unterstützung von den Streifenkollegen angefordert, und wie sich herausstellt, sind er und Officer Craig Karr – mit dem er jetzt in dem gemütlichen Fahrerhaus des Pick-up sitzt – über ein paar Ecken verwandt, entfernte Vettern. Es ist nicht das erste Mal, dass Crawford sich an die Kollegen in Uniform gewandt hat und es mit jemandem aus der Familie zu tun bekam, und inzwischen glaubt er seiner Schwester Alicia aufs Wort, wenn sie sagt, dass die Crawfords in jedem Staat der USA, außer auf Hawaii, für Recht und Ordnung sorgen.

Eine Highway-Streife meldet über Funk, dass Flints Wagen soeben die Ausfahrt 2 passiert hat, und Officer Karr sagt: »Das ist Kennebunk, sie hat also noch gut zwölf Meilen vor sich.«

Crawford, der auf seine Uhr sieht, bedankt sich mit einem Nicken. In den letzten sechs Stunden – seit Karr ihn im Howard Johnson abgeholt und zum Polizeirevier von York County gefahren hat, damit er über eine sichere Leitung telefonieren konnte, anschließend mit ihm auf den Rückruf gewartet und ihn, als der kam, taktvoll allein gelassen hat – ist Crawford immer schweigsamer geworden, wie jemand, dem vieles durch den Kopf geht.

Es ist nicht unhöflich gemeint, und Karr nimmt es ihm auch nicht übel, und so sitzen sie schweigend da und lauschen dem laufenden Motor und der leise stampfenden Heizung, als plötzlich ein Handy klingelt und Crawford zusammenschreckt. Karr greift in die Brusttasche seiner Jacke, als Crawford sagt: »Würdest du das bitte ausschalten?«

»Klar«, sagt Karr, »aber wieso?«

»Nur für alle Fälle.« Crawford bedenkt seinen Vetter mit einem entschuldigenden Lächeln und fügt hinzu: »Ich hätte dich gleich drum bitten sollen, aber ich hab nicht dran gedacht, dich zu fragen, ob du eins hast. Tut mir Leid.«

»Kein Problem«, sagt Karr, und während er das Handy ausschaltet, versucht sein scharfer Verstand, sich einen Reim auf dieses Rätsel zu machen. Als ihm eine Erklärung dämmert, fragt er: »Soll ich Verstärkung anfordern?«

»Dürfte nicht nötig sein.«

»Sicher?«

»Ja, ganz sicher. Wir haben andere Probleme.«

Wieder verfallen sie in Schweigen, bis Crawford erneut auf seine Uhr schaut und beschließt, dass es Zeit ist. Er bittet Officer Karr, die Warnblinkanlage einzuschalten, setzt sich eine

Baseballkappe auf, schlägt den Kragen seiner Jacke hoch und steigt mit einem überflüssigen »Tschuldigung« aus der mollig warmen Kabine hinaus in die beißende Kälte.

Flint hat den Pick-up von weitem gesehen und ihn bereits ausgeschlossen, da sie vermutet, dass Crawford einen Mietwagen fahren wird. Dann sieht sie den Mann, der mit dem Rücken an der Heckklappe lehnt und den herannahenden Verkehr beobachtet – anscheinend sie beobachtet –, und in der Sekunde, bevor sie das Gesicht unter der albernen Kappe erkennt, durchfährt sie jähe Angst.

Das hast du davon, einfach irgendwas zu vermuten, sagt sie sich, als das Prickeln auf der Haut nachlässt. Sie verlangsamt das Tempo, wenn auch nicht viel, wirft Crawford einen Blick zu, als sie an dem Pick-up vorbeikommt, und sieht, dass er kaum merklich mit dem Kopf auf das Schild deutet, das die Ausfahrt Ogunquit eine Meile weiter ankündigt.

Jetzt überschlagen sich in ihrem Kopf die Fragen. Wessen Pick-up und wer ist der Fahrer? Denn sie hatte gesehen, dass Crawford nicht allein war. Der Wizard? Unwahrscheinlich, beschließt sie, denn leitende Analysten von der National Security Agency fahren bestimmt keinen Pick-up – schon gar keinen mit extrabreiten Reifen und einem Auspuffrohr mit dem Durchmesser einer Bazooka und einem Kennzeichen aus Maine. Und ohnehin ist sie der festen Überzeugung, dass Crawford lieber sterben als zulassen würde, dass sie den Wizard zu Gesicht bekommt. Also: Wer ist er? Was ist er? Und warum ist er hier? Schon beschwört sie irrwitzige Szenarien herauf, in denen Crawford irgendwie jemanden aufgespürt hat, der Ben kennt, jemanden, der ihr die Wahrheit sagen kann.

Hör auf mit deinen blöden Vermutungen!

Am Ende des Turnpike bezahlt sie die Maut und fährt langsam weiter auf die Ausfahrt Ogunquit zu, lässt den Pick-up überholen, damit er ihr den Weg zum Treffpunkt zeigen kann, der sich als der Parkplatz von Karen's Pizza Parlour erweist. Kaum hat der Pick-up angehalten, da steigt Crawford auch schon auf der Beifahrerseite aus, kommt mit ernster Miene auf sie zu und bedeutet ihr mit den Händen, im Wagen zu bleiben. Er steigt hinten ein und sagt – seine ersten Worte –: »Frag nicht.«

»Was soll ich nicht fragen?«

»Egal was, Grace, hör einfach zu.«

Er beugt sich vor, legt die Arme auf die Rücklehne des Beifahrersitzes, sodass sein Kopf ganz nahe an Flints ist, und wenn sie sich zu ihm umdreht, würden sie sich praktisch küssen. Stattdessen blickt sie stur geradeaus und beobachtet ihn im Spiegel, spürt seinen Atem auf ihrer Wange.

»Die Nummer, die Tyler angerufen hat«, sagt er leise, »existiert nicht. Theoretisch ist es eine reguläre 0800er-Nummer, aber sie ist bei keiner Telefongesellschaft registriert, weil sie nie vergeben wurde. Und jede Telefongesellschaft im Land wird Stein und Bein schwören, dass es keinen Teilnehmer mit dieser Nummer gibt, Schluss, aus, Ende. Und wenn man die Nummer wählt, kriegt man nichts – kein Klingelzeichen, niemand meldet sich, nichts, Schweigen. Kannst du mir folgen?« Flint nickt, und Crawford fährt fort: »Aber Tyler hat ja wohl kaum Selbstgespräche geführt, oder? Und es steht fest, welche Nummer er gewählt hat, glaub mir. Also, wieso kann Tyler eine Nummer wählen, die nicht existiert und wo keiner rangeht, und trotzdem nach dem ersten Klingeln die Verbindung kriegen, die er haben will?«

»Du hast gesagt, es klingelt nicht«, wendet Flint ein.

»Das stimmt.« Crawford wartet eine Sekunde und fährt dann fort: »Bis du einen vierstelligen Code wählst.«

Flint sieht, dass ihre Fingerknöchel weiß werden, und lockert den Griff ums Lenkrad.

»So was nennt sich virtuelle Nummer, eine Art Schleuse, die die Verbindung zu einer gültigen Nummer herstellt, ohne eine

Spur zu hinterlassen. Der einzige Nachweis ist bei Tyler zu finden, aber nur in der Form, dass er eine nicht vorhandene Nummer gewählt hat. Weißt du was?«, sagt Crawford weiter. »Der Typ kriegt den Anruf nicht mal in Rechnung gestellt. Weil es keinen Anruf gegeben hat.«

Irgendetwas an Crawfords Erklärung ist seltsam, und Flint überlegt, was. Mit deutlicher Skepsis in der Stimme fragt sie: »Und Hustler kann das deichseln, ohne dass jemand von der Telefongesellschaft was spitzkriegt?«

»Ich glaube nicht, Grace.« Crawford sucht ihre Augen im Spiegel und hält ihren Blick fest. »Ich glaube nicht, dass das irgendwas mit Hustler zu tun hat.«

»Sprich weiter«, sagt Flint, aber Crawford schüttelt den Kopf und sinkt zurück in seinen Sitz, und jetzt muss sie sich umdrehen, um sein Gesicht zu sehen. »Jerry?«

Crawford seufzt, nimmt die Kappe ab und reibt sich den roten Striemen, den sie in seine Stirn gezeichnet hat.

»Jerry!« Flints Stimme klingt erbost. »Glaubst du's oder weißt du es?«

Wieder ein Seufzen, als würde sie etwas Unmögliches von ihm verlangen. »Grace, so was geht nur mit Wissen der Telefongesellschaft, und die Telefongesellschaft macht das nur mit einem unterzeichneten Stück Papier.«

»Von wem unterzeichnet?«

»Von jemandem bei der Staatsanwaltschaft. Oder einem leitenden Beamten bei der Polizei.«

Sie hört seine Worte ganz genau. Schwer fällt ihr nur, die Informationen zu verarbeiten, ihre Implikationen auszuloten.

»Versteh ich nicht«, sagt sie, um Zeit zu schinden.

»Tyler arbeitet für die Regierung.«

»Die US-Regierung?«

»Irgendeine Regierungsbehörde.«

»Welche Behörde?«

»Das weiß ich nicht, Grace. Ehrlich nicht. Aber entweder

bei der Polizei oder beim Geheimdienst. FBI, CIA, Zoll, bei uns … Du kannst es dir aussuchen.«

Ach verdammt. Sie schluckt schwer und fragt: »Bei uns?«

»Wäre möglich, aber ich halte es für wahrscheinlicher, dass eine andere Behörde eine parallele Operation durchführt.«

Flint möchte zahllose Fragen stellen und beantwortet haben, doch ihr Gehirn kann sie einfach nicht formulieren. Sie fühlt sich sprachlos, sie fühlt sich wie nach dem Sturz von dem Dach in Scratchwood, und sie kann Crawford nur anstarren, als versuchte sie, sich zu erinnern, wer er ist.

»Ich muss los«, sagt er. »Cutter will mich in New York haben, lieber gestern als heute.«

»Was?«

»Ich hab gesagt, ich muss los.«

Das verstand sie offenbar. »Ich komme mit.«

»Nein. Cutter will, dass du hier weiter am Ball bleibst.« Crawford fischt einen Zettel aus seiner Jacketttasche. »Rocco hat die Adresse zu der Telefonnummer rausgefunden, die Ben dir gegeben hatte. Cutter sagt, du sollst sie überprüfen.«

Er reicht Flint den Zettel, und sie liest, was er geschrieben hat:

MAS
13A Customs Wharf
Portland, ME 04101

»MAS?«, fragt sie.

»Ja, das ist der Name des Teilnehmers – oder war es. Könnte das Akronym für Maine Audubon Society sein, aber ich glaube nicht.«

Crawford setzt sich die Kappe wieder auf, stößt die hintere Tür auf und hievt sich aus dem Wagen. Dann kommt er an ihre Tür und klopft an die Scheibe, und sie öffnet das Fenster und hört sich an, was ihm nachträglich eingefallen ist.

»Übrigens, Rocco lässt dir ausrichten, dass Rosetta gesagt hat, diesmal wäre es umsonst, was immer das heißen soll. Nimm's nicht so schwer, Grace – und lass das Handy ausgeschaltet.«

Dann eilt er auf den Pick-up zu, und als er schon längst vom Parkplatz gefahren ist, findet Flint endlich einen Gedanken, mit dem ihr Verstand klarkommt: Du hast mich gar nicht deinem Freund vorgestellt.

18

Auf mittlerer Höhe des Customs Wharf im Hafen von Portland befindet sich im Lobster Emporium eine unbeschriftete Tür, die auf einen Gang geht, der an den Tanks vorbeiführt, in denen todgeweihte Krustentiere nach ihrer letzten Mahlzeit suchen. Dann geht es weiter zu einer frei stehenden Holztreppe, die wiederum zu einer zweiten, diesmal massiveren Tür führt, an der ein Messingschild mit der Aufschrift MAS angebracht ist.

In der Tür des zweiräumigen Büros steht die Frau, die sich jetzt Lender nennt, obwohl ihr richtiger Name Krol ist, und bewundert ihr Werk. Ihrem Äußeren nach könnte man sie für eine Krankenschwester oder eine Ärztin halten, denn alles, was sie trägt, erinnert an einen Operationssaal: die mattgrüne Kappe, die ihr Haar bedeckt, die grüne Maske vor dem Gesicht; der Kittel, die Überhose, die Schuhe, alle ebenfalls grün, die Gummihandschuhe, die ihre Hände schützen. Wenn sie die Maske abnimmt, werden wir sehen, dass sie lächelt, zufrieden mit sich – und das mit Recht.

Vor vier Tagen, als sie sich an die Arbeit machte, waren diese beiden Räume noch ein Tatort, der selbst die abgestumpftesten Kriminalisten nicht ungerührt gelassen hätte. Denn überall verstreut befanden sich Spuren von dem gelegentlichen Benutzer des Büros sowie ungemein belastende Indizien seines Treibens: unter anderem ein Aktenschrank mit gestohlenen Unterlagen, viele davon gestempelt mit VERTRAULICH oder GEHEIM oder STRENG GEHEIM; ein PC, auf dessen Festplatte eine fast vollständige Personalliste der Financial Strike Force gespeichert war, mitsamt genauer Beschreibung und kurzem Lebenslauf vieler ihrer Agentinnen und Agenten, den Namen ihrer Partner und Kinder und ihren Privatadressen; des Weiteren befand sich auf der Festplatte eine aufschlussreiche Analyse der strategischen Stärken und Schwächen der FSF, die für Aldus Cutter, um nur einen zu nennen, eine beunruhigende Lektüre gewesen wäre, sowie ein exakter Zeitplan der Operation Pentecost.

Als Erstes hatte Frau Lender sich um die Unterlagen gekümmert und sie, immer ein Dutzend Blätter auf einmal, in einen kleinen Reißwolf geschoben, den sie in einem Laden für Bürobedarf in Portland bar bezahlt und in ihrem Koffer zum Customs Wharf transportiert hatte. Fast den ganzen Tag hatte sie gebraucht, um die Beweise zu vernichten, und die Schnipsel hatten über fünfzig Müllbeutel gefüllt, die sie zum Abholen an den Straßenrand gestellt hatte. Am Morgen waren die Säcke verschwunden, und dank des gut funktionierenden Recycling-Programms von Maine würde ihr Inhalt bald Geschichte sein.

Weiteres Futter für den Reißwolf lieferte die beachtliche Sammlung an Schriften, in denen die Maine Audubon Society ihre Programme und Aktivitäten beschreibt, zum Beispiel detaillierte Berichte über die zahlreichen Exkursionen und Reisen in alle Welt, wie sie von Ben Gates geleitet wurden – was zumindest seine leichtgläubige Frau angenommen hatte. Dann hatte Frau Lender Seite für Seite einige Nachschlagewerke vernichtet, darunter die sieben Oktavbände von John Audubons Lebenswerk, *Die Vögel in Amerika* – die seltene Ausgabe von 1844 mit den vierhundertfünfunddreißig kolorierten Illustrationen von seiner Hand und dem Text seiner *Ornithologischen Biographie* (und wenn Thomas Tyler irgendwann von diesem Sakrileg erfährt, wird er es für sich persönlich als das vielleicht größte der zahlreichen Verbrechen bezeichnen).

Als jedes Blatt Papier zu ihrer Zufriedenheit zerkleinert und auf dem Weg zur Wiederverwertung war, hatte Frau Lender ihre Aufmerksamkeit der Hardware gewidmet. Der PC und das Faxgerät, der Laserdrucker, der Fotokopierer, der Enigma-Stimmenverzerrer, der mit dem Telefon verbunden war, und das Telefon selbst, der DialMate-Anrufweiterleiter, mit dessen Hilfe Ben Gates stets jeden Anruf entgegennehmen konnte, als wäre er in seinem Büro, auch wenn er es nicht war, sowie die anderen Geräte, deren Zweck Frau Lender nicht ganz ersichtlich war, sie alle waren zur Vernichtung vorgesehen – doch zuvor mussten sie gründlich ausgeweidet werden.

Aus dem PC hatte Frau Lender die Festplatte entfernt, das Gehäuse aufgebrochen und die einzelnen Speicherplatten mit Bimsstein gescheuert, bis sie sicher sein konnte, dass alle Daten unwiederbringlich getilgt waren. Dann hatte sie die RAM-Chips herausgenommen und mit einem Hammer zerschlagen. Von der Computertastatur hatte sie jede einzelne Taste entfernt. Aus dem Kopierer hatte sie die Glasplatte herausgenommen, auf der sich zwangsläufig winzige Kratzer befinden mussten, die ein kriminaltechnisches Labor mittels einer Spektralanalyse mit Flecken auf jeder Kopie abgleichen könnte, die mit dem Gerät gemacht worden waren, und nachdem sie die Glasplatte in mehrere Seiten des *Portland Press Herald* eingewickelt hatte, war ihr Hammer erneut zum Einsatz gekommen.

Aus dem Faxgerät und dem Laserdrucker hatte sie die Trommeln ausgebaut. Sie hatte das Telefon und den Stimmenverzerrer und den DialMate auseinander genommen und die Platinen entfernt oder zerstört – auch aus sämtlichen anderen Geräten hatte sie alles entfernt, bei dem sie den leisesten Verdacht hatte, es könnte eine Speicherfunktion haben. Erst dann hatte sie sich an die Beseitigung gemacht; sie hatte die Überreste wahllos auf schwarze Abfallsäcke verteilt und sie in drei Nächten hintereinander von der Mole am Ende des Customs Wharf im Hafen von Portland versenkt. Im letzten Sack befand sich der Reißwolf.

Jetzt sind vom ehemaligen Schlupfwinkel des Ben Gates nur noch zwei Schreibtische übrig, zwei Stühle, der leere Aktenschrank und die ausgeräumten Regale, und alles schimmert im Licht der Neonlampen, denn jede Oberfläche wurde von Frau Lender mit einem starken chemischen Reinigungsmittel gesäubert. Gründlich gewischt hat sie auch die Lichtschalter, die Steckdosen, die Griffe an den Fenstern, die Türklinken und Türrahmen und jede andere Stelle, wo Ben Gates einen Finger- oder Handabdruck hinterlassen haben könnte.

Als sie jetzt auf der Schwelle des Büros steht, zieht sie sich ihre Schutzkleidung aus und packt sie zusammen mit den Putzutensilien ordentlich in ihren Koffer. Sie schließt die Tür und verriegelt sie mit einem Schlüssel, den sie ebenfalls im Hafen von Portland versenken wird, und dann holt sie ein Taschentuch hervor und poliert zum Abschluss die Messingtafel mit der Aufschrift MAS.

Wenn Grace Flint am Customs Wharf eintrifft und an den Tanks vorbei zu der Treppe geht, die sie schließlich zu dieser Tür führt – was in ungefähr einer Stunde sein wird, zur gleichen Zeit, wenn die Frau, die sich jetzt nicht mehr Lender nennt, ein Flugzeug besteigt, nicht am Bostoner Flughafen Logan, sondern am International Jetport von Portland –, wird diese glänzende Tafel der einzige greifbare Beweis dafür sein, dass Ben Gates jemals hier existiert hat.

Ein unzuverlässiger Beweis, denn genau genommen hat Ben Gates nie existiert, außer im Kopf seiner Frau.

LONDON

19

Nigel Ridout wohnt nahe der Fulham Road allein in einem Reihenhaus, das sich zur Südseite hin mit einem Garten schmückt, in dem er gewagte Experimente mit allen möglichen Vertretern einer doch eher mediterranen Flora betreibt. Ihn reizt nicht allein die Herausforderung, die angebliche Ordnung der Dinge in Frage zu stellen, sondern auch die Sinnlichkeit der lateinischen Pflanzennamen: *Acanthus mollis* und *Salvia uliginosa* und *Thuja occidentalis* und – am prächtigsten, wie er findet – *Convolvulus cneorum*. Oftmals – zu oft für den Geschmack der ihm unterstellten Mitarbeiter im MI6, der Osteuropaabteilung des britischen Geheimdienstes – sind die Codenamen seiner Agenten und Spione durch das inspiriert, was in Ridouts Garten wächst.

»Mandrake ist verschwunden«, hatte eine aufgeregte Stephanie Cooper-Cole gesagt, als sie an diesem ungewöhnlich schönen Sonntagmorgen im April unangemeldet vor Ridouts Tür stand und ihn aus seiner Gartenarbeit riss.

Mandrake, der englische Name der Alraune oder *Mandragora officinarum* aus der Familie der *Solanaceae*, grünlich gelbe Blätter und ein giftiger Wurzelstock, der Ähnlichkeit mit dem menschlichen Körper hat.

»Netter Scherz, Steff«, sagte Ridout, als er ihren Arm nahm und sie rasch ins Haus führte. »Mandrake verschwunden! Sehr witzig.«

»Das ist kein Witz«, sagte sie.

»Aber natürlich ist es einer!«, beharrte Ridout und lächelte sie an. Seine Zähne schienen zu groß für seinen Mund und gaben ihm etwas Raubtierhaftes. »Weil wir eine Abmachung haben, nicht wahr, Steff? Sie und ich? Ja? Sie passen auf Mandrake auf wie ein Luchs, und ich passe auf Sie auf – so lautete unsere Abmachung, nicht wahr, Steff?« Er hielt ihren Arm noch immer direkt über dem Ellbogen fest, und der Druck seiner Umklammerung tat langsam weh. »Jetzt erzählen Sie mir bitte nicht, dass ich Sie falsch eingeschätzt habe, Steff. Dass ich Ihre Zuverlässigkeit und Ihr Engagement überbewertet habe, ganz zu schweigen von Ihrer Intelligenz. Das kann doch wohl nicht sein, oder?«

Wütend riss sie ihren Arm los und stürmte unaufgefordert in die Küche, sodass Ridout ihr folgen musste. Schweigend sah er zu, wie sie aus dem Schrank über der Spüle ein Glas nahm, es mit Wasser aus dem Hahn füllte und ihren Durst stillte. Im Kühlschrank stand italienisches Mineralwasser, aber er würde den Teufel tun und es ihr anbieten.

»Also?«, fragte er schroff, jetzt ohne den gespielt neckischen Unterton.

Mütterlicherseits stammte Cooper-Cole aus dem irischen Adel, und von ihrer Mutter hatte sie auch die gute Figur und das volle, rote Haar sowie das dazu passende feurige Temperament geerbt.

»Seien Sie nicht so herablassend«, sagte sie, wandte sich von der Spüle ab und sah ihm ins Gesicht. »Ich kann nichts dafür, verdammt nochmal. Und Nigel« – mit Nachdruck und trotzig – »nennen Sie mich nicht Steff.«

Man musste Ridout lassen, dass er ihre grobe Insubordination ungerührt hinnahm. Mit professioneller Gelassenheit wartete er ab, beobachtete sie aus zusammengekniffenen Augen, während sie sich eines Besseren besann und wieder zur Vernunft kam.

Schließlich lenkte sie ein: »Es war ein langer Tag.«

»Also?«, fragte er wieder, diesmal ohne Gehässigkeit.

»Gestern Abend«, begann Cooper-Cole, »kurz nach neun, hat Mandrake gefragt, ob er auf sein Zimmer gehen kann, er sei müde, der Jetlag sitze ihm noch in den Knochen, und er habe seit seiner Ankunft noch nicht richtig geschlafen. Mrs. Baxter hat keinen Verdacht geschöpft.«

Ridout spitzte die Lippen, und sie sagte: »Ich weiß, aber es klang ganz plausibel. Seit Freitag hatte er über Erschöpfung geklagt, und er sah völlig erledigt aus. Ich hab mir das notiert: blasse Haut, stumpfe Augen, allgemeine Lethargie.«

»Notiert?«

»Streng geheim. Handgeschrieben, nichts auf dem Computer.«

Ridout nickte, als wäre er zufrieden, und fragte dann: »Hat wohl Kohle gelutscht, damit er schön bleich aussieht, was? Haben Sie sich das auch notiert, Stephanie?«

Ohne auf seinen impliziten Vorwurf einzugehen, fuhr sie fort: »Mrs. Baxter hat um dreiundzwanzig Uhr fünf nach ihm gesehen, und da war er noch wach, hat sich hin und her gewälzt. Sie hat angeboten, ihm etwas Warmes zu trinken zu bringen, aber er hat abgelehnt. Dann, um drei Uhr morgens, hat er bei ihr an die Tür geklopft und gefragt, ob sie vielleicht ein paar Schlaftabletten hätte. Nun, sie war natürlich nicht begeistert davon, aber sie hat ihm zwei Melatonin gegeben. Sie meinte, das könne nicht schaden.«

»Und lassen Sie mich raten«, warf Ridout ein. »Er hat gesagt, falls er nach dem Melatonin einschlafen könnte, sollte man ihn morgens nicht wecken, richtig?«

»Mehr oder weniger.«

»Weniger, denke ich … Herrgott!«

»Im Nachhinein leicht gesagt, Nigel.«

»Oh, tun Sie das nicht so ab, Stephanie. Wenn wir aus unseren Fehlern – aus *Ihren* Fehlern, Stephanie – lernen, können wir vielleicht überleben. Und dann?«

»Um neun hat sie wieder bei ihm reingeschaut, hat gesehen, dass er schlief, und hat ihn schlafen lassen.«

»Nur, dass er nicht geschlafen hat, weil er nicht mehr da war, stimmt's?«

Cooper-Cole nickte.

»Kissen unter der Bettdecke?«

»Nein«, sagte sie. »Noch schlauer. Er hat den Teppich aufgerollt.«

»Und Mrs. Baxter hat nicht bemerkt, dass ihr Teppich weg war? Ist sie blind?«

»Die Vorhänge waren zugezogen. Es war dunkel im Zimmer.«

»Davon bin ich überzeugt«, sagte Ridout mit matter Resignation. »Also, wann ist ihr *ein Licht aufgegangen*? Wann hat es bei der hoch geschätzten Mrs. Baxter endlich klick gemacht?«

»Gar nicht. Fellowes hat es gemerkt, kurz nach zwei Uhr heute Nachmittag.«

»Ach ja, der gute Fellowes. Und wo war unser so genannter Aufpasser die ganze Zeit?«

»Unten. In der Küche.«

»Während der Arbeitszeit geschlafen, nehme ich an.«

»Er sagt, nein. Zumindest nicht, bis Mrs. Baxter kurz nach neun heruntergekommen ist und er seine Wache beendet hat.«

»Hmm«, machte Ridout, nicht überzeugt. Er sah, dass Cooper-Cole das Wasserglas beäugte, gab schließlich nach und holte die Flasche Mineralwasser aus dem Kühlschrank. »Also, wenn der junge Fellowes wach war und auf der Hut, wie ist Mandrake dann an ihm vorbeigekommen?«

»Er ist zum Fenster raus. Er hat das Schloss mit einem Schraubenzieher oder irgendeinem spitzen Gegenstand aufgebrochen und … ich weiß, ich weiß«, sagte sie rasch, als sie Ridouts erstaunten Blick sah. »Die haben sein Zimmer nicht durchsucht – und ihn auch nicht –, weil sie ihn nicht als Gefangenen betrachtet haben. Eher als Gast, einen vom Team.«

»Und haben Sie ihn auch so gesehen, Stephanie – als einen vom Team?«

»Nigel, es ist ein *Safe House*, kein Gefängnis. Wenn Sie ihn in sicherem Gewahrsam gewollt hätten, dann hätten Sie ihn in Fort Monkton unterbringen müssen oder in die Gummizelle stecken. Und überhaupt, es hat doch wohl keiner damit gerechnet, dass er türmt.«

Ich schon, dachte Ridout, aber das würde er Cooper-Cole nicht auf die Nase binden.

»Und überhaupt«, fuhr sie fort, »wieso ist er eigentlich getürmt? Ich versteh das nicht.«

Weil er es wusste, Steff, antwortete Ridout in Gedanken. Weil er wusste, dass das Ende seiner Nutzungsdauer gekommen war – aber darüber musst du dir nicht dein hübsches Köpfchen zerbrechen.

»Das können Sie ihn fragen, wenn Sie ihn gefunden haben«, sagte Ridout scharf.

Sie dachte kurz über seine Provokation nach und konterte dann: »Soll ich mich diskret an den MI5 wenden? Oder Special Branch? Vielleicht können die uns ja helfen, ihn zu finden. Was meinen Sie?«

Touché, Ridout erkannte ihre Parade mit einem flüchtigen, freudlosen Lächeln an. »Nein, Sie werden weder MI5 noch Special Branch noch sonst wen kontaktieren, vielen Dank, Stephanie. Ich denke, es wäre klüger, wir behalten die Sache für uns. Meinen Sie nicht auch?«

»Schön«, sagte sie. »Also, was soll ich tun?«

»Nachdenken, meine liebe Stephanie, Sie sollen nachdenken. Wo kann er hin sein?«

Es war keine sinnlose Frage, denn das waren Ridouts Fragen niemals. Cooper-Cole zog die Stirn kraus und aktivierte ihren regen Verstand, um über Mandrakes Möglichkeiten nachzudenken.

»Tja«, begann sie – zunächst zögerlich, dann immer

selbstbewusster – »er hat keinen Pass, und seine übrigen Papiere kann er nicht mehr benutzen, also kommt er so leicht nicht aus Großbritannien raus, außer im Laderaum eines Lastwagens oder über Irland oder in einem Schmugglerboot. Andererseits hat er Geld – bei seiner Geschichte hat er mit Sicherheit irgendwo was beiseite geschafft –, und er kennt die richtigen Leute, also könnte er sich mühelos eine neue Identität kaufen, inklusive Pass.

Es könnte aber auch sein, dass er denkt, die richtigen Leute sind im Augenblick die falschen Leute. Ich meine, wenn er vor uns flieht, aus welchem Grund auch immer, dann flieht er möglicherweise auch vor denen. Andererseits, warum ist er dann zu uns gekommen? Warum ist er überhaupt zu uns gekommen, wenn er andere Möglichkeiten hatte?«

»Sehr gut, Stephanie«, sagte Ridout herzlich.

»Es ist also möglich, sogar wahrscheinlich, dass er niemandem vertraut, dass er auf sich allein gestellt ist – es zumindest denkt. Also, irgendwann wird er zu jemandem Kontakt aufnehmen, er weiß ja, wie so was geht, aber bis dahin braucht er einen sicheren Unterschlupf – ein Zimmer, das er mieten kann, oder eine Pension. Das Problem ist nur, er muss davon ausgehen, dass wir sein Foto von allen Medien veröffentlichen lassen. Vermisst, gesucht, egal unter welchem Vorwand.« Sie hielt inne, um Ridout anzulächeln. »Weil er ja nichts von unseren hiesigen Schwierigkeiten weiß, nicht wahr, Nigel? Weil er nicht weiß, dass wir die Sache für uns behalten müssen.«

Wieder *touché*, und Ridout zollt ihr mit einem kaum merklichen Nicken Anerkennung.

»Ich würde sagen, als Erstes wird er sein Aussehen verändern. Er wird sich einen Bart wachsen lassen, die Haare schneiden, das Übliche. Vielleicht ein paar Tage unter freiem Himmel übernachten. Dann London verlassen, weil wir hier sind und weil *sie* hier sind, aber um die richtigen Kontakte aufnehmen zu können, muss er in einer großen Stadt sein. Also Birmingham, Manchester, Liverpool – vielleicht Schottland? Wäre durchaus nahe liegend. Glasgow, genau richtig, um unterzutauchen und sich eine neue Identität zu kaufen.«

»Ausgezeichnet«, sagte Ridout, »als Theorie. Aber denken Sie nach, Stephanie, denken Sie nach. Was, wenn er einen Menschen kennt, bei dem er sicher wäre, jemanden, dem er vertrauen kann?«

»Davon steht nichts in der Akte.«

»Vielleicht irgendein Verwandter?«

Es dauerte eine Sekunde, bis der Groschen fiel, und dann platzte sie heraus: »Flint!«

Ridout strahlte.

Nachdem Cooper-Cole gegangen ist, um sich gleich an die Vorbereitungen zu machen, kehrt Ridout in den Garten zurück, um die Gartengeräte zu säubern und im Schuppen zu verstauen, wo alles seinen festen Platz hat. Er sammelt die Abfälle auf, wirft sie auf den Komposthaufen und harkt die Reste zusammen, und erst als alles zu seiner Zufriedenheit ist, bestellt er ein Taxi, das ihn in genau 45 Minuten abholen soll, sodass er genug Zeit zum Duschen und Anziehen hat.

Außer bei schlechtem Wetter geht Ridout zu Fuß ins Büro, und da es noch immer ein ausgesprochen schöner Abend ist, lässt er sich von dem Taxi am Nordufer der Themse absetzen. Er spaziert über die Vauxhall Bridge auf die hoch aufragende Geschmacksverirrung zu, in der die Zentrale des Secret Intelligence Service untergebracht ist, auch wenn das Gebäude in jeder offiziellen Veröffentlichung als »Government Communications Bureau, 85« bezeichnet wird. Bei den respektloseren Mitarbeitern des SIS heißt die Nummer 85 am Albert Embankment »Ceauşescu Towers«, und zwar, so glaubt Ridout, weil nur jemand mit dem Hochmut des einstigen rumänischen Diktators sich so etwas hätte ausdenken können.

Ridout betritt die Lobby durch bombensichere Türen und

öffnet mit Chipkarte und PIN-Code das erste von zwei Sicherheitstoren, durch das er in eine kleine Kammer gelangt, ähnlich einer Luftschleuse, deren Boden eine Art Waage ist, die feststellt, ob er allein ist. Hier wartet er, dass die erste Tür sich schließt und die zweite aufgeht. Schließlich wird er in die marmorne zweite Lobby gelassen, nickt höflich den Wachmännern zu und strebt zu den schnellen Aufzügen, die in zwei gigantischen Schächten zu den Stockwerken hochschießen. Sein Ziel ist der so genannte Kommunikationsraum, dessen Wände zum Schutz gegen Lauschangriffe mit dreißig Zentimeter dickem Blei verkleidet wurden und der somit die sicherste Telefonzelle der Welt ist, wie Ridout gern scherzhaft sagt.

Dennoch wird der Überseeanruf, den Ridout von hier tätigen wird, zusätzlich durch weißes Rauschen überdeckt, eine Kakophonie aus allen hörbaren Frequenzen. Und um nichts dem Zufall zu überlassen (entsprechend dem Motto des SIS: *semper occultus* – »stets geheim«), wird der Anruf auch noch mit einem Code verschlüsselt, den, wie die Experten behaupten, nicht einmal die wundervollen Computer der NSA in Crypto City knacken können.

Mag sein, denkt Ridout. Aber woher wissen wir eigentlich, dass die NSA das nicht kann?, hat er sich schon oft gefragt. Würden die uns das auf die Nase binden? Wohl kaum, und deshalb wird es aus Ridouts Mund keine unvorsichtigen Äußerungen, Behauptungen oder Zugeständnisse geben, die er vielleicht irgendwann bereuen könnte. Auf einem Block, den er später verbrennen wird, feilt er so lange an der zu übermittelnden Anweisung herum, bis er sicher ist, dass er kein uneindeutiges Wort von sich geben wird.

MID COMPTON
OXFORDSHIRE

20

Nachdem er an diesem Abend ein letztes Mal nach seinen Patienten gesehen hat, kommt Dr. Flint aus seiner Praxis und steigt die Steinstufen zum Haus hinauf, ohne seine Taschenlampe zu benötigen, da der helle Mond alles in ein ätherisches, silbriges Licht taucht. Sogar im Innern des Hauses ist dieses unwirkliche Leuchten noch so stark, dass Flint genug sehen kann. Ohne Lampen anzuknipsen, geht er durch die Diele in die Küche und gießt sich wie jeden Abend einen Drink ein, den er mit auf die Terrasse nimmt, von der er einen weiten Blick über Glebe Meadow hat. Er sieht auch die Esche, die Grace an ihrem zehnten Geburtstag, vor einem Vierteljahrhundert, an der Stelle gepflanzt hat, wo ihre Mutter spurlos verschwand – wo Madeleine Flint sehr wahrscheinlich entführt wurde, um irgendwo getötet zu werden –, und wie ebenfalls jeden Abend hebt Dr. Flint auch jetzt sein Glas, um in Erinnerung an seine Frau allein den ersten Schluck zu trinken.

Heute Abend ist er nicht allein.

Er hört Schritte auf den Fliesen und sieht einen langen Schatten, der ihm über die Schulter fällt, dreht sich um und hebt instinktiv sein Glas als Waffe. »Wer ist –«

»Hi, John«, sagt sein Schwiegersohn. »Ich wollte dich nicht erschrecken, aber die Tür war auf und –«

»Ben! Bist du das?«

»Ja, John.«

Flint nähert sich dem Eindringling und sieht jetzt, dass es

wirklich Ben ist, doch die Erleichterung wird sogleich von Erstaunen verdrängt. »Wo ist Grace? Ist sie auch hier?«

»Nein. Hat sie nicht angerufen?«

»Angerufen? Wieso sollte sie anrufen?« Von plötzlicher Sorge ergriffen, macht Flint einen großen Schritt auf Ben zu und packt ihn fest an der Schulter. »Was ist los?«, fragt er. »Was ist passiert?«

»Nichts ist passiert! Es ist alles in Ordnung! Wirklich!«

Ben will sich dem Griff entziehen, doch es gelingt ihm nicht, obwohl er so groß ist wie Flint und etwa halb so alt. »John, es tut mir Leid. Ich erklär's dir.«

»Ich bitte darum.«

»Grace sollte dich anrufen und dir sagen, dass ich in London auf einem Kongress bin, und da ich zwei Tage freihabe, hab ich gedacht, ich besuch dich. Das ist alles.«

»Wo ist sie?«

»New York, führt irgendeine Operation durch. Anscheinend eine ziemlich große Sache – vermutlich hat sie deshalb vergessen, dich anzurufen. Verdammt!«, fügt Ben heftig hinzu. »Ich hab doch gewusst, dass ich dich besser selbst anrufe.«

Flint blickt unsicher, weiß noch nicht genau, ob Ben ihm die Wahrheit sagt.

»Ich schwöre, Grace geht es wirklich gut«, sagt Ben. Er sieht Flint in die Augen, legt diese überzeugende Aufrichtigkeit in seinen Blick, die Dr. Flints Tochter oft in seinen Bann geschlagen hat. »Ehrenwort«, wiederholt er leise.

Flint lässt Bens Schulter los und sagt: »Du hast mir eine Heidenangst eingejagt. Ich dachte schon –«

»Ich weiß, und es tut mir Leid; klar, dass du gedacht hast, Grace wäre irgendwas passiert, schließlich würde ich dann nicht anrufen, sondern gleich herkommen und es dir sagen. Ich weiß ja, was sie dir bedeutet, John.«

»Ja, na dann ...« Flint hustet und macht einen Schritt zurück und schaut sich um, als wäre er aus einer Trance erwacht und wüsste nicht genau, wo er eigentlich ist. »Wenn du das nächste Mal einfach so auf einen Sprung vorbeischauen willst, dann wäre es vielleicht besser ...«

Ben grinst, und seine Miene hellt sich auf. »Das nächste Mal ruf ich vorher an. Versprochen.«

Erst jetzt scheint Flint zu merken, dass er ein leeres Glas in der Hand hält, und er nimmt an, dass er den Inhalt vor lauter Aufregung verschüttet hat. »Tja, dann komm mal mit rein. Du kannst bestimmt einen Drink gebrauchen.«

Wieder Bens sympathisches Lächeln. »Nein, danke, John, aber trink du ruhig einen.«

Im Haus, wo jetzt überall Licht brennt, schenkt Dr. Flint sich einen Ersatzdrink ein und bietet Ben etwas zu essen an, doch der lehnt dankend ab, weil er sich im Gasthof noch ein Zimmer für die Nacht besorgen will, was wiederum sein Schwiegervater ablehnt.

»Unsinn, du schläfst in Gracies Zimmer. Das hier ist dein Zuhause, jedenfalls irgendwann mal – deins und Gracies.«

Sie sitzen am Küchentisch, und Ben erzählt mit amüsanter, anekdotenreicher Ausführlichkeit, die alles ungemein glaubwürdig klingen lässt, von dem durch den World Wildlife Fund gesponserten Kongress, an dem er gerade in London teilgenommen hat (ein Kongress, der nie stattfand), von seiner Arbeit in der Maine Audubon Society (die ihn nie eingestellt hat) sowie von den Exkursionen (die er nie geleitet oder begleitet hat). Während er sein Lügennetz spinnt, kommt ihm der Gedanke, dass Dr. Flints Tochter unter etwas anderen Umständen nicht Ben Gates, sondern Rayland Tully geheiratet hätte, und dann würde er jetzt hier am Tisch ein anderes Märchen erzählen, und zwar von seiner Arbeit in der Werbung – und Dr. Flint (und seine Tochter) hätten nicht den geringsten Grund, ihm nicht zu glauben. Er könnte sogar, denkt er – und er hat reichlich Zeit zum Denken, denn die glattzüngigen Lügen strömen aus einem Teil seines Gehirns, der auf Autopilot gestellt ist –, Rayland Tully abstreifen wie eine Haut und in eine noch frühere Existenz zurückkehren, in die von Jeffrey Stamp, der ebenfalls nichts anderes war als das Fantasiegebilde raffinierter und durchtriebener Köpfe.

Um eine reale Person zu finden, müssten wir in die Zeit zurückgehen, bevor Jeffrey Stamp kreiert wurde – und diese Person würde uns keineswegs überzeugen. Nachdem man ihm die Legende von Ben Gates eingeimpft hatte, war er an einen Lügendetektor angeschlossen worden, und nicht ein einziges Mal hatte das Gerät eine verdächtige Körperreaktion registriert, während er ihre Fragen mit unvermeidlichen Unwahrheiten beantwortete. Merkwürdig, ja geradezu unheimlich war aber, dass das Gerät erst Lügen vermeldete, als sie ihn nach seinem wahren Ich fragten.

Ben entscheidet sich doch noch für einen Drink, und auf John Flints sanftes Nachfragen spricht er jetzt über seine angebliche Leidenschaft für Vögel. Mit geradezu schwärmerischen Worten erzählt er, wie er einmal an den Ufern des Roanoke »ein gewaltiges Heer« von Stärlingen gesehen hat, »so viele, dass sie den Himmel verdunkelten«, nachdem sie »mit donnerndem Flügelschlag« von den Feldern aufgeflogen waren und sich dann auf den Bäumen niederließen, bis es aussah, als würde »jeder Ast Trauer tragen, und, John, du hättest ihre Schreie hören müssen, diesen hinreißenden Chor, der mit dem Wind zu mir trieb«.

Es ist nicht anzunehmen, dass Dr. Flint die kleine Anthologie mit dem Titel *Vogelbeobachter erzählen* kennt, in der eine ganz ähnliche Schilderung steht – eine Ausgabe davon befand sich unter den Büchern, die Frau Lender im Reißwolf vernichtet hat.

Jetzt schlägt Bens Stimmung abrupt um, als Dr. Flint sich in ernstem Tonfall nach seiner Mutter erkundigt, und Ben schildert den zerstörerischen, entwürdigenden Verlauf der Niemann-Pick-Krankheit, an der sie leidet. Vergleichbar mit Alzheimer, doch in gewisser Weise schlimmer, sagt Ben, und seine Stimme wird brüchig, als er die Symptome aufzählt, die bei seiner Mutter angeblich auftreten: extreme Ruhelosigkeit, derbe Hypersexualität mit gleichzeitigen kindlichen Verhaltensweisen.

»Alles, was sie irgendwo findet, steckt sie in den Mund«, sagt Ben, und mehr bringt er offensichtlich nicht über die Lippen, ohne zusammenzubrechen.

Dr. Flint sagt: »Mein lieber Junge, das tut mir schrecklich Leid. Besuchst du sie, während du in Europa bist?«

Ja, sagt Ben, obwohl sie jetzt schon phasenweise in schwere Apathie fällt, und er fürchtet, dass sie bald nur noch ihrem Ende entgegenvegetiert.

»Und Gracie«, sagt ihr Vater – weil er Ben nicht länger quälen will und es kaum erwarten kann, Neuigkeiten von seiner Tochter zu hören – »wie geht's ihr denn nun wirklich? Sag ruhig, wenn ich zu aufdringlich bin, aber seid ihr beide glücklich?«

Und jetzt hebt sich Bens Stimmung. Jede wunderbare Eigenschaft, die Dr. Flint bei seiner Tochter sieht, kann Ben nur bestätigen, und sie sind beide blind für Grace' Fehler. Und während Ben in höchsten Tönen von seiner Frau schwärmt und somit dem Bekehrten eine Predigt hält, denkt der Teil von ihm, der an dieser Lobeshymne nicht beteiligt ist, über die Merkwürdigkeit nach, dass er vieles von dem, was er über die Frau sagt, die er betrogen und verraten hat, tatsächlich empfindet.

Irgendwann nach Mitternacht gähnt Flint und sagt: »Ich muss ins Bett; meine Patienten warten morgen früh auf mich.«

Er bringt Ben in Grace' Zimmer und zeigt ihm, wo alles ist, geht dann in sein Zimmer und kann nicht schlafen. Es ist schon weit nach drei Uhr morgens, als er schließlich nach unten geht, um in dem Adressbuch nachzuschlagen, in dem sämtliche Telefonnummern von Grace stehen – nur um sie anzurufen und ihre Stimme zu hören, nur um ihr zu sagen: »Ich freu mich sehr, dass Ben hier ist.«

Er hört keinen Freiton, als er in seiner Arbeitsecke den Hörer vom Telefon nimmt. Er überlegt noch, woran das wohl liegen mag, als er hinter sich ein Geräusch hört, und bevor er sich umdrehen kann, spürt er, wie sein Hinterkopf explodiert.

Kurz nach Sonnenaufgang liegt Dr. Flint reglos in der Scheune, die er als Praxis nutzt, gefesselt und geknebelt in einem Käfig, in dem zwar ein großer Hund – zum Beispiel ein Deutscher Schäferhund – bequem Platz findet, in den der Tierarzt aber nur deshalb passt, weil ihm die Oberschenkel gegen die Brust gedrückt wurden.

Sein Schwiegersohn liegt ebenfalls reglos da, auf einer Plattform, die einst der Heuboden war, und späht durch den unteren Teil eines Fensters, das die Form eines Bullauges hat. Unten im Hof kann er soeben ein Stück vom Dach eines kleinen roten Autos sehen, das vor einigen Minuten eingetroffen ist. Als die Reifen über den Kies knirschten, brachen Dr. Flints stationäre Patienten in vielstimmiges Gejaule aus.

Sie sind mindestens zu zweit, da ist er sich ganz sicher, denn trotz des Lärms der Tiere hat er Stimmen gehört und ein paar Fetzen der Unterhaltung aufgeschnappt.

»Was ist mit der Tür?« Die Stimme einer Frau.

»... abgeschlossen.«

»... Fenster. Sieh nach.«

In der Scheune ist nicht genug Licht, um den menschlichen Inhalt des Hundekäfigs erkennen zu können, und die solide Tür ist tatsächlich abgeschlossen, von innen. Außerdem hat er Dr. Flints schweren Schreibtisch dagegen geschoben. Um die Tür aufzubrechen, brauchten sie einen Rammbock.

»Versuchen wir's am Haus«, sagt die Frau, und jetzt wartet

er, dass sie auf die Steintreppe zugehen und in sein Gesichtsfeld geraten.

Ein Mann taucht auf und dann die Frau – und obwohl er sie nur von hinten sehen kann, weiß er, wer sie ist: Codename Firefly, Mitarbeiterin des britischen Geheimdienstes und Ridouts temperamentvolle Assistentin.

Während er sieht, wie ihre langen Beine die Stufen zum Haus hochsteigen, wo sich noch die Spuren eines kürzlich erfolgten gewaltsamen Angriffs befinden, flüstert Dr. Flints Schwiegersohn immer und immer wieder: »Scheiße!«

CONNECTICUT

21

Von Portland bis Miller's Reach braucht man mit dem Auto gut vier Stunden, und Flint hätte längst zu Hause sein können. Doch da sie ihrem eigenen Telefon nicht trauen kann und ihr Handy auf keinen Fall anschalten will, hat sie sich achtzehn Meilen vorher in Saybrook Point ein Hotelzimmer genommen, auf dessen winzigem Balkon sie jetzt sitzt, dem Knarren der Schwimmdocks im Yachthafen lauscht und wartet, dass Rocco Morales mit dem Abendessen fertig ist und sie zurückruft.

Sie hat schon gegessen, und zwar eher recht als schlecht in dem Dock & Dine gegenüber, und ein Teil von ihr ärgert sich, dass sie der heimischen Gemütlichkeit von Miller's Reach fernbleiben muss, bis sie diese dringende Sache erledigt hat. Ein anderer Teil von ihr – der wehleidige, mit dem sie am liebsten nichts zu tun hätte – ist dankbar für den Vorwand, dankbar, dass sie die Rückkehr nach Hause bis zum Morgen verschieben kann, bis es hell ist.

Als Morales endlich anruft, entschuldigt sie sich ein zweites Mal für die Störung zu Hause, und er sagt: »He, wir schlafen doch nie, oder?«

»Langsam hab ich auch das Gefühl.«

»Schlechten Tag gehabt?«

»Jedenfalls keinen guten«, gesteht Flint ein. »Das Büro am Customs Wharf ist ausgemistet worden – blitzblank. Das riecht wie eine ganze Chemiefabrik, und es stehen nur noch ein paar Möbel drin. Sieht aus, als hätten sie einen Profi zum Saubermachen hingeschickt.«

»Vielleicht deine deutsche Freundin, Frau Lender?«

»Das hab ich auch schon gedacht, aber die Londoner Kollegen halten sie für einen Kurier, keine Putzfrau. Aber andererseits, was wissen die schon?«

»Wir sollten den Laden trotzdem von der Spurensicherung unter die Lupe nehmen lassen. Man kann nie wissen.«

»Von mir aus«, sagt Flint ohne große Begeisterung. »Irgendwas Neues über die Lender?«

»Ja, sie hat den Wagen heute Nachmittag am Flughafen abgegeben, aber in Portland, nicht in Boston. Hat sie fünfundsiebzig Dollar Gebühren mehr gekostet, aber ich denke, das wird sie nicht ruiniert haben. Was sie dann gemacht hat, weiß der Teufel. Jedenfalls steht sie auf keiner Passagierliste der Maschinen, die aus Portland abgeflogen sind.«

»Na, Frau Lender wird sie wohl nicht mehr sein, oder?«

»Nein.«

»Weißt du was, Rocco, ich bin sicher, das Miststück hat mich reingelegt. Heute Morgen hat jemand in meinem Hotelzimmer angerufen, um zu sehen, ob ich da bin, und ich hab gedacht, man wollte mir eine Falle stellen. Also bin ich blitzschnell runter in die Lobby, um vielleicht mitzukriegen, wer das versucht, und was meinst du, wer da aus dem Lift herausspaziert, der gerade von meiner Etage kommt? Frau Lender. Ich bin ihr natürlich gefolgt, und sie hat mich im Kreis herumgeführt, und dann hat sie mich abgehängt – und ich hab sie gelassen.«

Sie kann das jämmerliche Selbstmitleid in ihrer Stimme hören – wieder der weinerliche Teil von ihr – und sie sagt sich, reiß dich am Riemen, und fährt mit festerer Stimme fort: »Also, wir müssen den Vermieter ausfindig machen und nachforschen, ob sie doch eine Spur hinterlassen haben – Referenzen, frühere Adresse, Nachsendeadresse und wie die Miete bezahlt wurde. Das Gleiche bei den Elektrizitäts- und Wasserwerken und der Telefongesellschaft.«

»Okay«, sagt Morales.

»Die Räume liegen über einem Hummermarkt, und es gibt einen gemeinsamen Durchgang, könnte also sein, dass die Leute, die den Markt betreiben, auch die Vermieter sind. Auf jeden Fall müssten sie gesehen haben, wer in dem Büro ein und aus ging – Ben und wer sonst noch, und wir müssen sie vernehmen lassen. Entweder durch die Kollegen vor Ort, oder wir schicken zwei von unseren Leuten hin.«

»Das sollten wir lieber selbst machen, denke ich«, sagt Morales. »Ich rede mit Nathan.«

Beklommenes Schweigen setzt ein, bis Flint fragt: »Warum denn das, Rocco?«

»Weil er Joint Assistant Director ist und jetzt die Leitung von Pentecost hat, Grace. Das weißt du.«

Sie erinnert sich an Cutters verletzende Worte: »Hustler gehört Nathan. Nathan wird die undichte Stelle finden. Darin ist er gut. Besser als Sie.« Und sie spürt wieder ihre Wut und sagt: »Ja, aber Nathan hat diese verdammte undichte Stelle nicht gefunden, oder, Rocco? Das war ich.«

»Wie bitte?«

»Schon gut. Also schön, sprich mit Stark, wenn du willst, aber schärf ihm ein, dass wir dringend feststellen müssen, wie lange Ben jeweils in Portland war und wo er dort gewohnt hat.«

»Was meinst du, wo er gewohnt hat?«

Oh, das wird dir gefallen, Rocco, denkt sie und stößt ein hohles Lachen aus. »Meistens, wenn er nicht gerade auf irgendeiner Exkursion war, hat er bei Tyler gewohnt, hat er wenigstens gesagt. Und apropos Tyler …«

»Der ist tabu, Grace«, sagt Morales rasch.

»Was?«

»Befehl von Cutter. Solange wir nicht wissen, für wen Tyler arbeitet, lassen wir ihn in Ruhe.«

Ach, wirklich? Nicht, solange ich atme. »Tja«, sagt sie, um zu verhindern, dass ihre Gedanken Worte werden, »dann rede ich mit Cutter darüber, wenn ich morgen ins Büro komme.«

»Du kommst ins Büro?«

Sie überhört die Nervosität, die in Morales' Frage mitschwingt. Sie sagt ihm, dass ihr Wagen am Kennedy Airport steht und die Parkgebühren allmählich ins Astronomische steigen, und sie hat noch immer den Mietwagen, den sie abgeben muss, und ja, sie hat vor, ins Büro zu kommen: »Ich müsste gegen Mittag da sein.« Wieder beklommenes Schweigen, das Grace erneut durchbrechen muss. »Was ist los, Rocco?«

»Weißt du, es geht mich ja nichts an und ich hab es aus zweiter Hand erfahren, aber es heißt, Cutter möchte dich nicht im Büro haben.«

»Sagt wer?«

»Grace, bitte.«

»Rocco!«

Morales seufzt. »Mr. Stark hat gesagt, Cutter möchte dich aus dem Gebäude und aus der Stadt haben, zumindest fürs Erste. Sie denken, du bist nicht kontrollierbar.« Er hält inne und fügt dann hinzu: »Grace, es heißt auch, dein Sicherheitsausweis, deine Chipkarte, ist gesperrt worden.«

Was sie da hört, kommt derartig überraschend, dass sie einen Moment lang nicht atmen kann. Sie ist verletzt, als hätte sie einen Tritt bekommen, und sie lässt den Hörer fallen und eilt auf den Balkon, wo sie sich am Geländer festhält, um nicht zu fallen. Sie holt tief Luft, um die Lunge wieder mit Sauerstoff zu füllen, und zwingt sich dann, langsam bis zehn zu zählen. Nur halbwegs erholt, geht sie zurück ins Zimmer und starrt auf das Telefon, das auf dem Bett liegt, und hört Roccos blecherne Stimme aus dem Hörer: »Grace? Grace, bist du noch dran?«

Ihre Stimme ist unnatürlich ruhig, als sie wieder den Hörer nimmt. »Rocco, soll das heißen, ich bin suspendiert?«

»Nein, das glaube ich nicht. Die wollen dich einfach aus dem Weg haben.« Er wiederholt nicht, was Nathan Stark hinzugefügt hat: »Damit sie nicht noch mehr Schaden anrichtet.«

»Danke für die Vorwarnung«, sagt Flint. »Ich komm schon klar.«

»Lass meinen Namen aus dem Spiel, ja?«

»Klar doch. Ich will dich nicht länger aufhalten. Bis dann, Rocco.«

Doch wie ein untreuer Geliebter, der die Verletzung abmildern will, legt er nicht auf, sondern bittet sie unter dem Vorwand professioneller Gründlichkeit, ihm genauer zu beschreiben, was sie am Customs Wharf vorgefunden hat. Sie antwortet mechanisch, ohne Notizen zu Hilfe zu nehmen.

»Eine verschlossene Tür oben an einer Treppe mit fünfzehn Stufen, an der Tür ein glänzendes Messingschild mit den Initialen MAS; kein Hinweis, was sie bedeuten. Hinter der Tür zwei Räume, jeder etwa viereinhalb mal drei Meter groß, eine Zwischentür. Zwei Metallschreibtische, Farbe grau. Zwei Drehstühle, ebenfalls grau. Ein Aktenschrank mit vier Schubladen, leer, ebenfalls grau. An der Wand gegenüber der Zwischentür Holzregale, weiß gestrichen, ebenfalls leer. Holzboden, frisch geputzt. An der Decke Neonlampen. Ach ja«, fügt sie in dem gleichen ausdruckslosen Ton hinzu, »und ein unterschriebenes Geständnis von Ben.«

»Moment noch«, sagt Morales, ohne auf ihren schlechten Witz zu reagieren, »wenn die Tür verschlossen war, wie bist du reingekommen?«

Sie will ihm schon sagen, dass sie die Tür mit einem Wagenheber aus den Angeln gewuchtet hat, als ihr wieder seine Worte in den Sinn kommen: »Sie denken, du bist nicht kontrollierbar.«

»Was meinst du wohl, Rocco?«, verstellt sie sich. »Ich hab den Schlüssel gefunden.«

22

Früher Nachmittag auf Miller's Reach, und Flint hat jedes Fenster und jede Tür weit geöffnet, um die klare Luft hereinzulassen, die vom Teich kommt, als wollte sie einen hartnäckigen Gestank aus dem Haus vertreiben – was in gewisser Weise auch stimmt.

Sie hat weder ihren Wagen vom Kennedy Airport abgeholt noch den Mietwagen zurückgebracht, und sie war auch nicht im Marscheider-Gebäude, um festzustellen, ob es stimmt, dass beim Einstecken ihrer FSF-Chipkarte an der Sicherheitskontrolle das Licht nicht grün, sondern rot blinkt und die Tür sich nicht öffnet. Und dass bei der wiederholten Benutzung der gesperrten Karte ein heulender Alarm ausgelöst wird und die Wachmänner herbeigeeilt kommen, um sie aus dem Gebäude zu geleiten, ohne sich von ihr beirren zu lassen.

Sie hat nicht mit Cutter gesprochen – obwohl sie es versucht hat; zweimal ist sie heute Morgen nach Essex gefahren, um ihn von einer Telefonzelle aus anzurufen, und jedes Mal hat sie zu hören bekommen, er sei »in einer Konferenz« und »nicht zu sprechen« und habe strikte Anweisung gegeben, keine Anrufe durchzustellen.

Erst als sie von der zweiten vergeblichen Fahrt zurückkam – als sie, um die Zeit totzuschlagen, die Küche geputzt hat –, bemerkte sie, dass das Foto fort war.

Unter dem Fenster, auf einem Buchenholzregal, das sie gerade abwischen wollte, hätte auf einem Plätzchen, das nicht von Bens allgegenwärtigen geschnitzten Vögeln in Anspruch genommen wurde, ein Foto von ihnen beiden stehen müssen, das nach der Segnung ihrer Heirat vor der Kapelle auf der Insel Hayman aufgenommen worden war. Ganz ruhig, sagte sie sich, als ihr mit Entsetzen klar wurde, was die leere Stelle bedeuten konnte. Denn sie war sich absolut sicher, dass das Foto, als sie das letzte Mal zu Hause gewesen war – bevor sie sechs Tage zuvor (die ihr jetzt wie sechs Jahre vorkommen) nach Miami geflogen war –, noch an Ort und Stelle stand. Dort hatte sie nämlich wie immer als Erstes nach der Nachricht gesucht, die Ben ihr nicht hinterlassen hatte.

»Scheiße, das ist einfach zu viel«, hatte sie laut gesagt, und während sich in ihrem Kopf das Gewitter zusammenbraute, war sie in ihr Arbeitszimmer gelaufen und hatte in dem Karton nachgesehen, in dem sie die meisten Fotos aufbewahrte: Es fehlten alle, auf denen Ben zu sehen gewesen war. Und dann hatte sie das Haus auf den Kopf gestellt – sie hatte Schränke und Schubladen durchsucht, den Inhalt auf den Boden gekippt wie ein zerstörungswütiger Einbrecher – und festgestellt, dass jedes Foto von Ben verschwunden war; und das Bündel mit all den Briefen und Zetteln, die er ihr je geschrieben hatte, war aus dem sicheren Versteck in ihrer Unterwäscheschublade verschwunden; und es fehlte jedes Stück Papier mit seiner Handschrift.

Sie wusste, was sie getan hatten und warum sie es getan hatten. Nur die Vorgehensweise war ihr ein Rätsel. Wie?, hatte sie gedacht. Wie sind sie reingekommen? Dann hatte sie die Türen und Fenster nach den verräterischen Spuren eines Einbruchs abgesucht, bis ihr dämmerte, dass sie ja gar keine Gewalt anzuwenden brauchten. Weil sie Bens Schlüssel gehabt hatten.

Auch die Alarmanlage hatte sie nicht abgeschreckt, die auf ihr Drängen hin installiert worden war, obwohl Ben sie deshalb aufgezogen hatte – ein modernes System, das jeden Eindringling still und leise aufspürt und eine rund um die Uhr besetzte Überwachungszentrale alarmiert, von der kräftige, bewaffnete Männer mit Furcht einflößenden Hunden losgeschickt werden, die garantiert innerhalb von fünfzehn Minuten vor Ort sind, sonst bekommt man sein Geld zurück.

Weil sie von Ben den Code wussten, mit dem sich die Anlage abstellen lässt.

Und dann war ihr noch eine grässliche Möglichkeit eingefallen: dass nämlich Ben selbst die Haustür aufgeschlossen und die Alarmanlage abgestellt und sie dann ins Haus gelassen hatte, um ihre persönlichen Sachen zu durchsuchen und jede intime Spur ihres gemeinsamen Lebens mit ihm verschwinden zu lassen.

Ein Foto von Ben haben sie jedoch nicht bekommen – das Foto, das sie in ihrer Brieftasche aufbewahrt und von dem er wahrscheinlich gar nichts weiß. Sie hat es jetzt vor sich, gegen ein halb ausgetrunkenes Glas Weißwein gelehnt, das auf dem Schreibtisch neben dem Foto ihrer Mutter steht, an die sie sich kaum erinnert – wie sie sich kaum an Ben erinnert –, denn jede Gewissheit über ihn ist ihr genommen.

Wie konntest du nur so blöd sein – ausgerechnet du? Dein Job ist es, miese Schurken zu jagen, und du kennst dich mit denen aus, du riechst sie eine Meile gegen den Wind. Und ausgerechnet du lässt den miesesten Schurken überhaupt in dein Leben, in dein Bett. Wie konntest du nur so naiv sein?

Es ist ihr zweites Glas Wein, vielleicht ihr drittes, denn Alkohol beruhigt sie – und Bens propagierte Enthaltsamkeit klingt in ihren Ohren jetzt so hohl wie alles andere, was er jemals gesagt hatte.

Sie ist entschlossen, eine weitere Lüge von Ben zu entlarven, als sie die Privatnummer von Inspektor Gilles Bourdonnec von der Brigade Criminelle in Frankreich wählt. Wie immer, wenn sie in Paris anruft, sieht sie vor ihrem geistigen Auge, wie Gilles steifbeinig wie ein alter Mann in der Rue Tiquetonne auf sie zukommt, oder wenn er zu erschöpft ist, im Rollstuhl von Dominique, seiner Frau, geschoben wird. Und wie jedes Mal wird sie von Schuldgefühlen eingeholt, weil sie und Gilles genau wissen, dass er ihretwegen ein Krüppel ist, auch wenn er es abstreitet.

Er meldet sich beim zweiten Klingeln und begrüßt sie mit der gewohnten Herzlichkeit, und obwohl die Freude darüber Balsam für ihre Seele ist, fällt sie ihm ins Wort und sagt, dass die Leitung sehr unsicher ist.

Bourdonnec hört ihr schweigend zu, während sie ihm erklärt, dass sie einen Mann ausfindig machen muss, dessen Telefonnummer sie nicht mehr traut – weil Ben ihr die Nummer gegeben und gesagt hat, es sei die Nummer seines Vaters, und weil ihr in den letzten paar Stunden der Gedanke gekommen ist, dass auch das vielleicht eine Lüge war. Nur weil sie die Nummer in der Vergangenheit angerufen hat, nur weil sie unter der Nummer mit einem Mann gesprochen hat, der gesagt hat, er sei ihr Schwiegervater, wird es noch lange nicht wahr.

»Dieser Mann«, sagt Bourdonnec, »lebt der hier im Süden?«

»Ja«, sagt Flint überrascht.

»Dann bist du nicht allein. Cutter hat angerufen und wollte dieselben Informationen.«

»Wann?«

»Gestern – nein, Samstag. Am Abend, meine Zeit. Moment. Ich hol es eben.«

Und gleich darauf hat sie Adresse und Telefonnummer – eine andere Telefonnummer – von Joseph Gates, emeritierter Professor der McGill University, derzeit wohnhaft in Saint-Paul-de-Vence, verabschiedet sich rasch von Gilles und ruft wieder in Frankreich an. Jetzt hört sie die Stimme eines Mannes, die sie nicht wieder erkennt: »Hallo, hallo?«

»Professor Gates?«

»Ja. Wer spricht denn da?«

Eine Pause und dann: »Joe, ich bin's, Grace.«

»Wer?«

»Grace. Bens Frau.« Deine Schwiegertochter, hätte sie noch sagen können.

Zu langes Schweigen am anderen Ende, und es schwillt an

wie ein Hall in der Satellitenverbindung. Dann ertönt eine Stimme, die Feuer spuckt: »Eine Unverschämtheit. Eine bodenlose Unverschämtheit ist das.«

»Sir, ich muss Ihnen ein paar Fragen stellen.«

»Ich habe bereits mit der Polizei gesprochen. Ich habe keinen Sohn. Mein Sohn ist mit sechs Jahren gestorben.«

Obwohl sie so etwas fast erwartet hat, spürt sie, wie sich ihr Herz verkrampft, als würde es von einer riesigen Faust zerdrückt, und unwillkürlich sagt sie: »Ben ist *gestorben*?«

»Hören Sie auf! Hören Sie sofort auf! Rufen Sie nie wieder an.«

Und die Verbindung wird unterbrochen.

Flint ist wieder am Telefon und ruft im Marscheider-Gebäude an – und es ist ihr egal, ob jemand die Leitung abhört.

Zum dritten Mal heute wird sie von Cutters Sekretärin abgewimmelt und bittet daraufhin, mit Nathan Stark verbunden zu werden, und auch der ist nicht zu sprechen, wie ihr gesagt wird: in einer wichtigen Konferenz, unmöglich, ihn zu stören. Vor diesem Hintergrund erscheint es Flint schon wie eine beachtliche Leistung, wenigstens Jarrett Crawford an den Apparat zu bekommen.

»Crawdaddy, was zum Teufel ist da los?«

»Was meinst du?«, fragt er argwöhnisch.

»Ach, komm, tu nicht so. Ich kann nicht ins Gebäude, ich kann nicht mit Cutter sprechen, ich kann nicht mal mit Nathan Stark sprechen. Man hat mich aufs Abstellgleis geschoben, Jarrett, und währenddessen find ich heraus, dass mein Mann in mein Haus eingebrochen ist – was genau genommen nicht sein kann, weil mein Mann mit sechs Jahren gestorben ist. Und Cutter weiß das und du vermutlich auch, und ich möchte jetzt Folgendes wissen: Wer hat mein verdammtes Leben gestohlen? Kannst du mir das bitte sagen? Verstehst du, was ich meine, Jarrett?«

»Grace, Cutter hat ein Problem«, sagt Crawford.

»Darauf kannst du Gift nehmen«, sagt Flint.

»Nein, hör zu. Im Augenblick sind zwei Typen vom Justizministerium bei Cutter. Sie suchen einen Sündenbock für den Mord an Ruth, und wie es aussieht, haben sie dich auserkoren, und Cutter versucht, dich aus der Sache rauszuboxen. Das ist der einzige Grund, warum er dich nicht hier haben will.«

»Großartig! Crawdaddy, tu mir einen Gefallen. Sag Cutter«, setzt sie an und bricht dann ab, weil sie durchs Fenster in der Einfahrt zu Miller's Reach eine Bewegung gesehen hat.

»Moment«, sagt sie, steht vom Schreibtisch auf und geht auf die Veranda, um besser sehen zu können. Jemand hat das Tor geöffnet, und zwei dunkle Limousinen kommen in langsamer Fahrt auf das Haus zu.

»Ich muss Schluss machen«, sagt sie hastig zu Crawford. »Ich krieg Besuch.«

Freunde von Ben, glaubt sie.

23

Sie sind zu viert, drei Männer und eine Frau, und Flint weiß schon, bevor sie deren Ausweise sieht, dass sie von irgendeiner Strafverfolgungsbehörde sind. Die billige Kleidung und schlechten Frisuren sagen alles, und am liebsten hätte sie gesagt: »Wieso zieht ihr euch bloß immer so schlecht an?« Nur um sie zu ärgern. Um sich selbst einen kleinen Triumph zu verschaffen.

»Grace Flint?«, fragt der größte von den Männern, der seinem Aussehen nach der ranghöchste Beamte ist. Er kommt auf die Veranda zu, auf der sie steht, während die anderen bei den Autos bleiben. Als er an den Stufen ist, zeigt er ihr seine aufgeklappte Brieftasche, die er in der linken Hand hält. »Special Agent Mike Pritchard, Einwanderungsbehörde, kriminalpolizeiliche Ermittlungen.«

»Glückwunsch«, sagt Flint.

Sein Mund verzieht sich zu einem müden Lächeln, was ihn auf melancholische Art und Weise gut aussehen lässt. »Dürfte ich wohl kurz reinkommen? Ich muss Ihren Pass sehen.«

»Wenn Sie eine richterliche Verfügung haben, dürfen Sie gern reinkommen.«

Das findet er gar nicht lustig, und seine Mundwinkel senken sich wieder. »Ich brauche keine richterliche Verfügung, aber ich muss Ihren Pass sehen, und zwar sofort.«

Flint sieht, dass Special Agent Pritchard offenbar vorhat, die drei Stufen hochzugehen, um mit ihr auf einer Höhe zu sein, doch er zögert, weil sie auf der obersten steht, schön ausbalanciert, die Beine etwas gespreizt und die Knie leicht gebeugt, in der Bereitschaftsposition, wie man in Quantico sagt. Sie scheint sich nicht von der Stelle rühren zu wollen, und er kann auch nicht an ihr vorbei auf die Veranda, ohne Gewalt einzusetzen – oder vielleicht zu spüren zu bekommen.

»Sie sagten, Sie sind ein kriminalpolizeilicher Ermittler, Agent Pritchard.«

»Das ist richtig, Ma'am.«

»Dann sind Sie also im Rahmen einer kriminalpolizeilichen Ermittlung auf Privatbesitz, und zwar ohne richterliche Verfügung, die Sie angeblich nicht brauchen, und ich sage, das ist barer Unfug. Wenn die Sache hier geklärt wird, dann können Sie hoffentlich nachweisen, dass Sie einen hinreichenden Verdacht hatten, dass eine Straftat begangen wurde, Agent Pritchard.«

Er seufzt und schüttelt den Kopf, als hätte er das alles schon viel zu oft gehört, und spult ein auswendig gelerntes Programm ab, erinnert sie daran, dass er befugt ist, *mögliche* Verstöße gegen die strafrechtlichen *und* administrativen Bestimmungen des Einwanderungsgesetzes zu untersuchen.

»Trotzdem setzen Sie keinen Fuß in mein Haus«, sagt sie.

»Dann holen Sie Ihren Pass eben her, Miss Flint.«

»Wer sind die da?«, fragt sie mit Blick auf die drei bei den Autos, ohne sich auch nur einen Zentimeter zu rühren.

»Kollegen«, sagt Pritchard ohne nähere Erklärung.

»Was, so viele? Bin gleich wieder da – aber bleiben Sie, wo Sie sind.«

Sie geht ins Haus, schließt die Tür und lehnt sich mit dem Rücken dagegen, als ihre nassforsche Resolutheit zusammenbricht. Sie weiß genau, wozu die »Kollegen« dabei sind; das sind Beamte, die gegebenenfalls Verhaftungen vornehmen und über eine spezielle Ausbildung im Umgang mit Traumatisierten verfügen – deren Trauma sie selbst zu verantworten haben, wenn sie zum Beispiel eine Frau wie Nina am Kennedy Airport festnehmen und in Ketten abführen und in eine Zelle stecken, zusammen mit der Art von Gesindel, wie es Flints Vater hoffentlich nie kennen lernen wird. Oder eine Frau wie mich.

Rasch überdenkt Flint ihre Strategie. Sie kann nur spekulieren, was los ist, doch es ist durchaus möglich, dass sie festgenommen wird, und es wäre ganz und gar nicht klug, ihre potenziellen Bewacher gegen sich aufzubringen.

Sie reißt die Tür auf und ruft: »Also gut, ich hab's mir anders überlegt. Kommen Sie rein.«

Flint meinte Agent Pritchard, doch sie erhebt keinen Einspruch, als alle vier ins Haus marschieren – vorsichtig, fast so, als würden sie mit einer Falle rechnen. Die beiden anderen Männer sind unauffällig, und sie nicken ihr unverbindlich zu, aber die Frau ist ein Kapitel für sich. Sie hat ein scharf geschnittenes Gesicht und schlechte Haut und wirkt so unzufrieden, als würde sie sich alles andere als wohl in dem Körper fühlen, in dem sie leben muss, voller Ressentiments.

Flint geht voraus ins Wohnzimmer, wo sie die vier auffordert, Platz zu nehmen. Doch stattdessen trennen sie sich und verteilen sich so im Raum, dass sie sie unauffällig umzingeln, und schauen mit argwöhnischen Augen zu, wie sie in ihrer Handtasche nach dem Pass kramt. Sie übergibt ihn Agent Pritchard, der ihn gleichgültig durchblättert und kaum einen Blick auf die Seiten wirft.

»Miss Flint«, setzt er zu der Rede an, die er offenbar vorbereitet hat, »der Aufenthalt in den Vereinigten Staaten wurde Ihnen aufgrund eines so genannten H-1B-Visums gestattet und ist auf die Dauer Ihrer Beschäftigung bei der Financial Strike Force befristet. Da Sie unseres Wissens von der FSF suspendiert wurden, hat das Visum seine Gültigkeit verloren. Können Sie mir so weit folgen?«

Suspendiert!

Flint traut ihrer Stimme nicht. Vorsichtig neigt sie den Kopf, um zu bestätigen, dass sie verstanden hat.

»Demzufolge«, fährt Pritchard fort, »ist Ihr Aufenthaltsrecht aufgehoben, Sie sind vom Gesetz her verpflichtet, die Vereinigten Staaten umgehend zu verlassen, und wir sind verpflichtet, Sie außerhalb der Landesgrenzen zu bringen. Nun ist es meine Aufgabe, Sie darauf hinzuweisen, dass das Gesetz Ihnen gewisse Rechte und Möglichkeiten einräumt. Sie können Ihren Einreiseantrag freiwillig zurückziehen und sich bereit erklären, die Vereinigten Staaten mit dem nächstmöglichen Flug zu verlassen, wodurch zukünftige Einreiseanträge Ihrerseits nicht automatisch gefährdet sind. Und sollten Sie sich für diesen Weg entscheiden und sollte Ihre Suspendierung irgendwann wieder aufgehoben werden, so können Sie ein neues Visum beantragen. Und«, sagt Pritchard jetzt in einem freundlicheren Ton, »ich persönlich sehe keinen Grund, warum der Antrag abgelehnt werden sollte.«

In ihrem Kopf bilden sich Gedanken, doch sie kann sie noch nicht in Worte fassen.

»Das Gesetz räumt Ihnen darüber hinaus das Recht ein«, fährt Pritchard fort, jetzt wieder mit steifer Förmlichkeit, »diese Entscheidung anzufechten. Sollten Sie sich dafür entscheiden, werden wir Sie jetzt festnehmen und in eine Einrichtung der Einwanderungsbehörde bringen, wo Sie bis zu einem Anhörungstermin in Arrest bleiben werden.« Er hält inne, um seine Worte wirken zu lassen. »Das könnte einige Tage dauern.«

Flints Gedanken sind jetzt bei Nina, von erneuter Festnahme durch die Einwanderungsbehörde bedroht, schluchzend wie ein Kind.

»Ich muss Sie noch auf einen weiteren Punkt hinweisen. Sollten Sie die Vereinigten Staaten nicht freiwillig und umgehend verlassen und sollten Sie gegen die Aufhebung Ihres Aufenthaltsrechtes Einspruch einlegen wollen, und sollte Ihr Einspruch abgelehnt werden, dann werden Sie des Landes verwiesen. In dem Fall werden Sie laut Gesetz zur unerwünschten Person.« Pritchard versteht es, seinen Worten einen Unterton zu verleihen, als hätte Flint etwas Anstößiges getan. Er verzieht seinen Mund zu einem schiefen Grinsen. »Glauben Sie mir, das wäre bestimmt nicht in Ihrem Sinne, Miss Flint.«

Das ist absurd!, denkt sie. Ich bin Joint Assistant Director!

»Für Sie ist ein Platz in einer British-Airways-Maschine gebucht, die in vier Stunden am Flughafen JFK startet«, sagt Madame Miesepampe – ihre ersten Worte. »Wir können das auf zivilisierte Art machen oder mit Fußfesseln, die ich draußen im Kofferraum habe. Ganz wie Sie wollen.«

»Keine Sorge, sie wird die richtige Entscheidung treffen«, sagt Agent Pritchard.

»Aha, Tyler arbeitet also für euch, stimmt's?«, sagt Flint und gibt ihm damit Unrecht. »Oder seid ihr bloß Gesinde, das die Schweinerei von jemand anderem sauber macht?«

»Treten Sie von dem Tisch zurück, Ma'am!« Von irgendwo in ihrer sackartigen Jacke hat Miesepampe eine Pistole hervorgeholt. »Legen Sie die Hände auf den Kopf und drehen Sie sich um.«

»Wir möchten nicht, dass irgendein dummer Unfall passiert«, sagt Pritchard.

»Runter auf die Knie.«

Doch bevor Flint gehorchen kann – während sie noch überlegt, was sie tun soll –, sieht einer von den unauffälligen Männern hinter ihr etwas, was ihm gar nicht behagt, und sagt: »Ach du Scheiße!«

Er zeigt über ihre Schulter, und sie dreht sich um, und da steht Sirius in der offenen Tür – eine gut sechzig Kilo schwere, zähnefletschende Bedrohung, ein Grollen in der Kehle wie Donner.

»Ganz ruhig, mein Junge«, warnt Agent Pritchard, der selbst ausgesprochen unruhig klingt. »Ma'am, ist das Ihr Hund?«

»Sirius«, sagt sie, was die Frage nicht beantwortet.

»Leinen Sie ihn an. Sofort, sonst sind wir gezwungen, ihn zu erschießen.«

Und dann beginnt eine Abfolge von Ereignissen, so schnell und verwirrend, weil jede Reaktion ihre Ursache förmlich überholt, dass Flint anschließend nicht mehr genau rekonstruieren kann, was passiert ist. Sie weiß nur noch, dass es mit einem Knurren von Sirius anfängt, das in wildes Bellen übergeht, und dass der Hund die Hinterbeine anwinkelt, als wollte er zum Sprung ansetzen. Und sie sieht, wie die Frau die Waffe herumschwenkt und in Schussposition bringt, und instinktiv, ohne nachzudenken, beugt Flint den Körper in der Taille, dreht sich auf einem Bein und tritt mit dem anderen zu – ein hoher Tritt, der die Frau an der Schulter trifft und sie mit dem Kopf voran auf den Tisch befördert, und der Schuss geht los.

Dann dreht Flint sich um und sieht, wie Agent Pritchard

nach seiner Waffe greift, und sie will gerade wieder zutreten, als sie eher spürt als sieht, wie ein schwarzer Wirbelwind durch den Raum fegt und gegen die Brust von Agent Pritchard kracht, der daraufhin zu Boden geht, und der Hund ist auf ihm drauf und will ihm zähnefletschend an die Kehle.

Jetzt kämpft Agent Pritchard um sein Leben, und in seiner Hand ist plötzlich ein Revolver. Er will eben den Hahn spannen, als Flint ihm mit dem Hacken ihres Schuhs fest aufs Handgelenk tritt, und sie hört ihn schreien – ohne genau sagen zu können, ob sie der Hauptgrund für seine Schmerzen ist. Jedenfalls lässt er die Waffe los, und Flint tritt sie weg. Als sie sich dann umdreht, sieht sie gerade noch rechtzeitig, dass einer der beiden unauffälligen Männer auf sie zustürzt und mit geballter Faust nach ihrem Kopf schlägt. Sie duckt sich unter dem Schlag weg, und als sie mit Schwung wieder hochkommt, rammt sie ihm das Knie in den Unterleib. Sie spürt einen stechenden Schmerz, der aber nichts im Vergleich zu dem ist, was er empfindet, zumindest dem Schrei nach zu urteilen, den er ausstößt, als ihm die Luft aus dem Körper weicht.

Drei außer Gefecht, noch einer übrig – aber sie kann nicht sehen, wo er ist. Sie schnappt sich ihre Handtasche, die neben dem Tisch auf dem Boden liegt, greift hinein, und jetzt hat sie eine Pistole in der Hand, spannt sie und feuert einen Schuss in die Decke. In das dröhnende Echo brüllt sie: »Keine Bewegung!«

Selbst Sirius rührt sich nicht mehr.

»Komm her, mein Junge«, ruft sie, und er blickt sie mit gespannter Erwartung an, bis sie ihn noch einmal ruft und er wie ein Wolf zu ihr gelaufen kommt.

Agent Pritchard liegt ganz still da. So auch der Vierte, denn jetzt sieht sie ihn auf dem Boden neben Bens Lieblingssessel liegen, auf der Seite zusammengerollt, und unter dem Ärmel seines Jacketts sickert eine kleine Blutlache hervor.

Sie steht auf und betrachtet ihr Werk.

»Man schießt nicht auf Hunde«, erklärt sie, ganz die Tierarzttochter.

24

Rocco Morales hat kaum länger als zwei Stunden gebraucht, um diskret festzustellen, dass die Einwanderungsbehörde nicht vorhat, Grace Flints Aufenthaltsvisum anzufechten oder sie aus den Vereinigten Staaten auszuweisen; die Behörde ist auch nicht über eine mögliche Suspendierung Flints seitens der FSF in Kenntnis gesetzt worden (obwohl Flint aus Roccos vorsichtigen Antworten auf ihre Fragen zu diesem Thema deutlich herauszuhören meint, dass man im Marscheider-Gebäude eine solche Suspendierung durchaus für möglich hält).

Morales hat ebenfalls herausgefunden, dass bei der Einwanderungsbehörde tatsächlich ein kriminalpolizeilicher Ermittler namens Mike Pritchard beschäftigt ist, dieser aber derzeit im Rahmen einer verdeckten Ermittlung in Kalifornien weilt. Zudem hat er äußerlich nur wenig Ähnlichkeit mit Special Agent Pritchard, der jetzt auf Flints Veranda liegt, blutverschmiert und verarztet, aber nicht so schwer verletzt, wie er es sein könnte – obgleich ihm die Bisswunden, die Sirius ihm an Hals und Kinn zugefügt hat, bestimmt Sorgen bereiten.

»Ich hoffe, bei dem Hund ist die Tollwutimpfung aufgefrischt worden«, hat Flint zu ihm gesagt. »Aber ich bezweifle es.«

Pritchards Ausweis, auf den ersten Blick beeindruckend, ist

genauso falsch wie er selbst und wie die Ausweise seiner drei Begleiter, die von der Einwanderungsbehörde nicht mitgeschickt wurden, um Flint in Gewahrsam zu nehmen, die aber dennoch Hand- und Fußfesseln im Gepäck haben, wie Flint feststellt, als sie im Kofferraum der beiden Autos nachsieht.

Jetzt sind sie damit aneinander und an Pritchard gefesselt und liegen von Sirius bewacht nebeneinander auf der Veranda.

Tom – wie Flint einen der beiden unauffälligen Männer getauft hat – hat am rechten Oberarm eine Fleischwunde, ein Streifschuss von der Kugel, die sich aus Miesepampes Pistole gelöst hat, als Flints wuchtiger Tritt ihr die Schulter auskugelte. Außerdem hat Miesepampe eine Prellung an der Schläfe, mit der sie beim Sturz auf die Tischkante geschlagen ist.

Dagegen hat Jerry – wie könnte Flint Toms Kollegen auch sonst nennen – keine sichtbare Verletzung, doch sein Gesicht ist blass, und er hat von Flints Gefangenen bisher am wenigsten reagiert, die wenigsten Beleidigungen ausgestoßen.

»Aufstehen«, befiehlt sie, als sie die Veranda betritt, diese surreale Szenerie, teils Verwundetenstation nach einer Schlacht, teils Sklavengaleere. »Los, mein Junge«, sagt sie zu Sirius, »bring sie auf Trab.«

Sirius knurrt und kommt auf die Beine, und die Gefangenen rappeln sich hoch, behindert durch die Ketten, mit denen ihre Handschellen verbunden sind. Sie wirken verunsichert, was kein Wunder ist, denn Flint hat ihnen noch keine einzige Frage nach ihrer wahren Identität gestellt.

Im Besitz einer weiteren Information, die ihr der überaus tüchtige Rocco schnellstens beschafft hat – dass nämlich tatsächlich für sie ein Platz in einer British-Airways-Maschine nach London gebucht ist, wie Miesepampe behauptet hatte –, hat sie nur gefragt: »Also, wer will mich denn unbedingt aus dem Land haben?«

Und als sie keine Antwort gegeben, sondern sie nur trotzig angeblickt haben, meinte sie nur: »Na schön, dann reden wir eben morgen früh darüber. Dann seid ihr bestimmt in besserer Plauderlaune.«

Wie ein Trupp aneinander geketteter Sträflinge, angetrieben von einem knurrenden Sirius, stolpern sie zu Flints roter Scheune. An der Tür sagt sie zu ihnen, flüsternd, um ihren Worten Nachdruck zu verleihen: »Und jetzt hört mir ganz genau zu. Wenn ihr dadrin seid, gebt keinen Mucks von euch. Und schreit vor allen Dingen nicht – sonst weckt ihr nämlich hunderttausend Fledermäuse auf.«

Sie hebt den Riegel, öffnet die Tür und stößt die vier hinein ins Dunkle.

Das Haus ist voller Gespenster. Während Flint ebenfalls im Dunkeln wartet, dass das Telefon klingelt und Cutter anruft, hört sie ihre Seufzer unterm Dach wie einen trostlosen Wind.

Im Wohnzimmer herrscht das reinste Chaos. Auf dem Fußboden ist Blut und Mörtel von dem Einschussloch in der Dekke, ein Tischbein ist gebrochen, und irgendwie ist eine Fensterscheibe zu Bruch gegangen und auch ein Stuhl – aber Flint ist es egal. Sie sitzt inmitten der Trümmer, ohne sie richtig wahrzunehmen. Sie hatte es gewagt, hier glücklich zu sein, und jetzt, da das Glück so tot ist wie die stöhnenden Gespenster unterm Dach, fühlt sie sich nicht mehr mit Miller's Reach verbunden.

Sie ist einsamer, als sie es je war, mutterseelenallein. Sie wünschte, Sirius wäre da, aber der liegt vor der Scheunentür, ganz der Wachhund, der sich nicht von der Stelle rührt.

In Bens Lieblingssessel ist sie halb eingeschlafen, als Cutters Anruf sie jäh ins Bewusstsein reißt. Doch es ist nicht Cutter, der anruft.

»Miss Flint? Miss Grace Flint?« Eine britische Stimme, misstrauisch und präzise – und ebenfalls misstrauisch räumt sie ein, dass sie möglicherweise die Person mit diesem Namen sein könnte.

»Hier spricht Sergeant Manning von der Polizei in Oxfordshire. Ich rufe wegen Ihres Vaters an.« Ihr Magen sackt nach unten, während er weiterspricht: »Dr. John Flint, das ist doch Ihr Vater, nicht wahr?«

Was denn sonst, will sie sagen, aber sie hat selbst schon solche Anrufe machen müssen, und sie weiß, wie trocken einem der Mund dabei wird, und dass man sich oft viel zu umständlich ausdrückt.

»Was ist passiert?« Ihr Misstrauen ist schlagartig verschwunden, kein Argwohn mehr, dass es ein Trick ist.

»Es tut mir Leid, er ist ... verletzt worden. Ziemlich schwer verletzt.«

»Wie denn?«

»Tja, das steht noch nicht fest, Miss Flint. Er ist offenbar Opfer eines Überfalls geworden, eines brutalen Überfalls. In seinem Haus. Obwohl er in seiner Praxis gefunden wurde. In, ähm ... in einem Hundekäfig.«

Sie würde am liebsten schreien, aber sie kriegt keinen Ton heraus.

»Jedenfalls, er wurde heute Abend gefunden und nach Banbury ins Horton General Hospital gebracht, wo er jetzt auf der Intensivstation liegt. Wie schwer genau seine Verletzungen sind, ist mir leider nicht bekannt, aber er liegt im Koma, und die Ärzte meinten, Sie sollten wissen, dass ... Na ja, ich will es mal so ausdrücken, die Prognose ist ungewiss, und Sie sollten vielleicht besser so schnell wie möglich herkommen.« Sergeant Manning ist erleichtert, die Nachricht losgeworden zu sein; Flint hört es seiner Stimme an.

»Ich bin schon unterwegs«, sagt Flint.

»Tja, vielleicht wäre es ganz gut, wenn Sie sich meine Telefonnummer notieren«, sagt Manning, aber es hört ihm niemand mehr zu.

Die Zufahrt von Miller's Reach steigt zum Tor hin allmählich an, wo der höchste Punkt liegt, sodass das Haus und die Scheune dahinter von dort aus gesehen in einem Becken liegen, einer natürlichen Arena.

Heute Abend – nachdem Flint aufgebrochen ist und einen sich sträubenden Sirius bis zum Tor mitgenommen hat – glüht die Arena in orangerotem Licht, das flackert und wogt und immer heller wird, bis plötzlich Flammensäulen durch das Dach brechen, die auf dem Wasser des Teiches zu tanzen scheinen. Über diesem Spiegelbild tanzen und kreischen panische Raben.

Allmählich geht ihr Kreischen im gellenden Geheul herannahender Sirenen unter und die Nacht brennt wahrhaftig.

NEW YORK CITY

25

Aldus Cutter, nur mit Boxershorts bekleidet, geht in seiner Wohnung die Post der letzten Tage durch. Er öffnet einen Brief von Kenneth Trent, seinem Anwalt. »Lieber Aldus«, beginnt Trent, denn ihre Beziehung ist weit enger als das herkömmliche Verhältnis zwischen Anwalt und Mandant,

heute Nachmittag habe ich mich mit Eleanor und ihrem Anwalt Eli Brillings getroffen, um die schwierigsten Fragen zu klären und einer endgültigen Einigung näher zu kommen. Eli ist kein Träumer, und seine Gegenvorschläge zu unserem Angebot sind, wie ich finde, recht vernünftig. Mit separater Post werde ich dir einen ersten Entwurf für einen Vorvertrag zukommen lassen, der noch einiger Bearbeitung bedarf, aber wir machen echte Fortschritte.

So weit, so gut, wie du sagen würdest. Aber nach der Besprechung bin ich mit Eleanor um der alten Zeiten willen noch ein Glas trinken gegangen, und ich muss dir leider sagen, dass sie dir gegenüber weiterhin ungemein feindselig eingestellt ist. Normalerweise würde ich dir das nicht unbedingt auf die Nase binden, aber während unseres Gesprächs hat sie so einige Drohungen gegen dich ausgesprochen. Als dein Anwalt und Freund fühle ich mich verpflichtet, dir vorsichtshalber ihre Äußerungen und Absichten mitzuteilen.

Eleanor ist felsenfest überzeugt, dass du seit einigen Jahren ein Verhältnis mit Grace Flint hast und dass eure Ehe deshalb zerbrochen ist.

Cutter blickt zur Uhr auf dem Kaminsims im Wohnzimmer und sieht, dass es schon fast acht Uhr abends ist. Er erwartet Besuch, und so nimmt er Trents Brief mit ins Bad und stellt ihn auf die Ablage unter dem Spiegel, um beim Rasieren weiterlesen zu können.

Eleanor hat mir erzählt, dass die »Affäre« irgendwann im Jahre 1997 begonnen hat, nachdem Flint als Verbindungsperson für dein Sonderdezernat nach Miami versetzt worden war; auf einer Silvesterparty bei euch zu Hause (auf der Sandra und ich übrigens auch waren, wenn auch leider nur kurz, wie du dich vielleicht erinnerst) hätten dann »alle mitbekommen«, dass du etwas mit Flint hast. Eleanor behauptet, du hättest Flint den ganzen Abend über »betatscht« (ganz sicher nicht in meinem Beisein), und als sie dich später zur Rede stellte, hättest du die Beziehung indirekt eingestanden.

»Gequirlte Scheiße«, sagt Cutter, zieht seine Unterhose aus und steigt in die Dusche. Seine Erinnerung an den Abend ist sehr klar und eine völlig andere.

Die junge Flint, als die er sie damals betrachtete – und so jung wie sie war, hätte sie fast seine Tochter sein können –, war frisch von London nach Miami gekommen, mit einem Gesicht, in das förmlich das Wort zerbrechlich eingestanzt war. Es war ihr nämlich im Zuge einer riskanten, fehlgeschlagenen Undercover-Operation von einem kriminellen Anwalt namens Clayton Buller derart zertreten worden, dass alle bei Scotland Yard sich einig waren, dass Buller ihr nicht nur Kiefer, Nase, Wangenknochen und Zähne zertrümmert hatte, sondern auch ihr Selbstvertrauen und ihren Mut. Chirurgen hatten den körperlichen Schaden behoben und ihr eine ätherische Schönheit gegeben.

»Und ja, Eleanor, ich finde durchaus, dass sie eine gut aussehende Frau ist«, hatte Cutter einmal seiner Gattin gegenüber zugegeben, was vielleicht unklug gewesen war. Man munkelte, dass Flint fertig war, am Ende, dass sie nie wieder undercover arbeiten könnte, arbeiten sollte – eine Überzeugung, die Flint offenbar teilte.

Aber als er sie besser kennen lernte und in ihr einen Mumm erkannte, wie er ihn nur ganz selten bei anderen Agenten erlebt hatte, da glaubte Cutter nicht mehr daran, dass Flint am Ende war. Und obwohl sie in Miami offiziell nur für die Verbindung zwischen Scotland Yard und dem damals von Cutter geleiteten Sonderdezernat zuständig war – also an einem sicheren Schreibtisch saß, wo sie Papierkram erledigte und ans britische Konsulat weiterleitete –, hatte Cutter sie um Vorschläge gebeten, wie man eine Zuhälterbande, die von Fort Lauderdale aus arbeitete, infiltrieren könne. Ihre Idee war in seinen Augen Beweis dafür gewesen, dass sie die Kunst der Täuschung vorzüglich beherrschte, was in dem betreffenden Fall hervorragend funktioniert hatte. Also hatte Cutter sich daran gemacht, sie zu verführen; nicht, um sie ins Bett zu bekommen, sondern um sie wieder zur Arbeit als Undercover-Agentin zu bewegen.

Dass er Flint zu der Silvesterparty eingeladen hatte – ein jährliches Ereignis bei Aldus und Eleanor Cutter, das sich in Miamis Polizeikreisen großer Beliebtheit erfreute –, war Teil seines Plans gewesen. Denn Cutter hatte sich ausgerechnet, dass Flint, wenn sie wieder einmal hautnah mitbekam, wie Agenten, Detectives und Staatsanwälte aus der Schule plauderten, auch wenn nicht alles für bare Münze zu nehmen war, wieder Blut lecken würde, dass sie wieder Lust bekommen würde, an vorderster Front mitzumischen.

Und es hatte geklappt, mehr oder weniger. Schon drei Monate später war Flint wieder undercover, bei einem Einsatz in Coconut Grove, wo sie in einer Luxushotelsuite vor ein paar russischen Mafiosi Aldus Cutters Ehefrau spielte und sich, während sie mit einem knappen Jumpsuit bekleidet auf der Couch saß, von Cutters Fingern träge Muster auf den Oberschenkel malen ließ.

Aber es stimmte nicht, dass Cutter sie während der Party »betatscht« hatte, jedenfalls nicht, soweit er sich erinnerte. Vielleicht hatte er das ein oder andere Mal ihren nackten Arm berührt. Hatte ihr einen Schal um die Schultern gelegt, als es kühler wurde. Ihr einen Gutenachtkuss auf die Wange gedrückt.

»Wie ich meine Tochter küssen würde, Eleanor – wenn wir eine Tochter hätten«, hatte Cutter seine Frau angeschnauzt, als sie ihn nach der Party mit Vorwürfen überschüttete, die Augen glasig von zu vielen Frozen Daiquiris.

»Bumst du sie, Aldus, du Mistkerl?«

»Ach, verdammt, Eleanor! Benimm dich doch endlich mal wie eine Erwachsene!«

Wohl kaum ein Eingeständnis, weder direkt noch indirekt, denkt Cutter.

Er steigt aus der Dusche, trocknet sich ab, cremt sich gegen das Brennen nach dem Rasieren das Gesicht ein, nimmt ein frisches Hemd aus dem Schrank, und erst dann wendet er sich wieder dem Spiegel zu, um Trents Brief weiterzulesen.

> Sie sagt, »um das Flittchen weiter bumsen zu können« (Eleanors Worte, Aldus, nicht meine), hast du Flint danach bei Undercover-Operationen deines Sonderdezernats eingesetzt, sie sogar als deine Ehefrau ausgegeben, damit ihr euch zusammen *ein* Hotelzimmer nehmen konntet.

Klar, denkt Cutter, ein Hotelzimmer voll gestopft mit versteckten Kameras und Mikrofonen, sodass das halbe Sonderdezernat ein Stockwerk tiefer alles mitbekam, was sich da abspielte.

Eleanor behauptet, nachdem Flint im Juli 1999 nach England zurückgekehrt war, hättest du dir einen »schwachsinnigen Vorwand« ausgedacht, um nach London fliegen zu können, und während dieser Reise hättet ihr beide vier Nächte gemeinsam in Paris verbracht, im Hotel Westminster. Anscheinend hat Eleanor von diesem Hotel »Beweise« dafür bekommen, und obgleich sie einräumt, dass ihr getrennte Zimmer reserviert hattet, glaubt sie, dass ihr die ganze Zeit »über die Flure geschlichen« seid, dass die getrennten Zimmer lediglich »ein lahmer Versuch« waren, euch »ein Alibi zu verschaffen«.

Treffende Wortwahl, Eleanor, denkt Cutter, denn er und Flint waren nach Paris gereist, um Inspektor Gilles Bourdonnec zu besuchen, der tatsächlich lahm war, weil seine Beine nach einer Bombenexplosion von herumfliegenden Glassplittern zerfetzt worden waren, während er bei einer Operation des Sonderdezernats Amtshilfe leistete. Flint hatte auf der Reise nach Paris bestanden und Cutter förmlich zum Flughafen geschleift, weil sie unbedingt wollte, dass er mit eigenen Augen sah, was sie Gilles »angetan« hatten. »Er hat uns geholfen, Mr. Cutter, weit mehr, als er das hätte tun müssen, weit mehr, als wir berechtigterweise von ihm erwarten durften, und um ein Haar hätte er dafür mit dem Leben bezahlt. In gewisser Weise hat er mit dem Leben bezahlt. Wir sind ihm was schuldig, Mr. Cutter.«

Aber was sind wir ihm schuldig? Das hatte Cutter gedacht, als er Flint die 137 Stufen der gewundenen Treppe hinauf gefolgt war, die in die kleine Wohnung der Bourdonnecs ganz oben im Haus Nummer 38 der Rue Tiquetonne führte, wo Gilles mit seinem ungebärdigen Haar, dem jungenhaften Gesicht und dem schmächtigen Körper im Rollstuhl saß. Gilles hatte darauf bestanden, sich zur höflichen Vorstellung mühselig auf die Beine zu hieven, und war dann unter Schmerzen vor ihnen her durchs Zimmer zur Couch gehinkt. Als Flint ihn umarmte, hatte sie unübersehbar Tränen in den Augen.

Dass Gilles sich weigerte, die Opferrolle zu spielen, hatte sie schier zur Verzweiflung gebracht. Er hatte ihnen was zu trinken geholt, war von der Couch aufgestanden, um einen Telefonanruf anzunehmen, war erneut aufgestanden, um seine drei Kinder zu begrüßen, als sie aus der Schule kamen, und jedes Mal hatte er etwas stärker gewirkt. Als seine Frau Dominique nach Hause kam, hatte Gilles das Abendessen gekocht, und immer, wenn Flint ihm zur Hand gehen wollte, hatte er »Du bleibst schön sitzen« gesagt.

»Hältst du mich etwa für einen Invaliden?«, hatte er sie in gespielter Wut angeschnauzt, als sie unbedingt für ihn das Essen zum Tisch tragen wollte. So schlimm war das alles gar nicht, hatte er beim Essen erklärt. Er war noch krankgeschrieben und erhielt sein volles Gehalt, und er wurde von Tag zu Tag kräftiger. Sobald er wieder arbeiten gehen konnte, würde man ihm einen Schreibtischjob geben, der seinem Rang entsprach.

»Aber Gilles, wie willst du denn überhaupt zur Arbeit kommen?«, hatte Flint eingewendet. »Wie kommst du die Treppe runter?«

Tja, zugegeben, hatte Gilles eingelenkt, die Treppe war ein Problem, aber er und Dominique waren schon auf der Suche nach einer anderen Wohnung, die näher an seinem Büro und im Erdgeschoss lag – als ob solche Wohnungen in Paris auf den Bäumen wüchsen! Und er erwähnte Cutter gegenüber nicht, dass ihre jetzigen vier Wände schon seinen Eltern gehört hatten und er nie woanders gewohnt hatte.

»Ein zäher Bursche«, hatte Cutter gesagt, als er und Flint sehr spät an jenem Abend zurück zum Hotel Westminster gegangen waren, und Flint hatte nichts darauf erwidert.

Oh ja, Eleanor, denkt Cutter jetzt, Grace ist dann tatsächlich um drei Uhr morgens über den Flur geschlichen gekommen und hat an meine Tür geklopft, als stünde das Hotel in Flammen. Und sie ist den Rest der Nacht in meinem Zimmer geblieben. Und weißt du, was wir gemacht haben? Wir haben uns gezankt.

»Aldus, ich hab's«, hatte sie gesagt und sich mit flammenden Augen an ihm vorbei ins Zimmer geschoben.

»Sie haben was?«

»Ich weiß, was wir für Gilles tun können, tun müssen.«

»Und das wäre?«

Und sie hatte übers ganze Gesicht gegrinst und ihre göttliche Eingebung verkündet, als wäre sie das Rezept für den Weltfrieden. »Wir kaufen ihm einen Aufzug.«

»Einen was?«

»Einen Lift. Wir lassen einen Lift in das Haus einbauen, der groß genug für einen Rollstuhl ist. Damit er nicht mehr dort festsitzt. Verstehen Sie?«

»Sind Sie völlig übergeschnappt?«, hatte Cutter gefragt.

Aber wenn Flint in dieser Stimmung war, ließ sie sich nur schwer von etwas abbringen, und sie und Cutter hatten die restliche Zeit in Paris »Möglichkeiten erkundet« – ihre Worte. Es hatte sich herausgestellt, dass es technisch machbar wäre, einen Fahrstuhlschacht durch das Treppenhaus der Rue Tiquetonne Nr. 38 zu führen, dass die Besitzer des Hauses der Idee nicht unbedingt negativ gegenüberstanden und dass die zuständigen Behörden wahrscheinlich die erforderlichen Genehmigungen erteilen würden – und das einzige Problem, das es schließlich noch zu lösen galt, waren die 850 000 Franc, die das Ganze kosten sollte.

»Wie viel macht das in Dollar?«, hatte Cutter gefragt, und Flint hatte es kurz überschlagen und erklärt, das seien 140 000 Dollar, über den Daumen gepeilt. Er hatte die Augenbrauen zu fassungslosen Bögen hochgezogen, zum Himmel geblickt und einen Pfiff ausgestoßen.

»Ach kommen Sie schon, Mr. Cutter, so schwierig kann das doch nicht sein.«

Und ob das schwierig war. Man hätte meinen sollen, dass es irgendwo in der Fülle der Staatskassen ein Budget gab, aus dem Cutter die Mittel hätte abzweigen können, um Gilles Bourdonnec aus seinem »Gefängnis« zu befreien, aus Dankbarkeit für das, was er für das Sonderdezernat geleistet hatte – aber Cutter fand keins. Die 50 000 Dollar, die er schließlich für den Fahrstuhl-Fonds auftrieb, kamen aus einer privaten Stiftung, von der er noch nie etwas gehört hatte und auf die ihn – zufällig oder nicht – ein Anwalt des Justizministeriums erst dann hinwies, als er endlich zugestimmt hatte, Leiter der neuen Financial Strike Force zu werden.

Flint war in London auf taube Ohren gestoßen, bis sie sich trotz Cutters Bedenken und mit einiger Beklommenheit ins Thames House begeben hatte, die Zentrale des britischen Security Service, um den stellvertretenden Leiter daran zu erinnern, dass Gilles von der Bombe verletzt wurde, als er dem Service aktive Amtshilfe leistete, und dass verbrecherische Elemente im Service selbst dafür gesorgt hatten, dass die Bombe gelegt wurde – Fakten, die ebendiesem stellvertretenden Leiter sehr wohl bekannt waren, nicht jedoch der Öffentlichkeit.

»Und was hat A. J. gesagt?«, fragte Cutter und meinte A. J. Devereaux, den Deputy Director des Service, als Flint ihn zu Hause in New York anrief, um ihm zu berichten, was passiert war.

»Er war noch immer damit beschäftigt, mich auf meine Geheimhaltungspflicht hinzuweisen, als ich aus seinem Büro ging. Und heute Morgen habe ich per Post einen Scheck über 75 000 Pfund bekommen, ausgestellt von einer gewissen Inter-Global Marketing Partnership, von der ich noch nie gehört habe. Was eigentlich ein bisschen beängstigend ist – dass ich ihn so eingeschüchtert habe, meine ich. Aldus«, hatte sie nach kurzem Zögern gesagt, »ich glaube, Sie holen mich besser so schnell wie möglich hier weg.«

»Sie sprechen mir aus dem Herzen«, sagte Cutter.

Und so kam es, dass Grace Flint sich für den Posten als Joint Assistant Director (Operations) der Financial Strike Force bewarb – und dank Cutters vollmundigem Lob für ihre Arbeit als verdeckte Ermittlerin und seiner Wer-nicht-für-mich-ist-ist-gegen-mich-Haltung hatte sie den Job in der Tasche.

Mrs. Cutter sieht das Ganze anscheinend anders.

> Eleanor sagte, nach der Paris-Reise hatte sie gehofft, dass du deine »lächerliche Vernarrtheit« in Flint überwunden hattest, und als du den Job bei der FSF annahmst, verband sie mit dem Umzug nach New York die Hoffnung auf einen »Neuanfang« für euch beide. Sie hat gesagt, sie habe sich mit »Leib und Seele« daran gemacht, die neue Wohnung zu renovieren und einzurichten, voller Vorfreude darauf, dort mit dir zu leben. Man stelle sich also ihr »Entsetzen« vor, als sie erfuhr (und offenbar nicht von dir, Aldus), dass du »diese Schlampe« zu deiner Stellvertreterin gemacht hattest; dass du sie nach New York holen wolltest, um eure »Affäre« fortzusetzen.
>
> Natürlich habe ich Eleanor widersprochen und ihr gesagt, ich sei absolut sicher, dass du so etwas niemals tun würdest. Zudem habe ich sie darauf hingewiesen, dass ihre Anschuldigungen, selbst wenn sie wahr wären, keinerlei Auswirkung auf die Scheidungsvereinbarungen hätten. Aber, Aldus, Eleanor geht es gar nicht um bessere Scheidungsvereinbarungen. Sie will, wie sie selbst gesagt hat, »Rache«.

Trents Brief liegt jetzt auf der Kommode im Schlafzimmer, wo Cutter sich für einen dunkelblauen Wollanzug entscheidet, dazu eine rötliche Krawatte, die mit winzigen Repliken des FSF-Wappens bedruckt ist, sowie Schuhe von Bruno Magli aus weichem Leder – ein Geschenk, das Flint ihm regelrecht aufgedrängt hat, zur feierlichen Einweihung des Bourdonnec-Fahrstuhls. Er kleidet sich vor dem Garderobenspiegel an und muss dabei an diesen herrlichen Tag denken, an Flints strahlendes Gesicht, als sie mit Dominique und den Kindern unten in der Eingangshalle warteten, bis Gilles aus dem Fahrstuhl kam und laut jubelnd schrie: *»Liberté! Liberté!«*

Anschließend in Joe Allen's Restaurant, wohin Cutter sie alle zum Mittagessen eingeladen hatte – und wo, wie es ihm vorkam, nacheinander fast die Hälfte aller Pariser Polizisten eintrudelte, um auf Gilles' Wohl anzustoßen –, erzählte Flint ihm zum ersten Mal von Ben Gates und ihrer sechsmonatigen Beziehung zu ihm, die sich rasend schnell entwickelte.

»Na, das haben Sie aber gekonnt geheim gehalten«, sagte Cutter – und er will nicht abstreiten, dass es ihm einen ganz kleinen Stich versetzt hatte, wenn auch nicht direkt Eifersucht, so doch Enttäuschung. »Wollen Sie ihn heiraten?«

»Vielleicht«, hatte sie schüchtern gesagt. »Es liegt im Bereich des Möglichen, aber das weiß er noch nicht.«

Cutter ist bereit für seine Gäste und nimmt den Brief wieder mit ins Wohnzimmer, um die letzten Absätze zu lesen.

»Der Tropfen, der das Fass zum Überlaufen gebracht hat«, ist ihre Entdeckung, dass eure »Affäre« auch nach Flints Hochzeit im letzten Jahr weiterging; Eleanor hält diese Ehe für »eine Farce, genauso verlogen wie dieses Weibsstück«, und glaubt, dass dadurch nur die Tatsache verschleiert werden soll, dass Flint »in Wirklichkeit weiter mit Aldus bumst«. Sie hat gesagt, sie habe Beweise, dass Flint in deiner Wohnung »zu allen Tages- und Nachtzeiten ein und aus geht«, und dass sie vorhat, diese Beweise deinen Vorgesetzten vorzulegen.

Aldus, dein Privatleben geht natürlich niemanden etwas an (und genau darauf werde ich mich als dein Anwalt nachhaltig berufen, sollte es notwendig werden). Aber ich muss dir sagen, dass die meisten Arbeitgeber, deine eingeschlossen, eine sexuelle Beziehung zu einer Untergebenen nicht gerne sehen, nicht zuletzt wegen der Gefahr, dass die Untergebene Anschuldigungen wegen sexueller Belästigung am Arbeitsplatz erheben könnte, wenn die Beziehung abkühlt.

Falls du tatsächlich eine sexuelle Beziehung zu Flint hast, möchte ich dir dringend raten, sie zu beenden oder sie zumindest wesentlich diskreter zu führen. Eleanors »Beweise« für Flints Besuche in deiner Wohnung kommen vermutlich vom Portier.

Das Telefon klingelt, und eine Stimme, die haargenau so irisch klingt wie vor dreißig Jahren, als ihr Besitzer in New York ankam, sagt: »Pat am Apparat, Mr. Cutter. Hier sind zwei Besucher für Sie.«

»Schicken Sie sie hoch«, sagt Cutter.

26

Es ist Zeit für Schadensbegrenzung, und obwohl Cutter als ungemein reizbar gilt, kann er notfalls auch freundlich und charmant sein. Jetzt bietet er Dr. Otto Schnell, einem leitenden Direktor des deutschen Bundesnachrichtendienstes – ein kleiner, kompakter Mann, der wie ein aufmerksamer Vogel auf dem Rand von Cutters Couch hockt –, sein liebenswürdigstes Lächeln an und sagt: »Ich hoffe, es stört Sie nicht, dass wir uns hier und nicht in meinem Büro treffen?«

»Im Gegenteil«, sagt Dr. Schnell, dessen Englisch keinen vernehmbaren Akzent hat, »da mein Besuch selbstverständlich privater Natur ist, Mr. Cutter, weiß ich Ihre Diskretion zu schätzen.«

»Vielen Dank. Und nennen Sie mich doch bitte Aldus.«

Dr. Schnell signalisiert mit einer knappen Verbeugung, dass er die Bitte zur Kenntnis genommen hat, aber mehr auch nicht.

»Felix hat Ihnen das bestimmt schon erklärt« – und Cutter blickt rasch zu dem Sessel hinüber, in dem sich Felix Hartmann ungeniert rekelt – »aber ich möchte dennoch klarstellen, dass die Entscheidung, den BND bei Operation Pentecost außen vor zu lassen, einzig und allein meine war, nicht seine. Falls das ein Fehler war – und nach dem, was passiert ist, war es eindeutig ein Fehler –, dann trage ich dafür die Verantwortung.«

»Ach, dann kennen Sie Felix aber noch nicht gut genug, wenn ich das so sagen darf. Verstehen Sie, unser junger Freund« – Dr. Schnell spricht über Hartmann, als wäre er gar nicht anwesend – »gehört zu den Deutschen, die es für ihre patriotische Pflicht halten, immer hart mit sich selbst ins Gericht zu gehen. Er ist auf Schuldgefühle abonniert.«

»Dennoch, Dr. Schnell, ich entschuldige mich hiermit.«

»Und dennoch, Mr. Cutter – denn ich kann Sie nicht Aldus nennen, solange Sie mich nicht Otto nennen –, ich nehme Ihre Entschuldigung an. Ob andere in Pullach ebenso nachsichtig sein werden, kann ich nicht sagen.«

»In Pullach herrscht die Ansicht«, sagt Hartmann lakonisch, und er meint damit die Zentrale des BND, »dass unsere Kooperation – oder besser gesagt, das völlige Fehlen von Kooperation – nicht korrekt war. Genau das Wort hat der Präsident benutzt – mehrmals übrigens.« Hartmann fährt sich mit den Fingern einer Hand durch das hellbraune Haar, das er recht lang trägt für einen ehemaligen Armeeoffizier. »Viele, viele Male.«

»Er ist sauer«, sagt Cutter.

»Genau das ist er«, pflichtet Dr. Schnell ihm bei.

»Wie sauer, Otto? Seid ihr in der Lage, uns bei Gröber zu helfen?«

Dr. Schnell beugt sich vor und greift nach der Aktentasche, die zwischen seinen Beinen steht. »Aldus, ich bin nicht den weiten Weg nach New York gekommen, um meine Zeit zu vergeuden – oder Ihre, wie ich hoffe.« Er hebt die Aktentasche auf die Knie, öffnet sie und zieht drei Ordner in unterschiedlichen Farben heraus. »Das sind Gröbers Akten«, sagt er und zeigt Cutter einen grünen und einen roten Ordner. Dann klappt er einen grauen auf und spricht weiter. »Zunächst ein kurzer historischer Vortrag, wenn Sie gestatten. Was wissen Sie über General Erich Mielke und die Stasi, Aldus?«

»Beileibe nicht genug«, sagt Cutter.

Sie haben ihre Besprechung in ein Steakhaus auf der 3rd Avenue verlegt, wo Cutter einen separaten Raum reserviert hat. Nach Cutters Ansicht gibt es nirgendwo außerhalb von Texas bessere Steaks als hier, und die gesellige Atmosphäre soll sich entspannend auf Dr. Schnell auswirken – aber es funktioniert nicht, denn er ist alles andere als entspannt. Seit ihrer Ankunft im Restaurant ist Dr. Schnell reserviert und einsilbig geworden, und ständig wandert sein Blick über die holzgetäfelten Wände, und Cutter kann sich denken, wieso.

»Otto, glauben Sie etwa, der Raum hier ist verwanzt? Glauben Sie, ich will Sie reinlegen?«

Dr. Schnell antwortet nicht.

»Schön, Sie haben das Recht, misstrauisch zu sein, und wenn ich hier nicht die Holzvertäfelung von der Wand reiße und die Tischbeine abknicke und die Dielenbretter hochnehme und mir die Klamotten ausziehe und auch Felix dazu bringe, einen Strip hinzulegen, und weiß der Himmel was noch alles, habe ich keine Möglichkeit, Ihnen zu beweisen, dass hier keine Mikros, keine Wanzen versteckt sind. Also versuchen wir's mal anders. Ich werde Ihnen etwas verraten – Felix, halt dir die Ohren zu –, etwas, was ich unter gar keinen Umständen jemals auf irgendeinem Tonband haben möchte. Okay?«

Dr. Schnell antwortet noch immer nicht, aber in seinen Augen keimt Interesse auf.

»Heute Abend habe ich erfahren, dass meine Frau denkt, ich bumse meine Stellvertreterin, eine Frau namens Grace Flint. Sie, meine werte Gattin, will die Sache an die große Glocke hängen, und es wird ihr nicht gelingen, weil es nämlich nicht stimmt. Aber mal ganz unter uns« – und Cutter wirft Felix Hartmann einen drohenden Blick zu – »jetzt, wo das Thema auf dem Tisch ist und ich gezwungen war, ein bisschen darüber nachzudenken, ist mir klar geworden, wie sie auf diese Idee gekommen ist. In Wahrheit, Otto, wünsche ich mir nämlich unterbewusst, ich *würde* Flint bumsen, und – Gott steh mir bei – wenn sie mir auch nur die allerkleinste Ermutigung in diese Richtung gäbe, würde ich sofort zugreifen, und da dem so ist, werde ich sie rausschmeißen müssen, zu meinem eigenen Schutz.

So, wenn das, was ich Ihnen gerade erzählt habe, auf Tonband wäre, würde das ausreichen, um mich rauszuschmeißen, und zwar im Handumdrehen, und ich könnte nicht das Geringste dagegen tun.« Cutter grinst. »Vielleicht denken Sie ja, dass das Band noch abgestellt ist, dass noch niemand mithört, dass ich persönlich angeordnet habe, dass das Band erst eingeschaltet wird, wenn Sie reden. Deshalb mache ich jetzt Folgendes.«

Cutter nimmt einen Stift aus der Tasche und greift nach einer Papierserviette. »Ich werde jetzt ein Geständnis unterschreiben, dass ich Grace Flint aus dem denkbar schlimmsten Grund feuern werde – und Felix ist Ihr Zeuge. Okay? Falls ich versuche, Sie zu leimen, leimen Sie mich – und dann bin ich es, der seinen Arsch nie wieder hochkriegt.«

Dr. Schnell wehrt Cutters Angebot mit einem Wink ab. »Können wir jetzt bestellen?«, will er wissen.

Während sie bei einer Flasche gutem Bordeaux auf ihr Essen warten, fährt Dr. Schnell mit seiner revisionistischen Schilderung der letzten Tage des berüchtigten Ministeriums für Staatssicherheit der völlig falsch benannten Deutschen Demokratischen Republik fort.

»Aldus, es herrschte damals Chaos. Theoretisch war die Stasi entmannt worden. General Mielke war zum Rücktritt als Minister gezwungen worden, zusammen mit dem gesamten Politbüro, und seine monströse Maschinerie war von der neuen Regierung zu einem simplen Amt degradiert worden, einem gutartigen Schatten seines früheren Selbst. Aber das alles war bloß eine Illusion, ein Trick. Die Kommunisten spielten lediglich auf Zeit. Nicht um sich neu zu formieren – dafür war es viel zu spät –, sondern um die Beweise für ihre Schandtaten zu vernichten. Bedenken Sie, was nach Mielkes Definition Aufgabe der Stasi war: ›Alles zu wissen‹ – und es aufzuzeichnen, niederzuschreiben. Die Akten, Aldus, die Akten! Sie würden nicht glauben, was die Stasi geleistet hatte.

Im Dezember neunundachtzig, rund einen Monat nach dem Fall der Mauer, bin ich in den Osten gereist. Wir beim BND wussten aus abgefangenen Funksprüchen, dass das Regime einen Geheimbefehl an alle Stasi-Büros ausgegeben hatte, an alle zweihundertvierunddreißig: ›Akten vernichten! Sofort!‹ Stellen Sie sich das vor, Aldus, fast vierzig Jahre lang hatten sie ›alles gewusst‹ und aufgeschrieben – und jetzt mussten sie alles sofort vernichten. Was wäre das für ein Freudenfeuer geworden! Aber natürlich mussten wir das, wenn wir konnten, verhindern.«

»Wie?«, fragt Cutter.

»Unterstützung und hier und da auch mal ein kleiner Anreiz.« Dr. Schnell hob seine Spatzenschultern. »Es war nicht schwer, Aldus. Da hatten siebzehn Millionen Menschen die meiste Zeit ihres Lebens geglaubt, der Staat wäre unfehlbar – und wenn nicht, doch zumindest allmächtig –, und plötzlich zerfiel der gesamte Staatsapparat. Er war noch immer gefährlich, keine Frage, ein verwundetes Tier, aber er brach zusammen, war auf einmal handlungsunfähig, und da bedurfte es lediglich ... etwas Überredungskunst. Eingedenk der Situation war die Argumentationsführung klar: Die DDR war der Staat des Volkes, und somit gehörten die Akten dem Volk – wem sonst –, und die Stasi hatte nicht das Recht, sie zu vernichten. Mit oder ohne Unterstützung drängten auf einmal ›Bürgerkomitees‹ aus dem Dunkel ans Licht und verlangten mit ihren Forderungen nach Bürgerrechten Gehör. Es gab einige Konfrontationen, ein paar Zusammenstöße – natürlich viele angespannte Tage –, und dann verdrückten sich auf einmal Mitte Dezember bei Nacht und Nebel rund fünfzigtausend Agenten der Stasi, als hätte es sie nie gegeben.« Die Erinnerung daran lässt ein leises Lächeln über Dr. Schnells Gesicht huschen. »Nur nicht in Ostberlin.«

»Die Stasi-Zentrale war eine Kategorie für sich«, warf Hartmann ein, »eine regelrechte Festung, von einem zutiefst paranoiden Kopf entworfen. Zu Mielkes Zeiten war sie praktisch uneinnehmbar – da hineinzukommen war unmöglich, für Mensch und Elektronik, und glauben Sie mir, wir haben es versucht –, und sogar als er weg war und das übrige Ostberlin im Chaos versank, galt sein Ethos weiter.«

Dr. Schnell fährt ungeduldig fort: »Normannenstraße 22, das Herz von Mielkes Reich – und was war das für ein Reich, Aldus! Die Hausnummer war bloß eine Scheinadresse, denn das Gebäude erstreckte sich über sechs Häuserblocks, und trotzdem war noch nicht genug Platz für alle Männer und Frauen, die Mielke für sich arbeiten ließ: Allein in Berlin waren es dreißigtausend, alle mit militärischem Rang, sogar die Sekretärinnen, Putzfrauen, Hausmeister und Köche. Und da sind die so genannten inoffiziellen Mitarbeiter, kurz IMs, noch nicht eingerechnet; das waren Mielkes Ohren und Augen. In jedem Kraftwerk des Landes, Aldus, in jeder Fabrik, jeder Behörde, jedem Postamt, jedem Polizeirevier und Gefängnis, in jeder Universität, Schule, Bibliothek, in jedem Krankenhaus und jeder Kirche, an jedem Grenzübergang, Flughafen, Bahnhof, Hafen, an jeder Tankstelle und in allen Armeekasernen des Landes – überall hatte Mielke seine Spitzel.« Dr. Schnell schüttelt langsam den Kopf, um seine Fassungslosigkeit angesichts der Größenordnung dieses Wahnsinns zu signalisieren. »Einhundertachtzigtausend Spitzel, Aldus.«

»Von denen wir wissen«, fügt Hartmann rasch hinzu. »Und dabei sind die Informanten noch nicht mit eingerechnet, die Leute, die ihre Nachbarn, Freunde, sogar ihre eigenen Lebensgefährten ausspioniert haben.«

»Sogar ihre eigenen Kinder«, flüstert Dr. Schnell, als wäre diese Wahrheit zu schrecklich, um sie laut auszusprechen. »Sogar ihre eigenen Eltern. – Selbstverständlich war Mielke verrückt«, fährt er nach einer kurzen Pause fort, »größenwahnsinnig. Aber es gibt auch durchaus überzeugende Hinweise darauf, dass er an einer obsessiv-zwanghaften Persönlichkeitsstörung litt, ähnlich wie Dsershinskij, der Gründer der russischen Tscheka. Erinnern Sie sich noch an den ›eisernen Felix‹, Aldus, den Architekten des ›Roten Terrors‹ der Bolschewiken?«

Cutter nickt.

»Tja, Mielkes Privaträume in der Normannenstraße waren voll mit Erinnerungsstücken an Genosse Dsershinskij: Büsten, Wandtafeln, Bilder, Zitate aus seinen Veröffentlichungen. Jedes Zimmer war sozusagen eine Gedenkstätte für Dsershinskij, und Mielke glaubte ernsthaft an die Tscheka-Lehre von Kontrolle durch Terror. Nun, zugegeben, seine Stasi hat nicht zweihunderttausend Menschen ermordet, wie die Tscheka das getan hat, aber Mielke hat zweiunddreißig Jahre daran gearbeitet – zwanghaft, Tag und Nacht, genau wie Dsershinskij –, um die Normannenstraße herum eine Aura von absoluter, gnadenloser Macht zu schaffen, die sogar seinen Abgang überstand. Zumindest«, fügt Dr. Schnell hinzu, »ist das die beste Erklärung, die ich Ihnen bieten kann.«

Cutter blickt verwirrt, bis Hartmann sagt: »Um zu erklären, wieso die Stasi-Zentrale bis zum Abend des 15. Januar intakt blieb.«

»Neun Wochen und vier Tage nach der Maueröffnung. Finden Sie das nicht unglaublich, Aldus?« Dr. Schnell hat leuchtend blaue Augen, in denen sich seine Fassungslosigkeit widerspiegelt. »Es war vorbei, zu Ende, Polizei und Grenzsoldaten hatten Blumen in den Gewehrmündungen stecken – und trotzdem ging in der Normannenstraße, dem Ministerium der Angst, alles seinen gewohnten Gang! Oder besser gesagt, nicht ganz so gewohnt, denn jetzt war es Sache der Stasi, die Geschichte neu zu schreiben.«

»Die Akten vernichten?«, fragt Cutter.

»Sie vernichten«, bestätigt Dr. Schnell zögerlich. »Oder sie frisieren, abändern.« Mit schlanken Fingern spielt er einen Klaviertriller auf der grünen Akte vor sich auf dem Tisch. »Sie erschaffen.«

»Gröber, Karl Martin, geboren in Leipzig, DDR, 28. Juni 1951«, liest Dr. Schnell aus der grünen Akte vor und hebt seinen Kopf, um eine Frage zu stellen. »Waren Sie schon mal in Leipzig, Aldus?«

Cutter schüttelt den Kopf.

»In mancherlei Hinsicht eine traurige Stadt«, fährt Dr. Schnell fort. »Unter den Kommunisten sind ganze Straßenzüge vom sauren Regen praktisch zerstört worden, durch die Braunkohleverarbeitung. Der Schwefel hat sich in die Bausubstanz der Häuser gefressen, bis sie schließlich ›ausgewohnt‹ waren, wie die Partei das so schön euphemistisch nannte. Viele von diesen Gebäuden stehen noch, verlassen wie alte Grabsteine, und warten mit Brettern vernagelt auf den Abriss – wenn endlich jemand die Kosten dafür übernehmen kann. In gewissem Sinne könnte man sagen, dass diese ausgewohnten Häuser ein Katalysator für die Revolution waren. 1989 war der Verfall der Stadt einfach nicht mehr zu übersehen, und die Bevölkerung – anfänglich vor allem Studenten und Vertreter der Kirche – begann mit den Montagsdemonstrationen, auf denen sie einen Sarg ins Stadtzentrum trugen, um den Tod von Leipzig anzuprangern. Zuerst waren es bloß ein paar hundert, dann ein paar tausend, dann zwanzigtausend, dann – wer weiß? Ein Menschenmeer, Aldus, eine Springflut.«

Dr. Schnell strahlt, und Cutter kann ein Schmunzeln nicht unterdrücken. »Mit ein bisschen Unterstützung, wie ich annehme. ›Hier und da ein kleiner Anreiz‹, nicht wahr, Otto?«

»Nein, nein«, erwidert Schnell. »Glauben Sie mir, in Leipzig haben wir gar nichts unternommen. Wissen Sie, was diese Leute gemacht haben? Die sind geradewegs zu den Stasi-Büros marschiert! Haben sich vor den Türen der Stasi aufgebaut, vor den Überwachungskameras, und dann haben sie ihre Transparente entrollt und ihren Zorn hinausgeschrien. Diese jungen Leute, Aldus, Jugendliche und Kirchenleute, haben die Stasi herausgefordert, ihre Macht zu gebrauchen. Mielke hatte geglaubt, so etwas würde nie passieren – könnte nie passieren. Unglaublich! Und wir konnten einfach nur ehrfurchtsvoll staunen.«

Hartmann hüstelt, und Dr. Schnell wendet seine Aufmerksamkeit wieder der Akte zu.

»Gröbers Vater war Wilhelm Gröber, Professor für Volkswirtschaft an der Karl-Marx-Universität. Die Mutter, Eva, arbeitete als Hebamme. Nach DDR-Maßstäben ging es der Familie relativ gut. Sie wohnten auf der Karl-Heine-Straße, in einem Haus mit Garten, was ganz und gar nicht der Norm entsprach. Private Gärten waren – sind – in Leipzig rar gesät. Einige wenige Privilegierte bekamen von der Partei Schrebergärten zugeteilt, Aldus, kleine Gemüsegärtchen. Aber unser kleiner Karl Martin hatte einen Garten ganz für sich allein und nach vier Jahren auch noch ein Schwesterchen, mit dem er zusammen darin spielen konnte. Sie nannten sie Ilse. Ein hübscher Name, finden Sie nicht? – Und so ein hübsches Kind, und Karl war, so steht es in der Akte, ganz vernarrt in sie ... Aber Aldus« – er nimmt seine Brille ab und lächelt entschuldigend – »ich vergeude Ihre Zeit. Sie kennen Gröbers angebliche Vorgeschichte doch in- und auswendig.«

»Tue ich das?«, fragt Cutter, plötzlich argwöhnisch.

»Aldus, wir wollen offen zueinander sein. Es ist hinreichend bekannt, dass viele interessante Stasi-Akten ihren Weg nach Moskau gefunden haben, wo sie an Mitarbeiter eurer CIA verkauft wurden, vermutlich einer der ersten Erfolge des Kapitalismus in der Ära nach dem Kalten Krieg. Die hier« – Dr. Schnells Finger trommeln wieder einen Triller – »gehörte zu den Akten, die die CIA gekauft hat, also darf ich doch wohl davon ausgehen ...«

»Dann muss ich Ihnen mal was erklären, Otto«, fällt Cutter ihm ins Wort. »Die CIA und wir haben nur ganz selten dieselben Interessen. Und wenn das mal der Fall ist, stehen wir sofort in Konkurrenz zueinander. Selbst an einem guten Tag würden die in Langley uns überhaupt nichts liefern, und selbst wenn, würde ich ihnen kein Wort glauben. Die meisten unserer Hintergrundinformationen über Gröber kommen von den Briten, und ...«

»Ach ja? Welche Behörde, wenn ich fragen darf?«

»Der National Criminal Intelligence Service. Der wird von Flints ehemaligem Boss geleitet.«

»Und wo werden die ihre Informationen herhaben, Aldus? Vielleicht vom britischen Secret Intelligence Service – oder nennen die sich noch immer MI6? Manchmal gerate ich da durcheinander.«

»Tun sie«, sagt Cutter. »Und ich weiß, worauf Sie hinauswollen.«

Dr. Schnells Augen funkeln vor Vergnügen. »Wirklich? Dann lassen Sie uns ein kleines Spiel spielen. Sie erzählen mir, was Sie über den jungen Karl Martin Gröber zu wissen meinen, und ich sage Ihnen, ob das aus der Akte hier kommt. Und dann wird Felix Ihnen erzählen, was in dieser Akte steht.« Dr. Schnell hebt kurz den roten Ordner hoch, bevor er ihn über den Tisch zu Hartmann hinüberschiebt. »Die nicht in Moskau zum Verkauf angeboten wurde. Und dann können wir vielleicht ein paar Mythen von den Tatsachen trennen.«

Cutter nickt. Flint hatte die Informationen über Gröber in Form einer schriftlichen Zusammenfassung aus London mitgebracht. Cutter lässt sich zunächst einmal auf Schnells Spiel ein und beginnt, das wiederzugeben, woran er sich erinnert. »Ganz normale Kindheit, soweit wir wissen. Machte keinen Ärger und war in der Schule ein ziemlich schlaues Köpfchen. Und dann, kurz vor seinem achtzehnten Geburtstag, als er zum Wehrdienst eingezogen werden sollte, brach plötzlich alles auseinander. Ilse, die damals etwa dreizehn Jahre alt gewesen sein muss, wurde krank, eine bestimmte Form von Leukämie, die vor allem bei Kindern auftritt, wenn ich mich recht entsinne. Jedenfalls brauchte sie eine Knochenmarkstransplantation, und der einzige passende Spender war Karl. Bei dem Eingriff ging irgendwas schief, und er wurde sehr krank. Und zu allem Übel kamen dann auch noch seine Eltern bei einem Autounfall ums Leben.«

»Am 27. Juli 1969 – ein Sonntag, glaube ich«, sagt Dr. Schnell. »Ihre Zusammenfassung entspricht voll und ganz dem Inhalt dieser Akte, Aldus. Wissen Sie vielleicht auch noch, wo die Gröbers verunglückt sind?«

»Nein.«

»Nein, nun ja, diese Information steht auch nicht in meiner Akte. Felix« – Dr. Schnell deutet auf den roten Ordner – »klären Sie uns doch bitte auf.«

»Anderthalb Kilometer nördlich von Vacha«, sagt Hartmann, ohne einen Blick in den Ordner werfen zu müssen.

»Und wo liegt das, Felix? Oder besser gesagt, wo lag das?«

»An der Grenze zur Bundesrepublik, etwa zweihundert Kilometer südwestlich von Leipzig.«

»Also ziemlich weit weg von daheim, Felix. Und wissen Sie vielleicht auch, wo die Gröbers so spät an dem Sonntagabend hinwollten, als der tragische Unfall geschah?«

»Sie waren auf einem Waldweg und wollten zur Grenze – und es war kein Unfall.«

»Ach«, sagt Dr. Schnell, als wäre ihm das völlig neu.

»Sie wurden von Grenzsoldaten erschossen«, redet Hartmann weiter, als spräche er den Text eines Drehbuchs.

Dr. Schnell nippt an seinem Wein, um sich den Mund zu befeuchten. »Verstehen Sie, Aldus, Ilses Behandlung half nichts, das glaubten die Gröbers zumindest. Sie wollten sie in den Westen bringen, und wäre es einige Monate früher gewesen, hätte man ihnen das vielleicht sogar erlaubt. Reisen in den Westen waren nämlich trotz der Mauer nicht völlig unmöglich. Aber 1968 begann die Partei, immer härter durchzugreifen« – er ballt seine kleine Hand zur Faust – »und im Umgang mit jeder Form von Kritik war Ulbricht ein überzeugter Befürworter stalinistischer Methoden: Zerschlagen, Vernichten, Ausmerzen.

Als die Gröbers in den Westen wollten, war jeder Versuch des illegalen Grenzübertritts, gleichgültig aus welchem Grund – und auf der Rückbank des Wagens lag ihre süße kleine Ilse in eine Decke gewickelt –, praktisch Hochverrat. Wenn der Fluchtplan nicht fehlerfrei war, wenn man das Pech hatte, von den Grenzern gestellt zu werden, musste man damit rechnen, erschossen zu werden.« Dr. Schnell schnalzt mit der Zunge, um das Geräusch zweier Schüsse nachzuahmen. »Also«, er wendet sich wieder Hartmann zu, »die Gröbers hatten Pech. Ist das richtig, Felix?«

»Nein«, sagt Hartmann. »Das war kein Pech. Die Grenzposten wussten, dass sie kommen würden.«

»Weil sie nämlich, Aldus, mein Freund« – und Dr. Schnell legt eine Hand auf Cutters Arm – »an die Stasi verraten worden waren. Denunziert.« Er blickt Cutter unverwandt in die Augen. »Von Karl. Ihrem Sohn.«

Ein Klopfen an der Tür verkündet, dass ihr Essen serviert werden soll.

»Moment noch«, ruft Cutter. »Was ist mit Ilse passiert?«, fragt er Dr. Schnell.

»Sie war nie in Gefahr, weil die Soldaten Anweisung hatten, nicht in den Wagen zu schießen. Sie haben ihn einfach angehalten, die Eltern rausgeholt und in den Hinterkopf geschossen. Ilse wurde zurück nach Leipzig gebracht und weiterbehandelt, als wäre nichts geschehen. Und das Absurde dabei ist, dass die medizinischen Möglichkeiten in der DDR genauso gut waren wie bei uns.« Mit einem dünnen Lächeln fügt Dr. Schnell hinzu: »Nur unsere Propaganda war besser. Ilse wurde geheilt.«

»Herein!«, ruft Cutter in Richtung Tür.

In stillschweigendem Einvernehmen hat während des Essens keiner Karl Martin Gröber erwähnt. Jetzt jedoch, da der Tisch abgeräumt ist, Kaffee und Cognac vor ihnen stehen, Cutter und Schnell genüsslich Havanna-Zigarren rauchen, die der Deutsche netterweise mitgebracht hat, die Tür geschlossen ist und sie wieder unter sich sind, führt Dr. Schnell uns zurück nach Leipzig. Genauer gesagt, zu einem Gebäude am Dittrichring 24, das unter dem Namen »Runde Ecke« bekannt ist und bei dem es sich um die imposante Zitadelle des Staatssicherheitsdienstes mit ihren roten Dachziegeln handelt.

»Das war die Normannenstraße im Kleinformat, und es gab für alles eine eigene Abteilung: das Abhören von Telefonen, das Öffnen von Post, für die Funkwellenpeilung, um Hörer von Westsendungen ausfindig zu machen, das Fälschen von Dokumenten, die Herstellung von Überwachungsgeräten, das Entwerfen von Tarnungen, die Durchführung von Ermittlungen und Verhören, die Analyse von Informationen. Und vor allem«, sagt Dr. Schnell, »für das Anlegen von Akten.«

»Zu viele Akten, wie sich herausgestellt hat«, wirft Hartmann ein. »In Leipzig hatte die Stasi zweitausendvierhundert Hauptmitarbeiter, von den zehntausend IMs ganz zu schweigen, und alle haben sie Papier produziert. Die hatten keine Computer in der Runden Ecke, deshalb mussten sie alles mit der Schreibmaschine tippen oder handschriftlich in den Akten oder auf Karteikarten vermerken.«

»Aldus, das Ausmaß dieser Obsession können Sie sich gar nicht vorstellen.« Dr. Schnell pustet eine Zigarrenrauchfahne in die Luft und schaut zu, wie sie zur Decke schwebt. »An einem ganz normalen Tag haben die in Leipzig eintausendfünfhundert Briefe geöffnet und kopiert. Sämtliche Telefonleitungen der Stadt liefen durch eine Abhörzentrale in der Runden Ecke, die bis zu dreihundert Gespräche gleichzeitig aufzeichnete, und von allem, was verdächtig schien, wurde für die Akten eine Abschrift angefertigt. Von jedem Telegramm, das in Leipzig ankam, ging automatisch eine Kopie an die Stasi. Von jedem ›verdächtigen‹ Brief haben sie Fingerabdrücke, Speichel- und Handschriftenproben genommen und archiviert. Aldus, wenn Sie im Visier der Stasi gewesen wären, hätten die mit allen Mitteln versucht, an eine Probe von Ihrem Körpergeruch, Ihrem Sperma, Ihren Schamhaaren heranzukommen.«

Cutter rutscht unbehaglich hin und her.

»Ein Großteil des Papierkrams kam von den IMs – den Spitzeln«, erklärt Hartmann. »Jeder war einem Führungsoffizier zugeteilt, und die Stasi unterhielt ›sichere‹ Wohnungen in Leipzig, wo die Informationen übergeben wurden, das heißt, entweder gaben die IMs dort ihre schriftlichen Berichte ab, oder die Sitzungen wurden auf Band aufgezeichnet und davon dann Abschriften gemacht.« Hartmann taucht einen Finger in sein Cognacglas, als wäre es ein Tintenfässchen, und schreibt mit der Flüssigkeit eine Nummer auf den Tisch.

»Sie hatten sechshundert ›sichere‹ Wohnungen, Aldus«, sagt Dr. Schnell. »Sechshundert Werkstätten, die noch mehr Informationen für die Akten produzierten.«

»Und was ist mit Gröbers Akte?«, fragt Cutter. »Der rote Ordner, der, wie ich vermute, die echte Akte enthält?«

Dr. Schnell seufzt wie ein Mensch, der sich widerwillig dem Ziel einer Reise nähert. »Wer beobachtet die Beobachter, Aldus? Das ewige Problem. Da die Stasi einfach niemandem traute, konnte sie sich logischerweise auch selbst nicht trauen. Und deshalb führte auf Mielkes Befehl hin jeder Stasi-Offizier Akten über seine Untergebenen, genau wie dessen Vorgesetzter wiederum eine Akte über ihn führte. Das ging die gesamte Befehlskette aufwärts, im ganzen Land. Aber dann ergibt sich eine weitere Frage: Wer beobachtet die Befehlsführenden? In Leipzig war Mielkes Antwort auf diese Frage Gröber. Denn ein Mann wie Mielke musste zwangsläufig von einem jungen Neuling beeindruckt sein, der praktisch das Todesurteil für seine eigenen Eltern unterschrieben hatte, und Gröber wurde zu einem von Mielkes Lieblingswunderkindern. Das heißt natürlich nicht, dass Mielke Gröber traute. Er sorgte nur dafür, dass Gröber, auch nachdem er 1980 in die Berliner Zentrale versetzt worden war, regelmäßig mit ›Sonderaufträgen‹ nach Leipzig zurückkehrte, um den dortigen Bezirkskommandanten zu bespitzeln, der seinerseits, ebenfalls im Auftrag von Mielke, ein umfassendes Dossier über Gröber anlegte. Der Mann hieß Kessel und war Generalleutnant. Das hier« – Schnell deutet mit dem Kinn auf den roten Ordner – »ist das von ihm zusammengetragene Original: Näher werden wir der Wahrheit über Karl Martin Gröber ganz sicher nicht kommen.«

Hartmann sagt: »Diese Akte sollte eigentlich vernichtet

werden. Ende November neunundachtzig wurde in der Runden Ecke ein Reißwolf, so groß wie eine Betonmischmaschine, aufgestellt. Aber am Abend des vierten Dezember – sehr viel früher, als alle erwartet hatten – besetzten die Demonstranten das Gebäude, um zu retten, was noch übrig geblieben war.«

»Und übrig geblieben waren in einer Stadt mit fünfhunderttausend Einwohnern«, wirft Dr. Schnell ein, »3,7 Millionen Karteikarten und eine Masse von Akten, die hintereinander aufgestellt zehn Kilometer weit gereicht hätten.«

»Otto, ich möchte noch mal auf die Akte zurückkommen. Hab ich da irgendwas verpasst?«, fragt Cutter, aber seine Miene lässt das Gegenteil vermuten. »Ich meine mich zu erinnern, dass alle geretteten Stasi-Akten zur Sichtung und Verwaltung an eine unabhängige Behörde übergeben wurden, die Gauck-Behörde, richtig?«

»Mmm«, sagt Dr. Schnell.

»Wie kommt es dann, dass Sie angeblich das Original von Gröbers Akte besitzen?«

»Ich könnte Ihnen erzählen, sie wurde uns zugesandt. Per Post. Anonym.«

»Glaub ich nicht.«

»Sie könnte im Müll gefunden worden sein«, schlägt Hartmann vor. »Viele Leipziger Akten sind auf dem Müll gelandet.«

»Glaub ich nicht«, wiederholt Cutter.

»Gröber hatte sich innerhalb der Stasi viele Feinde gemacht«, sagt Dr. Schnell in einem Tonfall, der eine Spur gereizt klingt. »Stasi-intern war es kein Geheimnis, dass einige höhere Offiziere die Verzögerung in Berlin nutzten, um die Akten in der Normannenstraße zu frisieren – damit ihre Karriere positiver aussah. Ich denke, wir können mit Sicherheit davon ausgehen, dass irgendwer in Leipzig, der die Wahrheit über Gröber kannte, eine alte Rechnung begleichen wollte.«

»Glaub ich nicht«, sagt Cutter zum dritten Mal.

»Aldus, wo liegt das Problem? Wieso wollen Sie das wissen?«

»Otto, Sie sollen mir jetzt nicht Ihre Quellen verraten. Ich will bloß nicht wieder in einer Sackgasse landen, also verraten Sie mir bitte zweierlei: dass Sie wissen, wo die Akte herkommt, und dass ihre Echtheit außer Zweifel steht.«

Dr. Schnell zieht ein ernstes Gesicht, und Felix Hartmann starrt auf den Tisch, den Blick unverwandt auf die Akte gerichtet. »Zuerst«, sagt Schnell, greift zur Cognacflasche und füllt ihre Gläser nach, »sollten wir einen Trinkspruch ausbringen. Vielleicht auf General Kessel, der Ihrer Operation Pentecost möglicherweise doch noch einen erfolgreichen Abschluss bescheren wird.«

Feierlich heben sie ihre Gläser und trinken. Dr. Schnell wischt sich die Lippen, beugt sich zu Cutter vor und sagt leise: »Jedes Dokument in Kessels Dossier ist analysiert und forensisch überprüft worden, um eine Reihe von Fragen zu beantworten, die ich gestellt hatte. Entsprechen die Papiersorten denjenigen, die es in der DDR damals gab? Ja. Ebenso die Tintensorten? Ja. Bei handschriftlichen Dokumenten wurde überprüft, ob wir andere, aus der gleichen Zeit stammende Muster derselben Handschrift haben, und wenn ja, ob sie passen? Ja, haben wir – und ja, sie passen. Wenn wir mehrere Dokumente haben, die angeblich von ein und derselben Person geschrieben wurden, ergibt eine Textanalyse dann Übereinstimmungen in Syntax und Orthographie? Ja, allerdings. Befinden sich auf irgendwelchen Dokumenten verwertbare Fingerabdrücke, und wenn ja, passen sie zu den Fingerabdrücken des angeblichen Verfassers? Ja und ja. Lässt sich bei angeblich von General Kessel getippten Dokumenten eindeutig feststellen, ob sie auf seiner Schreibmaschine in der Runden Ecke geschrieben wurden? Ja. Und wieso wissen wir das? Weil wir seine Schreibmaschine haben. Aldus«, Dr. Schnell lehnt sich zurück, »in unserer Branche gibt es nur sehr wenige Gewissheiten, aber das hier gehört unzweifelhaft dazu.«

»Danke«, sagt Cutter. »Und Sie wissen, wo der Ordner her ist?«

»Ja, das weiß ich. Aus den Archiven der Gauck-Behörde. Wir haben ihn geklaut.«

27

Sie sind zurück in Cutters Wohnung, wo Dr. Schnell mit der Erklärung, der Jetlag mache ihm zu schaffen, Jackett und Schuhe auszieht und sich auf die Couch im Wohnzimmer legt. Er hat Cutters Angebot abgelehnt, das Bett zu benutzen, und beteuert, die Couch reiche vollkommen. Tatsächlich passt sein kleiner Körper bequem zwischen die Armlehnen. Wie er so daliegt, ein Taschentuch über dem Gesicht und die Arme vor der Brust verschränkt, sieht er aus wie ein kleiner Junge, denkt Cutter.

»Das hier ist Gröbers erste, inoffizielle Bewerbung bei der Stasi«, erläutert Hartmann und reicht Cutter eine Klarsichthülle, die einen kurzen Brief in der unsicheren Handschrift eines Halbwüchsigen enthält. »Damals war er fünfzehn.«

»Herrgott!«, sagt Cutter. »Fünfzehn?«

»Das war nicht ungewöhnlich. Lehrer waren angehalten, ›geeigneten‹ Schülern eine ›interessante‹ Karriere bei der Stasi schmackhaft zu machen. Alle, die anbissen, mussten einen Brief wie den da schreiben: ›Liebe Frau David‹, das wird wohl seine Lehrerin gewesen sein, ›ich möchte meinem Land im

Ministerium für Staatssicherheit dienen.‹ Die Briefe gingen direkt an die Runde Ecke, wo man dann die kurze Vergangenheit der Bewerber durchleuchtete.«

»Fünfzehn!«, sagt Cutter erneut, als könne er es immer noch nicht fassen.

»Und das hier«, sagt Hartmann und reicht ihm eine zweite Klarsichthülle, »ist Gröbers offizielle Bewerbung, da war er sechzehn. Eigentlich hätten seine Eltern mit unterschreiben müssen, aber, wie man deutlich erkennen kann, wurden ihre Unterschriften gefälscht.«

Wilhelm Gröber und Eva Gröber, zittrig nachgemalt, nicht flüssig geschrieben.

»Das wird die Stasi aber doch gemerkt haben?«

»Natürlich«, sagt Hartmann. »Mit entsprechenden Folgen. Achten Sie auf das Datum – 28. Juni 1967, Gröbers sechzehnter Geburtstag –, und jetzt sehen Sie sich das hier an.« Die dritte Plastikhülle, die Hartmann herausnimmt, enthält eine weiße, auf beiden Seiten dicht in unterschiedlichen Handschriften beschriebene Karteikarte. »Der erste Eintrag ist zwei Tage später datiert, der Zeitpunkt, als Wilhelm und Eva Gröber offiziell unter Verdacht gerieten.«

»Sie gerieten unter Verdacht? Das verstehe ich nicht«, sagt Cutter.

»Weil Sie, mein Guter«, sagt Dr. Schnell aus der Horizontalen auf der Couch, »nicht so denken können, wie die Stasi dachte. Um seinem Land dienen zu können, muss der Junge die Unterschriften der Eltern fälschen – also kann mit den Eltern was nicht stimmen. Wieso konnte er sie nicht bitten, den Brief zu unterschreiben? Wieso haben sie was dagegen, dass er zur Stasi geht? Verstehen Sie, Aldus, es ist völlig logisch.«

Cutter brummt bestätigend.

»Mit siebzehn«, fährt Hartmann fort, »besuchte Gröber ein so genanntes Wehrlager – alle Jungen in der DDR mussten das, ob sie zur Stasi wollten oder nicht. Aber denjenigen, die sich beworben hatten, wurde natürlich besondere Aufmerksamkeit geschenkt. Und das hier« – Hartmann zieht eine weitere Hülle aus dem Ordner – »ist die Beurteilung von Gröbers Leistungen im Wehrlager. Man hielt ihn, kurz gesagt, für ›viel versprechend‹. Gerade hatte Ulbricht Truppen in die Tschechoslowakei geschickt, um den Sowjets bei der Niederschlagung des Prager Frühlings zu helfen, und das hatte, ebenso wie die neuen Einschränkungen für Reisen in den Westen, selbst die Loyalität einiger Parteimitglieder auf eine harte Probe gestellt. Aber bei den Diskussionsrunden, die jeden Abend im Lager stattfanden, erwies sich Gröber als unerschütterlicher Befürworter von Ulbrichts Politik – was seinen Zukunftschancen bei der Stasi keineswegs abträglich war. Auch bei den praktischen Aspekten des Kurses, der eigentlich eine Art militärische Grundausbildung war, schnitt er gut ab. Er war groß für sein Alter und stark, und die Ausbilder bemerkten, dass er beim Kampf ohne Waffen seine Kraft nicht nur einsetzte, um den Gegner zu besiegen, sondern auch, um ihm Schmerzen zuzufügen. Sie sagten, er habe einen ›aggressiven Zug‹, und das war nicht negativ gemeint.«

In Cutters Schlafzimmer klingelt zweimal ein Telefon, ehe der Anrufbeantworter anspringt.

»Jetzt kommen wir zu Gröbers achtzehntem Geburtstag«, fährt Hartmann fort, »und seiner dritten und letzten Bewerbung.«

»Moment mal«, unterbricht Cutter ihn. »Davor wurde Ilse krank und brauchte eine Transplantation, richtig? Und Gröber war der Spender und wurde selbst krank und …«

Hartmann fällt ihm kopfschüttelnd ins Wort: »Darüber steht nichts in der Akte. Noch nicht. Wir müssen noch zwanzig Jahre warten, bis General Kessel uns erzählt, was wirklich geschah.«

Unter dem Taschentuch über seinem Gesicht kichert Dr.

Schnell. »Führen Sie ihn nicht an der Nase herum, Felix. Das gehört sich nicht.«

»Also?«, fragt Cutter, und Hartmann blättert in dem roten Ordner fast bis ans Ende, bevor er eine Hülle herausholt, die etwa vierzig eng mit Schreibmaschine beschriebene Blätter enthält.

»Sie haben Recht, Mr. Cutter. Ende 1968 wurde bei Ilse eine akute lymphozytische Leukämie diagnostiziert, deren Behandlung eine Stammzellentransplantation erforderlich machte. Ihr Bruder war der Spender, und infolge der Operation wurde er sehr krank.« Hartmann legt eine effektvolle Pause ein und überfliegt die erste Seite von Kessels Bericht, als wüsste er nicht mehr recht, was darin steht. »Tatsächlich«, sagt er dann, »ist Ilses Bruder gestorben.«

Jetzt entsteht eine Stille, die in Cutters Wohnzimmer hängt wie der Augenblick nach dem Tod. Cutter will sie nicht durchbrechen. Er sitzt reglos da und mustert Hartmanns schmales, blasses Gesicht, als wollte er sich die Konturen einprägen.

»Führen Sie ihn nicht an der Nase herum«, flüstert Dr. Schnell.

»Die Gröbers hatten drei Kinder.« Hartmann tut nicht mehr so, als müsste er im Bericht des Generals nachsehen. »Das zweite Kind, ein Junge, Heinz Frank, wurde am 6. Mai 1953 geboren. Als Ilse nach einer Chemotherapie erneut erkrankte, wurden beide Brüder getestet, ob sie als Spender in Frage kamen. Immunologisch gesehen passte Karl besser, aber er weigerte sich. Doch Heinz erklärte sich bereit, obwohl er sehr infektionsanfällig war. Während des Eingriffs oder als unmittelbare Folge davon bekam Heinz eine akute Blutvergiftung, zu der sich dann noch eine Lungenentzündung gesellte. Er starb noch im Krankenhaus am 5. Mai 1969, einen Tag vor seinem sechzehnten Geburtstag.« Hartmann fährt sich vergeblich mit der Hand durch das volle Haar, das ihm immer wieder in die Stirn fällt. »Karl hat nicht an der Beerdigung seines Bruders teilgenommen.«

Wieder springt der zuverlässige Anrufbeantworter an, und einen Moment lang scheint Cutter gewillt, sich die Nachrichten anzuhören. Er steht aus seinem Sessel auf, geht langsam Richtung Schlafzimmer, scheint dann vergessen zu haben, wo er hinwill, bleibt stehen, wendet sich Richtung Küche und bleibt erneut stehen. »Möchten Sie was trinken?«, fragt er geistesabwesend.

»Wasser«, sagt Hartmann. Von Dr. Schnell auf der Couch kommt nur ein sanftes Schnarchen.

»Die letzte Bedingung, um bei der Stasi angenommen zu werden – sozusagen der dritte Akt der Erleuchtung –, war ein Brief, den der Kandidat an oder um seinen achtzehnten Geburtstag herum schreiben musste.« Hartmann und Cutter sind in die Küche umgezogen, wo sie nebeneinander auf Hockern an der Frühstückstheke sitzen, weil das Licht dort besser ist und sie Dr. Schnell nicht aufwecken. Hartmann hat eine fünfte Klarsichthülle aus dem Ordner genommen. Sie enthält einen sechsseitigen Brief in Gröbers Handschrift, die jetzt schon sicherer wirkt.

»Der dritte Brief unterschied sich von den anderen darin, dass der Kandidat der Stasi jetzt die intimsten Details über sich selbst, seine Familie, seine Freunde enthüllen musste. Zum Beispiel, ob er onanierte, wie häufig, wo? Welche sexuellen Fantasien hatte er? Hatte er Liebesaffären gehabt, mit wem und wann? Bitte mit genauer Beschreibung der sexuellen Praktiken. Was wusste er vom Sexualleben seiner Eltern und deren Affären? Wie sah es diesbezüglich bei seinen Geschwistern und Freunden aus? Wer waren überhaupt seine Freunde und was wusste er über ihre politischen Ansichten, ihre Schwächen, ihre Ängste? Waren sie schon mal mit dem Gesetz in Konflikt geraten? Kannte der Kandidat Leute, die Drogen nahmen oder übermäßig Alkohol tranken – und was und wie viel und wann und wo? Wer hatte zu wenig Geld oder zu viel? In den Augen der Stasi gab es keine Form des Verrats, die zu lächerlich oder zu banal war.« Hartmanns Stimme hat einen müden, niedergeschlagenen Ton angenommen, aber Cutter spürt, dass da etwas Gefährliches lauert, wie ein nacktes Stromkabel, das darauf wartet, berührt zu werden.

»Immerhin, Kandidat Gröber war ein Meister des Verrates.« Hartmann hält die Klarsichthülle hoch. »In diesem Brief liefert er Informationen, die dreizehn seiner Freunde belasten und die Eltern von fünf von ihnen, drei von seinen Lehrern, einschließlich Frau David, die ihn als Erste angeworben hatte, einen Nachbarn der Gröbers, der abfällige Bemerkungen über die Partei gemacht hatte, und sogar seine Schwester.«

»Himmelherrgott!«, sagt Cutter.

»Oh ja, Sir, glauben Sie mir, selbst Ilse wird nicht geschont.« Hartmann zerrt den Brief unsanft aus der Hülle und überfliegt die Blätter, bis er gefunden hat, was er sucht. Dann liest er vor: »›Ich selbst masturbiere nicht, da ich sexuelle Selbstbefriedigung für ein Zeichen von Schwäche halte. Ich rede auch anderen zu, es nicht zu tun. Doch leider muss ich sagen, dass ich meine Schwester Ilse zweimal dabei beobachtet habe, wie sie im Badezimmer masturbiert hat.‹ – Wie hat er das denn wohl ›beobachtet‹, Mr. Cutter? Ist er überraschend hereingekommen? Hat er durchs Schlüsselloch gespäht?«

Cutter ist sprachlos.

»Und schließlich und vor allem verrät er seine Eltern.« Hartmann wendet die letzte Seite des Briefes. »›Die Krankheit meiner Schwester bereitet unserer Familie natürlich große Sorge.‹ Übrigens«, unterbricht Hartmann die Lektüre, »ist nirgends in dem Brief die Rede von seinem verstorbenen Bruder Heinz.« Dann liest er weiter: »›Ich bin überzeugt, dass die Ärzte der Deutschen Demokratischen Republik Ilse die denkbar beste Behandlung angedeihen lassen, aber ich muss zu meiner Schande gestehen, dass diese Meinung nicht von meinen Eltern geteilt wird. Sie haben sich von der Propaganda des westdeutschen Imperialismus täuschen lassen und glauben nun, dass Ilse in den kapitalistischen Krankenhäusern besser behandelt werden könnte. Schon mehrfach habe ich mit meinen Eltern darüber gestritten. In letzter Zeit weigern sie sich, diese Frage mit mir oder in meiner Anwesenheit zu erörtern. Ich halte es für möglich, dass sie meine Schwester aus der DDR herausschaffen wollen, was ihre Gesundheit ernsthaft gefährden könnte.‹« Hartmann lässt den Brief auf die Frühstückstheke fallen, als könnte er sich daran die Finger schmutzig machen. »Ob Gröber später herausfand, wie und wann seine Eltern flüchten wollten, steht nicht in der Akte. Es spielt auch keine große Rolle. Sobald dieses Gift in der Runden Ecke ankam, wurden die Gröbers rund um die Uhr überwacht. Sie hatten überhaupt keine Chance.« Hartmann rutscht von seinem Hocker und reckt sich. »Er hätte sie genauso gut selbst erschießen können.«

Cutter nimmt den Brief in die Hand und blättert ihn langsam durch, betrachtet Worte, die er nicht verstehen kann – genauso wenig wie den selbstverliebten Hass, der dahinter steht. »Was für ein mieser Dreckskerl«, sagt er und meint damit Karl Gröber.

»Die Episode hat noch ein Nachspiel, Mr. Cutter«, sagt Hartmann leise. »Fünf Tage nach der Ermordung seiner Eltern wurde Gröber offiziell bei der Stasi angenommen, doch zunächst musste er noch seinen Militärdienst ableisten. Wissen Sie, wo die Stasi ihn hingeschickt hat? Zu den Grenzsoldaten. Nach Vacha. Genau in die Einheit, die seine Eltern erschossen hatte. Achtzehn Monate lang waren ihre Mörder seine Kameraden. Und wissen Sie, was er in Vacha gemacht hat? Seine Kameraden für die Stasi bespitzelt. Jede Woche ging ein schriftlicher Bericht an die Runde Ecke.« Hartmann greift wieder einmal in den roten Ordner und holt die bislang dickste Mappe heraus. »Detaillierte, bösartige Berichte.«

»Felix, Sie wissen ja, ich predige meinen Leuten dauernd, dass sie die Arbeit nie persönlich nehmen dürfen. Das ist die goldene Regel – diese Arschlöcher dürfen einem *niemals* unter die Haut gehen.«

Hartmann nickt, als hätte er das schon x-mal gehört.

Dann fährt Cutter fort: »Tja, und wissen Sie was? Diese Regel wurde soeben umgestoßen.«

Nach einem vierzigminütigen Nickerchen ist Dr. Schnell wieder in Topform. Es ist fast Mitternacht, sechs Uhr morgens deutsche Zeit, und damit sind fast vierundzwanzig Stunden vergangen, seit er und Hartmann Pullach verlassen haben, um nach New York zu fliegen. Hartmann baut allmählich ab, aber Dr. Schnell kommt putzmunter in die Küche, bittet um eine Tasse Kaffee und hat den Kopf voller Ideen.

»So, Aldus, darf ich vorschlagen, was wir als Nächstes tun sollten?« Und ohne Cutters Antwort abzuwarten, fährt Dr. Schnell fort: »General Kessels Darstellung von Gröbers Karriere in der Stasi durchgehen. Es dürfte Sie nämlich interessieren, was Kessel zu sagen hat im Vergleich zu dem, was in der anderen Akte steht – nennen wir sie der Einfachheit halber ›die Moskauer Akte‹ –, und auch in der Zusammenfassung, die Sie von den Briten bekommen haben.«

»Gut«, sagt Cutter.

»Im Großen und Ganzen ist die Moskauer Akte sachlich richtig, aber es gibt Lücken, ziemlich große und höchst interessante Lücken. So bleiben in der Akte, ebenso wie in Ihrer Zusammenfassung, wie ich vermute« – ein entschuldigendes Lächeln von Dr. Schnell – »Gröbers zahlreiche Einsätze außerhalb der DDR unerwähnt: Kuba, zum ersten Mal 1978 und dann noch einmal 1983; Afrika – genauer gesagt, Angola und Mosambik – 1978 und 1979; Paraguay 1978 und erneut 1983; Iran Ende 1979; Türkei 1982; Libyen 1984 und 1987.« Dr. Schnell zählt zunächst an den Fingern ab, doch ab zehn fügt er einfach hinzu: »Tschechoslowakei, Nicaragua, Irak, Südjemen, Sudan. Es gab noch mehr Auslandseinsätze. Sehr viel mehr.«

»Wollen Sie damit sagen, dass Gröber ein Spion war?«, fragt Cutter.

»Nicht im herkömmlichen Sinne. Für die Auslandsspionage war die HVA zuständig, die Hauptverwaltung Aufklärung.« Dr. Schnell zieht ein gequältes Gesicht. »Schöner philosophischer Begriff, nicht wahr? Nein, Gröber war eher beraterisch tätig, manchmal auch als Provokateur, manchmal auch ...« Dr. Schnell hebt eine Hand wie eine Pistole, die auf Cutters Kopf zeigt: »... als Killer.«

Cutter hat das Gefühl, als könnte ihn nichts mehr überraschen. Ausdruckslos fragt er: »Erzählen Sie mir jetzt, dass Gröber für die Stasi gemordet hat?«

»Gemordet ja – aber nicht für die Stasi. Für Moskau, den KGB. Zumindest war das der Schluss, den General Kessel aufgrund einer Analyse gezogen hat, die Sie bestimmt recht überzeugend finden werden. Als Gröber von Vacha nach Leipzig zurückkehrte, wurde er zunächst der Abteilung M – ›Postkontrolle‹ – zugeteilt, wo es seine Aufgabe war, eine Kopie des Personalausweises von jeder Person zu besorgen, die Briefe ins Ausland schickte. Dann versetzte man ihn schon nach einem Jahr zur Abteilung 10, die Verbindung zu den Aufklärungsdiensten der anderen Warschauer-Pakt-Staaten hielt. In Gröbers Fall war das der KGB, der bis ganz zum Schluss ein Büro in Leipzig hatte. Anfänglich war er bloß ein Botenjunge, der Pakete von der Runden Ecke ablieferte. Aber Kessel beschreibt recht anschaulich, wie sich Gröber bei seinen neuen russischen Freunden lieb Kind machte. Er fing an, privat mit ihnen zu verkehren, und lud sie manchmal zum Abendessen zu sich nach Hause ein.«

»Ilse musste dann für sie kochen«, sagt Hartmann – und Cutter stellt fest, dass ihn doch noch etwas überraschen kann.

»Soll das ein Witz sein? Nach allem, was er getan hatte, hat sie noch mit ihm zusammengewohnt?«

»Im Elternhaus auf der Karl-Heine-Straße. Fast zwanzig Jahre lang.« Cutter hat den Eindruck, als würde Hartmann ein Schatten über das Gesicht huschen, ehe er hinzufügt. »Wie ein Paar.«

Schließlich durchbricht Dr. Schnell die nachfolgende Stille. »Felix, Sie sehen müde aus. Sie sollten sich ausruhen.«

Cutter pflichtet ihm bei, und da Hartmann viel zu lang ist, um sich auf der Couch auszustrecken, besteht Cutter darauf, dass er sich im Schlafzimmer hinlegt. Murrend zieht Hartmann sich zurück. Als Cutter nachsehen will, ob Hartmann alles hat, was er braucht, liegt der schlaksige Deutsche schon im Tiefschlaf auf dem Bett.

Auf der Theke in der Küche hat Cutter sich Block und Stift zurechtgelegt, um sich besondere Einzelheiten über Karl Gröbers Aktivitäten und »Freunde« zu notieren, Einzelheiten, die in der »Moskauer Akte« fehlten und auch in der Zusammenfassung, die Flint in London bekommen hatte und die Cutter mittlerweile für wertlos hält. Schlimmer als wertlos – irreführend. Eine gezielte Fehlinformation? In Cutters Hinterkopf rührt sich ein dunkler Gedanke, wie etwas Bedrohliches, das im Unterholz aufgeschreckt wird.

Dr. Schnell hat den Bericht von General Kessel aufgeschlagen vor sich liegen, doch bevor er mit seiner Analyse beginnt, möchte er zunächst ein Loblied auf den General singen. »Er hat seinen Bericht in den ersten Monaten des Jahres 1989 verfasst, als er sozusagen klüger war als vorher. Zu dem Zeitpunkt wussten alle – ja, sogar Mielke –, dass das Ende kurz bevorstand, dass der gesamte Ostblock zusammenbrechen würde. Aber was Kessel erkannte, was er aus Gröbers Akte herauslas, war, dass Gröber ein Visionär war, dass er das Ende schon immer vorhergesehen hatte und seine gesamte Laufbahn bei der

Stasi nur dazu gedacht war, den Weg zu ebnen, seinen Weg, für die Zeit danach. Wissen Sie, in Leipzig kursiert ein Witz: Wieso sind ehemalige Stasi-Leute die besten Taxifahrer? Weil man ihnen nur seinen Namen nennen muss, und schon wissen sie, wo man wohnt.« Ein trauriges Lächeln von Dr. Schnell.

»Aber Karl Gröber würde niemals Taxi fahren, Aldus. Er hatte begriffen, wenn das Ende käme, wenn das kapitalistische System sich früher oder später durchsetzte, dann würde der Ostblock Unternehmer brauchen, die die aufregenden neuen Möglichkeiten beim Schopf ergriffen: organisierte Prostitution, Drogen- und Waffenhandel, Schutzgelderpressung, Bankenbetrug, Steuerhinterziehung im großen Stil. Ach, was hatte er alles für Möglichkeiten gesehen! Und wer eignete sich besser für die Leitung dieser neuen Unternehmen als die Leute, die ja gerade diese Möglichkeiten in den Jahren des Kommunismus größtenteils unterbunden hatten? Seine ›russischen Freunde‹ natürlich und andere Freunde gleichen Kalibers, die er in Prag, Warschau, Sofia, Tirana und Budapest hatte – überall im Warschauer Pakt. Und jetzt kommt das wirklich Clevere, Aldus, jetzt kommt das Genie des Karl Gröber. Er hatte nämlich bereits vor vielen Jahren erkannt, dass seine ›Freunde‹, wenn ihre Unternehmen erst richtig liefen, wenn sie ihre Mädchen und Drogen und Waffen in den Westen schafften, wenn sie von jedem Dollar Entwicklungshilfe zehn Cent in die eigene Tasche steckten, wenn sie von jedem neu gegründeten, legalen Unternehmen, das sie ausquetschen konnten, ›Schutzgelder‹ erpressten, dass sie dann Hilfe brauchen würden, um ihre Profite in den Westen zu schaffen. Hilfe, um sie durch ein Bankensystem zu schleusen, das sie nicht durchschauten. Sie würden Karl Gröbers Hilfe brauchen, denn *er* durchschaute das System.«

Dr. Schnell setzt seine Lesebrille auf. »Lassen Sie mich eine kurze Passage aus Kessels chronologischer Auflistung von Gröbers Aufträgen vorlesen. Er schreibt: ›Im Februar 1984 erhielt Oberleutnant Gröber‹ – seltsamerweise hat er es nie zu einem höheren Rang gebracht –, ›der offiziell der zentralen Abteilung 21 zugeteilt war‹ – das war die Zentrale Auswertungs- und Informationsgruppe, kurz ZAIG genannt –, ›von Minister Mielke die Genehmigung, eine Untergruppe zu gründen und zu leiten, die das westliche Bankensystem studieren sollte. Angeblich sollte eine bessere Methode entwickelt werden, die Herkunft von nach Übersee geschickten operativen Finanzmitteln zu verschleiern. Die Untergruppe arbeitete drei Jahre‹, – das hat der General sogar unterstrichen, Aldus, drei Jahre – ›ohne irgendwelche Empfehlungen auszusprechen oder einen Abschlussbericht vorzulegen. Die gewonnenen Informationen waren nur Gröber zugänglich.‹« Dr. Schnell nimmt seine Brille ab und drückt sich den Nasenrücken. »Drei Jahre also, das entspricht praktisch einem Hochschulstudium im Fach Geldwäsche.«

»Verraten Sie mir eins, Otto. Steht da irgendwas drin« – Cutter deutet mit dem Kinn auf Kessels Bericht –, »das uns verrät, wie wir diesen Drecksack finden können?«

»Allerdings«, sagt Dr. Schnell. »Doch zunächst habe ich eine Frage. Unser junger Freund Felix singt wahre Lobeshymnen auf Ihre Stellvertreterin Flint. Er sagt, sie habe ein besseres intuitives Verständnis für verdeckte Ermittlungen als irgendwer sonst. Nun traue ich Felix' Einschätzung in dieser Frage nicht so ganz, da sie möglicherweise nicht rein professionell begründet ist. Ich glaube, er ist ein bisschen … wie soll ich sagen, vernarrt in Ihre Grace Flint.«

»Da wäre er nicht der Erste«, sagt Cutter.

»Meine Frage lautet also: Ist sie wirklich so gut?«

Cutter zögert. Seine ehrliche Loyalität gegenüber Flint ringt mit seinem Impuls, objektiv sein zu wollen – und dann ist da noch sein Schuldgefühl, weil er weiß, was er ihrer Karriere antun muss. »Als Leiterin einer Operation, angesichts dessen, wie Pentecost gelaufen ist, habe ich da meine Zweifel. Sie ist reingelegt worden, und infolgedessen habe ich eine tote Agentin zu beerdigen. Offen gesagt, ich glaube, sie hat Mist gebaut. Aber als verdeckte Ermittlerin ist sie unschlagbar, Otto.«

»Wieso?«, fragt Dr. Schnell.

»Weil sie diese besondere Gabe hat, die Person zu werden, die sie spielen soll. Sie lebt ihre Scheinidentität nicht nur, sie ist ihre Scheinidentität. Sie ist so gut wie die beste Schauspielerin, die man je gesehen hat – und noch besser, weil Flint etwas Besonderes an sich hat. Ihr Gesicht, wissen Sie, es ist eine Maske.«

»Ach ja. Felix hat mir erzählt, dass sie übel zugerichtet worden ist.«

»Mehr als das, Otto. Ihr Gesicht war nur noch Brei, und sie mussten es ganz neu aufbauen. Das hat etwa ein Jahr gedauert, und man sieht nichts davon. Bin gleich wieder da.«

Cutter geht ins Wohnzimmer, und Dr. Schnell hört, dass sich ein Schlüssel im Schloss dreht und eine Schublade geöffnet wird. Dann kehrt Cutter mit einer Ledermappe zurück, öffnet sie und legt sie auf die Frühstückstheke. Darin sind zwei Fotos, nebeneinander. »Vorher und nachher«, sagt Cutter.

Selbst Dr. Schnell wird blass. Er braucht seine Brille nicht, um den grässlichen Anblick des linken Fotos zu registrieren. Es zeigt ein kaum noch als menschlich erkennbares Gesicht, wie man es an einer Leiche erwarten würde, einer aus einem Massengrab gezogenen, gefolterten Leiche. Rasch springt sein Blick zu dem anderen Foto, das Flints »Nachher«-Gesicht zeigt.

Sie blickt direkt in die Kamera, den Kopf ganz leicht nach rechts geneigt. Ihr Haar scheint dunkelbraun oder sogar schwarz, obwohl die Strähnen, die über die linke Seite ihrer hohen, makellosen Stirn fallen, das Licht auffangen und wie Sommerfäden schimmern. Die Augenbrauen sind markant und geschwungen, und die Augen stehen weit auseinander, bernsteinfarbene Teiche aus Licht. Die Wangenknochen sind hoch und vollkommen gleich. Die Nase ist keck, mit kleinen, leicht geblähten Nasenlöchern. Das Philtrum, die Einbuchtung zwischen Nase und Oberlippe, ist ungewöhnlich tief, sodass man das Gefühl hat, als schwebte ihr Mund frei und wäre minimal aus der Mitte des herzförmigen Gesichts gerückt, das in einem kräftigen Kinn über dem nackten Hals ausläuft. Die Lippen sind neutral geschlossen, aber Dr. Schnell sieht, dass der Mund Charakter hat. Er hat nicht die geringste Ahnung, was sie denkt.

»Ein Gesicht, das man nicht vergisst, richtig, Otto?«

»Sehr wahrscheinlich.«

Cutter grinst und schüttelt den Kopf. »Falsch. Sie hat noch etwas Besonderes an sich, sie kann nämlich mehrere Leute gleichzeitig sein. Ich habe sie schon vormittags als Spitzenanwältin gesehen, die man auf seiner Seite haben möchte, und abends dann als Edelnutte, für die man seine Seele verkauft hätte. Und wenn Sie sie am Vormittag engagiert und am Abend versucht hätten, sie zu kaufen, Sie wären nie drauf gekommen, dass es ein und dieselbe Frau ist.«

»Eine Meisterin der Verkleidung«, sagt Dr. Schnell leicht ironisch.

»Eigentlich nicht. Natürlich macht sie was mit ihrem Haar, verändert das Make-up, vielleicht auch die Augenfarbe – aber daran liegt es nicht, Otto. Es liegt daran, wie sich die Modulation ihrer Stimme und die Körpersprache verändern. Es liegt am Gang, an der Kopfhaltung, daran, was man für ihre Empfindungen hält – bloß dass man eben nie weiß, was sie empfindet, weil ihr Gesicht eine Maske ist. Solange es sein muss, *ist* sie diese Bankerin oder diese Nutte oder einfach alles, was sie sein will. Sie ist nicht bloß gut, Otto, sie ist unheimlich.«

»Dann, lieber Aldus, bin ich ziemlich sicher, dass Sie Ihre stellvertretende Leiterin doch nicht rausschmeißen sollten«, sagt Dr. Schnell, und sein Ton ist ernst. »Lassen Sie sie wieder undercover arbeiten. Schicken Sie sie nach Leipzig.«

»Leipzig? Wieso denn das?«

»Wenn es auf der Welt einen Menschen gibt, der weiß, wo Gröber steckt, dann Ilse, deshalb. Sie wohnt noch immer in dem Haus auf der Karl-Heine-Straße, aber jetzt ist sie allein, und es ist viel zu groß für sie, und gesundheitlich ist es nicht gut um sie bestellt. Sie will zahlende Gäste aufnehmen, Aldus, sie braucht Gesellschaft, jemanden, mit dem sie reden kann.«

Cutter ist ruhig, wachsam wie eine Katze.

»Am liebsten hätte Ilse ein ehrbares Ehepaar, nicht zu jung, aber auch nicht zu alt. Ein Paar zwischen dreißig und vierzig vielleicht? Felix und Grace?« Dr. Schnell lächelt. »Ich glaube, Ilse würde die Gesellschaft einer unheimlichen Frau genießen. Bei Felix bin ich mir da ganz sicher.«

28

Jarrett Crawford ist in der Lobby von Cutters Haus kurz davor, seine keltische Beherrschung zu verlieren; Pat, der Portier, ganz der Beschützer, versperrt ihm den Weg.

»Verdammt noch mal, ich muss unbedingt zu ihm«, sagt Crawford.

»Wie oft soll ich Ihnen noch sagen, ich habe strikte Anweisungen von Mister Cutter: heute Nacht keinen Besuch mehr. Und jetzt raus mit Ihnen.«

Crawford hat dem Portier bereits seinen Ausweis gezeigt, jetzt spielt er mit dem Gedanken, ihm seine Pistole zu zeigen. Doch da öffnet sich die Fahrstuhltür, und heraus treten Aldus Cutter, Felix Hartmann und ein dritter Mann, der neben ihnen wirkt wie ein Zwerg.

»Mr. Cutter!«, ruft Crawford über die Schulter des Portiers, woraufhin die drei wie vom Donner gerührt stehen bleiben, der kleine Mann sich wegduckt, als hätte er einen Schuss knallen gehört.

»Crawford! Was zum Teufel machen Sie denn hier?«, brüllt Cutter, als er durch die Lobby schreitet und mit seinem Körper Crawford den Blick auf seine Begleiter versperrt.

»Ich wollte ihn gerade wegschicken, Mr. Cutter«, sagt Pat, der aussieht, als wolle er es auf eine Schlägerei ankommen lassen.

Genau wie Cutter, der jetzt wutschnaubend Nase an Nase mit Crawford steht. »Also?«

»Ich habe versucht, Sie zu erreichen.«

»Na, das ist Ihnen ja jetzt gelungen. Was wollen Sie?«

»Es geht um Flint, Sir.« Crawford beugt sich vor und senkt die Stimme zu einem Flüstern. »Sie ist durchgedreht, Mr. Cutter, völlig, total verrückt geworden.«

»Verstehe«, sagt Cutter, als hätte Crawford ihm nichts erzählt, was auch nur im Geringsten beunruhigend wäre. Er legt Crawford einen Arm um die Schulter, dreht ihn herum und führt ihn Richtung Eingangstür. »Jerry, sind Sie mit dem Wagen da?«

»Ja, Sir.«

»Wo steht der?«

Crawford deutet mit dem Kinn nach rechts. »Nicht weit von hier die Straße runter.«

»Gut, Sie setzen sich jetzt in Ihr Auto und warten da auf mich. Und Jerry …« Sie stehen jetzt auf dem Bürgersteig, Cutter mit dem Rücken zur Tür. »Mit wem ich mich getroffen habe, geht Sie überhaupt nichts an, deshalb halten Sie die Augen schön zu, während Sie auf mich warten.«

Crawford geht lächelnd die 63rd Street hinunter und muss an ein Gespräch denken, das er mal mit Felix Hartmann hatte. Sie waren im Flugzeug irgendwohin unterwegs und erzählten sich zum Zeitvertreib Anekdoten aus ihrem Job. Hartmann hatte eine besonders gute über seinen ehemaligen Boss beim BND: ein gewisser Dr. Otto Soundso, das weiß Crawford noch, aber Hartmann sagte, dass alle ihn nur den »Gnom« nannten.

»Schießen Sie los«, sagt Cutter, als er sich auf den Beifahrersitz von Crawfords Wagen setzt.

»Sie hat ihr Haus angezündet und hätte um ein Haar vier Menschen umgebracht, und jetzt ist sie verschwunden. Und ihr Vater liegt im Koma, stirbt vielleicht.«

»Langsam!«, sagt Cutter. »Eins nach dem anderen.«

»Okay, heute Nachmittag hat Grace von Connecticut aus Rocco Morales angerufen und ihn gebeten, die Personalien von vier Leuten von der Einwanderungsbehörde zu überprüfen. Sie hat nicht gesagt, warum, aber Rocco hatte den Eindruck, dass diese Leute bei ihr zu Hause aufgetaucht waren. Jedenfalls waren die Personalien falsch – die hatten nichts mit der Einwanderungsbehörde zu tun –, und Rocco hat sie zurückgerufen und gefragt, ob sie Hilfe bräuchte, und sie hat gesagt, nein, sie käme schon klar. Als Nächstes kriegt sie einen Anruf von irgendeinem Cop in England, der ihr sagt …«

»Nicht so schnell«, sagt Cutter. »Woher wissen Sie, dass sie angerufen wurde?«

»Weil wir ihr Telefon abhören.«

»Ach ja?«

»Klar«, sagt Crawford – aber er sagt es zögerlich, als wüsste er nicht genau, ob es wirklich klar ist.

»Wer hat das angeordnet?«

»Sie.«

Der kalte Blick in Cutters Augen verrät ihm, dass dem vielleicht doch nicht so ist.

»Mr. Stark hat Rocco gesagt, Sie hätten das genehmigt. Weil Sie Sorge hätten, sie könnte außer Kontrolle geraten.«

»Ach ja?« Cutter starrt jetzt stur geradeaus, spricht mit der Windschutzscheibe. »Und wann hat Nathan Stark Rocco angewiesen, Flints Telefon abzuhören?«

»Gleich Montagmorgen. Ich war gerade in Roccos Büro, als Nathan … ach, du Scheiße!«, sagt Crawford, als die Wahrheit allzu offensichtlich wird.

»Crawdaddy, unsere Unterhaltung hier, die bleibt unter uns. Wenn Sie auch nur einer Menschenseele davon erzählen, dann …«

»Schon kapiert, Sir.«

Jetzt wendet Cutter den Kopf und sieht ihn an, fordert Blickkontakt. »Sicher?«

»Ganz sicher, Mr. Cutter.«

Cutter starrt erneut die Windschutzscheibe an. »Reden Sie weiter. Der Anruf aus England.«

»Genau. Tja, also dieser Bursche von der Polizei in Oxfordshire sagt, dass Flints Daddy in seinem Haus überfallen worden ist, dass er aber in einem Hundeverschlag gefunden wurde und …«

»In einem was?«

»Einem Käfig – einem von diesen Hundekäfigen, die er in seiner Praxis hat.«

»Weiter.«

»Der Cop hat nicht gesagt, wer Dr. Flint überfallen hat oder womit er geschlagen wurde, aber der Tierarzt liegt im örtlichen Krankenhaus auf der Intensivstation, und der Cop sagt, Grace soll so schnell sie kann kommen, weil er vielleicht nicht durchkommt, zumindest konnte man das so verstehen.«

»Und sie hat gesagt?«

»›Bin schon unterwegs.‹ Und dann«, fügt Crawford hinzu, »hat sie ihr Haus angezündet.«

»Immer schön eins nach dem andern«, ermahnt Cutter ihn.

»Rocco hat gehört, dass sie den Notruf gewählt und einen

Brand gemeldet hat. Sie hat einen falschen Namen genannt und gesagt, sie könnte das Feuer von der Straße aus sehen. Die Feuerwehr traf zwölf Minuten später ein, und da brannte das Haus schon lichterloh, und sie haben gesagt, es hätte penetrant nach Heizöl gerochen. Sie hatte einen großen Tank voll damit, draußen in der Garage.«

»Heizöl brennt gar nicht so gut«, sagt Cutter im Plauderton.

»Doch, wenn man es mit Benzin mischt«, entgegnet Crawford, und Cutter nickt.

»Das Haus war nicht zu retten. Und die Scheune wäre auch fast abgebrannt, durch Funkenflug, das Dach hat schon gequalmt. Jedenfalls, die Feuerwehrmänner haben die Scheune gewässert und dann die Tür aufgemacht, und da finden sie vier Leute – drei Typen und eine Frau – in Ketten und verschnürt wie Rollbraten.«

»Die falschen Leute von der Einwanderungsbehörde?«

»Das vermuten wir, aber sobald die Ketten auf waren, sind die vier abgehauen, bevor irgendjemand sie festhalten konnte. Die örtliche Polizei hat eine Fahndung nach ihnen in die Wege geleitet, aber …« Crawford verzieht das Gesicht, als wollte er sagen, er habe da nicht viel Hoffnung. »Sie fahnden auch nach Flint.«

»Die auf dem Weg nach England ist?«, mutmaßt Cutter.

»Nicht mit irgendeiner Maschine, die heute Nacht gestartet ist«, sagt Crawford. »Jedenfalls nicht unter ihrem Namen.«

»Ach, Jerry, ich bitte Sie! Meinen Sie im Ernst, Grace hätte nicht irgendwo ein paar falsche Papiere versteckt? Nur für alle Fälle?«

»Niemand, auf den ihre Beschreibung passt«, beharrt Crawford.

»Jerry! Wir reden hier über Flint.«

»Was soll ich denn machen? London anrufen und sie gleich am Flughafen verhaften lassen?«

»Gott behüte. Wir wissen doch, wo sie hinwill, nicht wahr? Lassen Sie mich kurz nachdenken.« Cutter trommelt mit den Fingern aufs Armaturenbrett, während er seine nächsten Schritte überlegt. Dann: »Haben Sie noch Benzin im Tank?«

»Klar«, sagt Crawford einigermaßen verwundert.

»Und Sie wissen, wo Felix wohnt?«

»Natürlich«, sagt Crawford und versucht, zwei und zwei zusammenzuzählen.

»Dann fahren Sie mich hin. Felix muss schnellstens zum Flughafen.«

Von einem öffentlichen Fernsprecher in der riesigen Lobby der Grand Central Station aus ruft Deputy Director Nathan Stark eine Londoner Nummer an. In England ist es jetzt früh am Morgen, und er richtet sich darauf ein, länger warten zu müssen, doch Nigel Ridout ist offenbar Frühaufsteher, denn er hebt gleich beim zweiten Klingeln ab.

»Hallo«, sagt der stellvertretende Leiter der Osteuropaabteilung des Secret Intelligence Service, besser bekannt als MI6.

»Es hat nicht geklappt, weil die Aushilfsleute Mist gebaut haben. Aber Ihre Freundin ist trotzdem unterwegs zu Ihnen, unterwegs nach Hause. Virgin Atlantic, von Kennedy nach Heathrow.« Stark blickt auf seine Uhr. »Müsste in ungefähr vier Stunden bei Ihnen sein.«

»Hervorragend«, sagt Ridout. »Dann also Mission beendet.«

Stark hat schon aufgelegt.

29

Bei ihrer kleinen Sammlung von gefälschten Ausweisen für den äußersten Notfall verlässt sich Grace Flint auf den Privatsektor, wo es keine Archive gibt, wo keine Unterlagen zu irgendeinem Foto in einer entsprechenden Akte führen können. Im südfranzösischen Marseille, in den verwinkelten Gässchen des Quartier du Panier, das sich über dem alten Hafen erhebt, fand Flint einen Fälscher – einen Meister seines Fachs –, der ihr für zwanzigtausend Francs und ohne neugierige Fragen einen Reisepass, eine *carte d'identité* und einen Presseausweis für eine gewisse Katia Portelli, freiberufliche Fotografin, anfertigte. Die Portelli-Identität hat Flint noch nie benutzt – bisher.

Braun gebrannt, mit hennarotem Haar und grünen Augen, schick gekleidet mit einer olivgrünen Leinenbluse, die sie offen über einem schwarzen rückenfreien Top und einer hautengen, ebenfalls schwarzen Lederhose trägt, belegt Katia Portelli hartnäckig eine ganze Dreiersitzreihe in der Boeing 747 mit Beschlag, die vom Kennedy Airport gestartet ist und sich nun über die Zeitzonen des Atlantiks hinweg auf das lockende, rosagelbe Leuchten eines früheren neuen Tagesanbruchs vorschiebt. Hartnäckigkeit ist vonnöten, denn obwohl die Economyclass nur halb besetzt ist, üben die freien Plätze neben Katia offenbar eine unwiderstehliche Anziehungskraft aus. »Ist der Platz frei?« und »Darf ich?« und »Kennen wir uns nicht?« und, das bislang Unverfrorenste: »Darf ich Ihnen Gesellschaft leisten?«

Flint hat auf ihr Repertoire zurückgegriffen und jede Anfrage mit dem Blick erwidert, den besonders Französinnen im Umgang mit unerwünschter Aufmerksamkeit meisterhaft beherrschen: ein verächtlicher Blick, so eiskalt, dass man Wein damit kühl halten könnte.

Die glücklosen Verehrer lassen sie derzeit in Ruhe. Sie hat sich quer über die drei Sitze gelegt, den Kopf gegen die Wand gestützt, und nippt immer wieder an der übergroßen Flasche Evian. Entgegen den Aufforderungen der Stewardessen ist das Rollo an ihrem Fenster ein paar Zentimeter weit geöffnet, sodass sie die träge Annäherung der Boeing an das ferne Licht verfolgen kann. Der Captain sagt, dass sie ungewöhnlich starken Rückenwind haben, doch Flint kommt es so vor, als kröchen sie im Schneckentempo durch den nachtschwarzen Himmel.

Sie hat das Gefühl, frei in der Zeit zu schweben – und ihre Angst um ihren Vater schwebt ebenfalls frei, ist in Wartestellung. Im Bauch der Boeing will sie sich nicht die Szene auf der Intensivstation des Horton General Hospital vorstellen, und sie will auch nicht an die Möglichkeit denken, dass er stirbt, vielleicht schon tot ist. Vorläufig schützt sie ihn, indem sie sich an ein einziges lebhaftes Bild von ihm klammert, das sie in einem Winkel ihres Gedächtnisses festhält: John Flint in seiner Praxis, wie er vor Freude förmlich aufschreit, wenn er seine Tochter nach längerer Abwesenheit zum ersten Mal wiedersieht, sein Gesicht strahlend, lebendig.

Es ist ganz hilfreich, dass ihr Bewusstsein größtenteils von Gedanken an ihren Mann in Anspruch genommen wird. Dass sie ihr Haus angezündet hat – das völlig niedergebrannt ist, wie sie hofft –, hat seinen Zweck erfüllt: Es hat ihr die Illusion genommen, dass auf Miller's Reach je irgendetwas Reales passiert ist. Es hat eine kathartische Wirkung auf Flint. Jetzt, wo ihre trügerische Zufluchtsstätte ein Trümmerhaufen ist, fühlt sie sich frei genug, in der Asche ihrer Ehe herumzustochern.

Aber nicht allein – noch nicht. Um der Wahrheit über sich selbst ins Auge zu sehen, ist eine Selbstschutztechnik erforderlich, die sie vor langer Zeit entwickelt hat, um mit unerträglichem Schmerz fertig zu werden – oder ihn wenigstens zu lindern: ein innerer Dialog.

Moment, damit ich das richtig verstehe. Du warst also schon einmal mit so einem Scheißkerl wie Ben verheiratet, und du hast nichts daraus gelernt – überhaupt nichts?

Das ist Flint, die zynische Inquisitorin, die Rolle, die sie zahllose Male bei Böser-Cop-Guter-Cop-Inszenierungen gespielt hat.

Nein, nicht wie Ben. Jamie war ganz anders als Ben.

Das ist Grace, die Beschuldigte, der sich nicht leicht ein Geständnis entlocken lässt.

Tatsächlich? Du siehst da keine Ähnlichkeiten? Die weichen Augen, das sanfte Lächeln? Was ist mit ihren Händen, Grace, diese wunderbar langen, anmutigen Finger, die du auf deiner Haut spüren wolltest?

Quatsch. Das waren bloß Oberflächlichkeiten, ohne jede Bedeutung.

Na schön. Machen wir's auf deine Art – auf die schmerzhafte, meint Flint, die Inquisitorin.

Wie lang kanntest du Jamie, bevor ihr geheiratet habt?

Acht, neun Monate. Um den Dreh.

Und was wusstest du über ihn – wusstest du wirklich über ihn, als ihr geheiratet habt?

Dass er klug war, neugierig, lustig, sanft, freundlich …

Fakten, Grace, ich will Fakten. Sein Vorleben.

Grace, die Beschuldigte, ist sich darüber im Klaren, dass sie für eine Polizistin seltsam wenig Interesse an der Vergangenheit ihres ersten Mannes gezeigt hatte.

Er stammte aus Cornwall – St. Ives, glaube ich. Sein Vater war im Bankwesen. Ich weiß nicht genau, was seine Mutter machte – als ich Jamie kennen lernte, hatte er keinen Kontakt mehr zu seinen Eltern. Er hatte eine Schwester, Nicky, sie wohnte in Sambia – oder vielleicht auch in Tansania –

Vielleicht auch in Tansania? Du glaubst? Du weißt nicht genau?

Ich habe schließlich nicht seine blöde Familie geheiratet, sagt Grace trotzig.

Was wusstest du denn mit Sicherheit, Grace?

Dass ich ihn liebte. Dass er mich liebte – dachte ich jedenfalls. Dass ich ihm gefiel, ganz sicher.

Der Rumpf der Boeing vibriert, geschüttelt von Turbulenzen.

Wie lange kanntest du Ben, als du ihn geheiratet hast?

Sieben Monate. Fast.

Und wie viel wusstest du über sein Vorleben?

Eigentlich eine ganze Menge. Grace hat zum ersten Mal das Gefühl, sicheren Boden zu betreten.

Woher wusstest du das? Weil er es dir erzählt hat?

Ich habe ihn überprüfen lassen, deshalb.

Flint weiß, das klingt unglaubwürdig. Ach ja? Und wieso hast du das gemacht?

Es war ein Fehler, gibt Grace zu, ein Missverständnis. Ich war ihm einmal begegnet, in einer Bar in Miami – ich war auf Nachwuchssuche für die FSF da unten –, wir hatten uns nett unterhalten, und er gefiel mir – mehr nicht. Aber ein paar Wochen später musste ich wieder nach Miami, und ich dachte mir, wir könnten uns vielleicht auf einen Drink treffen oder so, und da ich nur seinen Namen kannte und ungefähr wusste, womit er sein Geld verdient, habe ich einen Bekannten bei der örtlichen Polizei gebeten, seine Adresse herauszufinden. Ich wollte wirklich nur eine Telefonnummer oder Anschrift, aber mein Bekannter meinte irrtümlicherweise, Ben wäre ein Verdächtiger oder ein potenzieller Informant, und er hat ihn komplett im Computer überprüft. Und bald kannte ich sein Geburtsdatum, die Sozialversicherungsnummer, seinen beruflichen Werdegang, seine finanzielle Situation – nicht so berauschend –, wusste, dass er einen Pilotenschein und einen Führerschein besaß und sich zweimal wegen überhöhter Geschwindigkeit einen Strafzettel eingehandelt hatte, einfach alles. Als ich Ben das zweite Mal traf und wir anfingen, über uns zu reden, wusste ich das meiste, was er sagen wollte, schon bevor er den Mund aufmachte.

Wieder eine Turbulenz, und diesmal ruckt die Boeing. Das Symbol, die Sicherheitsgurte anzulegen, leuchtet auf, und zwei Stewardessen gehen langsam die dunklen Gänge entlang, um sich zu vergewissern, dass ihre schlummernden Gäste auch angeschnallt sind.

Und passte das, was er dir erzählt hat, zu dem, was du über ihn zu wissen meintest?

Ich habe ihn nicht nach seinen Schulden oder seinen Strafzetteln gefragt, wenn du das meinst. (Wenn Angeklagte nervös sind, geben sie oft ausweichende Antworten.)

Gehen wir noch mal zurück zu eurer ersten Begegnung. Du sagst, du hast ihn in einer Bar kennen gelernt?

Tobacco Road mitten in Miami, nah am Fluss. Freitag abends läuten da viele von der Polizei, der Drogenfahndung und der Staatsanwaltschaft das Wochenende ein. Als ich noch in Miami gearbeitet habe, war ich auch fast jeden Freitag da.

Aber damals hast du schon nicht mehr in Miami gearbeitet, nicht wahr, Grace? Wieso bist du dann wieder in das Tobacco Road gegangen? Doch bestimmt nicht nur um der alten Zeiten willen?

Ich war mit Ruth Apple dort. Grace spuckt den Satz förmlich aus, wie man das macht, wenn die Wahrheit bitter schmeckt. Ich habe mit ihr darüber gesprochen, ob sie nicht Lust hätte, zur FSF nach New York zu kommen.

Aber Ruth wollte nicht umziehen, nicht wahr, Grace? Ruth wollte nicht zur FSF kommen?

Nein. Damals nicht. Sie fühlte sich bei der Drogenfahndung wohl.

Und Florida, Grace? Fühlte Ruth sich nicht auch in Florida sehr wohl? Es ging ihr gut, sie war in der Drogenfahndung erfolgreich, froh, dass ihre Familie ganz in der Nähe in Boca Raton wohnte. Aber du wolltest ihr Nein nicht akzeptieren, stimmt's, Grace? Du wusstest, dass sie eine gute verdeckte Ermittlerin war, dass sie eine sehr gute werden könnte, und das wolltest du, nicht wahr? Eine nach deinem Bilde? Eine, die du formen konntest?

Sei still!

Die Boeing sackt jäh ab, und die Synergie des Ereignisses lässt Flint zusammenfahren. Einen schrecklichen Moment lang muss sie an Ruth denken, die wie ein Stein herabstürzt. Ruth hatte keinen Laut von sich gegeben, als sie aus Karl Gröbers Hubschrauber geworfen wurde, aber jetzt hört Flint um sich herum leise Angstlaute.

Bleiben wir mal bei Ben. Wäre dir das lieber?

Bitte.

Du bist also mit Ruth ins Tobacco Road gegangen, und da war Ben …

Nein, er war nicht da, zumindest nicht, als wir ankamen. Freitags ist es da immer ziemlich voll, aber Ruth und ich haben einen Tisch in der Ecke ergattert und ungefähr eine Stunde miteinander geplaudert. Dann musste sie gehen, weil sie nach Boca Raton fahren wollte, und wir waren gerade dabei, uns zu verabschieden, als Ben auf einmal dastand.

Dastand?

Er wollte sich auf Ruths Platz setzen.

Weißt du noch, was er gesagt hat?

»Darf ich?«

Und er durfte?

Ich hab's ihm erlaubt.

Flint, die Inquisitorin, setzt Schweigen ein wie ein Messer.

Ja, ich hab's ihm erlaubt. Ruth war ganz schön … na ja, anstrengend gewesen. Sie hatte alle möglichen Einwände gegen die FSF und New York gehabt, und offen gesagt, ich hatte die Nase voll von dienstlichen Gesprächen. Er sah sympathisch aus, und seine Frage war keine Anmache, zumindest nicht direkt, und ich dachte … Ja, ich hab's ihm erlaubt.

Woher wusstest du, dass er kein Cop war?

Das weiß ich immer.

Du bist schon sehr lange nicht mehr mit einem Cop zusammen gewesen, stimmt's? Nicht seit du bei der Londoner Polizei angefangen hast? Nie eine Beziehung zu einem Kollegen? Warum eigentlich nicht, Grace?

Ach, reden wir über was anderes.

Flint würde gern darüber reden, denn Grace' Abneigung gegen persönliche Beziehungen zu Kollegen ist ein interessantes Paradoxon und ein tiefgründiges Gewässer. Beim nächsten Mal, beschließt Flint. Also?

Also hat er sich hingesetzt, und wir haben über dies und jenes geplaudert: Miami, das Wetter – nichts von Bedeutung. Wir sind auf das Thema Jazz gekommen, weil der im Tobacco Road gespielt wird. Ich weiß noch, dass er Pat Metheney und Keith Jarrett mochte, aber dass Bach mehr nach seinem Geschmack war. Er hat gesagt, dass Bach der einzige Komponist ist, dessen Musik die Membrane zwischen unserer Welt und dem, was jenseits davon liegt, durchdringt.

Hat er gefragt, was du beruflich machst?

Das weiß ich nicht mehr, aber ich hätte es ihm sowieso nicht erzählt. »Investment-Banking«, hätte ich gesagt, wie immer.

Aber er hat dir erzählt, womit er sein Geld verdient?

Ja, er hat gesagt: »Mit Vögeln.« Im ersten Moment war ich völlig schockiert. Unverschämtheit, dachte ich. Dann hat er mir erzählt, dass er einen zeitlich befristeten Job habe, dass er mit einem kleinen Flugzeug über die Everglades fliege, um Zugvögel zu fotografieren. Und damit war er beim Thema Vögel, und ich habe gedacht, er würde nie wieder aufhören.

Und du bist geblieben?

Zwei Stunden.

So lange?

Ich hatte sonst nichts vor.

Wieso reißen Tragflächen nicht ab? Wenn ein Flugzeug von

dreihundert Tonnen in heftig wirbelnde Winde hineinfliegt, die an den horizontal gekippten Trichter eines Tornados erinnern, wenn das Flugzeug dreißig Meter oder mehr absackt, sich wieder fängt und dann erneut absackt, wieso reißen die Tragflächen dann nicht vom Rumpf ab? Flint hat eine Erklärung parat, aber die hatte Ben ihr heiter geliefert, und alles, was Ben ihr je erzählt hat, ist jetzt auf immer suspekt, wird bis zum Beweis des Gegenteils für falsch gehalten.

Die Boeing ist in Klarluft-Turbulenzen geflogen, die auf keinem Wetterradar auftauchen, und da die Piloten sie nicht sehen können, können sie ihnen auch nicht ausweichen, sodass ihnen nichts anderes übrig bleibt, als mitten hindurchzufliegen. Es folgt eine knappe Durchsage über den Bordlautsprecher, und die Stewardessen hasten zu ihren Sitzen. Über Flints Kopf hat sich eine Klappe geöffnet, und drei Sauerstoffmasken baumeln herab wie leere Galgenschlingen.

Konzentrieren wir uns auf unser Gespräch, ja?

Bitte sehr.

Könnte Ben gewusst haben, dass du an jenem Abend ins Tobacco Road gehen würdest?

Ausgeschlossen. Die Entscheidung war ganz spontan. Ruth und ich sind auf dem Weg zu meinem Hotel dran vorbeigekommen und haben uns erst da überlegt, noch ein Glas zu trinken.

Könnte Ben euch dorthin gefolgt sein?

Wieso sollte er?

Vielleicht war er in Miami, um Kontakt zu dir herzustellen. Vielleicht ging es ausschließlich darum.

Diese Möglichkeit lauert schon seit Tagen in Grace' Unterbewusstsein, hängt dort wie eine dunkle Wolke. Sie hat es vorgezogen, nicht darüber nachzudenken, bis jetzt. Vielen herzlichen Dank, wirklich sehr nett! Soll das heißen, es war alles von Anfang an erstunken und erlogen? Nein, das stimmt nicht.

Ach nein?

Na, überleg doch mal. Als ich Ben kennen lernte, gab es Operation Pentecost noch gar nicht. Soweit wir wussten, gab es keinen Karl Gröber. Ich kannte Ben schon seit Monaten, wir standen kurz vor der Hochzeit, als Gröber und seine Widerlinge ins Blickfeld rückten.

Wer hat denn was von Pentecost gesagt?

Na, das ist doch schließlich die Operation, die er verraten hat, oder?

Ach so, ich verstehe. Du klammerst dich an die winzige Hoffnung, dass Ben erst nach eurer Hochzeit zum Scheißkerl wurde. Dass irgendwer, der an Pentecost interessiert war, auf die Idee gekommen ist und gesagt hat: »Mensch, wir kennen doch da jemanden, der an die Akte kommen kann.« Und sie hatten Ben wegen seiner Vergangenheit in der Hand – und bei dieser ganzen gefälschten Lebensgeschichte muss er ja wohl eine Vergangenheit haben, nicht wahr, Grace? Und demnach wurde Ben gezwungen, dich zu verraten. Das hoffst du doch, nicht? Daran klammerst du dich?

Es ist denkbar.

Wirklich?

Flint hat die Erfahrung gemacht, dass es bei den meisten Verhören einen kritischen Augenblick gibt, wo es sich lohnt, den letzten Ausweg zu versperren. Man lässt den Täter eine Weile an der langen Leine laufen, damit er nach einem Fluchtweg suchen, sich der Illusion hingeben kann, dass es vielleicht eine Chance gibt, und dann sagt man ihm: Nein. Genau in dem Moment, wenn er denkt, schlimmer kann es nicht kommen, kommt es noch schlimmer.

Soll ich dir sagen, was ich denke, Grace, was ich weiß? Vom allerersten Augenblick an, als du ihn zum ersten Mal gesehen hast – nein, lange bevor du ihn zum ersten Mal gesehen hast –, war Ben Gates ein Maulwurf. Erfunden, erschaffen aus nur einem einzigen Grund: in die FSF einzudringen, indem er in dich eindringt.

Das weißt du nicht.

Doch, das weiß ich, und du weißt es auch, und ich will dir sagen, wieso. Die Polizei von Miami durchleuchtet Ben, weil die Leute dir einen Gefallen tun wollen, und was sie finden, ist niet- und nagelfest. Ben Gates existiert, weil es zahllose Dokumente gibt, die bestätigen, dass er existiert, bis hin zu Strafzetteln wegen überhöhter Geschwindigkeit. Und ich weiß und du weißt, dass sich bei der Überprüfung für jedes Element seines erfundenen Lebens die entsprechenden Dokumente in den Akten der jeweils zuständigen Behörde finden werden. Ben ist kein kleiner Betrüger, der sich falsche Papiere besorgt hat, Grace. Ben ist real – obwohl er es nicht ist. Wer kann so was, Grace? Wer in Amerika kann ein Phantom Wirklichkeit werden lassen?

Ganz sicher die vom Zeugenschutzprogramm. Die CIA vermutlich, die Oberste Finanzverwaltung. Vielleicht das FBI, vielleicht die Drogenfahndung.

Genau, Grace, nur eine Bundesbehörde. Und meinst du im Ernst, die würden sich die ganze Mühe machen, einen Ben Gates zu erschaffen, nur weil die unwahrscheinliche Möglichkeit besteht, dass er eine kennen lernen und heiraten wird, die ihnen nützlich sein könnte, eine, die ganz zufällig für eine Organisation arbeitet, die sie infiltrieren wollen? Ich glaube nicht. Und wenn du ehrlich zu dir bist, glaubst du das auch nicht – und du solltest ehrlich zu dir sein, Grace, weil du irgendwie damit klarkommen musst. Gib's zu: Ben Gates wurde speziell zu dem Zweck erschaffen, dir zu folgen, dich zu umgarnen, zu verführen und dich im doppelten Sinne aufs Kreuz zu legen.

Sie haben die Turbulenz jetzt hinter sich gelassen. Der Captain entschuldigt sich, dass der Flug ein bisschen unruhig war.

Er hat mich nicht verführt. Ich dachte, er würde es nie versuchen, also hab ich die Initiative ergriffen.

Grace, die Beschuldigte, klammert sich an das letzte bisschen Hoffnung, das ihr bleibt.

ENGLAND

30

Im prachtvollen Speisesaal des Reform Club auf der Pall Mall in London (der seltsamerweise Coffee Room genannt wird) nehmen Nigel Ridout vom MI6 und A. J. Devereaux vom MI5 ein gemeinsames Arbeitsfrühstück ein. Zwischen der britischen Spionage und der Spionageabwehr besteht auf etlichen Ebenen eine höchst hinderliche Rivalität, aber Ridout und Devereaux meinen, dass sie beide über den Dingen stehen. Sie sind beide aus sehr gutem Hause, waren auf ähnlich elitären Privatschulen und haben am selben College in Oxford studiert. Devereaux hat zwar den höheren Rang und ist acht Jahre älter, aber sie vertreten in vielen Punkten die gleiche Einstellung, haben einige gemeinsame Bekannte und eine Vorliebe für dynamische Frauen. Wenn man die beiden zusammen sieht, könnte sie man sie glatt für Freunde halten.

»Ich bin mir darüber im Klaren, dass sie gefährlich ist, wenn sie in die Enge getrieben wird, Alan« – Ridout spricht gerade über Flint – »aber kann sie auch jagen?«

»Und ob sie das kann.« Devereaux wirkt begeistert, fast amüsiert. »Sie hat einmal einen Mann gejagt wie einen Fuchs, der Bursche hieß Frank Harling. Sie hat seine Witterung in der Karibik aufgenommen und ihn über Italien und Frankreich bis nach Zypern verfolgt – und dann hat sie ihn einfach niedergeschossen, ob Sie's glauben oder nicht. Angeblich in Notwehr, aber ehrlich gesagt, habe ich da so meine Zweifel.«

»Und das hat sie aus eigenem Antrieb getan? Ich meine, die Hetzjagd auf Harling war offiziell gar nicht genehmigt?«

»Nur der Teil in der Karibik; bei einer gemeinsamen Operation gegen eine Scheinbank mit Aldus Cutters Cowboys und Scotland Yard sind sie zufällig auf Harlings Spur gestoßen. Anschließend in London war sie eigentlich krankgeschrieben und sollte Harling den Erwachsenen überlassen, stattdessen ist sie mit falschen Papieren ausgereist und hat sich allein auf die Jagd gemacht.«

Ridout nimmt einen Schluck dünnen Earl Grey, ohne Milch oder Zitrone, und knabbert an seiner trockenen Scheibe Toast; ein asketisches Frühstück, mehr braucht er nicht. »Dann hatte sie also nach der Karibik-Sache keinen Zugang mehr zu offiziellen Quellen.«

»Na ja«, sagt Devereaux, der sich ein komplettes englisches Frühstück zu Gemüte führt, »das stimmt nicht ganz. Keinen offiziellen Zugang zu offiziellen Quellen, aber Flint ist ziemlich gut darin, silberne Löffel zu klauen, wenn gerade keiner guckt. Sie hat einen *flic* in Paris becirct, einen gewissen Inspektor Bourdonnec, und er hat ihr dann mehr geholfen, als er es hätte tun sollen – natürlich völlig inoffiziell. Und ich würde mich nicht wundern, wenn auch Cutter sie mit Informationen versorgt hat.«

Ridout zieht die Stirn kraus, anscheinend nicht ganz zufrieden mit den Erläuterungen. Devereaux versucht, ihn zu beruhigen. »Aber ich habe keinen Zweifel, dass sie Harling auf jeden Fall gefunden hätte, früher oder später. Verbissen ist ein treffendes Wort, um sie zu beschreiben, Nigel, unverbesserlich verbissen.«

Ridout hat nicht verraten, warum der MI6 sich für Flint interessiert, und Devereaux wird nicht danach fragen. Devereaux seinerseits hat nicht verraten, dass Harling für den MI5 gearbeitet hat und dass seinetwegen mitten in Paris eine Bombe detonierte, die Inspektor Bourdonnec die Beine zerfetzte. Ridout hat davon läuten hören, aber er wird nichts davon erwähnen. Wenn es ihnen sinnvoll erscheint, tauschen die Spionage und die Gegenspionage Informationen über ihre Fehlschläge aus, aber niemals Indiskretionen.

Aber Devereaux muss an das letzte Mal denken, als er Flint gesehen hat; sie war ins Thames House gekommen und hatte dreist gedroht, ihr Schweigen über Frank Harling zu brechen, wenn der MI5 sich nicht mit einer Spende – einer ausgesprochen großzügigen Spende – an dem Fahrstuhl-Fonds für Gilles Bourdonnec beteiligte. Er erinnert sich, wie sie in ihren flachen Schuhen und dem schlichten Kostüm in seinem Büro stand und ihn mit ihren faszinierenden Augen verächtlich anfunkelte, während er ihr, um sie einzuschüchtern, einige der strengsten Strafen vorlas, die ihr bei einem Verstoß gegen die Geheimhaltungsvorschriften blühten.

Um seine Hilfsbereitschaft weiter zu demonstrieren, fügt Devereaux hinzu: »Und sie ist so mutig wie ein angeschossener Elefant.«

Nigel Ridout bedankt sich mit einem Nicken.

Ridout schreitet schnell durch die Lobby von Ceauşescu Towers, geht den Gang hinunter, der zur Bibliothek und dahinter zu einer Stahltür führt, die nichts Geheimeres schützt als das Fitnessstudio für die Mitarbeiter des MI6, wo eine spärlich bekleidete Stephanie Cooper-Cole gerade Gewichte stemmt. Sie hört ihn nicht hereinkommen, und er bleibt einen Moment ruhig stehen, um die Festigkeit ihrer Brüste und die Kraft ihrer Arme zu bewundern.

»Ah, da sind Sie ja, Stephanie«, ruft er in dem Moment, als sie seine Anwesenheit spürt, als wüsste er nicht, wo sie an fast jedem Wochentag morgens um halb neun zu finden ist.

»Wo soll ich denn sonst sein, Nigel!«, entgegnet sie mürrisch und fragt sich, wie lange er sie schon beobachtet hat.

»Ich muss Sie sprechen«, sagt Ridout. »Wir treffen uns am

Pool.« Ein müder Witz, denn trotz der Ambitionen der Architekten besitzt die Zentrale des Secret Intelligence Service keinen Swimmingpool; diese Extravaganz wäre, wie die hohen Herren ein bisschen spät befanden, etwas zu weit gegangen.

Anstelle des Pools entstand ein Badmintoncourt, und dort wartet nun Ridout, während Cooper-Cole sich etwas schicklicher kleidet. Er marschiert in engen Kreisen um die Aufschlaglinie herum und hört im Geiste immer wieder den Rat, den A. J. Devereaux ihm beim Abschied auf der Treppe vor dem Reform Club gegeben hat: »Falls Sie in Erwägung ziehen, Flint für irgendetwas einzusetzen, dann vergessen Sie nicht, dass sie noch ein bisschen unkontrollierbarer ist als eine entsicherte Bombe. Falls Sie sich entscheiden, den Zünder zu betätigen, sollten Sie den Kopf einziehen, mein Lieber.«

Ein guter Rat, keine Frage, und Ridout wird ihn beherzigen. Den Kopf einziehen, das ist genau die Strategie, die ihm vorschwebt.

Als Cooper-Cole kommt, ist sie besser gelaunt, trägt jetzt einen Trainingsanzug, ein Handtuch um den Hals, das Haar noch nass vom Duschen, und sagt mit kessem Unterton: »Hätten Sie Lust auf ein Spielchen, Nigel?«

»Ich hätte Lust, Sie von hinten zu sehen, meine liebe Stephanie«, erwidert Ridout. »Heathrow, Terminal zwei, eine Begrüßungsparty für Flint. Sie fliegt mit Virgin, nicht BA. Nehmen Sie diesen Unglücksraben Fellowes mit.« Er sieht auf die Uhr. »Sie haben noch zwei Stunden.«

»Und was genau sollen wir machen, nachdem wir sie ›begrüßt‹ haben, Nigel?«

»Nehmen Sie mich doch nicht immer so beim Wort, Stephanie. Sie werden sie nicht ›begrüßen‹ – natürlich nicht. Sie observieren sie, folgen ihr, beschatten sie. Sie sorgen dafür, dass sie sicher nach Hause kommt und ihren Pa besuchen kann, falls er noch so lange lebt.«

Cooper-Cole verzieht das Gesicht, denn Ridout wühlt in einer offenen Wunde.

»Meine Güte! Sehen Sie sich das an«, hatte Fellowes gesagt, als sie Dr. Flints leeres Haus durchsucht hatten und zu der Scheune zurückgegangen waren, deren Tür auf einmal unverschlossen war.

John Flint war in einen Käfig gesperrt, lag da wie eine kaputte Stoffpuppe, und das Haar an seinem Hinterkopf war blutverklebt.

Cooper-Cole hatte vorsichtig die Käfigtür geöffnet und dem Doktor am Hals den Puls gefühlt, der auffällig langsam war. Doch obwohl auch sein Atem flach war, hatte sie entschieden, nicht sofort einen Arzt zu rufen. Stattdessen hatten sie die Scheune nach Mandrake abgesucht, bis sie ganz sicher waren, dass er sich davongeschlichen hatte – und dann hatten auch sie und Fellowes sich davongeschlichen, Dr. Flint in seinem Käfig gelassen und die Scheunentür hinter sich geschlossen. Erst als sie in Oxford waren, hatte sie Fellowes gesagt, er solle die Polizei durch einen anonymen Anruf verständigen.

»Genau richtig!«, hatte Ridout gesagt und ihre Entscheidung befürwortet. »Man muss stets den Gesamtzusammenhang im Auge behalten, Stephanie.«

Aber Cooper-Cole weiß, dass sich Dr. Flints Zustand durch die Verzögerung, die auf ihr Konto geht, nur verschlechtert haben kann, und obwohl sie deshalb keine Schuldgefühle hat, so tut es ihr doch schrecklich Leid. Und da Nigel nun mal Nigel ist, reitet er auf diesem wunden Punkt herum.

»Meinen Sie, er kommt durch?«, fragt Ridout. »Gibt's schon irgendwas Neues?«

»Sein Zustand ist kritisch, aber stabil«, sagt Cooper-Cole ausdruckslos. Sie will nicht auf seine Provokation anspringen und gibt nur wieder, was ihr gesagt wurde, als sie vor einer Stunde im Krankenhaus anrief und sich als Dr. Flints Tochter ausgab.

»Na ja, spielt ja auch eigentlich keine Rolle, nicht wahr?« Ridout betrachtet ihr unbewegliches Gesicht. »Ob tot oder lebendig, es ist egal.«

Noch immer reagiert sie nicht.

»Jedenfalls für unsere Operation. Es kommt nur darauf an, dass Grace es erfährt«, fügt Ridout hinzu.

Cooper-Cole schluckt und fragt: »Was erfährt, Nigel?«

»Dass es Mandrake war, ihr Ben, der ihren armen Pa niedergeschlagen hat. Dass ihr Pa seinetwegen im Krankenhaus liegt – und vielleicht, Gott bewahre, bald auf dem Friedhof.«

Dieser Schlag sitzt, und sie spürt ihren Unterkiefer beben. »Und was dann?«

»Und dann wird sie nach ihm suchen, oder etwa nicht? Wie ich höre, ist sie gut darin. Ein Hauch von Mandrakes Gestank genügt, und schon folgt sie seiner Fährte, hetzt ihn und scheucht ihn aus jedem Loch, in das er sich verkriecht.«

Cooper-Cole nimmt das Handtuch vom Hals und rubbelt sich die Haare. »Sehr schlau, Nigel, sehr elegant. Die Sache hat nur einen klitzekleinen Haken.«

»Nämlich?« Ridout hält es anscheinend für ausgeschlossen, dass sein Plan einen Fehler haben könnte.

»Nur zu zweit können Fellowes und ich ja wohl kaum ein sich bewegendes Ziel observieren, ohne aufzufallen, oder? Ich brauche fünf Teams à vier Leute, mindestens, und noch mehr – außer, Flint erwischt ihn im Handumdrehen –, und ich weiß nicht, wo Sie die hernehmen wollen.«

»Was wollen Sie denn mit so vielen Leuten, um Himmels willen?«

»Ihr zu Mandrake folgen. Darum geht's Ihnen doch, oder? Sie wollen, dass Flint uns zu Mandrake führt.«

Nigel Ridouts kühles Gesicht zeigt selten Emotionen, aber jetzt spiegelt sich darin pure Fassungslosigkeit. »Herrgott! Sie kapieren es nicht, was? Ich will nicht, dass Flint Sie auch nur in die Nähe von Mandrake führt. Ich will, dass *sie* Mandrake findet. Und wenn sie ihn gefunden hat – wenn sie ihren Ben für seine Taten zur Rechenschaft zieht –, dann will ich hundert Meilen im Umkreis der beiden weder Sie noch sonst wen aus unserem Lande haben.« Ridout ergreift ihren Arm. »Habe ich mich jetzt klar genug ausgedrückt? Dämmert's Ihnen langsam, Stephanie?«

In der Tat, und Cooper-Cole durchläuft ein unwillkürliches Frösteln.

Ridout sitzt an seinem Schreibtisch, starrt auf den Computermonitor und liest seine E-Mail über das interne, gesicherte Nachrichtensystem. Cooper-Cole ist schon halb zur Tür hinaus, dicht gefolgt von dem massigen Fellowes.

Sie verharrt und wendet den Kopf, um eine nachträgliche Frage zu stellen: »Was ist, wenn er ihr nicht sagen kann, dass es Mandrake war? Was, wenn ...« Sie wollte sagen: Was, wenn John Flint stirbt?, aber die Worte bleiben ihr im Halse stecken. »Was, wenn er nicht aus dem Koma aufwacht?«

»Dann müsst ihr wohl einen anderen Weg finden, es ihr zu sagen«, antwortet Ridout, die Augen weiter auf den Bildschirm gerichtet.

31

In einer Ecke des Krankenhauszimmers ihres Vaters bewegt sich Grace Flint, aus dem Halbschlaf gerissen durch das Gefühl, dass irgendetwas sich verändert hat. Sie hält die Luft an, um auf das Klicken und Ächzen der Apparate zu lauschen, die

John Flint am Leben halten. Ihre Augen huschen zu dem Monitor über dem Bett, auf dem grüne Kurven seinen Herzschlag und die Atemfunktion registrieren, und als sie sieht, das die Wellen regelmäßig und ununterbrochen laufen, spürt sie ein erleichtertes Flattern in der Brust.

Sie erhebt sich steifbeinig aus dem Sessel, in dem sie gerade genug Platz hat, um sich zusammenzurollen, und tritt an sein Bett, ganz vorsichtig, um nicht gegen die zahllosen Schläuche und Drähte und Venentropfe zu stoßen. Im Licht der Bettlampe wirkt sein Gesicht skelettartig und hat die Farbe von Pergament; ein greisenhaftes Gesicht, das sie kaum wiedererkennt, und dieses Eingeständnis beschämt sie. Seine Stirn fühlt sich feucht und kalt an. Wenn die Geräte nicht wären, könnte sie ohne weiteres meinen, auf eine Leiche zu blicken.

Ein höfliches Hüsteln schreckt sie aus ihren düsteren Gedanken, und eine Männerstimme sagt: »Entschuldigen Sie – Miss Flint?«

Sie hebt den Blick vom Gesicht ihres Vaters und sieht eine von hinten beleuchtete Silhouette in der Tür stehen, eine zweite direkt dahinter. »Detective Inspector Flint?«

Aufgrund eines absurden Anflugs von Eitelkeit hat sie schon auf der Zunge zu sagen: eigentlich Deputy Director Flint, aber sie nickt nur knapp, um ihren ehemaligen Dienstgrad bei der Londoner Polizei zu bestätigen. Und wenn sie's recht überlegt, muss sie sich eingestehen, dass auch ihr Rang bei der FSF vielleicht schon der Vergangenheit angehört.

»DI Drake, von der Kripo in Banbury. Kann ich Sie kurz sprechen?«

Flint ist bereit, in den Flur zu gehen, wo sie mit dem Rücken vor der halb offenen Tür stehen bleibt, aber nicht weiter. »Wir wecken ihn schon nicht, Inspector«, sagt sie kalt. »Ich wünschte, wir könnten es. Ich wünschte, er würde jetzt aufwachen und uns anschnauzen, doch verdammt noch mal leise zu sein, aber das wird er nicht.« Sie weiß, diese Männer trifft keine Schuld, aber im Augenblick ist niemand sicher vor ihrem Zorn.

»Detective Constable Bastable«, sagt Drake und deutet mit dem Kinn auf seinen Begleiter, dessen helle, dreiste Augen Flint kurz mustern, das hennafarbene Haar registrieren, die falsche Bräune, das rückenfreie Top, die enge Lederhose. Er ist nicht der Erste heute, der ihr stillschweigend zu verstehen gegeben hat, dass ihre Katia-Portelli-Verkleidung für eine Totenwache unangemessen ist. Leck mich doch, DC Bastable.

»Also«, sagt sie zu Drake, »wer hat meinem Vater das angetan?«

»Wir wissen es nicht. Wir hatten gehofft, dass Sie uns vielleicht ein paar Hinweise liefern könnten.«

Na toll! Dorfpolizei. Kohlköpfe, wie ihr Vater sagen würde.

»Ich war dreitausend Meilen weit weg, als es passiert ist, Inspector. Ich lebe in Amerika.«

Drake hat ruhige Augen und eine Haltung, die unerschöpfliche Geduld signalisiert. »Das wissen wir, Miss Flint«, sagt er und entkleidet sie ihres Dienstgrades ebenso beiläufig, wie er ihn verliehen hat, »aber es könnte ja trotzdem sein, dass Sie wissen, wer es getan hat. Ihr Vater kannte den Täter nämlich mit Sicherheit.«

»Was?«

»Kein gewaltsames Eindringen, zwei Gläser in der Küchenspüle, aus denen, das hat die Analyse ergeben, Whisky getrunken wurde. Zwei benutzte Betten: das Bett Ihres Vaters und das Bett in dem Zimmer, das, wie ich glaube, Ihres ist, das Zimmer, das für Sie da ist, wenn Sie nach Hause kommen.«

Mein Zimmer?, denkt sie. Der Scheißkerl, der das getan hat, hat in meinem Bett geschlafen?

»Fingerabdrücke?«, fragt sie und behält ihre Gedanken für sich.

»Nein, die Gläser wurden abgewischt. Der Täter hat auch

die Tischlampe im Arbeitszimmer Ihres Vaters abgewischt, die er als Waffe benutzt hat.«

Um Gottes willen! Der Lampenfuß ist aus Gusseisen und wiegt an die zehn Kilo.

»Es gibt noch einen Grund, warum wir meinen, dass Sie den Täter kennen.« Drake hält inne, weil Flint sich abgewendet hat und in das Zimmer ihres Vaters starrt.

Sie denkt an ihre Kindheit, an die unbeschwerte Zeit, bevor ihre Mutter verschwand. Daran, wie sie im Bett lag und dem Geklapper der Schreibmaschine lauschte, auf der ihr Vater die Krimis tippte, die er zum Vergnügen schrieb. Wie sie mehr als einmal nach unten schlich, dabei genau aufpasste, dass sie nicht auf die Stufen trat, die knarrten. Wie sie in das Arbeitszimmer schlüpfte und sich hinter dem Rücken ihres Vaters versteckte. Wie sie auf den niedrigen Tisch mit der Lampe stieg, um sich an den ahnungslosen Hals ihres Vaters zu werfen. Wie er ihr im letzten Moment den Spaß verdarb, indem er plötzlich »Erwischt!« schrie – weil er immer wusste, dass sie da war. Wie er sich umwandte, sie mit beiden Armen vom Tisch hochhob und ihren kleinen Körper kitzelte, bis sie sich vor lauter Kichern nicht mehr wehren konnte.

»Verzeihung«, sagt Flint vage und wendet sich wieder Drake zu. »Was haben Sie gesagt?«

»Sie waren noch nicht bei Ihrem Vater zu Hause, nicht wahr, Miss Flint?«

»Nein, ich bin gleich hergekommen.«

»Tja, es ist alles genau so, wie wir es vorgefunden haben – bis auf die Spuren im Arbeitszimmer, wo der Angriff stattgefunden hat und das ich aufgeräumt habe.« Er wartet ab, bis Flint sich mit einem matten Lächeln bedankt. »Und Sie werden sehen, dass das Haus nicht auf den Kopf gestellt wurde, ja, nicht mal durchsucht wurde. Es deutet jedenfalls nichts darauf hin. Außer« – Drake blickt den Flur auf und ab, als wollte er sich vergewissern, dass er nicht belauscht werden kann – »in Ihrem Schlafzimmer. Dort hat man Ihr Bett zur Seite geschoben, und es wurden ein paar Dielenbretter, die unter dem Bett waren, herausgehoben. Durchaus aufschlussreich, finden Sie nicht, Miss Flint?«

»Ja?«, fragt sie. »Inwiefern?«

»Engt den Kreis der Verdächtigen ein.«

DC Bastable schweigt beharrlich weiter, aber er verschränkt die rundlichen Arme, als wollte er der Aussage seines Kollegen mehr Gewicht verleihen, die in Flints Ohren eher nach einer Anschuldigung klingt.

»Reden Sie weiter, Inspector.«

»Ich denke, wir können mit Sicherheit davon ausgehen, dass in dem Hohlraum unter den Dielenbrettern irgendwann etwas verstaut, ja, versteckt wurde, und zwar von jemandem, der Zugang zu Ihrem Schlafzimmer hatte. Und vor zwei Nächten ist aller Wahrscheinlichkeit nach dieselbe Person – jemand, den Ihr Vater kannte, jemand, mit dem er ein Glas trinken würde, jemand, dem er ein Bett für die Nacht anbieten würde, nicht ein Bett im Gästezimmer, sondern *Ihr* Bett – in das Haus zurückgekehrt, um das Versteckte zu holen. Nun, Miss Flint, ich möchte wirklich nicht taktlos erscheinen, aber wie viele Männer hatten Zugang zu Ihrem Schlafzimmer auf der Glebe Farm?«

Einer, denkt sie. Der verfluchte Ben.

Sie fühlt sich zerschlagen, misshandelt, als hätte DC Bastable sie mit seinen Bauernfäusten verprügelt. Stattdessen hat er ihnen Plastikstühle und Kaffee in Plastikbechern geholt. Der Kaffee schmeckt säuerlich, aber er ist brühheiß – frisch aus der Mikrowelle, vermutet sie –, und sie hofft, dass er ihr gefrorenes Inneres auftaut. Auf ihren nackten Armen sieht sie Gänsehaut durch die falsche Bräune.

»Ist Ihnen kalt, Grace?«, fragt Inspector Drake, jetzt vertraulicher, wie alle Cops das irgendwann im Verlauf einer Vernehmung werden.

»Nein.« Sie schüttelt den Kopf. »Mir geht's gut.«

Noch hat sie Drakes Frage nach den Männern, die Zugang zu ihrem Schlafzimmer hatten, nicht beantwortet, und er ist klug genug, sie nicht zu bedrängen. Er wartet, betrachtet ihr Gesicht, glaubt vermutlich, dass er von dieser Maske etwas ablesen kann.

»Inspector, mit zwölf Jahren bin ich auf ein Internat gekommen, Tudor Hall. Von da an war ich nur selten übers Wochenende zu Hause, und die Ferien habe ich meistens in London verbracht, bei meiner besten Freundin. Mit sechzehn – sechzehneinhalb – wurde ich krank. Ich war dann eine Weile im Krankenhaus, und danach habe ich, bis ich achtzehn war, in Paris gelebt. Ich will damit sagen, dass meine früheren Freunde nicht hier aus der Gegend stammten und auch nie hier waren, nie auf der Glebe Farm waren.« Es gehört zu Flints beruflichen Fähigkeiten, dass sie ihre Lügen immer auf dem festen Fundament der Wahrheit aufbaut. »Von Paris bin ich dann nach London gezogen, wo ich schließlich bei der Polizei angefangen habe. Das war für meinen Vater nicht leicht, weil er keine hohe Meinung von Polizeibeamten hat.«

Flint stockt, und Drake sagt: »Ich weiß, Grace, ich habe seine Akte gelesen.«

»Ach ja?« Sie erlaubt sich, einen Anflug von Erstaunen zu zeigen, nichts allzu Melodramatisches. »Gut, dann wissen Sie wahrscheinlich auch, dass ich mit sechzehn eine Art Nervenzusammenbruch hatte. Ich hab ständig geträumt, mein Vater hätte meine Mutter ermordet, und irgendwann habe ich dann geglaubt, die Träume wären real; unterdrückte Erinnerungen, die in Form von Träumen zu mir zurückgekehrt sind. Ich bin zur Polizei gegangen und habe ihn des Mordes beschuldigt, und die Beamten haben mir geglaubt und ihm sehr übel mitgespielt. Das war Ihre Einheit, Inspector. Offen gesagt, ihr Jungs habt euch benommen wie die Axt im Walde.«

Drake nickt verständnisvoll.

»Danach hatte er einen Hass auf alle Polizisten, außer auf mich, als ich dann selbst bei der Polizei war. Und die Kollegen, mit denen ich was hatte, habe ich auch niemals mit nach Hause gebracht. Dann lernte ich Jamie kennen, meinen ersten Mann; er war zwar kein Polizist, aber er war allergisch gegen alles Ländliche. Ich meine wirklich allergisch: schon zwei Meilen außerhalb von London musste er niesen. Also ist auch er nie mit auf die Glebe Farm gekommen. Und dann, nach unserer Trennung, wurde ich in die Vereinigten Staaten versetzt, und seitdem bin ich fast ununterbrochen dort im Einsatz.«

»Ich verstehe, Grace.« Drake stützt die Ellbogen auf die Knie und beugt sich vertraulich vor. »Im Grunde sagen Sie, dass Ihres Wissens kein Mann Zugang zu Ihrem Zimmer auf der Glebe Farm hatte.«

»Nicht ganz. In Amerika habe ich meinen zweiten Mann kennen gelernt, Ben, und auch er ist kein Polizist. Nach den Flitterwochen haben wir ein paar Tage hier bei Dad verbracht, und Ben hatte tatsächlich« – zum ersten Mal sieht Drake sie lächeln – »Zugang zu meinem Schlafzimmer. Na ja, ist ja wohl verständlich, oder?«

Drake reagiert nicht; kein bestätigendes Lächeln, nichts in den Augen. »Und dieser Ben, Ihr Gatte, ist Amerikaner?«

»Kanadier.«

»Aber er hält sich jetzt in Amerika auf?«

»In Afrika, seit zwei Wochen. Er ist Ornithologe. Er beobachtet Vögel in Tansania.«

»Sie haben doch bestimmt mit ihm gesprochen?«

»Er ist irgendwo im tiefsten Busch. Zusammen mit zwanzig anderen Leuten.«

Drake lehnt sich auf seinem Stuhl zurück und streckt die Arme aus. »Bastable, holen Sie Miss Flint noch einen Kaffee.«

Flint ist klug genug, das nun einsetzende Schweigen nicht zu durchbrechen. Er stellt sie auf die Probe, wartet darauf, dass sie ihre Geschichte weiter ausschmückt, wie Lügner das gern tun.

»Ich will Ihnen sagen, was mir komisch vorkommt, Grace«, sagt Drake schließlich. »Wir wissen von der Spurensicherung – Blutspritzer und so weiter –, dass Ihr Vater, als er niedergeschlagen wurde, an seinem Schreibtisch saß und telefonieren wollte. Er hatte sein Adressbuch auf der Seite aufgeschlagen, auf der alle Ihre Nummern stehen – und nur Ihre Nummern –, daher kann man wohl davon ausgehen, dass er Sie anrufen wollte. Aber das ging gar nicht, weil jemand die Telefonleitung durchtrennt hatte. Verstehen Sie?« Drake hält zwei Finger hoch wie eine Schere und klappt sie zusammen. »Und das bringt mich natürlich ins Grübeln: Wer könnte Ihren Vater daran hindern wollen, Sie anzurufen? Was wollte er Ihnen sagen, das so wichtig war? Oder vielleicht war es für den Täter wichtig – nicht für Ihren Vater. Vielleicht wollte er Ihnen nur sagen, dass Soundso wohlbehalten angekommen war. Wer könnte das sein, Grace? Wer würde nicht wollen, dass Sie wissen, dass er auf der Glebe Farm ist und die Dielenbretter in Ihrem Schlafzimmer hochhebt und nicht dort ist, wo er eigentlich sein sollte? Wer würde Ihrem Vater den Schädel einschlagen, um ihn daran zu hindern, Sie zu verständigen?«

»Er hätte mich gar nicht verständigen können«, kontert Flint. »Sie haben doch gesagt, die Leitung war gekappt worden.«

»Stimmt. Aber es könnte doch sein, dass Ihr Vater das gemerkt hat, als er Sie anrufen wollte. Dass er gemerkt hat, dass die Leitung tot ist. Dass er daraufhin nach draußen gegangen ist und gesehen hat, wie das Kabel nutzlos an der Mauer baumelt. Hätte ihm das nicht zu denken gegeben? Hätte er da nicht angefangen, Fragen zu stellen?«

Flint nimmt die Dorfpolizei und die Kohlköpfe zurück.

»Die Fingerabdrücke Ihres Gatten sind doch vermutlich irgendwo registriert«, sagt DC Bastable, der sein Dasein auf der

Ersatzbank leid ist und für Drake einspringt, während der Inspector einen Anruf tätigt.

»Ich wüsste nicht, wieso«, sagt Flint, »aber er müsste morgen oder übermorgen nach Hause kommen.«

»Also Connecticut?«

»Da wohnen wir.«

»Dann könnten wir das FBI vielleicht bitten, ihm Fingerabdrücke abzunehmen?«

»Dagegen ist nichts einzuwenden.«

»Natürlich nur, um ihn aus unseren Ermittlungen ausschließen zu können.«

»Natürlich«, sagt Flint.

Aber ihr habt keine Fingerabdrücke zum Vergleich, nicht wahr, Constable Bastable? Weil er die Gläser und die Tischlampe abgewischt hat.

»Rufen Sie uns dann an, sobald er zurück ist, sobald Sie mit ihm gesprochen haben?«

Ehrlich gesagt, nein, DC Bastable, weil er nämlich nicht zurückkommt und ich die Letzte bin, mit der er sprechen wird. Bis ich ihn finde.

»Selbstverständlich rufe ich Sie an«, lügt Flint. Sie erhebt sich von ihrem Stuhl und überquert den Flur, um in das Zimmer zu spähen, um sich zu vergewissern, dass die grünen Wellen noch immer schön regelmäßig über den Bildschirm laufen, als einziges Lebenszeichen.

32

Im Zimmer ihres Vaters – seinem Schlafzimmer, wo das Bett nicht unnatürlich hoch ist, wo es keine ächzenden Apparate gibt, die ihn am Leben erhalten, keine Venentropfe – liegen zwei große Koffer geöffnet auf dem Boden. Sie enthalten Kleidung und die wenigen persönlichen Dinge, die Flint in Miller's Reach eingepackt hatte, bevor sie das Haus anzündete, die wenigen Dinge, die in ihrem Kopf nicht aufgrund ihrer Verbindung zu Ben Gates für alle Zeit kontaminiert waren.

Sie hat das silbergerahmte Foto ihrer Mutter herausgeholt und es auf den Nachttisch gestellt, auf der Seite, wo früher ihre Mutter schlief. Und dort wird Flint heute schlafen, falls sie überhaupt schläft.

Auf dem Nachttisch liegt außerdem ein Handy, für den Anruf, den ihr die Nachtschwester hoch und heilig versprochen hat, sollte sich John Flints Zustand auch nur minimal verändern. Ohne das Versprechen hätten Flint keine zehn Pferde dazu gebracht, das Krankenhaus zu verlassen.

Und an den Tisch gelehnt steht die Schrotflinte ihres Vaters, die sie aus dem Schrank in seinem Arbeitszimmer genommen, überprüft und mit zwei Patronen geladen hat, für jeden Lauf eine.

»Es ist nicht ganz auszuschließen, dass der Täter zurückkommt«, hatte DI Drake sie gewarnt und angeboten, DC Bastable und seinen Wagen die Nacht über als Wachtposten auf der Einfahrt zu postieren – ein Angebot, das sie entschieden abgelehnt hatte.

Bitte, Gott, denkt sie.

Sie hat das Adressbuch ihres Vaters geöffnet, hat die inzwischen schmutzig braun gewordenen Blutspritzer auf der Seite gesehen. Sie ist in die Scheune gegangen, hat den Käfig gesehen, in dem ihr Vater wie ein Hund eingesperrt gewesen war.

Bitte, Gott, mach, dass Ben zurückkommt.

Sie hat sich die Hennatönung aus den Haaren gewaschen und die falsche Bräune von der Haut geschrubbt. Sie trägt einen Trainingsanzug und Schuhe mit weichen Sohlen, die kein Geräusch machen. Sie liegt im Dunkeln auf der Seite des Bettes, wo ihre Mutter geschlafen hat, die Schrotflinte griffbereit, und erinnert sich an ihre Kindheit, an die Treppenstufen, die knarren.

»Sie haben einiges durchgemacht«, hatte die Schwester gesagt, die doch nicht einmal um die Hälfte wusste. »Ehrlich gesagt, wenn Sie mich fragen, Sie sehen nicht besonders gut aus. Sie sollten mal zum Arzt gehen.«

Ach wirklich? Und was soll ich dem Arzt sagen? Dass ich einen Mann geheiratet habe, den es gar nicht gibt – dass mein Ehemann ein Phantom ist, der perversen Fantasie irgendeines Mistkerls entsprungen, ein Gespenst? Nein, kein Gespenst, weil Gespenster nämlich nicht vergewaltigen, und genau das hat er getan – immer und immer wieder. Er hat mich vergewaltigt, weil ich nicht darin einwilligen kann, mit jemandem zu schlafen, den es gar nicht gibt. Es kann von Einvernehmen keine Rede sein, wenn man mit Lügen blind, mit widerwärtigen Täuschungen handlungsunfähig gemacht wird.

Wissen Sie, was Ben gemacht hat, guter Doktor? Er hat meinen Ehemann imitiert. Jedes Mal, wenn er seinen Schwanz in mich reingesteckt hat, hat er vorgegeben, der Mann zu sein, den ich glaubte geheiratet zu haben. Und wissen Sie – können Sie sich auch nur annähernd vorstellen –, wie gedemütigt ich mich deshalb fühle, wie missbraucht, wie schmutzig, wie dumm?

Dagegen haben Sie bestimmt ein Mittel, oder, Doc? Eine Tablette, dreimal täglich nach den Mahlzeiten? Oder vielleicht irgendeine Kur? Kann man Erniedrigung mit dem Skalpell entfernen, mit irgendeiner Chemotherapie auslöschen? Wie wär's mit einer psychologischen Betreuung für Vergewaltigungsopfer? Wie wär's, wenn ich mich mit jemandem hinsetzen und ihm erklären würde, was für ein Gefühl das ist, von einem Gespenst gebumst worden zu sein?

Sie weiß, dass Weinen ihr gut täte – Heulen und Jammern und Schreien –, aber vor lauter Wut kann sie nicht weinen.

Bitte, Gott, mach, dass er zurückkommt.

Und so liegt Flint mit trockenen Augen in der Dunkelheit und lauscht den ruhelosen Klängen der Nacht.

Ben Gates liegt nackt auf der Seite. Seine nackte Frau – seine zutiefst betrogene Frau – hat ihm den Rücken zugewandt, das Gesäß gegen seinen Unterleib gedrückt, und spürt die ersten Anzeichen seiner Erregung. Mit einer Hand umschließt er eine Brust, hält sie sanft. Mit den Fingern der anderen Hand streichelt er ihr den Nacken.

»Halt mich«, sagt sie, Flints Code immer dann, wenn ihr noch nicht danach ist, mit ihm zu schlafen. Und es erstaunt sie stets aufs Neue, dass Bens Libido sich normalerweise ihren Wünschen unterwirft. Sie treiben beide in das Niemandsland zwischen Wachzustand und Schlaf. Sie liegen still im Dämmerlicht des frühen Morgens, wie zwei Verschwörer, und lauschen auf das Seufzen und Knarren der Holzwände von Miller's Reach im Wind.

Ein disharmonischer Laut reißt sie aus dem Schlaf. Es dauert einen Moment, bis die Klarheit des Traumes abgeklungen ist, bis Flint wieder weiß, dass sie allein ist und nicht auf Miller's Reach. Sonnenlicht strömt durch die Fenster, also kann es auch nicht früher Morgen sein. Sie bleibt reglos liegen, wartet ab, ob sich das Geräusch, das sie aufgeschreckt hat, wiederholt.

Da ist es wieder – das Schaben von Stein auf Stein, Schritte auf dem Kies.

Die Fenster des väterlichen Schlafzimmers blicken über Glebe Meadow, sodass sie von hier aus weder die Einfahrt noch die Scheune sehen kann. Um festzustellen, wer da herumschleicht, muss sie rasch in ihr eigenes Zimmer, der letzte ihr bekannte Ort, wo Ben sich in ein Bett gelegt hat, und der allerletzte, wo sie hinmöchte. Reiß dich zusammen! Sie nimmt die Schrotflinte, spürt das beruhigende Gewicht und die polierte Glätte des Schaftes, schlüpft aus dem Bett ihres Vaters und hastet zum Flur.

Ihr Schlafzimmer liegt drei Türen weiter rechts. Zum ersten Mal bemerkt sie die schwachen Reste von Fingerabdruckpulver, das die Leute von der Spurensicherung auf Klinken, Türblättern und -rahmen hinterlassen haben – der sichtbare Beweis ihrer Sorgfalt. Die Tür zu ihrem Zimmer ist nur angelehnt. Sie stößt sie mit dem Doppellauf der Flinte auf.

Ich will Ihnen einen Witz erzählen, Doc, sagt sie nun in Gedanken, da werden Sie lachen. Wissen Sie, was in der ersten Nacht passiert ist, die Ben und ich auf Glebe Farm verbracht haben, als wir nach dem Abendessen ins Bett gingen? Er hat gesagt, er wollte mich über die Türschwelle meines Schlafzimmers tragen, wie bei einem Initiationsritus: Sie wissen schon, junges Mädchen wird zur Frau gemacht, indem es im Bett seiner Kindheit so richtig durchgebumst wird. Und ich hab's zugelassen.

Das Bett ist gegen die Wand gerückt worden, das Bettzeug zerwühlt. Der freigelegte Boden besteht aus hellem, grau gestrichenen Eichenholz, und der fehlende Teil klafft wie eine offene Wunde. Der Hohlraum ist knapp einen Meter lang, gut vierzig Zentimeter tief, und man könnte sich den Knöchel brechen, wenn man reintritt.

Flint macht einen Schritt darüber hinweg und geht zum Fenster, wo die Vorhänge nur halb zugezogen sind. Durch die Lücke sieht sie ein metallicgraues Auto neben der Scheunentür stehen, die nicht geschlossen ist, wie sie es sein sollte, nicht abgeschlossen, wie sie es ganz sicher gestern Abend war, als sie die Scheune verließ.

Rasch geht sie aus dem Zimmer, läuft über den Flur bis zur Treppe, und erst dann befolgt sie die in der Ausbildung gelernte Regel, den Lauf einer geladenen Schrotflinte immer abzuknicken, damit sie nicht unabsichtlich losgehen kann. Sie springt waghalsig die Treppe hinunter, immer zwei Stufen auf einmal, eine Hand am Geländer, um das Gleichgewicht zu halten; unten angekommen stürmt sie ins Arbeitszimmer und füllt die Taschen ihres Trainingsanzugs mit zusätzlichen Schrotpatronen.

Jetzt bewegt sie sich durch die Küche, schließt die Hintertür auf, überquert die Terrasse und rutscht die grasbewachsene Böschung hinunter, die von der Scheune aus nicht einzusehen ist. Am Fuß der Böschung und noch in Deckung wartet sie ab, bis ihr keuchender Atem sich beruhigt, dann läuft sie geduckt, den Körper unter Fensterhöhe gebeugt, zur Längsseite der Scheune, auf dem Gras, nicht auf dem Kies.

Jetzt kauert sie unter einem Fenster und wägt das Risiko-Nutzen-Verhältnis eines Blicks durch die Scheibe ab, bei dem sie entdeckt werden könnte. Der Eindringling ist wahrscheinlich nicht bewaffnet, also ist sie im Vorteil, aber die Schrotflinte ist mindestens hundert Jahre alt, ein Familienerbstück, und sie bezweifelt, dass im letzten Vierteljahrhundert ein Schuss daraus abgefeuert wurde. Also, wie alt sind die Patronen und wie verlässlich sind sie? Es gibt nur eine Möglichkeit, das rauszufinden: Tu es. Beweg dich!

Sie klappt den Lauf zu und schiebt sich langsam hoch, bis ihre Augen wenige Zentimeter über dem unteren Scheibenrand sind und sie den Wartebereich mit den paar Holzstühlen und einem Tisch mit alten Ausgaben der Zeitschrift *Country Life* sieht. Niemand da. Rechter Hand kann sie so eben die Reihe von Käfigen ausmachen, wo Dr. Flints Patienten sich von einer Operation erholen – und wo Dr. Flint selbst vor kurzem eingesperrt und dem sicheren Tod überlassen wurde. Auch dort niemand. Weiter kann sie nicht sehen, ohne hineinzugehen.

Beweg dich! – Jetzt schleicht sie sich um die Scheunenecke bis zur offenen Tür, geht geduckt hinein und wirft sich gleich nach links auf den Bauch, um aus dem Hintergrundlicht wegzukommen. Sie liegt ausgestreckt auf dem Boden, das Schrotgewehr schussbereit im Anschlag, blickt den Lauf entlang, zieht die altertümlichen Hähne zurück und hört sie einrasten – zwei Finger an zwei Abzügen, bis zum Anschlag gezogen.

Eine Bewegung, die sie eher spürt als sieht, dann meint sie, ein Geräusch zu hören.

»Grace?«, ruft eine Stimme hinter dem dicken Vorhang, der den Operationsraum ihres Vaters vor Blicken schützt.

Sie will eigentlich nicht schießen – noch nicht –, aber sie hat den Druck falsch eingeschätzt, der erforderlich ist, um die Hähne vorschnellen zu lassen. Mit einem ohrenbetäubenden Knall schlägt ihr die Flinte in die Schulter wie der Huf eines Maultiers, der Vorhang bläht sich auf und geht in Fetzen, und einen Augenblick lang herrscht absolute Stille, die von einem zornigen Urschrei durchbrochen wird.

Flint hat den Lauf aufgeklappt und die beiden Hülsen entfernt. Sie holt zwei neue Patronen aus der Tasche, springt auf und will sich eine neue Schussposition suchen, als sie abrupt stehen bleibt. Denn was sie jetzt hört, ist ein Schwall von Beschimpfungen und Obszönitäten, die schlimmsten, die je in deutscher Sprache gegen sie ausgestoßen wurden.

Felix Hartmann liegt mit nacktem Oberkörper auf Dr. Flints Operationstisch, und Grace Flint zieht ihm die Schrotkugeln in Arm und Brust mit einer Pinzette heraus. Sie hat sich, wie sie findet, schon eine Million Mal dafür entschuldigt, auf ihn geschossen zu haben, aber er will sich nicht besänftigen lassen. Jetzt hat sie es satt, und sie streiten sich.

»Das tut weh!«

»Herrgott noch mal, Felix, halt still. Das brennt doch nur ein bisschen.«

»Ein bisschen? Du hättest mich umbringen können.«

»Nicht mit der Flinte auf die Entfernung und durch den Vorhang hindurch.« Flint gelingt es, eine vierte Schrotkugel herauszuholen, die sie mit lautem Scheppern in eine Metallschale fallen lässt. »Außerdem hab ich danebengeschossen – überwiegend. Und das sind bloß Fleischwunden, Felix. Die Kügelchen haben's ja kaum durch die Haut geschafft.«

»Ich bin immer noch platt, dass du auf ein Ziel geschossen hast, das du nicht sehen konntest.«

»Ich hab dir doch gesagt, dass das Ding von selbst losgegangen ist – sozusagen. Und du hättest nicht hier in meiner Scheune rumschleichen sollen. Du hättest nicht einbrechen sollen.«

»Zum letzten Mal, ich habe nicht eingebrochen. Die Tür war *nicht* abgeschlossen.«

»War sie doch.«

»War sie nicht!«

»Na, abgeschlossen oder nicht, für mich ist das jedenfalls unerlaubtes Eindringen.« Sie betupft ein weiteres Einschussloch mit Wundbenzin. »Warum um alles in der Welt hast du nicht vorher angerufen?«

»Weil du kein Telefon hast. Weil eure Leitung gestört ist.«

»Du hättest mich auf dem Handy anrufen können.«

»Ach ja. Dann verrate mir doch mal bitte, wann genau du mir deine englische Handynummer gegeben hast?«

Und so kabbeln sich die beiden weiter, bis Flint endlich mit ihrer primitiven Operation fertig ist und ihrem Patienten Hartmann säuberlich die Wunden verbunden hat.

Und noch als sie ihn ins Haus gebracht und an den Küchentisch gesetzt hat – während sie Kaffee kocht und im Kühlschrank ihres Vaters nach etwas Essbarem stöbert –, jammert Hartmann unentwegt vor sich hin, und sie kontert und neckt ihn, bis sie schließlich bei der Frage anlangen, was er eigentlich auf Glebe Farm zu suchen hat.

»Warum bist du eigentlich hier?«

»Wir beide sollen nach Leipzig fahren.«

»Leipzig?«

»Um Gröber zu suchen. Wir haben eine Spur.«

Flint knallt die Kühlschranktür zu, ihr ist jeder Appetit vergangen. »Wie bitte?«

»Wir sollen uns an Gröbers Schwester Ilse ranmachen. Befehl von Cutter.«

»Nein, Felix. Du kannst ja von mir aus Gröbers Schwester anbaggern, aber ich bleibe hier.« In Flints Stimme schwingt keine Spur Heiterkeit mehr mit. »Falls du es vergessen haben solltest, mein Vater liegt im Koma.«

»Cutter sagt –«

»Zum Teufel mit Cutter.«

»Grace, hör doch mal zu, du kannst deinem Vater nicht helfen – noch nicht, jetzt nicht. Und Cutter sagt …«

Flint hört nicht zu. Sie ist aus der Küche marschiert und steht jetzt auf der Terrasse, wo sie über das Tal hinweg zum Horizont starrt. Hartmann tritt zu ihr, die Hände in den Taschen, und wartet auf sein Stichwort.

Schließlich kommt ein trotziges: »Was?«

»Na schön, Grace, zum Teufel mit Cutter. Zum Teufel mit Leipzig, zum Teufel mit Gröber, zum Teufel mit Ruth, zum Teufel mit mir, zum Teufel mit deinem Job und allem, was du eigentlich bist. Zum Teufel damit. Aber beantworte mir bitte eine Frage.«

Nichts. Keine Reaktion von Flint.

Hartmann fixiert ihre lodernden Augen und stellt die Frage trotzdem: »Wenn wir nicht nach Leipzig fahren, wenn wir Gröbers Spur nicht verfolgen, wenn wir ihn nicht finden, wie willst du es dann anstellen, Grace?« Sie weiß, was er meint, aber er spricht es dennoch aus: »Wie willst du deinen Mann finden?«

33

Flughafen Liverpool, kurz nach Mittag, und Mandrake wartet mit seiner üblichen Nervosität in einer Schlange. Es gibt keine Beamten von der Einwanderungsbehörde, die seinen Reisepass überprüfen wollen, keine Zollkontrolle, aber Mandrake hat über einhunderttausend Dollar in bar in seinem Handgepäck, und er ist nicht ganz sicher, ob das Geld nicht von den Röntgenstrahlen bei der Sicherheitskontrolle erfasst wird. Er weiß nur, dass es schon bei der flüchtigsten Durchsuchung per Hand entdeckt werden wird. Wie werden sie reagieren? Werden sie fragen, wo er das Geld herhat?

Das lag unter dem Bett meiner Frau, wäre die wahrheitsgemäße Antwort, aber das kann er ihnen nicht sagen, ohne ernsthafte Komplikationen zu riskieren: eine Anfrage der Polizei auf der Glebe Farm, und er würde wegen schwerer Körperverletzung oder sogar wegen versuchten Mordes festgenommen. Vielleicht sogar wegen Mordes, denn Mandrake hat keine Ahnung, ob Dr. Flint noch am Leben ist. Er bereut es, dass das Eintreffen von Ridouts Leuten ihn zur Flucht gezwungen hat, er bereut, dass er überhaupt in die Notlage gekommen ist, Grace' Vater zu verletzen. Und überhaupt, er bereut, je Teil von Ridouts Operationen geworden zu sein, aber nicht ganz. Denn Grace bereut er nicht.

Als er an sie denkt, lächelt Mandrake, und um sich zu beruhigen, spielt er Musik im Kopf, summt sogar eine Begleitung – diesmal nichts von Bach, sondern Edith Piafs *»Non, je ne regrette rien«*.

Nein, was Grace angeht, bereut er nichts.

»Kennen wir uns?«

Der Finanzberater hat ein Gesicht, das nicht zu seinem Firmenschild passt: zerknittert, von Furchen durchzogen, die ihm sowohl quer über die Stirn als auch senkrecht verlaufen, wie Narben zwischen seinen Augen mit den schweren Lidern. Das Schild an seiner Tür bezeichnet ihn als »Experten für exterritoriale Bankgeschäfte«, aber mit seinen Hängebacken, dem sinnlichen Mund, dem grauen Dreitagebart und dem roten Seidenschal, den er locker um den Hals gelegt hat, wirkt er auf Mandrake eher wie ein leichtlebiger Künstler, ein Maler oder Bildhauer aus einem Pariser Café der fünfziger Jahre.

»Noch nicht«, sagt Mandrake. »Wir haben einen gemeinsamen Bekannten, einen Ihrer Kunden.«

Auch das Büro passt nicht zum Firmenschild – ein kleiner Raum über einer Drogerie im Zentrum der Inselhauptstadt Douglas. Aber andererseits, so vermutet Mandrake, kommen wenn überhaupt nur ganz wenige Kunden des Finanzberaters auf diese kleine Insel mitten in der Irischen See, ein Steuerparadies für rund fünfzig Milliarden Dollar in Investmentfonds. Grace hat das nachgerechnet, und sie sagt, damit kommen auf jeden Mann, jede Frau und jedes Kind, die auf der Isle of Man leben, rund sechshundertsechzigtausend Dollar ungewisser Herkunft. Wenn es nach der FSF ginge, so hat sie Ben erzählt, würde die ganze Insel bombardiert.

»Und wer soll das sein?«, erkundigt sich Patrick Archer nach dem Namen seines Kunden.

»Gröber. Karl Gröber.«

Ein Stirnrunzeln, ein Schütteln des Kopfes, der von wilden, grau melierten Locken gekrönt wird. »Kenn ich nicht. Sie müssen mich verwechseln.«

Als hätte er ihn nicht gehört, holt Mandrake Bündel mit Fünfzigdollarscheinen aus seinem Bordgepäck – jeweils einhundert pro Bündel, insgesamt zehn Bündel – und legt sie in einer Reihe auf Archers Schreibtisch. »Ich möchte gerne ein Konto eröffnen, eine Einzahlung vornehmen.«

»Das ist leider völlig unmöglich.« Archers Tonfall ist lakonisch. »Wissen Sie, im Gegensatz zu den landläufigen Vorstellungen – vielleicht auch im Gegensatz zu Ihren Vorstellungen – haben wir hier auf der Insel sehr strenge Auflagen. Zunächst einmal müssen meine Kunden mir ihre Identität eindeutig nachweisen, und ich muss wissen, woher ihre finanziellen Mittel stammen. Vor allem« – Archer deutet mit dem Kinn auf die kleine Mauer aus Geld vor ihm – »Barmittel. Und in Ihrem Fall« – ein gequältes Lächeln des Bedauerns – »sind beide Bedingungen nicht erfüllt.«

»Das hier ist natürlich nicht die Einzahlung«, sagt Mandrake. »Das ist Ihr Anfangshonorar. Sollten noch andere Gebühren oder Kosten anfallen, werde ich auch die natürlich übernehmen. Nachdem Karl Gröber Gelder auf mein neues Konto überwiesen hat. Fünf Millionen US-Dollar.«

»Ich wünschte, ich könnte Ihnen helfen.«

»Da bin ich mir sicher. Sagen Sie Gröber, es liegt nicht in meinem Interesse, dass sein Aufenthalt auf der Insel durch irgendwelche ungebetenen Gäste gestört wird, Gäste aus London oder New York beispielsweise. Vor allem New York, vor allem Freunde von Ruth. Genau das sagen Sie ihm bitte: Freunde von Ruth werden auf die Insel kommen, falls ich mein Honorar in Höhe von fünf Millionen Dollar nicht erhalte. Sagen Sie ihm, er hat vierundzwanzig Stunden Zeit, um den Transfer vorzunehmen.«

»Leider …« Archer hebt die geöffneten Hände, um seine Machtlosigkeit zu demonstrieren.

»Ich rufe Sie morgen an.« Mandrake geht zur Tür.

»Ich habe Ihren Namen nicht mitbekommen«, sagt Archer.

»Er kennt ihn«, sagt Mandrake.

LEIPZIG

34

Auf einem malerischen Platz in der Leipziger Altstadt steht Johann Sebastian Bach vor einer Kirche, herrlich in Stein gehauen, aber völlig pleite. Seffner, der Bildhauer, hat die linke Tasche des Gehrocks nach außen gestülpt, um die relative Armut zu illustrieren, in der Bach starb – sein Genie von den Leipziger Bürgern unerkannt und seine Musik aus der Mode gekommen. Flint hat auch von Ben gehört, dass der Komponist in einem anonymen Grab beerdigt wurde. Woher weiß man, so fragt sie sich, dass die Gebeine, die zweihundert Jahre nach Bachs Tod in der Kirche beigesetzt wurden, eindeutig dem Meister zuzuschreiben sind? Ben hat ihr zwar erzählt, dass die Herkunft der Gebeine zweifelsfrei geklärt sei, aber da die Behauptung aus seinem Munde stammt, würde sie persönlich gern einen Blick auf die DNA werfen.

Und es gibt noch einen lächerlichen Zufall – der wird Ihnen gefallen, Doc. Die Kirche, in die Bachs treue Pilger scharenweise strömen, und der ehemalige Kirchhof, wo Flint jetzt missmutig an einem Cafétisch sitzt und mit einer Tasse Kaffee spielt, die sie nicht trinken will, sind beide nach dem ungläubigen Apostel Thomas benannt – aber Flints Gedanken wandern unaufhaltsam zu einem anderen Thomas, dem in Maine, dem mit den teuren Spielzeugen, dem Thomas, der sie unverfroren angelogen und von den »bösen Buben« gesprochen hat.

»Tyler ist aus dem Schneider«, hatte Jarrett Crawford ihr erklärt, als er sie in ihrem Zimmer im Holiday Inn anrief, das direkt an Leipzigs größtem und lautestem Straßenbahnknotenpunkt liegt.

»Bleib dran, ich kann dich nicht verstehen. Ich muss das Fenster zumachen ...« Als es geschlossen war, wollte sie wissen: »Was hast du über Tyler gesagt?«

»Ich hab gesagt, er ist sauber.«

»Nicht für mich, von wegen.«

Aber Thomas Tyler, so hatte Crawford beharrt, war lediglich Leichtgläubigkeit vorzuwerfen – dass er einem falschen Freund geglaubt hatte.

»Im September neunundneunzig war Tyler auf irgendeinem Kongress in Washington, und da läuft ihm ein alter Bekannter über den Weg, ein Brite namens Hudson; die beiden sind anscheinend in England aufs selbe College gegangen.«

Flint hörte nur mit halbem Ohr zu, weil sie daran denken musste, dass September 1999 der Monat war, bevor sie Ben kennen lernte.

»Hudson hat früher für das britische Außenministerium gearbeitet, aber jetzt, so behauptet er, lebt er in Virginia und leitet irgendeine Wohltätigkeitsstiftung, und Tyler, der ständig darauf aus ist, Geld für Audubon aufzutreiben, fängt an, ihn um eine Spende anzubaggern. Hudson sagt: ›Komm doch übers Wochenende zu mir raus, dann sprechen wir drüber‹, und Tyler tut das, und – wer hätte das gedacht? – da ist noch ein anderer Typ, ein Freund von Hudson, den er mit Tyler bekannt machen möchte.«

»Crawdaddy, wo hast du das alles her? Hat Tyler dich einfach angerufen?«

Ein sprödes Lachen von Crawford. »Nein, sein Anwalt hat angerufen. Er wollte die Garantie haben, dass du nicht mit einer schnellen Eingreiftruppe bei Tyler auftauchst und seine Frau und die Kinder abmurkst. Ich hab gesagt, das kann ich nur dann garantieren, wenn Tyler zu uns kommt und mit uns redet. Und genau das hat er getan, gestern Abend.«

»Und du glaubst ihm?«

»Ja, ich glaube ihm, überwiegend. Grace, hör zu, du hast dem Mann einen Heidenschiss eingejagt, aber du hast ihm auch die Augen geöffnet. Durch dich hat er kapiert, dass er ausgenutzt und über den Tisch gezogen worden ist, und er ist stinksauer. Und er hat übrigens tatsächlich gerade einen Batzen Geld von seiner Tante geerbt. Ich hab das überprüft.«

»Fantastisch.« Flint hatte fast den ganzen vorherigen Tag gebraucht, um von Mid Compton – über London und Berlin – nach Leipzig zu gelangen, und war erst kurz vor Mitternacht eingetroffen; sie war hundemüde, und ihr verletztes Knie tat noch immer weh. Im Hotel wartete keine Nachricht von Felix Hartmann auf sie, was eigentlich der Fall hätte sein müssen. Und ihre Erkundigungen im Krankenhaus, von gestern Abend und heute Morgen, hatten ergeben, dass der Zustand ihres Vaters unverändert war.

»Mach es nicht schlechter, als es ist. Hudsons Freund ist vielleicht die einzige Spur, die wir haben.«

»Wer ist es denn, Jerry? Ich halt's kaum aus vor Spannung«, fügte sie mit ironischem Unterton hinzu.

»Vorname Sherman, kein Nachname. Hudson hat das so gedreht: ›Thomas, ich möchte dir Sherman vorstellen, er arbeitet für die amerikanische Regierung.‹ Genauer ist er nicht geworden. Tyler sagt, der Typ hatte eine Aura, als wäre er es gewohnt, dass alle ja zu ihm sagen, als würde er einem schon dadurch einen Gefallen tun, dass er einen um was bittet.«

Flint hatte die Straßenbahnen beobachtet, die unaufhörlich unter ihrem Fenster hielten. Sie sah, wie Felix Hartmann aus einer ausstieg, und wäre das Fenster noch offen gewesen, hätte sie nach ihm gerufen. Verdutzt sah sie, wie er dem Hotel den Rücken kehrte und über die Straße Richtung Bahnhof ging.

»Jedenfalls«, war Crawford fortgefahren, »dieser Sherman

hat nichts überstürzt. Er hat bis nach dem Mittagessen am Sonntag gewartet, als Hudson sie unter irgendeinem idiotischen Vorwand allein ließ. Dann rückt Sherman mit der Sprache raus: ›Thomas, wenn ich Ihnen sagen würde, dass unser Treffen an diesem Wochenende kein Zufall ist, dass ich Hudson gebeten habe, es zu arrangieren, weil Sie in der Lage sind, etwas Wichtiges für die Regierung zu tun, für Amerika, wie würden Sie reagieren?‹ Siehst du, er schmeichelt ihm, appelliert an seinen Patriotismus – und was soll Tyler dazu sagen?«

Flint war abgelenkt gewesen, weil sie Felix Hartmann am Seiteneingang des Bahnhofs stehen sah, direkt gegenüber vom Hotel, zusammen mit einem sehr viel kleineren Mann, der einen braunen Filzhut trug, die Krempe nach unten geklappt.

»Ich weiß nicht, Jerry«, hatte sie gesagt. »Zum Henker mit der Regierung, das wäre vielleicht die passende Antwort gewesen.«

Hartmann hatte den Oberkörper vorgebeugt und den Kopf schief gelegt, als würde er aufmerksam den Worten eines Kindes lauschen.

»Und was hat Tyler gesagt?«, fragte Flint.

»Er sagt: ›Natürlich helfe ich, wenn ich kann.‹ Und dann, er ist ja nicht von gestern, fügt er noch hinzu: ›Solange es nichts Illegales ist.‹ Und Sherman sagt zu ihm: ›Im Gegenteil, Thomas. Wir möchten ja gerade, dass Sie Ihrem Land helfen, das Gesetz zu wahren.‹ Klassischer Köder.«

Was Flint da hörte, hatte sie fast genauso verwirrt wie die Szene, die sie von ihrem Fenster aus beobachtete: Hartmann nahm jetzt von dem kleinen Mann einen Umschlag entgegen, den er sich wie Bestechungsgeld in die Tasche schob.

»Jerry, hört sich das für dich nach einer Operation des Zeugenschutzprogramms an?«, hatte Flint gefragt.

»Auf keinen Fall. Die vom Zeugenschutzprogramm haben jede Menge Firmen an der Hand, um ihren Schützlingen Referenzen und Jobs zu besorgen. Wieso also hätten sie Tyler gebraucht, um Ben zu decken? Denn genau darum ging es diesem Sherman. Natürlich hat er Tyler keine Details geliefert, da noch nicht. Er hat bloß gesagt, er müsse einem wichtigen Mitarbeiter der Regierung eine, Zitat: ›glaubhafte, erfundene Existenz‹, Zitatende, verschaffen.«

Hartmann und sein kleiner Begleiter hatten das Geschäftliche erledigt und sich getrennt, und Hartmann war vom Bahnhof aus Richtung Altstadt geschlendert. Plötzlich hatte Flint unbedingt wissen wollen, wohin er ging, doch als sie sich gerade vom Fenster abwenden wollte, hatte sie eine Frau gesehen – etwas über dreißig, Baseballmütze, gekleidet wie eine Touristin –, die mit einem Mal jedes Interesse an dem Stadtführer verlor, in dem sie geblättert hatte. Die Frau hatte fast unmerklich jemandem zugenickt, der sich außerhalb von Flints Gesichtsfeld befand, und war dann Hartmann in gleich bleibendem Abstand gefolgt. Augenblicke später war ein Mann mit der Statur eines Gewichthebers – auch etwas über dreißig, kurzes Haar, wie ein Tourist gekleidet – in Sicht gekommen, der den beiden ebenfalls folgte.

»Crawdaddy, ich muss los«, hatte Flint gesagt und nach ihrer Handtasche gesucht. »Verrat mir bloß noch eins: Ist Tyler Ben jemals begegnet?«

»Am Anfang ja. Einmal im Mayflower Hotel in Washington, wo Sherman die beiden miteinander bekannt gemacht hat, und das zweite Mal bei Tyler zu Hause in Portland, wo Ben sich einen Tag lang erzählen ließ, was die Maine Audubon Society so alles macht, wer da arbeitet, wie die Arbeitsabläufe sind, so Sachen eben.«

»Und?«

»Tyler fand ihn sympathisch. Er sagt, er war schlau, ein heller Kopf. Er sagt, für einen Amateur schien er sich ziemlich gut in Ornithologie auszukennen. Danach war Ben noch mehrmals bei den Tylers zum Abendessen, und Tyler sagt, sie hätten sich die meiste Zeit über Vögel unterhalten.«

Als Flint die Treppe hinunterlief, dachte sie: Dann war also nicht jedes Wort eine Lüge. Zumindest die Sache mit den Vögeln war nicht gelogen.

Die Leipziger Altstadt, in der sich noch die wenigen kostbaren Barockgebäude befinden, die bei den Flächenbombardierungen im Zweiten Weltkrieg nicht zerstört wurden, besteht eigentlich nur aus einer Hand voll Gassen und Plätze, die Flint in weniger als einer Stunde gründlich erkundet hat.

Keine Spur von Felix Hartmann oder seinen Beschattern, und jetzt schlägt ihre Verwunderung darüber, was er wohl vorhat und warum er verfolgt wird, in Gereiztheit um. Sie will nicht hier sein, will sich nicht als Felix' Frau ausgeben, will nicht mit ihm zusammen in Ilse Gröbers vermutlich düsterem Haus auf der Karl-Heine-Straße wohnen. Vor allem will sie keine Zeit damit vergeuden, auf die ihrer Ansicht nach vage Hoffnung zu bauen, dass Ilse sie zu ihrem Bruder führen wird – geschweige denn auf die noch vagere Hoffnung, dass Karl Gröber sie zu Ben führen wird.

»Natürlich ist Gröber unser Hauptziel«, hatte Hartmann verbissen gesagt, als sie ihre Zweifel äußerte.

Hallo, Felix, bewohnen wir beide denselben Planeten?

Am Ende hatte sie gesagt, sie würde für die Jagd auf Gröber fünf Tage in Leipzig investieren. Tja, einen halben davon hat Felix schon verschwendet, denkt sie, als sie von dem Cafétisch aufsteht und dem Bach-Denkmal zum Abschied noch einen feindseligen Blick zuwirft.

Sie schlendert scheinbar ziellos wieder Richtung Hotel und kauft in einem Buchladen einen Stadtplan von Leipzig und Umgebung. Sie macht die Karl-Heine-Straße westlich vom Stadtzentrum ausfindig, stellt fest, dass eine Straßenbahn dort hinführt, und beschließt, da sie angesichts von Felix' anhaltender Abwesenheit nichts Besseres zu tun hat, die Zeit für eine kleine Erkundungstour zu nutzen. Nach einem kurzen Abstecher zum Bahnhof, wo sie sich instinktiv vergewissert, dass sie auch nicht beschattet wird, macht Flint sich auf den Weg zu Ilses Haus.

35

Flint späht durch die Stäbe des Eisenzauns, der höher ist als sie, und macht große Augen. Das Haus vor ihr hat vier Stockwerke und zahlreiche Mansardendächer, und von dort, wo sie steht, kann sie mindestens dreißig von Pilastern gerahmte Fenster erkennen. Ilses Haus würde in nahezu jeder Umgebung auffallen. Hier jedoch, in diesem tristen Stadtteil von Leipzig, wo nur grelle Graffiti die allgegenwärtigen Betonmauern auflockern, wirkt es wie eine Villa, umso mehr, als es in einem großen, wenngleich verwilderten Garten steht.

Aber was Flints Blick vor allem fesselt, sind die Gartenzwerge – Unmengen, vielleicht Hunderte von bunt bemalten Zwergen, die halb versteckt im Gestrüpp stehen, von Kletterpflanzen umschlungen. Von denen, die sie sehen kann, gleicht keiner dem anderen. Einer, da ist sie sich sicher, soll weiblich sein. Gartenzwerginnen?

Sie hört nicht, wie Ilses Rollstuhl sich nähert. »Sind Sie wegen der Wohnung hier?«

»Bitte?« Einen halben Meter hinter dem Zaun sieht Flint in Hüfthöhe ein Gesicht, so blass, dass es fast durchsichtig wirkt. Die Ohren mit den auffällig großen, länglichen Ohrläppchen liegen flach an. Auch die Augen sind im Verhältnis zum Kopf unproportioniert, übergroße Teiche aus einem intensiven

Blau, die Flints verschreckten Blick festhalten. »Bitte?«, wiederholt Flint, um Zeit zu gewinnen und den ersten Schreck zu überspielen.

»Was machen Sie hier? Was wollen Sie?«

Flints Deutsch ist holperig, längst nicht so gut wie ihr Französisch, und einen Moment lang ist sie ratlos. Warum ist sie hergekommen? Was will sie? Sie könnte sagen: Ich bin ganz fasziniert von Ihren Gartenzwergen, aber das könnte ironisch wirken.

Ilse wird ungeduldig. »Nun sagen Sie schon, was Sie wollen!«

Flint fasst sich ein Herz: »Mein Name ist Hartmann, ich bin die Frau von Felix Hartmann.« Zu ihrer Erleichterung wandelt sich der finstere Ausdruck auf Ilses Gesicht von tiefem Misstrauen zu reiner Verärgerung.

»Wieso haben Sie das nicht gleich gesagt?«, will sie wissen. »Wo ist denn Ihr Mann?«

»Mein Mann?« Wieder einmal greift Flint auf die reine Wahrheit zurück, als sie sagt, dass sie keine Ahnung hat. Sie ist zum ersten Mal in Leipzig, erklärt sie, und wie Frau Gröber bestimmt schon gemerkt hat – sie ist doch Frau Gröber, nicht wahr? –, lässt ihr Deutsch einiges zu wünschen übrig.

»Sind Sie Amerikanerin?«, erkundigt sich Ilse feindselig.

»Nein, Engländerin«, antwortet Flint. Und noch dazu unachtsam, denn sie hat ihren Ehemann verloren, gesteht sie. Sie wollten sich im Hotel treffen, aber sie hat sich in der Altstadt verlaufen und ist zu spät zu ihrer Verabredung gekommen, und da war er schon weg, und sie weiß nicht, wo er stecken könnte. Sie hatte gehofft, dass er in die Karl-Heine-Straße gefahren wäre, um mit Frau Gröber über die Wohnung zu sprechen, die sie vermieten will. Es tut ihr furchtbar Leid, wenn sie Frau Gröber irgendwie beunruhigt haben sollte.

Ilses Rollstuhl, in dem sie wie im Damensattel sitzt, ist hochmodern und erinnert fast an einen Motorroller mit allem möglichen technischen Schnickschnack am Lenker. Sie hebt einen bleistiftdünnen Arm und zeigt auf eine Anzeige – anscheinend eine Uhr. Der Herr Doktor sei natürlich bei der Arbeit. Wo sonst sollte ein berufstätiger Mann auch am hellen Nachmittag sein?

Doktor Hartmann? Was für ein Doktor?, fragt sich Flint und überlegt kurz, welchen Beruf sich ihr fiktionaler Gatte ausgedacht haben könnte. Dann hält sie es für klüger, keine Spekulationen anzustellen, solange sie keine weiteren Hinweise hat. Ja, stimmt sie zu, aller Wahrscheinlichkeit nach ist ihr Mann bei der Arbeit.

»Er hat gesagt, Sie würden um sechs kommen.«

»Dann bin ich ja viel zu früh.«

»Und dass er Referenzen mitbringen würde. Ich verlange ausgezeichnete Referenzen.«

»Selbstverständlich.«

Ilse verstellt den drehbaren Sitz so, dass sie auf den Lenker blickt. Sie dreht den Zündschlüssel, gibt Gas und vollführt eine flotte Drehung. Bedächtig und unverhohlen mustert sie Frau Hartmann von Kopf bis Fuß, betrachtet das Haar, das zu einem ordentlichen Knoten gebunden ist, die Nickelbrille, die ihrem Gesicht etwas Eulenhaftes verleiht – ein Gesicht übrigens, das blass und völlig ungeschminkt ist. Ilse sieht, dass die wollene Strickjacke sittsam bis zum Hals zugeknöpft ist und der Rock fast die Wade bedeckt, dass Frau Hartmann keinen Schmuck trägt, außer einem schlichten Ehering, dass die Handtasche bescheiden ist, die Schuhe bequem. Frau Gröber nickt, was man als anerkennende Geste oder als Verabschiedung deuten könnte, und setzt sich Richtung Haus in Bewegung, steuert im holprigen Zickzackkurs zwischen der Schar von Gartenzwergen hindurch.

»Kommen Sie, ich zeige Ihnen die Wohnung«, ruft sie.

Von außen hatte Ilses Haus verwohnt, heruntergekommen gewirkt, auf den ersten Blick sogar verlassen, wie viele der Häuser, die Flint von der Straßenbahn aus gesehen hatte. Innen jedoch – nachdem Flint hinter Frau Gröber hergetrabt war, die mit Vollgas die Rampe hinauf ins Erdgeschoss gerollt war – machte es einen prachtvollen Eindruck: ein üppiges, ja verspieltes Paradebeispiel des Rokoko. Im Salon, wo Flint jetzt in einem abgenutzten, aber edlen Sessel sitzt, sind die Fenster zum Garten hin mindestens dreieinhalb Meter hoch und lassen das Licht einströmen, das sich auf holzgetäfelten Wänden und an einer Decke spiegelt, die mit schillernden Pastelltönen bemalt ist und den Himmel darstellen soll.

»Haben Sie auch eine Stelle an der Universität?«, erkundigt sich Ilse.

»Noch nicht«, erwidert Flint und kann sich die Vita, die Felix für sich entworfen hat, nun besser zusammenreimen. Zuerst, sagt sie, muss sie ihr Deutsch verbessern. Sie würde gern einen Privatlehrer engagieren, der mit ihr Konversation übt. Vielleicht kennt Frau Gröber da jemanden?

Ein Lehrer ist nicht nötig, befindet Frau Gröber, eine unnötige Ausgabe. Fleiß ist erforderlich. Frau Hartmann darf niemals Englisch sprechen. Sie muss täglich fünf neue Ausdrücke lernen. Sie muss Radio hören, aber nicht übermäßig laut. Sie muss deutsche Zeitungen lesen und deutsche Bücher. Frau Gröber hat viele Bücher. Möglicherweise könnte Frau Hartmann sich gelegentlich das eine oder andere ausleihen.

»Das wäre sehr nett.«

»Vorausgesetzt natürlich, Doktor Hartmanns Referenzen sind ausreichend.«

»Natürlich.«

Am Lenker des Rollers befindet sich ein großer roter Knopf, den Ilse ohne Vorwarnung mit der flachen Hand herunterdrückt, woraufhin eine Hupe so laut losheult, dass Flint zusammenfährt. Ungeachtet des ohrenbetäubenden Lärms nimmt Ilse die Hand erst von dem Knopf, als an der Tür ein Mann auftaucht, der aber nicht ins Zimmer tritt; ein rundlicher Mann mit O-Beinen und dem runzeligen Gesicht eines Bauern. Ilse ruft ihm in einer Sprache, die Flint für Türkisch hält, etwas zu, und der Mann verschwindet wortlos.

»Wir werden zusammen Tee trinken«, erklärt Ilse. »Das werden wir jeden Nachmittag tun, und ich werde ein Thema für unsere Konversation bestimmen. Sind Ihnen Schillers Werke vertraut?«

»Leider nein«, sagt Flint.

»Dann werden wir mit Schiller anfangen. *Wallensteins Tod* vielleicht. Sie werden jeden Morgen eine Passage lesen, und nachmittags werden wir darüber diskutieren, auf diese Weise können Sie Ihr Deutsch rasch verbessern.«

»Sie sind wirklich sehr freundlich«, sagt Flint.

Erst nachdem der schweigende Türke den Tee serviert hat, erst nachdem Flint weitere Anweisungen bekommen hat, wie sie ihr Deutsch verbessern kann, erst dann liefert Ilse ihr ein Stichwort, die erste Gelegenheit, den Samen zu legen, der mit der Zeit – bitte, Gott, möglichst bald – zu einem Gespräch über Frau Gröbers persönliche Lebensumstände aufgehen wird.

»Und Ihre Eltern leben in England?«

»Mein Vater lebt dort«, sagt Flint, ohne zu erwähnen, an was für einem dünnen Faden sein Leben derzeit hängt. »Meine Mutter ist gestorben, als ich noch klein war.«

Ilses Augen scheinen zu glänzen. »Wie alt waren Sie?«

»Ich war sechs«, sagt Flint wahrheitsgemäß. »Sie wurde ermordet.« Vermutlich die Wahrheit, obwohl die Leiche von Flints Mutter nie gefunden wurde. »Sie wurde erschossen«, gibt sie vor, »Kopfschuss.« Eine glatte Lüge.

Selbst wenn Flint nicht General Kessels Bericht gelesen hätte, den sie auf dem Flug nach Berlin förmlich verschlungen hat, selbst wenn sie nicht um die genauen Umstände gewusst hätte, unter denen Ilses Eltern von Bruder Karl verraten wurden, um dann in einem Wald bei Vacha standrechtlich erschossen zu werden; selbst ohne dieses Wissen hätte sie den quälenden Schmerz in Frau Gröbers Miene erkannt. Das bisschen Leben in ihrem Gesicht entweicht, ist wie weggeblasen. Ihre Augen werden trüb, und sie hält die Luft an. Einen Moment lang ist sie wieder ein junges Mädchen, das auf der Rückbank eines Trabant liegt, der an einem Sonntagabend vor über dreißig Jahren auf einem Waldweg von Grenzposten gestoppt wird. Trotz der langen Zeit, die vergangen ist, hört Ilse die Schüsse, als wären sie gerade erst abgefeuert worden, und ihr Körper zuckt.

Fühlt sich Frau Gröber nicht gut? Flint streckt den Arm aus und berührt ihre Hand. Kann Frau Hartmann irgendetwas für sie tun?

»Wer hat Ihre Mutter getötet?« Die Worte dringen krächzend aus Ilses Kehle.

»Das wissen wir nicht, mein Vater und ich. Wahrscheinlich werden wir es nie erfahren. Das ist das Schlimmste dabei. Das Nichtwissen ist fast unerträglich.«

»Meinen Sie, es ginge Ihnen besser, wenn Sie es wüssten?«

»Ja«, sagt Flint mit Bestimmtheit – die reine Wahrheit.

»Manchmal«, sagt Ilse eher zu sich selbst, »ist es besser, nichts zu wissen.«

Volltreffer! Da ist sie, die offene Einladung, die darauf hindeutet, dass Ilse bereit ist, darüber zu reden, dass auch sie als Kind einen gewaltigen, unwiederbringlichen Verlust erlitten hat. Flint ist sich zwar des Risikos bewusst, dass sie vielleicht zu schnell zu weit geht, trotzdem ergreift sie die Gelegenheit ohne Zögern beim Schopf. Sie formuliert die Fragen behutsam. Doch die durchtriebenen Worte haben Frau Hartmanns Mund kaum verlassen, da weiß sie, dass sie einen kolossalen Fehler gemacht hat. Hat Frau Gröber in ihrer Kindheit Ähnliches durchgemacht? Ist vielleicht auch ihre Mutter gestorben?

»Wie können Sie es wagen?«, fragt Ilse so hasserfüllt, dass Flint zurückschreckt, als wäre sie geschlagen worden.

»Wie können Sie es wagen, so taktlos zu sein?« Frau Gröbers gebrechlicher Körper bebt vor Zorn.

»Verzeihen Sie«, stottert Frau Hartmann.

»Sie haben kein Recht dazu.«

»Ich weiß. Ich wollte nicht …«

»Sie sind Gast in meinem Haus, eine Fremde, und da wagen Sie es, mir so persönliche Fragen zu stellen?«

»Ich weiß, das war unverzeihlich von mir.«

Frau Hartmann erhebt sich aus ihrem Sessel, die Handtasche mit beiden Händen fest gegen den Bauch gedrückt, und erweckt den Eindruck – so hofft Flint –, dass sie genau weiß, dass sie sich verabschieden muss. »Ich wollte nicht indiskret sein. Ich hatte bloß gehofft, Sie könnten vielleicht verstehen, wie das ist, wenn …«

»Setzen Sie sich wieder hin!«

Frau Hartmann setzt sich. Sie sieht zerknirscht aus. Möglicherweise ist sie kurz davor, in Tränen auszubrechen. Sie warten in angespanntem Schweigen, während Ilse Frau Hartmanns verhärmtes Gesicht studiert, den Erfolg ihres Ausbruchs begutachtet. Anscheinend zufrieden, legt sie ihren Zorn ab wie einen Mantel.

Hat Frau Hartmann einen Bruder? Die Frage klingt sanft und verlockend – wie ein Köder.

»Leider nein.«

»Ist Ihr Bruder auch gestorben?«

»Nein, Frau Gröber, ich bin Einzelkind.«

»Ich hatte einen Bruder«, sagt Frau Gröber. »Er ist gestorben.«

Sag nichts, Flint – keinen Ton. Frau Hartmann bleibt still, starrt auf den Boden, die Hände im Schoß zu Fäusten geballt.

»Wir werden mehr darüber sprechen, über Ihre Mutter.«

»Das würde ich gern.«

»Sie sollten sich die Wohnung ansehen.«

»Gern, wenn ich darf.«

»Der Diener wird sie Ihnen zeigen.«

Ilse zieht ein Taschentuch aus dem Ärmel ihrer weiten Strickjacke und reicht es Frau Hartmann, damit die sich die schwachen Tränenspuren von den Wangen wischen kann.

Den ersten Stock von Ilses Haus erreicht man über eine geschwungene Treppe, die rasch ins Schäbige hinaufführt. Gleich hinter der ersten Biegung wird der Teppich fadenscheinig und die Farbe an den Wänden nikotingelb. Die Treppenlampe ist kaum heller als eine Kerze und flackert auch so, und Flint fragt sich bange, wie es wohl um die elektrischen Leitungen im Haus bestellt ist. Der Türke, der vorausgeht und sich am Geländer hochzieht, keucht vor Anstrengung.

Als wäre das Haus geschrumpft, sind die Decken im ersten Stock niedriger und die Fenster kleiner, kein strahlendes Licht, das das Halbdunkel durchdringt. Nur am Ende eines langen Korridors steht eine Tür offen, die in eine Drei-Zimmer-Wohnung führt. Das Mobiliar des Wohnzimmers besteht aus einem kleinen, klapprigen Sofa mit ebensolchem Sessel, beide mit zerschlissenem, rostbraunem Damast bezogen, einem verkratzten Couchtisch, einer Art Anrichte mit einer Platte aus Marmorimitat, an deren Rändern Zigarettenbrandflecken zu sehen sind, sowie zwei dünnen Teppichen auf dem kahlen Holzboden. Am hinteren Ende des Raumes befindet sich eine provisorische Küche. Flint heuchelt Interesse an einem geschmacklosen Druck, der als einzige erkennbare Dekoration an der Wand über der Anrichte hängt: irgendeine Landschaft.

Der Türke blickt sie forschend an, und Flint sagt: »Sehr schön.«

Als Nächstes kommt das Schlafzimmer, ein fensterloser Raum, kaum mehr als drei mal drei Meter groß, mit einer schmutzig orangefarben lackierten Kommode, einem großen Spiegel mit dunklen Flecken an den Stellen, wo das Silbernitrat auf der Rückseite abgebröckelt ist. Die durchhängende

Kleiderstange in einer Nische mit Vorhang soll wohl als Schrank dienen, vermutet Flint, und die beiden Holzstühle als Nachttischchen. Das Eisenbett ist gerade breit genug, um die Bezeichnung Doppelbett zu verdienen.

Und wo schläfst du, Felix? Flint testet die Matratze, die sich als überwiegend fest herausstellt, nur nicht an den Stellen, wo die Bettfedern gesprungen sind.

Das Badezimmer sieht sie sich kaum richtig an. Sie tritt ans Fenster und blickt nach unten auf ein mit Abfällen und grünen Plastikmüllbeuteln übersätes Stück Brachland hinter Ilses Haus. Ein Hund stöbert zwischen den Beuteln herum – wenn sie es recht bedenkt, der erste Hund, den sie in Leipzig zu Gesicht bekommt.

Flint könnte – würde – nie im Leben an diesem deprimierenden Ort bleiben, praktisch als Gefangene der schrecklichen Frau Gröber. Aber Frau Hartmann kann es. Sie wird ihre schlichten Kleider holen und sie an die durchgebogene Kleiderstange in der Nische hängen. Sie wird ihre Reinigungscreme und ihre anderen Toilettenartikel um das gesprungene Waschbecken herum aufstellen. Sie wird ein kleines Radio kaufen und sich deutsche Nachrichten anhören, während sie ihrem Ehemann im Backofen Fertigkost auftaut. Morgens, wenn er sich für den Tag verabschiedet hat, wird sie einen von den Holzstühlen zum Badezimmerfenster tragen, weil da das Licht besser ist, und Schiller lesen. Mittags wird sie hinuntergehen und sich bei Frau Gröber nützlich machen; sie wird anbieten, Besorgungen für sie zu machen, einzukaufen, zu putzen, egal was. An den Nachmittagen werden sie sich unterhalten – und nicht bloß über Schillers Werke.

Wie lange wirst du hier bleiben?, fragt Flint entsetzt.

So lange wie nötig, erwidert Frau Hartmann.

36

Gleich neben dem Holiday Inn, in einem verlassenen Anbau des riesigen, aber ebenso verlassenen Hotels Astoria, wartet Stephanie Cooper-Cole fiebernd vor Ungeduld darauf, dass ihr Handy klingelt. Thymus – wie in *Thymus vulgaris*, der in Nigels englischem Garten wächst und gedeiht – ist wieder in seinem Hotel in der Richard-Wagner-Straße, wo Fellowes in der Lobby die Stellung hält und zwei weitere Beobachter auf der Straße den Seiten- und den Hinterausgang im Auge behalten. Durch ihr Fernglas, das über den kleinen Park mit den paar Junkies hinweg gerichtet ist, kann Cooper-Cole einen aus Fellowes' Team sehen, der sich in seiner schwarzen Lederhose an einem Cafétisch rekelt, nicht weit von seinem geparkten Motorrad. Aber wo ist Catmint – lateinisch *Nepeta mussinii* aus der Familie der *Labiatae*, von unaufdringlicher Schönheit mit grauen Blättern und lila Blüten? Und wie in Gottes Namen konnte sie gleich vier von ihnen entwischen?

Zum x-ten Mal in den letzten achtundvierzig Stunden gibt sich Cooper-Cole kleinlichen Gedanken über Nigel Ridout hin.

»Sehr schön, Stephanie«, hatte er brummig auf ihre alarmierende Neuigkeit geantwortet, dass Catmint unterwegs nach Leipzig war, »Sie kriegen Ihre Observierer, aber verwenden Sie Ortsansässige.«

»Ortsansässige?«

»Aus Gründen der Sparsamkeit.«

»Nigel, das kann doch wohl nicht …«

»Stephanie, wir befinden uns in einer Rezession. Wir leben in einer Zeit der Etatkürzungen und knauserigen Buchhalter. Die haben in Ceauşescu Towers das Sagen, wie Sie sehr wohl wissen. Also, verwenden Sie Ortsansässige, und zwar höchstens vier.«

»Vier?«

»Sechs. Und das ist das höchste der Gefühle.«

Ortsansässige, das hieß in Leipzig die Überbleibsel des Kalten Krieges: freie Mitarbeiter, die der MI6 zu DDR-Zeiten eingesetzt hatte, deren Loyalität mit lumpigen Honoraren erkauft wurde und stets fragwürdig blieb, weil sie vielleicht auch für die Stasi arbeiteten – was, wie sich herausstellte, viele von ihnen tatsächlich getan hatten. Wie Nigel festgestellt hatte, bedeutete das natürlich – er sagte »ipso facto« –, dass sie im Observieren ausgesprochen erfahren waren.

Aber wie Cooper-Cole jetzt weiß – und wie sie Nigel nachdrücklich entgegenhalten wird, wenn sie sich persönlich treffen –, ist das Observieren eines Zieles in einem Polizeistaat, wo fast jedes Telefon angezapft ist, wo das Ziel die Observierungsfahrzeuge nicht erkennen kann, weil nahezu jedes Auto ein Trabi ist, wo es Zehntausende wachsamer Augenpaare gibt, auf deren Mithilfe man zurückgreifen kann, eben nicht damit zu vergleichen, ohne all diese Vorteile eine erfahrene verdeckte Ermittlerin in einer offenen Stadt im Auge zu behalten.

Sie hatten Catmint im Bahnhof verloren, so sagten sie. Eben war sie noch da gewesen – sie war durch die Ladenpassage gegangen, in den Lebensmittelbereich geschlendert, wieder herausgekommen, schien die Zeit totzuschlagen –, und plötzlich war sie weg.

»Weg?«

Verschwunden, sagten sie, in dem riesigen Bahnhofsareal wie vom Erdboden verschluckt. Hatte Cooper-Cole überhaupt eine Ahnung, wie viele Ebenen es da gab, wie viele Bahnsteige?

»Habt ihr die Bahnsteige abgesucht?«

»Klar. Und jeden Zug.«

»Ja, habt ihr denn gedacht, Catmint ist dahin gegangen, um einen Zug zu nehmen?«

Aufgebracht hatte sie sie zu ihren Motorrädern zurückgeschickt, mit der Anweisung, sich aufzuteilen und die Stadt in vier Quadranten zu durchkämmen, Quadranten, die sie immer stärker ausweiten werden, während sie sich vom Stadtzentrum bis zu den Randbezirken vorarbeiten und nach der sprichwörtlichen Nadel im Heuhaufen suchen. Voreilig hat sie eine Prämie ausgesetzt: eintausend US-Dollar für denjenigen, der Catmint als Erster irgendwo sichtet. Aber ihr Telefon will und will einfach nicht klingeln.

Cooper-Cole weiß sehr genau, dass ihre Chancen, Catmint zu finden, ziemlich gering sind. Sie werden sie höchstens dann wieder sehen, wenn sie Kontakt zu Thymus aufnimmt oder ins Holiday Inn zurückkehrt – falls sie ins Holiday Inn zurückkehrt; vorausgesetzt, sie hat nicht schon längst Gröbers Fährte entdeckt und ist ihr gefolgt.

»Sie soll nicht Gröber jagen«, hatte Ridout gemäkelt. »Sie soll Mandrake jagen, ihren Ben.«

»Vielleicht denkt sie, Gröber kann sie zu Mandrake führen«, hatte Cooper-Cole zu bedenken gegeben.

»Aber, aber, meine liebe Stephanie« – Nigel kann dermaßen herablassend klingen – »Karl Gröber ist nicht in Leipzig, er war seit zehn Jahren nicht mal in der Nähe von Leipzig.«

»Das weiß ich.«

»Und was« – Ridout hatte mit den Fingern auf die Schreibtischplatte geschlagen, um seiner Frage Nachdruck zu verleihen – »will … Catmint … dann … also … in … Leipzig?«

»Das weiß ich nicht.«

»Wen … will … sie … treffen?«

»Das werde ich herausfinden.«

»Tun Sie das, bitte.« Und dann hatte Ridout die Schreibtischplatte mit den Fingern gestreichelt, als wollte er die Wunden heilen, und gesagt: »Wissen Sie, Stephanie, ich sehe viele Ähnlichkeiten zwischen Ihnen und Flint. Sie sind beide clever, sozusagen mit allen Wassern gewaschen, Sie besitzen ähnliche intuitive Fähigkeiten und eine außergewöhnliche Zähigkeit, und Sie neigen beide zu einer gewissen – wie soll ich sagen? – Missachtung von Autoritäten. Kürzlich hat jemand Flint als ›unverbesserlich verbissen‹ beschrieben, und ich musste gleich an Sie denken. Sie sind sogar auf die gleiche kühle Art und Weise attraktiv, was ich ganz reizend finde.«

Du kannst mich mal kreuzweise, Nigel, dachte sie.

»Mit all dem will ich nur sagen, dass Sie beide interessante, ebenbürtige Widersacherinnen sind, aber von Ihnen erwarte ich hundertprozentig, dass Sie gewinnen.«

Für einen Preis, der Nigel erbleichen lassen wird, wenn er ihn erfährt, hat sich Cooper-Cole einen Schlüssel für den verlassenen Anbau des Astoria verschafft, sodass sie jetzt kommen und gehen kann, wie es ihr beliebt. An ihrem Beobachtungsposten verfügt sie über keinerlei Komfort – keine Verpflegung, keinen Strom, keine funktionierende Toilette –, aber sie wird ihre Stellung unter keinen Umständen früher verlassen, als Catmint gefunden ist.

Dr. Otto Schnell möchte an der Rezeption des Holiday Inn eine Nachricht für Miss Grace Flint hinterlassen. Die Sache ist von höchster Dringlichkeit, sagt er, und es ist wichtig, dass Miss Flint die Nachricht erhält, sobald sie zurückkommt. Er ist ausnehmend höflich; er wäre überaus dankbar.

Er kann völlig beruhigt sein, wird ihm versichert, die Nachricht wird sofort übergeben. Dr. Schnell lüftet den Hut und verlässt das Hotel. Er geht zwanzig Meter die Straße hinunter und biegt dann links in einen Durchgang ein, der zum Parkplatz des Hotels und zum Lieferanteneingang führt. Er nimmt den Hut ab, schlüpft in das Gebäude, eilt so, dass er von der Rezeption aus nicht zu sehen ist, zur Treppe und hinauf in den ersten Stock. Mit einem Nachschlüssel vom Hauptschlüssel des Zimmermädchens verschafft er sich Einlass in Flints Zimmer.

Da er nicht gekommen ist, um das Zimmer zu durchsuchen, registriert er anerkennend die Sicherheitsvorkehrungen, die sie getroffen hat: schmale, fast durchsichtige Klebestreifen, die zerreißen müssen, sobald jemand versucht, Schrank oder Schubladen zu öffnen. Es ist ein kleiner Raum, aber so findig eingerichtet, dass zwei große Einzelbetten hineinpassen, die zusammengeschoben wurden. Die Ansammlung von Gegenständen auf dem Nachttisch lässt ihn vermuten, dass sie in dem Bett schläft, das dem Fenster am nächsten ist. Er zieht sich die Schuhe aus, legt sich auf das andere Bett und macht es sich bequem.

Flint steigt aus einer Straßenbahn, nimmt Frau Hartmanns unvorteilhafte Brille ab, öffnet die Spange, die den Haarknoten hält, und schüttelt den Kopf, um das Haar zu lösen. Sie öffnet die obersten zwei Knöpfe ihrer Strickjacke und gibt die Haltung auf, die die Schüchternheit einer Frau signalisiert, die lieber nicht wahrgenommen werden möchte. Stephanie Cooper-Cole beobachtet die Verwandlung von ihrem Posten im Astoria-Anbau durchs Fernglas und muss widerwillig zugeben, dass Flint tatsächlich das reinste Chamäleon ist.

Instinktiv geht Flint nicht direkt zum Holiday Inn. Stattdessen kehrt sie noch einmal in den Bahnhof zurück und verschwindet im Gedränge der Einkaufszone, arbeitet sich gemächlich zur oberen Etage hoch, macht scheinbar einen Schaufensterbummel, doch in Wirklichkeit benutzt sie die Scheiben als Spiegel, um die Leute um sie herum zu beobachten.

Als sie sicher ist, dass ihr niemand folgt, verlässt sie den Bahnhof, aber nicht durch den Ausgang gleich gegenüber vom Holiday Inn – allerdings auch nicht durch einen, der vom Astoria-Anbau aus zu sehen ist. Sie geht zunächst nach Süden in Richtung Altstadt, wendet sich dann nach Westen, um sechs Querstraßen weiter nach Norden Richtung Hotel abzubiegen, wobei sie aber einer Parallelstraße folgt, die hinter dem Holiday Inn vorbeiführt. Dann geht es nach Osten und wieder nach Süden, und als sie schließlich ihren weiten, verwirrenden Kreis geschlossen hat, erreicht sie das Holiday Inn ungesehen von – und nicht sichtbar für – Stephanie Cooper-Cole.

Wäre Flints Gehör so fein wie ihre Instinkte, hätte sie vielleicht gehört, wie ein Zimmer im Astoria-Anbau förmlich bebt vor wütender Enttäuschung.

»Guten Abend, Miss Flint, für Sie ist eine Nachricht abgegeben worden.«

Endlich Neues von Felix, denkt sie, aber die Handschrift auf dem Umschlag ist gestochen scharf, nicht zu vergleichen mit Hartmanns Geschmiere. »Dringend!: Bitte sofort öffnen«, steht da. Sie zieht sich in eine ruhige Ecke der Hotelhalle zurück und liest die Nachricht.

Mein Name ist Otto Schnell. Ich bin aus Pullach, ein Kollege von Felix Hartmann. Felix kann keinen Kontakt zu Ihnen aufnehmen, weil er ununterbrochen von feindlichen Kräften observiert wird. Ich warte in Ihrem Zimmer auf Sie. Bitte erschrecken Sie sich nicht.

Unter Flints wachsamem Blick erhebt sich Dr. Schnell von dem Bett und streicht emsig die Decke glatt, auf der er gelegen hat. Selbst ohne den Hut erkennt sie aufgrund seiner Größe in ihm sofort den Mann wieder, mit dem Felix gesprochen hat.

»Schnell«, sagt er und verbeugt sich knapp. »Dr. Otto Schnell.«

»Wie sind Sie hier reingekommen?«

»Eine kleine Bestechung, muss ich gestehen.« Dr. Schnell bemerkt mit Befriedigung, dass Flints Augen die Sicherungsvorkehrungen kontrollieren und feststellen, dass noch alle intakt sind. »Ich habe einen Nachschlüssel vom Hauptschlüssel gekauft.«

»Wer beschattet Felix?«

»Ein Dreierteam. Sie haben sich schon bei seiner Ankunft

am Flughafen an seine Fersen geheftet. Zwei von ihnen stammen aus Leipzig, der Dritte ist Brite, glauben wir.«

»Glauben Sie?«

Dr. Schnell zieht sich die Schuhe an, was ihn gleich fünf Zentimeter größer macht. »Wir haben ihn nicht gefragt – noch nicht. Aber er benutzt eine Wohnung, die zu DDR-Zeiten vom MI6 bevorzugt wurde, weil sie nicht weit von der Stasi-Zentrale liegt.« Flint versteht nicht gleich, und Dr. Schnell fügt hinzu: »Von dort hatte man eine vorzügliche Aussicht auf die Stasi-Zentrale.« Mit den Händen tut er so, als würde er das Teleobjektiv einer Kamera einstellen.

»Werde ich observiert?«

»Das wurden Sie, und zwar von einem Viererteam. Aber dann haben Sie sie im Bahnhof abgeschüttelt – sehr geschickt, wie ich fand.« Dr. Schnell belohnt ihre Kompetenz mit einem verschmitzten Lächeln. »Unmittelbar bevor Sie Frau Gröber einen Besuch abstatteten.«

»Dann habe ich Sie offensichtlich nicht abgeschüttelt.«

»Wir haben hier ein Heimspiel, Miss Flint – Grace, wenn ich darf. Wir haben Heimvorteil. Außerdem haben wir uns gedacht, wo Sie hinwollten. Übrigens, wie ist Ilse denn so?«

»Unheimlich«, sagt Flint. »Otto, falls das Ihr richtiger Name ist, was zum Teufel geht hier eigentlich vor? Wieso kriechen hier überall Schlangen hinter mir her?«

»Schlangen?«

»Nattern, Spitzel, Spione – ist mir egal, wie Sie sie nennen. Tut mir Leid, aber die Bewohner der Spionagewelt gehören nicht zu meiner Lieblingsspezies, Anwesende vielleicht ausgenommen. Wissen Sie, was die vorhaben?«

Dr. Schnell blickt verständnisvoll. »Nein, aber ich denke, wir können davon ausgehen, dass der britische Geheimdienst ein Interesse an Karl Gröber hat. Entweder um ihn aus irgendwelchen Gründen zu schützen oder um ihn durch Sie zu finden. Und so geschickt Sie auch im Abschütteln von Beschattern sind, Grace, ich denke, es wäre ratsam, Sie in einem anderen Hotel unterzubringen, einem, das ruhiger ist. Zufällig kenne ich da genau das Richtige, ein Hotel auf dem Lande, aber nicht weit von Leipzig, mit einem ausgezeichneten Restaurant, wo wir, wenn Sie mir die Ehre erweisen, heute Abend zusammen speisen könnten. Wo ich garantieren kann, dass wir nicht gestört werden – wo es keine Mikrofone, keine neugierigen Augen gibt. Und wenn Sie mir noch eine Stunde geben, könnte ich ein kleines Ablenkungsmanöver arrangieren, sodass Felix sich zu uns gesellen kann, und dann können wir drei gemeinsam überlegen, warum außer mir noch andere Schlangen« – ein breites Schmunzeln von Dr. Schnell – »hinter Ihnen herkriechen. Sind Sie einverstanden?«

Flint scheint das Angebot in Betracht zu ziehen. »Was war in dem Umschlag, den Sie Felix heute Morgen gegeben haben?«

»Umschlag? Welcher Umschlag?«

Schweigen von Flint, die sein Gesicht betrachtet.

»Ah ... sehr gut. Sehr gut.« Er lacht leise und schüttelt den Kopf, um seine Verlegenheit zu überspielen. »Sie haben also auch observiert. Ausgezeichnet! Und Sie haben mich an etwas erinnert, was ich nie hätte vergessen dürfen. Der Umschlag enthielt die Referenzen, die Ilse verlangt – die besten Referenzen, die Pullach für Dr. Hartmann und seine reizende Frau fälschen konnte –, und Felix soll sie heute Abend zu ihr bringen. Er muss ...«

»Das ist nicht mehr nötig«, sagt Flint.

»Nein?«

Flint stellt die kleine Reizgasdose, die sie versteckt in der Hand gehalten hat, beiseite und greift in ihre Handtasche. Was sie jetzt in der Hand hält und Dr. Schnell mit einem leisen Anflug von Selbstzufriedenheit zeigt, sind die Schlüssel zu Ilses Haus.

DIE IRISCHE SEE

37

Mandrake, auf der Fähre von Dublin, breitbeinig, um auf dem Vorderdeck das Gleichgewicht zu halten, sieht zu, wie der Bug sich jäh aufbäumt, um die nächste Woge zu meistern. Das Wetter wird schlechter, die See ist jetzt schmutzig grau und speit Schaum, der im Gesicht brennt wie Nesseln. Er würde gern nach unten in einen der Salons gehen, aber falls Ridout nach Mandrake suchen lässt und falls seine Jäger an Bord sind, werden sie natürlich die Salons durchkämmen – und ein kahl geschorener Kopf und ein Fünftagebart dürften nicht ausreichen, um sie zu täuschen. Mandrake hat sein Aussehen so gut es ging verändert, aber an seiner Größe gibt es nichts zu manipulieren: Mit seinen fast einen Meter neunzig überragt er die meisten Passagiere an Bord.

Die junge Frau mit dem Koboldgesicht und der zotigen Sprache reicht ihm kaum bis zur Schulter. Seit sie mit ihrem griesgrämigen Freund an Deck gekommen ist und diesen dann mit boshafter Feindseligkeit vertrieben hat, war fast jeder Satz von ihr gespickt mit Obszönitäten.

»Verfickte Scheiße!«, schreit sie jetzt, als die Gischt vom Bug ihre Zigarette durchnässt, die sie in der hohlen Hand hält. Und als Mandrake sie verständnisvoll anlächelt, fragt sie ihn: »Was gibt's da zu glotzen?«

Er wendet sich ab und zündet im Schutz der Relingwand eine Ersatzzigarette an, die er ihr stumm anbietet.

»Leck mich«, sagt sie und nimmt sie nicht.

Mandrake zeigt demonstrativ seine Gleichgültigkeit. Ihre Unverschämtheiten und ihre unflätige Sprache stören ihn nicht, solange sie bloß mit ihm hier auf dem Vorderdeck bleibt. Sie dient ihm als Tarnung, denn er weiß, dass ein Paar weniger auffällig ist und nicht so schnell registriert wird wie ein Mann allein.

Und nicht nur Ridouts Jäger bereiten ihm Sorgen. Auch Karl Gröber wird mit Sicherheit nach Mandrake suchen lassen, denn Gröbers Reaktion auf seine Schweigegeldforderung war fast genauso ausgefallen, wie er erwartet hatte.

»Ja und nein«, hatte der Finanzberater gesagt, als Mandrake ihn anrief, um zu fragen, ob die Überweisung erfolgt sei.

»Keine Mätzchen«, hatte Mandrake erwidert.

»Der Kunde hat verständlicherweise Bedenken, denn selbst wenn er Ihnen das volle Honorar zahlt, ist das für ihn keine Garantie, dass er nicht doch von Ruths Freunden Besuch bekommt.«

»Er hat mein Wort«, hatte Mandrake gesagt – und nur verächtliches Schweigen am anderen Ende der Leitung gehört. »Also«, hatte er gefragt, »was schlägt der Kunde vor?«

»Ratenzahlung, wöchentliche Raten, die nur erfolgen, solange es auf der Insel … friedlich bleibt.«

Oder bis er mich findet, dachte Mandrake.

»Ich verfüge bereits über eine Anzahlung in Höhe von zehn Prozent, die ich überallhin transferieren kann, wohin Sie es wünschen. Die Restsumme wäre über einen Zeitraum von vier Wochen zahlbar, denn so lange braucht der Kunde, um seinen Umzug zu organisieren.«

Und das ist viel weniger Zeit, rechnete Mandrake sich aus, als er zu benötigen meint, um mich mit Hilfe der Überweisungen aufzuspüren.

»Er könnte heute schon umziehen«, hatte er gesagt.

»Das könnte er tatsächlich, und in dem Fall wären Ihre Informationen wertlos. Er würde das Ganze aber lieber in aller

Ruhe organisieren, und er ist durchaus nicht abgeneigt, für Ihre … Dienste zu bezahlen. Er will Zeit kaufen, und er möchte natürlich sichergehen, dass er den vollen Gegenwert für sein Geld erhält.«

Er kauft die Zeit, um Jagd auf Mandrake zu machen.

Eine tückische Woge, sehr viel höher als ihre Vorgängerinnen, bricht über den Bug, sodass die Fähre schwankt und heftig nach Steuerbord kippt. Mit einer Hand packt Mandrake die Reling und mit der anderen die junge Frau, umklammert ihren Arm, als ein gewaltiger Schwall Wasser über das Vordeck flutet. Sie kreischt auf und will sich von Mandrake losreißen, bis sie spürt, wie die Kraft des Wassers an ihr zerrt, und jetzt hat sie die Arme um seinen Hals geschlungen und hält sich verzweifelt an ihm fest.

Wieder tost eine riesige Welle über sie hinweg, und Mandrake dreht sich zur Seite, um die Reling mit beiden Händen fassen zu können. Er reißt die Frau herum, sodass sie fest zwischen seinem Körper und dem Geländer eingeklemmt ist, und beiläufig schießt ihm durch den Kopf, dass er eigentlich eine gewisse Befriedigung empfinden müsste, weil er ihr das Leben gerettet hat. Aber Mandrake fühlt nicht viel mehr als den Druck ihres Körpers. Er weiß, dass er sie instinktiv festgehalten hat, weil sie ihm vorübergehend nützlich ist, und dass es ihm, wenn er sie nicht mehr braucht, völlig gleichgültig sein wird, ob sie lebt oder stirbt.

Sie bedeutet ihm genauso wenig wie eine andere magere junge Frau mit bläulicher Haut, deren Körper er aus seinem Bett gehoben und in eine Decke gewickelt hatte, um ihn dann – halb im Wasser, halb aus dem Wasser – am Ufer der Themse abzulegen.

DAS MARSCHEIDER-GEBÄUDE

38

Über Grace Flints vermeintlichen Schwiegervater – der Betrüger, der auf ihrer Hochzeit war – hat Jarrett Crawford Folgendes zu sagen: »Das ist ein Spinner, ein Schauspieler, der die meiste Zeit arbeitslos ist. Heißt Defoe, Vorname Pierre. Sie haben ihn in Montreal aufgetrieben, wo er in einer Bar gearbeitet hat, und ihm fünfzehnhundert Dollar plus Spesen angeboten, wenn er Joe Gates spielt.«

»Wer ist ›sie‹?«

»Na, Ben zum Beispiel, Mr. Cutter. Defoe hat ihn auf einem Foto erkannt. Den anderen Typen hat Defoe nur das eine Mal in der Bar gesehen, und seine Beschreibung ist ziemlich ungenau.«

Das Wetter ist für die Jahreszeit sehr heiß. Im Marscheider-Gebäude sind es achtundzwanzig Grad, und Cutter hat einen Ventilator laufen, der die Blätter auf seinem Schreibtisch flattern lässt. Crawford erhascht einen flüchtigen Blick auf die erste Seite von Nathan Starks Personalakte, und er bemüht sich, nicht in seinem Sessel hin und her zu rutschen.

»Sie sagen, die haben ihn in Montreal aufgetrieben …«

»Ich hätte sagen sollen, sie haben ihn ausgesucht, Sir. Wenn Defoe kein Engagement hat und nicht in Bars arbeitet, betreibt er einen Laden, der sich ›Phone Fantasies‹ nennt. Für fünfzig Piepen ruft er dann den besten Freund des jeweiligen Kunden an oder seinen Boss oder wen auch immer und tut so, als wäre er von der Polizei oder von der Einwanderungsbehörde oder der Scheidungsanwalt der lieben Gattin, ganz nach Wunsch.«

Cutter blickt verwirrt. »Und was soll das?«

»Das soll witzig sein, Sir. Jedenfalls sind sie so auf ihn gekommen. Sie haben gesagt: ›Du spielst anderen doch gern was vor, wie wär's denn damit?‹ Ben hat ihm erzählt, sein richtiger Vater hätte seine Stelle an der Universität von Montreal verloren, weil er eine Studentin angebaggert habe, und das nicht zum ersten Mal, und dass er mittlerweile an der Flasche hängen würde. Er hat gesagt, wenn sein Alter Herr bei der Hochzeit auftauchte, würde er sich wahrscheinlich an die Braut ranmachen und die würde einen Anfall kriegen. Sie haben gesagt, Defoe müsste nichts bezeugen oder so, es wäre also nichts Illegales dabei. Einfach nur da sein, sich gut benehmen und irgendeinen Schwachsinn über Montreal zum Besten geben, über seine kranke Frau, seinen Ruhestand, darüber, dass er nach Frankreich ziehen will, und so weiter.«

Cutter versteht es ausgezeichnet, jemandem seine volle Aufmerksamkeit zu schenken. Und genau das tut er jetzt, er lauscht Crawford, als hätte jedes einzelne Wort eine tiefere Bedeutung. Crawford spürt die Schweißperlen in seinem Schnurrbart. Er widersteht dem Drang, sie wegzuwischen.

»Das war alles?«, will Cutter wissen.

»Nicht ganz. Nach der Hochzeit, als Ben Defoe das restliche Honorar gezahlt hat – eintausend Dollar –, hat er ihm auch ein Handy mit einer französischen Rufnummer gegeben. Er meinte, das wäre nur für den Fall, dass Grace auf die Idee käme, ihren Schwiegervater anzurufen; auf diese Weise käme sie nie dahinter, dass er nicht in Frankreich war. Er hat gesagt, wenn er einen Anruf bekäme, sollte er Ben Bescheid sagen, und Ben würde ihm dann hundert Dollar schicken. Tja, und das ist dann wirklich ein paar Mal passiert. Grace hat ihn angerufen, um ein bisschen mit ihm zu plaudern, und Defoe hat auch immer brav seine hundert Dollar gekriegt. Bis er eines

Tages knapp bei Kasse war und versucht hat, Ben über den Tisch zu ziehen. Er hat gesagt, Grace hätte angerufen, obwohl das nicht stimmte. Zwei Tage später kommt ein Typ in die Bar, den er noch nie gesehen hat, und sagt ihm, wenn er die Masche noch einmal probiert, wacht er am nächsten Morgen mit durchgeschnittener Kehle auf. Defoe sagt, er hat's mit der Angst bekommen und das Handy weggeschmissen.«

Zu Crawfords Erleichterung verliert Cutters Blick in dem Maße an Eindringlichkeit, wie er offenbar das Interesse an Pierre Defoe verliert. »Halten die Kanadier ihn noch fest?«, fragt er.

»Ja, sie vernehmen ihn noch wegen ein paar anderer Sachen – er hat nämlich mal für ein paar von seinen Kunden einen Cop gespielt. Die gehen uns gerne zur Hand. Lochen ihn ein, wenn wir wollen.«

»Wäre doch wohl Platzverschwendung, was, Jerry?«

»Finde ich auch.«

»Und?«

»Und was, Sir?«

»Und wann erzählen Sie mir, was Sie wirklich beschäftigt?«

Als Crawford Cutters Büro betrat, schwante ihm, dass dieser Augenblick höchstwahrscheinlich kommen würde. Aber er weiß noch immer nicht, wie er vorgehen soll, deshalb weicht er aus. »Flint möchte, dass ich Regal in die Mangel nehme.«

»Wen?«

»Vincent Regal, unser erster V-Mann bei Pentecost. Der Typ, der für die Behörde arbeitet, die Gröbers Firmen in Delaware genehmigt hat.«

Cutter argwöhnt zu Recht, dass das wieder nur ein Ausweichmanöver von Crawford ist, und nickt bloß.

»Die Sache ist die – und das lässt ihr schon seit über einem Jahr keine Ruhe –, in der Nacht, als sie die Informationen von Regal bekommen hat, da hat er, ob nun mit Absicht oder nicht, durchblicken lassen, dass er von ihrer bevorstehenden Hochzeit wusste. Er wusste sogar Bens Namen.«

»Na und?«

»Na und? Woher wusste ein Widerling wie Regal solche privaten Dinge über sie? Sie hatte ihre Hochzeitspläne ja schließlich nicht in die *Times* gesetzt. Grace sagt, dass überhaupt nur eine Hand voll Leute davon wussten. Die Frage ist, wer von denen hat es Regal erzählt?«

»Fragen Sie ihn«, sagt Cutter. »Also, Jerry, sind wir so weit? Erzählen Sie mir nun endlich, was Ihnen wirklich auf der Seele brennt?«

Crawford nickt, aber er blickt nach unten auf seine Schuhe. »Dieser Hudson, der Typ, der Mr. Tyler mit Sherman zusammengebracht hat«, beginnt er zögernd.

»Was ist mit ihm?«

»Ich soll heute Abend nach Virginia fahren, damit ich mir Mr. Hudson morgen bei sich zu Hause vorknöpfen kann, in aller Frühe, bevor sein Anwalt aufsteht.«

»Gut.«

»Trotzdem, Mr. Cutter, ich glaube nicht, dass der zusammenklappt. Er war ein ziemlich hoher Diplomat für die Briten, und er ist viel rumgekommen, hat in seiner aktiven Zeit ein paar ganz schön heiße Einsätze gehabt. Ich glaube nicht, dass er uns erzählt, wer dieser Sherman ist, ob er nun seinen Anwalt dabeihat oder nicht.«

»Und?«

»Sobald ich mich da verabschiede, Sir – ich habe ja schließlich keinen vernünftigen Grund, ihn festzunehmen –, wird der irgendwen anrufen, vermutlich diesen Sherman, und ihm erzählen, dass Mr. Tyler uns einiges erzählt hat, und ich halte das für keine gute Idee. Wenn Sie einverstanden sind, Mr. Cutter, würde ich diesen Hudson vorläufig lieber in Ruhe lassen und Sherman irgendwie anders identifizieren.«

»Und, Jerry?«

»Ich hab also, in der Hoffnung, dass Sie einverstanden sind, Mr. Tyler jetzt in diesem Moment unten bei Rocco sitzen, und die versuchen, ein Computerbild von Shermans Gesicht zusammenzukriegen. Das Problem ist bloß, Mr. Tyler ist nicht gerade das, was man einen aufmerksamen Zeugen nennen würde. Er kann prima Vögel beschreiben – wenn ich ihn ließe, würde der mir jeden verdammten Vogel beschreiben, den er in Hudsons Garten gesehen hat, haargenau, bis hin zur Schnabellänge –, aber wenn es um menschliche Gesichter geht, die merkt er sich einfach nicht. Er sitzt bei Rocco, schon seit drei Stunden, und ich hab ihm gesagt, er soll die Augen zumachen und Roccos Gesicht beschreiben. Und er konnte es nicht – nicht mal annähernd. Und … ich weiß wirklich nicht, ob das was bringt, Mr. Cutter.«

»Jerry, hören Sie auf, Pirouetten zu drehen, mir wird schon ganz schwindelig. Spucken Sie's einfach aus.«

»Sir, diese Sache mit Mr. Stark, dass er Rocco gesagt hat, er soll auf Ihre Anweisung hin Grace' Telefon abhören. Ich weiß, Sie haben gesagt, ich soll keiner Menschenseele was davon erzählen, und ich schwöre, das hab ich auch nicht, aber …«

Cutters Augen sind plötzlich wie zwei Laserstrahlen, die Crawfords Gesicht fixieren.

»Okay, Rocco meint, er will es mal anders versuchen, er zeigt Mr. Tyler echte Fotos von echten Leuten, immer nur ein Stückchen, angefangen mit dem Haaransatz, und arbeitet sich dann nach unten. Es soll so laufen, Rocco zeigt ihm auf dem Bildschirm verschiedene Haaransätze, ohne dass das übrige Gesicht zu sehen ist, bis er einen findet, der mehr oder weniger passt, und dann zeigt er ihm die Stirn, und wenn sie nicht stimmt, zeigt er ihm die nächste von einem anderen Foto und so weiter, bis er wieder was Passendes gefunden hat. Dann zeigt er ihm die Augen, und wenn die nicht stimmen, zeigt er ihm andere Augen, und so weiter. So versucht er, das Phantombild zusammenzustellen, verstehen Sie?«

»So ungefähr«, sagt Cutter todernst.

»Aber es klappt einfach nicht – Rocco kriegt einfach kein Bild zusammen, Mr. Cutter. Tyler sieht zum Beispiel einen Haaransatz, der nicht stimmt, aber dann zeigt Rocco ihm die Stirn von demselben Bild, und Tyler sagt: ›Ja.‹ Dann die Augen, selbe Geschichte, und dann …«

»Warum hat er es gemacht, Jerry?«

»Was gemacht, Sir?«

»Warum hat Rocco ein Foto von Nathan Stark auf den Bildschirm geholt?«

Crawford schluckt. »Weil ich es ihm gesagt habe. Ohne Begründung.«

»Aber mir werden Sie doch eine Begründung geben, nicht wahr, Jerry?«

»Letzten Samstagnachmittag hat Tyler einen Anruf von Sherman bekommen, zum ersten Mal seit Monaten. Sie haben ein paar Belanglosigkeiten ausgetauscht, und dann hat Sherman Tyler gewarnt, zwei Agenten von der FSF seien auf dem Weg nach Portland. Er hat ihm gesagt, dass wir an seine Tür klopfen und jede Menge Fragen nach Gates stellen würden, dass die FSF nichts in der Hand hätte und dass er, Tyler, den Mund halten sollte – einfach abstreiten, je von einem Ben Gates gehört zu haben. Ich war noch immer dabei, mir darüber Gedanken zu machen, wie Sherman das wissen konnte – wie überhaupt irgendwer außerhalb dieses Gebäudes wissen konnte, dass Flint und ich unterwegs nach Portland waren –, als Mr. Tyler noch etwas sagte. Er meinte, wir bräuchten den Computer nicht. Viel besser wäre so ein Gerät, das Gerüche aufspürt. Das sollte ein Witz sein, aber ich hab ihn gefragt, was er damit meint. Er hat gesagt, er wäre der Meinung, dass Sherman ein Problem mit Mundgeruch habe, weil er ein richtig starkes Mundwasser benutzt, und dass er diesen Geruch überall wiedererkennen würde. Mr. Cutter, er hat gesagt, der Geruch erinnere ihn an Quitten.«

Rocco Morales, an seinem Computer im Keller des Marscheider-Gebäudes, schäumt innerlich, und die Luft vibriert von seiner mühsam unterdrückten Wut.

Thomas Tyler hat eine Weile versucht, sich die Zeit mit höflicher Konversation zu vertreiben, aber Morales hat kaum richtig hingehört. Seine Schwester Rosetta sagt immer, dass Roccos Temperament eines Tages sein Untergang sein wird, und in diesem Moment ist er drauf und dran, ihre Prophezeiung wahr werden zu lassen.

Jerry Crawford weicht Roccos eisigem Blick aus und sagt: »Mr. Tyler, das ist Director Cutter, und er würde Sie gerne begrüßen.«

»Was Sie für uns getan haben«, sagt Cutter mit feierlichem Ernst, »ist ungemein wichtig, Mr. Tyler.« Er ergreift Tylers Hand und lässt sie nicht mehr los. »Jetzt muss ich Sie noch um eines bitten. Sie müssen jetzt mit unserem Agent Crawford nach oben in mein Büro gehen und Ihre Frau anrufen. Sagen Sie ihr, sie soll ein paar Sachen zusammenpacken, genug, dass Sie beide und Ihre Kinder für rund vier oder fünf Tage damit auskommen. Wenn die Kinder jetzt nicht zu Hause sind, soll sie sie umgehend ausfindig machen. Sollte sie dabei Hilfe brauchen, sagen Sie Agent Crawford Bescheid. Können Sie mir folgen?«

Aus Tylers Gesicht ist alle Farbe gewichen, und er sieht aus wie kurz vor einer Herzattacke.

»In etwa fünf Minuten werden vor Ihrem Haus jede Menge Polizeiautos stehen«, fährt Cutter fort. »Die werden dort bleiben, bis die Spezialeinheit für Geiselsituationen eintrifft. Im Klartext, das ist eine Sondereinsatztruppe in einem Zivilfahrzeug, die Ihre Familie aus dem Haus schafft und an einen sicheren Ort bringt. Im Laufe des Tages, so hoffe ich, oder spätestens morgen werden Sie zu Ihrer Familie gebracht werden, und man wird Sie so lange schützen, wie irgendein Risiko besteht.«

Tyler stottert: »Mein Gott, was habe ich getan?«

»Sie haben genau das Richtige getan, Mr. Tyler. Und jetzt« – Cutter lässt Tylers Hand los – »gehen Sie bitte mit Agent Crawford und rufen Sie Ihre Frau an.«

In der Stille, als Tyler, der zu benommen ist, um irgendwelchen Widerstand zu leisten, hinausgeführt wird, wartet Rocco Morales und beginnt, lautlos bis zehn zu zählen. Er weiß, dass man das machen soll, wenn man kurz davor ist, eine gewaltige Dummheit zu begehen. Er schafft es bis zehn, und dann explodiert er. »Verdammt, Mr. Cutter. Würden Sie mir bitte verraten, Sir, was zum Teufel hier eigentlich los ist?«

Cutter sagt ruhig: »Dass Sie Flints Telefon abgehört haben, geschah nicht auf meine Anweisung hin. Stark hat Sie angelogen.«

»Und Crawford hat das gewusst? Wie lange hat er das gewusst?«

»Seit Montagabend.«

Morales tritt gegen seinen Schreibtischstuhl, der prompt durch den Raum rollt. »Fünf Tage! Der weiß das seit fünf Tagen und sagt kein Sterbenswörtchen. Scheiße, das ist doch nicht zu fassen.«

»Ich habe ihm befohlen, Ihnen nichts zu sagen, Rocco. Meine Entscheidung. Wenn Sie auf irgendwen wütend sein wollen, dann auf mich.« Cutters Tonfall ist noch immer ruhig, aber auf seinem Gesicht liegt eine bedrohliche Röte, die darauf schließen lässt, dass seine Geduld auf eine harte Probe gestellt wird.

»Warum, Mr. Cutter? Warum in Gottes Namen sollte ich nicht wissen, dass mein Operationsleiter Dreck am Stecken hat?«

»Ich wusste nicht, dass er Dreck am Stecken hat, Rocco – da noch nicht. Ich wusste bloß, dass er Ihnen eine Anweisung erteilt hatte, die nicht abgesegnet war, und dass er Sie angelogen hatte. Ich wollte herausfinden, warum er das getan hat, aber ohne ihn misstrauisch zu machen – und Sie hätten ihn misstrauisch gemacht, Rocco, weil Sie gar nicht anders können. Ich habe daran gearbeitet, habe seine Akte auf irgendwelche Hinweise durchforstet, die ich übersehen hatte. Wahrscheinlich wäre ich früher oder später drauf gekommen, aber« – Cutter lässt sein zahnlückiges Lächeln aufblitzen – »ihr wart schneller als ich.« Er deutet mit dem Kinn auf den leeren Computerbildschirm. »Zeigen Sie mir, was Sie rausgekriegt haben?«

»Dieser verdammte Jerry«, sagt Morales, aber seine Wut verfliegt wie Luft aus einem undichten Reifen.

»Rocco, zum letzten Mal: Es war meine Entscheidung. Dafür werde ich bezahlt.«

Mit resigniert herabhängenden Schultern trottet Morales zu seinem Schreibtisch. Er tippt den Code ein, der den Bildschirm zum Leben erweckt, und Nathan Starks hageres Gesicht, nur Knochen und spitze Kanten, erscheint. Es ist unverkennbar Starks Foto – das Foto, das in seiner Personalakte ist, die sich derzeit auf Cutters Schreibtisch befindet –, aber Morales hat eine Brille und volles, welliges Haar hinzugefügt, das glatt nach hinten gekämmt ist.

»Als Tyler ihn bei Hudson zu Hause kennen gelernt hat, trug er eine Perücke, ein Haarteil«, erklärt Morales. »Das hat uns ein Weilchen verwirrt. Als ich Tyler das hier gezeigt habe« – Morales entfernt das Haarteil mit einem Mausklick und verdeckt das Gesicht, sodass nur noch Starks struppiger Haaransatz zu sehen ist – »hat er gesagt: ›Nein, das war er nicht.‹ Aber dann hat Crawford darauf bestanden, dass ich ihm das hier zeige« – jetzt wird die niedrige Stirn sichtbar – »und da wurde Tyler auf einmal ganz aufgeregt, und von da an war es ein Kinderspiel.«

»Haben Sie irgendwelche Bedenken, Rocco? Halten Sie Tylers Identifizierung für verlässlich?«

»Tja, Tyler ist sich seiner Sache ziemlich sicher, aber ich kann nicht sagen, ob ein Gericht ihm glauben würde, wohl kaum auf Grundlage dieses Fotos. Falls er Stark nicht bei einer Gegenüberstellung identifizieren kann, könnte ihn wahrscheinlich jeder halbwegs gute Verteidiger im Zeugenstand auseinander nehmen.«

»Und wenn Tyler Nathans Stimme hören würde? Wenn er ihn in Aktion sähe?«

»Klar, das wäre nicht schlecht, aber ich wüsste nicht, wie Sie das machen wollen … Meine Güte, ja, ich weiß es doch.« Der bedrückte Ausdruck in Morales' Gesicht verschwindet. »Sie wollen ihm das Pentecost-Band zeigen?«

»Kann doch nicht schaden, oder?«

Morales kramt schon in einer Schublade und holt die DVD heraus, auf die er die endgültige Version des Bandes gespeichert hat, die nur allzu deutlich zeigt, in welchem Debakel die Operation Pentecost endete. Er schiebt sie in den Computer, wartet, bis der Media Player geladen ist, und ruft das entsprechende Kapitel auf.

»Nathan, übernimm hier«, dringt Flints Stimme blechern aus den Lautsprechern des Computers, und prompt kommt Nathan Stark ins Bild.

»Verdammt, er hat ihr eine Knarre in den Mund geschoben« – Crawfords zornbebende Stimme.

»Schaltet ihn aus«, sagt Stark, und die Kamera zeigt sein Bild, als sähe er seinem eigenen Schicksal ins Auge.

»Kriegen Sie den Ton vielleicht besser hin, Rocco?«, fragt Cutter.

»Klar. Ich hab zwei Bose-Boxen, über die ich ihn laufen lassen kann.«

»Dann zeigen Sie das Tyler, wenn er sein Telefonat beendet hat«, sagt Cutter. »Zeigen Sie ihm, so viel er will, bis er absolut sicher ist, dass er« – Cutter zeigt auf Starks erstarrtes Bild auf dem Monitor – »und Sherman ein und derselbe sind. Und danach kein Wort, Rocco, Sie sagen keiner Menschenseele auch nur ein Sterbenswörtchen. Sie, ich und Crawford wissen Bescheid – das reicht.« Cutter wendet sich zum Gehen.

»Und was dann, Mr. Cutter?«

»Wie er selbst gesagt hat, Rocco, wir schalten ihn aus.«

39

Am nächsten Tag geht Cutter in seinem Büro den Teil von Nathan Starks Personalakte durch, der die Höhepunkte seiner früheren Laufbahn beim FBI auflistet. Stark selbst ist auf einer Leinwand zu sehen, noch nicht »ausgeschaltet« – im Gegenteil, er wirkt wie das blühende Leben, ist sogar in Hochstimmung.

Ein Stockwerk über Cutters Büro versammeln sich die Truppen im größten Besprechungszimmer, das die jungen Terrier inzwischen ironisch ZAIG-Kommandozentrale nennen, nach der Stasi-Abteilung, bei der Karl Gröber sich gründliche Kenntnisse über die Schwachstellen des westlichen Bankensystems erworben hat. Cutter findet das zwar etwas zu frivol, aber er duldet es, weil die Terrier ihrem Namen wahrlich alle Ehre gemacht haben, so verbissen, wie sie der Papierspur gefolgt sind, die Gröbers Organisation hinterlassen hat.

Der größte Teil der geschätzten zwei Milliarden Dollar, die bei der Operation Pentecost erbeutet werden sollten – »schmutziges Geld«, das die FSF beschlagnahmt hätte, wenn die Tarnung von Agent Ruth Apple nicht aufgeflogen wäre –, hat sich wie ein Dunstschleier in Luft aufgelöst. Aber die Terrier glauben, dass noch immer ein paar Millionen aufzuspüren sind, und dank der Beweise, die sie gesammelt haben, werden FSF-Agenten am Montagmorgen zeitgleich in dreiundzwanzig

Banken in Boston, New York, Wilmington und Chicago Razzien durchführen.

Außerdem werden Detectives gleichzeitig neun Banken in Genf, London und Douglas, Isle of Man, durchsuchen und Gerichtsbeschlüsse vorlegen, die ihnen das Recht geben, Unterlagen und Computerverzeichnisse zu beschlagnahmen sowie Konten einzufrieren. Und auf beiden Seiten des Atlantiks werden Anwälte und Wirtschaftsprüfer und andere Beteiligte des Geldwäschegeschäfts im Laufe des Montags zu Hause oder in ihren Büros ungebetenen Besuch von Männern und Frauen bekommen, die ihnen mit versteinerten Gesichtern Haftbefehle präsentieren.

Alles in allem haben die Terrier neunundvierzig Räumlichkeiten identifiziert, wo Razzien durchgeführt werden sollen, und hundertachtzehn Personen, die in Gewahrsam zu nehmen sind. Damit ist das die umfangreichste Operation, die je von der Financial Strike Force koordiniert wurde. Fast sämtliche Ermittler der FSF wurden mobilisiert, aber da es weniger als zweihundert Leute sind, hat Cutter für die bevorstehenden Razzien zusätzlich das FBI, die Drogenfahndung und die Einwanderungsbehörde um Amtshilfe gebeten. Von allen beteiligten Dienststellen sitzen jetzt Vertreter in dem überfüllten Besprechungszimmer, wo an der Wand ein von den Terriern zusammengestelltes Schaubild hängt, das detailliert die verschlungenen Wege aufzeigt, auf denen Gröbers Organisation die Geldwäsche vornimmt.

Die Besprechung wird per Video zu ähnlichen Versammlungen in vier amerikanischen Städten, in London und in Genf übertragen, und Nathan Stark steht am Rednerpult und wartet auf die Bestätigung von Rocco Morales, dass die Verbindungen stehen. Stark weiß nicht, dass Morales eine weitere Leitung in Cutters Büro gelegt hat, weshalb das hagere Gesicht des Joint Assistant Director (Operations) jetzt von dem Flachbildschirm an der Wand auf Cutter hinunterblickt.

Während er seine Geräte aufbaute, hat Morales zusätzlich hochsensible Mikrofone in der ZAIG-Kommandozentrale versteckt, und eines davon überträgt jetzt ein geflüstertes Gespräch in Cutters Büro.

»Wartet Nathan vielleicht auf Godot, Kate?«, fragt einer von den etwas respektlosen Terriern, und anscheinend spricht er mit Kate Barrymore, der Teamchefin.

»Was?«

»Wenn er noch Haare hätte, könnte er ein Doppelgänger von Samuel Beckett sein. Kapiert?«

Cutter muss unwillkürlich grinsen, obwohl der Zorn ihn innerlich fast zerfrisst. Sein Hass auf jede Form von Korruption im eigenen Haus ist innerhalb der gesamten Polizei beinahe sprichwörtlich. Er hat sich immer damit gebrüstet, dass es in seinem Team keine Falschspieler gibt, weil seine Leute wirklich dumm wie Bohnenstroh sein müssten, wenn sie nicht wüssten, was er mit ihnen anstellen würde – und Aldus Cutter arbeitet nicht mit dummen Menschen. Starks Verrat hat diese Selbsteinschätzung erschüttert und Cutter Anlass zu einem seiner seltenen und nie willkommenen Anfälle von Selbstzweifel gegeben. Wieso hat er Nathan Stark zu sich geholt, ihn vom FBI weggelockt?

Die Personalakte auf seinem Schreibtisch ruft Cutter in Erinnerung, dass er unter anderem davon beeindruckt gewesen war, wie Stark es in den Rang eines Assistant Director beim FBI geschafft hatte; seine Karriere war eher durch beständigen Einsatz geprägt als durch glanzvolle Erfolge, und sie hatte so manches Fiasko des FBI weitestgehend unbeschadet überstanden. Trotz seiner relativ hohen Position beim FBI gab man Stark keinerlei Mitverantwortung für das Ruby-Ridge-Debakel mit seinen unnötigen Toten, für den Sturmangriff in Waco, für die vorschnellen Urteile nach dem Bombenanschlag bei den Olympischen Spielen in Atlanta. Stark war vernünftig, hatte Cutter befunden, ein Arbeitstier, hielt sich an Vorschriften – das Gegenteil von Flint und daher ihr ideales Gegengewicht.

Ein lautes Klopfen auf das Rednerpult reißt Cutter aus seinen Gedanken.

»Leute«, sagt Stark auf Cutters Wandbildschirm. »Darf ich um eure Aufmerksamkeit bitten. Es ist jetzt zwölf Uhr Ortszeit hier in New York, am Samstag, dem 28. April – und Ihnen, Gentlemen und Ladys in Europa, wünsche ich einen guten Abend. Die Operation Payback wird um Punkt neun Uhr am Montag, dem 30. April, starten, was bedeutet, dass uns noch fünfundvierzig Stunden bleiben, um jede Menge logistische Probleme zu lösen.« Aus der ZAIG-Kommandozentrale und aus sechs anderen Räumen dringt zustimmendes Gemurmel. Stark wartet ab, bis sich die Unruhe gelegt hat. »Zuallererst möchte ich Ihnen sagen, dass Director Cutter eigentlich heute Mittag hier sein wollte, aber von anderen dringenden Angelegenheiten in Anspruch genommen wird.«

Da haben Sie verdammt Recht, Nathan, denkt Cutter.

»Er hat mich als seinen Stellvertreter gebeten, Ihnen allen in Erinnerung zu rufen, dass das Ziel von Operation Payback darin besteht, einem wahrhaft bösen Imperium den größtmöglichen Schaden zuzufügen. Halten Sie sich stets vor Augen, dass das, was Gröber und seine Helfershelfer waschen, von Menschen, ja sogar Kindern, verdient wird, die zur Prostitution gezwungen werden. Tag für Tag sterben in Europa und den Vereinigten Staaten Menschen an einer Überdosis der Drogen, die Gröbers Kunden liefern. Menschen – darunter viele Unschuldige – werden mit den Waffen und Sprengstoffen getötet, die Gröbers Freunde an Gangster und Terroristen verkaufen. Am Montag werden wir bei einigen ziemlich wohlhabenden Leuten anklopfen, die keinerlei Zusammenhang zwischen sich selbst oder ihrem Tun und all diesem Elend sehen. Aber diese Verbindung besteht. Ob sie es nun wissen oder nicht, ob es sie bekümmert oder nicht, jeder miese Dollar, den sie sich in die

Tasche gesteckt haben, stammt von Verbrechern, die mit Sklaverei und Tod Geschäfte machen.« Starks Stimme hat einen missionarischen Ton angenommen. »Und wenn Director Cutter jetzt hier wäre, würde er jeden Einzelnen von Ihnen an noch etwas anderes erinnern wollen.« – Stark stützt sich aufs Rednerpult, als wäre es eine Kanzel. »Wegen der Gier *dieser* Menschen, weil es sie und Blutsauger wie sie gibt, hat eine Kollegin von uns – eine von uns – ihr Leben verloren.«

Stark wendet sich vom Pult ab und blickt auf die Schautafel, die Rocco Morales mit einem Knopfdruck in einen Bildschirm verwandelt. Das grobkörnige Bild eines Hubschraubers erscheint, der aus einer Rauchwolke aufsteigt, ein schwarzer Rumpf, ein Körper, der aus dem Cockpit fällt; Flint, die über die Plaza des World's Greatest Emporium rennt, die Arme ausstreckt; der Zusammenprall der beiden Körper, Flint, die lang hinschlägt. Morales hat die Tonspur manipuliert, um Jarrett Crawfords tierisches Heulen in die Länge zu ziehen. Es endet jäh mit dem verstärkten Geräusch, als Ruth Apple auf dem Boden aufschlägt.

In der ZAIG-Kommandozentrale – und in sechs anderen Zentralen – herrscht absolute Stille, bis Stark sie durchbricht.

»Tatsächlich und wahrscheinlich auch im Sinne des Gesetzes handelte Karl Gröber allein, als er Special Agent Apple in den Tod stieß. Aber wir wissen alle, dass eine aus dem Zusammenhang gerissene Tatsache nicht die volle Wahrheit erzählt. In den kommenden Tagen – wenn die logistischen Probleme der Operation Payback unlösbar scheinen, wenn alles, was schief gehen kann, auch wirklich schief geht, wenn Sie allmählich denken, dass es doch bloß ein Fall von vielen ist – müssen Sie sich klarmachen, dass jeder, der für Gröber arbeitet, jeder, der durch ihn profitiert, daran beteiligt war.« Stark zeigt auf das Standbild, in dem Ruth Apples verdrehter Körper auf den Pflastersteinen des World Emporium liegt.

Aber was Cutter auf diesem Bildschirm sieht – sich vorstellt –, sind viel frühere Sequenzen auf Roccos Band: Stark, wie er hinter Flints Stuhl steht und sie bedrängt: »Blas die Sache ab.« Stark, wie er sich neben Flint setzt und sich so weit vorbeugt, dass Flint den Quittengeruch in seinem Atem gerochen haben muss, und fleht: »Grace, hör mir zu ... Die können verdammt noch mal machen, was sie wollen ... Du musst die Sache abblasen.«

Jetzt hat Cutter die Augen geschlossen, um sich auf das zu konzentrieren, woran er sich erinnern möchte und was nicht auf Roccos Band ist – der Anruf, den er am Ronald Reagan National Airport erhielt, als er, aus Washington kommend, das Flugzeug verließ.

Stark hatte gesagt: »Aldus, Sie müssen sie aufhalten, Sie müssen dem ein Ende machen.« So was in der Art.

Warum? – Stark hatte eine ganze Litanei von Gründen vorgetragen: weil das Sicherungsteam nicht zur Stelle war, weil das Wetter schlecht war, weil es keinen Plan B gab, weil Ruth Apple zu unerfahren war. »Flint könnte so eine Situation meistern, Apple nicht.«

Und als Cutter seine Bedenken abgewiesen hatte – »Grace weiß, was sie tut« –, was hatte Stark da gesagt?

Cutter erinnert sich jetzt, fast wortwörtlich: »Aldus, bitte, ich flehe Sie an, sagen Sie ihr, sie soll aufhören. Die Sache abblasen. Ganz egal, wie gut Flint ist, ich hab so ein Gefühl, dass das Ganze in einer Katastrophe endet, wenn Sie nichts unternehmen.«

Cutter öffnet die Augen und starrt auf den Bildschirm, wo Assistant Director Nathan Stark gerade die Logistik von Operation Payback erläutert. Jetzt begreift er instinktiv. Du hast es gewusst, nicht wahr, du Drecksack? Du hast gewusst, was Gröber vorhatte.

»Ich muss Sie um einen Gefallen bitten.« Es ist Samstagnachmittag, und Cutter hat seinen Mentor beim Justizministerium in Washington, D. C., zu Hause in Maryland angerufen.

»Wann muss ich Ihnen keinen Gefallen tun, Aldus?«

»Diesmal brauche ich einen richtigen Gefallen, eine heikle Sache.«

»Schießen Sie los.«

»Sie müssen sich irgendeinen Grund dafür einfallen lassen, die Akten von sämtlichen Ermittlungen ausgehändigt zu bekommen, die Nathan Stark während der letzten fünfzehn Jahre beim FBI geleitet hat.«

»Um Gottes willen!«

»Ich brauche die Sachen gleich Montag früh, wenn's geht, noch früher, und egal welchen Grund Sie sich auch einfallen lassen, Nathan Stark darf nichts davon erfahren.«

»Egal welchen Grund? Aldus, das ist verrückt. Was soll ich denen denn erzählen?«

»Nicht denen, Sir, ihm – dem Director, und nur ihm.«

Schweigen am anderen Ende.

»Ist es so schlimm, Aldus? Ich meine, ist es diesmal richtig schlimm?«

Cutter sagt: »Schlimmer geht's kaum noch.«

LEIPZIG

40

Gleich am ersten Tag nach dem Einzug der Hartmanns bei Frau Gröber hat sich herausgestellt, dass Grace Hartmann eine schlechte Gesellschafterin ist. Beim Tee, der im Garten getrunken und von Felix serviert worden ist – denn es ist Samstag, und der Diener hat seinen freien Tag –, hat sie über Kopfschmerzen geklagt: noch keine Migräne, aber sie neige dazu, und es sei ratsam, dagegen vorzubeugen. Wenn Frau Gröber sie bitte entschuldigen würde, hat sie gesagt, sie wolle sich auf ihr Zimmer zurückziehen und eine Tablette nehmen. Dann, nach ein oder zwei Stunden Ruhe, wäre sie hoffentlich wieder wohlauf und könnte zum Abendessen herunterkommen, das Felix zubereiten würde, wie er angeboten hat. Frau Gröber, nur halb durch Felix' Versicherung besänftigt, dass er im Garten bleiben und ihr Gesellschaft leisten würde, hat mit einem knappen Nicken ihr Einverständnis signalisiert.

Endlich frei, sich ungestört umzuschauen, arbeitet sich Flint den dunklen Korridor im ersten Stock entlang und versucht, ein kleines Rätsel zu lösen: Wo ist die Treppe, die in die oberen Etagen führt? Sie vermutet, dass sie hinter einer der verschlossenen Türen versteckt ist, aber sie hat schon die vier geöffnet, die am ehesten in Frage kamen, und dahinter nur dunkle, leere Zimmer entdeckt. Jetzt stochert sie mit einem Haken in dem einfachen Schloss der fünften Tür herum, versucht, den Riegel mit all ihrer Willenskraft zum Drehen zu bewegen.

Das Schloss gibt nach, aber die Tür klemmt, und Flint muss

mit der Schulter dagegen drücken, um sie aufzubekommen. Abgestandene, süßlich nach Schimmel stinkende Luft schlägt ihr entgegen, und sie muss würgen. Sie steht in einem leeren, stockfinsteren Raum, atmet durch den Mund und beschimpft sich selbst, weil sie nicht daran gedacht hat, eine Taschenlampe oder auch nur eine Schachtel Streichhölzer mit in Ilses Haus zu nehmen. »Du dumme Kuh.«

Flint lauscht auf den Widerhall ihrer Stimme und folgert, dass der Raum schmal und eng sein muss. Sie hebt einen Arm in Schulterhöhe, macht einen kleinen Schritt nach links, dann noch einen, und jetzt berühren ihre Finger rauen Putz. Sie wiederholt den Vorgang, macht drei, vier kleine Seitenschritte nach rechts – mit dem gleichen Ergebnis. Die Wände müssen etwa anderthalb Meter auseinander sein, schätzt sie, was vermuten lässt, dass es sich eher um einen Durchgang als um ein Zimmer handelt. Sie kommt sich etwas lächerlich vor, als sie, die Arme mal vor sich, dann seitlich, dann wieder vor sich ausgestreckt wie bei übertriebenen Brustschwimmbewegungen, behutsam in die Dunkelheit geht, auf den Zusammenstoß mit irgendetwas Hartem gefasst.

Ihr rechter Fuß stößt gegen ein festes Hindernis, dem Geräusch nach aus Holz. Sie hebt den Fuß und merkt, dass sie tatsächlich die Treppe gefunden hat. Jetzt tastet sie nach einem Geländer, das es nicht gibt. Sie kriecht auf allen vieren die Stufen hinauf, folgt der Biegung, versucht, nicht auf die weichen Dinge zu achten, die ihr durchs Gesicht streifen, tröstet sich mit dem Gedanken, dass sie zumindest nicht flattern wie Fledermäuse.

Sie weiß, dass sie oben angekommen ist, als sie mit dem Kopf voran gegen eine zweite Tür stößt. Diese hier fühlt sich robuster an, und ihre tastenden Finger stellen fest, dass sie sowohl durch einen Riegel als auch durch ein schweres, rostiges Vorhängeschloss gesichert ist. Na toll! Flint zieht den Haken aus seinem Versteck in ihrem Haar und macht sich an dem

Vorhängeschloss zu schaffen. Sie rechnet fast damit, es nicht aufzubekommen, doch dann schnappt es plötzlich auf.

Hinter der Tür ist nur Schwärze. Flint schiebt eine Hand an der Wand entlang, tastet nach einem Lichtschalter, der eigentlich da sein müsste, und entdeckt stattdessen zwei brüchige Kabel, die aus einem Loch ragen. Einen Moment lang bleibt sie stehen, wo sie ist, und denkt, dass sie, wenn sie sich ohne Licht zu weit vorwagt, wenn sie nur ein bisschen die Orientierung verliert, vielleicht nicht mehr zur Treppe zurückfindet. Es muss Licht geben, sagt sie sich, ein Fenster, irgendwas. Such!

Sie vermutet, dass sie sich in einem ähnlichen Korridor befindet wie der im ersten Stock. Und wenn das stimmt, müsste mehr oder weniger gegenüber von ihrem Standort ein Zimmer sein. Sie stößt sich von der Wand ab, rudert mit den Armen und geht auf Zehenspitzen über Holzdielen, die knarren und irgendwie beunruhigend unter ihrem Gewicht nachgeben.

Volltreffer! Dort, wo sie eine Tür erwartet hat, ist tatsächlich eine, und sie ist nicht mal verschlossen. Dahinter sieht Flint einen waagerechten Lichtstreifen einfallen, also muss dort auch ein Fenster sein. Sie bleibt im Türrahmen stehen und wartet darauf, dass sich ihre Augen an die Dunkelheit gewöhnen und sich einen Eindruck von dem Zimmer machen können. Allmählich sieht sie farblose, amorphe Schemen undeutlich aus dem Dunkel auftauchen.

Jetzt, wo sie hinlänglich sehen kann, um sich gefahrlos zu bewegen, geht sie zu dem Fenster und schiebt sich an einer großen Kommode vorbei, um die Jalousie bloß ein paar Zentimeter hochzuziehen – doch dann muss sie feststellen, dass keine Jalousie das Licht aussperrt, sondern ein schweres Brett, das an den Fensterrahmen genagelt ist. Sie geht zur Kommode, hofft, dort irgendetwas zu finden, womit sie das Brett ein wenig vom Rahmen lösen kann, und ihre Hand trifft auf einen Gegenstand, stößt ihn um, sodass er herunterfällt und mit dem Geräusch splitternden Glases auf den Boden kracht. Scheiße!

Flint geht in die Hocke und ertastet etwas, was sich wie die Überreste einer großen Vase anfühlt – doch dann berühren ihre Finger ganz unverkennbar den abgebrannten Stumpen einer dicken Kerze. Schlagartig ist ihr klar, dass sie etwas zerbrochen hat, was in Frankreich als *photophore* bezeichnet wird: dekorative Windlichter, die normalerweise paarweise aufgestellt werden. Jetzt sucht sie vorsichtig die Kommodenplatte ab, findet das zweite Exemplar und – halleluja! – eine Packung Streichhölzer.

Das erste Streichholz zerbricht, das zweite zischt kurz auf und erlischt, das dritte liefert nur ein dürftiges Flämmchen, aber es reicht aus, um die Kerze anzuzünden.

Die zuvor unsichtbare Wand hinter der Kommode wird jetzt in gespenstisches Licht getaucht. Sie ist mit rotem Stoff bezogen und wird von einem großen, hölzernen Kruzifix beherrscht. Auf beiden Seiten des Kreuzes hängt ein Porträtfoto in einem Silberrahmen: rechts das markante Gesicht eines Mannes mit durchdringenden Augen, breiter Stirn und fast makelloser Haut, links das Halbprofil einer einst schönen Frau, die aussieht, als wäre sie von Sorgen zermürbt. Das Bild der Frau hängt so, dass sie auf die durchbohrten Füße Christi zu blicken scheint, wo ein drittes Foto an dem Nagel aufgehängt ist. Es zeigt ein spitzbübisches Mädchen mit weißer Haarschleife, das kokett für die Kamera posiert.

Ich wette zehn zu eins, dass das Mädchen Ilse ist, denkt Flint, und das hier ist Ilses Schrein für ihre ermordeten Eltern: ihr Schlafzimmer, das noch in fast genau demselben Zustand ist wie vor über dreißig Jahren.

Auf der Kommode unter dem Kruzifix steht ein schmales Regal, und darauf sind zwei Dutzend oder mehr Votivkerzen in Glasschälchen aufgereiht, die Flint nacheinander mit einer dafür bereitliegenden, dünnen Kerze anzündet. Jetzt leuchtet die Wand dunkelrot, und als Flint sich Ilses Foto in dem helleren Licht noch einmal anschaut, sieht sie, dass das Mädchen nicht allein ist: Im Hintergrund, hinter ihrer rechten Schulter, ist das blasse Gesicht eines Jungen zu erkennen, dem das flachsblonde Haar in die Stirn fällt. Der Junge grinst verlegen in die Kamera. Bruder Karl? Eingedenk der Umstände hält Flint das für unwahrscheinlich.

Und jetzt sieht sie auch, dass der Hintergrund hinter Ilses linker Schulter plump manipuliert wurde – dass da etwas oder jemand mit schwarzer Zeichenkreide übermalt worden ist. Flint nimmt das Bild behutsam ab, löst das Glas aus dem Rahmen und kratzt die Kreide mit dem Fingernagel ab, bis ein weiteres Gesicht erscheint: das eines ernst blickenden älteren Jungen, der schon damals erste Anzeichen von Karl Gröbers unverkennbaren Geheimratsecken zeigte.

Flint richtet ihre Aufmerksamkeit auf den Rest des Zimmers. Es ist rechteckig, und an der hinteren Wand sieht sie im Halbdunkel ein großes Ehebett. Zwischen den beiden Fenstern rechts von Flint steht ein Schrank mit vorstehender Randleiste und kunstvoll geschnitzten Doppeltüren, gleich daneben ein schlichter Schreibtisch mit Sessel. Links von Flint, zwischen Tür und Bett, befindet sich eine Holzbank, die aussieht, als könnte sie früher einmal Teil eines Chorgestühls gewesen sein, und darauf liegen zwei rote Kissen, passend zu dem ausgeblichenen Stoff, der die Wände bedeckt. Es gibt also nicht viel zu durchsuchen, denkt Flint.

Sie fängt mit der Kommode an, zieht nacheinander die drei Schubladen auf, riecht den schwachen Kiefernduft, entdeckt Pullover und Strickjacken, sechs zusammengefaltete Hemden, Unterwäsche und Strümpfe. Zwischen den Lagen ist nichts versteckt. Jetzt geht sie mit dem noch intakten Windlicht zu dem Tisch, auf dem sich ein Handspiegel, eine Haarbürste, eine Pinzette und eine Schatulle befinden, die einige wenige billige Schmuckstücke enthält. Flint findet kein Geheimfach in der Schatulle. Sie entdeckt jedoch Menschenhaar in den Borsten der Bürste und zupft mit der Pinzette ein paar Strähnchen heraus. Die Schreibtischschublade ist leer, aber mit Papier ausgelegt, und Flint reißt ein Stück ab, um daraus einen behelfsmäßigen Umschlag für die Haarproben zu falten – Proben, die vielleicht die DNA von Gröbers Mutter enthalten, die wiederum mit seiner DNA verglichen werden kann, falls Gröbers Identität je zweifelsfrei bestimmt werden muss.

Das heißt, falls du diesen verdammten Karl Gröber je findest, sagt die jammernde Stimme in Flints Kopf, der Teil ihres Unterbewusstseins, der dieses gruselige Zimmer sofort verlassen möchte. Sei still!, sagt Flint.

Was hat das Ganze denn für einen Sinn? Was willst du hier finden? Ilse ist ein Krüppel. Sie war seit Jahren nicht mehr hier oben.

Sei still!

Als Nächstes nimmt sie sich das höhlenartige Innere des Schranks vor, der für »ihn« und »sie« ungleich aufgeteilt ist. Von Ilses Mutter sind nur zwei Baumwollkleider da, drei Röcke, drei Blusen und ein Kopftuch; keine Hosen, keine Gürtel, keine Hüte, keine Schuhe. Die Garderobe von Ilses Vater ist dagegen wesentlich umfangreicher: sechs Anzüge – zwei braune, zwei blaue, zwei graue –, eine grüne Kordjacke und eine andere aus nachgemachtem Harris-Tweed, acht Hosen in verschiedenen Farben, drei Ledergürtel, drei Paar schwere Halbschuhe und oben auf der Ablage im Schrank ein schwarzer Hut, ähnlich wie der, den Dr. Schnell trägt.

Als Flint den Hut in die Hand nimmt, um das Futter zu überprüfen, kommt ihr ein morbider Gedanke: Hat Wilhelm Gröber den in der Nacht getragen, als sie ihn im Wald ermordet haben? Haben sie ihn gezwungen, den Hut abzunehmen, bevor sie ihn in den Kopf schossen?

Stück für Stück geht Flint die Kleidungsstücke der Toten durch, nimmt sie von den Bügeln, durchsucht die Taschen, sammelt ihre Ausbeute auf dem Tisch: ein paar Münzen, einige Zettel mit unleserlicher Schrift, ein paar Straßenbahnfahrscheine, ein kleiner Schlüssel in einem Samtsäckchen – ein Schlüssel wofür? Sie gibt allmählich die Hoffnung auf, etwas wirklich Bedeutsames zu finden, als ein Lichtstrahl über ihre Schulter fällt und ihr fast das Herz stehen bleibt.

Sie lässt das Jackett fallen, das sie gerade durchsucht, fährt herum und sieht, dass das Licht gleichmäßig bleibt und aus dem Korridor ins Zimmer fällt. Einen Moment lang ist sie wie gelähmt, Fragen und Unwägbarkeiten überschlagen sich in ihrem Kopf. Das muss Felix sein. Aber wo ist er jetzt? Wo hat er den Lichtschalter gefunden? Woher weiß er, dass ich hier bin? Und wenn es nicht Felix ist?

Flint hastet zur Tür und späht hinaus auf den Korridor, der jetzt voller Licht ist, aber ansonsten leer. Sie will gerade Felix' Namen rufen, als sie von links aus der Richtung, wo der Korridor im rechten Winkel abknickt, ein hohes Surren hört, das sie sofort erkennt – Ilses Rollstuhl, der schnell näher kommt.

Keine Zeit, die auf dem Boden verstreut liegenden Kleidungsstücke in den Schrank zu räumen, keine Zeit, die Scherben des zerbrochenen Windlichts aufzuheben oder die Kerzen auszublasen. Flint muss das Chaos lassen, wie es ist; sie zieht die Tür hinter sich zu, huscht über den Korridor zur Treppe, schließt auch die Tür und versteckt sich im Dunkeln. Dort wartet sie darauf, dass die Hölle losbricht. Es muss noch einen anderen Weg nach oben in den zweiten Stock geben – eine Rollstuhlrampe, einen Fahrstuhl oder einen Sitzlift.

Wieso hast du das nicht überprüft?, fragt die vorwurfsvolle Stimme.

Im Stockfinstern?

Warum hast du nicht abgewartet und dir zuerst eine Taschenlampe besorgt? Warum musste es denn ausgerechnet heute sein? Warum hast du es bloß immer so gottverdammt eilig?

Darum! Weil wir keine Zeit haben. Eine bessere Antwort fällt ihr nicht ein.

Durch die Tür hindurch hört sie, wie Ilses Roller näher kommt, und sie wartet auf den Moment, wenn er anhalten wird, etwa drei Meter von ihrem Versteck entfernt, auf den Moment, wenn Ilse die Entweihung ihres Elternschreins entdeckt.

Aber der Roller hält nicht an. Das Surren des Motors wird lauter und verklingt dann langsam, als Ilse weiter den Korridor hinunterrollt, in einem Tempo, das sich in Flints Ohren nach Vollgas anhört. Sie kann sich nicht beherrschen. Ungeachtet des Risikos zählt sie bis zehn, öffnet dann die Tür einen Spalt und sieht gerade noch, wie Ilse mit einer raschen Drehung im allerletzten Zimmer auf der linken Seite verschwindet.

Jetzt überquert die noch einmal davongekommene Flint den Korridor erneut, schlüpft zurück in den Schrein, klemmt einen Stuhl unter die Klinke, räumt die Sachen wieder ordentlich in den Schrank, hebt Scherben auf, bläst Kerzen aus.

Nur das Windlicht brennt noch, als sie sich, aus der instinktiven Gewohnheit eines Cops heraus, noch entschließt, das Bett zu überprüfen. Sie schlägt die Decke zurück und sieht auf jedem Kissen eine einsame blutrote Rose liegen.

41

»Ihre Frau ist sehr empfindlich«, sagt Ilse.

»Sie ist auf jeden Fall sehr blass«, erwidert Felix Hartmann und spricht über seine vermeintliche Gattin, als wäre sie gar nicht da. »Das kommt von ihrer Migräne«, versucht er eine Erklärung. »Die Attacken nehmen sie immer sehr mit.«

Er hat gebratene Kalbsleber in einer delikaten Senfsauce mit knackigen, grünen Bohnen und neuen Kartoffeln zum Abendessen gemacht. Frau Gröber hat herzhaft gegessen und lässt sich immer wieder gern ihr Weinglas auffüllen. Die blasse Frau Hartmann dagegen stochert in ihrem Essen herum und trinkt nur Wasser.

»Ich meinte eher ihren angegriffenen psychischen Zustand«, sagt Frau Gröber.

Felix schafft es, sowohl unbehaglich als auch verständnislos dreinzublicken.

Frau Gröber lässt nicht locker. »Es ist Ihnen doch sicherlich klar, dass Ihre Gattin den Tod ihrer Mutter noch immer nicht verarbeitet hat? Nach so langer Zeit ist es nicht gesund, nicht natürlich, noch weiter so zu trauern.«

»Bitte«, sagt Frau Hartmann flehentlich.

Felix wird förmlich: »Es tut mir Leid, Frau Gröber, wie Sie sehen, ist das ein Thema, über das meine Frau nicht gern spricht.«

»Warum?«

»Sie will es so.«

»Warum?« Ilse ist aufgeregt, und der Wein macht sie beharrlich.

»Bitte, bitte, hören Sie auf«, sagt Frau Hartmann.

Felix hält sich an ihre Anweisungen – »Wenn sie auch nur die leisesten Anstalten macht, über meine Mutter zu reden, mach, dass du wegkommst«, hatte Flint gesagt – und entschuldigt sich unter dem Vorwand, er müsse in der Küche nach dem Rechten sehen: ein Soufflé, das auf der Stelle in sich zusammenfällt, wenn er sich nicht sofort darum kümmert. Die Frauen warten, bis er außer Hörweite ist.

»Wieso sprechen Sie mit Ihrem Mann nicht über den Mord an Ihrer Mutter?«

»Weil er das einfach nicht versteht.«

»Er scheint mir aber recht mitfühlend zu sein.«

»Er ist fürsorglich, freundlich, ein wunderbarer Mensch. Aber er ist eben ein Mann, Frau Gröber.«

»Na und?«

»Meinen Sie, ein Mann könnte wirklich verstehen, was eine Frau empfindet?«

»Was sagt er denn?«

»Nichts als Platitüden. Ich soll endlich ›damit fertig werden‹, ›einen Schlussstrich ziehen‹. Was heißt das, einen Schlussstrich ziehen, Frau Gröber? Was bedeutet es für Sie, einen Schlussstrich zu ziehen?«

»Das ist was für Buchhalterseelen.«

»Genau.«

Ilse ist hin- und hergerissen zwischen Vorsicht und Neugier, aber der Wein macht sie kühn. »Erzählen Sie es mir«, sagt Ilse. »Erzählen Sie mir von Ihrer Mutter.«

»Ich war sechs Jahre alt. Mein Vater war – ist – Tierarzt auf dem Lande, und manchmal hat er mich zu seinen Patienten mitgenommen. Es war ein Samstag im Oktober. Wir kamen am frühen Abend nach Hause, und meine Mutter war nicht da. Sie hieß Marie-Madeleine, aber sie wurde von allen nur Mad genannt.«

Sie sitzen an dem langen Tisch im eleganten Esszimmer, und Frau Gröber hat ihren Roller ganz dicht an Flint heranmanövriert, so dicht, dass sie ihre mageren Finger auf Flints Arm legen kann.

»Ich hatte einen Hund, einen Labrador, er hieß Hector. Er war auch nicht zu Hause, und mein Vater dachte, Mad wäre mit dem Hund spazieren gegangen. Er ging sie suchen – wir gingen sie suchen –, und wir fanden Hector an der Straße nicht weit vom Haus, in einem Graben, blutüberströmt. Ich saß auf den Schultern meines Vaters, ich rutschte ab und fiel, er konnte mich so gerade noch auffangen, und ich hing mit dem Kopf nach unten und starrte diesen armen Hund an. Mein Vater sagte, er wäre mit einer Eisenstange geschlagen worden. Von meiner Mutter fehlte jede Spur.« Das alles ist wahr, und die Erinnerung daran löst bei Flint immer eine tiefe Traurigkeit aus, die sie irgendwie schmaler erscheinen lässt, körperlich zerbrechlicher. Was sie Ilse gleich erzählen wird, stimmt nicht – denn ihre Mutter wurde nie gefunden, weder tot noch lebendig –, aber sie glaubt, dass sie ihre Lüge absolut überzeugend machen kann, wenn sie sich weiter an das Bild des blutverschmierten Hundekopfes klammert. »Einige Tage später – wie viele genau, weiß ich nicht mehr – fand die Polizei die Leiche meiner Mutter. Sie lag auf einer Lichtung in einem Wald ganz in der Nähe von unserem Haus, sie lag einfach da, man hatte nicht versucht, sie zu vergraben. Ich habe die Leiche nie gesehen, aber mein Vater hat mir natürlich erzählt, dass sie ganz friedlich aussah. Ich glaube das nicht, Frau Gröber. Wie kann denn jemand friedlich aussehen, der mit Gewalt entführt und in den Hinterkopf geschossen wurde? Ich meine, auch wenn man die Waffe nicht sieht, man weiß es doch, oder? Man weiß doch, dass man sterben muss?«

Ilse starrt wie gebannt auf Flints Gesicht.

»Das ist fast dreißig Jahre her, und noch immer vergeht kein Tag, an dem ich nicht daran denke. Felix würde Ihnen jetzt sagen, dass ich von einer Frage besessen bin, die nie beantwortet werden kann: Was hat sie gedacht, kurz bevor sie starb?«

»Vielleicht hat sie an Sie gedacht?«, sagt Frau Gröber.

»An mich?« Flint riskiert ein Lächeln. »Das wäre schön.«

Felix bringt das Soufflé und wirft Flint einen Blick zu, der besagt: Ich bin so lange weggeblieben wie möglich.

Frau Gröber will wieder ihre Position am Kopfende des Tisches einnehmen, doch bevor sie Flints Seite verlässt, hat sie noch etwas zu sagen. »Meine Mutter hat an mich gedacht.«

Grace und Felix machen sich in ihrer Wohnung bettfertig. Normalerweise schläft Flint nackt, aber heute Abend trägt sie ein schlichtes, hochgeschlossenes Flanellnachthemd, das zu der Garderobe gehört, die sie für Frau Hartmann gekauft hat. Sie sitzt auf dem Bett, verteilt Reinigungscreme auf ihrer Haut, hört Felix unter der Dusche und überlegt, wie viel sie ihm von ihrer unbesonnenen Erkundung des zweiten Stockes und den beinahe katastrophalen Folgen erzählen soll. Nicht viel, beschließt sie. Nur das Wesentliche.

Als er aus dem Bad kommt, trägt er einen Bademantel und trocknet sich das Haar mit einem Handtuch. Flint sagt: »Heute Nachmittag bin ich in den zweiten Stock hoch und hab mich ein bisschen umgesehen.«

Hartmann grinst: »Echt? Und ich hab die ganze Zeit gedacht, du liegst im Dunkeln und kurierst deine Kopfschmerzen aus.«

»Dunkel war es wirklich« – ein reuiges Lächeln von Flint –, »ich hab vergessen, eine Taschenlampe mitzunehmen.«

»Und was hast du in der Gröberschen Wohnung gefunden?«

»Wohnung?«

»Klar. Zu DDR-Zeiten war das Haus in Mietwohnungen aufgeteilt. Die Gröbers hatten fünf Zimmer im zweiten Stock.«

»Hat Ilse dir das erzählt?«

»Ilse hat mir so einiges erzählt«, sagt Hartmann mit neckendem Unterton. »Ich glaube, sie mag mich. Sie hat sogar ein kleines bisschen mit mir geflirtet.«

»Du Glücklicher. Vielleicht zeigt sie dir dann ja mal das Schlafzimmer ihrer Eltern. Glaub mir, du wirst staunen. Aber was ich sagen will, ich habe zwar die Treppe benutzt, aber Ilse muss über einen anderen Weg nach oben gelangt sein, vielleicht eine Rampe oder …«

»Es gibt einen kleinen Fahrstuhl«, fällt Hartmann ihr ins Wort. »In der Diele zwischen Esszimmer und Küche, extra für Ilses Roller, glaube ich. Sag ehrlich, Grace« – er setzt eine ernste Miene auf – »hätte Ilse dich fast erwischt, während du da oben rumgeschnüffelt hast?«

»Wie kommst du denn darauf?«, sagt Flint. »Ich frage mich, wer wohl das Geld für *Ilses* Fahrstuhl-Fonds aufgebracht hat?«

»Wie bitte?«

»Wer hat das Ding bezahlt, Felix? Und überhaupt, wer hat ihr das Haus gekauft und diesen dämlichen Roller? Wer bezahlt den Diener? Wovon lebt sie?«

»Karl?«, schlägt Hartmann vor.

»Hoffen wir's. Und hoffen wir auch, falls er sie finanziert, dass es eine anständige Spur gibt, die zu ihm führt.«

Flint steht vom Bett auf und geht ins Bad, um sich die Creme abzuwischen und das Haar zu bürsten. »Ich muss noch mal da hoch«, ruft sie Hartmann durch die offene Tür zu.

»Heute Nacht?« Der Gedanke scheint ihn zu beunruhigen.

»Nein, weil ich eine Taschenlampe brauche, und du musst irgendwie dafür sorgen, dass sie nicht raufkommt, während ich mich umsehe. Meinst du, Otto könnte uns dabei helfen?«

»Die Taschenlampe besorgt er uns bestimmt.« Hartmann kommt an die Tür und betrachtet Flints Gesicht im Spiegel. »Was den Fahrstuhl angeht, wüsste ich nicht wie.«

»Ich hatte an einen Stromausfall gedacht. Es muss doch möglich sein, dem Haus für ein paar Stunden den Strom abzudrehen.«

Hartmann blickt skeptisch. »Ich glaube nicht, dass Dr. Schnell die Störung einer öffentlichen Versorgungseinrichtung befürwortet.«

»Ach nein? Und was ist mit der Nummer, die er gestern Abend abgezogen hat? Findest du nicht, dass man es als ›Störung einer öffentlichen Versorgungseinrichtung‹ bezeichnen kann, zig Feuerwehrautos zu deinem Hotel zu schicken, damit sie einen nicht vorhandenen Brand löschen?«

»Das war was anderes.«

»Wirklich?« Flint wendet sich um und sieht ihn an. »Inwiefern?«

»Ich hatte Hunger.« Er grinst verlegen. »Es war absolut notwendig, dass ich mit euch zu Abend esse.«

»Geh ins Bett, Felix – oder nein, nicht ins Bett. Sei so lieb und nimm deine Decke und dein Kissen und überlass mir das Bett.«

Felix Hartmann zieht sich ins Wohnzimmer zurück, wo er versucht, es sich auf einer Couch bequem zu machen, die nicht mal annähernd so lang ist wie er selbst. Flint schaltet das Licht im Badezimmer aus – und in einem Wagen, der rund fünfzig Meter von Ilses Haus entfernt auf der Karl-Heine-Straße parkt, notiert einer der Überwacher die Uhrzeit in sein Dienstbuch.

42

Nach der deutschen Wiedervereinigung wurde der Flughafen Leipzig-Halle um ein neues Terminal erweitert, das allerdings dem enormen Anstieg an Passagieren auch nicht gerecht werden konnte. Jetzt wird ein zusätzliches Terminal gebaut, und durch die umfangreichen Bauarbeiten wurde die Anzahl der Parkplätze erheblich reduziert, sodass Stephanie Cooper-Cole, die mit wachsender Verzweiflung vergeblich nach einer freien Parkbucht gesucht hat, ihren Mietwagen schließlich im absoluten Halteverbot abstellt. Ein saftiges Knöllchen ist ihr immer noch lieber, als sich wieder eine bissige Bemerkung von Nigel Ridout anzuhören.

Trotzdem kommt sie zu spät. Ridout lehnt in der Ankunftshalle an der Wand und blättert ungeduldig in der Beilage einer Sonntagszeitung.

»Ah, Stephanie, Sie kommen ja doch noch«, sagt er und wirft die Zeitung weg, um dann übertrieben auf seine Uhr zu sehen. »Ich dachte schon, Sie hätten nicht nur Ihre Zielpersonen, sondern auch noch die Orientierung verloren.« Sie wirft ihm einen wütenden Blick zu, aber er fährt fort: »Haben wir Catmint gefunden? Nein, dachte ich mir. Können wir dann fahren? Einen Wagen haben Sie doch wohl, oder?«

Sie fahren schweigend auf der Autobahn Richtung Leipzig, bis Ridout sagt: »Der Bursche, der Catmint in Dr. Flints Haus besucht hat, arbeitet bei der FSF, steht aber nicht auf deren Gehaltsliste, wenn Sie verstehen, was ich meine.«

»Nein, ehrlich gesagt, verstehe ich das nicht, Nigel«, sagt Cooper-Cole unterkühlt, die Augen stur geradeaus auf die Straße gerichtet, noch immer gekränkt durch seinen Sarkasmus.

»Er heißt Hartmann, Felix Hartmann, und die deutsche Polizei hat ihn an die Amerikaner ausgeliehen – offiziell zumindest. In Wahrheit sitzen seine Vorgesetzten in Pullach. Er arbeitet für Otto Schnell.«

»Gott«, sagt sie, und Ridout lacht leise.

»Nein, Stephanie, dafür hält Otto sich bloß. Aber die Beteiligung des BND erklärt doch wohl die Ereignisse von Freitagabend, oder? Das Sirenengeheul, die ganze Aufregung, das ganze Durcheinander – und dass Herr Hartmann unbemerkt durch die Hintertür entwischen konnte. Diese kleine Ablenkung war so ganz nach Ottos Geschmack. Unter diesen Umständen, denke ich, sollten Sie nicht ganz so hart mit dem armen Fellowes, diesem Unglücksraben, ins Gericht gehen.«

»Ich?« Schließlich war es nicht Cooper-Cole gewesen, die Fellowes noch vor sechsunddreißig Stunden als Volltrottel und einiges mehr bezeichnet hatte; nicht sie hatte gedroht, Fellowes wegen eklatanter Unfähigkeit fristlos zu kündigen.

»Apropos Fellowes«, sagt Ridout, »wo steckt der Pechvogel eigentlich?«

»Immer noch da, wo er hingehört, er fährt Straßenbahn. Genau wie die anderen.«

»Straßenbahn? Ich glaube kaum, dass wir Ottos Jungen oder Catmint in irgendeiner Straßenbahn wiederfinden, nicht wahr, Stephanie?«

»Sie durchkämmen die ganze Stadt, Nigel«, sagt sie. »Von einer Straßenbahn aus sieht man mehr. Angeblich«, fügt sie hinzu.

Die Runde Ecke, ehemaliger Sitz der Bezirksverwaltung der Stasi, liegt neben einem kleinen Park und fast im Winkel von fünfundvierzig Grad zu dem Mietshaus auf der anderen Seite des Innenstadtrings, von wo aus Nigel Ridout aus einem Fenster im vierten Stock die Lage begutachtet.

Ein Teil der Runden Ecke ist jetzt ein Museum, das allein schon durch die unveränderten Räumlichkeiten, von der großzügigen, marmornen Eingangshalle bis hin zu den rissigen Linoleumfußböden, an die Stasi-Zeit erinnert. Sonntags ist das Museum für Besucher geschlossen, aber man kann private Führungen buchen, und Ridout sieht etwa ein Dutzend Männer mittleren Alters, die sich auf der Eingangstreppe versammeln und einander wie alte Freunde begrüßen.

»Würde mich nicht wundern, wenn das ehemalige Mitarbeiter sind«, sagt er zu Cooper-Cole. »Alte Stasi-Genossen, die ein bisschen in Nostalgie schwelgen wollen.«

Nicht nur die, denkt sie, denn es ist offensichtlich, dass Nigel die Wohnung gut kennt. »Schon mal hier gewesen?«, fragt sie.

Aber er lächelt sie nur an, fährt mit den Händen vertraut über die Lehne der Ledercouch, nimmt Gegenstände in die Hand, als freue er sich, sie wiederzusehen.

Ridout geht wieder ans Fenster, starrt zur Runden Ecke hinüber und fragt: »Finden Sie, dass das Gebäude wie ein Monument des Bösen aussieht?«

»Nein. Eigentlich sieht es wie eine Bank aus.«

»Ah, sehr gut, Stephanie, obwohl es *eigentlich* für eine Versicherungsgesellschaft gebaut wurde. Aber bevor die Stasi eingezogen ist – bevor Sie auf die Welt kamen, meine Liebe –, war es Hauptquartier einer Truppe, die sich K5 nannte, eine üble, im Stechschritt marschierende Schlägerbande. Und wenn man noch früher diese Stufen hinaufgeführt wurde, war man Gast des sowjetischen NKWD, der dem KGB so allerlei über Vernehmungsmethoden beigebracht hat.«

Cooper-Cole, die weiß, dass Nigel genau wie Dr. Schnell zu ausufernden Abschweifungen neigt, wartet mit Engelsgeduld, dass er endlich zur Sache kommt.

»Und noch davor, bei Kriegsende, diente es der amerikanischen Armee als Hauptquartier. Und wo wir gerade von unseren Vettern sprechen«, sagt Ridout, ein müheloser Kurswechsel, wie sie es erwartet hat, »Sie halten es nicht vielleicht für möglich, dass Langley uns irgendetwas vorenthält, oder?«

»Zum Beispiel?«

»Gröbers Akte – nicht gerade vollständig, was?«

»Mehr haben sie nicht, behaupten sie zumindest.«

»Kein Hinweis auf irgendwelche Angehörigen – hat unser Karl denn wirklich keine Bekannten und Verwandten? Im Telefonbuch haben wir doch wohl schon nachgeschaut?«

»Ja, Nigel, und wollen Sie wissen, wie viele Gröbers es in Leipzig gibt?«

»Viele, schätze ich, spaltenweise Gröbers, könnte ich mir denken. Dann werden Sie also Hilfe brauchen, um Catmint zu finden, nicht wahr, Stephanie? Verstärkung?«

»Ist das Ihr Ernst?«

Ridout zwinkert ihr zu.

»Einheimische?«

»Wohl kaum«, sagt Ridout in einem Tonfall, als fände er schon allein den Gedanken grotesk.

»Wann?«

»Ich denke, sehr bald. Sie sind in diesem Moment von Berlin hierher unterwegs.«

Cooper-Coles Erleichterung ist ebenso offensichtlich wie die Tatsache, dass sie ungehalten ist. »Nigel, wenn Sie mir von Anfang an die entsprechenden Kräfte genehmigt hätten, wäre das alles nie ...«

Ridout hört gar nicht zu. »Wir können Sie ja schließlich nicht fern der Heimat ohne eine anständige Mannschaft gegen Ottos Jungs antreten lassen, finden Sie nicht auch, Stephanie?«

43

Dr. Schnell, neunzig Meter über der Erde und Herr über alles, was er überblicken kann, denkt über Flints erstaunliche Forderung nach, die Stromversorgung von Ilses Haus zu unterbrechen. Könnte sie nicht einfach eine Sicherung rausdrehen?, schlägt er vor. Flint, die letzte Nacht nicht gut geschlafen hat, weil Felix so unruhig war, verdreht entnervt die Augen.

»Praktisch gleich nebenan ist eine Elektrohandlung«, keucht sie – noch immer außer Atem, weil Dr. Schnell darauf bestanden hat, dass sie und Hartmann mit ihm die fünfhundert Stufen zur Spitze des riesigen Völkerschlachtdenkmals hinaufsteigen, das an die 100 000 Soldaten gemahnen soll, die 1813 in der gleichnamigen Schlacht bei Leipzig niedergemetzelt wurden. Tief unter ihrem Aussichtspunkt haben sich sechs von Dr. Schnells Männern unter die umherschlendernden Touristen gemischt. »Bei meinem Glück hat sie binnen fünf Minuten einen Elektriker im Haus«, redet Flint weiter, »und der wird natürlich als Erstes einen Blick in den Sicherungskasten werfen. Es muss ein Problem sein, das kein Elektriker beheben kann.«

»Das leuchtet mir ein«, sagt Dr. Schnell, »aber jedem Elektriker wird es seltsam vorkommen, wenn Ilses Haus das einzige ohne Strom ist.«

»Dann drehen Sie eben der ganzen Straße, dem ganzen Stadtteil, der ganzen Stadt den Strom ab. Otto, ich brauche bloß eine Stunde.«

»Ich fürchte, Sie überschätzen meine Möglichkeiten.«

»Schön, wie wär's, wenn direkt vor Ilses Haus irgendwelche Straßenarbeiten durchgeführt werden?« Flint geht jetzt auf der Aussichtsplattform auf und ab und erinnert Dr. Schnell an ein gefangenes Tier, eine Tigerin. »Die durchtrennen das Kabel, und einer von Ihren Leuten geht zu Ilse und erklärt, was passiert ist.«

»Selbst wenn wir die Leitung finden, Grace, die Idee ist nicht gut.«

»Die müssen die Leitung doch nicht durchtrennen, ja, nicht mal finden«, sagt Flint, und es gelingt ihr nicht, ihrer Stimme den gereizten Ton zu nehmen. »Das ist bloß der Vorwand, die Erklärung dafür, warum sie keinen Strom hat. Die müssen nicht mal die Straße aufreißen. Die stellen einfach ein Arbeitszelt und ein paar Schilder auf und tun so, als würden sie die Straße aufreißen. Ehrlich, Otto, wir reden doch hier nicht über Weltraumforschung.«

Felix Hartmann, der mal wieder in sein typisches brütendes Schweigen versunken ist, blickt Flint an, als sei sie verrückt geworden.

»Was ist?« Flint sieht ihn herausfordernd an.

»Grace, verrate mir doch bitte eins: Was, glaubst du, wirst du im zweiten Stock finden?«

»Überleg doch mal, Felix. Ilse hasst Karl für das, was er ihren Eltern und ihr angetan hat. Sie ist besessen von dem, was passiert ist, weil es sie geprägt hat, deshalb hat sie ja auch das Schlafzimmer ihrer Eltern genau so gelassen, wie es war. Aber ich glaube, dass sie immer noch Kontakt zu Karl hat, Geld von ihm nimmt, vielleicht Geld von ihm erpresst – und ich wette, dass sie Karl irgendwo in diesem Haus konserviert, so wie sie ihre Eltern konserviert.«

Hartmann will anscheinend einen Einwand erheben, aber Dr. Schnell schaltet sich ein. »Mal angenommen, es ist möglich, die Stromversorgung zu unterbrechen, wann sollte das geschehen?«

»Morgen Nachmittag, gegen vier, nachdem Ilse und ich Tee getrunken haben. Ich bekomme dann mal wieder Kopfschmerzen – eine Stunde Diskussion über Schillers Werke sollte dafür genügen – und sage ihr, dass ich nach oben gehe und mich hinlege.«

»Nein«, sagt Hartmann scharf.

»Warum nicht?«

»Weil ich da sein muss, falls irgendwas schief geht. Was, wenn du erwischt wirst?«

»Wie denn, Felix? Wer soll mich schon erwischen?« Flint hat das Gefühl, als würde sie durch Schlamm schwimmen.

»Was, wenn sie den Diener zu dir hochschickt, damit er nach dir sieht, dir sagt, dass der Strom ausgefallen ist – und du bist nicht in deinem Zimmer? Was, wenn er hochkommt ...«

»Dann werde ich ihn wohl umlegen müssen, was?«, sagt Flint todernst, um ihn zu provozieren. »Ach komm, Felix, der Mann ist an die hundert Jahre alt, der schafft es doch kaum noch die Treppe hoch.« Sie wendet sich appellierend Dr. Schnell zu. »Das Schlimmste, was passieren kann, ist, dass meine Tarnung auffliegt, und dann brauche ich wenigstens diesen verdammten Schiller nicht mehr zu lesen. Otto, ich weiß, dass es vielleicht nichts bringt, aber ich weiß auch, dass wir praktisch nichts zu verlieren haben.«

Dr. Schnell, der auf die ferne Skyline von Leipzig blickt,

scheint nicht zuzuhören, als hätte er längst einen Entschluss gefasst.

Gut einen Kilometer von Ilses Haus entfernt, dort, wo Dr. Schnell seinen Fahrer angewiesen hat zu halten, steht ein altes russisches Turboprop-Flugzeug auf dem Dach eines geduckten grauen Gebäudes, als wäre es versehentlich dort gelandet. Es ist rot und weiß angestrichen, in den Farben der alten DDR-Fluggesellschaft Interflug, und Dr. Schnell sagt, dass er das Flugzeug, das eigentlich als Werbung für einen Nachtklub dient, als Metapher für das Schicksal der gesamten DDR und ihrer Institutionen sieht. »Im Westen würde man sagen, denen ist der Sprit ausgegangen.«

Flint, die zusammen mit einem griesgrämigen Hartmann auf der Rückbank sitzt, lächelt höflich, aber ihre Aufmerksamkeit gilt den Meldungen, die über Funk kommen. Dr. Schnells Beobachter haben einen Mercedes mit Berliner Kennzeichen gesichtet, der verdächtig langsam in dem Viertel herumfährt und auffallend häufig an Ilses Haus vorbeikommt. Inzwischen überwachen vier Teams den Wagen und machen laufend Meldung.

»Das war abzusehen.«

»Der Fall der Mauer?«, fragt Flint geistesabwesend.

»Ja, der auch, aber ich meinte, dass sie Ilse finden würden.«

»Falls sie es sind.«

»Oh, ich denke, davon können wir getrost ausgehen«, sagt Dr. Schnell und nickt Richtung Funkgerät, aus dem gerade die Meldung kommt, dass der Mercedes gewendet hat und sich erneut in langsamem Tempo Ilses Haus nähert. »Ich denke, es liegt auf der Hand, dass Ridouts Kavallerie eingetroffen ist.«

»Wie bitte?«

Dr. Schnell dreht den Kopf, um Flints Gesicht sehen zu können, und erklärt: »Nigel Ridout – eine von Ihren Schlangen, Grace. Er ist heute Morgen über Frankfurt nach Leipzig geflogen, natürlich nicht unter seinem richtigen Namen, aber Mr. Ridout ist ein alter Bekannter von uns. Unsere Wege haben sich schon mehrfach gekreuzt.«

Dr. Schnell zieht die Mundwinkel herunter, um zu signalisieren, dass seine alte Bekanntschaft mit Nigel Ridout ihm wenig Vergnügen bereitet hat.

»Er arbeitet für den MI6, ebenso wie die Frau, die ihn am Flughafen abgeholt hat. Vielleicht erinnern Sie sich an sie? Etwa Ihre Größe und Figur, ungefähr Ihr Alter? Blasser Teint, auffallend rote Haare?«

Flint schüttelt verwundert den Kopf.

»Auf Ihrem Flug von London nach Berlin saß sie zwei Reihen hinter Ihnen, aber vermutlich hat sie darauf geachtet, nicht bemerkt zu werden. Wie dem auch sei«, sagt Dr. Schnell und tut so, als merke er nicht, dass Flint vor Verlegenheit rot wird, »sie nennt sich Fitzroy, aber ich bezweifle, dass das ihr richtiger Name ist. Ridout hat eine Assistentin, die wir unter ihrem MI6-Codenamen Firefly kennen – vielleicht weil ihr Haar so leuchtend rot ist –, und ich könnte mir denken, dass Firefly und Fitzroy ein und dieselbe Person sind.«

Dr. Schnell schmunzelt. »Ridout macht sich einen richtigen Spaß mit diesen Codenamen. Meistens nimmt er Namen von Pflanzen, die in seinem Garten wachsen. Ist ein richtiger Tick von ihm. Ihrer ist übrigens ›Catmint‹, keine gute Wahl, wie ich finde. Ich muss zugeben, ich hätte etwas Exotischeres ausgesucht.«

»Warum sind die hier?«

»Sie suchen nach Ihnen.«

»Warum?«

Dr. Schnell kneift die Augen zusammen. »Gute Frage. Wollen Sie sie fragen, Grace? Ich könnte das mühelos arrangieren.«

Ein Teil von Flint möchte das Angebot annehmen. Ein Teil von ihr möchte erleben, wie Dr. Schnells Männer diese Schlangen aufspüren, sie mit deutscher Gründlichkeit bis in ihren Bau verfolgen. Und sie will auf jeden Fall bei dem Verhör dabei sein, denn sie weiß aus gutem Grund, dass Spione nichts mehr fürchten als ihre Enttarnung. Aber der andere Teil von ihr ist jetzt darauf fixiert, dass es im zweiten Stock von Ilses Haus irgendetwas zu entdecken gibt, was sie zu Karl Gröber führt und somit – bitte, Gott, wenn es dich gibt – zu Ben. »Nicht vor morgen«, sagt sie. »Bitte, Otto.«

»Der Wagen hat gegenüber dem Haus angehalten«, sagt eine Stimme über Funk. »Zwei Insassen, die einfach dasitzen und warten.«

»Auch sie werden warten«, erklärt Dr. Schnell, und der Fahrer steuert den Wagen vom Straßenrand auf einen Parkplatz, unterhalb vom Heck der Turboprop. Flint entschuldigt sich, steigt aus dem Wagen und ruft per Handy zum zweiten Mal am heutigen Tag im Horton General Hospital an, nur um zum zweiten Mal am heutigen Tag zu hören, dass der Zustand ihres Vaters unverändert ist.

Dr. Flint ist »stabil«, sagt die Schwester. So ziemlich das Einzige in meiner Welt, von dem man das behaupten kann, denkt Flint.

Die späte Aprilsonne hat ihre Kraft verloren, und es wird kalt. Flint schlägt den Kragen von Frau Hartmanns dünnem Wollmantel hoch, stopft die Hände in die Taschen und wandert ziellos über den Parkplatz. Sie tritt gegen einen Stein, sieht ihn davonhüpfen, geht hinterher und tritt erneut dagegen, zielt lustlos auf die schwachen Spuren eines Fußballtors, das irgendwer mit weißer Farbe auf die Ziegelmauer gemalt hat. Sie trifft, tritt einen zweiten Stein, trifft erneut, und als sie sich einen dritten zurechtlegt, sagt sie sich, wenn sie einen Hattrick schafft, drei Tore hintereinander, bedeutet das, dass ihr Vater durchkommt.

Der dritte Stein verfehlt das Tor – und plötzlich wird Flint von dem Gefühl totaler Hilflosigkeit übermannt. Wag es bloß nicht, mir wegzusterben, fleht sie stumm ihren Vater an. Wag es bloß nicht zu sterben.

Flint starrt die Mauer an, mit dem Rücken zum Wagen, und endlich schafft sie es zu weinen.

44

»Wo ist Ihr Mann?«

Schon wieder diese Frage, und die wahrheitsgemäße Antwort wäre, dass Flint nicht die blasseste Ahnung hat – aber das ist nicht die Antwort, die sie Ilse Gröber gibt.

Es habe einen Notfall gegeben, erklärt Frau Hartmann. Eine von Dr. Hartmanns Studentinnen stecke in Schwierigkeiten und brauche dringend seine Hilfe. Er habe den Anruf übers Handy bekommen, während sie beide einen Ausflug machten, und sei direkt zur Universität gefahren. Frau Hartmann wisse nicht, wann ihr Gatte nach Hause kommt.

Frau Gröber sitzt auf ihrem Roller und starrt Flint mit sichtlichem Argwohn an. »Eine Studentin? Was für Schwierigkeiten?«

Irgendeine Krise, sagt Frau Hartmann. Eine emotionale Krise, glaubt sie. Sie hofft, durch die Betonung des Wortes emotional zu verstehen zu geben, dass das heikle Thema nicht weiter erörtert werden sollte, aber Ilses Neugier ist nicht so leicht zu bremsen. Ob Dr. Hartmann überhaupt in der Lage ist, eine *junge Frau* zu betreuen, die sich in einer Krise befindet, einer *emotionalen* Krise? Schließlich ist er kein Psychologe, auch kein Arzt! Und so stochert und bohrt sie weiter, bis sogar der unterwürfigen Frau Hartmann der Geduldsfaden reißt. »Es reicht!«

Gemessen an ihrer sonstigen Schüchternheit ist dieser Ausbruch schockierend, und Ilse verfällt in eisiges, beleidigtes Schweigen, das unübersehbar anhalten wird, bis Frau Hartmann wieder zur Vernunft kommt.

Schließlich, es ist spät, und sie ist übermüdet, lenkt Frau Hartmann in einem überaus versöhnlichen Ton ein. Es tut ihr Leid, dass sie so aufbrausend und grob war. Vielleicht sollte sie das Abendessen machen? Was möchte Frau Gröber denn gern essen?

Essen? Um diese Uhrzeit? Und Verdauungsbeschwerden riskieren, eine schlaflose Nacht voll schmerzhafter Krämpfe? Ist Frau Hartmann – der ungemein selbstsüchtigen Frau Hartmann, wie sie wohl nicht erst betonen muss – eigentlich klar, was für Unannehmlichkeiten sie ihr durch ihre späte Rückkehr verursacht hat? Und wieso ist sie überhaupt so spät nach Hause gekommen? Wo war sie denn, seit ihr Ehemann der Studentin in Not zu Hilfe geeilt ist?

Ehrlich gesagt, Ilse, sagt sie zu sich selbst, ich hab mir auf irgendeinem dämlichen Parkplatz den Arsch abgefroren, während Otto sich überlegt hat, wie wir Ridouts Schlägertypen von deinem Haus weglocken.

»Da ist ein kleines Ablenkungsmanöver erforderlich«, hatte Dr. Schnell gesagt, nachdem er Flint Zeit gelassen hatte, sich wieder zu fangen. Er war auf dem Parkplatz zu ihr gekommen, wo sie an der Mauer lehnte, und hatte die Flecken auf ihren Wangen geflissentlich übersehen. »Felix wird für uns den Köder abgeben. Felix und Sie, meine Liebe, falls Sie mir gestatten, eine kleine Täuschung zu inszenieren.«

Es hatte eine Ewigkeit gedauert, bis alles arrangiert war, bis Dr. Schnell eine Beamtin der Kriminalpolizei angefordert hatte, die übellaunig und stumm in einem kleinen VW auf den

Parkplatz gefahren war und Flint von oben bis unten taxiert hatte, als vergleiche sie sie mit der Beschreibung einer gesuchten Straftäterin. Dann hatte sie sich das Make-up aus dem Gesicht gewischt, den Schmuck von Ohren und Hals abgenommen, das Haar zu einem Knoten gebunden, eine Brille aufgesetzt und mit Flint die Mäntel getauscht. Anschließend hatte Dr. Schnell beifällig genickt. Durchs Fenster eines vorbeifahrenden Wagens gesehen, so hatte er gesagt, könnte man sie ohne weiteres für Flint halten.

Sie ist zu Fuß gegangen, sagt Frau Hartmann als Antwort auf Ilse Gröbers Frage – den ganzen Weg vom Völkerschlachtdenkmal, wo ihr Mann den Anruf erhielt, bis hierher zu Fuß gegangen. Sie waren nämlich auf der Aussichtsplattform des Völkerschlachtdenkmals, fügt sie hinzu, um ihrer Erzählung mehr Glaubwürdigkeit zu verleihen. Felix hatte gesagt, sie sollte ein Taxi nach Hause nehmen, aber bei seiner hastigen Verabschiedung – aus lauter Sorge um die Studentin – hatte er vergessen, ihr Geld zu geben, bevor er die Stufen hinunterlief. Als er am Fuße des Denkmals auftauchte, hatte sie ihm von oben zugerufen, aber er hatte sie nicht hören können. Frau Hartmann seufzt. Wie denn auch, bei der Höhe?

»Felix«, hatte Flint gerufen, als ihr Double gerade mit ihm Richtung Ilses Haus abfahren wollte, wo sie dank Dr. Schnell einen Zusammenstoß mit einem Lieferwagen haben würden. Nichts Dramatisches: eine kleine Kollision vor der Ampel knapp fünfzig Meter vom Haus entfernt, woraufhin Felix aus dem Wagen springen würde, um den Schaden zu begutachten und mit dem anderen Fahrer zu streiten. Wenn alles nach Plan lief, würden Ridouts Beobachter ihn sehen, einen kurzen Blick auf die Frau werfen, die sie für Flint halten mussten, den Köder schlucken und ihren Zielpersonen folgen, weg von Ilses Haus.

»Pass auf dich auf, ja?«, hatte Flint gesagt und dabei an eine Bombe gedacht, die in Paris hochgegangen war und die Beine von Inspector Gilles Bourdonnec zerfetzt hatte. »Diese Schlangen spielen nach anderen Regeln. Denen ist alles zuzutrauen.«

»Nein, pass du auf dich auf«, hatte Hartmann erwidert. »Wenn's hart auf hart kommt, werden wir schon mit Ridouts Leuten fertig. Ich halte Ilse für viel gefährlicher.«

Eingefallen, frühzeitig gealtert, sieht sie wahrhaftig nicht gefährlich aus, aber Flint muss zugeben, dass sie beim Blick in diese blauen Augen, die sie aufmerksam betrachten, eine gewisse Unruhe empfindet. Sie findet es nicht mehr lächerlich, dass Felix ihr heimlich, ohne dass Dr. Schnell es mitbekommen hat, eine kleinkalibrige Pistole in die Tasche ihres Ersatzmantels geschoben hat.

»Sie sollten stets selber Geld dabeihaben«, sagt Frau Gröber. »Sie können schließlich nicht erwarten, dass Ihr Mann sich um alles kümmert, wo er offenbar so viele Dinge um die Ohren hat.«

»Da haben Sie natürlich Recht«, sagt Frau Hartmann.

»Sie sind sehr anspruchsvoll und sehr egoistisch.«

»Das möchte ich nicht sein.«

»Sie denken nur an sich.«

»Es tut mir Leid.«

»Meinen Sie, weil Ihre Mutter ermordet wurde, haben Sie das Recht, sich bis ans Ende Ihres Lebens bemitleiden zu lassen? Sie benehmen sich kindisch. Meinen Sie denn, Sie wären die Einzige, die ihr Päckchen zu tragen hat? Das sind Sie nicht, und es gibt Menschen, die noch viel Schlimmeres durchgemacht haben als Sie. Soll ich Ihnen mal erzählen, was richtiges Leiden ist, Frau Hartmann?«

Flint sagt kein Wort. Sie weiß, dass der Zeitpunkt gekommen ist, steht von ihrem Stuhl auf und geht zur Anrichte, wo auf einem Silbertablett eine Flasche Zwetschgenwasser steht. Sie trägt das Tablett zum Esstisch und gießt eine großzügige Menge in ein Kristallglas, das sie mit beiden Händen anwärmt, bis sie meint, dass der Schnaps die richtige Temperatur hat. Noch immer stumm, reicht sie Frau Gröber das Glas und gießt sich selbst etwas weniger ein.

Frau Hartmann wirkt auf einmal so, als wäre ihre Geduld grenzenlos. Durch ihre Körpersprache will sie zu verstehen geben, dass sie warten wird, bis Frau Gröber wirklich bereit ist. Sie haben die ganze Nacht, wenn nötig. Kein Grund zur Eile, nicht im Geringsten.

»Mein Vater war ein sanfter Mensch, aber stark, sehr stark. Ich war im Krankenhaus gewesen, und ich war noch immer zu schwach zum Gehen, deshalb hatten sie einen Rollstuhl für mich besorgt, aber er trug mich am liebsten auf dem Arm. Er konnte mich stundenlang tragen, kilometerweit, und er wurde nie müde. Es war, als wollte er mir Kraft geben, seine wunderbare, warme Kraft, die aus seinen Armen strömte.«

Das sanfte Kerzenlicht macht Ilses Gesicht weicher. Sie wirkt plötzlich viel jünger, und ihre Stimme hat einen fast kindlichen Klang angenommen.

»In der Nacht, als es passierte, hat er mich aus meinem Bett gehoben, und ich schlief noch halb. Ich wusste nicht, wie mir geschah, weil meine Eltern mir nichts gesagt hatten. Er sagte, ich müsste sehr leise sein, keinen Ton, keinen Mucks. Es war dunkel, aber ich hatte keine Angst. Ich hatte nie Angst, wenn mein Vater mich im Arm hielt. Damals war dieses Haus in viele Mietwohnungen aufgeteilt. Unsere war die größte, weil mein Vater Professor war, aber sie lag im zweiten Stock, und wir mussten sehr vorsichtig sein, als wir die Treppe hinuntergingen, damit uns niemand hörte. Es gab so viele Spitzel, müssen Sie wissen. Informanten der Geheimpolizei, sie waren überall. Man wusste nie, wem man trauen konnte, deshalb traute man niemandem. Überhaupt niemandem.« Ilse nimmt einen kräftigen Schluck.

»Die Haustür quietschte immer, wenn man sie öffnete, aber nicht in jener Nacht. Sie machte kein Geräusch. Ich wunderte mich darüber. Hatte mein Vater sie vielleicht geölt? Und hätte das nicht irgendwelchen Spitzeln zu denken geben müssen? Mussten die sich nicht fragen: Warum hat Dr. Gröber die Tür geölt? Und hätten sie nicht die Stasi informiert? Hinterher habe ich lange Zeit geglaubt, dass es so gewesen sein muss, dass sie deshalb gewusst haben, dass wir kommen. Ich war sehr naiv, wissen Sie. Mir wäre nicht im Traum eingefallen, ihn zu verdächtigen.« Wieder trinkt sie. »Nicht Karl. Nicht meinen Bruder.«

Flint rührt sich nicht, atmet kaum. Sie hat ihren Stuhl so zurechtgerückt, dass ihr Gesicht im Schatten ist und ihr Ausdruck für Ilse nicht lesbar. Sie ist wie das Publikum in einem abgedunkelten Theater – anwesend, aber eigentlich unsichtbar.

»Meine Mutter wartete im Auto. Sie trug einen Hut. Ich hatte sie noch nie mit Hut gesehen, und ich musste lachen. Sie sagte, ich sollte leise sein, aber sie sagte es nicht unfreundlich; meine Mutter war nie unfreundlich, nicht zu mir. Sie hatte eine Decke für mich und ein Kissen, und mein Vater legte mich auf die Rückbank. Sie sagten mir, ich sollte schlafen, und wenn ich aufwachte, würden wir ein ganz großes, neues Abenteuer beginnen, aber ich war viel zu aufgeregt, um zu schlafen. Ich fragte sie, ob Karl auch mitkäme. Sie sagten nein, das Abenteuer wäre nur für mich.

Wir fuhren lange, sehr lange. Manchmal hörte ich meine Eltern halblaut miteinander sprechen, aber ich konnte nicht verstehen, was sie sagten. Sie wirkten ganz ruhig, als würden wir bloß einen Ausflug in die Berge oder an den See machen, wie früher, bevor ich krank wurde. Nur dass Karl nicht dabei war, und Heinz auch nicht. Aber Heinz konnte ja auch nicht dabei sein. Heinz war ja tot.

Schließlich muss ich doch eingeschlafen sein. Als ich aufwachte, hatten wir am Straßenrand gehalten. Eigentlich war es keine richtige Straße, eher ein Weg, ein Waldweg. Mir war kalt. Ich sagte zu meiner Mutter: ›Mama, mir ist kalt‹, aber sie sagte nur, ich sollte ruhig sein. Jetzt waren sie sehr angespannt. Das spürte ich.«

Ilses Glas ist leer. Flint schwebt wie ein Geist von ihrem Stuhl und füllt es fast bis zum Rand.

»Sie warteten auf ein Zeichen, glaube ich – ein Signal, dass es sicher war, die Grenze zu überqueren. Es war eine klare Nacht, kristallklar, mondhell und vollkommen still. Ich konnte mein Herz schlagen hören. Ich setzte mich auf, um aus dem Fenster zu schauen, aber mein Vater sagte, ich sollte liegen bleiben. ›Nur noch ein kurzes Weilchen, Liebling‹, sagte er. Ich war immer sein kleiner Liebling. Ich tat jedenfalls wie geheißen, deshalb weiß ich nicht, was das für ein Zeichen war. Ich hörte bloß, wie mein Vater sagte: ›Da ist es.‹ Dann ließ er den Motor an. Er fuhr sehr langsam, sehr vorsichtig, weil der Weg tiefe Furchen hatte. Ich denke, wir waren erst zwei- oder dreihundert Meter gefahren, als meine Mutter aufschrie. So.«

Mit geschlossenen Augen versucht Ilse, den Schrei ihrer Mutter nachzuahmen, aber der Laut, der aus ihrer Kehle dringt, ist eher ein leises Stöhnen, gespenstisch wie der Nachtwind. Das Gesicht, das sie jetzt dem flackernden Licht zugewandt hat, ist ein Bild des Elends.

»Mein Vater fluchte, schlimme, schlimme Worte, wie ich sie vorher nie aus seinem Munde gehört hatte, und ich weiß noch, dass ich entsetzt war – Angst hatte, weil er Angst hatte. Er drehte sich um, wollte den Wagen zurücksetzen, und ich sah die Furcht in seinem Gesicht. Dann prallten wir gegen etwas, oder etwas prallte gegen uns, und ich wurde vom Sitz geschleudert. Ich hörte Rufe und Trillerpfeifen und Hundegebell. Dann wurde die Tür aufgerissen, meine Tür, und ich lag auf dem Boden und sah zu einem Mann in Uniform hoch, ein Soldat oder ein Grenzer, und er packte mich an den Haaren und zerrte mich aus dem Wagen auf die Erde. Ich sah, wie er einen Stiefel hob, und ich dachte, er würde mir ins Gesicht treten, aber das tat er nicht. Er stellte den Stiefel auf meinen Hals, ganz fest, sodass ich mich nicht rühren konnte.

Meine Mutter schrie: ›Lasst sie in Ruhe, lasst sie in Ruhe!‹ Ich hörte Glas zersplittern und meine Mutter aufkreischen, und dann das Geräusch von … Ich weiß nicht, Ohrfeigen, Fausthieben? Nein, keine Fausthiebe – klatschende Schläge. Jetzt brüllte mein Vater, und der Wagen wackelte, und ich hörte noch mehr Schläge und Schreie. Und dann wurde alles plötzlich ganz ruhig. Ich hörte nur noch Menschen keuchen, atemlos, als wären sie gelaufen. Der Mann, der mich mit seinem Stiefel auf die Erde drückte, zielte mit einer Pistole auf mein Gesicht und tat irgendetwas damit, das ein scharfes, metallisches Geräusch machte.«

Flint ist nicht ganz in diesem Raum mit Ilse. Ein Teil von ihr ist meilenweit entfernt – Jahre entfernt –, liegt zusammengeschlagen und blutüberströmt in einem Treppenhaus in London und hört, wie Clayton Buller immer wieder den Schlitten einer Neun-Millimeter-Browning betätigt, um sie zu töten.

»Natürlich ist mir heute klar, dass er die Waffe entsichert hat und mich erschießen wollte, aber damals habe ich das nicht begriffen. Mein Verstand war wie erstarrt, verstehen Sie, wahrscheinlich hatte ich einen Schock. Ich war schon einmal fast gestorben, im Krankenhaus, und ich erinnere mich an das gleiche unwirkliche Gefühl, als wäre ich weit weg und hätte nichts mit dem Geschehen um mich herum zu tun. Es war sehr seltsam. Ich lag im Dreck und hatte nur mein Nachthemd an, und trotzdem spürte ich weder Kälte noch Furcht. Ich spürte nichts.

Ein Mann sagte: ›Zieht sie hoch‹, aber er meinte nicht mich. ›Nicht die Kleine.‹ Ich wurde weiter zu Boden gedrückt und konnte den Kopf nicht bewegen, konnte nicht sehen, was passierte. Ich konnte nur hören. Ich hörte, dass meine Eltern vom Wagen weggeschafft wurden, halb getragen, halb geschleift – aber nicht weit. Ich hörte meine Mutter ›Ilse‹ sagen, als wollte sie mich trösten. Dann zwei Schüsse, peng, peng. Ich hörte die Körper fallen. Dann nichts mehr. Niemand sagte etwas.«

Auch Ilse versinkt jetzt in Schweigen, als wären ihr die Worte ausgegangen, oder die Kraft, sie auszusprechen. Ihr Glas ist wieder leer, aber Flint greift nicht zur Flasche, um es aufzufüllen – noch nicht. Sie wartet, wie es ihr vorkommt, eine Ewigkeit, bis sie meint, dass es für Frau Hartmann an der Zeit ist, etwas zu sagen.

»Und das hat Karl getan?«

»Was getan?«

»Ihre Eltern getötet?«

»Nein. Ich hab Ihnen doch erzählt, dass die Grenzsoldaten sie getötet haben.«

»Nein, die haben nur die Schüsse abgegeben. Karl hat es getan, nicht wahr? Karl hat Ihre Eltern verraten, hat Sie verraten?«

»Ja.«

»Wo ist er jetzt, Ilse. Wo ist Karl?«

Ilse Gröber hebt einen mageren Arm und deutet zur Decke.

45

In der MI6-Wohnung mit Blick auf die Runde Ecke legt Stephanie Cooper-Cole den Telefonhörer auf und fragt Nigel Ridout, als wäre ihr die Möglichkeit erst gerade in den Sinn gekommen: »Finden Sie nicht, dass die uns die Sache ein bisschen zu leicht machen?«

Ridout, der an einem Tisch sitzt und ein Kartenhaus baut, belohnt sie mit einem breiten Lächeln. »Sehr gut, Stephanie. Ausgezeichnet, hervorragend, meinen Glückwunsch. Und jetzt« – unvermittelt verschwindet jede Unbeschwertheit aus seiner Stimme – »verraten Sie mir mal, wie Sie da draufgekommen sind – endlich.«

Sie sollte so klug sein, nicht überrascht zu sein und es sich vor allem nicht anmerken zu lassen, aber sie kann sich nicht beherrschen. »Nigel, Sie Mistkerl.«

»So was sagt man nicht«, entgegnet Ridout, als rufe er ein Kind zur Ordnung.

»Es ist reines Theater, nicht? Wieder eines von Schnells verdammten Ablenkungsmanövern – und Sie haben es die ganze Zeit gewusst.«

»Das stimmt nicht ganz, nicht die ganze Zeit, Steff.« Ohne sie anzusehen, konzentriert er sich darauf, die letzte Etage seiner Pyramide aufzustellen. »Aber als Sie mir sagten, dass Catmint und Thymus in einem Gebäude mit nur einem Ausgang festsitzen, ein Gebäude, zu dem ihr ihnen mit nur minimalen Schwierigkeiten folgen konntet; wenn ich bedenke, was für ein ungeheurer Glücksfall es war, ihre Spur überhaupt wieder zu finden; als Sie mir dann noch sagten, dass Ottos Jungs durch Abwesenheit glänzen, ja, dann witterte ich allerdings eines von Ottos Ablenkungsmanövern.« Ridout schnippt mit dem Finger gegen sein Bauwerk und sieht zu, wie das Kartenhaus einstürzt. »Thymus ist prima zu sehen, nicht? Lässt sich netterweise ab und zu am Fenster blicken – und immer gerade so lange, dass wir auch ganz sicher sein können, dass er es wirklich ist, hab ich Recht?«

Cooper-Cole antwortet Ridout mit einem zornigen Blick.

»Tja, dagegen macht Catmint sich richtig rar, nicht wahr? Was sehen wir durch das Fenster? Ab und an eine Silhouette?

Ihren Hinterkopf? Es könnte durchaus Catmints Kopf sein, aber andererseits … Stephanie, was machen Sie da?«

Sie hat den Telefonhörer genommen und tippt heftig eine Nummer, lässt ihren Frust an den Tasten aus.

»Stephanie?«

»Ich ruf Fellowes an. Ich zieh sie ab.«

Ridout schießt von seinem Stuhl hoch, durchquert überraschend schnell das Zimmer und nimmt ihr den Hörer aus der Hand. »Das lassen Sie schön bleiben.«

»Wieso? Was hat das denn noch für einen Sinn?«

»Der Sinn ist der, meine liebe Stephanie: Nur weil Fellowes Ihnen meldet, dass von Ottos Jungs keine Spur zu sehen ist, heißt das noch lange nicht, dass sie *nicht* da sind. Sie sind da, unsichtbar für Fellowes, keine Frage, aber zweifeln Sie nicht eine Sekunde lang an Ottos Möglichkeiten und an seiner Gerissenheit – und wenn Sie die Überwachung beenden, wenn Sie die Leute abziehen, weiß Otto sofort, dass wir ihm auf die Schliche gekommen sind. Behalten Sie die Observierung bei, intensivieren Sie sie, gehen Sie selbst hin, wenn Sie wollen, aber fallen Sie nicht auf Ottos Trick herein. Verstanden?« Er steht dicht vor ihr.

»Wo ist Catmint?«, fragt sie.

»Denken Sie nach, Stephanie, denken Sie nach – und dann verraten Sie's mir.«

»Das Haus auf der Karl-Heine-Straße. Wo wir die beiden entdeckt haben – oder besser gesagt, wo die beiden uns entdeckt haben. Von wo sie uns weggelockt haben wie ein paar dumme Schafe.«

»Sehr gut, Stephanie, sehr gut.« Ridout strahlt.

LA ROCHELLE
FRANKREICH

46

Mandrake fährt auf einem gelben Fahrrad über den Quai du Bout Blanc und schirmt die Augen gegen das grelle Licht ab, um den Yachthafen nach dem Liegeplatz abzusuchen, wo, wie man ihm gesagt hat, seine Belohnung liegt. Das letzte Mal war er mit Grace hier gewesen, am Ende ihrer Flitterwochen, und sie hatten am Rand des Kais gestanden, zum Schutz vor dem schneidenden Atlantikwind in seinen Parka gehüllt, und den kreisenden Möwen zugeschaut, die die Fischerboote zurück in den Hafen eskortierten. Grace hatte eine Haut, die in der Sonne schnell von Büroweiß zu Kupferbronze wechselte, und nach zwei Wochen auf Hayman Island schien ihr makelloses Gesicht förmlich zu leuchten. Er hatte hinter ihr gestanden, sie an sich gedrückt, das Gesicht an ihren Nacken geschmiegt und ihr geschworen, dass sie das schönste Geschöpf war, das er je gesehen hatte – was im Hinblick auf Frauen auch die reine Wahrheit war. Er hatte ihr auch geschworen, dass er sie niemals verlassen, niemals enttäuschen würde – was alles andere als die Wahrheit war, auch wenn ein losgelöster Teil von ihm sich wünschte, es wäre so.

Vergessen Sie nie, was sie ist, Mandrake, hatten sie bei der Abschlussbesprechung in Fort Monkton gesagt. Vergessen Sie nie, dass sie nur eine Nummer ist, ein Werkzeug, ein Mittel zum Zweck. Wenn Sie sie umarmen, wenn Sie mit ihr schlafen, denken Sie immer daran, dass sie nur das ist: eine, mit der Sie schlafen, damit wir bekommen, was wir brauchen. Und halten Sie unter allen Umständen Ihre Gefühle aus der Sache raus.

Und Nigel Ridout, der an dem Tag zufällig – so sagte er zumindest – in Monkton war, hatte aufgelacht, als wäre das das Komischste von der Welt. »Gefühle? Gütiger Himmel! Meinen Sie wirklich, Mandrake hat Gefühle?«

In Mandrakes MI6-Akte befindet sich ein Bericht, der seine ungewöhnlich autonomen Reaktionen auf heftige optische und akustische Reize darlegt: sadistische und manchmal pornographische Bilder durchsetzt mit Sonnenuntergängen und idyllischen Landschaften, die in rascher Abfolge auf eine Leinwand projiziert wurden; ein durch unerträgliche Schmerzensschreie unterbrochenes Wiegenlied von Brahms, das ihm über Kopfhörer vorgespielt wurde. Gleichzeitig war er an Geräte angeschlossen, die seine Wimpernschlagquote und die Leitfähigkeit der Haut überwachten – und was immer Mandrake auch sah oder hörte, die Nadeln bewegten sich nicht. Seine Nicht-Reaktion war so ausgeprägt, dass die Wissenschaftler, die dergleichen noch nicht erlebt hatten, zu dem Schluss kamen, er müsse völlig von seinen instinktiven Gefühlen abgeschnitten sein, und vermuteten, dass der ventromediale Bereich seines Gehirns, der die emotionalen Reaktionen reguliert, beschädigt sei.

Hatte Mandrake irgendwelche Kopfverletzungen erlitten, vielleicht bei einem Autounfall, fragten sie. Ridouts zynische Antwort lautete, Mandrakes einziger Unfall sei der gewesen, der zu seiner Geburt geführt hatte.

Doch auch wenn es zutrifft, dass Mandrake so einschränkende Gefühle wie Schuld oder Reue oder Scham praktisch fremd sind – dass man ihn, wie Ridout sagt, fast als Soziopathen bezeichnen könnte –, trifft es nicht zu, dass er keine Gefühle hat. Es gibt Stimuli, die die Nadeln zum Ausschlag bringen könnten: fast jede Art von Vogelgesang zum Beispiel, und fast alles von Bach, Grace' Körper, seine Form und wie er sich anfühlt, der Geruch und der Klang des Meeres.

Und gerade jetzt empfindet er leichte freudige Erregung, als er die *Lady Jane* zum ersten Mal erblickt, und er weiß sofort, dass sie genau richtig für ihn ist, ihn schon bald hinaus aufs Meer tragen wird, weg von seinen Jägern. Sie ist elf Meter lang, mit einem kompletten Satz Segel und einem robusten Dieselmotor, und man könnte die Welt mit ihr umfahren – und vielleicht wird Mandrake genau das tun.

Für lumpige fünfzigtausend Dollar von Karl Gröbers Geld gehört sie ihm.

NEW YORK

47

Im Marscheider-Gebäude gibt es keine Arrestzellen oder Vernehmungszimmer mit Türen, die sich von außen abschließen lassen. Deshalb sitzt der widerspenstige Vincent Regal jetzt im Keller auf dem Boden – sein linkes Handgelenk mit Handschellen an Rocco Morales' schwere Metallbank gefesselt –, wo er sich, wie man ihm gesagt hat, ruhig die Lunge aus dem Leib brüllen kann, ohne dass ihn jemand hört.

Das stimmt nicht ganz. Jarrett Crawford, der vor dem Gebäude auf und ab geht und die letzte der fünf Zigaretten raucht, die er sich am Wochenende gönnt, hört durch die Lüftungsschächte eine zwar gedämpfte, aber dafür endlose Litanei an Flüchen und Beschimpfungen. Flint hatte ihn vor Regals Unflätigkeiten gewarnt, doch allmählich geht es Crawford auf die Nerven.

Widerwillig raucht er die Zigarette zu Ende, geht zurück ins Gebäude und die Treppe hinunter in den Keller – das Gekeife wird immer lauter –, schleicht sich von hinten an Regal heran, hebt das New Yorker Telefonbuch mit beiden Händen und schlägt mit voller Wucht zu. Regal, am Hinterkopf getroffen, fällt der Länge nach hin, doch es ist mehr der Schreck als der eigentliche Schlag, der den kleinen Mann fassungslos verstummen lässt.

»Da, so weit hast du mich getrieben«, sagt Crawford seelenruhig. »Zum ersten Mal seit zwanzig Jahren habe ich einen Gefangenen körperlich angegriffen. Aber Vincent, eins schwör ich dir. Wenn du noch ein einziges Mal Scheiße oder beschissen oder Scheißkerl oder dergleichen sagst, dann stopf ich dir hiermit das Maul, und zwar im wahrsten Sinne des Wortes.« Er meint das Telefonbuch, das er noch immer wie einen Baseballschläger drohend über Regals Kopf hält. »Haben wir uns verstanden, Vincent?«

»Am 26. Oktober 2000 … Nein, bitte streichen«, sagt Crawford für den Kassettenrecorder, der in der Mitte auf dem Tisch steht. »Am 27. Oktober – ich wiederhole, am siebenundzwanzigsten – gegen ein Uhr morgens trafen Sie sich auf Ihren Wunsch hin mit Deputy Director Flint auf dem Parkplatz des River Café in Brooklyn. Erinnern Sie sich daran, Vincent? Ebenfalls anwesend, aber nicht auf Ihren Wunsch hin, war Special Agent Ruth Apple – und daran sollten Sie sich nun wirklich erinnern, Vincent. Denn wie Sie sehr wohl wissen, wurde Agent Apple später ermordet, und diese Vernehmung findet unter anderem im Rahmen der Ermittlungen in diesem Mordfall statt. Und so, wie die Dinge stehen, könnten Sie wegen Beihilfe zum Mord belangt werden, und deshalb sollten Sie Ihr Erinnerungsvermögen auf Vordermann bringen. Erinnern Sie sich an das Treffen, Vincent?«

An dem Kassettenrecorder signalisiert ein leuchtendes rotes Lämpchen, dass das Gerät aufnimmt – obwohl es das nicht tut, weil Rocco Morales die Schaltkreise umgepolt hat, aber das kann Regal natürlich nicht wissen. Er ist nicht mehr an die Metallbank gefesselt, sondern sitzt jetzt eingeschüchtert auf einem Hocker, da nicht nur Crawford ihm durch sein bedrohliches Auftreten und seine massige Gestalt Respekt einflößt, sondern auch das Telefonbuch, das noch immer in greifbarer Nähe bereitliegt.

»Vincent, zum letzten Mal: Erinnern Sie sich an das Treffen?«

»Ja«, presst Regal hervor, als koste ihn das Eingeständnis Geld, das er eigentlich nicht ausgeben darf.

Crawford tut so, als blättere er in einer Kopie der Pentecost-Akte. »Im Verlauf des fraglichen Treffens gaben Sie Informationen über Ihren Arbeitgeber preis, vertrauliche Informationen im Hinblick auf Kunden, Informationen, die vermutlich zu einer Reihe von Anklagen und Haftstrafen führen werden.« Crawford streckt den Arm aus und drückt einen Schalter am Gerät, woraufhin das rote Lämpchen erlischt, und jetzt nimmt der Recorder auf. »So, Vincent, jetzt mal ganz unter uns. Wenn das passiert, werden eine ganze Menge Leute mächtig sauer sein und wissen wollen, wer sie verpfiffen hat, und deshalb lautet die Frage, wer weiß sonst noch, dass du ein Spitzel bist, eine Petze?«

Regal blickt finster, aber Beleidigungen und leere Drohungen prallen an ihm ab. Er wartet in mürrischem Schweigen, dass Crawford endlich damit herausrückt, was er wirklich will.

»Weißt du was, Vincent? Wir hier bei der FSF schützen unsere V-Männer, und genau das bist du – ein V-Mann. Außer für die, die den direkten Kontakt zu dir halten, bist du kein Name, bloß eine Nummer. Siehst du?« Crawford lässt ihn kurz in die Pentecost-Akte blicken, auf die Seite, die mit Flints Zusammenfassung ihres Gesprächs mit »Vertrauensmann Nr. 00217« beginnt. Regal schaut weg.

»Nur drei Menschen in diesem Gebäude wissen, dass V-Mann 217 und Vincent Lowell Regal ein und dieselbe Person waren – und einer davon ist jetzt tot. Also bleiben nur noch ich und Deputy Director Flint übrig, und so schützen wir dich.« Crawford blättert ein paar Seiten weiter, als suche er etwas Spezielles in Flints Zusammenfassung. »Aber wir können dich nicht vor dir selber schützen, nicht wahr, Vincent? Wir können rein gar nichts machen, wenn du überall herumposaunst, dass du ein Spitzel bist.«

»Das ist doch Blödsinn«, sagt Regal.

»Ach ja? Was willst du damit sagen, Vincent, dass du niemandem ein Sterbenswörtchen gesagt hast? Dass sonst keiner weiß, dass Vincent Regal seine Freunde verpfeift, seine Komplizen?« Crawfords Stimme klingt spöttisch. »Ich würde sagen, *das* ist Blödsinn. Das ist gequirlte Scheiße.« Mit den Fingern einer Hand stößt er auf die aufgeschlagene Seite vor sich. »Was ist mit Ben Gates?«

»Was soll mit ihm sein?«

»Wer ist er, Vincent?«

»Sie wissen doch, wer er ist.«

Crawford lacht, als hätte Regal einen Witz gemacht. Dann beugt er sich vor, stützt die Ellbogen auf und sagt leise: »Allerdings weiß ich das. Meine Frage ist, woher weißt du das, Vincent? Wer war dein Informant? Wer hat es dir erzählt?«

Sie mustern sich gegenseitig, während Regals flinker Verstand die Implikationen von Crawfords Fragen auslotet, was sich in seinen Augen widerspiegelt. Mit diesen Fragen hat er nicht gerechnet, und da er nicht recht weiß, was er davon halten soll, weicht er zunächst aus. »Wen interessiert das denn?«

»Zum Beispiel Deputy Director Flint«, erwidert Crawford ruhig. »Sie will wissen, wer von ihren Mitarbeitern, wer von ihren Freunden einem Widerling wie dir Einzelheiten aus ihrem Privatleben erzählt – und sie will wissen, wieso.« Crawford steht auf und nimmt das Telefonbuch in beide Hände. »Und es interessiert mich, Vincent, weil ich nämlich auch wissen will, wer hier aus dem Nähkästchen plaudert. Und eins kann ich dir sagen: Der erste Verstoß gegen die Vorschriften ist der schwerste. Danach …« Er macht einen Schritt nach hinten und holt weit aus.

Regal ist schnell, duckt sich von dem Hocker, bleibt gebückt, um jedem eventuellen Schlag mit dem Telefonbuch auszuweichen, und rammt den Kopf in Crawfords Bauch. Crawford brüllt auf und fällt auf die Knie, während Regal noch immer geduckt zu der Tür läuft, die ins Treppenhaus führt.

Die Tür ist gesichert, und Regal braucht einen Moment, um die Sperre zu finden und zu öffnen. Dann ist der Weg frei, und er flitzt die Treppe hinauf, nimmt immer zwei Stufen auf einmal, bis er am ersten Absatz kurz stehen bleibt. »Scheißkerl!«, ruft er Crawford so laut er kann zu.

48

Sonntagabend kurz vor sieben Uhr trifft Nathan Stark zu Hause auf Staten Island die letzten Vorbereitungen zur Abreise. Er zählt dreihundert Dollar aus seinem Portemonnaie ab, unterschreibt fünf Blankoschecks für das eheliche Konto und bittet seine Frau, sollte sie die Schecks verwenden müssen, genau zu notieren wofür. Zudem erinnert er sie pedantisch daran, dass der Wagen zur Inspektion muss, der Sprinkler im Garten kaputt ist und sie das Abendessen mit den Carpenters absagen soll, dass Nathan junior einen Termin beim Kieferorthopäden hat und dass der Sechzehnjährige in der Woche nicht länger als bis acht Uhr abends im Internet surfen darf.

»Jaja«, sagt Melinda Stark ungeduldig, die das enervierende Ritual endlich hinter sich bringen will, das jeder Geschäftsreise ihres Mannes vorausgeht. Wie üblich sagt er nicht, wohin er fährt oder wann er zurückkommt, aber sie sieht, dass der mittelgroße Samsonite gepackt neben der Tür steht und nicht bloß die kleine Reisetasche. Also einige Tage, und wenn sie Glück hat, eine Woche oder sogar noch länger.

Stark geht in sein Arbeitszimmer und schließt die Tür. Aus dem Wandsafe, der hinter einer seiner zahlreichen Auszeichnungen und Urkunden hängt, nimmt er die halbautomatische Glock-23-Pistole mit zwei Ersatzmagazinen, zwei US-Pässe, von denen keiner auf den Namen Stark ausgestellt ist, und eine Ledermappe, in der sich, wie Stark es für sich nennt, unter anderem seine Reisekasse für Notfälle befindet: neunzig Schweizer Banknoten mit dem Porträt des Historikers Jacob Burckhardt, von denen jede über sechshundert Dollar wert ist. Seit zwei Wochen, seit Operation Pentecost – trotz all seiner Bemühungen – so tragisch gescheitert ist, hat Stark ohne seine Reisekasse keinen Schritt mehr vor die Tür gemacht, denn er hat jetzt allen Grund, sich Burckhardts These anzuschließen, dass Geschichte ein sich unablässig beschleunigender Prozess ist: dass seismische Entwicklungen, die man erst in einigen Jahren erwartet hätte, sich plötzlich innerhalb weniger Tage vollziehen können.

Der Safe ist solide und mit einem Zahlenschloss gesichert, aber sollte das Schlimmste eintreten, wird er den Geldschrankknackern des FBI, wie Stark sehr wohl weiß, keine großen Schwierigkeiten bereiten – auch nicht Rocco Morales, falls der als Erster da ist. Wer auch immer den Safe öffnet, wird zwei Briefe darin finden. Der eine, kurz und knapp, wenngleich nicht völlig ohne Gefühl, ist an Melinda adressiert: eher eine Entschuldigung als eine Erklärung. Der zweite ist an Aldus Cutter adressiert, umfasst fünf eng beschriebene Seiten und erläutert – rechtfertigt, nach Starks Ansicht –, warum Nathan Stark sowohl die Financial Strike Force als auch sein Land verraten hat.

Nathan junior, der im Wohnzimmer vor dem Computer hockt, reagiert mechanisch, als sein Vater sich von ihm verabschiedet. Stark betrachtet das manisch betriebene Hobby seines Sohnes mit gemischten Gefühlen, denn der Junge benutzt die unermesslichen Möglichkeiten des Internet zur Verbrecherjagd. Er besorgt sich Namen und Personenbeschreibungen von Websites der Strafverfolgungsbehörden und macht sich dann in Online-Verzeichnissen, Zeitungsarchiven, Grundbesitzregistern, Militärberichten und Ähnlichem auf die Suche; behilflich ist ihm dabei ein Software-Programm namens »Net Detective«, das ihm schon zwei Erfolge beschert hat. Der zweite Glückstreffer brachte ihm von dem dankbaren Staat Florida fünftausend Dollar Belohnung ein, weil seine Informationen direkt zur Ergreifung eines entflohenen Häftlings führten.

»Der Apfel fällt nicht weit vom Stamm«, lautete die Schlagzeile in der *Tampa Tribune*, die Nathans Leidenschaft damit erklärte, dass sein Vater, »der erfahrene FBI-Mann«, sich ja schließlich auch »leidenschaftlich für Gerechtigkeit« einsetze. Nun ja, nicht ganz, wie Stark weiß, denn die Motivation seines Sohnes ist lediglich Habgier, wie bei einem Kopfgeldjäger – während es für Stark nie *allein* das Geld war, wie er in seinem Rechtfertigungsschreiben an Aldus Cutter betont.

Nathan junior hat das erklärte Ziel, eines Tages »richtig Geld zu machen«, indem er die Belohnung für einen der zehn meistgesuchten Verbrecher auf der Liste des FBI einstreicht. Während Stark zur Anlegestelle fährt und genau weiß, dass die Fähre ihn vielleicht nie wieder hierher zurückbringen wird, denkt er über die Ironie des Schicksals nach, dass er schon bald selbst auf der FBI-Liste stehen könnte und auf seine Ergreifung eine Belohnung von, sagen wir, einer Million Dollar ausgesetzt wird. In dem Fall, da hat er keine Zweifel, wird er zum Ziel der eifrigsten Suche seines Sohnes werden.

Stark schiebt den Gedanken beiseite, verbannt ihn in die Abteilung seines Verstandes, die er die meiste Zeit fest unter Verschluss hält. Operation Payback soll in gut zwölf Stunden anlaufen, und er hat noch viele Details zu klären. Er hat vor, die Nacht im Marscheider-Gebäude zu verbringen und den Einsatzplan noch einmal durchzugehen, um die letzten Mängel zu beheben. Wenn das der letzte Einsatz von Deputy Director Nathan Stark werden sollte, dann soll es auch sein erfolgreichster sein.

Er hat die Anlegestelle der Fähre erreicht und steht in der Warteschlange, um an Bord zu fahren, als sein fester Wille zum

Erfolg sich unversehens in ein Hirngespinst verwandelt. Sein Handy klingelt, und als er sich, ohne lange zu überlegen, meldet, hört er die überschnappende, klägliche Stimme von Vincent Regal, der ihn mit »Mr. Stark« anredet, irgendetwas von Flint brabbelt, Jarrett Crawford beschimpft, abwechselnd droht und bettelt und ein sofortiges Treffen verlangt.

Stark unterbricht die Verbindung, ohne ein Wort zu sagen. Er steigt aus dem Wagen, geht zum Ufer und lässt das Handy in die Upper Bay fallen. Auch wenn das nichts mehr nützen wird. Er verwirft seinen Plan, ins Büro zu fahren, und als er aus der Warteschlange ausschert und nun Richtung Verrazano-Brücke fährt, malt er sich aus, wie Crawford – oder vielleicht auch Rocco-Morales – das Band abschaltet, auf dem sie das abgehörte Gespräch mitgeschnitten haben, wie er die Faust ballt, nach dem Telefon greift, um Director Cutter zu melden, dass Regal in die Falle getappt ist und ihr Trick funktioniert hat. »Wir haben ihn«, wird er sagen und damit Stark meinen.

Noch nicht ganz, denkt Stark.

ILSES HAUS

49

Urplötzlich ist ein Unwetter aufgezogen, das sich womöglich über Weißrussland zusammengebraut hat, um sich jetzt mit der Kraft, die es auf seiner Jagd über Europa gesammelt hat, gegen die Nordostflanke von Ilses Haus zu werfen. Die Böen kommen regelmäßig, und jedes Mal wenn Flint, die sich über den Korridor im zweiten Stock schleicht, hört, wie das Heulen des Windes von einem tiefen Stöhnen zu einem pfeifenden Kreischen anschwillt, verharrt sie kurz und wartet, bis die Wucht der Böe nachlässt.

Ilse, du sollst wissen, dass wir Schwestern sind, dass auch ich verraten wurde. Verrat ist etwas, was wir gemeinsam haben.

Die Taschenlampe, die Dr. Schnell besorgt hat, ist schwer, von guter Qualität, mit einem verstellbaren Halogenstrahl, der nahezu den gesamten Korridor erhellen oder mit der Präzision eines Laserstrahls einen einzigen Punkt erfassen kann. Flint hat ihn so eingestellt, dass sie gerade genug Licht hat, um den Weg zu Karl Gröbers Zimmer zu finden, die letzte Tür links.

»Karl ist hier? Im Haus? Oben?«, hat sie gefragt.

Ilse, völlig betrunken und kurz vor dem Umfallen, hat nur genickt.

Flint weiß, dass es absolut dumm ist, jetzt über diesen Korridor zu schleichen, um zwei Uhr nachts, ohne Sicherungsteam, lediglich mit einer Dose Reizgas und der Pistole bewaffnet, die Felix ihr zugesteckt hat – eine Waffe, die kaum genug

Durchschlagskraft hat, um einen Gegner aufzuhalten. Und sie weiß auch, dass sie Schnell oder die Beobachter vor dem Haus hätte verständigen sollen. Dann wäre jetzt ein Dutzend bewaffneter Polizisten um das Haus postiert und ein Sondereinsatzkommando würde den zweiten Stock stürmen, aber Karl Gröber würde dann höchstwahrscheinlich sterben. Und er darf nicht sterben – das wird sie nicht zulassen –, ehe er nicht die einzige Frage beantwortet hat, die sie im Augenblick interessiert: Wo ist Ben?

Ihre Bewaffnung reicht aus, hat sie voreilig entschieden. Falls Gröber sich vom Anblick ihrer kümmerlichen Pistole nicht abschrecken lässt und auch das Reizgas ihn nicht aufhalten kann, wird sie den gebündelten Lichtstrahl der Taschenlampe einsetzen, um ihn zu blenden, und die Lampe selbst als Keule.

Aber ein Teil ihres Gehirns – der wehleidige Teil – erinnert sich an Cutters Zusammenfassung von General Kessels Bericht: »Kessel sagt, dass Gröber zwischen 1976 und 1987 häufig für den KGB im Auslandseinsatz war. Er wurde als Berater eingesetzt, manchmal als Lockspitzel, manchmal als Killer.«

Als Killer? Und du willst es mit einer Taschenlampe gegen ihn aufnehmen?

Sei still!

Das Unwetter wird heftiger, der Wind zerrt an den Dachziegeln, sucht nach Schwachstellen. Flint steht gegen die Wand des Korridors gepresst und wartet, bis sich das nächtliche Tosen legt, bis sie sich selbst denken hören kann, bis sie auf Geräusche in Karl Gröbers Zimmer lauschen kann.

Um möglichst wenig aufzufallen, sind Dr. Schnells Beobachter zu zweit in zwei Pkw rund fünfhundert Meter östlich und westlich von Ilses Haus postiert. Um den Nachteil dieser Vorsichtsmaßnahme auszugleichen, sind sie mit Nachtsichtgeräten ausgestattet, mit denen sie eine menschliche Gestalt noch auf die doppelte Entfernung ausmachen können, gespenstisch grün, aber dafür deutlich.

Auf größere Entfernungen, bei denen auch zusätzliches Infrarotlicht nichts mehr bewirken kann, sind Nachtsichtgeräte ausschließlich auf die Verstärkung des vorhandenen Lichts angewiesen, wofür in dieser Nacht nur gelegentlich ein vorbeifahrendes Auto sorgt. Es hat einen Stromausfall gegeben, der nicht von Dr. Schnell in die Wege geleitet wurde, und aufgrund des Unwetters gibt es kein Mondlicht, keine Unterstützung von den Sternen.

Und deshalb bemerken die Beobachtungsposten nicht, wie eine schwarz gekleidete Gestalt aus der Deckung eines Türeingangs huscht, im Schutz eines jähen, regengepeitschten Windstoßes die Karl-Heine-Straße überquert und über den Zaun in Ilses Garten klettert.

Eine Atempause. Kein völliges Ersterben des Sturmgeheuls, sondern ein Nachlassen, ein Luftschöpfen vor dem nächsten Angriff.

Nun mach schon, los. Mach das Licht aus. Zieh die Schuhe aus und schieb deine Füße über die Bodendielen, die du trotzdem unter deinem Gewicht knarren hörst – und bete, dass er das Geräusch einer Laune des Windes zuschreibt. Pistole im Halfter an der rechten Hüfte, gesichert, Reizgas in der linken Jeanstasche. Noch drei Meter.

In ihrem Schlafzimmer hatte sie vor dem fleckigen Spiegel das schnelle Ziehen der Waffe geübt, die Pistole aus dem Halfter gerissen, mit beiden Händen gepackt, die ausgestreckten Arme genau in Augenhöhe gehoben. »Hände hoch«, hatte sie geflüstert, so albern sie sich dabei auch vorkam. Aber das war vor dem Stromausfall gewesen, bevor sie wusste, dass sie eine Hand für die Taschenlampe brauchen würde, um ihr Ziel zu sehen.

Linke Hand für die Taschenlampe, rechte Hand für die Türklinke. Klinke runterdrücken und Tür auftreten. Was, wenn sie abgeschlossen ist? Das Schloss zerschießen? Prima Idee, mit einer Waffe, die nicht mal ein Kaninchen aufhalten könnte. Sie würde nicht abgeschlossen sein – wieso sollte er abschließen? Aber vergiss nicht, du hast keine Durchschlagskraft. Auch wenn sie dir in Quantico was anderes beigebracht haben, ziel auf den Kopf, weil ein Kopfschuss deine einzige Chance ist, ihn aufzuhalten. Durchatmen. Tief durch den Mund Luft holen und den Herzschlag hochtreiben. Treib deinen Adrenalinspiegel hoch, bis du den kupfrig-bitteren Geschmack auf der Zunge spürst.

Aufmachen, treten, Pistole ziehen, Lichtstrahl auf ihn richten und rufen: Hände hoch! Jetzt runter auf die Knie, die Hände so, dass ich sie sehen kann. Beweg dich, Gröber! Los, los!

Die Finger von Flints rechter Hand tasten sich am Putz der Wand entlang, bis sie gegen die Kante des Türrahmens stoßen, dann die Tür selbst ertasten. Sie schiebt sich in Position und drückt ein Ohr gegen das kühle Holz, lauscht auf Geräusche auf der anderen Seite. Nichts. Sachte drückt ihre rechte Hand die Klinke hinunter und spürt, wie die Tür sich öffnen will. Nicht abgeschlossen.

Beweg dich, Flint! Los!

Wie ein Taucher kurz vor dem Untertauchen holt sie tief Luft und redet sich ein, dass die Situation jetzt nicht anders ist als die Übungen in Quantico, die sie zigmal absolviert hat. Klar. Dann verbannt sie alles aus ihrem Kopf außer der Routine, und sie lässt die Klinke los, tritt die Tür auf, reißt die entsicherte Waffe hoch; zwei Schritte vor, der Strahl der Taschenlampe huscht durch den Raum; der Lichtschein fährt über Karl Gröbers grässlich verzerrtes Gesicht, die Uniform, die Schirmmütze, die er trägt.

Plötzlich erkennt sie die Wahrheit, die sie verhöhnt, und der Befehl »Hände hoch!« bleibt ihr im Halse stecken. Flint kichert. Sie kann nichts dagegen machen. Als die Furcht verfliegt und von einer Woge der Erleichterung verdrängt wird, in die sich Zorn auf ihre eigene Dummheit mischt, wird ihr Lachen lauter, unkontrollierbar, bis sie das Gefühl hat, gleich einen hysterischen Anfall zu bekommen. Sie sinkt auf die Knie, und jetzt verkrampft sich ihr Magen, und das Lachen wird zu einem wilden, krampfartigen Schluchzen, das sie zu ersticken droht. Sie stützt sich auf die Hände, ringt nach Atem, wartet, dass die Krämpfe nachlassen, und plötzlich begreift sie, dass sie aussieht wie eine Bittstellerin, die Karl Gröber Reverenz erweist – oder besser gesagt nicht Karl Gröber, sondern dieser lächerlichen Karikatur seiner selbst.

Jetzt liegt sie auf dem Boden, den Kopf dicht vor den Lederstiefeln eines Gartenzwerges – ein teuflischer Gnom wie der in Füßlis *Nachtmahr* –, nur dass dieser hockende Gnom aufgerichtet einen Meter zwanzig messen würde und eine Stasi-Uniform trägt. Die Knöpfe des Hosenschlitzes sind offen, und eine vertrocknete Blutwurst ragt daraus hervor wie der verschrumpelte Stumpf eines abgehackten Penis.

50

Wer hat das gemacht? Wer hat dieses Zimmer mit Stasi-Andenken voll gestopft (Uniformen, Orden, Helme, Gasmasken, Messer, Bajonette, Schlagstöcke, zwei Kalaschnikow-Maschinengewehre; Blankoausweise, der offizielle Stempel eines Bürgermeisters, falsche Bärte, Perücken und ein grotesker falscher Bauch; eine Kamera versteckt in einer Aktentasche, ein Kassettenrecorder versteckt in einer Kiste; eine harte, schmale

Pritsche wie in einer Gefängniszelle, Handschellen, Beinschellen, Ketten, Kapuzen) und eine Art Horrormuseum geschaffen?

Und wenn es Karl Gröber war – wie Flint stark vermutet –, wer hat dann seine Sammlung mit Symbolen einer anderen tyrannischen Ära vermischt?

Flint, die nach dem krampfartigen Anfall erschöpft ist, sich aber wieder gefangen hat, sitzt auf der Pritsche und lässt den Lichtstrahl der Taschenlampe über kleinere Gartenzwerge wandern, die hinter Karl hocken, den rechten Arm zum Hitlergruß erhoben. Es sind sechs an der Zahl, und alle tragen sie die Ausgehuniformen der Stasi, die jedoch mit blutroten Hakenkreuzen beschmiert sind. Ihre gemalten Gesichter haben dunkle Höhlen statt Augen. Die aufgerissenen Münder sind in einem ewigen Schrei erstarrt.

Auf die gegenüberliegende Wand hat jemand die schwarzen Runenzeichen der SS geschmiert, jeweils rechts und links von einem Porträtfoto General Mielkes, des Hauptarchitekten der Stasi – der ebenso Furcht einflößend aussähe, wie sein Ruf es war, wäre da nicht das lachhafte Hitlerbärtchen, das ihm plump auf die Oberlippe gemalt worden ist. Von einer rachsüchtigen Ilse, vermutet Flint.

Die Wand rechts von der Pritsche ist mit vergilbten Ausschnitten aus Zeitungen und Illustrierten tapeziert, Artikel über die Anklage gegen General Mielke im wiedervereinigten Deutschland wegen der Todesschüsse an der innerdeutschen Grenze. Die Artikel, die von der Einstellung des Verfahrens aufgrund der schlechten körperlichen Verfassung des betagten Mielke und von seinem friedlichen Tod im Krankenhaus berichten, sind mit roter Zeichenkreide wütend umkringelt. Es gibt eine Liste der Opfer, und Flint sieht, dass die Namen von Wilhelm und Eva Gröber fehlen. Neben die Liste ist mit demselben roten Stift ein verzweifeltes »Warum?« gekritzelt worden.

Jetzt bemerkt Flint einige Ausschnitte jüngeren Datums, die von einem Mordfall in New York berichten. Die meisten schildern kurz und sachlich die Ereignisse am World Emporium und erwähnen, dass gegen einen gewissen Karl Gröber ein internationaler Haftbefehl erlassen wurde, doch ein paar Sensationsblätter beschäftigen sich auch mit Gröbers Stasi-Vergangenheit. Die *Bild*-Zeitung bringt sogar ein Foto von Karl, wie er trotzig vor einer zornigen Menschenmenge auf der Eingangstreppe der Runden Ecke steht. Die Bildunterschrift lautet: »Das letzte Gefecht – die Tage des Stasi-Terrors sind gezählt«.

Er ist in Zivil und anscheinend unbewaffnet, doch über seine Schulter sieht man eine Phalanx von Uniformierten mit Maschinenpistolen, ganz ähnlich wie die Phalanx von uniformierten Zwergen hinter Karl in diesem Zimmer. Die Namen der Männer werden in der Bildunterschrift nicht genannt. Aber zwei Gesichter sind rot umrandet, und irgendwer – Ilse? – hat ihre Namen in Großbuchstaben daneben geschrieben: DANNECKER, KROL.

Flint nimmt den Ausschnitt von der Wand und liest den reißerischen Text. Weder Dannecker noch Krol werden erwähnt. Aber eine fast beiläufige Information beschleunigt Flints Herzschlag: »Gut unterrichteten Unterweltkreisen zufolge besitzt Karl Gröber irgendwo an der Adriaküste des ehemaligen Jugoslawien eine Luxusvilla, wo ihn erst kürzlich zwei ehemalige Stasi-Offiziere aus Leipzig aufgesucht haben sollen.«

Die unseriöse Behauptung eines Boulevardblattes? Wahrscheinlich. Trotzdem steckt Flint den Ausschnitt ein, schiebt sich dann an den Zwergen vorbei und inspiziert die Möbel, die sie nun durchsuchen muss: ein zerkratzter Holzschreibtisch unter Mielkes Porträt, eine Truhe, der Deckel mit Schnitzereien verziert, ein Aktenschrank mit drei Schubfächern in Behördengrün. Sie stellt die Taschenlampe, nachdem sie sie auf den breitesten Strahl gedreht hat, wie eine Laterne auf den Schreibtisch und beginnt mit der Truhe. Sie kniet sich auf den Boden und hebt vorsichtig den Deckel, Stückchen für Stückchen, als rechnete sie damit, irgendetwas Unangenehmes darin zu entdecken. Ein leicht modriger Duft steigt auf, nichts Schlimmeres, und als sie den Deckel nach oben stemmt, sieht sie einen ausgestopften Keilerkopf mit beeindruckenden, geschwungenen Hauern, die bestimmt dreißig Zentimeter lang sind. Die Hauer sind vergilbt, ebenso wie die Papierberge, die der Kopf zu bewachen scheint: alte Stasi-Akten, vermutet Flint, die aus der Runden Ecke gerettet wurden – aber warum? Sie zieht ein paar Seiten unter dem Keilerkopf hervor und überfliegt den Text. Doch das Beamtendeutsch ist zu kompliziert für sie, sodass sie es rasch wieder aufgibt.

Um die Papiere halbwegs ordentlich wieder zurücklegen zu können, muss sie zuerst den Keilerkopf herausnehmen, und als sie ihn an den Hauern hochhebt, staunt sie über sein Gewicht. Dann sieht sie, dass er auf einem großen Buch gelegen hat; auf dem auf alt gemachten Umschlag steht in goldenen Lettern *Fotoalbum*. Karls Album, wie es scheint, das einen langen Zeitraum seines Lebens widerspiegelt, von der Kindheit bis ins mittlere Alter. Unter jedem Bild steht in akkurater Schrift eine kleine Erläuterung in schwarzer Tinte.

Da ist der pausbäckige Karl, wie er mit drei Jahren auf einer Parkbank sitzt, die Augen zum Schutz gegen die Sonne zusammengekniffen. Da ist der sechsjährige Karl in Badehose, engelhaft, an einem Ort namens Waren, der entweder einen Strand oder ein Seeufer hat. Karl mit zehn Jahren in Dresden, schüchtern in die Kamera lächelnd. Karl in »Berlin, Juli 1963« – also ist er zwölf – sieht steif und mürrisch aus, und Karl mit vierzehn, anscheinend eine professionelle Porträtaufnahme, hat eindeutig etwas Herablassendes an sich, sein Mund …

Flint hebt den Kopf. Das Tosen des Unwetters ist ihr inzwischen vertraut, und das Geräusch, das sie gerade vage registriert hat, gehörte nicht dazu. Sie dämpft das Licht so weit wie möglich und geht rasch zur Tür. Die entsicherte Pistole liegt in ihrer rechten Hand, als sie auf den Korridor hinausschlüpft. An der gegenüberliegenden Wand bewegt sie sich nach links, bis sie außerhalb des matten Schimmers ist, der aus Karls Zimmer dringt. In der Dunkelheit wartet sie ab, was oder wer von dem Licht angezogen wird.

Und während sie wartet, denkt Flint über die Fotos nach, die in Karls Album fehlen, von denen nur noch Klebstoffreste und Bildunterschriften zeugen, die derart vehement durchgestrichen wurden, dass Löcher in den Seiten entstanden sind. Vielleicht Fotos von Karl mit Ilse oder mit seinen Eltern oder seinem Bruder Heinz – Fotos, deren Anblick Ilse nicht erträgt. Aber warum hat Ilse dann überhaupt irgendwelche Fotos verwahrt? Warum hat sie nicht einfach das ganze Album vernichtet?

Ob Ben die Fotos vernichtet hat, die er aus Miller's Reach gestohlen hat? Oder sieht er sie sich jetzt gerade an, zeigt sie seinen Freunden, amüsiert sich königlich dabei? »Seht euch das hier an, das war in unserer Hochzeitsnacht, gleich nachdem ich sie gevögelt hatte. Seht ihr das Lächeln auf ihrem Gesicht?« Verdammt, hör auf damit! Konzentrier dich!

Sie hört den Regen gegen die Fenster klatschen, das Heulen des Windes. Sonst nichts.

Ich werde dich finden, Ben.

Ihr Alter Ego fragt nicht: Und was dann? Ausnahmsweise hält sich der wehleidige Teil von ihr bedeckt.

Da ist Karl als selbstgefällig dreinschauender Kapitän der Fußballmannschaft seiner Schule, die Arme verschränkt, ein Fuß auf dem Ball. Dann ein weiteres Gruppenfoto: Karl, der Rekrut, stämmiger als seine Kameraden und ganz in seinem Element, der arroganten Schulterhaltung und dem selbstsicheren Ausdruck im Gesicht nach zu urteilen.

Karl, der Grenzsoldat. Das Foto ist in Vacha aufgenommen, dem Ort, wo seine Eltern exekutiert wurden.

Flint hat die Tür zu Karls Zimmer geschlossen und einen Stuhl unter die Klinke geklemmt.

Karl mit einer jungen Frau – einer attraktiven jungen Frau. Er steht dicht hinter ihr, hat die Arme besitzergreifend um ihre Taille geschlungen. Ihr Name ist Sabine – so steht es unter dem Foto –, und die Aufnahme stammt aus dem Jahre 1974. Um diese Zeit lebte Karl Gröber mit seiner Schwester zusammen, »wie ein Paar«, laut dem Bericht von General Kessel.

»Und was heißt das?«, hatte Flint Dr. Schnell beim Abendessen gefragt, nachdem er sie unbeobachtet aus dem Holiday Inn herausgeführt hatte, »dass er mit seiner Schwester geschlafen hat oder dass sie so was wie *Ein seltsames Paar* à la Jack Lemmon und Walter Matthau waren?« Aber Dr. Schnell konnte ihr keine Antwort geben.

Auf jeden Fall kommt es Flint jetzt merkwürdig vor, dass ein Foto von Sabine erhalten geblieben ist, denn Ilse musste Sabine doch bestimmt verabscheut haben: entweder weil sie in Sabine eine Rivalin sah, die ihr Karl wegnehmen könnte – oder umgekehrt, weil sie in einer unglückseligen, inzestuösen Beziehung gefangen war und Sabine dafür hasste, dass sie ihr Karl *nicht* wegnahm?

Offensichtlich hatte Ilse nichts gegen Sabine, denn als Flint weiterblättert, findet sie noch mehr Fotos von ihr, meistens eng umschlungen mit Karl, aber manchmal auch allein – zum Beispiel im September 1978 in Havanna, ausgestreckt am Swimmingpool, bewusst lasziv –, Fotos, die eine intime und langjährige Beziehung vermuten lassen.

Jetzt sind wir am Beginn der achtziger Jahre, und Karl und Sabine sind noch immer zusammen, ein auffallend attraktives Paar: Er ähnelt mehr und mehr seinem Vater; sie wird fülliger, ihre Figur sinnlicher. Im Frühjahr 1982 sind die beiden Arm in Arm in Prag zu sehen, im Winter desselben Jahres in Istanbul und anschließend in Damaskus, wo sie vor einem Minarett posieren, dick eingepackt gegen die Kälte. 1983 sind sie wieder in Havanna und dann in Asunción, das Jahr darauf in Tripolis – und schlagartig, als hätte sie einen leichten Elektroschock bekommen, erkennt Flint die Übereinstimmung zwischen den Reisen des Paares einerseits und Dr. Schnells Aufzählung von Gröbers Auslandseinsätzen für den KGB andererseits: Kuba, Tschechoslowakei, Türkei, Syrien, erneut Kuba und Paraguay, Tripolis …

Also, Sabine, was warst du? Der Schuss Vergnügen, um das Dienstliche schmackhafter zu machen – oder hast du mitgemischt bei Karls Einsätzen? Und wo bist du jetzt?

Mit den Fingernägeln löst Flint das Tripolis-Foto von der Seite. Nun kommt eine Lücke, keine Bilder von Sabine mehr, bis zum Dezember 1988, weniger als ein Jahr vor dem Fall der Mauer. Auf der letzten Seite des Albums sitzt sie neben Karl am Kopfende einer langen Tafel voller Essen und Weinflaschen. Vier weitere Paare haben sich auf ihren Stühlen seitlich der Kamera zugewandt und lächeln. Sabine ist noch immer eine schöne Frau mit klaren Augen und langem, kastanienbraunem Haar, das ihr bis auf die nackten Schultern fällt, aber Flint entdeckt etwas Gequältes in ihrem Ausdruck, eine gezwungene Heiterkeit. Unter dem Foto steht: Das letzte Abendmahl.

Flint schließt zuerst das Album, dann die Augen, beruhigt sich und konzentriert sich auf das, was sie gesehen und was bei ihr ein kaum wahrnehmbares Flackern des Wiedererkennens ausgelöst hat.

Und dann kommt ihr die Erkenntnis, dass der Mann rechts von Sabine, der Mann, dessen Hand beiläufig auf ihrer Schulter ruht, auch auf dem Foto der *Bild*-Zeitung vom »letzten Gefecht« vor der Runden Ecke zu sehen ist; der Mann, der in roten Großbuchstaben als Krol bezeichnet wurde. Und neben ihm, zu seiner Rechten, sitzt eine Frau, deren verblüfftes Gesicht Flint über eine Frühstückskarte hinweg angeblickt hatte, im Restaurant Friendly's, im Howard Johnson Hotel in Portland, Maine. »Tut mir Leid, ich spreche kein Englisch.«

Von wegen, Frau Lender.

Der Aktenschrank ist abgeschlossen, und Flint versucht, die oberste Schublade mit einem Bajonett aufzubrechen, das sie einem Zwerg aus Karls Phalanx weggenommen hat. Der Schaden, den sie anrichtet, ist ihr egal, und sie dreht die Klinge mit immer größerem Druck, bis sie das Schloss knacken hört.

In der Schublade sind Hängeordner, jeder einzelne ordentlich beschriftet: Telefon, Strom/Gas, Versicherung, Garantien und so weiter, Unterlagen zum Haus, die für Flint uninteressant sind. Es gibt eine andere Abteilung, die mit »Ärzte« beschriftet ist, und sie nimmt etliche dicke Mappen heraus, die sie zum Schreibtisch trägt und rasch überfliegt. Die Sprache ist zu fachspezifisch, um alles bis ins Einzelne zu verstehen, aber viele medizinische Begriffe sind allgemein verständlich, und sie findet genügend Hinweise auf die nicht enden wollenden Probleme, die aus Ilse schließlich ein verkrüppeltes Gerippe gemacht haben: vorzeitige Menopause aufgrund einer Autoimmunreaktion, nach der Menopause dann Osteoporose, Osteosarkome in beiden Kniegelenken, die nicht auf Chemotherapie ansprechen. Operativer Eingriff empfohlen: Amputation oberhalb der Gelenke.

Als Ilse schließlich eingeschlafen war, hatte Flint sie im Rollstuhl in ihr Schlafzimmer geschoben und sie dann aufs Bett gelegt, und sie hatte gedacht, dass Ilse federleicht war, als wären ihre Knochen aus Glas.

Sie steckt die Mappen zurück in den Hängeordner und geht systematisch weiter die obere Schublade durch, bis sie mit einem aufgeregten Schauder auf eine Rubrik mit dem Titel »Bankverkehr« stößt. Sie enthält Ilses Kontoauszüge der letzten fünf Jahre, und Flint überprüft sie ungeduldig, hofft – ja erwartet förmlich – Belege für Überweisungen zu finden: große Schweigegeldsummen, die von Karl an Ilse überwiesen werden. Aldus Cutter sagt immer, dass Flint aus einem ganz normalen Kontoauszug mehr Informationen rausholen kann als aus der *New York Times*, aber Ilses Auszüge erzählen bloß eine dürftige Geschichte. Die Beträge sind bescheiden und kommen vom Staat, und nie waren mehr als ein paar tausend Mark auf dem Konto.

Flint greift wieder nach dem Bajonett und nimmt die zweite Schublade in Angriff. Die Schublade ist leer – absolut, provokativ leer. »Mist!« Frustriert knallt Flint sie zu. Moment mal. Langsam zieht sie die Schublade wieder auf, hebt sie leicht an, testet ihr Gewicht, spürt, wie sie über die Laufschienen gleitet. Da stimmt was nicht – oder besser gesagt, es stimmt genau, denn so fühlt sich eine leere Schublade nicht an. Flint vermutet, dass da ein doppelter Boden eingebaut ist, greift hinein, klopft das Metall ab, tastet mit den Fingern nach einem versteckten Mechanismus. Nichts. Jetzt untersucht sie die Unterseite, entdeckt eine Einbuchtung und darin einen Knopf, den sie drückt. Sie hört das befriedigende Klicken des Auslösemechanismus, sieht, dass der Boden der Schublade sich hebt und ein etwa fünf Zentimeter tiefes Fach preisgibt, das weiße Briefumschläge enthält, sechs Stapel mit jeweils drei Umschlägen: achtzehn identische, dicke Umschläge, mit der schlichten Aufschrift »Ilse« – und alle ungeöffnet.

Flint greift sich wahllos einen … öffnet ihn und zieht ein Blatt Papier heraus, das um ein Bündel Geldscheine gefaltet ist. Sie zählt rasch nach: 25 000 Mark.

Ist das der Preis für dein Schweigen, Ilse, und wie oft muss Karl zahlen? Monatlich, wöchentlich, täglich?

Auf das Blatt Papier hat jemand mit der Hand geschrieben: »Liebe Ilse, Karl bestellt dir wie immer liebe Grüße, und er ist ganz besorgt um dich. Er möchte unbedingt wissen, ob du irgendetwas brauchst, also sag mir bitte Bescheid, damit ich Karl verständigen kann. Ilse, bitte ruf uns an.« Unterschrieben ist die Nachricht mit »Krol«, und darunter steht eine Telefonnummer.

Flint steckt das Blatt ein, steckt die Scheine zurück in den Umschlag und öffnet den nächsten. Wieder sagt sie sich: Ich werde dich finden, Ben – und zum ersten Mal glaubt sie selbst daran.

51

Nick Fellowes setzt befehlsgemäß seine Erkundung des dunklen Hauses auf der Karl-Heine-Straße fort.

»Entwickeln Sie Eigeninitiative«, hatte Ridout gesagt. »Finden Sie heraus, ob Catmint dort ist – und wenn ja, warum. Und, Fellowes«, hatte Ridout noch hinzugefügt, als er schon halb zur Tür hinaus war, »passen Sie auf, dass niemand Sie sieht, und lassen Sie sich bloß nicht erwischen.«

Nicht befehlsgemäß – sogar in krassem Verstoß gegen die Grundregel des MI6 – ist Fellowes bewaffnet. In einer an seinen linken Knöchel geschnallten Scheide steckt ein gut zwanzig Zentimeter langes Wurfmesser, das aus einem einzigen Stück schwarzem Edelstahl gearbeitet ist und dessen zweischneidige Klinge er rasiermesserscharf geschliffen hat. Das Üben mit dem Messer ist Fellowes' einziges Hobby, anders als Fitnesstraining, das für ihn eher eine Mission als ein Freizeitvergnügen ist. Wenn er richtig Spaß haben will, geht er nachts in den Feldern hinter dem Cottage seiner Mutter in Sussex auf Jagd. In neun von zehn Fällen trifft er kleine, bewegliche Ziele wie beispielsweise ein Kaninchen aus bis zu zehn Metern Entfernung.

Wie Schnells Beobachter, diese Tölpel, an denen er problemlos vorbeigekommen war, ist auch Fellowes mit einem Nachtsichtgerät ausgerüstet, aber er arbeitet jetzt in einer Reichweite, wo der unsichtbare Infrarotstrahl alles erhellt, was er sehen will. Das Licht ist oben an der Brille befestigt, und er lenkt den Strahl einfach dadurch, dass er den Kopf hin- und herbewegt oder hebt und senkt.

Jetzt senkt er ihn, um die Konturen der Beine unter der Decke zu sehen, hebt ihn ein wenig, um den Strahl über das Gesäß wandern zu lassen, noch ein bisschen mehr, um die Form des Oberkörpers zu erkennen, ihren nackten Hals, ihren Kopf auf dem Kissen. Er blickt erneut auf das Fußende des Bettes, um das Ganze diesmal langsamer zu wiederholen, um den Lichtstrahl über ihren Körper gleiten zu lassen wie eine Liebkosung und um selbst die absolute Macht zu spüren, die er in diesem Moment besitzt.

Es wäre so leicht. Im Katalog des Herstellers wird stolz behauptet, das Messer könne Tierhaut wie Butter durchschneiden. Ihre Kehle wäre wie Sahne. Ein sanfter Schnitt mit der schwarzen Klinge würde genügen, und sie würde es nicht mal merken. Sie könnten der Familie erzählen, dass sie friedlich im Schlaf verschieden ist, und das wäre dann zur Abwechslung mal wahr.

Fellowes verdrängt diese dunklen Gedanken, so wie er früher schon ähnliche Fantasien vor den psychologischen Gutachtern des MI6 verborgen hat. Er schlüpft aus dem Zimmer und schließt leise die Tür. Der nächste Raum, den er überprüfen wird, befindet sich am Ende des Ganges und vier Stufen nach oben auf einer Art Treppenabsatz. Lautlos bewegt er sich darauf zu wie eine schwarze Katze, denn alles, was er trägt, ist schwarz.

Im Zimmer, den Rücken zur Tür, das Messer in der Hand

wie einen Dolch. Im Vergleich zum Schlafzimmer der Frau ist der Raum hier ärmlich: winzig wie eine Zelle, fensterlos, eine einfache Stange für die Kleidung, ein kleines Waschbecken, ein Stuhl, ein schmales Bett. Die Person in dem Bett schnarcht, wie jemand mit Atemstillstand nach Luft schnappt. Fellowes steckt das Messer weg, tritt ans Bett und blickt in das zerfurchte Gesicht eines alten Mannes, dessen Mund offen steht, dessen Augen offen sind, der entsetzt auf die Erscheinung starrt, die er doch unmöglich sehen kann.

Wenn der Alte sich nicht rührt. Wenn er bloß ruhig liegen bleibt und sich einredet, dass er einen Albtraum hat und die Erscheinung seiner Fantasie entspringt. Wenn er die Augen schließt und wieder einschläft … Aber nein. Der Alte stützt sich auf die Ellbogen und schreit los.

Bis Fellowes ihm den Mund zuhält, das Kissen packt, ihn nach unten stößt, ihm das Kissen aufs Gesicht drückt, ein Knie zu Hilfe nimmt, um den Druck zu vergrößern, so lange, bis die schwache Gegenwehr aufhört.

Ridouts Befehl ist ihm nun mal Gesetz: »Lassen Sie sich bloß nicht erwischen.«

Die dritte Schublade des Aktenschrankes enthält ein Geheimfach, in dem Flint weitere zwanzig ungeöffnete Umschläge gefunden hat. Flint hat Ilses Ersparnisse gezählt, und sie belaufen sich auf 900 000 Mark. Als Schweigegeld eigentlich recht wenig, findet Flint, aber als unangetastete Barschaft ein stattliches Sümmchen.

In acht Umschlägen war eine Nachricht von Krol gewesen, stets mit ähnlichem Inhalt: Bitte ruf an.

Du machst Karl richtig Sorgen, was, Ilse?, denkt Flint. Krol wirft einen Umschlag nach dem anderen in deinen Briefkasten, und du reagierst nicht. Was genau weißt du, Ilse? Was genau willst du eigentlich?

Flint legt die Umschläge zurück in die beiden Fächer. Wenn

alles vorüber ist, könnte dieses Geld wegen des Verdachts, aus illegalen Geschäften zu stammen, beschlagnahmt werden, aber sie wird nicht dafür verantwortlich sein. Sie wird Dr. Schnell nichts von Ilses Ersparnissen erzählen.

Im Schreibtisch ist nichts, was Flint interessiert. Sie verlässt Karls Zimmer im Großen und Ganzen so, wie sie es vorgefunden hat, bis auf das aufgebrochene Schloss des Aktenschrankes, den Ausschnitt aus der *Bild*-Zeitung, den sie von der Wand genommen hat, die Fotos aus Tripolis, *Das letzte Abendmahl* und Krols Nachricht.

Als sie schon halb den Korridor hinunter ist, überlegt sie kurz, ob sie zurückgehen und das Bajonett holen soll, das als Waffe mehr Eindruck macht als die Pistole von Felix oder das Reizgas. Aber wozu?, fragt sie sich.

Fellowes im ersten Stock in einem weiteren Schlafzimmer. Hier schläft niemand, und er untersucht die Kleidung einer Frau, überprüft die Etiketten ihrer Unterwäsche, um zu sehen, wo sie einkauft. Selbst die besten verdeckten Ermittler hinterlassen so manchmal Spuren, wenn sie wählerisch mit ihrer Unterwäsche sind. Weil sie sich nicht vorstellen können, dass das irgendjemand überprüft.

Marks & Spencer, liest Fellowes, UK – Size 10. Catmint. Ganz sicher. Fellowes stellt sich vor, wie sie bei jedem Besuch in London zu Marks & Spencer geht, um sich neue Slips und BHs zu kaufen.

Also, wo steckt sie? Wieso liegt sie um drei Uhr morgens nicht in ihrem Bett? Fellowes schneidet mit seinem Messer ein Etikett aus einem Slip. Als Beweismittel für Ridout, falls er sonst nichts mehr findet. Und dann, einfach nur so, durchtrennt er den Schritt.

»Ist bestimmt eine heiße Nummer, gut im Bett, was?«, hatte er Mandrake in dem sicheren Haus gefragt, nur um mit einem kleinen Plausch die Zeit totzuschlagen.

»Und ob, einfach unschlagbar.«

»Wie hat sie's denn gerne?«

»Wie hat sie's *nicht* gerne?«, hatte Mandrake bloß erwidert, und wie üblich war nichts weiter aus ihm herauszukriegen gewesen.

Bei dem Gedanken an Mandrake wird Fellowes gereizt. Er geht schnell durch das Wohnzimmer, bleibt in der Tür stehen und überprüft den Korridor, bewegt den Kopf, um den Infrarotstrahl über die Wände wandern zu lassen. Leer.

Aber irgendein Instinkt sagt ihm, er solle abwarten, einfach stehen bleiben und die Augen aufhalten, und als er dem Impuls folgt, wird er belohnt: Er sieht dünne Lichtstrahlen, die von der Wand links von ihm kommen. Nein, nicht von der Wand, sondern aus den Ritzen um eine von den Türen herum, an denen er vorbeigekommen ist, eine von den Türen, die abgeschlossen waren.

Durch sein Nachtsichtgerät, das dreitausendfach verstärkt, sieht er, wie das Licht immer intensiver wird und sich ausbreitet wie ein Fleck, bis es phosphoreszierend leuchtet. Die Lichtquelle nähert sich der Tür und wippt auf und nieder, und Fellowes ist sicher, dass da eine Taschenlampe oder eine Laterne die Treppe vom zweiten Stock hinuntergetragen wird – die Treppe, die er nicht finden konnte. Catmint. Ganz sicher.

Fellowes zieht sich in ihr Schlafzimmer zurück und versteckt sich hinter dem Vorhang der Nische, wo sie ihre Garderobe hat.

Flint fühlt sich verantwortlich, sogar schuldig, und sieht nach Ilse Gröber. Der Frau über eine halbe Flasche Zwetschgenwasser einzuflößen, ihr auch dann noch nachzuschenken, als sie schon sinnlos betrunken war, konnte man bereits als grob fahrlässig bezeichnen. Angesichts dessen, was Flint inzwischen über Ilses Gesundheitszustand erfahren hat – und weiß der Himmel, was für Medikamente sie nahm, die sich vielleicht nicht mit Alkohol vertrugen –, war es der reinste Wahnsinn.

Und wenn du sie vergiftet hast?

Nicht doch.

Wenn du sie umgebracht hast?

Sei still!

Sie schirmt die Taschenlampe mit der Hand ab, beugt sich über das Bett, hält eine Wange dicht vor Ilses Mund und spürt den fedrigen Hauch ihres Atems. Er stinkt nach Alkohol, aber er ist warm und regelmäßig, und es riecht nicht nach Erbrochenem, nichts gurgelt in der Lunge.

»Ilse. Frau Gröber«, sagt Flint leise, berührt ihre Stirn, tastet nach dem Puls am Hals. Die Haut fühlt sich ein bisschen feuchtkalt an, der Puls ein bisschen schwach, aber die Augenlider bewegen sich nicht, also ist sie wahrscheinlich gerade in einer traumlosen Tiefschlafphase, in der sich der Herzschlag verlangsamt und die Körpertemperatur absinkt.

Oder sie liegt im Koma.

Sei still!

Flint setzt sich auf die Bettkante und streichelt Ilse das Gesicht, als wäre sie ein Kind. »Frau Gröber, bitte wachen Sie auf.«

Aber Ilse rührt sich nicht. Flint denkt an ihren Vater, der in einem Krankenhausbett unter den Monitoren liegt, die den einzigen Beweis dafür liefern, dass er noch lebt. Jetzt streichelt sie die Innenseite von Ilses abgemagertem Handgelenk, fährt mit der Fingerspitze über eine hervorquellende Vene. Wach auf, gottverdammich. Du musst aufwachen.

»Sie müssen wach werden«, hört Fellowes Catmint sagen, denn er hat sich bis vor die Tür geschlichen. Von dort aus richtet er den Infrarotstrahl auf ihren Körper, betrachtet genüsslich die Form ihrer Oberschenkel, die Wölbung ihrer Brüste, und er gönnt sich wieder eine seiner dunklen Fantasien, die er vor den Psychologen verborgen halten muss.

»Wie hat sie's *nicht* gerne?«, hatte Mandrake gesagt.

52

Weißgrüne Mannschaftswagen der Polizei mit so vielen Beamten, dass sie eine kleine Revolution niederschlagen könnten, blockieren die Karl-Heine-Straße, und die Spiegelungen ihrer rotierenden Blaulichter tanzen auf den Fensterscheiben von Ilses Haus. Felix Hartmann, der es als Letzter erfahren hat, lässt seinen Wagen auf dem Bürgersteig stehen, rennt auf die Haustür zu, seinen BND-Ausweis vor sich haltend wie einen Schild. Er will sich nicht von den Polizisten aufhalten lassen, die ihm den Weg versperren und mit ihren Tarnhosen, die in hohen Stiefeln stecken, den kugelsicheren Westen, den Gürteln voller Waffen und Munition wie Soldaten aussehen. Sie lassen ihn widerwillig durch, als wären sie der Meinung, dass ein Spion am Tatort eines Mordes nichts zu suchen hat.

Im Garten sind drei Generatoren angeschlossen worden, und dicke Kabel schlängeln sich zu den starken Scheinwerfern, die das Innere des Hauses wie den Set von Dreharbeiten aussehen lassen. Hartmann sieht, wie Dr. Schnell im Wohnzimmer auf und ab geht und über sein Handy eindringlich mit Pullach telefoniert. In dem erbarmungslosen Licht wirkt Schnells Gesicht wie gebleicht.

Hartmann registriert die fehlende Fensterscheibe und die Scherben auf dem Boden, der Beweis für gewaltsames Eindringen. Klebestreifen auf das Glas und ein einziger Schlag, um es zu zertrümmern – unelegant, aber wirkungsvoll. Dann hat der Eindringling nach innen gegriffen, um das Fenster zu öffnen, und ist auf den Sims gestiegen, wo er einen Schuhabdruck hinterlassen hat, den die Jungs von der Spurensicherung noch nicht sichergestellt haben. Hat Flint gehört, wie die Scheibe zerbrach, und ist sie dann ins Wohnzimmer gelaufen? Hartmann sucht den Teppich nach Spuren von ihrem Blut ab, kann aber keine entdecken.

Dr. Schnell, der immer noch telefoniert, sieht Hartmann an und zieht die Augenbrauen hoch, als wollte er sagen: Sind die denn noch zu retten? Was auch immer er von Pullach will, er scheint auf verstockten Widerstand zu stoßen. »Nein, nein«, sagt er gerade mit Nachdruck. »Überlasst Ridout ruhig mir.« Natürlich will er, dass sie ihm Ridout überlassen. Dr. Schnell wartet schon lange darauf, sich bei Nigel Ridout zu revanchieren.

Zwei Sanitäter kommen mit der Trage, manövrieren sie behutsam um die enge Ecke in den Gang, der zu Ilses Schlafzimmer führt. Sie haben es nicht eilig; es ist sinnlos, die Wände zu beschädigen, wenn sie doch nur eine Leiche abholen müssen.

»Felix«, sagt Dr. Schnell und hält die Sprechmuschel mit der Hand zu, »das hier kann noch was dauern. Gehen Sie doch bitte zu ihr. Sie ist oben.«

Grace Flint liegt auf dem Bett, das gerade breit genug ist, um die Bezeichnung Doppelbett zu verdienen. Auch ihre Haut sieht gebleicht aus, wie verwaschen, aber das hat nichts mit der Notbeleuchtung zu tun. Der bräunliche Fleck auf dem dicken Verband an ihrer linken Hand verrät, dass sie noch immer Blut verliert.

»Das muss genäht werden, Grace, du musst ins Krankenhaus«, sagt Hartmann.

Aber sie lächelt nur matt, klopft mit der Hand, die nicht höllisch wehtut, auf die Bettdecke und sagt: »Setz dich zu mir, bitte.« Sie rückt ein wenig zur Seite. »Ich hab gedacht, ich hätte sie umgebracht.«

»Wen?«

»Ilse. Ich hab sie mit Zwetschgenwasser abgefüllt, um sie zum Reden zu bringen, und ich dachte, ich hätte es übertrieben. Ich hab sie einfach nicht mehr wach bekommen. Ich wollte einen Rettungswagen rufen, aber das Telefon an ihrem Bett war tot. Ich wollte gerade hierher, um mein Handy zu holen, als dieser Dreckskerl mich angefallen hat.« Flint spricht sehr schnell, ohne Punkt und Komma. »Er hat mich von hinten gepackt, in dem Gang direkt vor ihrem Schlafzimmer. Eine Hand auf meinem Mund, eine auf meiner Brust, und er hat versucht, mir das Knie ins Kreuz zu stemmen. Ich hab ihn in die Hand gebissen, dass er aufgejault hat, dann konnte ich mich umdrehen und hab ihn in die Eier getreten. Als ich ein zweites Mal zutreten wollte, hat er mein Bein festgehalten, mich zu Boden gerissen und ist auf mich drauf. Ich hab das verdammte Reizgas nicht aus der Tasche bekommen, deshalb hab ich versucht, ihm meine Finger in die Augen zu stoßen, aber er hat eine Brille getragen – ein Nachtsichtgerät. Also er konnte sehen und ich nicht, weil mir die Taschenlampe runtergefallen ist, als er mich gepackt hat …«

»Grace«, unterbricht Hartmann sie. »Nicht so schnell.«

»Tut mir Leid. Aber ich glaube, du hast Recht. Mit dem Krankenhaus, meine ich, und bevor ich da hinfahre, musst du wissen, was er gesagt hat. Über Ben.« Ihre Hand pocht, und Flint verzieht das Gesicht.

»Erzähl weiter.«

»Wo war ich? Okay, ich liege auf dem Boden, er auf mir drauf, und ich versuche, an seine Augen ranzukommen, aber das geht nicht. Er hat meine Arme gepackt und sie mit einer Hand über meinem Kopf auf den Boden gedrückt – Mannomann, war der stark –, und dann hab ich gemerkt, dass er erregt war – sexuell, meine ich, weil ich es spüren konnte. Also hab ich aufgehört, mich zu wehren, als würde ich mich ergeben, und er wollte mich küssen oder so, und ich hab meine Zähne um seinen Mund gelegt und …« Flint lässt die Zähne zusammenklicken, beißt in die Luft und zerrt an imaginären Lippen. »Er hat versucht, mich abzuschütteln, aber ich hab nicht mehr losgelassen. Ich war Sirius, hab ihm das Gesicht zerfetzt …«

»Sirius?«

»Ein Hund auf Miller's Reach. Als diese falschen Leute von der Einwanderungsbehörde …« Flint bricht ab, weil der Schmerz ihr jetzt wirklich zu schaffen macht und sie keine Zeit mehr für solche Abschweifungen hat. »Egal. Ich hänge also wie eine Wölfin an seinem Mund, mit aller Kraft, und er steht auf, zieht mich mit hoch, und ich greife nach meiner Waffe – die Pistole, die du mir gegeben hast –, aber sie ist nicht da, muss aus dem Halfter gefallen sein, als er mich zu Boden gerissen hat, und …« Sie muss Luft holen. »Felix, Ben hat für den verdammten MI6 gearbeitet.«

Hartmann studiert ihr Gesicht, überlegt, woher sie die verblüffende Erkenntnis hat.

»Er hat's mir gesagt, hat mich damit provoziert. ›Mandrake sagt, du bumst gern.‹ Das hat er gesagt.«

»Du 'otze, du 'erdammte 'otze.« Seine Worte treiben sie die Treppe hinauf, verzerrt, weil er die Lippen nicht mehr schließen kann. »'andrake sagt, du 'umst gern, a'er du weißt ja gar nicht, was 'umsen ist.«

Sie prallt rechts und links gegen die Korridorwände im zweiten Stock, weil sie nicht die Hand vor Augen sehen kann. Er holt auf, weil er sehen kann.

»Ich werd dich durch'ögeln, 'is dir Hören und Sehen 'ergeht.«

Hartmann schüttelt den Kopf. »Bitte, Grace, das ergibt doch keinen Sinn. Wer ist Mandrake?«

»Wer ist Mandrake?«

Jetzt ist sie es, die das Nachtsichtgerät trägt, und er ist der Blinde. Er liegt im Korridor vor Karl Gröbers Zimmer, das Gesicht in dem gruseligen Licht schwarz vor Blut, die Mündung eines Gewehrlaufs wenige Zentimeter vor seiner Kehle.

»Dein Göttergatte.«

»Ben. Das ist sein Codename. Eigentlich hat er 'andrake gesagt, weil er kein M mehr aussprechen konnte – und auch kein B und F mehr –, aber ich hab gewusst, dass er Mandrake meinte. Ridout nimmt doch immer Pflanzennamen. Otto hat gesagt, das ist so ein Tick von ihm.«

»Das stimmt allerdings«, sagt Dr. Schnell von der offenen Tür aus, und Hartmann, ganz der ehemalige Soldat, springt abrupt auf. Ein entschuldigendes Lächeln von Dr. Schnell. »Ich habe unfreiwillig mitgehört«, erklärt er. Er bedeutet Hartmann, sich wieder zu setzen, und nimmt selbst den Holzstuhl. »Wie fühlen Sie sich, meine Liebe?«

»Nicht besonders«, gibt Flint zu.

Dr. Schnell nickt. »Ein Arzt ist unterwegs.«

»Wie geht es Ilse?«

»Sie ist ziemlich durcheinander.« Dr. Schnell lächelt. »Ich glaube, sie hat einen fürchterlichen Kater, aber ansonsten … Der Arzt wird sich um sie kümmern, nachdem er Sie versorgt hat. Nun, Felix, Sie sehen aus, als wären auch Sie ziemlich durcheinander?«

»Verwirrt«, sagt Hartmann. »Und informationshungrig.«

»Dann will ich es Ihnen erklären. Mandrake, die englische Bezeichnung für die Alraune, auch Mandragora genannt, ist eine Pflanze, die einen üblen Geruch verströmt, also ein durchaus passender Codename für Ben« – er wirft Flint einen raschen Blick zu – »wenn ich so sagen darf.«

Flint verzieht das Gesicht. »Tun Sie sich keinen Zwang an.«

»Aber ich frage mich …« Dr. Schnell tippt sich ans Kinn. »Ich frage mich, ob Ridout sich bei der Namenswahl nicht noch einen weiteren Scherz erlaubt hat. Grace, wissen Sie noch, wann Sie Ben kennen gelernt haben? In welchem Monat? Vielleicht im Mai?«

»Mai 2000.«

»Ja. Und wenn ich mich recht entsinne, heißt die Alraune in den Vereinigten Staaten auch *May apple*. Auf Italienisch heißt sie *mandragola*, und es gibt zufällig auch ein Schauspiel mit dem Titel *La Mandragola*, von Machiavelli, wem sonst? Sie verstehen, worauf ich hinauswill?«

»Vollkommen«, sagt Flint.

»Grace, bitte«, sagt Hartmann. »Könntest du mir bitte einfach nur erzählen, was passiert ist?«

»Was passiert ist? Er hat ein Messer nach mir geworfen. Ich hab's nicht gesehen, aber gehört. Es hat mich verfehlt, weil ich gestolpert und hingefallen bin. Ich hab versucht, es zu finden, im Stockfinstern natürlich. Wollte es aus dem Holz ziehen, und dabei hab ich mich geschnitten ...« Sie hebt ihre verbundene Hand. »Jedenfalls, Karls Zimmer ist so eine Art Stasi-Waffenkammer und ...«

»Karls Zimmer?«

»Da oben.« Sie zeigt zur Decke.

»Aber du hast gesagt, ihr wart unten.«

»Stimmt. Okay, spulen wir das Video zurück.«

Dr. Schnell schmunzelt und sagt: »Ich wünschte, wir hätten so ein Band, Grace. Ich hätte es mir für mein Leben gern angesehen. Vielleicht lassen Ihre Freunde in Quantico die Szene ja mal von den Auszubildenden nachspielen. Obwohl«, fügt er mit einem boshaften Lächeln in Hartmanns Richtung hinzu, »sie könnten Schwierigkeiten haben, einen Freiwilligen zu finden, der den Bösen mimt. Felix, würden Sie sich da eventuell zur Verfügung stellen?«

Flint sieht Dr. Schnell immer unschärfer und fragt sich, ob sie vielleicht in einen Schockzustand fällt. Sie schüttelt den Kopf, um den Nebel zu vertreiben, und fährt fort. »Okay, Felix, es war so. Ich war unten in dem Gang direkt vor Ilses Schlafzimmer. Ich hatte mich in seinem Gesicht verbissen, und er hat versucht, mir auf den Kopf zu schlagen. Aber er konnte gar nicht richtig ausholen, weil ich so dicht an ihm dran war, und ich schlage auf seinen Kopf ein und ramme ihm das Knie zwischen die Beine.« Wieder überschlägt sie sich fast, will die

Geschichte zu Ende erzählen. »Auf jeden Fall verliert er das Gleichgewicht und kippt nach hinten, ich mit ihm mit, und jetzt liege ich auf ihm, und ich kann mein Knie besser einsetzen. Und ich weiß, dass ich ihm wehtue, weil ich spüre, dass er nicht mehr erregt ist. Keine Spur mehr davon.« Ihr fällt der Zwerg mit dem offenen Hosenschlitz in Karls Zimmer ein, und sie fragt Dr. Schnell: »Haben Sie gesehen, was Ilse mit Karl angestellt hat; was sie mit Karl anstellen möchte?«

Dr. Schnell hebt eine Hand, um zu signalisieren, dass er es gesehen hat, und Hartmann blickt noch entnervter drein.

»'tschuldigung, Felix. Du wirst es sehen, wenn du nach oben gehst. Jedenfalls ...«

Sie warten, während sie ihre Gedanken sortiert.

»Jedenfalls wurde meine Kiefermuskulatur müde, und ich konnte seinen Mund nicht mehr festhalten. Plötzlich schreit er Zeter und Mordio und spuckt Blut – ich kann's schmecken –, und ich weiß, dass ich schleunigst wegmuss. Es ist mir gelungen, ihm das Nachtsichtgerät vom Kopf zu reißen, um es mir selbst aufzusetzen, aber dann hat er mir zwischen die Beine gepackt, und ich musste ihn abschütteln, und dabei ist mir das Ding aus der Hand gerutscht. Ich hab es mit den Füßen weggetreten, damit er erst danach suchen muss und ich einen Vorsprung habe, und dann bin ich losgerannt. Ich bin gegen alles Mögliche gestoßen, rechts und links gegen die Wände, aber ich hab den Vorteil, dass ich das Haus besser kenne als er, und ich weiß, wo ich hinwill, nämlich in Karls Zimmer, weil da, wie schon gesagt, genug Waffen liegen, um einen Krieg anzufangen. Oder falls ich es nicht bis dahin schaffe, überlege ich, wo ich ihn am günstigsten mit dem Reizgas überrumpeln kann. Das Problem ist nur, dass ich nicht sicher bin, ob das Reizgas ihn aufhalten kann. Er hat schon heftige Schmerzen, also sind die Endorphine schon im Einsatz, und er ist stinksauer, brüllt mir alle möglichen Beschimpfungen hinterher – was mir nur lieb ist, denn so kommt er schneller aus der Puste und verrät mir gleichzeitig, wie nah er schon ist.« Flint hält inne, als hätte sie den Faden verloren. »Zu nah, wie sich herausgestellt hat.«

Flint stürmt blindlings die Treppe in den zweiten Stock hinauf, sein ordinäres Geschimpfe wird immer lauter. Sie erreicht die obere Tür und kann den Riegel nicht finden, und sie hört ihn schon hinter sich auf der Treppe und rechnet jeden Augenblick damit, dass seine Hände an ihrem Körper zerren, sie nach unten ziehen, und wenn sie bloß nachdenken könnte, wenn sie bloß ihre Panik beiseite schieben und an die wirklich wichtigen Dinge denken könnte, dann würde ihr wieder einfallen, wo der Riegel ist.

Da ist er, und sie zieht die Tür auf, schlüpft hindurch, schließt sie wieder – was Zeitverschwendung wäre, wenn sie nicht einen Plan hätte, einen aus der Not geborenen Einfall, wie er aufgehalten werden könnte. Sie fährt herum, sodass sie mit dem Gesicht zur Tür steht, eine Armlänge davon entfernt, und wartet, bis sie seine Finger am Riegel hört, bis sie hört, wie die Tür aufgeht, und dann, mit der ungeheuren Kraft, die die Angst ihr verleiht, tritt sie zu. Sie hört das Türblatt splittern und fast gleichzeitig einen zweiten Aufprall, einen Aufschrei, der im Hals stecken bleibt, das Geräusch eines Körpers, der die Treppe hinunterpoltert.

Jetzt ist sie es, die poltert, über den Korridor, immer an der Wand entlang, bis zu Karls Tür. Als ob sie Blindekuh spielen würde, streckt sie die Arme aus, und schließlich finden ihre Hände die Zwerge. Da ist der hockende Karl, aber den will sie nicht. Sie schiebt sich an ihm vorbei, greift nach dem nächsten Zwerg und dem nächsten, ertastet den dritten, und jetzt fährt sie mit den Händen über seinen Tonkörper, erkundet seine Umrisse wie eine Geliebte, findet den Schultergurt, fährt an ihm entlang, bis ihre Finger gegen das kalte Metall einer Kalaschnikow stoßen – und, bitte, bitte, mach, dass sie geladen ist. Sie zieht das Magazin heraus, und es ist tatsächlich mit Patronen gefüllt. In diesem Augenblick wäre sie bereit, Karl Gröber fast alles zu verzeihen.

»Und dann bin ich überheblich oder leichtsinnig geworden«, sagt Flint zu Felix Hartmann, der sie unverwandt mit einem Gesichtsausdruck betrachtet, aus dem sie nicht schlau wird. »Ich bin aus dem Zimmer gestürmt, weil ich geglaubt habe, er läge noch unten vor der Treppe – aber Glaube ist eben nicht Wissen. Er hat im Korridor auf mich gewartet. Ich hab ihn mehr gespürt als gehört, wollte umdrehen, und in dem Augenblick bin ich gestolpert, Gott sei Dank. Irgendwas ist an mir vorbeigezischt und in die Tür geflogen, und ich hab wie eine Vollidiotin danach getastet, es gegriffen und kräftig dran gezogen …« Mit der Hand, die nicht höllisch wehtut, tippt Flint sich an den Kopf, als wollte sie andeuten, dass da nicht viel drin sein kann. »Was ich in der Hand hatte, war die Klinge eines Messers, zweischneidig und so scharf, dass man Glas damit zerschneiden könnte. Wieso hab ich das gemacht, Felix? Wieso hab ich ihn nicht einfach erschossen? Auf dich hab ich doch auch geschossen«, fügt sie hinzu, »und dabei hast du nur meinen Namen gerufen.«

Jetzt blickt Dr. Schnell sie fragend an. Unwichtig, erklärt Hartmann ihm. Ein kleines Missgeschick.

»Jedenfalls hab ich dann auf ihn geschossen, das heißt, ungefähr dahin geschossen, wo ich glaubte, dass er sein musste. Eigentlich sollte das nur ein Warnschuss sein, aber ich hatte noch nie eine Kalaschnikow in der Hand gehabt, und ich wusste nicht, dass sie auf Vollautomatik eingestellt war. Ich hab jedenfalls den Abzug kaum berührt, so dachte ich zumindest, aber ich hab bestimmt den halben Ladestreifen leer gefeuert.«

»Das Magazin«, sagt Hartmann pedantisch. »Bei der Kalaschnikow wird das Magazin mit Ladestreifen geladen.«

»Egal. Ich weiß jedenfalls, dass das Gewehr losging und einen Heidenlärm gemacht hat. Ich war zu Tode erschrocken – und er auch.«

»Aufhören, aufhören«, will er schreien, aber weil er das F nicht mehr aussprechen kann, klingt es wie »Au'hören, au'hören«.

»Runter auf die Knie. Nimm das Nachtsichtgerät ab und wirf es rüber. Sofort, sonst …« Flint in geduckter Haltung, das Gewehr in Hüfthöhe, niedrig zielend, den Lauf hin- und herschwenkend, um die Breite des Korridors abzudecken, angestrengt auf das leiseste Geräusch lauschend. »Noch zwei Sekunden, dann drück ich ab …«

Sie hört ein Rascheln, und dann fällt etwas dicht vor ihren Füßen auf den Boden. Sie will mit ihrer verletzten linken Hand danach greifen, damit sie den rechten Zeigefinger am Abzug halten kann, aber die linke Hand fühlt sich an, als wäre sie am Schaft festgeklebt, und das Gefühl, wie die Haut sich strafft, als sie versucht, die Hand wegzunehmen, gefällt ihr gar nicht.

»Bleib, wo du bist. Rühr dich nicht vom Fleck.«

»Wie denn, 'erdammt? Du hast 'ir das 'ein ge'rochen.«

Flint glaubt ihm das mit dem gebrochenen Bein nicht, aber sie hat nur zwei Möglichkeiten: entweder das Magazin leer schießen oder das Risiko eingehen, den Finger vom Abzug zu nehmen. Mach schon! Sie geht in die Knie und beginnt, den Boden vor sich abzusuchen, streckt den Arm so weit, wie sie sich traut, nach rechts, nach links – und das ist schwierig, weil sie ihren Körper verdrehen muss, um überhaupt ein bisschen Reichweite zu haben, und es wäre viel leichter, wenn sie das Gewehr weglegen und sich auf die linke Hand stützen könnte, aber weder das eine noch das andere ist ihr möglich.

Da! Ihre Fingerspitzen ertasten das Nachtsichtgerät, und sie streckt sich, um es zu sich zu ziehen, setzt es auf, nestelt an den Halteriemen – und plötzlich, wie durch Zauberhand, ist es, als hätte jemand einen Scheinwerfer unter Wasser eingeschaltet, der den Korridor in ein grünliches Licht taucht. Sie gönnt ihren Augen einen Moment, um sich daran zu gewöhnen, und übt das Steuern des Infrarotstrahls durch Bewegungen mit dem Kopf, ehe sie ihn auf die Gestalt richtet, die keine drei Meter von ihr entfernt auf dem Boden liegt, den Rücken an die Wand gelehnt. Ungläubig erkennt sie, was ihre Zähne seinem Gesicht angetan haben. Sein rechtes Bein ist grotesk verdreht.

»Wahrscheinlich ein Querschläger von der Wand«, sagt Flint, die jetzt langsam spricht, als käme sie nur ungern zum Ende. »Kein direkter Treffer, weil nicht viel Blut zu sehen war, aber die Kugel hat ihm die Kniescheibe und das Gelenk zerschmettert.« Schnippisch fügt sie hinzu: »Mit Joggen ist vorläufig nichts.«

Sie verfällt in Schweigen, das weder Hartmann noch Dr. Schnell stören wollen. Sie sitzen da wie Geistliche, die auf den Schluss ihrer Beichte warten.

»Er hatte starke Schmerzen. Wollte es sich nicht anmerken lassen, aber ich wusste es.«

»Tut es sehr weh?«, hatte sie gefragt, als sie vor ihm stand, ohne eine Spur von Mitleid zu empfinden. »Kannst du dir vorstellen, dass es noch schlimmer wird?«

»Ich hatte ja nicht viel Zeit. Eure Leute hatten die Schüsse gehört, glaube ich, weil ich hören konnte, dass jemand versuchte, die Haustür aufzubrechen. Und ich musste es schließlich wissen. Das mit Ben.«

»Also, woher kennst du diesen Mandrake – meinen verdammten Mann, um mit deinen Worten zu sprechen? Arbeitet er für euch, für den MI6?«

»Leck 'ich.«

»Ich hatte die Waffe auf seinen Hals gerichtet, aber ich wusste, dass ich nicht abdrücken würde. Ging ja wohl nicht, oder? Wo eure Jungs schon im Anmarsch waren. Außerdem hätte er mir dann nicht mehr erzählen können, was ich wissen wollte, deshalb war es sinnlos, ihm mit der Kalaschnikow Angst einzujagen. Ich musste mir was anderes einfallen lassen.«

»Wenn du es mir nicht sagst, tu ich dir richtig weh.«

Sie kann seine Schreie hören, hört, wie er sie anfleht aufzuhören. »Ich hatte keine andere Wahl. Er hat mir keine andere Wahl gelassen.«

Und jetzt schweigt sie genau wie Hartmann und Schnell, als hätte sie ihnen alles gesagt, was es zu sagen gibt.

»Was denn?«, richtet sie ihre Frage an Hartmann, der es sich vielleicht schon gedacht hat, weil er sie fassungslos anstarrt. »Was hättest du denn gemacht? Was hätte ich denn machen sollen?«

»Was hast du getan, Grace?«

Sie scheint verdutzt, dass er die Frage überhaupt noch stellen muss. Das liegt doch auf der Hand, scheint ihr Ton zu signalisieren. »Ich hab mich auf sein Knie gestellt.«

INSEL KORCULA
KROATIEN

53

Heute Nacht findet Ilses Bruder keine Ruhe.

Nebel rollt über den Korcula-Kanal heran, verschleiert die fernen Lichter auf der Halbinsel Peljesac und sogar die Scheinwerferkegel auf der Mole rund sechzig Meter unterhalb des Schlafzimmerbalkons, auf dem Karl Gröber herumschleicht und auf die gedämpften Stimmen der Wachmänner lauscht, die er nicht sehen kann. Er zündet sich eine von viel zu vielen Zigaretten an und geht im Geist noch einmal das Gespräch durch, das ihn so erbost hat: Krol ruft über eine ungeschützte Leitung aus Leipzig an, um sein eigenes Versagen zu entschuldigen.

»Sie haben ihn verpasst. Um eine Stunde.«

»Ihn verpasst?«

»Er hat das Hotel eine Stunde vor ihrem Eintreffen verlassen.«

»Wie ist das möglich, Krol? Du hast mir versichert, dass das Hotel unter Beobachtung steht.«

»Er ist über die Feuertreppe abgehauen, glauben sie.«

»*Glauben* sie? Und die Feuertreppe wurde nicht überwacht?«

»Nein. Sie haben gesagt, es gab keinen Grund zu der Annahme, dass er mit ihrem Besuch gerechnet hat.«

Gröber schnippt die Zigarette über das Balkongeländer. Gut möglich, dass Krol, wäre er jetzt hier, auch über das Geländer fliegen würde.

»Und was jetzt, Krol?«

»Möglich, dass er von Dublin aus nach Frankreich gereist ist.«

»Möglich? Möglich ist so manches, Krol.«

»Mehr als nur möglich. Er hat angewiesen, dass das Geld auf eine Bank in Bordeaux transferiert werden soll. Und unsere Freunde in Dublin haben jemanden, auf den seine Beschreibung passt, auf einer Fähre nach Cherbourg gesehen, die Irland am Samstagabend verlassen hat. Ich hab daraufhin unsere Freunde in Frankreich angerufen, genauer gesagt –«

»Keine Namen!«

»Jedenfalls suchen sie in Bordeaux nach ihm.«

»Und wenn sie ihn finden – falls sie ihn finden –, unsere Freunde, sind sie dann auch so schlau, die Feuertreppen im Auge zu behalten?«

»Das werde ich persönlich veranlassen.«

»Das hoffe ich – und, Krol, gibt es was Neues von Ilse?«

»Nichts. Sie hat noch immer nicht auf meine Briefe reagiert, und ich kann sie nicht anrufen, weil ihr Telefon bestimmt abgehört wird.«

»Dann musst du eben einen anderen Weg finden.«

»Was für einen Weg?«

»Lass dir was einfallen, Krol. Ich bezahle dich für Ergebnisse oder überhaupt nicht.«

Gröber hat immer mehr das Gefühl, von Vollidioten umgeben zu sein. Sogar Sabine ist nicht mehr das, was sie mal war. Sie trinkt zu viel, und wenn sie abends ins Bett fällt, ist sie zu keiner Unterhaltung oder sonstigen Dingen mehr in der Lage. Wenn er ihr Vorhaltungen macht, gibt sie ihm die Schuld an ihrer Trinkerei, weil sie seinetwegen zu der unerträglichen Langeweile hier auf dem Anwesen verdammt ist, zu einem Leben wie im Gefängnis. Zwei, manchmal drei Flaschen von Korculas berühmtem Weißwein sind mittlerweile ihre übliche Tagesration, und sie schnarcht wie ein Bär. Auch jetzt hört er sie schnarchen, obwohl die Türen zum Schlafzimmer aus kugelsicherem Glas bestehen.

Nur noch ein paar Tage, hat er ihr versprochen, dann werden sie die Insel verlassen. Korcula war eigentlich nur als vorübergehender Zufluchtsort gedacht, und lange bevor dieser dreckige Mandrake seine Forderungen stellte, hatte Gröber Vorkehrungen getroffen, um mit Sabine unter einer neuen Identität in Brasilien ein neues Leben anzufangen – ein unbehelligtes Leben, weil alle Welt glauben wird, dass sie tot sind. Die überzeugende Inszenierung ihres Todes wird ein raffiniertes Täuschungsmanöver sein, das Gröber bis ins Detail geplant hat. Allerdings, sollte seine derzeitige finstere Stimmung anhalten, ist nicht unbedingt darauf Verlass, dass auch Sabines Tod nur vorgetäuscht sein wird.

Wie auch immer, Mandrake wird sterben, bevor Gröber Korcula verlässt. Für ihn ist es einfach undenkbar, dass Mandrakes Verrat ungestraft bleiben könnte. Und wenn Gröber sich nicht darauf verlassen kann, dass Krol das erledigt, dann wird er sich eben selbst darum kümmern müssen.

Jetzt, beschließt er und schiebt die Glastüren auf.

Die Villa Dora, die auf einem umzäunten Grundstück auf einer Klippe mit Blick über den Korcula-Kanal steht, ist ein modernes Gebäude, 1997 erbaut. Der Keller, in dem Gröber sein Kommunikationszentrum eingerichtet hat, ist allerdings wesentlich älteren Datums; mit seinen Fundamenten war er Teil einer mittelalterlichen Festung, zu der auch der noch vorhandene, in den Felsen geschlagene Tunnel gehört, der an einem von Pinien verdeckten Steilhang endet. Von dort gelangt man über grob gehauene Stufen hinunter zu einer Felsenbucht, von der aus man mit einem Boot im Nu die Halbinsel erreicht. Gröber vermutet, dass der Tunnel in der Zeit, als Piraten die Insel unsicher machten, als Fluchtweg angelegt wurde. Er wird jedenfalls Gröber als Fluchtweg dienen, wenn der Zeitpunkt gekommen ist, Korcula zu verlassen – wenn er den Zünder für die Explosion einstellt, die die Villa Dora und alles und jeden darin pulverisieren wird.

Nachdem er sicher ist, dass Mandrake tot ist.

Gröbers Hände sind viel zu groß für die kleine Tastatur seines Laptops. Er tippt seine Mails nur mit einem Finger, und da Fabien, der Empfänger in Marseille, kein Deutsch versteht und Gröber kaum Französisch kann, muss er auf Englisch schreiben, was das Verfassen des Textes noch zusätzlich erschwert. Er braucht eine gute Stunde für den ersten Entwurf und noch fast eine weitere Stunde für die Überarbeitung. Als er schließlich die endgültige Fassung des schriftlichen Auftrags zur Ermordung von Mandrake fertig hat – einschließlich aller ihm zur Verfügung stehenden Hinweise zur Auffindung des Zieles –, fügt Gröber per Scanner noch eine Reihe von Fotos als Anlage bei: alle Fotos von Ben Gates mit Gattin, die Krols Frau in Miller's Reach finden konnte.

Jetzt schließt Gröber das Modem an ein Verschlüsselungsgerät an, das wiederum mit einem Satellitentelefon verbunden ist, das Mandrakes Todesurteil in den Äther schickt. Gröber geht davon aus, dass er erst am Morgen aus Marseille erfahren wird, ob der Vertrag akzeptiert wurde, aber daran zweifelt er nicht. Normalerweise tötet Fabiens Organisation für einhunderttausend Dollar mit großer Effizienz. Es ist ein gewaltiger Anreiz, dass der Preis, den Gröber auf Mandrakes Kopf ausgesetzt hat, zehnmal höher ist – aber immer noch nur ein Bruchteil von dem, was Mandrake von ihm erpressen will, und somit ausgesprochen günstig.

Noch immer ruhelos, schließt Gröber eine schwere Holztür im Keller auf und duckt sich in den Tunneleingang, wo die Sprengstoffe – starke Ladungen RDX, TNT und Weichmacher – bereitliegen. Er nimmt eine Taschenlampe aus seiner für die Flucht gepackten Tasche und geht gebückt in den Tunnel. An manchen Stellen senkt sich die Decke so tief, dass er auf allen vieren kriechen muss, und manchmal wird der Tunnel so schmal, dass er die Schultern verdrehen und den Bauch einziehen muss, um sich zwischen den Wänden hindurchzuzwängen. Trotzdem hat er bei den vielen Probeläufen nie mehr als fünf Minuten bis zum Felshang und weitere zwei bis hinunter in die Bucht gebraucht, wo ein Zephyr-Schlauchboot im Gebüsch versteckt liegt. Alles in allem müsste selbst bei Berücksichtigung kleiner Verzögerungen und der Zeit, um das Boot ins Wasser zu lassen, eine Einstellung von zehn Minuten am Zünder mehr als genügen.

Heute Nacht, wie in vielen Nächten zuvor, geht er nicht weiter als bis zum Felshang, wo er sich durch die Pinien bis an den Rand zwängt. Die Halbinsel ist in Nebel gehüllt, der aber die Klänge, die von den Berghängen von Peljesac herüberwehen, nicht ganz ersticken kann. Aus der Ferne, von jenseits des Kanals, hört er die Schreie jagender Schakale, und das beruhigt ihn.

RUNDE ECKE

54

Nigel Ridout klang keineswegs verstimmt, als Dr. Schnell ihn um fünf Uhr morgens anrief und ihn ohne eine Erklärung um ein dringendes Treffen bat. »Ich bin jederzeit gern dazu bereit«, sagte Ridout. »Vorausgesetzt, wir treffen uns auf neutralem Boden.«

Also hat Schnell für ihre Konfrontation – ihre »Abrechnung«, wie er es nennt – seinen Einfluss geltend gemacht, um die Schlüssel zum ehemaligen Stasi-Hauptquartier zu bekommen, wo er nun in einem kleinen Büro sitzt und auf Ridout wartet.

Flint streift ruhelos durch die Flure der Runden Ecke und sieht sich die kuriosen Ausstellungsstücke an. Die Wunde an ihrer linken Hand ist genäht und verbunden worden, tut aber noch immer entsetzlich weh. Sie schlendert in ein Zimmer, das exakt so wieder hergerichtet wurde, wie es damals war, und probiert den Holzstuhl aus, auf dem Stasi-Häftlinge im grellen Licht mit einer alten Plattenkamera fotografiert wurden und dessen Sitzfläche von zahllosen Gesäßen blank gescheuert ist. Durch eine Verbindungstür kann sie in den Postraum sehen, wo ein dampfbetriebener Apparat das Öffnen und Wiederverschließen von Briefen erledigt hatte. Sie nimmt an, dass Mandrake – in Gedanken nennt sie ihn nicht mehr Ben – *ihre* Briefe nach altbewährter Methode öffnete, über Wasserdampf aus dem Kessel.

»Was hatte er für eine Aufgabe?«

»Dich auszusionieren« – Nick Fellowes, der noch immer kein P sprechen konnte.

»Und warum sollte er mich ausspionieren? Was wollte Ridout wissen?«

»Alles.«

Alles. Genau wie früher die Widerlinge in diesem Gebäude – auch wenn es ihnen nichts genützt hat. Flint sieht keinen Unterschied zwischen den Machenschaften der Stasi und denen von Ridout, nur in der Größenordnung. Die Stasi mochte ja Ehemänner gezwungen haben, ihre Frauen zu bespitzeln, aber Ridout hat einen Ehemann *erschaffen*, der seine Frau bespitzeln sollte. Er hat ihn geformt, ihm eine Legende verschafft, ihn losgeschickt, um sie zu verführen, wie ein Zuhälter seine Huren losschickt. Und genau das ist Ridout in ihren Augen: kein Spionagechef, sondern Mandrakes Zuhälter.

»Grace, eines müssen Sie mir versprechen«, hatte Dr. Schnell gesagt, ehe er zustimmte, dass sie dabei sein durfte. »Dass Sie sich zusammenreißen. Dass Sie, bildlich gesprochen, sich nicht auf Ridouts Knie stellen.«

Sie hatte geschworen, brav zu sein, aber jetzt ist sie nicht sicher, ob sie das Versprechen halten kann. Als Otto kommt und sagt: »Es ist so weit, Ridout ist da«, bleibt sie auf dem Häftlingsstuhl sitzen.

»Vielleicht bleibe ich doch besser hier«, sagt sie.

Durch die dünne Wand hindurch kann sie hören, wie sie sich im Nebenzimmer herzlich begrüßen, die in ihrer Branche üblichen Höflichkeiten austauschen.

»Otto, mein alter Freund, schön, Sie zu sehen.«

»Ist lange her, Nigel.«

»Wie lange, drei, vier Jahre? Das letzte Mal war in Wien, nicht wahr?«

»Stockholm, glaube ich.«

»Kann auch sein. Also, Otto …«

Flint hört das Geräusch von Metallstühlen, die über den Linoleumboden schaben.

»Sind wir allein?«

»Nein«, sagt Dr. Schnell. »Ich habe eine Kollegin dabei, im Nebenzimmer.«

»Ah, verstehe. Dachte mir schon, dass Sie in Begleitung sind. Tja, *meine* Begleiterin sieht sich nur mal kurz um – wenn's recht ist. Ihre Begleiterin nimmt doch wohl nichts auf, oder? Hat sie ein Band laufen oder schreibt sie mit?« Ridout hebt die Stimme. »Werfen Sie doch bitte mal einen Blick ins Nebenzimmer, Stephanie? Schauen Sie nach, was sie da macht?«

Die Frau, die fast beiläufig im Türrahmen erscheint und Flint mustert, als wäre sie ein Ausstellungsstück des Museums, hat einen blassen Teint und volles, glänzendes rotes Haar, das sich kaum zu einem Pferdeschwanz bändigen lässt. Alias Fitzroy, Codename Firefly – vielleicht, so hatte Dr. Schnell gesagt, weil ihr Haar so leuchtend rot ist.

Dich hab ich schon mal irgendwo gesehen, denkt Flint. Nicht im Flugzeug, da hab ich nicht aufgepasst. Vor dem Bahnhof, Baseballmütze, plötzlich nicht mehr an dem Stadtführer interessiert, Felix beobachtend.

»Schöne Jacke«, sagt Flint. Sie ist aus schwarzem Leinen, lang geschnitten und weit genug, um eine Waffe darunter zu verstecken.

»Stephanie?«

»Alles klar, Nigel. Nichts, weswegen Sie sich Sorgen machen müssten.«

»Aber ich mache mir Sorgen, Stephanie. Denn wenn Otto Schnell uns zu einer so unchristlichen Uhrzeit aus dem Bett holt, wenn Otto ein Treffen *verlangt*, ohne auch nur … Ach du Schreck! Mein Gott!«

Flint vermutet, dass Dr. Schnell eines der Polaroid-Fotos über den Tisch geschoben hat.

»Um Himmels willen, was ist denn mit seinem Gesicht passiert?«, fragt Ridout.

»Er wurde gebissen.«

»Von einem tollwütigen Hund, wie's aussieht. Stephanie« – Ridout will Zeit schinden, aber er gewinnt schnell seine Fassung zurück – »kommen Sie her, ich möchte Ihnen Otto vorstellen. Er hat ein paar zauberhafte Fotos, die er Ihnen zeigen möchte. Wer ist der Mann, Otto?«

»Er sagt, er arbeitet für Sie.«

»Ach, wirklich? Haben Sie das gehört, Stephanie? Anscheinend hat einer von den Hunden sich von der Leine gerissen. Kommen Sie, das müssen Sie sich ansehen.«

Sie scheint ihren Posten nur widerwillig verlassen zu wollen, aber nach kurzem Zögern und einem letzten warnenden Blick auf Flint folgt sie Ridouts Aufforderung.

»Otto, das ist Stephanie, eine große Bewunderin Ihres legendären Rufs. Stephanie, das ist Otto – für Sie Dr. Schnell. Er glaubt, dass dieser nicht gerade ansehnliche arme Teufel – nicht zusammenzucken, Stephanie, benehmen Sie sich nicht wie ein kleines Mädchen –, dass dieser Unglücksrabe einer von uns ist, weil der das nämlich behauptet. Gehört er zu uns, Stephanie?«

»Nein«, sagt sie tonlos.

»Also keiner von uns?«

»Nein.«

Es entsteht eine Pause, und dann hört Flint Ridout sagen: »Tja, das wäre dann ja wohl geklärt, Otto. Anscheinend haben Sie es da mit einem Spinner zu tun, einer von diesen Verrückten, die sich für James Bond halten. Kommt natürlich öfter mal vor. Die lesen diesen Unsinn von dem Fleming – oder, was wahrscheinlicher ist, gucken sich die Filme an – und stellen sich vor, dass unser Leben eine einzige Sexorgie ist. Schön wär's – nun gucken Sie nicht so empört, meine liebe Stephanie. Also, Otto, leider keiner von uns … War's das? Können wir gehen?«

Von Dr. Schnell kommt keine Antwort.

»Ich vermute, wir könnten versuchen, ihn für euch zu identifizieren«, sagt Ridout skeptisch. »Haben Sie einen Namen von ihm, Otto? Hatte er einen Ausweis dabei?«

Noch immer antwortet Schnell nicht, und Flint, durch sein Schweigen neugierig geworden, steht auf und geht leise hinaus auf den Flur, stellt sich neben die offene Tür, von wo aus sie einen Teil des Büros sehen kann.

Nigel Ridout blickt Dr. Schnell über einen Metallschreibtisch hinweg an. Er sitzt demonstrativ entspannt auf seinem Stuhl, Beine übereinander geschlagen, Hände hinter dem Kopf verschränkt. Er trägt einen dunkelblauen, maßgeschneiderten Dreiteiler, ein hellblaues Baumwollhemd und eine kastanienbraune Krawatte. Er ist jünger, als sie gedacht hätte, Mitte vierzig, gut gebaut, gut genährt und gut gepflegt. Mit seiner teuren Kleidung, dem breiten, angelsächsischen Gesicht, dem glatt nach hinten gekämmten Haar, das knapp oberhalb des Kragens endet, könnte er auch in der Werbebranche arbeiten – Mandrakes Zuhälter.

Dr. Schnell blättert in einem Ordner, den er dicht vor die Brust hält, um ihn gegen neugierige Blicke abzuschirmen.

»Wir haben doch noch Zeit, Stephanie, nicht wahr?«, fragt Ridout.

Von ihrer Position im Flur aus kann Flint Firefly nicht sehen, aber sie stellt sich vor, wie sie übertrieben eifrig auf die Uhr blickt, ehe sie erwidert: »So allmählich wird's ein bisschen knapp.«

»Wir müssen nämlich einen Flug erwischen, Otto. Wenn es also irgendetwas gibt, was wir für Sie tun können …«

»Der Mann, den Sie nicht kennen«, sagt Dr. Schnell, der jetzt so tut, als hätte er gefunden, wonach er gesucht hat. Er legt einen Packen Fotos mit der Vorderseite nach unten auf den Schreibtisch und dreht dann das oberste um, damit Ridout es sich ansehen kann, »kommt wegen Mordes und etlicher anderer Delikte vor Gericht. Er hat einen alten Mann getötet, ihn mit einem Kissen erstickt. Die Tat wurde mit unnötiger Brutalität ausgeführt. Die Luftröhre des Opfers wurde eingedrückt.«

Ridout, der sich vorbeugt, um das Foto zu betrachten, rechnet wohl mit der Aufnahme einer Leiche, stattdessen sieht er eine Straßenszene: Stephanie Cooper-Cole und Fellowes der Unglücksrabe auf der Richard-Wagner-Straße, keinen halben Meter voneinander entfernt, in angeregtem Gespräch. Ridout lächelt Dr. Schnell an und lehnt sich auf seinem Stuhl zurück. »Gutes Foto von Ihnen, Stephanie, wenn Sie meine Meinung hören wollen.«

»Der Mann heißt Nicholas Fellowes, auch wenn er keine Papiere auf diesen oder irgendeinen anderen Namen bei sich hatte.« Während er spricht, dreht Dr. Schnell das nächste Foto um und hält es für Ridout hoch: Fellowes und Cooper-Cole zusammen in einem Auto.

Flint tritt vor und bleibt in der Tür stehen, wo Ridout sie zwangsläufig bemerken muss. Auch sie trägt eine Jacke, die um die Hüfte herum weit geschnitten ist.

»Er lebt in dem Wahn, dass er Immunität genießt, dass die Anklagen gegen ihn still und heimlich fallen gelassen werden, weil Sie und ich uns irgendwie arrangieren. Besser gesagt«, fährt Dr. Schnell fort, »er hat in dem Wahn gelebt.« Jetzt dreht er die restlichen Fotos um und hält sie eins nach dem anderen hoch.

Eine Nahaufnahme von Fellowes und Cooper-Cole im Gespräch; Fellowes, wie er das Mietshaus gegenüber der Runden Ecke betritt; Fellowes und Ridout am Fenster der Wohnung; Fellowes, Ridout und Cooper-Cole im Eingangsbereich des Hauses – ein körniges Bild, mit Teleobjektiv durch die Tür aufgenommen, aber alle drei eindeutig erkennbar; Ridout, der schon halb zur Tür hinaus ist und sich umgedreht hat, um noch etwas zu sagen.

In der nun einsetzenden Stille betritt Flint das Büro, weil sie wissen muss, wo Firefly steht, sehen muss, wo sie ihre Hände hat. Ridout nickt und lächelt breit, als freue er sich, sie zu sehen.

»Bravo, Otto«, sagt er. »Haben Sie auch noch ein paar bewegte Bilder? Wie wär's mit ein bisschen Tonmaterial? Bänder?«

Dr. Schnell scheint ihn gar nicht gehört zu haben.

»Wen hat dieser Unglücksrabe umgebracht, Otto?«

»Einen Türken namens Ciller. Er hat bei Ilse im Haus gearbeitet.«

»Ilse?«

»Ilse Gröber. Karls Schwester.«

»Aha«, sagt Ridout, wirft Flint einen Blick zu und wendet dann den Kopf, um Cooper-Cole anzusehen. »Haben Sie das gehört, Stephanie? Karl hat eine *Schwester*. Davon steht nichts in der Akte, nicht wahr? Ich hab Ihnen doch gesagt, dass die Yankees uns was vorenthalten. Also« – er blickt wieder Dr. Schnell an – »wie geht's jetzt weiter, Otto? Ihre Hübsche und meine Hübsche, Pistolen im Morgengrauen? Wehe den Besiegten? Oder die Damen könnten einen Ringkampf veranstalten, vielleicht im Schlamm. Das würde Ihnen gefallen, Otto. Stephanie macht Krafttraining, nicht wahr, Steff? Sie ist *sehr* stark.«

Er lacht selbstgefällig. Seine Spötteleien sind so herablassend, seine Lügen so unerträglich glattzüngig, dass Flint fürchtet, jeden Augenblick die Beherrschung zu verlieren und ihr Versprechen, sich zu benehmen, zu brechen. Aber bevor sie reagieren kann, gibt Ridout seine unbekümmerte, belustigte Pose auf und beugt sich vor, als wolle er betonen, wie wichtig das ist, was er jetzt sagen wird.

»Er hat gesagt, sein Name sei Foster, eine Art Söldner, war

früher bei der Special Force, hat er zumindest behauptet. Er hat uns angerufen, hat die Firma in London angerufen, aus heiterem Himmel. Er hat gesagt, er wüsste, wo ein gewisser Karl Gröber zu finden ist, und ob wir interessiert wären? Nun ja, natürlich. Nach dem Debakel in New York … Das war ja wohl ein bombastischer Schlag ins Wasser« – ein viel sagender Seitenblick zu Flint – »und jedes Fünkchen Vertrauen, das wir in Operation Pentecost gehabt hatten, war restlos erloschen. Klar waren wir interessiert, und wie.« Ridout steht auf und beginnt, hin und her zu gehen. »Foster wollte jedoch keine weiteren Informationen herausrücken, ehe nicht geklärt war, wie hoch seine Belohnung sein würde, falls er uns Herrn Gröber gefesselt und geknebelt lieferte. Er forderte ein Treffen in Leipzig. Die Sache kam uns ziemlich abwegig vor, aber Stephanie hatte am Wochenende nichts Besonderes vor« – ein rasches Lächeln für Cooper-Cole – »und selbst abwegige Chancen sind besser als gar keine. Also ist sie hierher gekommen und hat sich mit Foster getroffen, der ein paar Bemerkungen machte, aus denen man schließen konnte, dass er tatsächlich etwas wusste, und dann nannte er seinen Preis: eine halbe Million Dollar. ›Ein bisschen happig‹, hab ich zu Stephanie gesagt, als sie mich anrief, aber nicht völlig ausgeschlossen, falls er uns Gröber tatsächlich auf einem silbernen Tablett servieren würde. Also bin ich nach Leipzig gekommen, um die Bedingungen festzusetzen: Foster kriegt keinen Penny, keinen Cent, ehe ich nicht Gröbers Witterung in der Nase habe, sage ich ihm. Und dann erst mal nur eine kleine Anzahlung – der Restbetrag wird erst ausgezahlt, wenn Gröber auf einem meiner eher unbequemen Stühle unter einer sehr grellen Lampe daheim in London sitzt und uns Fragen beantwortet, zum Beispiel, wo er seine illegalen Gewinne gehortet hat.«

An der Wand rechts von Dr. Schnells Schreibtisch hängt ein kleiner Spiegel, und Ridout bleibt davor stehen, um den tadellosen Sitz seines Krawattenknotens zu überprüfen.

»Foster – oder Fellowes, wie Sie ihn nennen – bettelt und bettelt und verlangt Taschengeld, um Hilfskräfte anzuheuern; ein paar ehemalige Stasi-Schläger, käufliche Bekannte von ihm. Er will zehntausend Dollar, und ich, unverbesserlich großzügig, wie ich nun mal bin, gebe sie ihm. Er zieht also los und ruft ab und zu in unserer Wohnung an, um Meldung zu machen, ziemlich rätselhafte Meldungen, wie ich hinzufügen darf – und wie Sie ja wohl selbst wissen, falls Sie das Telefon abgehört haben. Das letzte Mal war gestern am frühen Abend, seitdem ...« Ridout wendet sich vom Spiegel ab und hebt beide Hände. »Absolut nichts. Und das, Otto, ist so ziemlich alles, was ich Ihnen erzählen kann. Selbstverständlich hatte ich nicht die geringste Ahnung, dass er irgendeinen armen Türken umbringen würde. Apropos, Otto, wieso um alles in der Welt hat er denn diesen armen Türken eigentlich umgebracht?«

Dr. Schnell starrt angestrengt zur Decke, als wäre er darin vertieft, die verschlungenen Muster der Risse im Putz zu studieren. »Weil Sie ihm gesagt haben, er soll sich nicht erwischen lassen.«

»Ach ja? Hab ich das?« Ridout stützt beide Hände auf den Schreibtisch und beugt sich über Dr. Schnell. »Haben Sie das auf Band, Otto?«, sagt er und schüttelt den Kopf, weil er die Antwort bereits kennt. »Ich glaube *nicht*, Otto. Weil wir die Wohnung auf alle möglichen kleinen Spielzeuge abgesucht haben, die ihr dort versteckt haben könntet, Sie wissen schon – und wir haben sie gefunden. Natürlich haben wir das. Das Aufspüren von Wanzen ist eines der vielen Talente meiner guten Stephanie.«

Firefly hat die Hände auf den Rücken gelegt, wo Flint sie nicht sehen kann.

»Und in Wirklichkeit, Otto« – Ridouts Tonfall klingt jetzt noch großspuriger – »habe ich gesagt: ›Tun Sie nichts *Illegales*.‹ Und damit meinte ich: keine Geschwindigkeitsübertretung, keine rote Ampel überfahren, keine Einbrüche, kein Ersticken unbescholtener Bürger in ihren Betten.« Ridout hält kurz inne und fährt dann fort: »Ich hätte Sie verständigt, Otto, wenn wir Gröber erwischt hätten, natürlich hätte ich das. Aber nach dieser Blamage in New York … Ich will Sie nicht kränken, Otto, aber mindestens einer von Ihren Jungs hat da mitgemischt … Tja, ich bin sicher, Sie verstehen, warum wir lieber allein handeln wollten.«

Es entsteht eine Stille, die Flint durchbricht, obwohl sie so leise redet, als spräche sie mit sich selbst: »Wie geht es Mandrake, Mr. Ridout?«

Er dreht sich um und blickt sie verwirrt an. »Wie bitte?«

Flint, die Hände in den Taschen ihrer Jacke, schlurft gemächlich näher an den Schreibtisch – und näher an die Gefahrenzone heran. »Ich habe Sie gefragt, wie es Mandrake geht.« Überlegen Sie sich die Antwort gut, Mr. Ridout, denkt sie, weil ich Ihre Lügen nämlich satt habe.

»Mandrake?«, fragt er, als würde ihm der Name nichts sagen, aber in seinen Mundwinkeln zuckt ein Lächeln.

»Ben, wenn Ihnen das lieber ist«, seufzt sie. »Mein Ehemann, Ihre Hure.«

»Meine Hure? Oh, sehr gut. Und was sind Sie dann wohl, meine Liebe?« Ridout lacht, und er lacht noch immer, als ihn das Reizgas ins Gesicht trifft.

»Mir hat mal einer gesagt, es ist, als wäre man blind und hätte einen Asthmaanfall und würde das Gesicht in eine Fritteuse tauchen, alles gleichzeitig, aber ehrlich, ich hab noch nie erlebt, dass es so bei jemandem wirkt, und so schnell.«

Flint ist in Ungnade gefallen und wurde auf die Rückbank eines der vielen Autos verbannt, die jetzt vor der Runden Ecke parken, wo Felix Hartmann sie bewacht, der nicht ganz so missbilligend ist, wie er sich gibt.

»Pschhh! Eben führt er sich noch auf wie der verlogene, aufgeblasene Drecksack, der er ist, und im nächsten Moment liegt er auf den Knien und brüllt wie ein Baby.« Flint schüttelt den Kopf, als könnte sie es immer noch nicht fassen. »Und dann kommt Firefly auf mich zugeschossen, als wäre sie Wonderwoman, und, pschhh, geht sie auch zu Boden. Vielleicht war da ja nicht bloß Reizgas drin? Meinst du, die haben ein bisschen Pfefferspray mit reingetan?« Sie kramt in ihren Taschen, sucht nach der Dose, um nachzulesen, was drin ist, und dann fällt ihr ein, dass Dr. Schnell die Tatwaffe konfisziert hat. »Otto war fuchsteufelswild. Er hat mich angeschrien: ›Meinen Sie, Sie sind Ihr eigenes Gesetz?‹ Tja, er ist nicht der Erste, der das sagt. Cutter hat so was Ähnliches gefragt, als ich bei der FSF angefangen habe und meine Referenzen aus London kamen. Da hatte irgendein Witzbold beim Yard einen Zettel drangeheftet, auf dem stand: ›Frage: Wie lautet Flints Gesetz? Antwort: So wie es ihr gerade passt.‹ Soll heißen, dass ich mich nicht immer an die Spielregeln halte. Aber wie definierst du dann Ridouts Gesetz? Das hab ich auch zu Otto gesagt, als ich mal zu Wort kam – dieser verdammte Ridout ist es, der Pentecost sabotiert hat, er ist für Ruths Tod verantwortlich, wegen ihm und diesem verfluchten Mandrake liegt mein Vater im Koma, und er ist es, der psychopathische Söldner anheuert, um Gröber zu kidnappen – falls man ihm ein Wort glaubt, was ich nicht tue. ›Er hat gesagt, sein Name sei Foster. Hat die Firma in London angerufen, aus heiterem Himmel.‹ Von wegen. Fast jedes Wort von ihm war gelogen. Ich würde meine Pension darauf verwetten, dass Fellowes ein Gorilla des MI6 ist, auch wenn er nicht bei denen auf der Gehaltsliste steht.«

Hartmann sagt: »Grace, glaubst du ernsthaft, dass du lange genug lebst, um noch was von deiner Pension zu haben?«

STATEN ISLAND

55

Melinda Stark kauert noch immer auf der Vorderkante ihres Kirschholzschaukelstuhls im Wohnzimmer, die Knie angezogen, und betrachtet Aldus Cutter mit leerem Blick, während sie versucht, das Unbegreifliche zu begreifen. Cutter spricht leise, als müsse er ihr den plötzlichen Tod eines Angehörigen mitteilen, was in gewisser Weise auch stimmt. Sie unterbricht ihn nur gelegentlich und sagt: »Nathan?«, in einem verstörten Tonfall, der zum Ausdruck bringt, dass das, was Cutter über ihren Ehemann sagt, unmöglich wahr sein kann, dass irgendein schreckliches Missverständnis vorliegen muss, eine Verwechslung.

Sie ist nicht das dumme Huhn, für das Nathan sie hält, nicht die schusselige Person, die man an jede Kleinigkeit erinnern muss. Aber im Augenblick hat sie unter Cutters unerbittlicher Attacke Schwierigkeiten, irgendetwas von dem zu verstehen, was er ihr sagt. Zum zweiten Mal – oder ist es schon das dritte Mal? – registriert sie die kreuz und quer geparkten Autos vor ihrem Haus, die Männer in der Einfahrt, die stumm warten wie Sargträger auf das Ende einer Beerdigung, und sie begreift nicht, was sie da machen, und Cutter muss es ihr erneut erklären.

»Melinda, wir müssen das Haus durchsuchen. Das wird eine Weile dauern. Es wäre besser, wenn du und Nathan junior nicht dabei seid, damit du dich nicht noch mehr aufregst. Wir bringen euch jetzt an einen Ort, wo ihr bleiben könnt, bis das hier vorbei ist. Nur für ein paar Tage.«

Ein paar Tage? Plötzlich durchzuckt es sie, dass die Carpenters heute zum Abendessen kommen, weil sie vergessen hat, ihnen abzusagen, und dass sie noch nicht einkaufen war, und sie überlegt krampfhaft, was noch im Kühlschrank ist. Wahrscheinlich nichts Besonderes, und Nathan wird die Augen verdrehen und »Melinda« sagen, mit dieser müden Hätte-ich-mir-doch-denken-können-Stimme, die er immer hat, und sie werden fertiges Essen aus dem Feinkostladen servieren müssen, was, wie Nathan immer sagt, skandalös überteuert ist.

Nur dass Nathan nichts zu sagen haben wird, weil Nathan jetzt ein flüchtiger Verbrecher ist. So hat Cutter ihn genannt. Ein Doppelagent, der für einen fremden Staat gearbeitet hat und jetzt ein flüchtiger Verbrecher ist. Sie sieht ein Bild vor sich, wie Nathan den mittelgroßen Samsonite-Koffer durch ein Flughafen-Terminal zieht, wo sämtliche Schilder in einer fremden Sprache beschriftet sind, die sie nicht lesen kann. Plötzlich möchte sie unbedingt wissen, wo das ist.

»Welcher fremde Staat?«, fragt sie herrisch, Cutters Redefluss unterbrechend.

»Die Briten«, sagt Cutter. »Das Vereinigte Königreich.«

Die Carpenters sind Engländer, und einen Moment lang scheint ihr diese Übereinstimmung bedeutsam. Sie sagt: »Aber ich habe immer gedacht, die wären auf unserer Seite?«

»Nicht alle«, sagt Cutter.

Dieses Rätsel verblüfft sie ebenso sehr wie alles andere, und sie schiebt es erst einmal beiseite. Sie wünschte, ihr Sohn wäre bei ihr. Sie wünschte, er würde neben ihr auf der Couch sitzen und unbeholfen ihre Hand halten, wie er es manchmal tut, wenn Nathan nicht da ist, ihr die Wärme geben, die sie nur selten von ihrem Mann bekommt. »Wo ist Nate?«

»In seinem Zimmer«, beruhigt Cutter sie – aber Cutter irrt sich.

Nathan junior ist im Arbeitszimmer seines Vaters und beobachtet Rocco Morales, der sich an dem Wandsafe zu schaffen macht. Der müsste eigentlich leicht zu knacken sein, aber Rocco hat offensichtlich Schwierigkeiten damit. Nathan langweilt sich schnell, und er fragt hochnäsig: »Haben Sie es schon mit der Kombination versucht? Eins, sechs, neun, vier …«

Nathan Starks Brief beginnt so:

> Aldus, ich nehme an, dass Sie das Haus auf den Kopf stellen werden, aber mit Rücksicht auf Melinda und den Jungen hoffe ich, dass Sie es nicht tun. Es würde wirklich nichts bringen, denn es gibt nichts zu finden – außer vielleicht auf der Festplatte des Computers, falls mir beim Löschen ein Fehler unterlaufen ist, weil ich mich doch nicht so gut auskenne, wie ich sollte.

Cutter hat Melindas Platz im Schaukelstuhl eingenommen, um den Brief ein zweites Mal zu lesen, langsamer, da er sich allmählich beruhigt. Aus Nathans Arbeitszimmer hört er, wie Fußbodendielen herausgebrochen werden. Aus der Diele dringt leise die Stimme von Jarrett Crawford, der unablässig telefoniert.

> Jedes Dokument, das ich vom FBI »geborgt« habe, wurde zurückgebracht, nachdem ich die Informationen entnommen hatte, die ich brauchte. Von der FSF habe ich nichts »geborgt«, denn wie Sie bestimmt schon herausgefunden haben, bestand nicht die Notwendigkeit dazu. Und selbst wenn die Notwendigkeit bestanden hätte, wäre ich davor zurückgeschreckt. Kompliment, Aldus, die Dokumentensicherung, die Sie sich für das Marscheider-Gebäude ausgedacht haben, ist sehr viel besser als alles, was ich je beim FBI gesehen habe. Wäre Flint nicht gewesen, ich glaube nicht, dass es möglich gewesen wäre, Sie zu täuschen. Flint war schon immer Ihre Achillesferse.

Wie viele Fälle ich verraten habe? Keinen. Ich habe unseren Verbündeten immer nur gewisse Informationen zukommen lassen, Informationen, auf die sie ein Anrecht hatten, die ihnen aber aufgrund der Heimlichtuerei des FBI vorenthalten wurden. Vor langer Zeit wurde mir klar, dass das FBI, von der Spitze bis ganz nach unten, lieber einen Verbrecher davonkommen lassen würde, als Informationen weiterzugeben. Ich dachte, bei der FSF wäre das anders, Sie haben gesagt, es wäre anders, aber es war eher noch schlimmer. Wir hatten die Chance, einen weltweiten Kampf gegen das Verbrechen zu führen, dafür zu sorgen, dass internationale Grenzen für die Verbrechensbekämpfung ebenso bedeutungslos werden, wie sie es für die Gegenseite längst sind. Aber wir haben diese Chance nicht genutzt, weil wir niemals Informationen weitergegeben haben, wir haben immer nur genommen, genau wie das FBI. Nun, Aldus, ich habe gegeben. Ich habe geteilt.

»Nein«, sagt Cutter zu sich selbst, »du hast Informationen *verkauft*, Nathan, du Drecksack.« Starks Versuche, seine Habgier mit hehren Motiven zu beschönigen, lassen Cutters Blutdruck erneut in gefährliche Höhen schnellen. Sein Kopf pocht bedrohlich.

Ich werde Ihnen nicht verraten, wie häufig ich Informationen weitergegeben habe – die Terrier sollen ja auch was zu tun haben. Aber ich werde Ihnen verraten, wann das erste Mal war. 1984 überwachte das FBI einen uns bekannten sowjetischen Agenten namens Kalinin, der als Diplomat getarnt von der sowjetischen UN-Gesandtschaft aus operierte. Kalinin unterhielt einen toten Briefkasten in Queens, und wir hatten seine Kontaktperson identifiziert – glaubten es zumindest –, als ein stellvertretender Militärattaché der britischen Botschaft in Washington auf den Plan trat. Der

Mann hieß Manyon, und an drei aufeinander folgenden Sonntagen flog er nach New York und traf sich mit Kalinin, einem uns bekannten sowjetischen Agenten in einem uns bekannten sicheren Haus der Sowjets. Wir hatten alles dokumentiert und aufgezeichnet – und wir haben es den Briten nicht mitgeteilt! Damals nicht, niemals. Der Attaché kehrte nach London zurück, um dort eine noch wichtigere Position im Außenministerium zu bekleiden, und wir hatten allen Grund zu der Annahme, dass er ein sowjetischer Maulwurf sein könnte, und kein Sterbenswörtchen kam über unsere Lippen. Wir wollten nämlich die Kalinin-Operation nicht gefährden, verstehen Sie. Befehl von ganz oben. Begreifen Sie das, Aldus? Ich jedenfalls habe es nicht begriffen. Ich informierte die Briten. Es war das erste, aber nicht das letzte Mal, dass meiner Ansicht nach ein gemeinsames Interesse vorhanden war, dem wir aber mit unserer Geheimhaltungsmanie und unserer überheblichen Überzeugung, dass außerhalb des FBI niemandem zu trauen sei, keinen guten Dienst erwiesen. Die anderen Male müssen Sie schon selbst herausfinden – wenn Sie können!

Wir sind viel weiter, als du ahnst, Nathan, denkt Cutter.

Im Marscheider-Gebäude sind Kate Barrymore und ihr Team damit beschäftigt, die Ermittlungsakten von jedem Fall zu durchforsten, für den Stark während der letzten fünfzehn Jahre beim FBI zuständig war – Akten, die Cutters Mentor im Justizministerium unter weiß der Himmel welchem Vorwand beschafft hat. Als Barrymore das letzte Mal anrief, erzählte sie Cutter, sie hätten bislang zusätzlich zur Kalinin-Sache neunzehn weitere Fälle gefunden, bei denen Stark ein »gemeinsames Interesse« mit den Briten festgestellt haben könnte.

Crawford hüstelt in der offenen Tür. »Entschuldigen Sie, Mr. Cutter, aber das wird Sie interessieren. Ich glaube, wir haben die erste Meldung über Nathan.«

Cutter reibt sich den schmerzenden Kopf. »Lassen Sie hören, Jerry.«

»Kurz vor Mitternacht hat ein Mann, auf den Nathans Beschreibung passt, an einem Ort namens Coburn Gore oben in Maine die Grenze nach Kanada überquert. Ein ziemlich abgelegener Übergang, bloß eine Landstraße, und es hatte nur ein Grenzbeamter Dienst. Er hatte die Fahndungsmeldung gesehen, aber nicht rechtzeitig geschaltet, weil es nicht Starks Wagen war, weil er einen anderen Pass hatte – und weil er nicht allein war.«

Cutter würde gern eine Augenbraue hochziehen, aber er fürchtet, wenn er auch nur einen Stirnmuskel bewegt, könnte der Schmerz noch größer werden.

»Er hatte eine Beifahrerin«, fährt Crawford fort. »Die Beschreibung ist recht dürftig: zwischen zwanzig und fünfundzwanzig Jahre alt, derselbe Nachname im Pass, nämlich Lacey. Der Grenzbeamte hielt sie für Vater und Tochter. Er hat gesagt, sie wäre ziemlich hübsch gewesen, ein bisschen aufgedonnert.«

»Dann hat Nathan also eine Freundin.« Cutters Tonfall lässt darauf schließen, dass er das für unwahrscheinlich gehalten hat. »Woher wissen wir, dass er es war? Der Quittengeruch, hab ich Recht?«

»Ja, Sir. Der Grenzbeamte sagt, der ganze Wagen hat danach gerochen. Ein ziemlich neuer Ford, schwarz oder dunkelblau, zugelassen in Maine. Ich denke mir, entweder sie wohnt da, es ist ihr Wagen und Stark ist dorthin geflogen, oder die beiden sind zusammen nach Maine geflogen und haben sich einen Mietwagen genommen. Wir überprüfen gerade die Flughäfen und Autovermietungen.«

Cutter nickt und bereut es sofort.

»Alles in Ordnung mit Ihnen, Sir?«

»Nein, Jerry«, sagt Cutter sehr langsam, und er hat das Gefühl, als würde ihm gleich der Kopf platzen. »Ich glaube nicht.«

56

Die gellenden Sirenen des Rettungswagens sind noch schwach zu hören, als Crawford zum Telefon greift, um Flint in Leipzig anzurufen und ihr eine weitere Nachricht zu übermitteln, die sie nicht hören will.

Crawford hat nur unzureichende Informationen über ihren Zusammenstoß mit dem MI6 erhalten, aber er weiß, dass Otto Schnell zwei von den drei britischen Agenten erlaubt hat, Deutschland in aller Stille zu verlassen, kein Drama, keine rechtlichen Schritte – und dass Grace, in Cutters Worten, »die Wände hochgeht, sich die Haare rauft«.

»War das, bevor oder nachdem Sie ihr von Nathan erzählt haben?«, hatte Crawford gefragt.

»Oh, das war vorher. Hinterher wurde sie ganz still.«

Und sie ist noch immer kaum zu hören, als sie sich am anderen Ende meldet und Crawford ihr erzählt, dass er noch mehr schlechte Neuigkeiten hat. »Gott«, sagt sie schwach, sonst nichts.

»Es geht um Cutter, Grace, er hat eine Art Anfall gehabt, vielleicht einen Schlaganfall. Sein Blutdruck ist himmelhoch. Die Sanitäter haben seinen Zustand stabilisiert, und er ist jetzt auf dem Weg ins Krankenhaus, aber es sieht nicht gut aus.« Er stellt sich vor, dass sie an ihren Vater denkt.

»Wo?«, fragt Flint. »Wo ist es passiert?«

»Hier, in Nathans Haus.«

»Wundert mich nicht«, sagt sie. Sie klingt, als stünde sie unter Drogen. »Hat er erklärt, wieso er es getan hat?«

»Nathan? Nicht so richtig. Es gibt einen Brief, in dem er jede Menge Rechtfertigungsscheiß vom Stapel lässt, nach dem Motto, er hat bloß Informationen weitergegeben, um einen weltweiten Kampf gegen das Verbrechen zu führen, aber das

Ende vom Lied ist, dass die Briten ihn bezahlt haben. Und das seit Jahren. Anscheinend hält er sich auch eine teure Freundin. Letzte Nacht sind die beiden rüber nach Kanada.« Das Schweigen am anderen Ende hält so lange an, dass Crawford sich schließlich fragt, ob sie noch am Apparat ist. »Grace?«

»Was hat er über Mandrake geschrieben?«

Crawford zögert, weil er nicht genau weiß, wie viele Katastrophenmeldungen Flint noch verkraftet. Er fragt: »Bist du sicher, dass du das jetzt hören willst?«

»Absolut.«

»Es war vom ersten Tag an eine abgekartete Sache. Die Briten, will heißen der MI6, wussten seit Januar 2000 von Gröber. Sie wussten, was er vorhatte, wussten, dass es um mindestens eine Milliarde Dollar ging, die sie eventuell einheimsen könnten, aber sie wussten nicht genau wo, und sie hatten nicht die Möglichkeit, das rauszufinden. Und dafür brauchten sie uns. Sie brauchten die FSF für die Kleinarbeit, also machten sie uns auf Gröber aufmerksam. Sie brachten Nathan dazu, Vincent Regal unter Druck zu setzen, damit er dir ein paar Hinweise steckt, und dann hast du ihnen die Arbeit abgenommen. Sie konnten sich einfach zurücklehnen und abwarten, weil ...« Crawford führt den letzten Satz nicht zu Ende.

»Red weiter, Jerry.«

»Weil sie Mandrake schon längst auf dich angesetzt hatten. Er war einer von ihren Illegalen, ein Mann für besondere Fälle, den sie schon früher verwendet hatten. Grace«, fügt Crawford hastig hinzu, »ich weiß ja nicht, ob es dir hilft, aber Nathan schreibt, dass eure Heirat nie vorgesehen war. Mandrake sollte nur dein Liebhaber werden.«

»Liebhaber?«, murmelt Flint unsicher, als wäre ihr das Wort gänzlich neu. »Eine ziemlich abwegige Bezeichnung für jemanden, der derartig lieblos ist, findest du nicht?« Als keine Antwort kommt, spricht sie weiter. »Nein, Jerry, es hilft mir nicht. Die Heirat war meine Idee.«

»Stimmt«, sagt Crawford, weil ihm nichts anderes einfällt. »Es kommt noch schlimmer, Grace. Der MI6 wollte nicht bloß wissen, was wir vorhatten. Sie mussten auch dafür sorgen, dass Pentecost scheiterte, damit sie anschließend das Schlachtfeld absuchen und sich selbst auf die Jagd nach Gröbers Geld machen konnten. Das war die andere Aufgabe von Mandrake: Gröber kontaktieren und ihm erklären, dass er die FSF ausspionieren, jeden einzelnen Schritt von uns überwachen könnte.«

»Das ist ihnen aber nicht ganz gelungen, Jerry«, sagt Flint düster. »Selbst ich war nicht so blöd, jeden Pentecost-Bericht mit nach Hause zu nehmen.«

»Ja, aber zusätzlich zu dem, was er in der Pentecost-Akte lesen konnte, bekam Mandrake auch noch Kopien deiner Berichte von dem Computer bei Scotland Yard. Erinnerst du dich noch an Scratchwood und Peter?«

Flint sagt: »Ich erinnere mich.«

»Gut, nun hat sich herausgestellt, dass Peter ein Spion war. Es gab keinen korrupten Cop beim Yard. Der MI6 hat sich in den Computer reingehackt und die Infos an Mandrake weitergeleitet – und er wiederum hat sie an Gröber verkauft. Nathan sagt, in London ist regelrecht Panik ausgebrochen, als die Kurierin von der Einwanderungsbehörde gestoppt wurde, denn wenn du das dem Yard erzählt hättest, hätten die vielleicht herausgefunden, wer da Zugriff auf ihr System hatte.«

»Scheiße!«

»Die Tatsache, dass du es dem Yard nicht erzählt hast, weil du nicht wusstest, wem du trauen konntest, beweist, dass Nathan Recht hatte – sagt er. Dass wir nämlich keine Informationen weitergeben.«

Während Flint schweigend das Ausmaß ihres Scheiterns bedenkt, blättert Crawford die Seiten von Nathan Starks Rechtfertigungsbrief durch, bis er die Passage findet, in der Flints Verantwortung höhnisch beschrieben wird.

Natürlich war Flints Scheitern von Anfang an geplant. Gröber wäre nie in die Falle getappt, die sie ihm gestellt hatte, weil er über alles Bescheid wusste. Gott allein weiß, warum er überhaupt zu dem Treffen mit Ruth Apple gekommen ist – und, glauben Sie mir, Aldus, ich wünschte wirklich, dem wäre nicht so gewesen. Mehr dazu später. An dieser Stelle möchte ich jedoch betonen, wie spektakulär Flint gescheitert ist, weil ihre instinktive Fahrlässigkeit sie blind für Gefahr macht, ein Charakterzug, den Sie fälschlicherweise für Mut und Talent halten.

Sie ist in vielerlei Hinsicht blind für Gefahren. Vor einigen Tagen habe ich Sie gefragt, wie sie mit jemandem verheiratet sein kann, ohne denjenigen richtig zu kennen, worauf Sie mir eine kryptische Antwort gaben. Jetzt, wo Sie die Wahrheit kennen, sollten Sie vielleicht noch einmal über diese Frage nachdenken, Aldus.

»Und die Tatsache, dass Ruth aus einem Hubschrauber gestoßen wurde« – Flints Stimme ist eisig – »spielt da wohl keine Rolle, was? Unglückliche Begleitumstände, ein Posten in der Schadensliste. Ich meine, solange die Schlangen ihre Existenz rechtfertigen und ihre Schmiergeldkasse aufbessern können und Mandrake sein Geld kriegt und Nathan seine Hure finanzieren kann, was ist da schon das Leben eines Special Agent wert? Scheiß drauf. Was schreibt er über Ruth?«

»Nicht viel«, sagt Crawford, der noch immer mit der Wahrheit geizt. »Dass Gröber ursprünglich gar nicht zu dem vereinbarten Treffen erscheinen sollte. Dass Nathan, als Gröber dann doch aufgetaucht ist, Himmel und Hölle in Bewegung gesetzt hat, um dich dazu zu bringen, die Operation abzubrechen.«

Die Wahrheit ist, dass Nathan Stark wesentlich mehr über den Mord an Ruth Apple zu sagen hat.

Agent Apples Tod geht fast gänzlich auf Flints Konto. Sie hätte sich niemals für eine so unerfahrene Undercover-Ermittlerin wie Ruth entscheiden dürfen – nicht bei einer Operation gegen eine derart unberechenbare und rücksichtslose Zielperson wie Gröber, und das habe ich ihr auch gesagt, als ich sie anflehte, das Ganze abzubrechen. Es ist auf dem Band: »Du könntest das, sie nicht.« Aber, Aldus, auch Sie müssen einen Teil der Verantwortung übernehmen. Sie wollten ihr nicht befehlen, die Sache abzubrechen, weil Sie an Ihrer sturen Überzeugung festhielten, dass Flint weiß, was sie tut. Das trifft nicht zu. Sie handelt instinktiv, ist eine Gefahr für sich und alle um sie herum, und ich muss sagen, dass ich mich oft gefragt habe, wieso Sie das einfach nicht sehen wollen. Sie sehen mehr als jeder andere, den ich kenne, Aldus. Wieso sind Sie bei Flint so blind?

»Ich muss jetzt aufhören«, sagt Crawford.

»Fahr ins Krankenhaus, Jerry. Halte für mich Cutters Hand.«

»Das mach ich, sobald ich kann. Wie läuft's bei dir?«

Flint sagt nicht viel, bloß dass sie abwartet, was sich so tut, abwartet, dass irgendetwas passiert.

»Irgendeine Spur von Mandrake?«

»Nichts Richtiges«, erwidert Flint und geizt mit der Wahrheit.

57

Flint trägt noch immer Frau Hartmanns billigen Wollmantel bis zum Hals zugeknöpft und hat das Haar nach hinten gebunden, aber die Körpersprache hat sich verändert. Die Frau, die da das Taxi im Vorort Grünau bezahlt, hat nichts Verhuschtes mehr an sich. Sie geht energisch über ein matschiges Stück Rasen auf die Hochhaussiedlung zu, in dem ein Fünftel der Leipziger Bevölkerung lebt. Sie spricht ein Kind an, um sich zu vergewissern, dass die Wegbeschreibung, die man ihr gegeben hat, richtig ist. Sie betritt Wohnblock fünf, als gehöre sie dorthin, und fährt mit dem Lift in den zehnten Stock. Vor der Tür zu Wohnung Nr. 107 setzt sie eine Nickelbrille auf, um das Schild unter dem Klingelknopf zu lesen. »Krol« steht da, und sie drückt – hastig, es ist keine Zeit zu verlieren – zweimal auf die Klingel.

Die Augen der Frau, die die Tür einen Spaltbreit öffnet, verraten Argwohn, als sie Flint mustert und sich zu erinnern versucht, wieso ihr dieses Gesicht irgendwie bekannt vorkommt. Sie hat keine Zeit, länger darüber nachzudenken.

»Mein Name ist Hartmann«, sagt Flint in möglichst barschem Deutsch. »Wir haben telefoniert. Ich muss sofort mit Ihrem Mann sprechen. Über Frau Gröber.«

Frau Krol macht die Tür weiter auf, tritt aber nicht beiseite, um Flint hereinzulassen. Der Fleck an ihrer linken Schläfe ist heute deutlicher zu sehen als an dem Morgen ihrer früheren Begegnung. Eindeutig ein Muttermal, befindet Flint.

»Mein Mann ist nicht zu Hause«, sagt Frau Krol und betrachtet Flint weiter mit instinktivem Misstrauen. »Er wurde aufgehalten.«

Und ob er aufgehalten wurde, denkt Flint, aber nicht so, wie du denkst.

Was seine Frau nicht weiß, ist, dass Manfred Krol gerade im Polizeipräsidium auf der Goethestraße, wohin er dank Dr. Schnell gebracht worden ist, um Fragen zu einer völlig aus der Luft gegriffenen Anschuldigung wegen gefährlicher Körperverletzung zu beantworten, sowohl die Geduld als auch die Beherrschung verliert.

»Dann muss ich mit Ihnen sprechen«, beharrt Flint und senkt die Stimme. »Ungestört«, flüstert sie, als wäre das ein Codewort.

Frau Krols Gedächtnis hat sie im Stich gelassen. Wie Flint unbeschwert im Gespräch mit Dr. Schnell prophezeit hat, knüpft sie keine Verbindung zwischen der Polizistin, von der sie im Restaurant Friendly's aufs Korn genommen wurde, und der Frau, die jetzt verstohlen den Korridor hinauf- und hinunterblickt, um zu verstehen zu geben, wie wichtig es ist, dass man sie nicht vor Frau Krols Tür stehen sieht.

»Bitte«, sagt Frau Krol und tritt endlich zur Seite.

Die Wohnung besteht eigentlich aus zwei Wohnungen, denn die Zwischenwand wurde herausgebrochen, um ein geräumiges Wohnzimmer zu schaffen. Auf den glänzenden Holzböden liegen drei edle Perserteppiche von der Art, deren Herstellung ein Jahr oder länger dauert und die sündhaft teuer sind, wahrscheinlich sogar noch teurer als die Luxusmöbel, die moderne Hi-Fi-Anlage und der riesige Fernseher, der an der Wand hängt. Die Krols wohnen zwar in einem der tristesten Plattenbauten der gnadenlosen DDR-Architektur, aber sie leben keineswegs ärmlich.

Flint sitzt auf einer wuchtigen weißen Ledercouch, hält ihre Tasse mit dem von Frau Krol zubereiteten starken schwarzen Kaffee auf dem Schoß und spinnt ihr Lügengeflecht. »Mein Name ist Hartmann«, wiederholt sie. »Ich wohne bei Ilse Gröber im Haus und leiste ihr Gesellschaft. Ich bin die Einzige, mit der sie spricht. Ilse geht es nicht gut. Sie hat einen bösartigen Tumor in beiden Kniegelenken und müsste dringend operiert werden, aber sie will nicht darüber reden. In letzter Zeit spricht sie nur noch über ein Thema, von dem sie regelrecht besessen ist – ihrem Bruder Karl. Sie hasst Karl, wegen dem, was er ihren Eltern angetan hat, und dem, was er ihr angetan hat. In seinem ehemaligen Zimmer hat sie eine Art groteske Puppe von Karl aufgestellt. Sie hat sich an ihm gerächt, indem sie ihn verstümmelt hat, indem sie ihm – und bitte entschuldigen Sie meine Direktheit, Frau Krol – den Penis abgeschnitten hat.«

Flint trinkt einen Schluck Kaffee und erwidert Frau Krols unverwandten Blick. »Aber«, schränkt sie ein, »Ilse reicht diese Rache nicht, weil sie nur ihrer Phantasie entspringt. Ilse weiß, dass sie todkrank ist, und bevor sie stirbt, will sie endlich wahre Rache. Sie will Karl möglichst großen Schaden zufügen, und jetzt hat sie einen Weg gefunden. Sie hat vor, Karl zu verraten, so wie er sie verraten hat. Und deshalb bin ich hier, Frau Krol. Ich will Sie warnen, Herrn Gröber warnen. Ich hoffe – nein, ich bin überzeugt –, dass Ihr Mann und Herr Gröber mir für diese Warnung dankbar sein werden, falls Sie meine Direktheit« – Flint bringt ein verkniffenes Lächeln zustande – »ein weiteres Mal entschuldigen.

Bisher wollte Ilse keine überhasteten Entscheidungen treffen. Aber ihre Krankheit schreitet rasch voran, und sie glaubt, dass sie nicht mehr viel Zeit hat, und«, fügt Flint ernst hinzu, »ich fürchte, sie hat Recht. Vor zwei Tagen, als es ihr ganz besonders schlecht ging, bat sie mich, der Polizei mitzuteilen, dass Ihr Ehemann den Aufenthaltsort des Mörders Karl Gröber kennt. Sie sagt, ich solle der Polizei den Beweis dafür übergeben. Diesen Beweis hier.«

Flint stellt die Kaffeetasse auf den Couchtisch und zieht einen Umschlag aus ihrer Handtasche. »Das hier ist eine Nachricht von Herrn Krol; er schreibt Ilse, dass Karl unbedingt erfahren möchte, wie es ihr geht, dass er wissen will, ob sie sonst noch etwas braucht, außer dem Geld, das er ihr schickt – Geld, Frau Krol, das Ilse nicht anrührt.«

Jetzt holt Flint ein Bündel Geldscheine hervor, das sie auf die Couchlehne legt, dann ein zweites und ein drittes. »Ilse bezeichnet es als ›blutbeflecktes Schuldgeld‹«, sagt Flint und schlägt die Augen zur Decke, um anzudeuten, dass Ilse ihrer Meinung nach übertreibt – Augen, die im Übrigen heute strahlend blau sind, dank der Kontaktlinsen, die diese Verwandlung bewirken. Auch Flints Haar ist anders, aschblond getönt.

»Der Rest des Geldes ist unangetastet«, versichert sie Frau Krol. »Ich habe nicht eine Mark davon genommen, obwohl das ein Leichtes für mich gewesen wäre, denn jedes Mal, wenn Ihr Mann einen von diesen Umschlägen abliefert, weist Ilse mich an, ihn zu verbrennen. Aber ich bin keine Diebin, ich stehle nicht. Ich erwarte nur, für Informationen, die ich Ihnen gebe, angemessen belohnt zu werden. Ich überlasse Ihnen die Entscheidung, wie wertvoll die Informationen sind. Nachdem ich Ihnen den Rest von Ilses Plan geschildert habe.«

Flint nimmt träge ein Bündel Geldscheine und fächert es mit den Fingern auf wie ein Kartenspiel.

»Wenn ich mit der Polizei spreche – falls ich mit der Polizei spreche«, sagt Flint, um noch einmal deutlich zu machen, dass die Sache noch nicht entschieden ist, »soll ich sagen, dass sie keine unmittelbaren Schritte gegen Herrn Krol unternehmen sollen. So sollen sie ihn beispielsweise nicht nach der Herkunft der Summen fragen, die er Ilse gebracht hat.« Flint hält inne und fügt dann hinzu: »Beträchtliche Summen, Frau Krol. Fast eine Million Mark!«

Frau Krols Augen sind von Flints Gesicht abgeglitten und fixieren jetzt einen Punkt irgendwo über ihrer rechten Schulter.

»Nein, ich soll vorschlagen, dass sie nichts unternehmen außer Ihr Telefon anzapfen und vielleicht versteckte Mikrofone hier in Ihrer Wohnung anbringen.« Flint blickt sich im Raum um, und ihre Augen deuten die schier endlosen Möglichkeiten an, hier Wanzen zu verstecken.

»Und sobald das geschehen ist«, fährt sie fort, »wird Ilse hier anrufen und Ihren Mann sprechen wollen. Sie wird ihm sagen, dass er sofort Kontakt zu ihrem Bruder aufnehmen muss, weil sie Geld braucht, unglaublich viel Geld. Um die Geschichte überzeugend klingen zu lassen, wird sie die Wahrheit sagen: dass sie eine kranke Frau ist, die dringend operiert werden muss. Aber dann wird sie sagen, dass sie kein Vertrauen mehr zu deutschen Ärzten hat, dass das alles Stümper sind und dass sie in die Vereinigten Staaten muss, wo es eine Klinik und Ärzte gibt, die ihr Leben retten können. ›Sag Karl, dass ich sofort Geld brauche‹, wird sie sagen. ›Sag Karl, das ist er mir schuldig. Sag ihm, dass ich in meiner Not wirklich zu *allem* bereit bin.‹ Tja …«

Flint wartet, bis Frau Krol sie wieder anblickt.

»Sie sehen also, wie durchtrieben Ilses Plan ist. Wenn ich nicht gekommen wäre, um Sie zu warnen, hätte Herr Krol den fraglichen Anruf bestimmt getätigt und so der Polizei den Beweis geliefert, dass er den Aufenthaltsort des Mörders Karl Gröber kennt. Und was hätte Ihr Mann dann noch für eine Wahl gehabt?«

Flint erhebt sich von der Couch, legt das Geld zurück auf die Lehne und schlendert hinüber zu dem Hi-Fi-Turm. Sie hält zwei Finger hoch, um zu zeigen, wie spärlich seine Möglichkeiten wären. »Entweder er muss den Behörden sagen, wo Karl sich aufhält, oder er wird selbst zum Mordkomplizen. Die Amerikaner werden seine Auslieferung verlangen, und Sie, Frau Krol, müssten wohl leider damit rechnen, von der Steuerfahndung genauestens unter die Lupe genommen zu werden.« Flints Finger liebkosen die schimmernden Knöpfe und das Gehäuse eines teuren Verstärkers. »Sie haben so viele schöne Sachen …«

Das Telefon klingelt, und Frau Krol erschrickt. Sie will drangehen, aber bevor sie den Hörer abheben kann, hört das Klingeln auf. Flint hat noch zwanzig Minuten, um sich zu verabschieden, bedeutet dieses Signal. Manfred Krol ist aus dem Polizeigewahrsam entlassen worden und auf dem Nachhauseweg.

»Glücklicherweise«, sagt Flint, als hätte es keine Unterbrechung gegeben, »bin ich ja gekommen, um Sie zu warnen, und möglicherweise kann ich Ihnen auch noch weiterhin helfen. Ich könnte die Sache ein paar Tage verzögern. Ich könnte Ilse sagen, dass ich bei der Polizei war und dass sie ihren Plan in Erwägung ziehen. Ich könnte dann sagen, dass die Polizei einverstanden ist, aber noch etwas Zeit braucht – noch zwei oder vielleicht drei Tage –, um die erforderlichen Vorkehrungen zum Anzapfen des Telefons und Anbringen der Mikrofone zu treffen. Letztendlich werde ich tun müssen, was sie will, aber dann, Frau Krol, werden Sie und Ihr Mann sich längst entschlossen haben, eine längere Urlaubsreise anzutreten, wenn ich Ihnen den Vorschlag machen dürfte. Irgendwohin außerhalb Deutschlands. Außerhalb der EU und natürlich außerhalb der Vereinigten Staaten.«

Flint hat keinen vorbereiteten Text. Wie immer in solchen Situationen folgt sie ihrem Instinkt und lässt sich von der Reaktion der Zielperson leiten. Frau Krols Reaktion zeugt von extremer Anspannung. Sie scheint fast die Luft anzuhalten.

»Ich habe gehört«, sagt Flint beiläufig, als täte die nächste Bemerkung absolut nichts zur Sache, »dass die Adria um diese Jahreszeit wunderschön sein soll.«

Für den Bruchteil einer Sekunde zeigt sich blankes Erstaunen in Frau Krols Augen. Erwischt!, denkt Flint.

»Wer sind Sie?« Die ersten Worte von Frau Krol, seit ihr Albtraum begann.

Flint zieht ein erstauntes Gesicht. »Das sagte ich doch bereits. Mein Name ist Hartmann.«

»Aber *was* sind Sie? Sie sagen, Sie leisten Frau Gröber Gesellschaft, aber Sie sind Engländerin, nicht?«

Flint schüttelt den Kopf und lässt sich intuitiv eine Erklärung für ihren Akzent einfallen. »Meine Mutter ist Engländerin«, gibt sie zu, »aber mein Vater ist Deutscher. Sie haben sich scheiden lassen, als ich noch sehr klein war, und ich bin bei ihr aufgewachsen. Jetzt bin ich wieder nach Hause gekommen.«

»Woher wissen Sie von …?«, setzt Frau Krol an und kann sich gerade noch rechtzeitig bremsen. Jetzt stellt sie eine andere Frage: »Was wollen Sie?«

»Ihre Dankbarkeit, Frau Krol, und eine Entschädigung für meine Dienste. Denn ich habe mir gedacht, dass ich Ihnen noch weiter dienlich sein könnte. Wenn Ilse tot ist – eine Tragödie, die spätestens in ein paar Wochen, allerspätestens in zwei oder drei Monaten eintreten wird –, ist diese Nachricht hier der einzige Beweis gegen Ihren Mann, und darin steht nichts Eindeutiges über das Geld. Sie besagt lediglich, dass Herr Krol ein einziges Mal von seinem ehemaligen Genossen Karl Gröber gebeten wurde, dessen Schwester zu kontaktieren und ihr ein paar Mark zu übergeben, und da die Nachricht undatiert ist, könnte das durchaus geschehen sein, *bevor* Herr Gröber zum Mörder und zu einem international gesuchten Verbrecher wurde. Nur wenn man die anderen Nachrichten von Herrn Krol liest, von denen einige sehr wohl datiert sind, wird die wahre Natur seiner fortdauernden Beziehung zu dem Mörder Karl Gröber offensichtlich. Glücklicherweise kann ich Ihnen versichern, dass diese belastenden Nachrichten an einem sehr sicheren, sehr geheimen Ort versteckt sind. Damit bleibt nur noch die Frage nach dem Geld, das die Steuerfahndung möglichst nicht …«

Weiter kommt Flint nicht, denn endlich geht Frau Krol ein Licht auf. »Sie sind eine Erpresserin«, keift sie.

»Ganz und gar nicht«, erwidert Flint ruhig. »Meinen Sie, ich wäre so töricht, Geld von einem Mörder zu erpressen? Ich werde nur so viel nehmen, wie Sie mir zu nehmen gestatten. Für meine Dienste.«

Frau Krol springt auf, und einen Moment lang denkt Flint, dass sie mit ihr kämpfen will, aber sie grabscht nur die Geldbündel auf der Couchlehne und hält sie Flint mit zitternder Hand hin. »Nehmen Sie das«, befiehlt sie. »Nehmen Sie das und verschwinden Sie.«

»Danke«, sagt Flint feierlich. »Und der Rest? Soll ich den für Sie aufbewahren, bis diese unerfreuliche Geschichte vorbei ist?«

»Behalten Sie's. Behalten Sie alles. Und jetzt raus!«

In der Wohnungstür dreht Flint sich noch einmal um und sagt: »Frau Krol, vergessen Sie nicht, Sie müssen sehr vorsichtig sein mit dem, was Sie am Telefon sagen.«

58

Flint geht zügig Richtung Straßenbahnhaltestelle, gefolgt von einem weißen Lieferwagen mit der Aufschrift Deutsche Telekom. Er hält einen konstanten Abstand von rund zweihundert Metern, indem er jedes Mal stehen bleibt, wenn sie stehen bleibt, was so auffällig ist, dass Flint denkt, man hätte ihn auch gleich mit BND beschriften können. Als sie sich sicher ist, von niemandem sonst verfolgt zu werden, ruft sie Hartmann auf seinem Handy an. »Felix, es ist kalt hier draußen. Lasst mich doch mitfahren.«

Es ist nicht Hartmanns Schuld, dass Ridout und Cooper-Cole wieder auf freiem Fuß und zurück in London sind, wo sie vermutlich die Folgen der durch ihre Sabotage vereitelten Operation Pentecost mit einem Schulterzucken abtun und ihre Spuren verwischen werden – vor allem jede Verbindung zwischen dem MI6 und Nicholas Fellowes. Das war Dr. Schnells Entscheidung, seine Verantwortung, und er war keineswegs gewillt, sich Flint gegenüber zu rechtfertigen.

»Sie haben sie laufen lassen?«, hatte sie ungläubig gefragt. »Nach dem, was sie getan haben?«

Schnell saß auf dem Beifahrersitz des Wagens, und er drehte nicht den Kopf, um sie anzusehen. »Ich kann mir vorstellen, was Sie von Ridout halten, Grace, aber es gibt übergeordnete Sachverhalte, die wir in Betracht ziehen müssen.«

»Nein, Otto, Sie können sich nicht vorstellen, was ich von ihm halte.« Sie war ganz ruhig geworden, bis ihr noch ein Gedanke kam. »Weiß Cutter davon?«

»Es war sein Vorschlag«, hatte Dr. Schnell geantwortet. »Das heißt aber nicht, dass Ridout aus allem raus ist. Die Sache wird Konsequenzen haben und ihn teuer zu stehen kommen.«

»Darauf könnt ihr euch verlassen«, hatte Flint so leise geflüstert, dass nur Hartmann es hören konnte.

Trotzdem ist die Atmosphäre hinten im Telekom-Lieferwagen spürbar angespannt, als Flint sich zwischen die Regale mit Abhörgeräten zwängt, den Burschen von der Technik und dann Felix mit einem Nicken begrüßt. Sie knöpft sich den Wollmantel und die oberen zwei Knöpfe ihrer Bluse auf, um das Minimikro aus seinem Versteck im BH zu ziehen. Dann setzt sie sich auf eine Gerätekiste und fragt: »Habt ihr's?«, womit sie die Aufzeichnung ihres einseitigen Gesprächs mit Frau Krol meint.

»Jedes Wort«, sagt Hartmann kühl. »Vielleicht auch ein bisschen mehr, als dir lieb ist?«

»Was soll denn das bitte schön heißen?« Nach Flints Berechnung wurde Ruth Apple vor genau zwei Wochen um diese Uhrzeit getötet, plus/minus ein paar Minuten. Sie ist jetzt wirklich nicht dazu aufgelegt, sich Vorwürfe anzuhören.

»›Beträchtliche Summen, Frau Krol.‹« Er äfft Frau Hartmanns harte Stimme ziemlich gut nach. »Stimmt das, Grace: fast eine Million Mark?«

»Ich hab einen vom Pferd erzählt, Felix, das ist mir nur so eingefallen.«

Hartmann sieht sie an, als wollte er sagen, das glaube ich nicht.

»Spielt das denn eine Rolle?«

»Ja, ich finde, eine Million Mark spielen eine Rolle.«

»Ach, verdammt noch mal Felix, lass die Frau in Ruhe!« Flints Wutausbruch ist dermaßen heftig, dass der Techniker sich umdreht und sie verblüfft anstarrt.

»Ilse hat Karls dreckiges Geld nie angerührt. Aber sie hat Krebs, sie stirbt, und wenn wir Gröber schnappen, wenn der Geldhahn zugedreht wird, dann ist es vielleicht nicht das Schlechteste auf der Welt, wenn sie sich noch ein bisschen Zeit erkaufen kann, ein paar zusätzliche Annehmlichkeiten. Vielleicht kann aus dem Ganzen ja doch noch etwas entstehen, was nicht ganz so schlecht ist.« Flint greift sich unter den Rock und entfernt den Sender von der Innenseite des Oberschenkels, reißt das Klebeband ab, ohne auf den Schmerz zu achten. »Wenn du ihre Ersparnisse beschlagnahmen willst, deinen Anteil an der Beute des BND erhöhen willst, schön, von mir aus. Aber vergiss nicht, dass Ilse keine Täterin, sondern ein Opfer ist, und erwarte nicht, dass ich dir dabei helfe.«

»Grace, was wir wollen«, sagt Hartmann, »was Dr. Schnell erwartet, ist, dass du keine Informationen zurückhältst. Bitte. Wir sind doch Partner.«

Sie starrt ihn mit offenem Mund an, bis er so taktvoll ist, den Blick abzuwenden.

Auf dem Parkplatz hinter Wohnblock fünf wirkt der Telekom-

Wagen mit dem Satellitenempfänger auf dem Dach so auffällig wie eine Neonreklame. Die in dem klobigen Gestell versteckte, hochauflösende Kamera registriert, dass selbst Manfred Krol – obgleich ihm immer noch die Episode mit der Polizei durch den Kopf geht und er offensichtlich schlecht gelaunt ist – den Lieferwagen bemerkt, aus seinem Mercedes späht und den langen, bohrenden Blick eines erfahrenen Stasi-Mannes und Veteranen vermutlich zahlloser Überwachungen auf dem Wagen ruhen lässt.

Flint betrachtet sein angriffslustiges Gesicht auf dem Bildschirm. Peter, der Techniker, über dessen Schulter sie sich gebeugt hat, trägt Kopfhörer, und Flint kann schwache Musik hören, die aus Wohnung Nr. 107 dringt. Es ist Bachs h-Moll-Messe, so glaubt sie, und sie hält es für eine Ironie des Schicksals, dass Frau Krol ihre aufgewühlten Nerven mit einer von Mandrakes Lieblingskompositionen beruhigt.

Ich werde dich finden, Ben – Flints Mantra, das ihr nicht mehr aus dem Kopf geht.

»Keinen Mucks«, zischt Hartmann.

Krol ist ausgestiegen und kommt langsam auf den Lieferwagen zu, wie ein Jäger sich an seine Beute heranpirscht. Er verlässt das Gesichtsfeld der Kamera, und sie hören, wie er an die Türgriffe fasst, stellen sich vor, wie er die Augen abschirmt, um durch die verdunkelten Scheiben in das leere Führerhaus zu spähen. Es besteht kein Zweifel, dass ihn ein vor seiner Wohnung abgestellter Lieferwagen beunruhigt. Ganz wie geplant.

Hase und Igel, denkt Flint.

Jetzt kommt Krol zurück ins Bild, hastet auf den Hintereingang des Hauses zu. Vor lauter Eile hat er vergessen, den Mercedes abzuschließen – was aber unerheblich ist, da der Fahrzeugpeiler bereits angebracht wurde, versteckt in der Lenksäule. Hartmann hat gesagt, da Krol so lange im Präsidium aufgehalten wurde, wie die Jungs von der Technik brauchten, hätten sie sich den Luxus gegönnt, sich ein richtig raffiniertes Versteck auszusuchen.

Der Sender, den Flint versteckt hat, ist dagegen bloß mit einem Magneten an der Rückwand von Krols Hi-Fi-Verstärker befestigt, und sie hat prophezeit, dass Krol, falls er kein Vollidiot ist, höchstens dreißig Sekunden braucht, um ihn zu finden. »Ich hab mich regelrecht um das dämliche Ding gewunden«, sagt sie. »Das kann ihr unmöglich entgangen sein.«

In der Enge des Lieferwagens warten sie schweigend, bis Peter, der den Kopfhörer an die Ohren gepresst hat, »Es geht los« sagt und das Tonbandgerät einschaltet.

»Erzähl uns, was sie sagen«, weist Hartmann ihn an.

»Okay, aber die müssten noch näher ans Mikro ... Sie redet am meisten, aber ich kann nicht verstehen, was sie sagt. Moment ... gleich hab ich's. So ist gut ... Okay, jetzt redet er. Wieso hast du sie reingelassen? Sie hat gesagt, sie wäre Ilses Gesellschafterin, erpresserisches Miststück, blablabla ... schon mal irgendwo gesehen ... Wo? Weiß ich nicht ... Beschreib sie ... Graue Maus, gefärbte Haare, hartes Gesicht« – ein entschuldigender Seitenblick auf Flint – »hat gesagt, sie wäre halb Deutsche, aber starker Akzent, könnte Amerikanerin oder Engländerin sein, blablabla ... Sei still. Krol wird richtig laut – Mann, der ist echt sauer. Wo ist sie überall gewesen? Sie versteht nicht, was er meint ... Wo ist sie hingegangen? Wo hat sie gesessen? Da, auf der Couch ... Er macht irgendwas, hört sich an, als würde er das Ding regelrecht auseinander reißen ... Wo noch, Menschenskind? Wo war sie, was hat sie angepackt? Sie ist da drüben hingegangen. Wonach suchst du denn? Sei still ...«

Flint guckt auf die Armbanduhr und stoppt die Zeit. Es dauert schon eine Minute und vierzig Sekunden, und die Uhr tickt. Okay, befindet sie, er ist ein Vollidiot.

»Scheiße!« Peter fährt zurück, als wäre er geohrfeigt worden, und reißt sich den Kopfhörer herunter.

Flint lag falsch mit der Musik. Es ist Bachs *Matthäus-Passion*, die jetzt in voller Lautstärke aus dem Kopfhörer dröhnt und sich unaufhaltsam ihrem gloriosen Höhepunkt nähert.

Drücken, drücken, drücken, drücken – Flint betätigt immer wieder die Klingel von Wohnung Nr. 107, und noch immer öffnet niemand.

»Bist du sicher, dass du das riskieren willst?«, hatte Hartmann gefragt.

Eigentlich nicht, wäre die wahrheitsgemäße Antwort gewesen. Aber damit ihr Plan funktioniert, muss noch jemand etwas mehr Verwirrung stiften, und Flint ist die Einzige, die in Frage kommt.

»Frau Krol, ich bin es, Hartmann«, sagt Flint im eindringlichen Flüsterton durch das Holz. »Sind Sie da? Ich muss mit Ihnen reden.«

Absolute Stille bei den Krols, aber Flint ist sich fast sicher, dass sie jemanden auf der anderen Seite der Tür spürt. Sie rechnet schon fast damit, dass die Tür jeden Moment aufgerissen wird und ihr jemand an die Gurgel springt. Sie zwingt sich zu bleiben, wo sie ist, und klopft jetzt.

»Hören Sie. Wir sind beide reingelegt worden.« Sie spricht ein bisschen atemlos, als wäre sie gelaufen. »Als ich nach Hause kam, war die Polizei dort. Ilse muss sie angerufen haben. Ich weiß nicht, was sie denen gesagt hat, aber vielleicht ist es schon zu spät.«

Sie gibt ihnen einen Moment Zeit, damit sie sich fragen können: zu spät wofür?

»Ich bin noch mal hergekommen, um Sie zu warnen. Sie müssen nach Mikrofonen suchen. Benutzen Sie das Telefon nicht mehr. Haben Sie verstanden?«

Also, vielleicht nicht zu spät, um zu fliehen? Sie will ihnen klarmachen, dass ihre einzige Chance in der Flucht liegt.

»Ich reise jetzt ab, ich verlasse Leipzig. Ich werde nicht wiederkommen.« Ein letzter Satz, bevor sie davonhuscht. »Viel Glück, Frau Krol.«

Hase und Igel.

59

Flint weiß, dass der Fahrzeugpeiler, der in der Lenksäule von Manfred Krols Mercedes versteckt ist, mit GPS-Technik arbeitet und mehr oder weniger weltweit unablässig seine exakte Position mit einem Spielraum von höchstens dreihundert Metern durchgibt – falls die Satelliten funktionieren. Doch dieses Wissen nützt ihr gar nichts, denn in den letzten siebzehn Stunden hat Krol seinen Wagen keinen Zentimeter bewegt. Geradezu höhnisch wirkt der Anblick des Wagens vom Fenster ihres vorübergehenden Stützpunktes aus, wo sie sich auf Dr. Schnells Rat hin ein wenig ausruht. Wohnung Nr. 117, direkt über dem Wohnzimmer der Krols, hat der BND sich von den verblüfften Bewohnern aus Gründen der »nationalen Sicherheit« ausgeliehen, und Flint teilt sich das Etagenbett im Kinderzimmer mit einer beeindruckenden Sammlung von Stofftieren. Wärmesensoren in der Decke zwischen den Wohnungen bestätigen die Anwesenheit zweier lebender Körper unten bei den Krols, und faseroptische Mikrofone übermitteln ab und an Geräusche häuslicher Aktivitäten, aber nicht ein einziges gesprochenes Wort.

Hartmann hat die nicht sonderlich hilfreiche Vermutung angestellt, dass die Krols sich mittels handschriftlicher Notizen verständigen.

Danke, Felix!, denkt Flint. Und was genau teilen sie sich mit? Wieso hauen sie nicht ab? Worauf warten sie noch?

In der Nacht hat Frau Krol zweimal die Wohnung verlassen. Das erste Mal, kurz nach Mitternacht, wurde sie beobachtet, wie sie zielstrebig den Flur im zehnten Stock hinunter am Fahrstuhl vorbeiging und durch die Tür ins Treppenhaus verschwand. Wohin sie dann ging, ob nach oben oder nach unten, können sie nur raten, da selbst Dr. Schnells Möglichkeiten nicht ausreichten, um in der Kürze der gegebenen Zeit Kameras auch in den übrigen Stockwerken zu installieren. Sicher ist nur, dass Frau Krol das Gebäude durch keinen der Ausgänge verlassen hat und dass sie nach fünfunddreißig Minuten in die Wohnung zurückkehrte.

Um kurz vor fünf Uhr morgens ging sie ein zweites Mal los und verschwand erneut im Treppenhaus. Wenige Minuten nach fünf musste einer der Beobachter, die vom Dach aus den Parkplatz überwachen, blitzartig in Deckung gehen, weil Frau Krol kaum fünf Meter von ihm entfernt auf dem Dach auftauchte. Sie trat dicht an den Rand und wartete dort, schaute nach unten, interessierte sich nur flüchtig für den kleinen Van, der auf den Parkplatz kam, einen Kreis fuhr und wieder davonbrauste.

»Sie stand einfach da, wie eine Salzsäule«, hatte der Beobachter berichtet. »Sonst passierte nichts, und es war niemand in der Nähe.«

Nach weiteren fünf Minuten ging sie wieder hinein und durchs Treppenhaus zurück in den zehnten Stock. Der Ausdruck auf ihrem Gesicht, der von einer versteckten Kamera aufgezeichnet wurde, war völlig neutral.

»Okay, Felix, spekulier mal ein bisschen«, hatte Flint gereizt gesagt, weil ihr die Warterei an den Nerven zerrte. »Worauf tippst du?«

»Ich denke, dass sie Hilfe angefordert haben, irgendwen, der sie hier rausholen soll. Ich denke, Krol hat beschlossen, dass sie seinen Wagen nicht nehmen können, weil der vermutlich verwanzt ist, und dass sie irgendein anderes Transportmittel brauchen. Also ist seine Frau beim ersten Mal zu einer Freundin gegangen, jemandem hier im Haus, und hat gefragt, ob sie mal telefonieren darf. Beim zweiten Mal ist sie aufs Dach, um auf irgendein Zeichen von den Leuten zu warten, die sie angerufen hat.«

»Und?«

»Vielleicht hat sie es bekommen?«, hatte Hartmann gemutmaßt. »Vielleicht war der Van das Signal, dass Hilfe unterwegs ist? Der ist einmal um den Parkplatz gefahren, richtig? Vielleicht heißt das, dass ihre Freunde sie in einer Stunde abholen kommen?«

Aber das war vor über sechs schlaflosen Stunden gewesen, und noch immer haben sich die Krols nicht gerührt. Flint ist sich ziemlich sicher, dass Hartmann Recht hat, dass die Krols darauf warten, von irgendwem abgeholt zu werden, aber wie lange brauchen diese Freunde denn noch, um einen Wagen aufzutreiben?

Kein Wagen, sagt eine Stimme in ihrem Kopf.

Was?

Die warten nicht auf einen Wagen.

Sie schließt die Augen und versucht angestrengt, sich zu konzentrieren.

Verdammt, natürlich nicht – und sie könnte sich selbst in den Hintern treten, dass sie nicht schon früher darauf gekommen ist.

Sie springt aus dem Kinderbett, läuft aus dem Zimmer, sucht die Wohnung nach Dr. Schnell ab, hört ihn in der Küche mit Hartmann reden und stürmt hinein, als stünde das ganze Gebäude in Flammen.

»Flügel!«, keucht sie. »Die Krols warten darauf, dass ihnen Flügel wachsen!«

Wagner aus der Stereoanlage, sein dröhnender Walkürenritt, den Flint immer mit herabstoßenden Hubschraubern verbindet. Eine ironische Ihr-könnt-mich-mal-Geste von Krol?, fragt sie sich. Unwahrscheinlich, beschließt sie, weil ehemalige Stasi-Leute wahrscheinlich keinen ausgeprägten Hang zur Ironie besitzen. Die näher liegende Erklärung ist die, dass er damit die Geräusche überdecken will, wenn sie die Wohnung verlassen.

Es ist fünf Minuten vor ein Uhr, und Flint ist jetzt überzeugt, dass das einmalige Umfahren des Parkplatzes durch den Van die Abflugzeit signalisieren sollte. Die Krols reisen anscheinend ohne viel Gepäck – eine kleine Reisetasche für sie, für ihn lediglich eine Aktentasche. Sie tragen praktische Mäntel, gehen gemächlich den Flur im zehnten Stock hinunter, am Fahrstuhl vorbei Richtung Treppenhaus, und sie sehen ganz so aus wie ein gutbürgerliches Ehepaar im mittleren Alter, das seine Enkel besuchen will.

Auf dem Dach sind keine Beobachtungsposten mehr. Dr. Schnell hat sämtliche Überwachungseinheiten abgezogen, und nur auf einem benachbarten Mietshaus befindet sich eine Kamera, die ein flackerndes Schwarzweißbild auf einen Monitor überträgt, der auf dem Küchentisch aufgebaut wurde. Peter, der Techniker, reguliert das Bild und lächelt Flint entschuldigend an, als wollte er sagen: Besser krieg ich's unter den gegebenen Umständen nicht hin. Sie nickt verständnisvoll und muss an Rocco Morales denken, wie er versucht, ein Bild von einem Boot auf ihren Monitor zu bekommen, das im Yachthafen des East River liegt und auf dessen Dach etwas steht, das unter einer Plane versteckt ist.

»Achtung«, sagt sie, weil auf dem Monitor jetzt zwei kleine Gestalten zu sehen sind, die das Dach betreten, und Hartmann und Dr. Schnell kommen zu ihr an den Tisch. »Das wird doch alles klappen, Felix?«, fügt sie leise hinzu, aber es ist eigentlich keine Frage, eher Ausdruck ihrer Angst.

Noch eine Minute, und die Krols suchen den Himmel ab. Jetzt zeigt er nach Südosten, und seine Frau hat eine Hand an die Stirn gehoben, um die Augen gegen die Sonne zu schützen. Hartmann öffnet rasch das Küchenfenster, und alle hören sie das lauter werdende Dröhnen der Rotorblätter, das in den von Menschenhand geschaffenen Grünauer Schluchten verstärkt widerhallt.

Jetzt zeigt der Monitor den schwarzen Schatten des Hubschraubers auf dem Dach, und die praktischen Mäntel der Krols flattern im Abwind. Jetzt kommt der Hubschrauber selbst in Sicht, auch er schwarz, keine Hoheitszeichen, nicht mal eine Nummer am Heck. Der Pilot fliegt einen Kreis, um sich dann von der Seite zwischen den Heizungsschächten und Fernsehantennen hindurchzumanövrieren.

»Was für ein Modell?«, fragt Dr. Schnell, als das Landegestell den Boden berührt.

»Ein Robinson R44, glaube ich, aber ich lass das überprüfen«, sagt Hartmann und greift nach seinem Handy.

Flint sieht, dass nur ein Pilot an Bord ist, und sie denkt, wenn Otto sicher sein könnte, dass es sich dabei um Karl Gröber handelt, hätte er sich nie einverstanden erklärt, die Maschine wieder abfliegen zu lassen, hätte sich nie auf ihren verrückten Plan eingelassen, einen niedrig fliegenden Hubschrauber mit Hilfe der Flugsicherung quer durch Europa zu verfolgen.

Zwei Türen haben sich im Rumpf geöffnet, die Krols laufen gebückt los, unter den kreisenden Rotorblättern hindurch, und Dr. Schnell sagt – als könnte er ihre Gedanken lesen: »Vielleicht sehen wir die beiden nie wieder, Grace.«

»Vertrauen Sie mir, Otto.«

»Genau das tue ich ja gerade.«

Hartmann beendet sein Telefonat und sagt: »Es ist tatsächlich ein R44, auch Raven genannt. Maximale Reichweite zirka 600 Kilometer, wenn die also wirklich an die Adria wollen, müssen sie zwischendurch tanken, wahrscheinlich in Österreich …« Er geht zu einer Europakarte, die er mit Heftzwecken an der Wand befestigt hat. »Irgendwo hier … Wolfsberg. Dann fliegen sie weiter über Slowenien nach Kroatien und dann« – Hartmann hebt beide Hände – »wer weiß? Die Küste ist fünfhundert Kilometer lang, und es gibt da über eintausend Inseln …«

Flint hört gar nicht richtig zu. Die Krols sind jetzt an Bord, die Türen wieder geschlossen, und der schwarze Raven hebt ab – steigt hoch hinauf und kreist wie die Raben, die über den lodernden Flammen von Miller's Reach tanzten.

60

»Grace, ich bin's«, sagt Aldus Cutter am Telefon.

Flint ist ziemlich überrascht, denn zuletzt hatte sie gehört, die Ärzte hätten ihn strengstens abgeschirmt. Jerry Crawford hat erzählt, Cutter sei direkt nach seiner Verlegung aus der Intensivstation in ein normales Zimmer, wo er noch immer Kochsalzinfusionen bekam, von einer Krankenschwester erwischt worden, wie er mit dem Marscheider-Gebäude telefonierte. Laut Crawford hätten sie ihn daraufhin praktisch an sein Bett geschnallt, ihm ordentlich die Leviten gelesen und das Telefon aus seinem Zimmer entfernt.

Aber jetzt ist Cutter am anderen Ende, hat sie aufgeweckt und lässt ihr keine Zeit, ihre Gedanken zu sortieren. »Ich muss Ihnen was sagen.«

»Wie geht es Ihnen?«

»Gut«, sagt Cutter. »Es war falscher Alarm – oder bloß eine

Warnglocke. Aber hören Sie zu, es geht jetzt nicht um mich. Es geht um Ihren Vater, Grace.«

Das Zimmer ist dunkel, sie kann den Lichtschalter nicht finden, und das Bettlaken hat sich um ihre Beine gewickelt.

»Ich weiß nicht, wie ich es Ihnen schonend beibringen könnte, also sag ich es einfach. John hat's nicht geschafft.«

»John?« Sie flüstert den Namen ihres Vaters, als hätte er keinerlei Bedeutung für sie, weil ein Teil ihres Gehirns sich weigert, die Verbindung herzustellen.

»Er ist gestorben, Grace. Lungenentzündung, glaube ich. Ich kann Ihnen gar nicht sagen, wie verdammt Leid mir das tut.«

Das ist nicht wahr! Das kann unmöglich wahr sein! Aber um zu beweisen, dass es eine Lüge ist, muss sie aus dem Bett steigen, und sie strampelt mit den Beinen, zerrt an der Decke, achtet nicht mehr darauf, was Cutter sonst noch zu ihr sagt. Jetzt ist sie halb aus dem Bett, greift mit ausgestreckten Armen nach dem Boden, aber da ist nichts, und in dem Moment reißt das Laken, ihre Beine sind plötzlich frei und sie fällt kopfüber ins Nichts …

Flint erwacht. Das Zimmer ist nicht völlig dunkel. Sie merkt, dass sie auf dem Boden sitzt, den Rücken gegen die Leiter eines Etagenbetts gelehnt, die Beine eng an die Brust gezogen. Ihr Handy liegt in zwei Teile zerbrochen neben ihr auf dem Boden.

Sie denkt, sie muss aus dem Bett gefallen und auf dem Kopf gelandet sein; wahrscheinlich ist sie benommen, denn sie weiß nicht mehr, wieso sie in einem Kinderzimmer ist, nur mit Unterwäsche und einem T-Shirt bekleidet, das ihr zu klein ist. Sie weiß auch nicht mehr, wo Felix ist oder Otto, oder warum das wichtig ist – und dann verkrampft sich ihr Magen, als sie sich deutlich erinnert, was Cutter zum Schluss gesagt hat.

»Grace, ist Felix in der Nähe, Felix oder Otto? Weil Sie jetzt unter Schock stehen, und wenn der nachlässt, wird es Ihnen so vorkommen, als hätten Sie nur schlecht geträumt. Aber das haben Sie nicht, und ich möchte nicht, dass Sie allein sind, wenn Ihnen das klar wird. Grace? Sind Sie noch dran? Grace, bitte, holen Sie Felix ans Telefon, geben Sie mir Felix.«

Ich kann nicht. Das Telefon ist kaputt. Ich bin aus dem Bett gefallen und hab das Telefon kaputtgemacht. O Gott!

Jetzt versucht sie verzweifelt, das Telefon wieder zusammenzusetzen, es wieder funktionsfähig zu machen, vergeblich, und sie schleudert es gegen die Wand. Sie springt auf, rennt aus dem Zimmer, sucht die Wohnung ab, findet niemanden, ruft nach Felix, ruft nach Otto, bekommt keine Antwort.

In der Diele gibt es ein Festnetztelefon, und sie reißt den Hörer hoch und fängt an zu wählen, aber sie weiß die Nummer nicht mehr und rennt zurück in das Kinderzimmer, sucht nach ihrer Tasche, findet das Adressbuch, rennt zurück zum Telefon, wählt, verwählt sich, fängt von vorn an, beschwört sich, ruhiger zu werden, wählt beim zweiten Mal richtig, wartet auf die Verbindung, lauscht dem Klingelzeichen, zwingt sich zu atmen. Oh, bitte, geh doch mal einer ran!

»Intensivstation?« Die fröhliche Stimme einer jungen Frau, eine von den Schwestern, vermutet Flint.

Sie holt tief Luft und sagt: »Grace Flint am Apparat. Ich wollte wissen, wie es meinem Vater geht. Können Sie …«

»Ach, hallo, Miss Flint.« Als wäre das bloß ein ganz normaler Anruf, nichts Wichtiges. »Ich hol die Oberschwester ans Telefon. Bleiben Sie bitte dran.«

»Warten Sie!« Aber die Schwester ist schon weg. Jetzt wartet Flint, bis ein statisches Rauschen in der Leitung ertönt und dann ein scharfes Klicken, und einen Moment lang denkt sie, die Leitung wäre unterbrochen. Dann hört sie nicht die Stimme der Oberschwester, sondern die eines Mannes: »Hallo, sind Sie noch dran?«

»Ja.«

»Gut, Baxter ist mein Name. Entschuldigen Sie bitte das

Durcheinander. Wir haben versucht, Sie zu erreichen, aber anscheinend ist Ihr Telefon nicht in Ordnung und –«

»Doktor, Herrgott! Bitte …« Ihre Stimme ist viel zu laut. Sie schluckt einmal und versucht es erneut: »Bitte, Doktor, sagen Sie mir nur, ob mein Vater noch am Leben ist.«

»Am Leben? Oh ja, das will ich meinen« – Baxter lacht glucksend – »und wie. Kurz nach Mitternacht ist er aus dem Koma erwacht, hat einfach die Augen aufgemacht, als hätte ihn irgendwas geweckt – hat die Nachtschwester ganz schön erschreckt. Wir haben natürlich versucht, Sie zu erreichen, aber wir haben einfach keine Verbindung gekriegt. Ich muss Ihnen aber sagen, dass Ihr Vater noch nicht ganz über den Berg ist. Es gibt zwar keine Lähmungserscheinungen, aber doch Anzeichen für Aphasie und Amnesie. Zum Beispiel weiß er nicht so genau, wer er ist, obwohl er sich an Sie erinnert. Er wollte wissen, wo zum Teufel Sie stecken – das waren seine Worte, nicht meine. Ansonsten ist sein Gedächtnisverlust wahrscheinlich vorübergehender Natur, aber ich muss Sie vorsorglich darauf hinweisen, dass wir noch ganz am Anfang sind und noch einige Tests machen müssen …«

Die mahnenden Einschränkungen des Neurologen sind vergebliche Liebesmüh, denn Flint kann sie gar nicht aufnehmen, da sie das Gefühl hat, ihr Gehirn würde wegschmelzen. Sie beißt sich auf die Unterlippe, schmeckt Blut, will sich beweisen, dass das hier nicht bloß ein weiterer trügerischer Teil des Traumes ist. Der Schmerz, den sie sich selbst zufügt, bringt sie zum Wimmern, und Baxter fragt: »Hallo? Miss Flint? Alles in Ordnung?«

Wenn sie sprechen könnte, würde sie sagen: Jetzt ja.

Aber das ist eine voreilige Schlussfolgerung, wie sich herausstellt, als sie in die Küche geht, um ihren heftigen Durst zu löschen, und auf dem Tisch ein Päckchen entdeckt, das in Dr. Schnells penibler Handschrift an sie adressiert ist. Es enthält eine Tonbandkassette, keine Nachricht, nichts weiter. Sie blickt sich in der Küche um und sieht kein Gerät, um die Kassette abzuspielen.

Mit wachsendem Unbehagen sucht Flint die Wohnung ab, bis sie im Kinderzimmer schließlich einen Kassettenrecorder findet, und sie legt die Kassette ein. Sie drückt den Play-Knopf, und Dr. Schnell donnert: »Guten Abend, Grace«, in einer solchen Lautstärke, dass sie zusammenfährt. Sie stoppt das Band, reguliert die Lautstärke und lässt ihn dann weitersprechen. »Zumindest hoffe ich, dass es Abend ist, weil Sie dringend Schlaf gebraucht haben, Grace. Wir sind alle der Auffassung, dass Sie die Grenze der Belastbarkeit weit überschritten haben.«

Jetzt fällt es ihr wieder ein: Nach dem Abflug des Hubschraubers überboten Schnell und Hartmann sich förmlich mit ihren Schätzungen, wie lange es wohl dauern würde, bis der Raven sein Ziel erreicht – acht bis zehn Stunden, hatte Otto gesagt; eher zwölf bis vierzehn, hatte Felix entgegnet, weil sie zwischendurch tanken müssen und der Pilot eine Pause brauchen wird. Auf jeden Fall habe Flint reichlich Zeit, sich auszuruhen. Im Moment könne man sowieso nur abwarten. Und selbstverständlich würden sie sie wecken, sobald sie eindeutige Neuigkeiten hätten.

»Schlafen Sie«, hatte Otto gedrängt.

»Ich mache dir was Heißes zu trinken«, hatte Felix gesagt – und sie war zu müde gewesen, um sich zu widersetzen.

Du Dreckskerl! Du hast mir was in den Tee getan! Bestimmt irgendein Barbiturat, eins von denen, auf die ihr Körper allergisch reagiert, und jetzt kennt sie auch den Grund für ihren brennenden Durst.

»Die Adriaküste – Sie hatten natürlich vollkommen Recht«, sagt Dr. Schnell nun. »Und wenn mir das nächste Mal eine Zeitung verrät, wo eine Zielperson zu finden ist, werde ich das nicht so leicht abtun – selbst wenn der Tipp von der *Bild*-Zeitung kommt. Der Flug konnte fast problemlos verfolgt werden, und die kroatischen Behörden waren nicht nur tüchtig, sondern auch überaus kooperativ. Dank Ihnen wissen wir jetzt genau, wo Karl Gröber ist. Und ja, Grace, Sie hatten auch in einem anderen Punkt Recht: Mandrake ist bei ihm. Die beiden sitzen wie die Ratten in derselben Falle.«

Ein Telefon klingelt, und einen Moment lang glaubt Flint, es wäre der Apparat in der Diele, doch dann hört sie, wie Hartmann sich meldet. Ein Klicken ertönt, als die Aufnahme kurz unterbrochen wird. Danach spricht Dr. Schnell hastiger, als hätte er jetzt Grund zur Eile.

»Grace, gerade wegen Mandrake haben wir Sie schlafen lassen. Sie dürfen nicht mit uns nach Kroatien kommen; Sie dürfen nicht beim letzten Akt dabei sein, weil wir fürchten, Sie könnten etwas Unüberlegtes tun. Darin waren Aldus und ich uns bereits vor Ihr...« Schnell hält inne, um das richtige Wort zu finden. »Ihrem Malheur mit Ridout einig. Das Ganze ist zu persönlich, Grace. Gerade weil Sie so schlimm hintergangen wurden, müssen Sie Mandrake uns überlassen. Wie bitte?«, fragt Schnell, weil Hartmann aus dem Hintergrund etwas zu ihm gesagt hat. »Ach so, ja, Felix bittet mich, Ihnen zu sagen, dass Cutters Genesung phantastische Fortschritte macht.«

Zur Hölle mit Cutter, zur Hölle mit Felix, zur Hölle mit euch allen!

Flint ist schon dabei, sich anzuziehen – Frau Hartmanns Sachen –, und geht im Kopf eine Liste durch, was sie alles erledigen muss: ein Taxi rufen, zu Ilses Haus fahren und ihre Sachen abholen; das Taxi warten lassen und dann zum Flughafen fahren; ein Flug wohin? – wahrscheinlich Frankfurt und von dort nach Zagreb; einen Wagen mieten und zur Küste fahren ...

Und was dann?

»Crawford ist schon unterwegs«, sagt Schnell, »die FSF wird also beim letzten Akt mit dabei sein, *comme il faut*. Grace, hören Sie mir zu. Ich weiß, was Sie denken, aber es wäre sinnlos, uns folgen zu wollen. Und selbst wenn es Ihnen gelänge, selbst wenn Sie irgendwie an Mandrake herankämen, würden Sie doch nur haargenau das tun, was Ridout sich von Ihnen wünscht. Bitte begreifen Sie das. Ridout möchte, dass Sie Mandrake aufspüren und eliminieren, weil Mandrake zu viel weiß. Er weiß viel zu viel über die Schlangen.«

Flint hört nur mit halbem Ohr zu. Sie muss sich an einem Automaten Geld ziehen. Sie muss sich ein neues Handy kaufen.

Dr. Schnell seufzt, als wüsste er, dass er auf taube Ohren stößt. »Grace, vor dem Haus wartet ein Wagen auf Sie, und vor der Wohnungstür stehen zwei Männer. Die beiden haben Anweisung – strengste Anweisung –, Sie nach Berlin zu bringen und in ein Flugzeug nach England zu setzen. Nur nach England, Grace, sonst nirgendwohin. Und wenn Sie dort ankommen, ist längst alles vorbei.«

Zwei Männer, Otto? Bloß zwei?

»Fahren Sie nach Hause, Grace. Ihr Vater braucht Sie jetzt.«

INSEL KORCULA

61

»Ilse hat dich verraten.« Das sind die beißenden Worte, die Krol bereits am Telefon ausgesprochen hat und jetzt persönlich wiederholt. Er steht mit trotzig geballten Fäusten im Wohnzimmer der Villa Dora, noch immer im Mantel, das Gesicht grau vor Müdigkeit nach der unruhigen Reise, aber nicht gewillt, sich durch Karl Gröbers wütenden Blick einschüchtern zu lassen. »Du musst der Wahrheit ins Auge sehen, Karl. Deine Schwester hat uns beide verraten.«

»Es reicht.«

»Sie hasst dich Karl, sie hat dich immer …«

»Es reicht!«

Völlig unerwartet und mit verblüffender Schnelligkeit für einen korpulenten Mann tritt Gröber vor und schlägt Krol klatschend mit dem Handrücken ins Gesicht, sodass der ins Taumeln gerät, und ehe er sich gefangen hat, schlägt Gröber erneut zu. Krol fällt auf die Knie, Krols Frau kreischt, und Sabine, die schlaff auf dem Sofa sitzt, taucht aus ihrer Trunkenheit auf und schreit, er solle aufhören.

Aber Gröber hört nicht auf. Er reißt das Knie hoch und trifft Krol am Hals, und jetzt liegt Krol auf dem Rücken, und Gröber sitzt rittlings über ihm. Er presst die Knie auf Krols Arme und schlägt ihm unablässig rechts und links gegen den Kopf – mal mit der einen, mal mit der andern Hand, klatsch, klatsch, klatsch, klatsch. Er macht immer weiter, merkt nicht mal, dass die Frauen versuchen, ihn wegzuziehen, hört ihre Rufe nicht.

Erst als er seiner Wut Luft gemacht hat, Krol bewusstlos ist und ihm Blut aus beiden Ohren rinnt, steht Gröber endlich auf, stößt die Frauen grob beiseite und verlässt den Raum, ohne ein Wort.

Mandrake ist schuld an Karl Gröbers unbändiger Wut – oder besser gesagt, die Tatsache, dass Mandrake nicht gefunden wird. Aber früher am Tag hatte Fabien Gröber versichert, dass seine Jäger Mandrake bereits dicht auf den Fersen sind, dass sie seine Spur in einer Bank in Bordeaux aufgenommen haben, wo er das erste Mal Bargeld abgehoben hat, und ihm zum Yachthafen von La Rochelle gefolgt sind, wo Mandrake anscheinend ein Boot kaufen will. Es sei nur noch eine Frage der Zeit, hatte Fabien gesagt, höchstwahrscheinlich nur noch wenige Stunden. Und wenn sie ihn hätten, würden sie sich ein paar Tage mit ihm vergnügen, ihn am eigenen Leibe spüren lassen, dass sie nicht duldeten, was er sich geleistet hatte, und dann würden sie ihn töten und seine Leiche im Atlantik versenken. Zumindest lauteten so Gröbers Befehle. Doch jetzt muss der Plan geändert werden. In dem Keller, der ihm als Kommunikationszentrum dient, schreibt Gröber, der sich wieder beruhigt und den Zwischenfall mit Krol schon fast vergessen hat, eine E-Mail an Fabien, in der er seine Anweisungen abändert. Setzt Mandrake außer Gefecht, aber bringt ihn nicht um, schreibt er. Er soll noch in der Lage sein, Schmerzen zu spüren, und bringt ihn umgehend nach Korcula. Chartert den schnellsten Hubschrauber, den ihr auftreiben könnt. Geld spielt keine Rolle.

Gröber schickt die E-Mail ab, und während er auf Fabiens Bestätigung wartet, schließt er die Tür auf, die den Eingang zum Tunnel sichert. Der Sprengstoff, in schwarze Plastikfolie eingewickelt, ist um die Steinsäulen herum geschichtet, die die Villa Dora tragen. In den ersten Stapel schiebt Gröber jetzt ein zylindrisches Ladegerät, das mit einem Elektrokabel verbunden ist. Weil er Zeitschaltern aller Art misstraut, hat er sich für einen denkbar einfachen Verzögerungsmechanismus entschieden, eine Zündschnur, deren Länge genau ausgemessen werden muss. Einmal, vor langer Zeit, hat Gröber sich verrechnet, und die Bombe, die er in einem Hotel in Managua gelegt hatte, explodierte zu früh, als er gerade die Lobby verlassen wollte, sodass er von umherfliegenden Glassplittern verletzt wurde. Eine Erinnerung daran ist die Narbe an seinem rechten Unterarm, die exakt fünfzehn Zentimeter lang ist, und jetzt benutzt er sie als Längenmaß, um das erforderliche Stück Zündschnur abzumessen.

Als das erledigt ist, schließt er die Zündschnur an ein Schaltkästchen an, das nicht größer ist als ein Pack Spielkarten und zwei Knöpfe an der Seite hat. Jetzt muss er die Schaltung testen, und obwohl er das schon mindestens zwanzig Mal getan hat, empfindet er ein leichtes Schaudern – nicht gerade Angst, aber doch ein gesteigertes Gefühl von Gefahr –, als er den Knopf mit der Aufschrift »Laden« herunterdrückt und so lange festhält, bis das Anzeigelämpchen aufleuchtet und er weiß, dass die elektrische Spannung ausreicht, um den Zünder zu aktivieren. Er passt höllisch auf, dass er nicht an den zweiten Knopf kommt, auf dem »Zünden« steht.

Es ist alles in Ordnung, und Fabien hat den Erhalt der Nachricht bestätigt. Jetzt muss Gröber sich nur noch gedulden, bis Mandrake eintrifft.

Er wird heute Nacht nicht schlafen, beschließt er. Er nimmt die Taschenlampe und geht durch den Tunnel zum Steilhang, wo er zwischen den Pinien in freudiger Erregung warten wird, bis er das dumpfe Dröhnen eines herannahenden Hubschraubers hört.

MID COMPTON

62

Grace Flint arbeitet in der Praxis ihres Vaters als seine unbezahlte Vertretung und versorgt sieben kleine Notfallpatienten. Die Collie-Hündin eines Nachbarn hat ihren Wurf abgelehnt, und sieben Welpen müssen etwa hundertmal am Tag mit der Flasche gefüttert werden. Geistlose Arbeit, findet Flint, gut für die Seele.

»Grace, Gracie!« John Flint ruft von der Böschung auf Glebe Farm nach seiner Tochter in der Scheune, weil er mit der Sprechanlage, die sie installiert hat, noch immer nicht zurechtkommt. »Schätzchen, ich sehe gerade die Rechnungen durch, und ich kann mein Scheckheft nicht finden. Ich hab keine Ahnung, wo ich es hingetan habe. Kannst du mal kommen?«

Zum x-ten Mal in den letzten zehn Tagen trottet Flint von der Scheune zum Haus, um etwas zu suchen, das er verlegt hat, oder um ihn an Dinge zu erinnern, die er vergessen hat. Mit einem wehmütigen Lächeln sieht er sie die Treppe hinaufkommen. »Ich bin ganz schön lästig, was?«

»Unerträglich«, sagt sie.

»Ich muss dich ja in den Wahnsinn treiben. Ich weiß gar nicht, wie du mich aushältst.«

»Jetzt, wo du es sagst, ich glaube, ich werde dich einschläfern müssen.«

Oben angekommen, grinst sie übers ganze Gesicht und hakt sich bei ihrem Vater ein, um ihn ins Haus zurückzuführen. Durch seine Jacke hindurch spürt sie seine Rippen und den knochigen Ellbogen, denn er ist erschreckend abgemagert. In ihren Augen ist er um zehn Jahre gealtert, und alle seine Fähigkeiten scheinen arg beeinträchtigt zu sein; urplötzlich ist er ein vergesslicher alter Mann geworden. Körperlich wird er wieder zu Kräften kommen, und die gemeinsamen Spaziergänge mit seiner Tochter werden bereits von Tag zu Tag länger. Aber sein Verstand ist häufig verwirrt und hat an Schärfe verloren, und Baxter, der Neurologe, hat Flint gesagt, dass sich daran wohl nichts mehr ändern wird, dass auch sein Gedächtnisvermögen unwiderruflich gestört ist.

Und obgleich seine Amnesie schon besser geworden ist, hat er nach wie vor Lücken in seinem Langzeitgedächtnis, und seine Erinnerung ist in einem Punkt eigenartig verzerrt. John Flint kann sich genau an die Nacht erinnern, in der er, wie er meint, schwer stürzte und mit dem Kopf irgendwo gegenschlug: Er erinnert sich, wie er mit seinem Schwiegersohn auf der Terrasse stand, wie sie auf einen Drink ins Haus gingen, wie sie sich bis spät in die Nacht unterhielten, über Bens Arbeit, die Krankheit seiner Mutter, ihre gemeinsame Freude an Grace. Seltsam ist, dass Dr. Flint felsenfest glaubt, seine Tochter sei in dieser Nacht ebenfalls da gewesen. Er erinnert sich lebhaft daran, dass sie mit ihm Schach gespielt hat und sauer war, weil sie verlor, und dass sie zur Strafe Käsetoast zum Abendessen zubereitete. Er hat nicht die blasseste Ahnung, dass er von Ben niedergeschlagen wurde – genau genommen nicht von Ben, da es Ben nie gegeben hat, eine weitere Tatsache, von der ihn seine Tochter noch nicht in Kenntnis gesetzt hat.

Ebenso wenig weiß er, dass sein Schwiegersohn tot ist. Sie weiß, dass sie es ihm bald sagen muss. Vielleicht nach ihrem Spaziergang am Nachmittag.

»Gracie, hast du nicht gesagt, dass Ben kommen will?«, fragt Dr. Flint, nicht zum ersten Mal in den letzten Tagen.

»Nein, Dad, Ben kommt nicht.«

Sie steht in der Küche und sieht die Verwirrung in seinen trüben Augen, die ihr inzwischen deprimierend vertraut ist. »Komisch«, sagt er wie zu sich selbst, »ich hätte schwören können, dass du gesagt hast, er würde kommen.«

Am frühen Abend sitzt John Flint in der Küche am Tisch, nach einem Spaziergang über die Felder und nachdem er ein bisschen geschlafen und anschließend geduscht hat; der beste Teil des Tages, denn die Kombination aus körperlicher Bewegung und Ruhe scheint ihn zu erfrischen, ihn wacher zu machen als sonst. Er löst ein Kreuzworträtsel, als Flint leise ihren Platz ihm gegenüber einnimmt und wartet, bis er fertig ist.

»Geschafft!«, sagt er und steckt schwungvoll die Kappe auf seinen Füller. Er ist zufrieden mit sich, doch sein Lächeln erstirbt, als er den Ausdruck im starren Gesicht seiner Tochter sieht. »Ist was passiert?«

»Das ist jetzt nicht leicht für mich«, setzt sie an, mit unnatürlich ruhiger Stimme. »Ich muss dir was sagen, ich muss dir so einiges sagen – aber ich wollte damit warten, bis du es verkraften kannst. Du musst jetzt stark sein, Dad, so stark wie eh und je.«

Ihr Vater sagt nichts. Stattdessen greift er über den Tisch und nimmt ihre Hände.

»Es geht um Ben. Er hat uns betrogen. Er hat uns die ganze Zeit betrogen, von dem Moment an, als ich ihn kennen gelernt habe. Alles, was er je zu mir gesagt hat, alles, was er dir erzählt hat, war eine Lüge. Selbst sein Name war eine Lüge. Er war auf mich angesetzt, er hat mich verführt und mich geheiratet, alles nur, um mich über meine Arbeit auszuhorchen, speziell über eine Operation. Mit seiner Hilfe wurde die Operation sabotiert, und dabei ist eine Agentin von mir ums Leben gekommen. Dann ist er geflohen, und er ist hierher gekommen, weil er etwas brauchte, das er in meinem Zimmer versteckt hatte, und du wärst fast ums Leben gekommen. Du bist in jener Nacht nicht gestürzt, Dad, er hat dich niedergeschlagen. Er hat dir mit der Tischlampe in deinem Arbeitszimmer auf den Kopf geschlagen, und dann hat er dich in einen von den Käfigen in der Praxis gesperrt. Du bist nur deshalb noch am Leben, weil jemand die Polizei verständigt hat – und das war nicht Ben. Seitdem habe ich nach ihm gesucht, und ich hätte ihn getötet, weil er dir das angetan hat, aber jemand anders ist mir zuvorgekommen. Er ist tot, Dad. Ich weiß, du willst das nicht hören, aber ich bin froh, dass er getötet wurde. Ich wünschte nur, ich wäre dabei gewesen, um ihn sterben zu sehen.«

Eine halbe Minute oder länger betrachtet John Flint seine Tochter, als wäre er eine steinerne Statue, die Augen starr, das Gesicht völlig ausdruckslos. Dann lässt er ihre Hände los, steht auf und kommt um den Tisch herum, tritt neben sie und hebt sie mühelos vom Stuhl hoch, als wäre sie ein Kind. Er drückt sie an sich, und sie denkt an die Umarmung eines anderen Vaters, und jetzt weiß sie erst wirklich, was Ilse gemeint hat.

»Es war, als wollte er mir Kraft geben, seine wunderbare, warme Kraft, die aus seinen Armen strömte.«

Es ist viel, viel später, und sie sind noch immer in der Küche, auch wenn Flint jedes Zeitgefühl verloren hat.

Als ihr Vater sagte: »Schätzchen, ich würde gern alles von Anfang an hören«, hatte sie innerlich aufgestöhnt. Aber als sie dann die Geschichte diesem durch und durch mitfühlenden Zuhörer erzählte, ihm Dinge eingestand, die sie sich nicht einmal selbst eingestanden hatte, war es für beide eine kathartische Erfahrung.

Flint fühlt sich nun befreit, als wäre die Wahrheit nicht mehr ganz so unerträglich, weil sie darüber geredet hat. Ihr Vater scheint stärker zu werden, je mehr er die Last auf seine Schultern nimmt.

Sie hat nichts Wesentliches ausgelassen – bis auf den Augenblick, als sie geträumt hatte, ihr Vater wäre tot.

»Und das ist so ziemlich alles«, sagt sie. »Ottos Aufpasser waren beide an die drei Meter groß und haben mich keine Sekunde aus den Augen gelassen. Ich hätte also keine Chance gehabt, ihnen zu entwischen, und als wir schließlich in Berlin waren, hab ich auch keinen Sinn mehr darin gesehen. Selbst wenn ich es bis Zagreb geschafft hätte, was hätte ich dann machen sollen, wie hätte ich sie finden sollen?« Flint lächelt. »Und als ich erst mal in dem Flugzeug saß, wollte ich sowieso nur noch schnellstens zu dir. Eine gute Entscheidung«, fügt sie hinzu. »Kommt auch nicht oft vor.«

Er tut dieses Eingeständnis mit einer Handbewegung ab. »Und du weißt, was in Kroatien passiert ist?«, fragt er.

»Teilweise – aber ich kenne nur Jerry Crawfords Version. Zurzeit spreche ich nicht mit Dr. Schnell oder diesem vermaledeiten Felix Hartmann. Aber eins garantier ich dir, irgendwann tu ich *ihm* was in den Tee, und dann wird er glauben, er stirbt nicht bloß vor Durst.«

Ihr Vater lacht. »Ich bin sicher, ich kann dir da was Passendes aus meinem Arzneischrank geben.«

»Vielleicht ein Mittel, das du einer Kuh verabreichen würdest, die an schweren Koliken leidet?«

»So was in der Art. Was hat Jerry dir erzählt?«

»Gröber und Co., inklusive Mandrake, hatten sich in einer Villa auf der dalmatinischen Insel Korcula versteckt, etwa fünfzehn Meilen vor der Küste. Das Haus lag anscheinend sehr einsam auf einer Klippe mit Blick auf eine Bucht, sodass man nur sehr schwer ungesehen da hinkam. Als Jerry dort eintraf – mit dort meine ich Dubrovnik –, hatte die kroatische Luftwaffe bereits einen Aufklärungsflug in großer Höhe machen lassen und dabei hinter dem Haus ein Gelände entdeckt, wo zwei Hubschrauber sowie ein halbes Dutzend Autos standen und jede Menge Männer herumspazierten, die aussahen wie bewaffnete Wachen. Schwerer Fehler. Diese Wachmänner, meine ich.«

Flint, die im Gegensatz zu ihrem Vater allmählich müde wird, reckt die Arme und gähnt. »Die Polizei dort ist paramilitärisch und nicht gerade für ihre zurückhaltende Art bekannt. Dr. Schnell hatte sie bereits über Gröber informiert – und sie wussten natürlich, was in New York passiert war. Als sie von den Wachmännern erfuhren, meinten die Kroaten, sie hätten es mit einer ganzen Armee von Stasi-Veteranen zu tun. Und deshalb bereiteten sie eher eine militärische Invasion vor als einen polizeilichen Zugriff. Am nächsten Morgen kurz vor Sonnenaufgang schlugen sie zu. Sie setzten ihre eigenen Hubschrauber ein, schnelle Patrouillenboote, sie waren sehr gut ausgerüstet. Jerry war auf einem Marineboot, und er hat gesagt, es gab eine heftige Schießerei, aber von Anfang an wäre klar gewesen, dass Gröbers Truppe keine Chance hatte.«

Sie starrt vor sich hin und redet dann weiter, langsamer. »Also versuchten sie abzuhauen, zumindest ein paar von ihnen: Gröber, Mandrake, die Krols, drei nicht identifizierte Männer und eine Frau, ebenfalls noch nicht identifiziert, aber ich bin mir ziemlich sicher, dass sie mit Vornamen Sabine heißt, Gröbers Freundin. Sie schafften es in die beiden Hubschrauber, konnten sogar noch abheben. Als sie etwa hundert oder hundertfünfzig Meter hoch waren, gab es eine gewaltige Explosion. Das Haus flog im wahrsten Sinne des Wortes in die Luft, und die Hubschrauber wurden entweder von Trümmerteilen getroffen oder sind zusammengestoßen. Jedenfalls stürzten sie brennend ab. Acht Leichen, die meisten total verkohlt. Was in Gröbers Fall auch passend ist, dass er durch einen Hubschrauberabsturz stirbt, meine ich. Irgendwie gerecht.«

John Flint fragt: »Und woher wissen die so genau, dass Ben – 'tschuldigung, Mandrake –, woher wissen die so genau, dass Mandrake unter den Toten war?«

»Fingerabdrücke. Seine Leiche war die einzige, an der noch Haut war.« Sie steht auf. »Ich mach uns einen Tee.«

Während sie zur Spüle geht und den Kessel mit Wasser füllt, redet sie über die Schulter weiter. »Und willst du mal was wirklich Absurdes hören, Dad? Keine Polizeibehörde hat Mandrakes Fingerabdrücke auf Lager, und in seinem Büro hat man auch keine gefunden, weil Frau Krol – oder Lender, wie sie sich damals nannte – gute Arbeit geleistet und alles gründlich sauber gemacht hatte. Und ich selbst hatte noch bessere Arbeit geleistet, indem ich Miller's Reach abgefackelt habe. So, und jetzt rate mal, wer die Abdrücke dann doch noch geliefert hat?«

»Ich habe keine Ahnung.«

»Der verdammte MI6.«

»Im Ernst?«

»Ja. Schnell wusste, dass der MI6, weil Mandrake ja für sie gearbeitet hat, Fingerabdrücke von ihm haben musste, und er hat Ridout überredet – so hat Jerry sich ausgedrückt –, ihn überredet, sie rauszurücken. Tatsächlich war es wahrscheinlich gar nicht so schwierig, weil Ridout genauso erpicht darauf sein musste, herauszufinden, ob Mandrake wirklich tot ist. Damit kann er dann die Sache endgültig zu den Akten legen, nicht?«

Ihr Vater antwortet nicht sofort, und Flint ist damit beschäftigt, Tassen und Untertassen aus dem Schrank zu nehmen und auf das Tablett zu stellen.

»Gracie, es besteht wohl nicht die Möglichkeit, dass dieser Ridout deinen Dr. Schnell ausgetrickst haben könnte?«

»Nein, nein«, sagt Flint schnell. »Ridout war gar nicht dabei, als die Fingerabdrücke mit denen der Leiche verglichen wurden, nicht mal in der Nähe. Schnell und Hartmann haben die Identifizierung vorgenommen. Und Jerry war dabei.«

»Verstehe.«

Das Wasser im Kessel hat gekocht, und sie gießt es gerade in die Teekanne, als die Erkenntnis sie trifft wie ein Schlag in die

Magengrube – denn John Flint sagt: »Die Sache ist bloß, in einem von meinen Krimis hab ich mal von der Polizei einen Todesfall vortäuschen und einen Satz Fingerabdrücke fälschen lassen. Aber die hätten ja wohl keinen Grund für so was, oder, Gracie? Keinen Grund, Mandrake für tot zu erklären?«

63

Flint telefoniert mit dem Marscheider-Gebäude und wartet darauf, dass Crawford mit seiner Tirade zu Ende kommt.

»Grace, du jagst Gespenster! Ben ist tot, Gröber ist tot, sie sind alle tot. Ich war da, vergiss das nicht. Ich versteh ja, dass du sauer auf Schnell und Hartmann bist, und ich kann's dir auch nicht verdenken, denn wenn ich an deiner Stelle wäre … ach, egal. Aber Grace, das ergibt einfach keinen Sinn, und das weißt du selbst. Wieso sollte der BND Bens Tod vortäuschen? Wozu? Das ist doch total verrückt …«

Ihm gehen die Worte aus, und Flint fragt: »Bist du fertig?«

»Klar«, sagt Crawford matt.

»Es hat nie einen Ben gegeben. Wir nennen ihn Mandrake. Und jetzt erzähl mir noch mal, was du gesehen hast.«

»Ich habe die Hubschrauber aufsteigen sehen – na ja, eigentlich mehr gehört als gesehen, aber ich hab sie mit Sicherheit runterkrachen sehen. Die Villa ist einfach explodiert, eine gewaltige Detonation, und dann brannte einer oder alle beide, und sie waren ineinander verkeilt und fielen runter wie Steine, und als sie aufschlugen, gab es noch eine Explosion, einen Minifeuerball. Als ich da oben ankam, da wurde es gerade hell, war nicht mehr viel übrig außer Rahmen und Motoren. Verkohlte Leichen lagen herum, total verbrannt, manche schlimmer als andere. Mandrake war beim Aufschlag herausgeschleudert worden, vermute ich, und wir konnten ihm noch Fingerabdrücke abnehmen, aber ansonsten war keiner mehr identifizierbar.«

»Und wo waren Schnell und Hartmann?«

»Wann?«

»Sag du's mir.«

Crawford sagt: »Moment mal«, und legt den Anruf in die Warteschleife.

Flint wandert aus der Küche ins Wohnzimmer, wo ihr Vater dösend auf der Couch liegt. Mit seiner Hilfe – seinen klugen Fragen und seinem gesunden Menschenverstand – hatte sie gut zwei Stunden gebraucht, um sich auf alles einen Reim zu machen. Dann sah sie, wie er vor Müdigkeit glanzlose Augen und ein runzeliges Gesicht bekam – obwohl sein Geist noch immer wach war. Sosehr sie auch drängte, sie konnte ihn nicht dazu bewegen, ins Bett zu gehen. »Kommt nicht in Frage«, hatte er mit Nachdruck gesagt. »Erst möchte ich wissen, wie die Geschichte ausgeht.«

»'tschuldigung«, sagt nun wieder Crawford. »Ich hatte einen anderen Anruf. Wo waren wir?«

Flint geht zurück in die Küche, bevor sie ihm antwortet: »Schnell und Hartmann.«

»Was soll mit denen sein?«

»Jarrett!« – ein Warnschuss vor seinen Bug, der ihn daran erinnert, dass sie trotz all ihrer Sünden noch immer Joint Assistant Director (Operations) der FSF ist, auch wenn sie derzeit Sonderurlaub hat und dreitausend Meilen weit weg ist. Auch wenn sie mit ihrer Chipkarte noch immer nicht ins Marscheider-Gebäude käme. Und überhaupt – jetzt, wo Aldus Cutter noch immer rekonvaleszent und Nathan Stark noch immer auf der Flucht ist und sowieso höchstens in Ketten wiederkommen wird, ist sie derzeit der leitende Kopf der FSF, zumindest theoretisch.

Bis sie dich rausschmeißen, geht es ihr durch den Kopf.

Sei still.

»Okay«, sagt Crawford, »jetzt weiß ich's wieder. Während des Angriffs waren Dr. Schnell und Felix an Bord von einem der Polizeihubschrauber, und sie können von Glück sagen, dass sie noch in der Luft waren, als die Villa hochging. Als ich bei Tagesanbruch da oben ankam, durchsuchten sie gerade die Trümmer und gingen Gröbers Sachen durch.«

»Sachen?«

»Alles Mögliche, das nicht bei der Explosion verbrannt war und wie Konfetti herumlag. Akten und Papiere – aber keine Finanzunterlagen, falls du daran gedacht hast.«

Genau daran hatte Flint gedacht. »Woher weißt du das?«

»Weil sie mir gezeigt haben, was sie gefunden hatten. Und ich bin den ganzen Mist durchgegangen, hab mir jeden verdammten Schnipsel angesehen. Mensch, Grace, glaubst du etwa, ich hab mir da ein paar vergnügte Tage gemacht?«

»Erzähl mir, was ihr gefunden habt.«

»Nichts. Privater Kram: Rechnungen, Quittungen, Garantien, so was eben – das meiste war auf Kroatisch, aber ich hab's mir von zwei Polizisten dort übersetzen lassen. Bankauszüge, von Banken aus der Gegend, eine in Split und eine in Dubrovnik, und dabei ging es um zweihunderttausend Dollar insgesamt – nicht ein paar Milliarden. Ein paar Papiere über einen Rechtsstreit: Gröber hatte Krach mit einem Nachbarn, der es anscheinend nicht so toll fand, dass die Hubschrauber seine Ruhe störten … Grace, da war nichts, nichts, was irgendwie wichtig gewesen wäre.«

»Nichts, was du gesehen hast«, sagt Flint.

»Herrgott!«

»Jerry, wie viel Zeit hatten Schnell und Hartmann auf dem Gelände, bis du eingetroffen bist? Wie viel Zeit hatten sie nach dem Absturz der Hubschrauber? Wie viel Zeit hatten sie, um in den Wracks und den Trümmern des Hauses herumzustochern – drei, vier, fünf Stunden?«

»Nein, nicht mal annähernd. Nach der Explosion, nachdem die Hubschrauber abgestürzt waren, hat der Kapitän des Bootes, auf dem ich war, direkt die Bucht angesteuert. Wir waren innerhalb von fünfunddreißig Minuten da, höchstens vierzig. Dann hab ich noch mal knapp zehn Minuten gebraucht, um nach oben zu dem Anwesen zu gelangen. Und, Grace« – Crawford legt ein bisschen Sarkasmus in seine Stimme –, »die hätten frühestens zwei Stunden nach meinem Eintreffen in den Wracks herumstochern können. Weil einfach alles viel zu heiß war.«

»Was ist mit dem Computer?«, fragt Flint unerbittlich.

»Welchem Computer?«

»Gröbers Computer – sein Laptop oder was auch immer. Karl wird ja wohl einen gehabt haben, oder? Er hat da auf der Insel gehockt, aber weiter seine dreckigen Dollars um die ganze Welt verschoben, den Terriern immer einen Schritt voraus, voll im Geschäft. Das hat er doch nicht per Telefon gemacht, oder, Jerry? Der hat doch seine Geldwäscher auf den Caymaninseln oder der Isle of Man nicht angerufen und gesagt: ›Das schickt ihr hierhin, das dorthin.‹ Er hat das online gemacht, übers Internet, verschlüsselte E-Mails und so. Es muss also einen Computer gegeben haben, entweder im Haus, oder er hat ihn mit in den Hubschrauber genommen. Jedenfalls ist er vermutlich angekokelt oder in tausend Stücke zerplatzt oder geschmolzen, aber er hat sich nicht in Luft aufgelöst, er ist nicht einfach verschwunden. Irgendeine Spur von ihm müsstet ihr gefunden haben, als ihr danach gesucht habt – und ich weiß, dass ihr danach gesucht habt, nicht, Jerry?«

»Natürlich haben wir danach gesucht. Die Kroaten haben Bagger und Bulldozer kommen lassen, und wir haben drei Tage praktisch auf allen vieren verbracht, um den ganzen Mist zu durchwühlen.«

»Und?«

Crawford antwortet nicht.

»Also, wenn von dem Computer keine Spur zu finden war, was ist dann mit ihm passiert? Überlegen wir doch mal, Jerry. Wenn er in einem der Hubschrauber war, dann ist er vielleicht beim Aufprall hinausgeschleudert worden – wie Mandrakes Körper. Oder vielleicht hat Gröber ihn im Haus gelassen, und er hat die Explosion überstanden wie einige Akten.« Flint wartet einen Moment. »Aber in einem bin ich mir sicher: Die haben ihn gefunden – Schnell und Hartmann –, bevor du da warst. Sie haben ihn dir vor der Nase weggeschnappt, Jerry. Sie wollten Gröbers Geheimnisse; sie wollten wissen, wo das Geld ist – und wie viel sie auch finden werden, wie viel sie beschlagnahmen oder klauen, sie haben nicht vor, es mit uns zu teilen.«

Jetzt braucht Flint eine Pause, weil sie ziemlich genau weiß, was als Nächstes kommt, und darauf will sie vorbereitet sein. Sie will etwas Klarheit in den Wirrwarr der jetzt so offenkundigen Wahrheit bringen, die in ihrem Kopf Kapriolen schlägt.

»Jerry, ich ruf dich in ein paar Minuten wieder an. Ich muss nach meinem Vater sehen.«

Er liegt in tiefem Non-REM-Schlaf, schlummert wie ein Baby, und das ist ein ungeheuer wohltuender Anblick. Denn er hat über nächtliche Unruhe geklagt, seit er wieder zu Hause ist, und Dr. Baxter meinte, das könnte ein Symptom für eine Schädigung der Neuronen im basalen Vorderhirn sein. Was auch immer das heißen soll, denkt Flint.

Jerry Crawford hört sich jetzt am anderen Ende weniger entnervt an, und ein bisschen weniger sicher, dass seine skeptische Haltung richtig ist. »Okay, Grace, ich sehe ein, wie du darauf kommst, aber ich kapier es immer noch nicht. Wenn du bei Schnell und Hartmann richtig liegst, wieso haben sie dann zuerst mit uns zusammengearbeitet? Wieso hat Schnell uns Gröbers Stasi-Akte gegeben – die richtige Stasi-Akte. Wieso hat er Cutter dazu gebracht, dich nach Leipzig zu schicken?«

»Die haben nie mit uns zusammengearbeitet, Jerry. Sie haben uns benutzt – oder besser gesagt, mich benutzt –, genau wie Ridout mich benutzt hat, und aus demselben Grund. Sie haben sich bloß noch geschickter angestellt. Nachdem Pentecost gescheitert war, nachdem Gröber und das meiste Geld einfach verschwunden war, wurde die Jagdsaison eröffnet: Gröber finden, vielleicht das Geld finden – und möge der Beste gewinnen. Weil die Beute für jeden zu haben war und wir alle ein bisschen Kleingeld nebenher ganz gut gebrauchen können. Aber ich passte nicht ins Bild, weil es mir nicht ums Geld ging. Mir ging es nur um Gröber, und zwar aus zwei Gründen. Erstens wegen Ruth – weil es, egal, was du sagst, meine Schuld ist, dass sie getötet wurde. Zweitens wegen Mandrake – denn nach dem, was er meinem Vater angetan hat, werde ich ihn finden, und wenn ich mein ganzes Leben nach ihm suchen muss. Keiner hat stärkere Motive als ich, und keiner hält sich weniger an die Vorschriften. Ich werde tun, was ich tun muss, weil das etwas sehr, sehr Persönliches ist. Und Hartmann weiß das genauso gut wie du.«

Sie hält inne, um Luft zu schöpfen, und Crawford sagt: »Bis jetzt gebe ich dir in allem Recht.«

»Dann überleg doch mal weiter. Nachdem Ruth ermordet worden war, hat Cutter Hartmann zurück nach Pullach geschickt, um dem BND mitzuteilen, dass wir seit fast einem Jahr eine Riesenoperation gegen einen deutschen Staatsangehörigen laufen haben, ohne denen ein Sterbenswörtchen davon zu erzählen – und dann, als alles schief gelaufen ist, kommen wir an und sagen: ›Bitte, bitte, könnt ihr uns helfen?‹ Und ob sie können, weil sie nämlich die echte Stasi-Akte haben – aber warum sollten sie? Wieso machen sie sich nicht einfach selbst auf die Suche nach Gröber und reißen sich seine Finanzen unter den Nagel – was haben sie mit der FSF zu tun?« Flint ist fest entschlossen, ruhig zu bleiben, aber die unterdrückte Wut nagt an ihr wie Säure. »Weil sie nicht genau wissen, ob sie Gröber im Alleingang finden werden, deshalb. Sie brauchen mich, weil ich die allerstärksten Motive habe – zumindest erfährt Schnell das durch Hartmann, und Otto kriegt dieses Glimmen in den Augen. Er wird uns keine Vorwürfe machen, weil wir Pentecost geheim gehalten haben, er wird sogar so tun, als ob er mit uns kooperieren will. Er liefert Cutter den Stasi-Bericht und bringt ihn sogar dazu, mich nach Leipzig zu schicken, wo ich die Drecksarbeit für sie gemacht habe, genau wie für Ridout, und ich war so auf Mandrake fixiert, dass ich es einfach nicht gemerkt habe. Ich war total blind.«

»Vielleicht siehst du manches immer noch nicht richtig klar«, gibt Crawford zu bedenken.

»Glaub mir, Jerry, in diesem Moment ist meine Sehkraft völlig wiederhergestellt. Lass mich zu Ende reden. Ihr einziges Problem war, wie sie mich aufhalten konnten, sobald ich Gröber für sie aufgestöbert und ihnen gezeigt hatte, wo's langgeht. Sie wussten, es würde nichts bringen, mir zu erzählen, Gröber sei tot und das Geld verschwunden. Weil ihnen klar war, dass ich nicht einfach wieder nach Hause fahren, sondern weitersuchen würde. Sie wussten genau, selbst wenn alle anderen die Sache ad acta gelegt hätten und längst mit neuen Fällen beschäftigt wären, würde ich weiter jeden Gröber-Stein umdrehen, weil darunter ja vielleicht, nur vielleicht, eine Spur von Mandrake zu finden sein könnte. Und ihnen ist auch klar, dass ich in dem Fall früher oder später auf ein paar Konten stoßen würde, die sie leer geräumt haben, und es Spuren geben wird, die nach Pullach führen. Und ich würde diese Spuren verfolgen und sie entlarven. Aber wenn Mandrake tot ist, wen interessieren dann noch Gröbers verschollene Dollars? Es gibt immer reichlich dreckiges Geld, dem man nachspüren kann. So haben sie sich das gedacht, Schnell und Hartmann. Wenn Gröber tot ist und Mandrake tot ist, dann hat Flint kein Motiv mehr.«

»Grace, Mandrake *ist* tot.« Crawfords Ungeduld wird wieder stärker. »Acht Tote in den Hubschraubern, fünf weitere Tote durch die Explosion. Die ganze böse Bande ist tot, keiner davongekommen. Ich war dabei!«

»Du ja, Jerry. Mandrake nicht«, antwortet Flint lapidar. Er will ihr widersprechen, aber sie redet weiter. »Wer hat denn behauptet, dass Mandrake auf Korcula war, wer hat ihn identifiziert? Die Kroaten? Wie denn? Auf welcher Grundlage? Ein Foto, Identifikation durch Zeugen, Fingerabdrücke, ein abgehörtes Telefonat, Blutproben, DNA? Wohl kaum – weil es nichts dergleichen gab. Schnell hat behauptet, Mandrake wäre auf der Insel, und als er das zum ersten Mal gesagt hat, war er ungefähr tausend Kilometer weit weg, in einer winzigen Wohnung in Leipzig, wo er alles dafür getan hat, dass ich nicht dabei sein würde, damit ich meinen Ehemann im entscheidenden Moment *nicht* identifizieren konnte. Überleg doch mal, Jerry. Wie hätte Schnell denn wissen können, dass Mandrake auf Korcula war? Die Antwort ist: Er wusste es nicht. Er hatte keine Ahnung, wo Mandrake war, und es war ihm auch egal. Mandrake war für Dr. Schnell nichts als eine Schachfigur – genau wie Mandrakes Frau.«

»Ich habe keine Ahnung, woher er es wusste, Grace, aber du liegst falsch, weil du die Sache mit den Fingerabdrücken vergisst. Ganz gleich, was in Leipzig passiert ist, wir haben die Fingerabdrücke. Schnell hat sie von Ridout bekommen – und sie passten zu den Abdrücken, die wir von der einzigen Leiche nehmen konnten, an der noch Hautreste waren. Ich war dabei, als Felix die Abdrücke genommen hat. Sie sind auf meinem Schreibtisch, neben den Abdrücken, die Ridout aus London geschickt hat. Ich hab sie jetzt vor mir, und ich sage dir, sie passen.«

»Worauf du dich verlassen kannst.« Flint lacht bitter. »Ich wette, die passen wie aus dem Lehrbuch, und weißt du warum? Weil sie der Leiche zweimal Abdrücke abgenommen haben, Jerry. Einmal, bevor du kamst, und dann noch mal in deinem Beisein. Schnell hat nie Fingerabdrücke von Ridout bekommen, das hat er bloß behauptet. Er hat einfach den ersten Satz Abdrücke, den Hartmann von der Leiche genommen hat, in die Tasche gesteckt, drei Tage gewartet und dann – bingo!, direkt mit dem Flugzeug aus London eingeflogen – wieder hervorgezaubert, mit besten Grüßen vom MI6 – sagt er. Du bist aus denselben Gründen drauf reingefallen wie ich: Weil dir nie der Gedanke gekommen ist, dass wir nicht auf derselben Seite stehen.«

Sie unterbricht das Schweigen nicht, bis Crawford sagt: »Das sind alles Vermutungen.«

»Klar, einiges davon, und ich sage dir, wie du mir das Gegenteil beweisen kannst. Du rufst jetzt Cutter an …«

»Grace, es ist fast Mitternacht …«

»Ich weiß, wie spät es ist, und ich will, dass du Cutter jetzt anrufst und ihm erzählst, was ich gesagt habe – alles, was ich gesagt habe. Sag ihm, ich finde, er soll Schnell zu Hause anrufen, ihn aufwecken und ihm sagen, dass wir *wissen*, was er gemacht hat. Er soll Schnell warnen, dass wir ihm den Krieg erklären, falls er Gröbers Computer nicht rausrückt und nicht mit uns teilt. Dann kommt Pullach auf die Titelseite vom *Spiegel* und auf die Titelseite der *Times*, und das ist erst der Anfang: Senatsanhörungen, diplomatische Proteste, Handelsembargo, die ganze Palette. Wenn Cutter das macht und überzeugend klingt, wird er rausfinden, ob ich falsch liege. Er wird es an Schnells Reaktion merken, weil Aldus der beste Pokerspieler ist, den es gibt. Aber ich liege nicht falsch, Jerry. Verlass dich drauf.«

Ein bedrückter Crawford fragt: »Wieso rufst du Cutter nicht selbst an?«

»Weil er es von dir hören muss. Du warst dabei, ich nicht. Du weißt, dass sie dich auf das Boot verfrachtet haben, um dich aus dem Weg zu haben, um Zeit zu gewinnen. Du weißt, dass ihr Spuren von einem Computer hättet finden müssen und dass keine da waren. Du weißt, dass in den entscheidenden Punkten – Mandrakes Identifizierung, die passenden Fingerabdrücke – alles von Schnells Behauptungen abhängt und dass diese nicht schlüssig sind. Cutter wird eine Menge Fragen stellen, Jerry. Er braucht Antworten aus erster Hand, von dir.«

»Und was machst du?«

»Schlafen, bis du mich zurückrufst.«

Flint will gerade auflegen, als Crawford sagt: »Moment, ich hab noch eine Frage. Wie konnte Schnell wissen, dass es eine Explosion geben würde? Woher wusste er, dass er eine Leiche haben würde, von der sie Fingerabdrücke nehmen konnten?«

»Oh, er wusste es, Jerry. Ganz gleich, was passieren würde und wo es passieren würde, es hätte immer mindestens eine bis zur Unkenntlichkeit entstellte Leiche gegeben, die trotzdem identifiziert werden könnte. Dr. Schnell hätte mir Mandrake auf jeden Fall geliefert.«

64

Dr. John Flint hat seiner Tochter eröffnet, dass er zum ersten Mal seit seiner Entlassung aus dem Krankenhaus in seine Praxis gehen wird. Bloß für ein paar Stunden. Nur um ein bisschen herumzukramen, den Vorrat im Arzneischrank zu überprüfen, nach den gefräßigen Collie-Welpen zu sehen. Während Flint auf der Terrasse sitzt und sich die nackten Beine und Füße in der strahlenden Maisonne wärmt, hört sie ihn in der

Scheune pfeifen, irgendwas Heiteres von Gilbert und Sullivan, passend zu seiner Stimmung.

Einige Stunden mittlerweile und noch immer kein Rückruf von Crawford. Sie hat das Telefon griffbereit auf dem Schoß. Jetzt, wo sie ihr Gespräch im milden Licht des Tages Revue passieren lässt, ist sie nicht mehr ganz sicher, ob sie Crawford von Dr. Schnells doppeltem Spiel überzeugt hat. Aber trotz seiner letzten Bedenken wird er Cutter angerufen haben, weil sie es ihm ausdrücklich befohlen hat – und Cutter wird wissen, dass sie Recht hat, weil er ihren Instinkten ungefragt traut.

Vielleicht, denkt sie nun.

Und wenn nicht, wie ist dein Plan B? »Leute, ihr müsst immer einen Plan B haben«, sagt Flint, Cutters gedehnten Tonfall nachahmend.

Mandrake finden. Das ist Plan A.

Und B und C, und immer weiter bis zum Ende des Alphabets.

Aber wie sie ihn finden wird, das ist in keinem von Flints Plänen überzeugend festgelegt. Sie weiß bloß, dass sie mit Ridout anfangen wird, ihn irgendwie dazu bringen wird, dass er ihr verrät, wer Mandrake ist – oder wer er vor der mythischen Erschaffung des Ben Gates war. Sie schiebt diese beunruhigenden Gedanken beiseite und will gerade aufstehen, um sich einen Kaffee zu machen, als das Telefon endlich klingelt. »Jerry?«

Aber nicht Crawford ist am anderen Ende, sondern Cutter. Und wie es typisch für Cutter ist, kommt er gleich zur Sache. »Schnell macht mit. Er wird mit uns teilen – und auf Gröbers Laptop ist sehr viel mehr als nur Informationen über seine Bankkonten.«

»Sie trauen ihm, Mr. Cutter?«

»Nicht die Bohne. Aber er muss jetzt schön stillhalten, weil ich zuerst Ridout festgenagelt habe. Ich habe ihn angerufen und gesagt, wenn wir Nathan finden, gibt es zwei Möglichkeiten, wie wir die Sache angehen: diskret, ohne Erwähnung des

MI6 in der Anklageschrift, und Nathan kriegt ein mildes Urteil – oder Nathan und der MI6 landen auf sämtlichen Titelseiten dieses Landes. Dann hab ich Ridout gesagt, er müsse mir einen Gefallen tun, und vor zwei Stunden hat er eine eidesstattliche Erklärung unterschrieben, in der er bestätigt, dass der MI6 weder Otto Schnell noch sonst jemandem Mandrakes Fingerabdrücke geliefert hat. *Dann* habe ich Otto angerufen und ihm gesagt, dass er …«

Flint traut ihren Ohren nicht, und sie kann sich nicht beherrschen. »Sie haben mit Ridout einen Deal gemacht? Der ist doch nicht besser als Schnell. Nein, er ist schlimmer als er …«

»Seien Sie vernünftig, Grace. Die Welt ist nicht vollkommen.«

»Ich fass es nicht! Sie haben Ridout versprochen …«

»Ich hab ihm nichts versprochen, was ich nicht sowieso getan hätte. Ich will Nathan in den Knast bringen, darauf können Sie Gift nehmen, aber ich gehe nicht öffentlich in den Clinch mit den Briten.«

»Sie wollen das Ganze unter den Teppich kehren?«

»Verdammt noch mal, ja, das will ich. Und jetzt hören Sie auf, mich anzuschreien, sonst leg ich auf. Und das würden Sie bereuen, Grace.«

Flint tigert auf der Terrasse auf und ab wie in einem Käfig. Sie sieht nur noch Ridouts grinsendes Gesicht und hört nur noch seine spöttische Bemerkung. »Meine Hure? Oh, sehr gut. Und was sind Sie dann wohl, meine Liebe?«

»Ridout«, sagt sie beinahe im Flüsterton, »der Mann ist noch nicht aus dem Schneider, Mr. Cutter.«

»Nein, ist er nicht«, bestätigt Cutter. »Und das wird er auch nicht sein, solange Sie und ich leben.«

Er lässt ihr einen Moment Zeit, um das Gesagte zu verarbeiten, und dann: »Gute Arbeit, Grace. Dass Sie die Sache durchschaut haben – das mit Mandrake, meine ich.«

»Ein bisschen spät«, sagt Flint trübselig.

»Es zählt trotzdem, weil Sie als Erste draufgekommen sind. Jetzt müssen Sie ihn sich nur noch schnappen.«

»Oh, verlassen Sie sich drauf, das werde ich, weil ich …«, setzt sie an, und dann lassen Cutters Wortwahl und sein lapidarer Tonfall sie aufmerken. »Was haben Sie gesagt?«

»Ich hab gesagt, schnappen Sie ihn sich.«

Sie wagt es kaum, die Frage zu stellen: »Sie wissen, wo Mandrake ist?«

»Ich weiß, wo Sie ihn finden können.«

Flint hat das Atmen vergessen und zwingt sich, einmal tief Luft zu holen. »Woher?«

»Ich hab Ihnen doch gesagt, dass auf Gröbers Laptop sehr viel mehr ist als nur seine Kontenbewegungen.«

»Mr. Cutter, Herrgott noch mal!«

»Ich werd's Ihnen verraten, Grace – ich sag Ihnen, wo Sie suchen müssen, sobald wir beide eine Abmachung getroffen haben. Es interessiert mich nicht, wie stark Sie persönlich betroffen sind. Sie sind ein Cop, und Sie werden mir Ihr Wort geben, dass Sie die Sache auf angemessene Art und Weise erledigen werden, die einzige Art und Weise.«

»Die einzige Art und Weise?«

»Das ist die Bedingung, Grace, die Grundvoraussetzung: Sie bringen uns Mandrake lebend.«

Flint denkt sich ihr Teil, spricht es aber nicht aus: Man muss immer einen Plan B haben, Mr. Cutter.

Ich werde dich finden, Ben.

LA ROCHELLE

65

Es ist kurz nach Mittag, und der Verkehr ist dichter geworden, weil die Menschen zurück an die Arbeit gehen. Mandrake wechselt abrupt die Richtung, rennt über die Straße, quetscht sich zwischen den Stoßstangen hindurch, bis er auf dem gegenüberliegenden Bürgersteig ist, wo er in eine Apotheke huscht. Es sind viele Kunden da, und so hat er reichlich Zeit, die Regale mit Pflegelotionen am Fenster durchzusehen, während er die Straße nach irgendeiner Spur von Gröbers Männern absucht. Er hat keinen Zweifel, dass sie da draußen hinter ihm her sind, denn in den letzten vierundzwanzig Stunden hätten sie ihn um Haaresbreite erwischt.

Er weiß, dass ihn seine eigene dumme Sorglosigkeit fast das Leben gekostet hätte. Als er in der Zeitung von Gröbers Tod gelesen hatte, hatte Mandrake gehofft, dass die Gefahr gebannt wäre, zumindest von dieser Seite. Dennoch hatte er sich vorsichtshalber drei weitere Wochen in La Rochelle versteckt gehalten – die Zeit genutzt, um auf der Yacht zu arbeiten – und war dann, ohne sich auch nur einmal umzublicken, nach Bordeaux gefahren, um sein Bankkonto zu leeren. Erst als er wieder in La Rochelle und auf seinem Boot war, Gröbers Geld in Plastikfolie eingewickelt und sicher im Kielraum verstaut, wusste er plötzlich, dass man ihm gefolgt war. Ein sechster Sinn hatte ihn gewarnt, und er hatte die Flasche Wein, die er gerade zur Feier des Tages öffnen wollte, wieder hingestellt und war vorsichtig an Deck gegangen. Gerade noch rechtzeitig, um zu sehen, dass drei Männer sich seinem Liegeplatz näherten; drei finstere Gangstertypen wie aus einem schlechten Film, die mit ihren aufgeknöpften Hemden und weiten Jacketts nicht mal den Versuch gemacht hatten, wie Freizeitmatrosen zu wirken. Wäre nicht zufällig der Motor gelaufen, um die Batterie aufzuladen, und die *Lady Jane* nicht nur achtern vertäut gewesen, er wäre nicht mehr weggekommen – denn noch während er das Seil löste, Vollgas gab und sich flach auf den Boden warf, hatte er das Zischen in der Luft gespürt, von den Kugeln, die ihn knapp verfehlten und die Deckaufbauten durchlöcherten. Die skrupellose Gleichgültigkeit, mit der sie am helllichten Tag in einem belebten Hafen, wo sie jeder sehen konnte, einen Mordversuch begingen, hatte Mandrake davon überzeugt, dass Karl Gröber entgegen der Zeitungsmeldung nicht tot war.

Die Nacht über war er in großem Abstand von der Küste ohne Licht gefahren, bis er auf der Leeseite der Ile d'Oléron Schutz fand und den Anker warf. Dann hatte er sich an den Kartentisch gesetzt, immer ein Auge auf den Radar gerichtet, um vor näher kommenden Booten gewarnt zu sein, und hatte auf einem Dutzend Seiten alles aufgeschrieben, was er über Gröber wusste – jede noch so kleine Einzelheit, die es jemandem ermöglichen könnte, ihn aufzuspüren. Einer Person, die besessen war, ihn zu finden; eine, die keine Ruhe geben würde, solange auch nur die geringste Chance bestand, dass Agent Ruth Apples Mörder noch am Leben war.

Und dann, am späten Vormittag, als es auf dem Meer nur so wimmelte von Booten, zwischen denen er sich verstecken konnte, war er mit der *Lady Jane* als Teil einer kleinen Flottille zurück nach La Rochelle gesegelt, hatte außerhalb des Hafens festgemacht und war dann im Schlauchboot an Land gefahren, wo er äußerst vorsichtig zur Hauptpost gegangen war, um die Blätter nach New York zu schicken – sein Abschiedsgeschenk an Grace.

Jetzt ist Mandrake so weit, La Rochelle zu verlassen, sich auf die Reise zu begeben, die weder Route noch festes Ziel hat. Er muss nur die Jäger abschütteln und es lebend zurück auf die *Lady Jane* schaffen.

Er kauft eine Flasche Sonnenmilch und wirft erneut einen prüfenden Blick auf die Straße, bevor er die Apotheke verlässt, dann geht er zusammen mit einer Gruppe englischer Touristen, als wäre er einer von ihnen, in Richtung Hafen.

Mandrake macht sich nichts vor: Die drei Männer, die auf ihn geschossen haben, sind nicht die einzigen Jäger, die Gröber auf ihn angesetzt hat, und es stellen auch nicht nur diejenigen eine Bedrohung für ihn dar, die aussehen wie Mafiosi. Fast jeder, den er sieht, ist verdächtig, fast jedes Gesicht wird genau in Augenschein genommen.

Doch als er sich im Hafen von den Touristen trennt und die Stufen hinabeilt, wo das Schlauchboot festgebunden ist, wirft Mandrake nur einen flüchtigen Blick auf die schmächtige Gestalt, die gekrümmt in einem Rollstuhl sitzt: ein Mann mit Baskenmütze, in einem abgetragenen schwarzen Anzug, einem weißen, bis zum Hals zugeknöpften Hemd und mit einer Decke auf den Knien – ein alter Mann offenbar, der sich in der Sonne wärmt.

Als Mandrake erleichtert in das Schlauchboot klettert und den Außenbordmotor anwirft, spricht Inspektor Bourdonnec leise in das Mikrofon, das im Ärmel seines Jacketts versteckt ist: »Er ist unterwegs.«

Im Golf von Biscaya, vom Land aus nicht mehr zu sehen, steuert Mandrake den Bug in den Wind und lässt die Yacht mit der Dünung treiben, während er die *Lady Jane* verwandelt.

Er klettert auf das Heckwerk, entfernt das geschnitzte Namensschild vom Heck und wirft es ins Wasser. Jetzt bringt er ein Ersatzschild an, dem zufolge das Boot *Anna Magdalena* heißt (der Name von Bachs zweiter Frau) und in Panama registriert ist – was auch der Fall ist, denn es gehört einer anonymen Scheinfirma, die lediglich Strohmänner als Geschäftsführer hat und keinerlei Verbindung zu Mandrake.

Ausgerüstet mit einer Schablone und zwei Töpfen Farbe, steigt er jetzt in das Schlauchboot und arbeitet sich am Rumpf entlang, um die britische Registriernummer zu entfernen und auf jeder Seite des Bugs eine neue aufzumalen. Sobald er wieder an Bord der Yacht ist und das Schlauchboot verstaut hat, holt er den Union Jack ein und hisst stattdessen die Flagge von Panama – und schon existiert die *Lady Jane* praktisch nicht mehr. Im ersten Hafen, den er anläuft, wo und wann auch immer, wird Mandrake die Yacht aus dem Wasser holen und den Rumpf, die Aufbauten und das Deck in einer anderen Farbe streichen lassen. Er wird die Ruderpinne durch ein Rad ersetzen, größere, elektrische Winschen einbauen, neue Rettungsleinen und vielleicht einen neuen, höheren Mast anbringen lassen – und er hat sich noch etliche andere kosmetische Veränderungen überlegt, durch die das Boot für alle, die nach der *Lady Jane* suchen sollten, nicht wiederzuerkennen sein wird.

Zufrieden mit sich geht Mandrake nach vorn, um die Segel zu setzen, und kehrt dann ins Cockpit zurück, um wieder auf Kurs zu gehen. Der Golf von Biscaya ist für plötzlich aufziehende, heftige Stürme und fürchterliche Wellen berüchtigt, doch zurzeit liegt ein Hochdruckkeil über diesem Teil des Atlantiks und die Wettervorhersagen sind einigermaßen gut: nur mäßiger Seegang und leichter bis mäßiger Nordostwind. Daher hat er beschlossen, unter den günstigen Bedingungen nach Westen zu segeln, bis er den Kontinentalsockel hinter sich hat, und dann, sobald er in erheblich tieferen Gewässern ist, wo stabiler Seegang herrscht, nach Süden abzudrehen, um Kurs auf die Nordküste Spaniens zu nehmen, wo es zahlreiche Häfen gibt, in denen er nötigenfalls Unterschlupf finden kann.

Wenn das Wetter allerdings hält, wird er nach Westen abdrehen, weiter nach La Coruña fahren und dann erneut nach Süden steuern, um an der Küste Portugals entlang ins wärmere Mittelmeer zu gelangen. Die Fahrt erstreckt sich über fünfzehnhundert Meilen und wird gut zwanzig Tage auf See dauern, aber die Yacht ist mit ausreichend Proviant ausgestattet und verfügt über Autopilot und Selbststeueranlage.

Und in den drei Wochen, die Mandrake auf See ist und für die Jäger unerreichbar, kann allerhand passieren. Er hat berechtigte Hoffnung, dass Grace mit Hilfe der vielen Hinweise, die er ihr gegeben hat, Karl Gröber aufspüren wird.

Er hat ein großes Vorsegel gesetzt, und selbst bei dem leichten Wind schafft die *Anna Magdalena* sieben Knoten. Eine Trauer-Seeschwalbe gleitet dicht über der Bugwelle dahin. Bald, so hofft er, wird er Sturmtaucher und -schwalben sehen und vielleicht von einem Schwarm Delfine begleitet werden. Da alles bestens zu sein scheint und kein anderes Schiff in Sicht ist, stellt er auf Autopilot und geht nach unten in die Hauptkajüte, um sich ein verspätetes Mittagessen zu machen.

Er hat sein Kurzwellenradio eingeschaltet, um den Wetterbericht zu hören, während er Tomaten für einen Salat klein schneidet, und er hört nicht, wie die Tür zur Vorderkajüte aufgeht.

»Hallo, Mandrake«, sagte Grace.

66

Es ist Flint wichtig, seine Augen deutlich zu sehen. Wegen des schlechten Lichts in der Kajüte befiehlt sie Mandrake, an Deck zu gehen, winkt ihn mit dem Revolver, den Gilles ihr gegeben hat, nach oben.

Er versucht, Zeit zu schinden, kann aber nicht mehr sagen als: »Grace, du musst wissen ...«

»Halt den Mund«, sagt sie, ohne die Stimme zu heben. »Los, geh schon.«

Jetzt sitzt er neben dem Ruder mit dem Rücken zum Heck, und sie sitzt am anderen Ende des Cockpits, drei Meter entfernt, mit dem Rücken am Schott, den Revolver eher beiläufig auf seine Brust gerichtet. Die *Anna Magdalena* ist noch auf Autopilot gestellt und behält ihren westlichen Kurs bei.

Einige Minuten lang sagt Flint keinen Ton, blickt Mandrake mit einer Miene an, die ihm nichts über ihre Gedanken verrät, und betrachtet seine tief gebräunte Haut, den Bart, den er sich hat wachsen lassen, das kurz geschnittene Haar, das sein Gesicht hager wirken lässt. Dann fragt sie im Plauderton, als wäre es ihr im Grunde gleichgültig: »Wie heißt du eigentlich – ich meine, richtig?«

Mandrake lächelt und antwortet: »Spielt das eine Rolle? Genügt Ben nicht?«

»Ja, es spielt eine Rolle, und nein, Ben genügt nicht. Untersteh dich, diesen Namen noch einmal zu benutzen. Der gehört nicht zu dir.«

Er nickt, als verstehe er. »Ich heiße ... mal sehen ... Rayland Tully oder Jeffrey Stamp oder, davor, Christopher Morgan und, noch davor, Christian Myers, und manchmal nennt man mich Mandrake – wie du ja weißt. Ich habe viele Namen, Grace. Such dir einen aus.«

Jetzt nickt sie, als wäre das vollkommen einleuchtend, und dann sagt sie mit sachlicher, ausdrucksloser Stimme: »Hör zu. Du glaubst, du kennst mich, aber du kennst mich nicht, nicht richtig, nicht mehr. Und deshalb hast du auch keine Ahnung, wozu ich fähig bin, was ich mit dir machen werde, wenn du mich dazu bringst. Ich frage dich also noch einmal und zum letzten Mal. Wie ist dein richtiger Name?«

»Wenn ich dir den sage, glaubst du mir ohnehin nicht.«

»Wir werden sehen.«

Er zögert. »Errol Flynn.« Noch bevor sie reagieren kann, fügt er hastig hinzu: »Ich schwöre, Grace, das ist die Wahrheit. Meine Mutter wollte es so – sie hat ihn angehimmelt.« Jetzt schenkt er ihr ein gequältes Lächeln. »Du kannst dir also vorstellen, warum ich meinen Namen das erste Mal geändert habe.«

»Wo bist du geboren?«

»Melbourne, Australien.«

»Wann?«

»Mai 1967. Zumindest das hat gestimmt.«

»Wie heißt dein Vater?«

»Joseph Flynn.«

»Deine Mutter?«

»Françoise, wirklich – und, Grace, ihre Familie stammt wirklich aus Frankreich«, fügt er hinzu, als wollte er unbedingt betonen, dass nicht jedes Wort gelogen war.

Der Wind hat sich um ein paar Grad gedreht, das Großsegel flattert, und er beugt sich zur Winsch, um die Leine zu spannen.

»Lass das«, sagt Flint.

»Aber sieh dir doch …«

»Ich hab gesagt, lass das. Ich sag dir schon, wenn du dich bewegen darfst.«

Er verschränkt ergeben die Arme vor der Brust und lehnt sich zurück gegen das Heckwerk.

Flint sagt: »Also, Errol.«

Er verzieht das Gesicht. »Bitte nicht. Nenn mich, wie du willst, aber nicht so.«

»Wie wär's mit Callboy? Stricher?«

»Was?«

»Genau das bist du doch, oder? Ridouts Callboy, Ridouts Stricher. Du vögelst für Geld, nicht?«

Er starrt sie an, und aus seinem Gesichtsausdruck kann sie nicht ablesen, ob er sich in seinem Stolz verletzt fühlt, verwirrt oder überrascht ist, bis er sagt: »Ach, dann weißt du also von Ridout. Das hatte ich gehofft.«

»Ach ja?«

»Ja, weil du dann ja auch wissen musst, warum ich es getan habe, warum ich es tun musste. Warum ich keine Wahl hatte.«

Jetzt geht's los, denkt Flint. Jetzt kommt die einzige Chance, die er hat.

Als sie nichts erwidert, als sie sich bloß anders hinsetzt, damit sie die Waffe auf ihr Knie stützen kann, das Gesicht noch immer unergründlich, nimmt seine Stimme einen flehenden Ton an. »Du weißt es doch, Grace, nicht? Du weißt doch, dass er mich in der Hand hat, oder?«

Flint verzieht keine Miene, sagt kein Wort.

»Dann erzähl ich es dir trotzdem. Bevor du mich verurteilst, musst du Bescheid wissen.« Er scheint unentschlossen, wie er anfangen soll, und das Flattern des Segels geht ihm auf die Nerven. »Bitte«, sagt er und deutet auf die Winsch.

Diesmal hält sie ihn nicht davon ab, dass er die Leine des Großsegels straffer zieht. Er zurrt auch das Vorsegel fester und richtet die Takelage, bis er zufrieden ist. Er überprüft die Instrumente, und dann sagt er: »Der Wind wird stärker. Das Wetter soll ganz gut werden, aber hier im Golf kann man nie wissen. Wenn wir zurückfahren, sollten wir möglichst bald wenden.«

»Wie's aussieht, fährst du nicht zurück«, sagt Flint.

»Wo soll ich anfangen?«, fragt Mandrake rhetorisch. »Am Anfang, nehme ich an. Das ist vermutlich am besten.«

Er wartet, beobachtet ihr Gesicht, doch von Flint kommt keine Rückmeldung, und sie hofft, ihm verständlich zu machen, dass sie ihm nicht helfen wird, dass er das ganz allein tun muss. Schließlich fängt er an.

»Na schön, ich habe Australien mit neunzehn verlassen. Wie die meisten in meinem Alter konnte ich es nicht erwarten wegzukommen, weil mir Australien wie das Ende der Welt vorkam. Meine Eltern waren nicht glücklich darüber, weiß Gott nicht, weil ich noch nicht mal mit dem College angefangen hatte, aber ich hab ihnen gesagt, ich würde auf die Universität des Lebens gehen – ha, ha –, und schließlich haben sie mir ein Flugticket und zweitausend Dollar für den Anfang mitgegeben. Ein paar Wochen hab ich mich in Indonesien, Malaysia und Vietnam herumgetrieben, bin dann weiter nach Thailand. Bangkok fand ich unerträglich, also bin ich in den Norden nach Chiang Mai, und da hat's mir ganz gut gefallen, und ich bin eine Weile geblieben. Als mir das Geld ausging, musste ich mir einen Job suchen, aber ich hatte keine Arbeitserlaubnis. Also musste ich nehmen, was ich kriegen konnte.« Mandrake hält inne und rutscht unruhig hin und her. »Ich bin dann Rausschmeißer in einer Striptease-Bar geworden … Na ja, ehrlich gesagt, war es eher ein Bordell. Die meisten Kunden waren Touristen – Deutsche, Engländer, ein paar Amerikaner –, und ein paar von denen haben mich gefragt, wo sie Dope kaufen könnten und … Na ja, ich will nicht lange drum herumreden, ich hab dann nebenbei gedealt. Vor allem Marihuana, ab und an Heroin. Kleine Mengen, nichts Großes. Jedenfalls …«

Flint ist sicher, dass ihre Miene sich nicht verändert hat, aber die Verachtung zeigt sich wohl in ihren Augen, denn Mandrake seufzt schwer. »Ich weiß, Grace, ich weiß. Für dich sind Drogendealer der letzte Dreck, aber ich war noch ein halbes Kind, ich hatte keine Ahnung, was ich da tat.«

Schlimmer als der letzte Dreck, denkt sie.

»Jedenfalls, knapp vier Monate später wurde ich verhaftet. Jemand muss mich verpfiffen haben, denn die Polizei ist zu mir nach Hause gekommen und schnurstracks auf meinen Stoff zu, die wussten genau, wo ich das Zeug versteckt hatte. Und ich wurde nicht mal in Chiang Mai verhört. Sie haben mich in einen Polizeiwagen geworfen und direkt nach Bangkok in den Knast gebracht, das Gefängnis hieß Bang Kwang. Gott, war das ein Drecksloch! Die Polizei wollte wissen, wer mein Lieferant war, und ich habe gesagt, ich wüsste seinen richtigen Namen nicht. Aber natürlich wusste ich den, und ich wusste auch, dass er der Sohn eines sehr hohen Thai-Beamten war. Er hatte mich gewarnt, wenn ich geschnappt würde und ihn verraten würde, dann könnte er mich im Handumdrehen in egal welchem Gefängnis umbringen lassen – und ich hab ihm geglaubt. Die Polizei hat mich immer wieder nach Strich und Faden verprügelt, und wenn sie nicht mehr konnten, haben sie gesagt: ›Schön, dann werfen wir eben den Schlüssel weg und du kannst hier fünf Jahre lang verrotten.‹ Ich hab trotzdem nichts gesagt, weil ich noch größere Angst vor Vicharn hatte als vor denen. Vicharn«, sagt Mandrake. »So hieß mein Lieferant.«

So einen hast du geheiratet. So einen hast du geliebt, oder es zumindest geglaubt, denkt Flint.

»Sie haben mich zehn Monate lang schmoren lassen, und dann eines Morgens, aus heiterem Himmel, haben sie mich aus der Zelle geholt, mir meine Sachen gegeben und mich zum Flughafen gebracht. Sie haben gesagt, ich könnte ein Ticket für jedes Ziel haben, wo ich hinwollte, vorausgesetzt, es wäre Amsterdam. Ich wusste, dass Vicharn oder sein Vater die Sache gedeichselt hatte, und als ich zur Maschine eskortiert wurde, hat mir einer von den Polizisten einen Umschlag gegeben. Dadrin waren ein Zettel mit den Worten ›Schweigen zahlt sich aus‹ und tausend Dollar in bar. Keine echte Entschädigung für zehn

Monate im stinkigen Bang Kwang, aber damals hab ich das nicht so gesehen. Grace«, sagt er und unterbricht seine Erzählung, »ich muss dringend pinkeln.«

Ohne auf ihre Zustimmung zu warten, steht er auf und dreht ihr den Rücken zu. Jetzt kann sie seine Hände nicht sehen und spannt den Hahn am Revolver.

»Du weißt, dass Gröber noch lebt«, sagt er mir nichts, dir nichts im Plauderton über die Schulter.

Keine Reaktion von Flint, da sie mit einem Trick von ihm rechnet und sich nicht reinlegen lassen will.

Noch immer mit dem Rücken zu ihr fährt er fort: »Ich hab dir das geschrieben, das und alles, was ich über Gröber weiß und was dir helfen könnte, ihn zu finden. Ich habe den Brief heute zur Post gebracht, er ist an dein Büro in New York adressiert.« Er lacht. »Wenn ich natürlich gewusst hätte, dass ich dich so bald sehen würde …«

Jetzt tut er so, als würde er den Reißverschluss seiner Hose hochziehen, aber es wirkt übertrieben, und dann dreht er sich um, und sie legt Druck auf den Abzug. Wenn sie eine Waffe in seinen Händen sieht, wird sie schießen, ohne Frage – und ein großer Teil von ihr wünscht sich geradezu, dass er ein Messer oder eine Pistole in der Hand hat.

Als hätte er ihre Gedanken erraten, hält er die Hände so, dass sie sehen kann, dass sie leer sind. »Kann ich dich fragen, wie du mich gefunden hast?«, fragt er, und als sie nicht antwortet, fügt er hinzu: »Bitte, Grace, es ist wichtig.«

»Ich habe dich nicht gefunden. Gröbers Killer haben dich gefunden. Ich hab mich ihnen einfach an die Fersen geheftet.«

»Ja, das hab ich mir gedacht. Dann weißt du also, dass sie irgendwo da draußen sind?«

Nicht mehr, denkt sie, aber das erzählt sie Mandrake nicht, erzählt ihm nicht, dass Gilles' Männer sich am Vorabend eine Schießerei mit ihnen geliefert haben, dass zwei von ihnen tot sind und der dritte bewusstlos im Gefängniskrankenhaus und so schwer verletzt, dass er wohl nicht überleben wird.

»Und?«, fragt sie.

»Das bedeutet, dass Gröber noch am Leben ist, denn er zahlt nur nach erfolgreich ausgeführtem Auftrag, nie im Voraus. Wenn er tot wäre, würden sie kein Geld kriegen – und glaub mir, Grace, Leute wie die arbeiten nicht umsonst.«

»Dir glauben?«, sagt Flint geistesabwesend, als hätten diese Worte für sie keine Bedeutung.

»Okay, zugegeben, schlechte Wortwahl, aber ich kann dir helfen, Gröber zu finden. Ich tue alles, was du willst. Und vergiss nicht, er hat Ruth umgebracht. Damit hatte ich nichts zu tun, und wenn ich gewusst hätte, was er vorhat, hätte ich ihn irgendwie daran gehindert.«

»Irgendwie?«

»Ich glaube, ich hätte den Mut aufgebracht, dir alles zu sagen. Grace, du hast ja keine Ahnung, wie oft ich dir sagen wollte, was los ist, wozu Ridout mich gezwungen hat.« Mandrake reibt sich mit beiden Händen das Gesicht. »Ich habe es nicht übers Herz gebracht, weil ich genau wusste, wie du mich dann angesehen hättest – so wie du mich jetzt ansiehst.« Wieder dreht er ihr den Rücken zu und blickt auf das schaumige Kielwasser der *Anna Magdalena*. »Was hast du jetzt vor?«

»Ich lass dich zu Ende erzählen. Hör mir an, was du zu sagen hast.«

»Und dann?«

Diese Frage kann Flint noch nicht beantworten, aber das behält sie für sich.

»In Amsterdam habe ich zum ersten Mal meinen Namen geändert. Ich bin in Thailand zwar nicht angeklagt worden, aber mein Zellengenosse hat mir erzählt, die Thai würden die Namen von Dealern in Umlauf bringen – über Interpol oder wie auch immer ihr das macht –, und ich hab mir gedacht, dass ich dann an jeder internationalen Grenze mit Schikanen rechnen müsste. Dieser Typ, mein Zellengenosse, war aus Quebec, und er hat mir von einer Bar in Amsterdam erzählt, wo ich einen kanadischen Pass kaufen könnte, ausgestellt auf jeden Namen, den ich haben wollte. Und nachdem ich zehn Monate zusammen mit einem Kanadier in einer Zelle gehockt hatte, konnte ich den Akzent ganz gut nachmachen.«

»Eine Bar auf der Herengracht?«, fragt Flint und sieht die Überraschung in seinen Augen.

»He, ich bin beeindruckt. Woher weißt du das?«

»Wie hieß der Mann, der dir den Pass verkauft hat?«

»Klaus. Kennst du ihn?«

Klaus Fischer, um genau zu sein, und ja, sie kennt ihn, denn auch Flint hatte einmal Gelegenheit gehabt, ihm einen von seinen gut gefälschten kanadischen Pässen abzukaufen. Auch diesen Gedanken behält sie für sich und überhört Mandrakes Frage. »Weiter«, sagt sie.

»Also, zufällig hatte Klaus bereits einen Pass auf den Namen Christian Myers fertig, und er hat ihn mir für dreihundert Dollar verkauft. So wurde aus mir ein Kanadier, und das bin ich bis heute. Natürlich weiß man erst, wie gut ein Pass gefälscht ist, wenn man ihn ausprobiert, und für den Fall, dass ich auffliegen würde, habe ich mir für den Test ein Land ausgesucht, das halbwegs zivilisiert ist – wo es nicht solche Gefängnisse gibt wie Bang Kwang. Klaus sagte, er könne mir ein Billigticket nach London besorgen, und da bin ich dann hingeflogen und problemlos durch die Passkontrolle gekommen. Und stell dir vor, in der Ankunftshalle bin ich dann meinem alten Freund Vicharn in die Arme gelaufen. ›So ein Zufall‹, sagt er. ›Hast du schon ein Hotel? Wenn du willst, kannst du bei mir wohnen.‹ Unglaublich, was?« Mandrakes Stimme ist plötzlich scharf. »Ein wirklich verdammt erstaunlicher Zufall, findest du nicht, Grace?«

»Nein.«

»Nein?« Ein bitteres Lachen. »Du hast völlig Recht, es war kein Zufall.«

Er verstummt, bis Flint sagt: »Du solltest weitererzählen. So viel Zeit hast du nicht.«

Er schluckt schwer, und sie ist sicher, dass er jetzt auf die Tränendrüse drücken will, aber er überlegt es sich anders.

»Na schön. Vicharn wohnte mit vier anderen reichen Jungs zusammen: zwei saudische Prinzen, ein Bankierssohn aus Dubai und ein Ägypter, dessen Vater die Wohnung gehörte. Sie waren in London, um zu studieren, aber in Wirklichkeit wollten sie nur ständig high sein und Frauen aufreißen. Wer Drogen hatte, kam leicht an Frauen ran, und fürs Drogenbeschaffen war ich zuständig, denn das war ihnen zu gefährlich, sie wollten schließlich nicht von irgendeinem Dealer abgezockt oder von der Polizei geschnappt werden. Sie wollten einen Laufburschen, dem sie vertrauen konnten, und Vicharn wusste, dass er mir vertrauen konnte. So wurde ich also ihr Lieferant, ich habe ihnen Kokain und Heroin besorgt und was sie sonst noch alles brauchten, und sie sind reihenweise mit irgendwelchen süchtigen Mädchen in die Kiste gesprungen. Kannst du dir langsam ein Bild machen, Grace? Kapierst du langsam, warum ich nicht den Mut hatte, dir das zu erzählen?«

Flint hat das Gefühl, als würde ihr Eiswasser durch die Adern fließen, und sie traut sich nicht zu, einigermaßen ruhig zu antworten.

»Ich hab nie Drogen genommen, Grace. Ein einziges Mal habe ich Crack probiert und musste sofort kotzen. Wenn sie also ihre Partys hatten« – Mandrake spuckt das Wort förmlich aus – »hab ich mich verdünnisiert, bis ein oder zwei Uhr morgens. Und dann, als ich einmal etwas früher zurückkam, kurz nach Mitternacht, und sie noch voll dabei waren, bin ich in mein Zimmer, und da lag eine junge Frau auf meinem Bett. Sie war splitternackt, und ihre Haut war blau, und sie atmete nicht mehr. In ihrem Arm steckte eine leere Spritze, und ich hab mir gedacht, sie hat eine Überdosis Heroin genommen oder ihr Herz hat nicht mehr mitgemacht. Jedenfalls war sie eindeutig tot, und es war klar, dass sie ein Problem war – Mann, ein Riesenproblem.« Er blickt über das Deck und schüttelt den Kopf, als die Erinnerung ihn einholt. »Sie war nämlich nicht bloß irgendein Junkie. Sie war achtzehn, Studentin, und ihr Vater war Staatsminister in der Regierung. Tja, Vicharn und die anderen haben die absolute Panik gekriegt, als ich es ihnen erzählt habe. Ich musste sie praktisch festbinden, damit sie nicht gleich zum Flughafen gesaust sind. Ich hab alle anderen Frauen rausgeworfen, und dann hab ich Vicharn gesagt, was wir zu tun hätten – nämlich die Tote zurück in ihre Wohnung zu schaffen. Ihr Vater hatte ihr ein Apartment in Chelsea gekauft. Das Problem war bloß, wir konnten ihre Schlüssel nicht finden. Die Handtasche war weg, wahrscheinlich von einem der Junkies gestohlen. So waren die«, fügt er hinzu. »Die haben alles geklaut, was nicht niet- und nagelfest war. Jedenfalls musste sie weg, egal wohin, und Vicharn hat mich bekniet, irgendwas zu unternehmen. Schließlich hab ich sie angezogen, in eine Decke gewickelt, über die Treppe nach unten geschafft und in den Kofferraum von Vicharns Wagen gepackt. Dann bin ich losgefahren, ohne zu wissen, was ich mit ihr machen sollte, und …«

Flints Maske muss Risse bekommen haben, denn er sagt: »Bitte, Grace, sieh mich nicht so an, als wäre ich gerade unter einem Stein hervorgekrochen. Meinst du, es fällt mir leicht, das zu erzählen?«

Flint hustet, versucht die Kehle frei zu bekommen, hat das Gefühl, dass ihr etwas im Hals stecken geblieben ist.

»Willst du den Rest hören oder nicht?«

»Ja«, bringt sie schwach hervor.

»Ich bin zum Fluss gefahren, in die Nähe ihrer Wohnung, und hab eine günstige Stelle gesucht – wo ich sie ans Ufer bringen konnte, ohne gesehen zu werden, aber wo man sie finden würde, bevor sie von der Strömung mitgerissen wurde. Tja, ich hab eine Stelle gefunden, aber dort konnte ich nicht parken, also hab ich den Wagen einfach abgestellt und die Warnblinkanlage angemacht; dann hab ich sie aus dem Kofferraum geholt und bin mit ihr über die Mauer, und dann hat ein Streifenwagen angehalten – wegen des Wagens. Ich hatte sie schon am Ufer, als sie mich entdeckt haben. Ich konnte nichts machen, nirgendwohin abhauen. Und mein erster Gedanke war: Kann Vicharn auch Leute in einem britischen Gefängnis umbringen lassen? Denn egal, was ich der Polizei erzählen würde, der Wagen würde sie natürlich zu Vicharn führen. Dieser Scheißkerl. Weißt du, was er gemacht hat, er und seine Freunde? Sie wurden auf die Wache von Chelsea bestellt, wo ich in der Zelle saß, und sie haben abgestritten, irgendwas über die Studentin zu wissen und darüber, wie sie zu Tode gekommen ist. Sie sagten, sie wäre *meine* Freundin, und als sie sie zuletzt gesehen hätten, wäre sie in *mein* Zimmer gegangen, mit *mir*, und dass irgendwas passiert sein müsste, als sie schon im Bett waren – ach ja, und ich hätte Vicharns Wagen gestohlen. Wenn ich mich gewehrt hätte, hätte ihr Wort gegen meines gestanden, vier gegen eins.«

Aus ihrem fotografischen Gedächtnis ruft Flint eine Schlagzeile auf der Titelseite des Londoner *Evening Standard* auf: »Ministertochter tot in der Themse – nackt.«

»Diese junge Studentin«, fragt sie, »hatte sie einen Namen?«

»Einen Namen? Klar. Kay oder Kate – ich glaube Kate.«

»Du glaubst es?«

»Grace, ich kannte sie nicht! Ich hatte sie vielleicht dreimal in der Wohnung gesehen, und sie hatte kaum ein Wort mit mir gesprochen.« Er lächelt, nur mit den Augen, und fügt mit ausdrucksloser Miene hinzu: »Schätze, sie mochte mich nicht.«

Flint, die ihn gemocht hatte, woran er sie erinnern will, spürt plötzliche Scham, etwas, was an Selbstekel grenzt.

»Die Polizei sagte, ich müsste mit einer Anklage rechnen, wegen der Verheimlichung eines Todesfalles und des Versuches, eine Leiche illegal zu beseitigen – nichts besonders Schwerwiegendes, dachte ich zumindest. Und am nächsten Abend – ich war noch immer auf der Polizeiwache – kam so ein Typ, den ich noch nie gesehen hatte, in den Vernehmungsraum. Er war allein und hat die Tür abgeschlossen, und das Erste, was er sagte, war: ›Das Heroin, das Sie der Studentin gegeben haben, war mit einem tödlichen Toxin vermischt, und daran ist sie gestorben. Und jetzt droht Ihnen eine Mordanklage.‹ Und als Zweites sagte er: ›Sie können höchstens auf eine minderschwere Anklage wegen Totschlags hoffen, und wenn man bedenkt, wer die Tote war – wer ihr Vater ist, was er für einen Einfluss hat –, gehen Sie trotzdem für mindestens fünfzehn Jahre in den Knast.‹ Als ich wieder Luft bekam, habe ich gesagt, ich hätte der Studentin kein Heroin gegeben, und er hat eine Akte geöffnet, Fotos herausgenommen und sie mir nacheinander gezeigt: Überwachungsfotos, auf denen zu sehen war, wie ich bei meinem Lieferanten Heroin gekauft habe. Und als Drittes sagte er: ›Es gibt nur einen Menschen auf der Welt, der Ihnen helfen kann, und das bin ich.‹ Und da wusste ich, dass man mich reingelegt hatte – und dass ich absolut geliefert war. Ich dachte, er wäre Detective, aber das war er natürlich nicht.«

»Ridout?«, vermutet Flint.

»Höchstpersönlich«, sagt Mandrake.

»Was wollte er?«

»Die Frage müsste lauten: Wen wollte er? – Kamal Tohami, den Ägypter, dem die Wohnung gehörte. Er war ein einflussreicher Industrieller, aber laut Ridout hatte er mit einer terroristischen Gruppierung im Libanon zu tun und überdies verkaufte er Waffen an den Irak – das war kurz vor dem Golfkrieg –, und die Londoner Wohnung benutzte er zur Nachrichtenübermittlung und für gelegentliche Treffen. Ich befand mich in einer idealen Lage, um zu überwachen, was dort vor sich ging, und genau das brauchte Ridout. Mir wurde beigebracht, Kamals Post zu öffnen, ohne dass er es merkte, und den Inhalt zu fotografieren. Ich zapfte das Telefon an – mit einer richtigen Zweitleitung, kein Sender, sodass es praktisch nicht zu entdecken war –, und wenn Kamal nach London kam und wir aus der Wohnung rausmussten, bis er wieder weg war, hab ich in allen Räumen Wanzen versteckt. Wieder ohne Sender, die man hätte aufspüren können, nur passive Mikros, die mit stimmenaktivierten Tonbandgeräten hinter den Fußleisten verbunden waren. Es war einfach perfekt, konnte aber nur mit einem Spitzel funktionieren. Mit mir.«

»Also keine Gefängnisstrafe wegen Mordes«, sagt Flint.

»Nein. Sobald ich mich einverstanden erklärt hatte mitzumachen, wanderten Ridouts Fotos wieder in die Akte, und ohne sie gab es keinen Beweis, dass ich das Heroin besorgt hatte. Ich wurde wegen Beseitigung der Leiche angeklagt, aber gegen Kaution auf freien Fuß gesetzt – dafür sorgte Ridout. Er sorgte auch dafür, dass ich am Eaton Square mit offenen Armen wieder aufgenommen wurde, und nicht bloß, weil ich Vicharn und seine Freunde nicht verraten hatte. Ich war noch immer ihr Lieferant, weißt du. Dank Ridout hatte ich eine neue Quelle, die mir Heroin beschaffte, das nicht mit Toxin gepanscht war.«

Einige Sekunden lang ist Flint ganz still, während sie die Bedeutung des soeben Gesagten ergründet. Dann fragt sie vorsichtig: »Willst du damit sagen, dass Ridout – der MI6 – dir Heroin geliefert hat?«

»Ich will damit sagen, dass er mir einen Namen und eine Telefonnummer geliefert hat.«

»Welchen Namen?«

»Orchid.«

»Und hast du die Person getroffen, bei ihr Heroin gekauft?«

»Ich habe es nicht gekauft, es wurde mir gegeben.«

»Wie oft?«

»Zehnmal, vielleicht zwölfmal.«

»Wo? Wo hast du dich mit ihm getroffen?«

»In einem Pub, nicht weit von Hyde Park Corner – und es war eine Sie, kein Er. Ich bin mir ziemlich sicher, dass sie für Ridout arbeitet«, fügt er behutsam hinzu.

»Beschreib sie.«

»Weiß, Anfang zwanzig, keine Engländerin, glaube ich – vielleicht Irin. Groß, rotes Haar, sehr heller Teint. Sie sah überhaupt nicht wie eine Dealerin aus, und das war vermutlich auch Sinn der Sache. Ridout wollte schließlich nicht, dass ich geschnappt werde.«

»Könntest du sie identifizieren?«

»Es ist zehn Jahre her – aber ja, ich glaube schon. Sie war gut gebaut und hatte eine schöne Haut, und sie war eindeutig keine Drogensüchtige, also dürfte sie sich nicht so sehr verändert haben.« In Wahrheit weiß Mandrake, dass sie sich kaum verändert hat, denn er hat sie kürzlich noch gesehen, durch die Dachluke in John Flints Scheune – aber Flints Vater ist ein Thema, das er möglichst meiden will. »Ja«, sagt er. »Ich bin ziemlich sicher, dass ich sie identifizieren könnte.«

»Gute Antwort«, sagt Flint, eher zu sich selbst.

»Wieso?«

Nur zu sich selbst sagt sie in Gedanken: Weil das vielleicht – nur vielleicht – ein Grund dafür sein könnte, dass ich dich nicht umbringen sollte.

Nicht nur der Wind frischt auf. Die Dünung des Atlantiks wird steiler, und ab und zu bricht eine Welle über den Bug der *Anna Magdalena* und lässt das Boot erbeben: Gischt spritzt über das Cockpit und durchnässt Mandrakes Hemd. Er gibt zu bedenken, dass das Barometer fällt und der Himmel am

Horizont ein unheilvolles Schmutziggrau annimmt, was Flint nicht sehen kann, weil sie ihn aus den Augen lassen müsste, um sich umzudrehen.

»Dann beeil dich besser«, sagt Flint.

»Ich habe Kamal vier Monate lang ausspioniert und mich alle paar Tage mit Ridout getroffen, um ihm die Ergebnisse zu überreichen.«

»Wo?«

»Regent's Park, St. James's Park, Victoria Station – immer irgendwo anders. Am Ende jedes Treffens hat Ridout Ort und Zeit für das nächste festgelegt. Wenn in der Zwischenzeit etwas Dringendes passierte – zum Beispiel wenn Kamal unerwartet in London auftauchte –, musste ich eine Nummer anrufen, und dann haben wir uns zwei Stunden später an der Kolonnade vor dem Ritz getroffen. Auch wenn Ridout mich dringend sprechen musste. Dann wurde ich in der Wohnung angerufen – ›Ihre Bestellung kann abgeholt werden‹, so was in der Art – und zwei Stunden später war ich am Ritz. Einmal kam ich zu dem Treffen, und Ridout sagte: ›Es wird Zeit, dass Sie Ihre Schulden begleichen.‹ Er meinte meine zu erwartende Gefängnisstrafe. Ich hatte noch ein paar Tage, um meine Sachen zu regeln, und Vicharn hat für mich eine Party gegeben. Dann bin ich zur Gerichtsverhandlung und habe mich schuldig bekannt, dass ich die Leiche der Studentin – Kate«, berichtigt er sich rasch, »beseitigen wollte, und ich hab zwei Jahre gekriegt. Genauer gesagt, Christian Myers hat zwei Jahre gekriegt. Ich hab das Gefängnis nie von innen gesehen. Noch am selben Nachmittag, während Vicharn wegen des Besitzes von zwei Kilo Rohheroin verhaftet wurde, das ich im Auftrag von Ridout in der Wohnung versteckt hatte – Vicharn sitzt übrigens achtzehn Jahre ab –, war ich bereits unter neuem Namen und mit einem neuen kanadischen Pass auf dem Weg nach Dublin, um der IRA raketengetriebene Granaten zu verkaufen. Ich hatte keine andere Wahl. Wann immer er wollte, wann immer er will, kann

Ridout die belastenden Fotos hervorholen, und ich stehe unter Mordanklage – falls ich überhaupt so lange lebe. Grace, hör zu: Zwei Tage nach meiner Abreise nach Dublin sind Kamal und sein Sohn auf dem Weg nach Heathrow bei einem Autounfall ums Leben gekommen. Fahrerflucht. Soviel ich weiß, wurde der Fahrer des anderen Wagens nie gefunden.«

Flint lässt sich nicht durch Kamals Tod ablenken. »Du hast Waffen an die IRA verkauft?«

»Was? Nein, wir haben sie abgezockt. Vereinbart wurde, dass sie die erste Hälfte vorab zahlen und die zweite bei Lieferung – und zu einer Lieferung ist es nie gekommen, dafür hat Ridout gesorgt. Es gibt Dinge, die nicht mal er machen würde.«

»Bist du dir da sicher?«, fragt Flint, und Mandrake lacht, obwohl ihre Frage nicht spaßig gemeint war.

»Erzähl mir von Gröber«, sagt sie – und jetzt, da sie den kritischen Augenblick erreicht haben, nimmt sein Gesicht einen ernsten Ausdruck an. Er wirkt fast verzweifelt, als wüsste er, dass er ihr mit allem, was nun kommt, wehtun wird.

»Ich war in Moskau, um Kontakt zu einem der Gauner im Kreml herzustellen – Jelzin war an der Macht, und in seinem Gefolge herrschte an Gaunern kein Mangel –, und da hörte ich immer wieder Gröbers Namen. Es war klar, dass er wichtig war, dass er für alle möglichen Leute Geld aus Russland rausschaffte, und Ridout wurde richtiggehend heiß auf ihn. Er wollte, dass ich mich in Gröbers Organisation einschleuse, aber ich hatte nichts anzubieten, und Gröber war übervorsichtig. Ich streckte ein paar Fühler aus, aber es kam nichts zurück. Und dann hat Ridout mich ganz plötzlich zurück nach Großbritannien beordert und mir erzählt, er hätte den Schlüssel gefunden. Du, Grace – du warst der Schlüssel. Ridout sagte, du würdest in der Sache Gröber ermitteln, und wenn ich an dich rankäme, dann hätte ich Gröber was anzubieten; etwas enorm Wichtiges, das mich in seine Organisation bringen würde. Ich hätte nicht gedacht, dass es klappen würde. Ich dachte, ich hätte nicht den Hauch einer Chance, auch nur in deine Nähe zu kommen, und nicht nur, weil du ein Cop bist. Ich hatte natürlich Fotos von dir gesehen. Ridout hatte sogar Filmaufnahmen. Aber erst als ich dir in die Bar in Miami gefolgt bin, wurde mir klar, wie umwerfend …«

»Ach, hör bloß auf«, sagt Flint mit Hohn in der Stimme.

»Wieso? Willst du die Wahrheit nicht hören? Du warst wirklich umwerfend, und nicht nur äußerlich. Anschließend, nachdem wir beide uns kennen gelernt hatten, habe ich Ridout erzählt, dass sein Plan nicht funktionieren würde, weil du meinem Eindruck nach jeden Mann haben könntest, den du wolltest, und wenn du keinen Freund hättest, dann deshalb, weil du keinen Freund wolltest. Ehrlich gesagt, ich hab mich gefragt, ob du vielleicht lesbisch bist. Wenn du mich nicht angerufen hättest …«

»Weißt du was, du bist wirklich das Letzte.«

»Was passiert ist, ist passiert, Grace, daran kann ich nichts ändern. Ich kann nur versuchen, es wieder gutzumachen.«

»Wieder gutmachen? Was du mir angetan hast? Was red ich da – viel schlimmer ist, was du meinem Vater angetan hast. Wie willst du *das* wieder gutmachen?«

»Oh Gott! Du weißt, dass ich es war. Ich hab mich nicht getraut, dich zu fragen. Ich hatte Angst, er wäre …« Er wendet den Kopf ab, außerstande, ihren gnadenlos forschenden Blick zu ertragen.

»Er wäre was? Tot? Glaub mir, wenn du ihn umgebracht hättest, dann wärst du jetzt längst tot.«

»Dann geht's ihm gut?«

»Nein, gut geht's ihm weiß Gott nicht. Weil du ihn in einen Hundekäfig gesperrt hast und ihn einfach da liegen gelassen hast. Weil du gedacht hast, er wäre tot, du Schwein, und er wurde erst Stunden später gefunden.«

»Nein! Das kann nicht sein.«

»Wie bitte?«

»Ridouts Leute waren da, und ich hab die Scheunentür offen gelassen, damit sie ihn auch ganz bestimmt finden und ...« Er wagt es wieder, sie anzublicken, während er rasch erklärt: »Grace, hör zu. Die Frau, von der ich dir erzählt habe, die mir das Heroin gegeben hat ... Ihren richtigen Namen kenn ich nicht, aber ihr Codename ist Firefly, und sie arbeitet hundertprozentig für Ridout. Nachdem ich die Staaten verlassen hatte, nachdem Ruth ermordet worden war, hat Ridout mich nach Großbritannien befohlen und mir einen Unterschlupf besorgt. Aber da war ich nicht sicher, weil ich zu viel wusste, und mir war klar, dass Ridout vorhatte, mich loszuwerden: eine Überdosis Heroin, ein Unfall mit Fahrerflucht auf dem Weg zum Flughafen, was immer seinem Sinn für Symmetrie auch gefallen hätte. Also bin ich getürmt und zum Haus deines Vaters gefahren, weil ich in deinem Zimmer etwas Geld und einen Pass versteckt hatte. Dein Dad hat drauf bestanden, dass ich über Nacht bleibe, und ich wollte ihm ganz bestimmt nichts antun. Ich wollte bloß meine Sachen holen und still und heimlich wieder abhauen, und als ich mitten in der Nacht nach unten kam, war er am Telefon und wollte dich anrufen und ... Ich hab Panik gekriegt, Grace. Ich schwöre, ich wollte nicht so fest zuschlagen. Ich hab ihn in die Scheune geschafft, weil ich einen Einbruch vortäuschen wollte, und ich wollte die Alarmanlage auslösen, wenn ich ging – und dann sind sie aufgetaucht, Firefly und ein Mann namens Fellowes, der in dem Haus gewesen war, wo man mich versteckt hatte.«

»'andrake sagt, du 'umst gern.« Nick Fellowes, der Schwierigkeiten mit seinen M und B hat.

»Während sie im Haus deines Vaters waren, bin ich abgehauen, und ihretwegen hab ich die Alarmanlage nicht ausgelöst, aber ich war sicher, dass sie deinen Dad finden würden, dass sie einen Krankenwagen rufen, irgendwas tun würden, um ihm zu helfen. Es war fünf Uhr morgens, Grace. Er hat nicht stundenlang da gelegen, verdammt noch mal.« Wieder weicht er ihrem Blick aus, und dann hört er ein Stöhnen wie aus einem Grab. Rasch schaut er wieder zu ihr hin, um zu sehen, was er erreicht hat.

Ihre Miene ist unverändert. »Das war nur der Wind«, sagt sie.

»Es interessiert mich nicht, wie stark Sie persönlich betroffen sind«, hatte Cutter gesagt. »Sie werden die Sache auf angemessene Art und Weise erledigen, auf die einzige Art und Weise. Sie bringen uns Mandrake lebend.«

»Wir machen einen Deal«, sagt Flint, »den einzigen, den ich im Angebot habe.«

Mandrake beobachtet sie düster, wie ein Mann auf der Anklagebank, der auf die Verkündung des Strafmaßes wartet.

»Erstens, du hilfst mir, Gröber zu schnappen, tot oder lebendig – und wenn du dafür als Köder herhalten musst, wenn du dabei dein Leben riskieren musst. Falls wir ihn lebend erwischen und falls du noch am Leben bist, sagst du vor Gericht gegen Gröber aus, egal in welchem Land und so oft wie nötig. Du wirst dann ein geschützter Zeuge sein, was bedeutet, dass du nie allein bist, und du wirst immer und überall genau das tun, was man von dir verlangt. Du wirst eine Erklärung unterzeichnen, dass du mit sämtlichen Bedingungen einverstanden bist, und solltest du die Vereinbarung brechen – in irgendeiner Weise Mist bauen –, wirst du wegen des Mordes an Ruth Apple vor Gericht gestellt, also wegen eines Kapitalverbrechens. Und ich garantiere dir, ich werde alles tun, was ich kann, alle Beziehungen spielen lassen, die ich habe, damit du die Todesstrafe kriegst. Hast du verstanden?«

»Ja.«

»Zweitens, du hilfst mir, Ridout zur Rechenschaft zu ziehen – was immer dazu auch erforderlich ist. Falls nötig werde ich dich erneut als Köder benutzen, doch zunächst wirst du eine eidesstattliche Erklärung abgeben, in der alles festgehalten wird, was du über ihn weißt, alles, was du für ihn getan hast, alle Gespräche und Kontakte, die du mit ihm oder mit einem seiner Leute hattest. Zur Untermauerung deiner Aussage wirst du mir alle Belege aushändigen, die du hast, und du wirst dich einem Lügendetektortest und jeder anderen Art von Prüfung aussetzen, die erforderlich ist, um deine Glaubwürdigkeit zu testen. Du wirst im Prozess aussagen oder vor einem parlamentarischen Untersuchungsausschuss – oder falls es nicht dazu kommt, falls die Sache unter den Tisch gekehrt werden soll, wirst du mit allen Journalisten sprechen, die ich aussuche. Du wirst gegen ihn antreten, Mandrake, auch wenn die Folge davon ist, dass du wegen des Mordes an Kate vor Gericht gestellt wirst – und wenn nicht, werde ich mit allen Mitteln dafür sorgen, *dass* du vor Gericht gestellt wirst. Ist das klar?«

»Sonnenklar, Grace.«

»Drittens, du wirst für das, was du meinem Vater angetan hast, ins Gefängnis gehen, und du wirst ihm nicht den Stress einer Verhandlung zumuten. Du wirst ein volles schriftliches Geständnis ablegen und du wirst dich in allen Anklagepunkten schuldig bekennen. Ist das auch klar?«

Mandrake nickt.

»Und viertens, du wirst nicht mal im Traum daran denken, gegen unsere Scheidung anzugehen, und wenn es möglich ist, unsere Ehe aufgrund deiner Vorspiegelung falscher Tatsachen annullieren zu lassen, wirst du damit einverstanden sein. Du wirst auf gar keinen Fall irgendwelche Geld- oder Besitzansprüche aus der Ehe erheben, du wirst überhaupt keine Forderungen an mich stellen. Und schließlich, wenn die Sache vorüber ist, wenn du deine Schulden beglichen hast, wirst du nie wieder in irgendeiner Weise versuchen, Kontakt zu mir oder meinem Vater aufzunehmen. Denn wenn du das tust«, fügt sie nach einer Pause hinzu, »werde ich dich töten.«

Ein Zittern durchläuft Mandrake.

»Das ist der Deal. Nimm ihn an oder nicht.«

»Und wenn nicht?«

»Dann erschieße ich dich auf der Stelle«, sagt Flint. Und wenn er sie auch nur ein bisschen kennt, dann weiß er, dass sie es ernst meint. Man muss einen Plan B haben, Mr. Cutter.

»Ich bin einverstanden.«

»Einverstanden mit was? Sag es.«

»Einverstanden mit dem, was du willst, Grace, mit allem. Ich werde dir Gröber liefern und Ridout, koste es, was es wolle, und ich werde für das, was ich deinem Vater angetan habe, bezahlen. Und wenn alles erledigt ist, krieche ich davon« – ein trauriges Lächeln – »und werde niemals versuchen, dich wiederzusehen.«

»Wende das Boot.«

Die *Anna Magdalena* fährt in östlicher Richtung vor dem Wind, Mandrake steht groß und still am Ruder, Flint in der offenen Luke, die Arme auf dem Kajütendach, und beugt die Knie, um die Bewegung des Bootes abzufedern, während sie auf den wogenden Wellen reiten. Das Meer ändert seine Farbe von Grün in Schwarz.

Es gibt keine Vorwarnung – sie kann nichts tun, um ihn aufzuhalten.

Fast träge lehnt er sich gegen das Ruder, und Flint hat ganz kurz den Eindruck, dass der Wind sich gedreht hat. Dann sieht sie aus den Augenwinkeln den Baum des Großsegels auf sich zuschwenken, wie ein riesiger Baseballschläger, und sie duckt sich instinktiv, aber nicht schnell genug. Sie spürt einen heftigen Schlag auf die Schädeldecke, der sie halb in die Kajüte schleudert, und versucht, das Gleichgewicht zu finden, als das Boot durch den Schwung des Baums auf die Seite kippt und abgebremst wird, als wäre es gegen eine Mauer gefahren. Flint baumelt in der Kajüte, hält sich mit einer Hand an einem Geländer fest, versucht, die Stufen mit den Füßen zu finden, benommen, halb blind, nimmt aber undeutlich wahr, dass Mandrake auf sie zukommt. Sie hat noch immer den Revolver in der freien Hand, und sie feuert wild in seine Richtung – feuert wieder und wieder, bis keine ohrenbetäubenden Explosionen mehr kommen, bis alle Kugeln verschossen sind.

Jetzt lässt sie das Geländer los und fällt in die Kajüte, sinkt auf die Knie, krabbelt wie eine verängstigte Spinne über den Boden auf die vordere Kajüte zu, wo der Rucksack liegt, den Gilles ihr gegeben hat und in dem sich eine Leuchtpistole mit sechs Kugeln befindet; Leuchtkugeln, die, aus nächster Nähe abgeschossen, Mandrake ein melonengroßes Loch in die Brust brennen werden. Hektisch versucht sie, die Pistole zu laden, versucht, den Kopf klar zu bekommen.

Die Bewegungen des Bootes sind unvorhersehbar, und Flint wird hin und her geworfen, als sie durch die Hauptkajüte zum Deck torkelt, bereit, sofort zu schießen – aber von Mandrake ist nichts zu sehen, und er kann sich doch nirgendwo verstecken. Das Cockpit ist leer, keine Spur von Blut, und er ist weder auf dem Kajütendach noch auf dem Vorderdeck. Er hat das Schiff verlassen – oder ist über Bord gefallen.

Sie kann bei dem Getöse nicht denken. Das Boot hat sich in den Wind gedreht, die Segel schlagen wild, und sie weiß, dass sie sie einholen muss. Sie versteht absolut nichts von Yachten und Takelage, und als sie auf die Kajüte klettert, wo der Großmast eingelassen ist, hat sie keinen Schimmer, welche Leine sie in dem Gewirr lösen muss. Auf gut Glück zieht sie an dem ersten Knoten, die Leine löst sich, und der obere Teil des Segels rutscht herunter.

Es kommt ihr wie eine Ewigkeit vor, bis sie das Segel ganz eingeholt und wie ein unordentliches Bettlaken um den Baum gebunden hat, bis sie das Vorsegel aufgerollt hat, dahinter gekommen ist, wie man den Motor anlässt und wie der Gashebel funktioniert. Doch endlich hat Flint die *Anna Magdalena* mehr oder weniger im Griff, und sie bringt eine langsame, weite Drehung zustande, während deren sie das Wasser nach Mandrake absucht.

Und als das Boot von einer Welle hochgehoben wird, sieht sie ihn. Er ist links von ihr, auf neun Uhr, vielleicht sechzig Meter entfernt, hüpft wie ein Korken auf und ab, einen Arm erhoben, und winkt. Als das Boot wieder fällt, verliert sie ihn aus den Augen, bis die nächste Welle sie hochhebt, und jetzt ist er auf acht Uhr, ein bisschen weiter weg.

Flint gibt etwas mehr Gas und drückt gegen das Ruder, sodass sich das Boot nach Backbord dreht, schätzt, auf welchem Kurs das Boot auf ihn zusteuern wird. Sie schätzt schlecht, denn als sie ihn das nächste Mal sieht, als er von einer Welle gehoben wird, ist er noch immer links von ihr und nicht näher. Sie korrigiert den Kurs, diesmal kriegt sie es hin, und als sie ihn das vierte Mal sieht, fährt die *Anna Magdalena* direkt auf ihn zu, und die Lücke schließt sich.

Du wirst dich verantworten, Mandrake. Du wirst alles wieder gutmachen.

Und dann spürt sie, wie sie von einem Sturm von Emotionen mitgerissen wird, so heftig wie – nein, schlimmer, viel schlimmer als körperlicher Schmerz. Sie hört eine kreischende Stimme, eine Stimme in ihrem Kopf, die Nein! Nein! Nein! schreit. Sie ist wie gelähmt, und die Hand, die sich bewegt, um den Gashebel zurückzuziehen, ist nicht mehr in ihrer Gewalt. Das Boot treibt im Leerlauf, hebt und senkt sich, während Mandrake sich hebt und senkt, den Mund vor Angst und Verzweiflung starr geöffnet.

Grace, das kannst du nicht tun. Du kannst ihn nicht ertrinken lassen, sagt eine andere Stimme in ihr.

Warum nicht?

Weil du Polizistin bist. Weil du einen Eid geleistet hast. Weil du es Cutter versprochen hast.

Noch immer treibt das Boot im Leerlauf.

Grace, du musst …

Er hat versucht, mich umzubringen, verdammt noch mal.

Weil er eine miese Ratte ist. Weil er ein dreckiger, feiger Lügner ist. Weil er kein Gewissen hat – nicht mal weiß, was ein Gewissen ist.

Ganz genau.

Aber du bist nicht so, Grace, du bist keine miese Ratte. Du hast ein Gewissen, und wie willst du mit den Schuldgefühlen leben, wenn du ihn …

Sei still!

Tief in ihr vergraben ist ein winziger Kern Wissen, der wie ein Tumor zur instinktiven Gewissheit heranwächst – einer Gewissheit, die einfach zu schrecklich ist, um sie sich einzugestehen.

Mandrake liegt auf dem Rücken und versucht, sich über Wasser zu halten, versucht, einen Arm erhoben zu halten, obwohl er eindeutig nicht mehr die Kraft dazu hat. Seine Zeit läuft ab, und die quälende Stimme in Flints Kopf versucht es anders, raffinierter.

Na schön, lass ihn ertrinken – und lass Ridout laufen. Willst du das, Grace? Willst du Ridout laufen lassen? Denn ohne Mandrake hast du nicht die leiseste Hoffnung, Ridout zu kriegen.

Nicht die leiseste Hoffnung, bestätigt Grace widerspruchslos.

Na dann?

Mit oder ohne Mandrake ist Ridout nicht beizukommen. Den Ridouts auf dieser Welt ist niemals beizukommen.

Das ist eine weitere Erkenntnis, die zur Gewissheit geworden ist und gegen die sie nichts machen kann. Selbst wenn sie nicht wie gelähmt wäre, könnte sie sich nicht bewegen, weil sie sich so unsäglich müde fühlt.

Dann war also alles für die Katz. Du bist nur hergekommen, um ihn zu töten, und jetzt lässt du ihn sterben?

Ja, nein – ich weiß es nicht.

Grace, bitte tu's nicht. Sonst bist du genauso verkommen wie er, genauso verkommen wie Ridout. Die hätten deinen schwer verletzten Vater in dem Käfig sterben lassen. Lass Mandrake nicht sterben.

»Sie bringen uns Mandrake lebend«, hat Cutter gesagt.

Ihre Glieder sind schwer wie Blei, und es ist eine Herkulesarbeit, sie zu bewegen – sich aufzurichten, den Gashebel vorzuschieben, an der Ruderpinne zu ziehen, um das Boot zu drehen. Doch jetzt ist die *Anna Magdalena* auf Kurs, schließt die Lücke, und Flint nimmt eine Schwimmweste aus dem Spind und befestigt sie an einer Leine.

Mandrake ist gut fünfzehn Meter entfernt, jetzt zwölf, jetzt neun, und Flint korrigiert den Kurs, damit sie ihn nicht überfährt, und versucht, den richtigen Augenblick abzupassen, in dem sie den Gashebel auf Leerlauf stellen muss. Sie macht es falsch, und das Boot fährt mit dem eigenen Schwung an der Stelle vorbei, an der es zum Stehen kommen sollte, und als Flint die Schwimmweste über das Heck wirft, landet sie viel zu weit von Mandrake entfernt. Verdammt!

Sie drückt den Gashebel nach vorn und reißt an der Ruderpinne. Der Bug stürzt sich auf eine Welle, und das hochspritzende Wasser nimmt ihr vorübergehend die Sicht. Als sie wieder sehen kann, beschreibt sie einen weiten Halbkreis, der sie zu Mandrake bringen müsste. Ein Teil von ihr würde am liebsten das Tempo drosseln und sich langsamer nähern, und ein anderer Teil von ihr sagt: Beeil dich, Mensch, denn was da im Wasser treibt, sieht mir ganz nach einem Toten aus.

Dann setzt ihr gesunder Menschenverstand ein und sagt ihr, dass Tote nicht an der Wasseroberfläche treiben, zumindest nicht am Anfang, und sie stellt auf Leerlauf. Und als das Boot langsamer wird, geht sie zum Spind und zieht alle Schwimmwesten heraus, hält sie in den Armen wie einen Strauß riesiger gelber Chrysanthemen, die sie aufs Wasser streuen will, als sie die Stelle erreicht.

Bloß da ist keine Stelle mehr – keine Spur von Mandrake.

Flint klettert auf das Kajütendach, läuft halsbrecherisch zum Bug und sucht hektisch das Wasser ab. Sie sucht und sucht und sucht, bis sie irgendwann nicht mehr weiß, wo sie noch suchen soll.

67

Quer über den bleiernen, regenschweren Himmel schießt ein strahlend rotes Licht und dann ein zweites, bevor beide wie ausgebrannte Sterne herabfallen.

Die Kugeln, die Flint mit der Leuchtpistole abgefeuert hat, sind das Zeichen für Gilles, dass er sie holen kommen soll, und der sichtbare Beweis für ihr Scheitern.

Er wartet an Bord eines Bootes der Wasserschutzpolizei, irgendwo am östlichen Horizont, auf den die *Anna Magdalena* jetzt mit halber Geschwindigkeit zusteuert, Flint am Ruder, zusammengekauert in einer Öljacke, die sie an einem Haken in der Kajüte entdeckt hat. Mandrakes Jacke, vermutet sie. Die Jacke ihres verstorbenen Mannes.

Gilles wird wissen, dass sie gescheitert ist, denn die Leuchtpistole war nur für den Fall gedacht, dass etwas schief lief; nur für den Fall, dass Mandrake sich nicht ergeben und sich geweigert hätte, zum Hafen zurückzukehren; nur für den Fall, dass er sie angegriffen hätte und sie gezwungen gewesen wäre, mit dem Revolver, den Gilles ihr widerwillig gegeben hatte, auf ihn zu schießen.

»Bitte, Grace, schieß nur, wenn es wirklich nicht anders geht«, hatte Gilles gesagt.

Tja, wenigstens hatte sie ihn nicht erschossen. Einen Ertrinkenden muss man nicht erschießen.

Sie kann den bitteren Geschmack ihres Scheiterns schmecken. Kein lebender Köder mehr, um Ridout und dann Gröber hervorzulocken. Keine Zeugenaussage in einem Prozess, keine Beweise, die man einem Untersuchungsausschuss vorlegen könnte. Sie weiß, dass sie Ridout nichts mehr anhaben kann, weil sie gegen ihn nur noch das unbestätigte, nicht aufgezeichnete Wort eines geständigen pathologischen Lügners hatte – eines *toten*, geständigen pathologischen Lügners. Und auch die Tatsache, dass sie von Mandrake erfahren hat, dass Karl Gröber auf Korcula nicht gestorben ist, dass er noch am Leben sein muss, ist im Grunde nicht mehr als ein Pyrrhussieg.

Früher oder später hätte sie das auch selbst herausgefunden, denn schon jetzt wird auf ihr hartnäckiges Drängen hin in einem forensischen Labor in Washington die DNA der Opfer der Explosionen in der Villa Dora mit dem genetischen Fingerabdruck von Karls Mutter verglichen, was dank der Haare möglich ist, die Flint der Bürste in Ilses Elternschlafzimmer-Schrein entnommen hatte.

Also auch dafür keine Lorbeeren.

Ach, hör auf.

Keine Blumen, keine Luftballons.

Hör auf!

Flint steht auf und schält sich mühsam aus der Öljacke, als wollte sie physisch der Apathie entfliehen, die ihr Selbstmitleid ausgelöst hat. »Ich werde dich finden, Karl«, sagt sie.

Jetzt findet sie in sich die Kraft für einen Schwur – einen Schwur, den sie in den Wind schreit –, dass sie, komme, was wolle, koste es, was es wolle, Karl Gröber innerhalb der nächsten sieben Monate aufspüren und zur Rechenschaft ziehen wird.

Und durch diesen Schwur, durch diese Frist, die ihre Mission zu einem Rennen gegen die Zeit macht, gesteht Flint sich schließlich die Wahrheit ein, die ihr Körper ihr seit Wochen zuflüstert, die sie mit aller Kraft geleugnet hat, die dennoch an ihr genagt hat, weil sie mit jedem einzelnen Tag offenbarer wurde – die sie Mandrake niemals erzählt hätte, die sie mit dem Verweis auf erfundene Affären und One-Night-Stands verschleiert hätte.

Dass sie schwanger ist. Dass sie Mandrakes Kind erwartet.

Epilog

Im Ballungsraum der Riesenstadt São Paulo leben mehr Italiener als in Rom, zweimal so viele Portugiesen wie in Lissabon, über eine Million Osteuropäer. Es gibt dort auch eine große Anzahl Spanier, Franzosen, Belgier, Deutsche, Holländer, Schweizer und Briten. Und obwohl zu den Einwohnern auch über eine Million Araber und mehr Japaner als in jeder Stadt außerhalb Japans gehören sowie Chinesen und Afrikaner und Immigranten aus über fünfzig Ländern, einschließlich Amerikanern (im Staat São Paulo gibt es sogar eine Stadt namens Americana), hat Brasiliens größte und kosmopolitischste Stadt ein ausgesprochen europäisches Flair bewahrt, das Karl Gröber ungeheuer zusagt.

Kostspielige kosmetische Operationen haben die Form seiner Nase und den Winkel seiner Ohren verändert, und sein Pass, der auf den Namen Peter Braun ausgestellt ist, weist ihn als Schweizer Staatsbürger aus Bern aus. Offenbar ein wohlhabender Schweizer, der stattlichen Villa nach zu urteilen, die er im vornehmen Stadtteil Jardim Europa erworben hat, und seinen eleganten Soireen zufolge, zu denen sich viele einflussreiche Persönlichkeiten von São Paulo einfinden. Ganz zu schweigen von seinen großzügigen Spenden an viele führende Museen der Stadt.

Und so kam es, dass Gröber – mit seinem veränderten Aussehen und seinen guten Verbindungen, im Schutze von über fünfzehn Millionen Menschen – keineswegs beunruhigt war, als er von seiner Informationsquelle in der *Agência Brasileira de Inteligência* erfuhr, dass eine Frau namens Flint in São Paulo eingetroffen war, um Hinweisen nachzugehen, die sie auf einem Laptop gefunden hatte, denen zufolge São Paulo sein Unterschlupf sein könnte. Er reagierte auch nicht, als sie ein zweites und ein drittes Mal kam.

Doch dann meldete seine Informationsquelle – seine ausgesprochen gut bezahlte Quelle –, dass diese Flint das vierte Mal da war und mit ungewöhnlicher Hartnäckigkeit *verlangte*, dass die brasilianische Polizei ihre bis dahin halbherzigen Ermittlungen verstärkte; dass sie den amerikanischen Konsul überredet hatte, seinen beträchtlichen Einfluss für ihre Kampagne einzusetzen; dass von politischer Seite bereits gefordert wurde, auch die *Agência* einzuschalten.

Während er mit seiner Informationsquelle in einem Wagen saß, der hoch über der Stadt geparkt war, und einen faszinierend schönen Sonnenuntergang betrachtete, hatte Gröber laut darüber nachgedacht, ob er diese Flint beseitigen lassen sollte, was in São Paulo sicherlich nicht schwer zu arrangieren wäre, wie er meinte.

Besser nicht, sagte die Informationsquelle. Schließlich sei sie Polizistin, noch dazu eine ausländische und ganz offensichtlich schwanger – und er hatte mit den Händen vor dem Bauch eine übertriebene Wölbung angedeutet. Vielleicht wäre es am besten, so die Quelle, wenn Gröber Urlaub mache, eine Reise auf einen anderen Kontinent, bis die Natur ihren Lauf nahm und Flint von ihrer Obsession, denn anders konnte man das nicht bezeichnen, ablenkte.

Und nach längerem Schweigen, als das abnehmende Licht der Sonne die Stadt in Brand steckte, hatte Gröber zustimmend genickt.

»Wo soll's denn hingehen?«

»Europa. Flint hat mich daran erinnert, dass ich in Leipzig noch etwas zu erledigen habe.«

»Geschäfte?«

»Familienangelegenheiten. Längst überfällig.«

Heute Abend liegt das Haus auf der Karl-Heine-Straße scheinbar in völliger Dunkelheit. In Ilses Schrein brennen zwar Kerzen, aber ihr tanzendes Licht dringt nicht durch die Bretter, die fest auf die Fensterrahmen genagelt sind. An der Wand flackern gespenstische Schatten von Gartenzwergen, die wie Trauernde am Fuße des Bettes aufgestellt sind, auf dem Ilse reglos liegt, bekleidet mit einem weißen Totenhemd, eine einzelne, blutrote Rose auf der Brust. Das Totenhemd ist durchsichtig, ähnlich wie das der Frau in Füßlis Gemälde *Der Nachtmahr*, doch an Ilses Äußerem oder ihrer Pose ist absolut nichts Erotisches. In dem Licht wirkt sie fast kindlich, wie die kleine Schwester, die Karl einmal hatte, die ihn bewunderte und die ihn nie an die Polizei verraten hätte.

Er sitzt neben ihr auf dem Bett und überwacht das gleichmäßige, tödliche Tröpfeln des Morphiums in eine Vene in ihrem Arm. Er tut das sehr zärtlich, denn trotz ihres Verrats möchte er ihr keine Schmerzen zufügen. Während er wartet, dass sie stirbt, streichelt er ihr das dünne Haar und flüstert ein letztes, tröstendes Wort, um sie daran zu erinnern, was sie immer für ihn war und hätte bleiben können – bleiben sollen. Sein *Liebling*.

Danksagung

Jarrett Crawford von der Financial Strike Force hat nur wenig Ähnlichkeit mit seinem Namensvetter, einem alten Hasen bei der Mordkommission der Polizei von Miami, doch sein Charakter ist durchdrungen von meinem real existierenden Freund Jerry.

Thomas Tyler hat nicht die geringste Ähnlichkeit mit Thomas Urquhart, dem ehemaligen Geschäftsführer der Maine Audubon Society, aber der echte Thomas war so nett, mir so viele von seinen außerordentlichen ornithologischen Kenntnissen zu vermitteln, dass Mandrake davon profitieren konnte. Ich danke Thomas und seiner Frau Amy MacDonald auch für ihre Warmherzigkeit und Gastfreundschaft in Maine.

Der vollständige Titel der Anthologie, aus der sich Mandrake Anregungen für seine vorgetäuschte Leidenschaft für Vögel holte, einschließlich der von Alexander Wilson geschilderten Begegnung mit Stärlingen, lautet *An Exhilaration of Wings: The Literature of Bird Watching* und wurde von Jen Hill herausgegeben. Um seiner Begeisterung für Bach Ausdruck zu geben, machte Mandrake Anleihen bei einer Passage von John Eliot Gardiner, die in der Zeitschrift *Granta* erschienen ist.

Dennis Stock hat mich in Connecticut an die Hand genommen, und sein wunderbares Haus (das Grace nicht niedergebrannt hat) war das Vorbild für Miller's Reach.

Dallett Norris hat mich in New York herumgeführt. Das

Marscheider-Gebäude existiert zwar, beherbergt aber keine Strafverfolgungsbehörde.

Die Mitarbeiter des Museums »Runde Ecke« in Leipzig waren so freundlich, mir meine Fragen nach den Aktivitäten der Stasi zu beantworten. Mein Interesse an dem Ministerium für Staatssicherheit begann vor zehn Jahren, als Wolfgang Veith mich auf die Berliner Stasi-Zentrale in der Normannenstraße aufmerksam machte. Außerdem schilderte er mir, ebenso wie die Dozenten Thomas Meyer und Hinrich Meyer von der Universität in Greifswald, seine Erfahrungen in der damaligen DDR. Äußerst hilfreich waren mir auch die langen Gespräche mit Joachim Gauck, dem früheren Chef der nach ihm benannten Gauck-Behörde, wo die Stasi-Unterlagen ausgewertet werden, und dem einstigen Dekan der Medizinischen Fakultät der Ostberliner Charité, Professor Heinz David, der von der Stasi gezwungen worden war, seine Kollegen zu denunzieren. Als seine Stasi-Kollaboration herauskam, war sein Leben praktisch zerstört, und in seinem – nicht Ilses – Garten sah ich eine große Sammlung Gartenzwerge, die er in einem Anfall von Verzweiflung kurz und klein geschlagen hatte.

Ed Victor und Andrew Nurnberg haben mich so unermüdlich unterstützt, wie man es von den allerbesten Literaturagenten, die es gibt, nicht anders erwarten würde.

Neil Nyren (in New York), Rosie de Courcy (in London) und Bill Massey (in beiden Städten) haben mich als Lektoren vor so mancher erzählerischen Narretei bewahrt, vor allem in der letzten Phase. Gerade Bill rechne ich das hoch an, denn während ich mit dem Manuskript in besonders schweren Wehen lag, brachte seine Frau Helen ihr erstes Kind zur Welt – und doch blieben meine nervösen E-Mails nie unbeantwortet.

Ich bezweifle es zwar, aber falls dein Vater doch bei deiner Ankunft ein winziges bisschen abgelenkt war, so bitte ich dich, Alfred Elwood Marriage Massey, vielmals um Verzeihung.

Paul Eddy

Grace Flint

Der 1. Plan

Thriller

Aus dem Englischen von

Ulrike Wasel und Klaus Timmermann

Band 17944

Du stirbst nur zweimal

Grace Flint ermittelt undercover im Kampf gegen ein internationales Geldwäschersyndikat. Als ihre Tarnung auffliegt, wird sie von den Gangstern grausam zugerichtet. Nur mit größter Mühe gelingt es plastischen Chirurgen, ihr ein makelloses Gesicht zurückzugeben – aber es ist das einer Fremden. Grace Flint taucht ab und schwört Rache, gnadenlose Rache …

Fischer Taschenbuch Verlag

Paul Eddy

Grace Flint

Die 3. Mission

Thriller

Aus dem Englischen von

Ulrike Wasel und Klaus Timmermann

Deutsche Erstausgabe

Band 17639

Du entkommst mir nicht

Special Agent Grace Flint ermittelt undercover gegen den Geldwäscher Karl Gröber, der auf der Liste der zehn meistgesuchten Verbrecher des FBI steht. Grace hat noch eine persönliche Rechnung mit ihm offen und übernimmt den Job einer Steuerexpertin in einer seiner Tarnfirmen. Doch die Agentin hat ihre Spuren nicht so gut verwischt, wie sie dachte. Eine Profi-Killerin nimmt Grace Flint ins Visier – und ihren zehn Monate alten Sohn.

Jenny Siler

Ticket nach Tanger

Thriller

Aus dem Amerikanischen

von Susanne Goga-Klinkenberg

Band 16594

Sie weiß nicht, wer sie ist. Sie weiß nicht, wem sie trauen kann. Sie kann sich an nichts erinnern. Die Nonnen hatten sie mit einer Schusswunde im Kopf gefunden. Ihre Retterinnen gaben ihr den Namen Eve. Nach einem nächtlichen Massaker im Kloster in Burgund muss Eve fliehen. Sie fährt nach Marokko. Ihre unbekannten Feinde sind ihr dicht auf den Fersen …

»A dark star is born.«

Val McDermid

Barry Eisler

Tokio Killer

Aus dem Amerikanischen von
Ulrike Wasel und Klaus Timmermann

Thriller

Band 17735

Vor der Kulisse der Mega-Metropole Tokio betreibt John Rain sein Geschäft als Auftragskiller: Er ist Spezialist für »natürliche Tode«. Als er einen hohen Regierungsbeamten ermordet, gerät er zwischen die Fronten des amerikanischen Geheimdienstes und der japanischen Mafia. Und dann verliebt sich John auch noch in die Jazz-Pianistin Midori – die Tochter seines letzten Opfers ...

»Raffiniert geschriebener, origineller Thriller.«
Der Spiegel

»John Rain schafft sich als Killer seine eigene einsame Welt jenseits von Gut und Böse.«
taz

Fischer Taschenbuch Verlag